일타강사 백사부

일러두기
• 이 책은 네이버 시리즈에서 연재된 《일타강사 백사부》를 바탕으로 편집, 제작 되었습니다.

일편강산 벽사부

4권

간짜장 지음

arte POP

목차

150화 혈수귀옹(3) ·7
151화 제가 가겠습니다 ·16
152화 혈교의 유산(1) ·27
153화 혈교의 유산(2) ·36
154화 혈교의 유산(3) ·44
155화 혈교의 유산(4) ·53
156화 구음마녀(1) ·64
157화 구음마녀(2) ·74
158화 구음마녀(3) ·86
159화 선생님! ·97
160화 좀 아플 거다 ·107
161화 빙정(氷精) ·118
162화 혈마인가? ·127
163화 악인곡을 재건해라 ·137
164화 악인곡주 ·146
165화 금의환향 ·156
166화 어쩐지 쉽다 했더니 ·166
167화 오늘부터 공부한다 ·176
168화 오셨습니까 ·186
169화 동아리 활동(1) ·196
170화 동아리 활동(2) ·205
171화 동아리 활동(3) ·215
172화 동아리 활동(4) ·225
173화 저를 뽑아 주신다면 ·234
174화 상검연(1) ·244

175화 상검연(2) ·254
176화 상검연(3) ·266
177화 상검연(4) ·276
178화 내가 졌어 ·285
179화 지랄 말고 ·296
180화 털어서 먼지 안 나는 놈 없거든 ·306
181화 진흙탕 싸움 ·317
182화 미끼를 물었어 ·328
183화 준비됐어? ·339
184화 아버지들 ·348
185화 네가 자초한 거야 ·359
186화 파천도(破天刀) ·369
187화 그놈. 지금 어디에 있소? ·381
188화 숨바꼭질(1) ·392
189화 숨바꼭질(2) ·403
190화 누구나 심마를 가지고 있다 ·414
191화 일기장(1) ·428
192화 일기장(2) ·437
193화 기연(1) ·447
194화 기연(2) ·457
195화 기연(3) ·467
196화 기연(4) ·476
197화 얼마나 더 강해지려고? ·486
198화 예, 아버지 ·495
특별 외전1 남궁세가의 삼공자 ·505
특별 외전2 백무관의 고집쟁이 ·523

150화
혈수귀옹(3)

"으하하하! 오랜만에 손님들이 오니 절로 흥이 나는구나!"

혈수귀옹은 독주를 연거푸 들이켰다. 흥에 겨운지 어깨를 들썩이며 웃음을 터트리고, 시종들의 연주에 맞춰 노래를 흥얼거렸다. 바로 옆에 앉은 백수룡과 절강오마에게도 계속 술을 권했다.

"사질. 한 잔 더 받거라. 너희도 편하게 마시거라!"

"감사합니다."

독주를 받아 단숨에 들이켠 백수룡이 주위를 둘러보며 말했다.

"사백님. 집이 참으로 멋진 것 같습니다."

"흐흐. 사질이 보는 눈이 있구나. 다 짓는 데 무려 오 년이 걸렸지. 방도 많으니 너희가 원하면 얼마든지 머물러도 좋다."

혈수귀옹은 뿌듯한 얼굴로 그렇게 대답했다. 그의 집은 협곡 안에 지어졌다고는 믿기 어려운, 그야말로 대궐 같은 곳이었다.

만찬이 차려진 대청만 해도 수십 명이 자리할 수 있을 만큼 넓었는데, 그 안을 손과 발에 족쇄가 채워진 시종들이 오가며 음식과 술을 날랐다.

'전부 다 무인이로군.'

시종들은 주요 부위만 간신히 가린 옷을 입었고, 등에는 낙인을 찍은 듯 숫자가 불로 지져져 있었다. 혈수귀옹은 시종들을 숫자로 불렀다.

"칠 호야. 가서 백주 좀 더 가져오너라."

"……예. 어르신."

노예나 다름없는 시종들의 모습에, 백수룡의 제자들은 불편한 감정을 꾹 눌러야만 했다. 물론 혈교에서 온갖 꼴을 다 본 백수룡에겐 그다지 놀랄 일도 아니었다. 절강오마가 시종들을 힐긋거리는 것을 본 혈수귀옹이 피식 웃더니 말했다.

"악인곡의 규칙을 어기고 질서를 어지럽힌 자들이다. 그 벌로 내 집에서 노역을 하고 있는 게야. 십 년을 버티면 풀어주기로 약조했지."

"십 년이라……."

시종들의 상태를 볼 때, 이삼 년 안에 전부 죽어도 이상하지 않았다. 하지만 백수룡은 그들을 불쌍하게 여기지 않았다.

'다 업보지.'

저 시종들도 결국 악인곡의 악인들이었다. 밖에서 무고한 사람을 죽이고, 온갖 죄를 저지르고 도망치다 끝내 이곳에 몸을 숨기기 위해 온 인간 말종들. 불쌍하게 여길 가치가 없는 자들이었다. 물론, 그렇다고 그들에게 벌을 내리는 혈수귀옹을 두둔하고 싶은 생각도 없었다.

'이 노괴도 자신의 편의를 위해 다른 악인들을 노예로 삼았을 뿐이야.'

더 큰 악이 작은 악을 지배하는 곳. 그것이 악인곡의 본질이었다.

문득 궁금한 것이 생긴 백수룡이 물었다.

"사백님. 한 가지만 여쭤봐도 되겠습니까?"

"얼마든지 물어보거라."

"이곳 악인곡에도 나름의 규칙이 있다고 하셨는데. 그 규칙은 누가 정하는 겁니까?"

"물론 내가 정한다."

혈수귀옹이 활짝 웃으며 말했다. 이어진 그의 말에는 한 치의 망설임도, 부끄러움도 없었다.

"내가 이곳에 정착한 것이 삼십 년 전이다. 당시 어울리던 놈들과 함께 이곳을 개척했지. 그 후에 소문을 듣고 흉악한 마두들이 하나둘 흘러 들어왔다. 내가 놈들에게 음식을 주고 잘 곳을 제공하면서 악인곡의 역사가 시작됐다."

"……."

혈수귀옹이 악인곡을 만들었고, 자신의 명성을 이용해 악인들을 끌어모았다. 지금에 와서는 천혜의 요새나 다름없는 세력을 구축했다. 그가 악인곡의 왕인 이유는 단순히 강해서만이 아니었다.

이곳의 악인들이 혈수귀옹을 왕으로 인정하기 때문이었다.

"악인곡은 나의 땅이고, 나의 성이다. 이곳에서는 내 말이 곧 법이고 규칙이다. 이놈들아! 내 말이 틀렸느냐?"

"전부 맞습니다!"

만찬장에 모여 있던 악인들이 일제히 식탁을 손바닥으로 두드리며 외쳤다. 전부 혈수귀옹의 저녁 식사에 초대받은 자들로, 그 숫자가 수십 명은 되었다. 하나같이 기도가 사나운 악인들이 와자지껄 떠들고 있었다. 만찬장은 술 냄새와 악인들의 땀 냄새, 그리고 악인들의 몸에 밴 피 냄새로 진동했다.

"흐하하! 좋구나!"

혈수귀옹은 껄껄 웃으며 독주를 들이켰다. 잔을 내려놓은 그가 입가를 손등으로 닦았다. 취기가 꽤 올랐는지, 백수룡을 바라보는 그의 눈이 붉게 충혈돼 있었다.

"뭐, 가끔 말을 안 듣는 구음마녀 같은 것들도 있긴 하다만……. 그년이야 집 밖으로 나오는 일이 거의 없으니 무시해도 된다."

"구음마녀라면……."

혈수귀옹과 함께 십대악인으로 손꼽히는 빙공의 고수. 십대악인 중 두 명이나 이곳에 존재하기에, 악인곡은 현 사파 세력 중에서도 손꼽히는 악명을 떨치고 있었다. 하지만 혈수귀옹은 그녀를 이렇게 평가했다.

"계륵 같은 년이지. 술이나 마시자꾸나."

혀를 찬 혈수귀옹은 다시 잔에 독주를 채워 절강오마에게 돌렸다. 연이은 폭음에 어지간히 술이 강한 헌원강과 야수혁도 머리가 띵해 올 지경이었다. 하지만 다들 이를 악물고 술을 마시면서 힘들지 않은 척 허세를 부렸다.

'정신 똑바로 차려야 해. 말실수하면 끝장이야.'

'여긴 호랑이 굴이다. 이 자식들한테 빈틈을 보여선 안 돼.'

그러한 노력 덕분에, 다행히 아직까지 누구도 술에 크게 취하지도 않았고, 실수도 저지르지 않았다. 위지천만 몸이 좋지 않다는 이유로 먼저 방에 들어가 쉬고 있었다.

"이보게, 사질."

사실 혈수귀옹은 다른 절강오마에게는 거의 관심이 없었다. 그의 관심은 오로지 자진의 사질, 옥면음랑에게 집중돼 있었다.

"예. 사백님."

혈수귀옹이 유리알처럼 투명한 눈동자로 백수룡을 응시했다.

"네가 이곳에 오기 전에 어떤 악행을 저질렀는지 듣고 싶구나."

"……."

순간, 만찬장에 있는 악인들의 시선이 백수룡에게 집중됐다. 다들 눈빛이 아이처럼 초롱초롱하게 변했다. 이곳에 있는 악인들 대부분은 원해서 악인곡에 들어온 것이 아니었다. 관의 추격에, 무림맹의 수배에 쫓기다 마지막으로 정착한 곳이 악인곡이었다. 하지만 이곳에서는 제멋대로 행동할 수 없었다. 혈수귀옹의 노예가 되고 싶지 않다면 말이다.

"흐흐. 그래 신입! 재밌는 이야기 좀 해 봐."

"처음 사람을 죽인 건 언제야? 마지막으로 죽인 건 언제고?"

"옥면음랑이라며? 얼굴을 보니 지금까지 후린 여자가 기백은 될 것 같은데."

마치 피에 굶주린 이리 떼 같았다. 사방에서 쏟아지는 악인들의 시선은, 담이 크다고 자부하는 사내들도 오줌을 지리게 만들 정도로 기세가 사나웠다.

'선생님…….'

학생들은 조마조마한 심정으로 백수룡은 바라봤다. 그들이 아는 백수룡은 가끔 사파인처럼 언행이 거칠긴 해도, 악인과는 거리가 아주 먼 사람이었다. 아무리 거짓말을 잘한다고 해도, 이렇게 끔찍한 악인들을 상대로 악인 연기를 해낼 수 있을까?

하지만 그것은 괜한 걱정에 불과했다.

"아홉 살이었습니다."

백수룡은 조금도 당황하지 않고, 덤덤하게 이야기를 시작했다.

"아홉 살에 처음 사람을 죽였습니다. 항상 제 옆에서 잠을 자던 친구였지요."

서두를 연 백수룡은 술잔을 가져가 가볍게 입술을 축였다. 여인처럼 고운 그의 옆얼굴이, 오늘따라 더 차갑게 보였다. 백수룡은 전생의 기억을 떠올렸다. 영문도 모르고 납치되어 혈교의 맹목적인 교육을 받으며 성장한 고아의 이야기. 그때 겪은 일들을 적당히 각색하는 것은 쉬운 일이었다.

"열 살이 되어 본격적인 무공을 익혔습니다. 칼로 사람을 찌르는 법부터 배웠지요."

"열셋에, 제게 처음 무공을 가르친 어른을 죽였습니다."

"열다섯에는 산 채로 사람의 껍질을 벗겼습니다. 처음이라 꽤 오래 걸렸습니다."

"열일곱부터는 죽인 인간의 수를 세지 않았습니다. 찔러 죽이고, 베어 죽이고, 물에 수장시켜 죽이고, 태워 죽여도 봤습니다."

"……잠시 단전을 다쳐 내공을 못 쓴 적이 있었습니다. 그때 저를 멸시한 놈들은 십 년에 걸쳐서 모두 죽였습니다."

백수룡은 담담한 말투로 과거에 자신이 저지른 악행에 대해 이야기했다. 과시하는 말투도 아니었고, 반성하는 모습도 없었다. 그냥 단순히, 지난 일을 사실 그대로 이야기하고 있었다. 중간중간 술잔을 기울이며, 안주도 집어 먹으며, 흐린 눈빛으로 오래된 기억을 담백하게 회상했다.

"……."

"……."

오히려 그 아무렇지 않은 태도가, 듣는 이로 하여금 온몸에 소름이 돋게 했다. 농담을 하던 악인들은 입을 다물었다. 아무도 술을 마시지 않았다. 흥을 돋우던 연주도 어느새 멈췄다. 그 순간, 모두의 시선은 요사스러울 정도로 아름다운 백수룡의 얼굴에 못 박혀 있었다.

꿀꺽. 누군가가 마른침을 삼키는 소리가 천둥처럼 크게 들렸다. 술잔을 홀짝이는 백수룡의 긴 손가락이 섬뜩하게 느껴졌다.

'이놈은…… 진짜다.'

만찬장에 있는 이들 대부분은 사람을 수십 명씩은 죽여 본 악인들이었다. 백수룡의 이야기가 진짜인지 가짜인지 판별할 수 없는 사람은 이곳에 없었다. 지금 백수룡이 보여 주는 절제된 살기는, 그런 악인들조차 온몸이 오싹하게 만들 정도였다.

'이놈…….'

그를 바라보는 혈수귀옹의 눈이 묘하게 빛났다. 악인곡의 악인들 사이에서도 압도적인 존재감을 뿜어내는 녀석. 혈수귀옹이 입을 열어 얼어붙은 분위기를 깼다.

"허어. 굉장한 수라장을 거쳐왔구나. 흥을 돋우려고 말을 꺼냈다가 흥이 다 식어 버렸군. 봐라. 내 팔뚝에 소름이 돋았어."

"죄송합니다. 별로 재미없는 이야기였군요."

어색하게 웃으며 말하는 백수룡을 보며, 혈수귀옹은 킬킬 마주 웃어 주었다.

"죄송할 게 무에 있느냐? 나는 사질이 점점 더 마음에 든다. 어째 데리고 다니는 동생들은 간이 콩알만 해 보인다만."

백수룡이 힐끗 돌아보자, 제자들이 새파랗게 질린 표정으로 그를 바라보고 있었다.

"아직 많이 부족한 녀석들입니다."

백수룡이 피식 웃으며 말하자, 제자들이 그의 시선을 피했다.

만찬이 마무리되었다. 술에 만취한 악인들이 비틀거리며 하나둘 만찬장을 떠나고, 시종들이 더러워진 대청을 치웠다.

"모두 물러가라. 나는 사질과 따로 한잔 더 해야겠다."

혈수귀옹은 백수룡이 무척이나 마음에 든 모양이었다. 만찬 내내 옆자리에 끼고 돌았고, 만찬이 끝난 후에도 따로 술자리를 마련했다.

[선생님…….]

헌원강의 걱정이 담긴 전음에, 백수룡은 괜찮다며 고개를 저었다.

[들어가서 쉬고 있어. 무슨 일이 생길지 모르니까 방심하지 말고.]
[……네.]

절강오마도 시종의 안내에 따라 숙소로 향한 후, 백수룡은 혈수귀옹과 독대했다. 두 사람은 별다른 안주도 없이 술잔을 주고받았다.

"자, 받아라."

"예."

엄청나게 많은 술을 마신 탓에, 혈수귀옹은 얼굴이 붉게 달아오르고 눈빛이 반쯤 풀려 있었다. 그가 히죽 웃으며 백수룡을 바라봤다.

"사질은 술도 강하구나."

"긴장해서 못 취하나 봅니다."

"못난 사제 놈이 분에 넘치는 제자를 들였어. 아예 내 제자로 삼고 싶을 정도야."

"과찬이십니다."

혈수귀옹은 묘한 표정으로 백수룡을 바라보다가, 갑자기 손을 앞으로 내밀었다.

"내가 재미있는 이야기를 하나 해 주마."

우우우웅!

혈수귀옹의 팔 전체가 붉게 달아올랐다. 그의 성명절기인 혈옥수를 펼친 것이었다.

"혈옥수를 익히기 전만 해도 나는 평범한 무인에 불과했다. 가진 재능은 출중했으나, 가난하게 태어난 죄로 평생 상승무공과 인연이 없었지."

젊은 시절 혈수귀옹은 작은 무관에서 이류 무공을 익힌 것이 전부인 낭인이었고, 이곳저곳 전전하며 먹고 살기에도 바빴다. 백발마수를 만난 것도 그때였다. 죽이 잘 맞았던 둘은 의형제를 맺고서 함께 온갖 악행을 저지르고 다녔다. 훗날 혈옥수를 익히게 된 혈수귀옹이 자신의 무공을 전수해줄 정도로, 둘 사이는 끈끈했다.

"그러다 악인곡에 오면서 내 인생이 바뀌었다. 아까는 말하지 않았다만…… 이곳에서 혈옥수의 비급을 얻었다."

"기연을 얻으셨군요."
"흐흐. 그래. 기연이지. 하지만 그게 다가 아니다."
혈수귀옹이 목소리를 낮게 깔며 말했다.
"악인곡에는 혈교가 남긴 유산이 숨겨져 있다."
"혈교…… 말입니까?"
예상치 못한 이야기에, 백수룡의 속눈썹이 파르르 떨렸다.

151화
제가 가겠습니다

 악인곡에 혈교의 유산이 숨겨져 있다니? 백발마수에게 혈마안을 사용해 추궁했을 때도 듣지 못한 이야기였다.
 '알고 있었다면 실토하지 않았을 리 없으니…… 백발마수도 몰랐다는 뜻인데.'
 혹시 일부러 떠보는 걸까?
 백수룡은 당황한 표정으로 혈수귀옹에게 말했다.
 "혈교라니……. 그런 이야기는 사부님께 들어 보지 못했습니다."
 "사제에게도 말한 적 없기 때문이다. 비밀이란 아는 이가 적을수록 좋은 법이거든."
 "그런데 왜 제게……."
 혈수귀옹은 복잡한 감정이 담긴 시선으로 백수룡을 바라봤다. 약간의 침묵이 흐른 후, 그가 다시 입을 열었다.
 "이 사실을 아는 자들은 삼십 년 전에 모두 죽었다. 당시 함께 어울리던 친구들이었지."
 혈수귀옹은 '죽었다.'라고 말했지만 백수룡의 귀에는 '죽였다.'라고 들렸다.

　그리고 그것이 사실이었다.

　"……사제만은 내 손으로 죽이고 싶지 않더구나. 다행히 그 녀석은 혈옥수를 발견한 자리에 없었지."

　혈수귀옹은 잠시 말을 멈추고 고개를 돌려서 창밖을 바라봤다. 옛일을 떠올리는 듯, 그의 주름진 얼굴에 더욱 깊은 주름이 생겼다.

　"하지만 가끔 비밀을 주절주절 떠들고 싶은 밤이 있다. 오늘이 그런 날이야."

　"그렇습니까."

　백수룡이 조용히 묻자, 혈수귀옹은 선선히 고개를 끄덕였다.

　"나는 그 자리에서 혈옥수의 비급을 외우고, 함께 준비돼 있던 영약을 섭취했다. 이십 년이 지나니 무림에선 나를 십대악인의 말석에 집어넣더구나. 말석이라…… 그래. 그럴지도 모르지."

　술에 취한 혈수귀옹은 멍하니 달을 바라보며 실실 웃었다. 구름에 반쯤 가려진 달이 은은하게 빛나고 있었다.

　백수룡의 그의 빈 잔에 술을 채워 주며 말했다.

　"제 미천한 무공으로는 사백의 경지가 어디에 닿아 있는지 가늠조차 되질 않습니다."

　"겸손이 과하다. 네가 내게 보여 준 것이 전부가 아님을, 내가 모를 줄 아느냐?"

　"……."

　백수룡이 당황한 표정으로 자신을 쳐다보자, 혈수귀옹이 클클 웃었다.

　"탓하려는 것은 아니다. 무인이라면 실력의 삼 푼 이상은 항상 숨기는 것이 당연하지."

　"죄송합니다."

　"괜찮다 하지 않았느냐. 오히려 이렇게 뛰어난 사질을 얻어 내가 흐뭇하구나."

혈수귀옹은 손을 뻗어 고개를 푹 숙인 백수룡의 어깨를 가볍게 툭툭 두드렸다.

"하던 이야기를 마저 하자면, 내가 발견한 혈옥수는 빙산의 일각일 뿐이었다. 어느 날 지진으로 땅이 갈라지면서 우연히 그것이 있던 장소만 외부에 드러난 것이지."

"뭐가 더 있단 말입니까?"

"혈교가 망하기 전에 **빼돌린 보물과 비급, 영약들이 악인곡의 지하에 숨겨져 있다.**"

혈수귀옹이 히죽 웃으며 손가락으로 바닥을 가리켰다.

"바로 이곳, 내 집 아래에 말이다."

"……."

백수룡은 자신이 앉아 있는 바닥을 바라보며 침을 꿀꺽 삼켰다.

'그게 사실이라면…….'

반드시 그 장소를 확인해야만 한다. 꼭 찾아야 할 것이 있었다.

"꼬박 십 년이 걸렸다. 혈교의 유산이 숨겨진 장소, 그 입구를 찾는 데 말이다."

혈수귀옹은 갈증이 나는지 술병을 통째로 가져가 목을 축였다.

타앙! 부숴 버릴 듯 술병을 내려놓은 그가 클클 웃으며 말했다.

"너도 탐이 나느냐? 무인이라면 당연히 그렇겠지. 과거 단일 세력으로 천하를 공포로 몰아넣었던 혈교였으니……. 그들이 남긴 무학 중 하나를 익힌 것만으로 나는 십대악인이 되었다. 그 안에 또 얼마나 많은 무공과 기보가 있을 것 같으냐?"

혈수귀옹의 눈에 탐욕과 광기가 어렸다. 백수룡은 그의 눈을 똑바로 바라보다가 천천히 말했다.

"하지만 아직 그것들을 얻진 못하셨군요. 혈옥수 외에는 아무것도."

"……어째서 그리 생각하느냐?"

굳은 표정의 혈수귀옹에게, 백수룡은 차분하게 제 생각을 말했다.

"얻으셨다면 이미 혈옥수보다 더 뛰어난 무공을 익히셨겠지요. 그리고 밖으로 나가셔서 무위를 떨치셨을 겁니다. 십대악인이 아니라 십대고수, 천하제일고수가 되기 위해서 말입니다."

노골적인 아부가 섞인 말이었지만, 혈수귀옹은 알면서도 기분 좋게 웃었다.

"네 말이 맞다. 현철로 된 두꺼운 문이 가로막고 있어, 들어갈 수가 없었다. 폭약을 설치해 무너뜨릴까도 생각해 봤다만…… 그랬다간 저 안의 물건들이 상할 것이 두려워 시도하지 못했다."

사실 혈수귀옹은 새로운 무공을 익히기엔 너무 늙었다. 하지만 수십 년을 바친 일이다. 여기까지 와서 포기할 수는 없었다.

"분명 저 안에는 혈옥수 이상의 신공절학이 있을 게다. 그리고 영약까지 존재한다면…… 환골탈태도 불가능한 것은 아니야."

환골탈태는 큰 깨달음을 얻어 육체가 젊어지는 경지를 말한다. 무인으로 치면 초절정을 넘어 화경에 이르러야 가능한 경지로, 환골탈태에 이른 고수들을 무림에서는 십대고수라 불렸다.

'내 생각엔 불가능할 것 같지만…….'

백수룡은 설령 혈수귀옹이 신공절학과 영약을 둘 다 얻는다고 해도, 그가 환골탈태할 가능성은 거의 없다고 보았다.

'망집(妄執)이로군.'

환골탈태는 신공절학과 영약만으로 가능한 경지가 아니다. 하지만 혈수귀옹은 혈교의 유산만 차지하면 그게 가능할 거라고 생각하며, 그것에 집착하고 있었다.

백수룡이 물었다.

"문을 열 방법이 정말 없습니까? 기관진식 전문가를 불러 살펴보게 한다면……."

"이미 다 해 보았다. 아마도 특별한 무공에만 기관진식이 반응하는 모양이다."

"……."

특별한 무공. 그 말을 듣는 순간, 백수룡의 머릿속에는 단 하나의 무공만이 떠올랐다.

'역천신공에 반응하도록 안배해 둔 거라면?'

혈교가 남긴 유산. 그 주인이 누구냐고 묻는다면, 당연히 혈교의 교주인 혈마일 것이다. 그리고 백수룡은, 혈마는 아니지만 역천신공의 계승자였다. 백수룡의 입가에 가느다란 미소가 맺혔다.

'이거 완전 굴러들어 온 복이로군.'

물론 그 복을 차지하는 것은 쉽지 않을 것이다. 눈앞에서 독주를 끝도 없이 들이켜는, 이 노괴부터 어떻게든 처리하지 않는다면 말이다.

"후우. 비밀을 실컷 떠들었더니 속이 후련하구나."

꿀꺽꿀꺽. 혈수귀옹은 남은 술을 몽땅 마셔 버린 후, 술병을 거칠게 내려놓고 백수룡을 바라봤다. 그 입가에 미소가 무척이나 부드러웠다.

"내가 왜 너에게 이런 이야기까지 해 주었는지 아느냐?"

"예. 알 것 같습니다."

수십 년 동안 자신의 사제에게도 숨겨 온 비밀을, 혈수귀옹은 갑자기 나타난 사질에게 몽땅 털어놓았다. 백수룡도 처음에는 그 이유를 알 수 없었다. 아주 잠깐은, 그가 자신이 정말로 마음에 들어 그럴지도 모른다고 생각했다. 하지만 지금은 그 이유를 확실히 알 것 같았다.

"어째서인지는 모르겠지만……."

혈수귀옹의 손이 아까부터 계속 붉게 물들어 있었으니까. 상대는 악인곡에서 가장 위험하고 사악한 악인이었다.

"사백은 저를 죽일 생각이군요."

"흐흐. 너는 역시 눈치가 빠르구나."

혈수귀옹이 웃으며 고개를 끄덕였다. 동시에 부드러웠던 분위기가 일변하며, 가공할 살기가 그의 몸에서 뿜어져 나왔다.

"크크크……."

일촉즉발의 상황이었지만, 백수룡은 묻지 않을 수 없었다.

"이해가 되질 않습니다."

백수룡은 자신의 술잔을 들어 남아 있는 술을 한입에 털어 넣었다. 지금까지 자신이 한 언행에서, 거짓말이 드러날 만한 일은 아무것도 없었다. 그런데도 혈수귀옹이 자신을 죽이려 하는 것이 이상했다.

"왜 저를 죽이려 하십니까? 사부님께는 나중에 뭐라고 말씀하시려고 이러십니까?"

"이미 네 손에 죽은 내 사제 말이냐?"

"……."

"크하하! 역시 그랬구나! 그랬어!"

백수룡이 일순간 대답을 못 하자, 혈수귀옹은 그럴 줄 알았다는 듯 어깨를 들썩이며 웃었다.

"어떻게……."

"알았느냐고? 네가 너무 뛰어났기 때문이다."

"뛰어나서?"

혈수귀옹의 입꼬리가 올라가며, 입가에 사악한 미소가 맺혔다.

"처음에는 나도 깜빡 속았다. 헌데 아무리 봐도 말이다. 내 사제가 품기에는 네 그릇이 너무 커 보였다."

"겨우 그걸로 날 의심했다고?"

혈수귀옹의 몸에서 독한 주향이 흘러나왔다. 내공으로 몸 안에 쌓인 주독을 몰아내고 있다는 증거였다.

"노인의 연륜을 무시하지 마라. 너는 누구 밑에 있을 놈이 아니야. 진짜로 악인곡에 몸을 의탁하러 온 놈이었어도 언젠가는 내 손으로 죽였을 것이다."

그 말에 백수룡은 피식 웃었다.

"어쨌든 내 실수는 아니었단 거군. 다른 녀석들 실수도 아니고."

"흐흐. 절강오마 말이냐? 그쪽에도 손님을 보냈다. 아마 다시는 만나지 못할 게다."

"……."

백수룡의 표정이 딱딱하게 굳었다. 동시에 그의 무복이 기에 부풀어 오르기 시작했다. 누가 먼저 공격해도 이상하지 않은 일촉즉발의 상황. 입가에 비웃음을 띤 혈수귀옹이 물었다.

"마지막으로 물으마. 내 사제는 어떻게 죽었느냐?"

"쓰레기답게 지저분하게 죽었지. 입에 게거품을 물고, 살려 달라고 엎드려 빌면서 말이야."

백수룡의 말투도 완전히 바뀌었다. 더 이상 연기를 할 필요가 없기 때문이었다.

"널 어떻게 죽여야 할지 고민했는데, 덕분에 참고가 되었다."

"네 미래가 보이는 건 아니고?"

두 사람은 마주 앉은 채로 기를 끌어올리기 시작했다. 주변의 기가 미친 듯이 요동쳤다.

우우우웅! 혈수귀옹의 몸에서 무시무시한 기운이 끓어오르기 시작했다. 그의 두 팔이 어깨까지 붉게 변하고, 손톱이 한 자 이상 길게 자라나 마치 귀신과 같은 형상으로 변했다.

"못난 사제였지만 아끼는 아이였다. 너를 죽여 사제의 넋을 위로해야겠다."

맞은편에서는 백수룡의 눈동자가 붉게 물들었다. 그가 사납게 웃으며 말했다.

"위로는 직접 해. 사제 혼자 외롭지 않게 곁으로 보내 줄 테니까."
"크하하하하!"
혈수귀옹의 광소를 신호로, 그들은 동시에 서로의 심장을 노리고 손을 뻗었다. 둘 사이에 있던 물건들이 산산조각나고, 사방에 사나운 강기가 휘몰아쳤다.

◆ ◈ ◆

그로부터 며칠 전, 청룡학관. "다들 소식은 들었을 거라고 생각하오."
강사들이 모인 실내는 침중한 분위기가 흘렀다. 사파의 마두가 청룡학관 학생을 납치한 전무후무한 사건. 그 사실을 알게 된 청룡학관은 급하게 강사 회의를 소집했다. 하지만 이 회의를 주재하는 것은 학관주 노군상이 아닌, 부관주 화염도 곽철우였다.
"아시다시피 관주님은 오대학관주 회합에 참석하셔서 현재 부재중이시오. 바로 연통을 넣긴 했으나…… 사안이 급하니 우선 우리끼리 결정하고 움직여야 할 것 같소이다."
곽철우의 표정은 무척 어두웠다. 하필 관주가 부재한 상황에서 이런 일이 벌어졌으니, 학생에게 무슨 문제라도 생기면 그 책임을 뒤집어쓰게 생긴 것이다.
'가장 큰 책임은 물론 백수룡 그놈이 지겠지만…….'
만약 위지천의 신변에 무슨 일이라도 생긴다면 백수룡은 청룡학관에서 해고됨은 물론이고, 그 이상의 책임을 져야 할 것이다.
"당장 구출조를 꾸려야 합니다."
"무림맹에 지원은 요청하셨습니까? 쫓아가려면 추종술 전문가가 있어야 할 텐데……."
"상대는 사파의 마두입니다. 이미 늦었을 확률이……."

강사들이 사방에서 시끄럽게 말을 쏟아냈지만 그중 영양가 있는 이야기는 거의 없었다.

타앙! 탁자를 내리친 곽철우가 내공을 담아 모두에게 말했다.

"그럼 구출조를 꾸리는 쪽으로 의견을 정리하겠소. 선생들 중에서 지원자를 받겠소이다. 만약 없으면 제비뽑기로라도……."

"내가 가겠소."

망설임 없이 자리에서 일어난 이는 매극렴이었다. 노년의 검사는 서릿발 같은 기세를 뿜어내며 입만 살아서 떠드는 선생들을 둘러보았다.

"그 아이. 내가 구해 오겠소이다."

학생들의 생활 지도를 책임지는 학생 주임이기에, 그가 나선다고 하자 모두가 고개를 끄덕였다.

곽철우가 강사들을 둘러보며 말했다.

"또 없소? 학생 주임 선생님 혼자서는 무리요. 최소 두 명은 더 있어야 할 것 같은데."

"부관주. 나 혼자서 충분하외다."

매극렴이 단호한 눈빛으로 모두를 둘러보며 말했다.

"쉬지 않고 경공을 펼칠 것이니, 나와 함께 가려면 적어도 절정고수는 되어야 할 것이오. 그 외에는 방해만 될 뿐이오."

"……."

매극렴의 단호한 말에, 손을 들려던 강사들 몇이 얌전히 손을 내렸다. 아무리 청룡학관이 무림 오대학관이라고 해도, 절정고수가 흔하지는 않았다. 게다가 절정고수쯤 되면 수업이 많아서 일정을 빼기가 쉽지 않았다. 임시 강사라면 사정이 다르지만 말이다.

"저도 가겠습니다!"

눈치를 보고 있던 악연호가 냉큼 손을 들었다. 그를 본 곽철우가 반색했다. 산동악가의 악연호. 그는 확실히 절정의 고수였기 때문이다.

"악연호 선생. 학생 주임 선생님과 가 준다면 정말 고맙겠소이다."

매극렴도 고개를 끄덕였다. 악연호라면 자신을 충분히 따라올 수 있겠다고 판단한 것이다.

"이제 한 명만 더 받겠소. 지원자 더 없소?"

"……."

명일오와 제갈소영이 손을 들었으나 매극렴이 불가(不可)하다며 거절했고, 다른 강사들은 곽철우의 시선을 피하기 바빴다.

그때, 누구도 예상치 못한 사람이 손을 들었다.

"제가 가겠습니다."

"……남궁 선생?"

남궁수가 차가운 표정으로 고개를 끄덕였다. 그러나 이번에는 오히려 곽철우가 반대했다.

"남궁 선생은 안 되네. 선생이 하는 수업이 몇 개인데……."

"며칠 정도는 다른 분들이 대체할 수 있습니다. 또한 다녀와서 보충 수업도 할 생각입니다."

그렇게 대답한 남궁수가 매극렴과 악연호에게 물었다.

"두 분. 추종술은 익히셨습니까?"

"……잘은 모르네."

"기본적인 것 정도만……."

매극렴과 악연호. 둘 다 추종술에는 조예가 없었다. 마침 매극렴도 그래서 곤란하던 차였다. 남궁수는 그럴 줄 예상했다는 듯 고개를 끄덕였다.

"알겠습니다. 길은 제가 찾지요. 앞서 백수룡 선생이 쫓아갔으니 그리 어렵진 않을 겁니다."

그러나 곽철우는, 여전히 남궁수가 가는 게 꺼려지는 투였다.

"선생. 차라리 무림맹에서 추종술 전문가를 지원받는 것이……."

"위지천 학생의 구출은 한시가 급한 일입니다. 무림맹의 지원을 기다릴 시간이 없습니다. 또한."

남궁수가 곽철우를 똑바로 바라보며 말했다.

"무림맹에 저보다 추종술에 뛰어나고 무공까지 뛰어난 사람이 있다고 생각하십니까?"

"……."

자신감을 넘어 오만한 말이었지만, 아무도 반박하지 못했다. 그렇게 남궁수의 합류가 결정되었다.

자리에서 일어난 남궁수는 회의실에서 나가며 두 사람에게 말했다.

"반 시진 후에 정문. 각자 채비를 갖춰 오십시오."

"알겠네."

"알겠습니다!"

그로부터 정확히 반 시진 후, 청룡학관 강사들로 이루어진 구출조가 출발했다.

152화
혈교의 유산 (1)

혈수귀옹과 백수룡이 충돌하는 순간, 막대한 기파가 터져 나왔다.

콰콰콰콰콰! 웬만큼 기에 민감한 무인이라면 느낄 수 있는 거대한 기의 충돌. 숙소에서 긴장을 놓지 못한 채 대기하고 있던 학생들이 동시에 움찔했다.

"방금……."

"싸움이 난 것 같은데?"

"설마 선생님이?"

다들 적진 한복판이나 다름없는 곳에서 신경을 곤두세우고 있었기에, 감각이 최고로 예민해진 상태였다.

헌원강이 문밖을 바라보며 조용히 중얼거렸다.

"놈들이 온다."

곧 밖에서 우르르 몰려오는 발소리가 들려오고, "못 도망치게 막아!", "니들은 뒤쪽으로 돌아가!", "곡주님의 명령이다!" 등의 말소리가 들려왔다. 헌원강이 후배들을 돌아보며 피식 웃었다.

"아무래도 우리 좆된 것 같은데?"

다들 한숨을 내쉬며 고개를 끄덕인 후, 곧 시작될 싸움에 대비해 몸을 풀었다.

야수혁이 위지천의 어깨에 손을 올리며 말했다.

"위지천. 넌 내 뒤에 있어라."

"……나도 싸울 수 있어."

"됐으니까 오늘은 우리가 싸우는 거 구경이나 해."

야수혁이 위지천을 자신의 등 뒤로 보내는 것과 동시에, 문이 와장창 박살 났다.

콰지직! 부서진 문 너머로, 수십 명의 악인들이 복도까지 꽉 채운 모습이 보였다.

"흐흐. 내 이럴 줄 알았지."

악인들의 선두에는 마의가 있었다. 그는 이미 싸울 준비를 마친 절강오마를 보며 킬킬 웃었다.

"처음부터 네놈들이 수상했다. 특히 거기 조그만 놈."

마의의 시선은 야수혁의 등 뒤에 숨어서 고개만 살짝 내민 위지천을 향했다. 마의의 눈이 뱀처럼 요사스럽게 빛났다.

"독에 당했더구나. 그것도 내가 만든 독에 말이다."

"그걸 어떻게……."

"흐흐. 내가 직접 만든 독도 못 알아볼 것 같더냐? 백 장 밖에서 냄새만 맡아도 알 수 있지."

마의는 넓은 소매에서 작은 약병을 꺼내 흔들었다.

"그 독을 해독하려고 날 찾아온 것 같은데. 아니냐?"

"……."

마의가 흔드는 저 작은 약병이 해독제라는 사실은, 굳이 말하지 않아도 누구나 알 수 있었다. 헌원강이 거칠게 머리를 쓸어 올리며 욕설을 내뱉었다.

"빌어먹을. 처음부터 다 알고 우릴 여기로 끌어들인 거였나?"

마의는 히죽 웃더니 고개를 저었다.

"혈수귀옹에게는 아무 말도 안 했다. 놈이 뒤통수 맞는 꼴도 한 번쯤 보고 싶었거든. 그런데 혼자서도 잘 알아낸 모양이야. 아까 만찬을 끝내면서 너희를 잡아 오라고 하지 뭐냐?"

"……."

확실한 건, 마의도 어지간히 미친 인간이라는 사실이었다. 그가 마른 손으로 절강오마를 가리키며 악인들에게 명령했다.

"잡아 와라. 이 어린 쥐새끼들은 내가 실험용 쥐로 써야겠다."

"예!"

마의의 명령에, 악인곡의 악인들이 일제히 달려들었다.

헌원강이 도를 중단에 세우며 빠르게 모두에게 말했다.

"나와 야수혁이 정면을 막고, 여민은 기회를 봐서 마의한테서 해독제를 빼앗는다. 위지천은 대기. 해독제만 빼앗으면 바로 쨀 거야. 다들 알아들었지?"

"선생님은 어쩌고요?"

얼굴이 창백한 위지천의 질문에, 헌원강은 아무 걱정할 것 없다는 듯 코웃음을 쳤다.

"악인곡 오기 전에 선생님이 했던 말 기억 안 나? 무슨 일이 생기면 우리끼리 탈출하라고 했잖아."

그 말에 모두가 고개를 끄덕였다.

하긴. 학생들이 아는 백수룡은, 지옥에 떨어져도 악마들을 흑룡편으로 두들겨 패 갱생시킬 인간이었다.

"선생님 발목이나 잡지 않으려면 우리만 잘하면 돼. ……온다!"

잠시 후, 그들은 악인곡의 악인들과 충돌했다.

· ❖ ·

까가가강! 단 몇 차례의 충돌만으로, 방 안은 용권풍이 할퀴고 간 것처럼 폐허가 되었다.

뒤로 물러난 혈수귀옹은 길게 자라난 자신의 손톱을 혀로 핥았다.

"……생각보다 실력을 많이 숨기고 있었구나. 사제가 당할 법도 해."

실력을 숨기고 있다는 것은 알았으나, 설마 자신의 혈옥수를 이토록 수월하게 막아 낼 줄은 몰랐다.

비록 전력이 아니라 해도…… 혈수귀옹은 진심으로 놀랐다.

"옥면음랑이라더니, 색공을 익힌 것 같지는 않고."

"왜? 보고 싶어? 다른 놈들은 보기 싫다고 난리던데."

"크흐흐흐."

허리끈을 푸는 시늉을 하는 백수룡의 지저분한 도발에, 혈수귀옹은 유쾌하다는 듯이 웃었다. 하지만 그의 눈은 조금도 웃고 있지 않았다.

"……역시 그 주둥아리부터 찢어 놔야겠다."

"네 사제 놈도 똑같이 말하고 나한테 뒈졌지."

백수룡은 말싸움으로는 한마디도 지지 않았다. 상대는 전력을 다해도 승리를 장담할 수 없는 고수. 조금이라도 심리적으로 흔들어 놓아서 승기를 가져올 수 있다면, 얼마든지 떠들어 댈 생각이었다.

……달리 말하면, 그만큼 상대가 강적이라는 이야기이기도 했다.

"걱정 말거라. 사제가 한 약속은 내가 대신 지킬 테니!"

벼락처럼 달려든 혈수귀옹이 시뻘겋게 물든 손톱을 휘둘렀다.

촤아아악! 허공에 열 줄기 붉은 선이 그어졌다. 백수룡은 월영을 휘둘러 다섯 개의 검기를 쳐 내고, 나머지는 몸을 틀어 피했다. 하지만 다 피하지 못해 뺨과 어깨 등에 얕은 상처가 생겼다.

"쥐새끼처럼 잘 피하는구나! 어디 이것도 피해 보거라!"

혈수귀옹은 두 손을 양옆으로 활짝 펼쳤다가 박수를 치듯 강하게 부딪쳤다.

 퍼어어엉! 손바닥이 충돌하면서 폭발한 기가 백수룡을 덮쳤다. 백수룡은 뒤로 물러나며 급히 검막을 펼쳤으나, 상대의 공격에 실린 힘이 너무 강했다.

 "큭!"

 와장창! 문을 부수고 튕겨 나온 백수룡이 바닥을 굴렀다. 몇 바퀴를 구른 그가 자리에서 벌떡 일어나더니 뒤로 훌쩍 물러났.

 푸욱! 방금까지 그가 누워 있던 자리에 혈수귀옹의 손톱이 깊게 박혔다가 뽑혀 나왔다.

 "호오. 이번에도 피했단 말이지. 그래. 계속 피해 보거라."

 혈수귀옹이 연이은 맹공을 퍼부었다. 그의 손톱에서 쏟아진 붉은 검기가 주변을 난도질했다. 봉두난발이 된 머리를 휘날리며 밤하늘을 붉게 물들이는 그의 모습은, 꿈에라도 나올까 두려운 귀신의 모습이었다.

 "날 사제 곁으로 보내겠다고 자신만만하게 말하던 놈이 도망만 치고 있구나!"

 백수룡은 수세에 치중하며 상대의 무공을 관찰했다. 한번 상대해 본 무공이지만, 백발마수의 그것과는 차원이 달랐다.

 '확실히 강해. 백발마수처럼 여력을 남기고 이길 수 있는 상대가 결코 아니야.'

 스스스슷……. 백수룡의 머리카락이 서서히 적발로 물들었다. 상대에게 역천신공의 정체를 들킬지도 모르지만, 더 이상 전력을 숨길 상황이 아니었다. 예상대로 혈수귀옹이 놀라 눈을 부릅떴다.

 "적발적안? 게다가 이 기운은……!"

 자기도 모르게 멈춰선 혈수귀옹이 중얼거렸다. 역천신공의 기운이 혈수귀옹의 심령을 무겁게 짓눌렀다. 경지가 조금만 더 낮았다면, 무공을 펼치는 데 어려움을 겪었을 것이다. 혈교의 무공을 익힌 무인은 역천신공 앞에서 본능적인 두려움을 느낀다.
 혼란스러움을 느낀 혈수귀옹이 중얼거렸다.
 "설마, 설마…… 그럴 리가 없다."
 백수룡은 그 틈을 놓치지 않고 득달같이 달려들었다.
 까앙! 검과 손톱을 맞댄 채로, 혈수귀옹은 백수룡의 적발적안을 뚫어지게 바라보았다. 갑자기 그가 클클 웃음을 흘렸다.
 "그래. 말도 안 되지. 천하는 넓고 무공은 많으니, 비슷한 현상이 나타나는 무공도 몇 개쯤 있을 테지."
 그는 눈으로 직접 보고도 믿지 못했다. 백수룡의 무공이 역천신공일 리 없다고 스스로를 납득시켰다. 전설 속의 혈마가 눈앞에 나타났다는 사실을 믿는 것보다는 그쪽이 더 합리적이었으니까.
 "크흐흐. 네놈이 나를 놀라게 해서 한 방 먹이려 한 모양이구나."
 '다행이군. 역천신공이라고 떠들어대면 난감할 뻔했는데.'
 백수룡은 그렇게 생각했지만, 사실 다행일 것도 없었다. 혈수귀옹의 눈이 그 순간 악독하게 빛났다.
 "허나 혈교와 관련이 있는 놈인 것은 틀림없는 것 같구나."
 "글쎄."
 백수룡은 상대가 멋대로 오해하도록 내버려 두었다. 예상대로 혈수귀옹은 그를 혈교의 끄나풀이라고 생각했다.
 "그럼 너는 그 문을 열 방법을 알고 있을지도 모르겠구나. 아니, 분명 알고 있을 게야. 처음부터 내 보물을 노리고 온 것이지?"
 "마음대로 생각해."
 "감히……!"
 혈수귀옹의 두 눈에 핏발이 서고 표정은 흉신악살처럼 일그러졌다. 수십 년을 집착해 온 혈교의 유산. 그걸 빼앗길지도 모른다는 생각이 그를 광기에 빠지게 했다.

"문을 여는 방법을 말해라. 그럼 죽이지 않고 두 눈을 파고, 혀만 자른 후에 살려 주겠다."

"누가 마두 아니랄까 봐. 그걸 제안이라고 하는 거냐?"

"대신 내 곁에 두어, 평생 남에게 시중받고 살게 해 주마. 이 정도면 어떠냐?"

"이 미친 늙은이가……."

그 순간, 백수룡의 머릿속에 불쑥 어떤 생각이 들었다.

백수룡이 씩 웃으며 말했다.

"본교에서 곧 물건을 회수하러 올 거다. 난 먼저 물건을 확인하러 온 거고."

"역시……."

옥면음랑이 혈교의 첩자임을 드러내자, 혈수귀옹의 표정이 사납게 일그러졌다.

"혈수귀옹. 너는 본교의 재물을 탐하는 죄를 지었다. 사지를 찢어서 개밥으로 던져 줘도 모자랄 죄인이다. 허나!"

백수룡이 엄숙한 표정으로 말을 이었다.

"가진 바 무공이 쓸 만하니 본교에 거두어 줄 의향이 있다. 윗분들이 결정하실 일이지만, 단주직 정도는 충분히 받을 수 있을 거다. 어떤가? 분수에 맞지 않는 욕심을 부리지 말고 내 제안을 받아들이는 것이."

물론 전부 다 거짓말이었다.

'하지만 알 게 뭐냐.'

혈수귀옹이 속아 넘어온다고 해도 이득이고, 그렇지 않다고 해도 충분히 시간을 벌 수 있었다. 혈교가 보물을 숨겨 둔 동굴의 입구를 찾을 시간 말이다.

'아마도…… 저곳인 것 같군.'

혈수귀옹과 싸우는 와중에도 백수룡은 쉼 없이 주변을 관찰했다. 그리고 백수룡이 결론을 내렸을 때, 혈수귀옹이 입을 열었다. 살기가 가득한 눈으로 그가 백수룡을 노려봤다.

"고작 단주? 개소리하지 마라. 내 보물을 노리는 놈들은 전부 이 손으로 찢어 죽일 것이다."

동시에 혈수귀옹의 손톱 끝에, 지금까지 보여 준 검기와는 다른 선명한 기운이 맺혔다. 그 모습을 본 백수룡이 나직이 신음했다.

"강기(罡氣)……."

강기는 초절정 고수에 반열에 올랐다는 증거다. 하지만 혈수귀옹의 강기는 형태가 다소 불안정했다.

'완전한 초절정의 경지는 아니군.'

하지만 불완전한 강기라고 해도, 지금의 백수룡이 감당하기 어려운 것은 틀림이 없었다.

"놈! 입구를 여는 방법을 말해라!"

순식간에 거리를 좁혀 온 혈수귀옹이 강기가 맺힌 손톱을 휘둘렀다. 백수룡은 급히 몸을 피했다.

콰콰콰콰쾅! 백수룡을 스쳐 간 강기가 뒤편의 벽을 무너뜨렸다. 검기와는 수준이 다른 파괴력. 섣불리 강기를 막으려고 들었다간 검이 부러질 것이다. 백수룡은 자신의 애검인 월영을 내려다봤다.

'보검이니 몇 번 정도는 막을 수 있겠지만…….'

혈마검이라면 모를까, 월영으로는 강기를 사용하는 고수와 정면으로 맞설 수 없었다.

휘익! 백수룡은 경공을 펼쳐 거리를 벌렸다.

"도망칠 수 있을 것 같으냐? 지옥 끝까지라도 쫓아가 주마!"

혈수귀옹은 강기가 맺힌 손톱을 무차별하게 휘둘렀다. 수년에 걸쳐 지은 그의 거대한 집이 부서지고, 주변에 있던 시종들과 악인들이 죽어 나갔다. 백수룡은 그 공격을 요리조리 피하며 상대를 약 올렸다.
"추한 노괴야. 지옥은 너 혼자 가라."
"문을 여는 방법을 말해라! 주둥이만 빼고 모두 찢어 놓기 전에!"
문득 자리에 멈춰선 백수룡이 씩 웃으며 말했다.
"겨우 그 실력으로?"
"갈!"
백수룡의 도발에 허공으로 떠오른 혈수귀옹이 몸을 회전시키더니, 아래를 향해 강기를 쏟아냈다.
콰콰콰콰쾅!
쏟아진 강기가 바닥을 부수고 그 안에 숨겨져 있던 공간을 드러냈다. 백수룡의 입가에 회심의 미소가 맺혔다.
"역시 여기였군."
백수룡은 단순히 도망만 다닌 것이 아니었다. 혈수귀옹의 공격을 피해 다니면서, 혈교의 유산이 숨겨져 있다는 동굴로 들어가는 입구를 찾았다. 뒤늦게 정신을 차린 혈수귀옹의 표정이 창백하게 변했다.
"설마……."
씨익. 불길한 미소를 지어 보인 백수룡이 냅다 구멍 안으로 뛰어들면서 외쳤다.
"혈교의 보물은 전부 내가 가져가마!"
"안 돼!"
급히 백수룡을 쫓아가려던 혈수귀옹이 자리에서 멈춰 섰다. 그리고 내공을 담아 쩌렁쩌렁하게 외쳤다.
"누구도 나를 쫓아오지 마라! 따라오는 자는 모조리 쳐 죽일 것이다!"
악인곡의 악인들에게 단단히 경고한 후, 혈수귀옹은 백수룡을 따라 지하로 통하는 구멍으로 뛰어들었다.

153화
혈교의 유산(2)

'역시 바로 쫓아오는군.'

백수룡은 뒤에서 무시무시한 기세로 쫓아오는 혈수귀옹의 기척을 느꼈다.

"놈! 껍질을 벗겨 소금물에 담근 후에 사지를 갈가리 찢어 개밥으로 던져 주마!"

웬만한 무인은 귀를 틀어막고 비틀거릴 정도로 내공이 가득 담긴 사자후에, 지하로 이어진 길이 무너질 것처럼 진동했다.

고개를 반쯤 돌린 백수룡이 내공을 담지 않고 소리쳤다.

"굴이 무너지는 꼴을 보고 싶어? 소중한 보물을 그대로 묻어 버리고 싶으면 계속 소리 질러 보시든가!"

"……이런 뼈를 갈아 마셔도 시원치 않을 놈 같으니!"

혈수귀옹은 이를 갈았지만, 백수룡의 말대로 굴이 무너질 위험이 있기에 더 이상 사자후를 내지르지는 못했다.

입구로 향하는 굴은 꽤 길게 이어져 있었고, 점점 아래로 향하고 있었다. 백수룡은 검기를 날려, 눈에 보이는 족족 횃불을 전부 꺼뜨렸다. 이

내 입구로 향하는 통로가 완전한 어둠에 잠겼다. 백수룡의 뒤쪽에서 혈수귀옹의 비웃음이 길게 울려 퍼졌다.

"어둠 속에 숨는다고 내 눈을 피할 수 있을 것 같더냐?"

"방해 정도는 되겠지."

백수룡은 품 안에 손을 넣어 암기를 바닥에 깔았다. 뒤따라오던 혈수귀옹이 그것을 밟았으나, 내공을 두른 발에는 어떤 상처도 입히지 못했다. 고작해야 신경을 건드리는 정도에 불과했다.

"가소로운 놈! 기껏 한다는 짓이 이런 잔재주더냐!"

콰콰콰콰쾅! 혈수귀옹은 아예 바닥을 갈아 엎으며 맹렬하게 추격했다. 상대의 무지막지한 내력에 혀를 내둘렀다.

'나이를 똥구멍으로 처먹진 않은 모양이군. 내공으로는 상대가 안 될 정도야.'

실제로 혈수귀옹은 내공은 십대악인 중에서도 손에 꼽을 정도로 깊었다. 백수룡은 입술을 잘근 깨물었다.

'정면 승부는 손해가 너무 크다.'

혈수귀옹은 전력을 다해도 승부를 장담하기 어려운 고수. 놈을 죽이려면 백수룡도 적지 않은 부상을 감수해야 한다. 사투 끝에 혈수귀옹을 처치한다 해도, 싸움을 지켜보고 있던 악인곡의 마두들이 부상을 입은 백수룡을 가만히 둘 리 없었다.

그때, 한층 가까워진 거리에서 혈수귀옹의 목소리가 들려왔다.

"절강오마 말이다! 네 의형제들은 지금쯤 어찌 되었을 것 같으냐? 아직 살아 있을까?"

"멍청한 늙은이. 그놈들이 의형제라는 말을 믿었단 말이야?"

"크흐흐. 그 말이 진짜인지 허세인지는 나중에 친히 확인해 주마."

백수룡은 더 이상 대꾸하지 않았다. 하지만 위에 남겨진 학생들을 생각하지 않을 수는 없었다.

'잘 대처하길 바라는 수밖에.'

악인곡에 오기 전에 신신당부했고, 실력들도 제법이니 쉽게 당하지는 않을 것이다. 백수룡은 입술을 깨물며 제자들에 대한 걱정을 떨쳐냈다.

'조금만 버티고 있어라. 이 안에서 오래 있을 생각은 없으니까.'

혈교가 보물을 숨겨 둔 장소라면 분명 혈교의 기관진식이 설치되어 있을 것이다. 그리고 혈교의 기관진식은, 과거 혈교의 무공 교두였던 백수룡에겐 안방이나 다름이 없었다. 그곳이라면…….

마침 거대한 문의 모습이 백수룡의 시야에 들어왔다.

"저 안에서 죽여 주마."

칠흑 같은 어둠 속에서, 문을 노려보는 혈마안이 한층 더 요사스럽게 빛났다.

백수룡은 가까워진 문을 향해 검기를 날렸다.

까앙! 현철로 만든 문이라더니 흠집 하나 나지 않았다. 두께 또한 가늠이 되지 않을 정도로 두꺼워 보였다.

'강기로 파괴하려 해도 쉽지 않겠어.'

물론 계속 두들기면 언젠가는 부술 수 있겠지만, 강제로 열면 내부가 무너지거나 폭약이 터지도록 설계돼 있을 확률도 있었다. 때문에 혈수귀옹도 지금까지 함부로 건드리지 못한 것이고.

"함부로 문을 건드리지 마라!"

뒤에서 들려오는 목소리가 한층 가까워졌다. 백수룡은 문을 향해 내달리며 빠르게 문의 구조를 훑었다.

'역시! 역천신공을 익혀야 들어갈 수 있는 구조로군.'

문 전체에 새겨진 화려한 무늬들. 모르는 사람이 보면 그저 화려한 문양에 불과하겠지만, 백수룡은 거기에 숨겨진 의미를 어렵지 않게 알아볼 수 있었다.

역천신공의 시작이자 마지막이라고 할 수 있는 초식. 혈천무(血天舞)에 따라 문에 새겨진 조각들을 순서대로 눌러야만 비로소 문이 열린다는 사실을 말이다.

타닷! 땅을 박찬 백수룡은 단숨에 철문에 일장을 날렸다. 정확히 기관장치가 시작되는 부분에, 역천신공의 내공을 힘껏 불어넣었다.

지이잉……! 현철로 된 문이 진동하기 시작했다. 역천신공의 내공이 기관장치를 발동시킨 것이다.

드르륵…… 철컥! 철컥! 문에 새겨진 조각들이 서로 맞물리더니 꿈틀대며 변화하기 시작했다.

'한 번에 완벽하게 펼쳐야 한다.'

혈천무는 맨손 또는 어떤 무기로도 응용할 수 있는 초식이었다. 상황에 따라서, 가진 무기에 따라서, 어떤 적이냐에 따라서 다르게 펼쳐지는 초식. 이 앞을 가로막는 문은 가상의 적이었고, 혈천무의 숙련도를 시험하는 수문장이었다. 백수룡이 제대로 된 혈천무를 펼치지 못한다면, 녀석은 자격이 부족하다고 판단하여 문을 열어 주지 않을 것이다.

"보여 주마! 하아압!"

기합을 지른 백수룡은 철문을 타고 오르며 문에 설치된 기관장치들을 순서대로 타격했다. 그 모습은 마치 구름을 타고 날아오르는 한 마리의 용과 같았다.

"이노옴! 뭐 하는 짓이냐!"

뒤따라 그 현장에 도착한 혈수귀옹이 그 모습을 보고 고함을 질렀다.

"그러다 기관장치가 잘못 발동되기라도 하면……!"

혈수귀옹은 달려들어 백수룡을 저지하려 했다. 그러나 그는 곧 제자리에 못 박힌 듯 멈춰 설 수밖에 없었다.

쿠구구구궁……!

지금까지 무슨 짓을 해도 꿈쩍하지 않던 거대한 철문이, 굉음을 내며 스스로 열리기 시작한 것이다.

"무, 문이 열린다!"

눈을 부릅뜬 혈수귀옹이 경악한 표정으로 소리쳤다. 백수룡에 의해 완벽하게 재현된 혈마의 무공. 오랜 시간 혈교의 보물을 지켜 온 수문장이, 시험을 통과한 백수룡에게 자신의 내부를 허락했다.

"실제로 사용해 보기는 처음인데……. 이런 느낌이었군."

자리에서 내려선 백수룡이 활짝 열린 철문을 바라보며 중얼거렸다. 혼자서 혈천무를 수련해 본 적은 있어도, 무언가를 대상으로 펼쳐 본 것은 지금이 처음이었다. 덕분에 역천신공에 대한 작은 깨달음을 얻었다.

'아마 선대가 후인을 위해 안배해 둔 장치인 것 같군.'

철문을 일별한 백수룡은 고개를 돌려 혈수귀옹을 바라봤다. 그의 입가에 흐뭇한 미소가 맺혔다.

"고맙다고 인사라도 해야겠네. 덕분에 이것저것 많이 챙겨 가게 생겼으니 말이야."

"……뭐?"

휙 몸을 돌린 백수룡이 경공을 펼쳐 문 안으로 쏜살같이 들어갔다.

"이노오옴! 거기 서지 못하겠느냐!"

뒤늦게 정신을 차린 혈수귀옹이 경공을 펼쳐 백수룡을 뒤쫓았다. 그는 지난 수십 년 동안 문이 열리는 순간만을 기다렸다. 악인곡을 철옹성으로 만들고, 악인들을 노예로 삼아 굴을 파게 했다. 비밀을 아는 자들은 모두 죽였다. 친우라 여겼던 자들을 포함해서, 그 누구도 이곳의 정체를 알지 못하게 했다.

"그런데 이제 와서 빼앗길 것 같으냐? 네가 누구라도 해도 내 보물을 넘겨주지 않는다. 설령 네놈이…… 당대의 혈마라고 해도!"

혈수귀옹은 방금 전 백수룡이 펼친 무공을 보았다. 광기에 물들었다 한들, 혈수귀옹은 결코 멍청한 자가 아니었다. 그런 신공절학을 눈앞에서 보고 어찌 상대의 정체를 짐작하지 못하겠는가. 하지만 상관없었다.

'혈마라고? 그래 봤자 아직은 나보다 약하다.'

오히려 지금이 놈을 죽일 유일한 기회일지도 모른다.

"흐흐흐…… 보물은 내 것이야. 저 안에 있는 보물은 전부 내 것이란 말이다. 내 것을 빼앗겠다고? 감히? 감히이이! 네놈을 평생 죽지도 살지도 못하게 만들어 목줄을 걸고 개처럼 끌고 다녀 주마!"

광기에 물든 혈수귀옹의 두 눈에서 실핏줄이 투두둑 터지고, 피눈물이 줄줄 흘러내리기 시작했다.

"보물은 전부 내 것이다!"

그렇게 혈수귀옹마저 안으로 들어간 후, 활짝 열렸던 철문이 다시 닫히기 시작했다.

쿠구구궁…… 쿠웅! 꽉 닫힌 철문은 아무 일도 없었다는 듯, 무겁게 침묵을 지켰다.

두 사람이 비동(秘洞) 안으로 들어온 지 반 시진이 지났다.

"끄아아악! 이 쳐 죽일 놈! 산 채로 껍질을 벗겨 버릴 것이다!"

혈수귀옹은 사방으로 손톱을 휘두르며 괴성을 질러댔다. 그의 꼴은 말이 아니었다. 머리와 수염은 불에 그슬리고, 옷은 넝마가 된 지 오래였다. 온몸에 자잘한 자상이 가득했고, 드러난 상처 중 일부는 독에 당한 듯 시커멓게 변해 있었다. 앞서가던 백수룡이 힐긋 뒤를 돌아보며 친절하게 경고했다.

"머리 조심하라고!"

하지만 백수룡의 경고와 달리, 천장이 아닌 왼쪽의 벽이 열리고 손가락만 한 강침 수백 개가 발사됐다.

"또 속을 것 같으냐!"

혈수귀옹은 손톱을 휘둘러 강침을 모조리 쳐 냈다.

까가가강! 아무리 기관진식에 살벌한 암기를 숨겨 놨다고 해도, 초절정 초입에 이른 고수를 다치게 하는 것은 거의 불가능했다. 다른 누군가가 끼어들지만 않는다면 말이다.

푸욱! 수백 개의 강침 속에 숨어서 날아온 강침 하나가 혈수귀옹의 어깨에 박혔다. 앞서 도망치던 백수룡이 은밀하게 던진 강침이었다. 백수룡을 노려보는 혈수귀옹의 두 눈에서 불길이 솟구쳤다.

"언제까지 도망칠 수 있을 것 같으냐!"

콰콰콰쾅! 혈수귀옹이 쏟아낸 강기가 기관진식을 통째로 파괴했다. 하지만 그 앞에 있던 백수룡은 이미 옆으로 피한 뒤였다. 백수룡은 이번에는 손으로 아래를 가리켰다.

"발밑 조심하라고."

"끄아아악!"

계속 이런 식이었다. 사방에서 강침이 쏟아지고 바닥이 갑자기 푹 꺼졌다. 화염이 쏟아지고, 경사에서 바위가 굴러떨어졌다. 하지만 상처 입은 사람은 혈수귀옹뿐이었다. 백수룡은 기관진식을 건드린 후 교묘하게 틈새를 찾아 무사히 빠져나갔고, 그 대가는 혈수귀옹 혼자 고스란히 뒤집어썼다.

"귀신이 되어서라도 네놈만은 잡으리라!"

"아이고 무서워라."

혈수귀옹은 기관진식을 닥치는 대로 파괴하며 백수룡을 추격했다.

잡힐 듯 잡히지 않는 혈마의 후예!

놈만 죽이면 이곳에 있는 보물은 모두 그의 차지였다. 때문에 혈수귀옹은 내공을 아끼지 않고 쏟아부었다. 벌써 반 시진 가까이 이어진 술래잡기. 하지만 모든 길에는 결국 끝이 있기 마련이었다.

"정말 지독한 늙은이로군."

뒤를 돌아본 백수룡은 낮게 혀를 찼다. 혈수귀옹을 이용해 비동으로 향하는 길에 있던 기관진식을 모조리 파괴했다. 그 덕분에 반나절은 걸렸어야 할 길을 한 시진도 안 돼 주파했다. 그리고 결국, 그들은 막다른 길에 도달했다.

"이런……."

막다른 길에 가로막힌 백수룡이 벽을 등지고 돌아섰다. 혈수귀옹이 회심의 미소를 지으며 다가왔다.

"흐흐흐……. 이제 네놈만, 네놈만 죽이면 다 끝난다."

두 사람이 마주 선 공간은 반경 몇 장 안 되는 좁은 공동이었다.

아무리 다치고 지쳤어도, 혈수귀옹에게 강기라는 압도적인 무기가 있는 한 좁은 공간에서의 승부 결과는 불 보듯 뻔했다. 하지만 백수룡은 전혀 걱정하는 표정이 아니었다. 오히려 씩 웃었다.

"그래. 이쯤이면 되겠어. 지쳐서 도망도 못 갈 테고."

"내가 도망을? 무슨 개소리를……."

"난 너처럼 오래는 못 쓰거든."

그 순간 백수룡의 검 끝에 맺힌 붉은 검기가, 점점 더 선명하고 단단하게 변하기 시작했다.

"가, 강기……!"

혈수귀옹이 경악한 표정으로 그 광경을 바라봤다. 백수룡이 피워 낸 강기는, 혈수귀옹의 그것보다 훨씬 더 짙고 선명한 붉은색이었다.

"왜? 너만 쓸 수 있는 줄 알았어?"

혈수귀옹에게 검을 겨누는 백수룡이, 창백해진 표정으로 웃었다.

154화
혈교의 유산(3)

휘익! 벼락같이 달려든 백수룡이 검을 휘둘렀다. 전과 달리 선혈처럼 붉은 검강이 피어난 검. 혈수귀옹은 그 공격에 담긴 힘을 감히 경시하지 못하고, 양손에 강기를 형성한 뒤 교차해서 막았다.

쩌어어어엉!! 강기와 강기가 충돌하자, 두 사람을 중심으로 막대한 충격파가 터져 나왔다.

"크헉!"

혈수귀옹은 거의 벽까지 밀려난 후에야 겨우 멈춰 섰다. 하지만 그는 고통을 느끼지 못했다. 백수룡의 검에 맺힌 강기를 보고 받은 충격이 너무 컸던 것이다.

"어, 어떻게 네가 강기를……!"

"강기 따위가 뭐 대수라고."

대수롭지 않은 듯 말하는 백수룡의 태도에, 혈수귀옹의 얼굴이 흉하게 일그러졌다. 서른도 안 돼 보이는 나이에 검기성강(劍氣成罡)의 경지에 이르다니! 자신은 수십 년을 수련해서 얻은 경지를 저런 애송이가 벌써 얻었다는 생각에, 혈수귀옹의 열등감이 폭발했다.

"갈! 기고만장하기가 이를 데 없구나!"

혈수귀옹은 모든 내공에 더해 진원진기까지 끌어올렸다. 더 이상 힘을 아낄 이유가 없었다. 여기서 상대를 죽이는 자가, 비동 안에 있는 혈교의 보물을 모두 차지할 테니까.

아니, 어쩌면……. 피눈물을 흘리는 혈수귀옹의 두 눈이 완전히 광기에 잠식됐다.

"크하하하! 너를 죽이고 내가 새로운 혈마가 될 것이다!"

"미쳐도 단단히 미쳤군."

쩌어어엉! 또다시 강기와 강기가 충돌했다. 부서진 강기의 파편이 사방을 할퀴었다. 자연재해나 다름없는 두 고수의 연이은 충돌에, 공동이 흔들리며 무너지기 시작했다.

"크하하하! 강기를 유지하는 것만으로도 힘에 부쳐 보이는구나!"

어지럽게 피어오르는 먼지구름 속에서 혈수귀옹이 광소를 터트렸다. 반면 백수룡의 얼굴은 시체처럼 창백했고, 식은땀이 줄줄 흘렀다.

'역시 아직 강기를 사용하는 건 무리로군.'

역천신공이 7성에 이르러야, 임독양맥이 완전히 타통돼 자유롭게 강기를 사용할 수 있었다. 지금 백수룡이 피워낸 강기는 억지로 단전과 혈도를 쥐어 짜내 만든 것이나 다름없었다. 그 부작용으로 몸에 상당한 무리가 오고 있었다.

"흐흐흐. 어설프게 강기를 만들어 봤자 결과는 바뀌지 않는다."

혈수귀옹이 그것을 눈치채지 못할 리 없었다. 자신에게 승기가 완전히 기울었다고 믿은 그가 여유롭게 웃었다.

"우선 네놈이 더 이상 도망가지 못하도록 두 다리를 잘라 주마. 그다음엔……."

"후유. 이제야 좀 익숙해지는군."

"뭐?"

백수룡이 창백한 표정으로 웃고 있었다.
'이 상황에서 어떻게…….'
혈수귀옹은 도저히 이해할 수 없었다.
살려 달라고 빌어도 모자랄 상황에서, 저렇게 여유 있는 표정으로 웃을 수 있다니.
"아직도 허세를……."
하지만 허세라고 하기엔, 백수룡의 표정이 점점 눈에 띄게 편안해지고 있었다. 동시에 그가 피워낸 검강의 형태가 변하기 시작했다.
츠츠츠츳. 월영을 감싼 붉은 검강이 점점 얇게 압축되기 시작했다.
"실전에서 사용해 보는 건 처음이라 조절이 잘 안 됐거든."
"무, 무슨 짓을……."
혈수귀옹은 눈앞에서 벌어지는 현상을 이해할 수 없었다. 하지만 한 가지는 확실하게 알 수 있었다. 지금 백수룡이 보여 주는 기술은, 자신은 따라 하는 것조차 불가능한 고절한 기예라는 것.
'강기를 압축하다니!'
자신보다 까마득하게 높은 경지, 예를 들면 십대고수 정도는 되어야 가능하지 않을까 싶은 기술이었다.
그걸 아무렇지도 않게 해낸 백수룡이 씩 웃었다.
"다시 붙어보자고."
백수룡은 경쾌하게 보법을 밟아 혈수귀옹을 향해 달려들었다. 검강이 압축된 탓인지, 휘두르는 검이 한결 가벼워 보였다. 하지만 검에 실린 힘은 결코 가볍지 않았다.
쩌어어엉! 쩌엉! 쩌저저정!
검이 부딪칠 때마다 힘겨워했던 백수룡의 모습은 더 이상 찾아볼 수 없었다. 한 마리 표범처럼 날렵하게 보법을 밟으며, 혈수귀옹의 사방에서 나타나며 맹공을 퍼부었다. 이제 궁지에 몰린 쪽은 혈수귀옹이었다.

"크윽…… 까불지 마라!"

혈수귀옹은 모든 내공을 끌어모아 사방으로 강기를 폭발시켰다.

콰콰콰콰쾅! 강기의 폭발이 반경 십 장을 완전히 초토화시켰다. 그러나 백수룡은 그러한 폭발 속에서도 멀쩡했다. 압축된 검강으로 검막을 펼쳐 폭발을 막아 낸 백수룡이 폭발 속에서 걸어 나왔다.

저벅저벅.

"혈수귀옹. 강기를 제외하면 넌 나보다 나은 게 아무것도 없다."

"닥쳐라!"

검강의 단단함은 상대와 부딪쳐서 부서지지 않을 정도면 충분하다. 부족한 내공은 기교로 메운다. 물론 제대로 된 초절정 고수가 상대였다면 이 방법으로도 쉽지 않았겠지만…….

"넌 이 정도로 충분하거든."

십대악인의 악명에 걸맞게 혈수귀옹은 초절정의 경지에 이른 고수였지만, 백수룡의 눈에는 강기를 완벽하게 다루지 못하는 반푼이에 불과했다.

"난 강기도 제대로 못 다루는 반푼이는 초절정으로 안 쳐."

"닥치라고 했다!"

혈수귀옹이 양손의 손톱에 강기를 줄기줄기 뿜어내며 달려들었다. 백수룡은 쏟아지는 공격을 막으며 강기를 유지할 수 있는 시간을 가늠해 보았다.

'아직은 반 각 정도가 한계인가.'

강기를 압축해 효율을 높이고, 기의 낭비를 최소화했다. 단전과 혈도에 가는 부담도 절반 이하로 줄였다. 그럼에도, 지금으로서는 반 각을 유지하는 것이 한계였다.

"뭐, 지금은 반 각이면 충분하지만."

"찢어 죽일 노오옴!"

완전히 이성을 잃은 혈수귀옹이 온몸으로 강기를 뿜어내며 덤벼들었다. 동귀어진조차 불사한 공격. 하지만 백수룡은 그조차 허락하지 않았다. 그의 눈에는 혈수귀옹의 빈틈이 너무나 많이 보였다.

백수룡이 차갑게 웃었다.

"얼굴 보는 것도 지겨운데 이제 마무리하자고."

월영이 허공에 붉은 궤적을 그렸다.

까가가가각! 혈수귀옹의 강기가 부서지고, 손톱이 잘려나갔다. 불안정한 혈수귀옹의 강기는 백수룡의 압축된 강기를 버텨 내지 못했다. 내상을 입은 혈수귀옹이 피를 토하며 물러났다.

"커허억!"

순식간에 열 개의 손톱이 모두 잘려 나갔다. 그뿐만 아니라 온몸에 깊은 자상을 입었고, 정신을 차리니 단전에도 커다란 구멍이 뚫려 있었다.

"아, 안 돼애……."

혈수귀옹은 자신의 배에 난 구멍에서 흘러나오는 피를 내려다봤다. 손바닥으로 급히 상처를 막아 봤지만, 쏟아지는 피를 막을 수는 없었다.

"내 수십 년의 적공(積功)이……."

부서진 단전에서 내공이 빠져나가면서, 혈수귀옹의 노화가 급격히 진행됐다.

"내, 내가 이렇게……."

혈수귀옹은 혈옥수가 깨지며 가뭄의 논처럼 말라비틀어진 손으로 자신의 배를 틀어막았다. 울컥울컥 피를 게워내던 그는 결국 무너지듯 무릎을 꿇었다.

"이렇게 죽을 수는……."

이미 늦었음을 알면서도, 혈수귀옹은 바닥을 기어서라도 도망치려고 했다. 생에 대한 끈질긴 집착이었다.

"나는, 나는 혈교가 숨겨 둔 보물을 찾아야 한다……. 그 안에서 신공절학과 영약을 섭취해, 환골탈태를 이루어 젊음을 되찾아야 해……."

"아직도 미련이 남았나."

혈수귀옹의 등 뒤에 그림자가 졌다. 간신히 고개를 돌려 보자, 백수룡이 한심하다는 표정으로 그를 내려다보고 있었다. 순간 혈수귀옹의 눈빛이 표독스러워졌다.

"네놈! 네놈만 아니었어도 나는……!"

"저승길에 헛된 미련을 버리고 가도록 확실하게 말해 주지. 신공절학과 영약을 얻었어도 당신은 환골탈태를 이룰 수 없어."

"무, 무슨 소리냐, 그게!"

백수룡은 이런 악인에겐 그 어떤 희망도 남겨 줄 가치가 없다고 생각했다. 그는 교관의 눈으로 냉정하게 혈수귀옹을 평가했다.

"우선 무공에 대한 자질이 모자라고, 편협한 성격도 신공절학을 익히기에 부적합하다. 오성도 뛰어나지 못해. 그랬다면 진작 혈옥수를 대성해 완전한 초절정을 이루었겠지."

백수룡의 냉정한 평가에, 혈수귀옹이 바락바락 악을 질렀다.

"네가 뭘 안다고 지껄이느냐! 내가 상승무공을 조금만 일찍 입문했다면……!"

"내가 아는 어떤 노인은 65세에 무공에 입문해, 하루도 쉬지 않고 수련해서 청룡학관에 입관했다. 네가 진정 그 노인보다 더 노력했다고 말할 수 있나?"

"나는……."

백수룡의 싸늘한 눈빛에 혈수귀옹이 입을 다물었다.

"신기루 같은 신공절학과 영약만 얻으면 환골탈태를 이룰 거라는 환상에 매달려서, 정작 수련은 게을리했겠지. 안 봐도 뻔하군. 그 대가가 이거다."

"그렇지 않다! 나도 노력을……."

"변명은 지옥에 가서 해."

백수룡이 검을 들어 혈수귀옹의 심장 위에 올렸다. 그가 나른하게 웃으며 말했다.

"아, 지옥에 가서 사제 만나면 안부 전해 줘."

"사, 살려……!"

푸욱. 혈수귀옹의 몸이 잠시 바들거리다 축 늘어졌다. 십대악인으로 악명을 떨쳤던 고수치고는 무척 초라한 최후. 지난 수십 년 동안 악인곡의 지배자로 군림하며 숱한 악행을 저질러 온 대악인은, 그렇게 아무도 보지 못한 곳에서 쓸쓸하게 죽었다.

"후우…….”

백수룡은 잠시 서서 호흡을 골랐다. 혈수귀옹을 상대로 압도적인 승리를 거두긴 했지만, 그 역시 내공과 체력이 모두 한계에 달해 있었다.

이 안으로 유인해서 싸우지 않았다면, 지금 바닥에 쓰러진 것은 백수룡이 되었을 수도 있었다.

"어쨌든 이긴 건 이긴 거지."

백수룡은 혈수귀옹의 시체를 일별하고 돌아섰다. 위에 있을 제자들이 걱정되었지만, 내공이 거의 바닥 난 상태. 안전한 곳에서 잠시 운기조식을 한 후에 움직일 생각이었다.

"영약이라도 하나 있으면 좋을 텐데."

백수룡은 벽을 더듬어, 숨어 있는 기관장치를 찾아내 조작했다.

쿠구구구……구궁!

막다른 길인 줄 알았던 벽이 무거운 소리를 내며 열렸다. 시작부터 값비싼 야명주가 천장에 박혀 조명을 대신하고 있었다.

"어디, 망하기 전에 얼마나 꼬불쳐 뒀는지 한번 볼까."

백수룡은 혹시나 발동할지 모르는 기관장치를 경계하며 안으로 들어갔다. 다행히 더 이상의 기관장치는 없는 듯했다. 잠시 후 백수룡을 맞이한 것은 함정이나 기관이 아니라 작은 언덕을 이루고 있는 금은보화였다. 백수룡이 휘파람을 불었다.

"많이도 쌓아 놨군."

엄청난 양이었지만, 백수룡은 금은보화에는 잠시 눈길만 준 후 바로 더 안쪽으로 들어갔다. 그가 찾는 건 돈으로 살 수 없는 것들이었다.

'이곳이 정말 혈교가 망하기 전에 미래를 안배한 곳이라면…… 분명 있을 텐데.'

그리고 잠시 후, 백수룡의 입가에 환한 미소가 맺혔다.

"그럼 그렇지."

창고 안 깊은 곳, 주먹의 절반만 한 크기의 붉은 영단이 영롱한 빛을 발하고 있었다.

탁기와 영약의 약기가 조화를 이룬, 오직 혈마를 위해 만들어진 최고의 영단.

"혈옥……."

혈옥을 섭취한다면 역천신공의 성취는 한 단계 더 올라갈 것이다.

혈옥이 담긴 목곽 아래에는 철궤가 놓여 있었다. 백수룡은 철궤를 열어 그 안에 있는 내용물도 확인했다. 그리고 나직이 감탄했다.

"묵룡의(墨龍衣)."

그것은 가죽도 아니고 천도 아닌, 알 수 없는 재질로 만들어진 검은색 보의(寶衣)였다. 입고 있기만 해도 한서(寒暑)의 침범으로부터 몸을 보호하고, 검기를 막아 내며, 내공을 주입하면 강기까지 어느 정도 막아 낼 수 있는 신병이기. 혈교의 많은 보물 중에서도 손에 꼽을 수 있는 보물이었다. 백수룡은 무복 상의를 벗고 맨몸에 묵룡의를 입었다.

촤르르륵. 마치 스스로 의지를 가진 것처럼, 묵룡의는 백수룡의 몸에 딱 맞게 줄어들었다.

"하하. 혈옥과 묵룡의라니. 이 둘만으로도 엄청난 횡재로군."

하지만 사람 욕심이라는 게 끝이 없는 법. 백수룡은 밖으로 나가기 전에 보물창고 안을 빠르게 훑었다. 그런 그의 시야에, 구석에 놓인 낡은 물건 하나가 들어왔다.

"저건……!"

그건, 백수룡이 반드시 찾고 싶었던 물건이었다.

155화
혈교의 유산(4)

 아주 낡은 검이었다. 적어도 수십 년, 어쩌면 백 년은 되었을 법한 오래된 물건. 검을 이곳에 가져다 놓은 자들도 그리 중요하게 여기지 않았는지, 창고 구석에 방치되어 있다시피 했다. 하지만 백수룡은 그 검을 본 순간 눈을 뗄 수 없었다. 백수룡은 앞으로 걸어가 검을 살펴보았다.
 "……맞구나."
 세월에 풍화된 탓에 검집 곳곳이 벗겨져 있었고, 수실이 달려 있던 자리에는 불에 그슬린 흔적만이 희미하게 남아 있었다. 하지만 아무리 오랜 세월이 지났어도 알아볼 수 있었다. 백수룡은 낡은 검을 들어서 조심스럽게 먼지를 쓸어내렸다.
 "검혼……. 오랜만이구나."
 이 낡은 검은 검존의 것이었다. 천하제일검수와 수십 년을 함께한 동반자. 아들이 아니었다면, 결코 누구도 꺾지 못했을 무인의 혼. 백수룡은 검존이 아련한 표정으로 검을 쓰다듬던 모습을 떠올렸다.

 ―이 검에는 나의 혼이 담겨 있다.

그래서 검혼이었다. 사실, 검혼이 아주 뛰어난 검은 아니었다. 백수룡이 지금 사용하는 월영만 해도, 검의 예기나 단단함으로만 보면 검혼에 비해 결코 부족하지 않았다. 하지만 한 명의 무인에 의해 오랫동안 길이 든 물건은, 스스로 기물이 되는 경우가 있다.

우우웅! 검집에서 검을 절반쯤 뽑자, 검혼이 맑은 검명을 냈다. 마치 그 안에 있는 검존 사부의 혼이 공명하는 듯했다.

-반평생을 함께한 녀석이다. 지금은 나처럼 늙고 낡았지만…… 아직은 쓸 만하지.

쉽게 볼 수 없었던 검존 사부의 미소. 그 미소를 떠올리자, 혈수귀옹와 싸우는 내내 싸늘했던 백수룡의 얼굴에도 온기가 스며들었다.

"검존 사부. 검혼은 제가 잘 수습하겠습니다."

백수룡은 검혼을 보자기에 싸서 갈무리했다. 검혼을 무기로 쓸 생각은 없었다. 지금도 충분히 사용할 수 있는 검이지만, 왠지 자신이 사용할 무기는 아니라는 생각이 들었다.

"혹시 다른 사부들이 남긴 것도…….'

백수룡은 보물창고 안을 두리번거리며 다른 사부들의 유품은 없는지 확인했다. 혈수귀옹에게 '이곳에 혈교의 유산이 숨겨져 있다'라고 들었을 때부터, 그는 네 사부의 유품을 떠올렸다. 하지만 아쉽게도 다른 사부들의 유품은 보이지 않았다.

"일단 돌아가야겠군."

지하로 들어온 지 벌써 한 시진 가까이 지났다. 백수룡은 당장이라도 쓰러져 자고 싶을 정도로 몸이 피곤했지만, 위에 남겨진 제자들이 걱정돼 반 각만 운기조식을 한 후 바로 자리를 털고 일어났다. 수중에 혈옥이 있었지만, 나중에 제대로 된 준비를 해 두고 흡수할 생각이었다.

"다들 무사해야 할 텐데……."

백수룡이 보물창고 밖으로 나가려 할 때였다.

쿠우웅! 천장에서 벽이 내려앉는 것과 동시에, 사방에서 연기가 새어 나오기 시작했다.

치이이익…….

백수룡은 소매로 코를 틀어막으며 인상을 찌푸렸다.

"빌어먹을. 어쩐지 쉽다 했더니……."

그는 곧바로 월영을 뽑아 들었다. 압축한 검강으로 문을 베어내고 나갈 생각이었다.

그때, 연기가 닿은 벽에 서서히 글자가 나타나기 시작했다.

인자여. 본좌는 혈마신교의 이장로 마뇌라 한다.

"마뇌!"

그 이름을 본 순간 백수룡의 두 눈에서 불꽃이 튀었다.

마뇌. 자신에게 네 사부의 무공을 훔치게 한 후, 토사구팽하려고 했던 혈교의 이장로.

이곳에 도착했다는 것은 둘 중 하나일 것이다. 역천신공의 계승자이거나, 그 많은 기관진식을 파헤치고 보물을 훔치러 온 도적이거나.

"보물을 훔치러 온 역천신공의 계승자다, 이 개새끼야!"

백수룡은 욕설을 내뱉으며 세차게 검을 휘둘렀다.

까가가각! 압축검강이 마뇌가 남긴 글을 난도질했다. 그러나 백수룡이 생각했던 것보다 천장에서 내려온 벽은 단단했다. 압축검강으로도 그리 많이 베어내지 못했다. 백수룡의 표정이 딱딱하게 굳었다.

'현철로 만든 건가? 이러면 문을 베어낸다고 해도 애들을 구하러 갈 내공이 남아 있을지…….'

백수룡의 머릿속이 바쁘게 돌아갔다. 그 순간에도, 벽면에는 마뇌가 남긴 글이 계속 나타났다.

하여, 본좌는 그대의 자격을 시험하려 한다.

"자격?"

지금 흘러나오는 독은 보통의 무인에게는 극독이지만, 역천신공을 익힌 무인에게는 영약이 된다.
그대가 역천신공의 계승자라면 지금 당장 혈옥을 섭취하고 운기조식을 시작하라.

"이게 무슨……."

예상치 못한 이야기에 백수룡의 눈이 커졌다. 마뇌가 벽면에 남긴 글이 거의 끝나가고 있었다.

그대가 역천신공의 계승자라면 오늘 천고의 기연을 얻을 것이고, 보물을 노리고 들어온 도적이라면 피를 토하며 죽게 될 것이다.

"하, 하하……."

백수룡은 헛웃음을 흘렸다. 혈교의 보물을 숨겨 둔 장소에 이런 안배까지 해 두다니. 마뇌의 치밀함에 혀를 내두르면서도, 동시에 운명이라는 것이 참으로 짓궂다는 생각도 들었다.

"마뇌여. 네가 안배한 보물이 내 손에 들어오다니. 혈교에서 가장 머리가 뛰어난 너도 이런 일은 상상조차 못 했겠지."

그 순간, 마뇌가 남긴 마지막 말이 벽에 나타났다.

……부디 그대가 역천신공의 계승자이자, 본교를 부활시킬 후대의 혈마이길 바란다.

"바랄 걸 바라야지. 이 새끼야."

백수룡은 혈옥을 한입에 삼킨 후, 곧바로 가부좌를 틀고 앉았다. 위에 남아 있는 제자들이 걱정되었으나, 지금은 모든 번뇌를 끊어내고 운기조식에 집중해야 할 때였다.

"마뇌. 네가 남긴 보물은 내가 전부 챙겨 주마. 혈교를 박살 내는 데 아낌없이 사용할 테니, 지옥에서 잘 지켜보고 있으라고."

중얼거린 백수룡은 이내 눈을 감고, 운기조식에 집중했다.

헌원강은 거칠어진 숨을 몰아쉬었다.

"허억…… 허억……."

숨이 턱 끝까지 차올랐다. 이마에서 흘러내린 피가 자꾸만 눈으로 들어가 시야를 방해했다. 손등으로 피를 대충 닦아 내며, 헌원강은 등을 맞댄 후배들에게 물었다.

"다들 살아 있냐?"

"그럭저럭."

"아직까지는."

"괜찮아요……."

야수혁. 여민. 위지천. 셋 다 몰골이 말이 아니었다. 단정했던 무복은 피로 젖었고, 찢어져 드러난 몸에 상처만 해도 다들 십여 곳이 넘었다. 특히 헌원강은 왼쪽 허벅지에 뼈가 드러날 정도로 깊은 상처를 입었다. 상처 부위에 아무런 감각이 없었다.

'여기서 살아나가더라도…… 평생 절름발이가 될지도 모르겠군.'

무인이 다리 병신이 되게 생겼는데, 이상하게 현실감이 없었다. 헌원강은 큭큭 웃으며 피 묻은 도를 들어 올렸다.

"너무 많이 베어서 그런가."

"……."

그들이 뚫고 나온 길은 피로 만들어져 있었다. 베어 넘긴 적이 스물을 넘긴 후로는 세어 보지 않았다. 그럼에도 불구하고, 그들은 여전히 적들에게 포위돼 있었다.

"독한 놈들 같으니……."

마의가 못마땅한 표정으로 미간을 찌푸렸다. 직접 싸우지 않았기에 마의는 멀쩡한 모습이었다. 손에는 여전히 해독제를 든 채로, 마의가 살기를 내비치며 말했다.

"그만 포기하고 투항해라. 슬슬 진심으로 죽이고 싶어지는구나."

"지랄. 아까부터 우릴 죽이고 싶어서 안달 나 있었으면서?"

"저놈이……!"

헌원강이 히죽 웃으며 대꾸하자, 마의의 표정이 일그러졌다. 사실, 악인들은 진작부터 그들을 죽이려 했다. 하지만 네 명은 정말 끈질기게도 버텼다.

"애송이들인 줄 알았더니……."

"다들 무공이 한가락 하잖아."

"독기도 보통이 아니야."

학생들을 포위한 악인들도 질린 표정이었다. 그동안 백수룡에게 지독하게 단련된 덕분에, 네 명의 기본기와 체력, 끈기는 악인곡의 그 어떤 악인들보다 뛰어났다. 하지만 그것도 점점 한계였다.

점점 몸이 무거워지고, 내공도 바닥을 드러내고 있었다.

"선생님은……."

여민의 한마디에, 다들 백수룡과 혈수귀옹의 기가 충돌하던 장소를 바라봤다. 지금은 두 사람의 기가 전혀 느껴지지 않았다.

여민이 지친 목소리로 중얼거렸다.

"선생님은 어떻게 됐을까? 설마……."

"언제까지 선생님만 찾을래?"

헌원강은 단호한 목소리로 그녀의 말을 끊었다.

"칭얼거리지 말고 눈앞의 적에게 집중해."

"……알겠어요."

무언가 말하려던 여민은 고개를 끄덕였다.

헌원강의 말이 맞았다. 지금은 기약 없는 도움을 기다릴 때가 아니라, 스스로의 힘으로 돌파구를 찾아야 할 때였다. 그러기 위해서 배운 무공이니까.

헌원강이 이를 갈며 말했다.

"여기서 살아남으면, 다들 더 죽도록 수련하자고. 다시는 이딴 수모를 겪지 않도록."

"알았어요."

"당연하지!"

"네……."

악인곡에서 생사를 건 싸움을 겪으며, 네 학생은 또다시 크게 성장하고 있었다. 하지만, 당장 살아남아야 그 성장에 의미가 있을 터였다.

"죽여라!"

마의의 명령에 악인들이 일제히 달려들었다. 살기를 뿌리며 달려드는 적들을 상대로, 학생들은 이를 악물고 맞섰다.

헌원강이 선두로 나서며 소리쳤다.

"뚫고 나간다!"

다들 더 이상 제 상처를 돌보지 못할 정도로 무아지경에 빠져 싸웠다. 그 와중에도, 헌원강은 독에 당한 위지천을 신경 썼다.

"위지천! 괜찮냐?"

"네……."

간신히 대답은 했지만, 위지천의 상태가 좋지 않다는 건 누가 봐도 알 수 있었다. 이마에서 열이 펄펄 끓었고, 시야는 흐릿해져서 사물이 잘 분간되지 않았다. 하지만 위지천은 그 와중에도 열이 넘는 적을 베었다.

서걱! 순간순간 번뜩인 검격은, 위지천의 창백한 얼굴을 보고 덤벼든 악인들의 목을 모조리 날려 버렸다. 하지만 그것도 한계였다.

풀썩. 비틀거리던 위지천은 결국 한쪽 무릎을 꿇었다.

"위지천!"

야수혁이 쓰러진 위지천을 등에 업었다. 헌원강이 사납게 도를 휘두르며 정면에서 길을 뚫었다. 여민이 이를 악물며 소리쳤다.

"원강 선배! 나한테 마지막 방법이 있어요."

"마지막 방법?"

"하지만 다 같이 죽을지도 몰라요. 그래도 해 볼래요?"

"무슨 방법인데?"

"길게 설명할 시간 없어요!"

"……젠장! 까짓거 뭐라도 해 봐!"

숨을 크게 들이마신 여민이 내공을 담아 쩌렁쩌렁하게 소리쳤다.

"다들 멈춰! 더 다가오면 여기서 벽력탄을 터트릴 거야!"

그 외침에 덤벼들던 악인들이 움찔했다.

"벽력탄?"

"저 계집이 방금 뭐라는 거야?"

"어디서 수작을……."
"잘 봐!"
허세가 아니라는 듯, 여민은 품 안에 손을 넣어 주먹만 한 검은 구슬을 꺼냈다.
"이게 벽력탄이야! 터트리면 최소한 반경 이십 장 안에 있는 놈들은 다 죽어!"
여민이 바락바락 악을 쓰자, 악인들이 흠칫하며 물러났다.
그러자 마의가 코웃음을 치며 말했다.
"거짓말이다. 벽력탄이 얼마나 귀한 물건인데 저런 계집이 가지고 다닌단 말이냐?"
"못 믿겠어? 저승에 가서 후회하시든가!"
여민은 들고 있던 벽력탄을 허공을 향해 힘껏 던졌다.
"어, 어어어!"
"피해라!"
벽력탄이 진짜인지 가짜인지 모르는 상황에서도, 악인들은 일단 몸을 뒤로 물리며 몸을 사렸다.
하지만 그 정도로는 포위망을 뚫을 수 없었다. 여민이 헌원강을 부른 것은 그 순간이었다.
"선배!"
헌원강은 그 즉시 도풍을 날렸다. 예리한 도풍이 정확히 벽력탄의 폭발 장치를 베었다. 그 순간, 천지가 개벽하는 듯한 굉음이 터져 나왔다.
콰콰콰콰콰쾅! 여민이 던진 벽력탄은 진짜였다. 허공에서 폭발한 그 여파는 반경 이십 장에 미쳤고, 주변에 있던 악인들 대부분이 폭발에 휘말리거나 날아갔다.
잠시 후.
"콜록! 콜록!"

바닥에 엎드렸던 학생들이 몸을 일으키며 기침을 했다. 폭발의 순간 외공을 익힌 야수혁이 모두를 안고 납작 엎드린 덕분에, 다들 상대적으로 멀쩡했다. 헌원강이 멍한 얼굴로 주위를 둘러봤다.

"미친…… 진짜 벽력탄이었어?"

"진짜라고 했잖아요. 하나뿐인 거였는데……."

"벽력탄을 들고 다니다니. 너도 어지간히 미친년이다, 정말."

폭발의 여파는 굉장했다. 사방에 옮겨붙은 불길이 건물을 휘감으며 타올랐다. 치솟는 화염과 폭발에 휘말린 시체들. 악인곡에 한편의 지옥도가 펼쳐졌다.

"빨리 도망쳐요. 벽력탄으로도 다 죽이진 못했으니까."

"……그래. 도망치자."

야수혁이 위지천을 업고, 여민이 다리를 다친 헌원강을 부축했다. 그들은 벽력탄이 터진 혼란을 틈타 악인곡에서 벗어나고자 했다. 하지만 금세 추격이 붙었다.

"절대 놓치지 마라!"

"놈들을 반드시 잡아 죽여!"

분노가 머리끝까지 치솟은 악인들, 아니 마귀들이 학생들의 등 뒤에 따라붙었다. 오래지 않아 그들은 다시 포위되었다.

"빌어먹을……."

"……여기까진가."

"재수도 없지, 정말."

"……."

도주를 포기한 학생들이 마지막 일전을 각오했을 때였다.

휘이이이잉-

어디선가 차가운 바람이 불어오기 시작했다.

"밖이 소란스러워서 와 봤더니. 밤중에 불놀이를 하고 있었구나."

"!"

 뒷골이 서늘해지는 목소리. 악인곡을 휘감은 거대한 불길이 점차 사그라들기 시작했다. 그리고, 그 자리를 써늘한 한기가 대신했다.

 싸아아아아. 한 사람이 불러온 한기가, 불지옥이 된 악인곡을 차갑게 식히고 있었다. 악인들이 고개를 들어 한기가 느껴지는 방향을 바라봤다. 얼어붙을 듯한 한기에 전신이 오들오들 떨렸다.

 "구, 구음마녀……."

 달빛을 등진 백발의 여인.

 구음마녀가 자신이 만들어 낸 얼음 위에 서서 발아래 무인들을 내려다보고 있었다.

156화
구음마녀(1)

"……."
"……."
 마치 얼음이라도 된 것처럼, 모두가 그대로 움직임을 멈췄다. 혈수귀옹과는 또 다른 십대악인. 반경 수십 장을 얼려 버리는 빙공의 고수가 얼음 위에서 그들을 내려다보고 있었다.
 '저 여자가 구음마녀…….'
 '생각했던 거랑 전혀 다르잖아?'
 '마녀라더니 절세미녀잖아?'
 구음마녀는 대부분의 시간을 자신의 거처에서만 지냈기에, 악인곡의 악인들 중에서도 그녀를 처음 본 자들이 많았다. 구음마녀를 처음 본 이들은 '마녀'라는 별호에 어울리지는 않는 젊고 아름다운 그녀의 외모에 놀랐다. 아무리 많이 잡아도 서른을 넘지 않아 보였던 것. 십 년 전부터 그녀가 악명을 떨쳤다는 걸 생각하면 놀라운 일이었다. 천천히 주위를 둘러본 구음마녀가 입을 열었다.
 "이만한 난리가 났는데도 그 늙은이는 안 보이네?"

그녀가 말한 '그 늙은이'란 혈수귀옹이었다. 혈수귀옹의 성격상, 악인곡에 이런 큰 혼란이 발생하는 것을 저대로 두고 볼 리 없었다.

구음마녀가 고개를 갸우뚱하며 중얼거렸다.

"죽었나?"

"크흠! 죽긴 누가 죽었다는 거요!"

마의가 크게 헛기침을 하며 앞으로 나섰다. 평소 혈수귀옹과 친우처럼 지내며 악인곡에서 권력을 누려온 마의였지만, 구음마녀에게는 그도 함부로 대하지 못했다.

"구음마녀. 그대가 여긴 어쩐 일이오?"

"불길이 치솟아서. 그리고, 악인곡에 내가 못 갈 곳이 있나?"

"그건……."

틀린 말은 아니었다. 하지만 평소 자신의 거처에서 두문불출하는 구음마녀였기에, 마의는 갑자기 나타난 그녀의 의중을 파악할 수 없었다.

"……구경하는 건 좋지만 우리의 일을 방해하지는 마시오."

"뭘 하고 있었는데?"

구음마녀의 질문에, 마의가 조심스럽게 대답했다.

"악인곡에서 혼란을 일으킨 죄인들을 잡아들이는 중이오."

"죄인이라……. 그럼 너희부터 뇌옥에 갇혀야 하지 않을까?"

구음마녀가 코웃음을 치며 말하자, 마의의 이마에 힘줄이 돋았다. 잠시 구음마녀의 기에 눌려 있다고는 하나, 그 역시 성격이 얌전한 인간은 아니었다.

"어쨌든 방해하지 마시오! 나중에 혈수귀옹이 이 일을 알면……."

그 순간, 구음마녀의 표정이 싸늘해졌다.

"혈수귀옹?"

동시에 구음마녀의 몸에서 흘러나오기 시작하는 무시무시한 냉기.

쩌적, 쩌저적! 구음마녀가 서 있던 곳에서 얼음이 자라나더니, 아래로 뻗어나 마의가 있는 곳으로 향했다.

스르륵. 구음마녀는 자신이 만든 얼음을 타고 아래로 미끄러졌다. 순식간에 마의 앞에 내려선 그녀가 긴 손가락으로 마의의 얼굴을 슥 훑었다. 마의의 눈썹이 하얗게 얼어붙으며 서리가 내렸다.

"내가 그 늙은이를 무서워하는 것처럼 보여?"

"으으……."

마의의 입에서 새하얀 김이 새어 나왔다. 악인곡에서 구음마녀의 행동을 제지할 수 있는 사람은 혈수귀옹뿐이었다. 하지만 이곳에 혈수귀옹은 없었다.

"천만에. 너희 같은 쓰레기들을 관리해 주니까 그 늙은이도 내버려 두는 것뿐이야."

"그, 그만……."

구음마녀의 몸을 중심으로 무시무시한 한기가 몰아쳤다. 그녀의 빙공에 노출된 악인들이 오들오들 떨었다.

"한 번만 더 혈수귀옹의 이름으로 날 겁박하면 그땐 이 정도로 안 끝나."

"아, 알았으니……."

마의가 간신히 마른침을 삼키며 고개를 끄덕였다. 그러자 구음마녀도 빙공을 거두었다.

'구음마녀라니! 산 넘어 산이잖아.'

'이곳에서 살아서 나갈 수 있을까?'

'우린 망했어…….'

구음마녀의 등장으로 간신히 목숨을 연명한 학생들은 돌아가는 상황에 눈치를 살피기 바빴다. 실제로 둘이 싸운 적은 없지만, 무림인들은 십대악인의 서열에서 구음마녀를 혈수귀옹보다 조금 더 위에 두었다. 그런 무시무시한 대마두가, 고개를 돌려 그들을 바라보았다. 구음마녀의 투명한 눈동자가 학생들 한 명 한 명을 훑었다.

"너희는 악인곡에 있을 아이들이 아닌 것 같은데."

"……."

그 차가운 시선에 학생들은 발가벗겨지는 듯 기분을 느꼈다. 특히 여민에게 다다랐을 때, 구음마녀의 시선이 가장 오랫동안 머물렀다.

"너……."

"……."

"아니다."

여민에게서 고개를 돌린 구음마녀는 악인 중 한 명을 지목했다.

"너. 여기서 무슨 일이 있었는지 구체적으로 말해 봐."

"히익!"

공교롭게도, 그는 헌원강 일행과도 약간의 인연이 있는 흑비돈이었다. 흑비돈은 식은땀을 삐질삐질 흘리며 마의의 눈치를 봤다. 구음마녀가 그것을 모를 리 없었다.

"거짓이 조금이라도 섞여 있다고 판단되면, 손가락 끝부터 하나씩 얼려서 부숴 주지."

"사, 사실만을 말할 것을 맹세합니다! 저자들은 오늘 악인곡에 온 신입인데……."

"……."

흑비돈의 입에서 그날 하루 동안 있었던 일이 줄줄 흘러나왔다.

"……해서 제 개인적인 사견으로는…… 옥면음랑이라는 자를 제외하면, 저 녀석들은 저희와 같은 부류로는 보이지 않습니다. 뭔가 목적이 있는 것 같으니 데려가서 취조를 해 보는 것이 옳은 것…… 같기도 하고……. 물론 구음마녀님께서 판단하실 일이지만…… 아주 작은 사견이라……."

흑비돈은 구음마녀와 마의 사이에서 열심히 눈치를 보며 말을 마무리했다.

이야기가 끝나자마자 구음마녀가 말했다.

"별것 아니로군."

"뭐?"

"예?"

악인곡에서는 힘이 곧 법이었다. 그리고 이 자리에서 가장 큰 힘을 가진 자는, 누가 뭐래도 구음마녀였다. 구음마녀가 판결을 내렸다.

"더 이상의 싸움은 허락하지 않겠다. 절강오마는 지금 즉시 악인곡을 나가라. 그걸로 마무리해."

"허!"

누가 봐도 일방적으로 절강오마에게 호의적인 판결이었지만, 그 자리에 있는 악인들 중 누구도 화를 내지 못했다. 마의가 치미는 분노를 억누르며 조심스럽게 물어보았다.

"구음마녀. 어째서 저자들에게 은혜를 베푸는 거요?"

마의의 질문을 무시한 구음마녀가 고개를 돌려 학생들을 바라봤다.

"내 말 못 들었나? 빨리 꺼져."

"정말 가도 됩니까?"

헌원강의 질문에, 구음마녀는 대답하기도 귀찮다는 듯 손을 저었다. 여민이 다리를 다친 헌원강을 부축하며 속삭였다.

"마음 바뀌기 전에 빨리 가요."

악인들이 구음마녀의 눈치를 보며 슬금슬금 포위망을 풀었다.

그때였다.

"그렇게는 안 되겠는데."

갑자기 끼어든 익숙한 목소리. 헌원강은 목소리가 들려온 방향으로 고개를 돌렸다. 그리고 아는 얼굴을 발견하곤 인상을 찌푸렸다.

"당신들은……."

염라부, 낭아도, 벽안귀. 악인곡의 정문을 지키는 문지기 삼 인이 걸어오고 있었다.

"쯧."

그들을 발견한 구음마녀도 고운 미간을 찌푸리며 혀를 찼다. 악인곡의 문지기 삼 인은 그녀로서도 까다로운 상대였다. 한 명 한 명이야 자신에게 상대도 되지 않지만, 셋이 동시에 덤빈다면 이야기가 달라진다. 때문에, 악인곡의 주인인 혈수귀옹도 문지기들의 말은 쉽게 무시하지 못할 정도였다.

'특히 벽안귀 저자는……'

"이보시오, 구음마녀."

구음마녀 앞에 도착한 벽안귀가 푸른 눈동자를 요사스럽게 빛냈다.

"악인곡에도 나름의 규칙과 질서가 있소. 그걸 멋대로 망가뜨리면 곤란해."

"혈수귀옹이 멋대로 만든 규칙 말하는 거냐?"

"이곳에 들어올 때 다들 동의한 규칙이지."

"나는 동의한 적 없어."

구음마녀의 싸늘한 대답에 벽안귀가 피식 웃었다.

"혈수귀옹은 악인곡을 만든 자요. 최소한의 존중은 보여 줘야 하지 않겠소? 당신이 아무리 강해도 말이야."

벽안귀의 말투는 정중한 듯하면서도 묘하게 구음마녀의 신경에 거슬렸다.

그녀가 싸늘하게 대꾸했다.

"내가 왜 그래야 하지?"

"당신도 혈수귀옹이 만든 악인곡에서 안전을 보장받고 있으니까. 이곳이 아니면 무림공적이 갈 데나 있소?"

"……"

벽안귀의 말에 구음마녀는 한순간 말문이 막혔다. 그녀가 벽안귀를 싫어하면서도 함부로 대할 수 없는 이유였다. 보통의 마두들처럼 멍청하고 음탕한 눈으로 자신을 바라보는 놈이라면 거리낌 없이 죽여 버리겠지만, 벽안귀는 그런 악인들과는 조금 달랐다. 또한 무공도 무시할 수 없는 수준.

하지만 구음마녀도 자존심을 굽힐 생각은 없었다.

"그래서, 나랑 해보자 이거냐?"

쩌저저적! 구음마녀가 기세를 끌어올리자, 그녀의 발밑이 얼어붙으며 일대의 온도가 급격히 낮아졌다. 그녀의 백발이 허공에 나부끼기 시작하고, 양손에 새하얀 냉기가 맺혔다.

"잠깐. 내 말 아직 안 끝났소."

벽안귀가 고개를 저으며 한발 물러나는 태도를 취했다.

"나는 저 녀석들의 정체에 관심이 없소. 어떻게 할 생각도 없고. 하지만 이만한 난리를 쳤는데 그냥 내보내준다? 문지기로서 자존심이 상하는 일이라 이거요."

"아무렴! 기분이 더럽지!"

"생각 같아선 콱 죽이고 싶긴 한데."

무기를 뽑아 든 염라부와 낭아도도 양옆에서 한마디씩 보탰다. 둘 다 잔뜩 긴장한 표정이었다.

구음마녀가 싸늘한 표정으로 물었다.

"결론만 말해. 그래서 어쩌자는 거야?"

"기다려 봅시다. 혈수귀옹이 돌아올 때까지 말이오."

벽안귀가 웃으며 말했다. 하지만 부드러운 태도와 달리, 검을 뽑아 들며 교섭이 결렬된다면 비켜 주지 않겠다는 의지를 확실히 했다. 그가 히죽 웃으며 말을 이었다.

"그대가 원한다면 이 자리에서 살육전을 벌여도 좋아. 장담하는데, 당신은 몰라도 저 애송이들은 모두 죽을 거야."

"……지금 날 협박하는 거냐?"

"경고하는 거요."

구음마녀와 벽안귀의 두 눈에서 불꽃이 튀었다. 벽안귀를 포함한 문지기 삼인방은, 혈수귀옹과 구음마녀를 제외하면 악인곡의 최고수들이었다. 그들과 구음마녀가 싸우게 된다면?

모두가 숨을 죽이고 지켜보았다.

일촉즉발의 순간.

"좋아."

놀랍게도 이번에는 구음마녀가 한발 먼저 물러났다.

"너희의 자존심을 세워 주려면, 이 녀석들을 악인곡 밖으로 내보내면 안 된다 이 말이지?"

"그렇소."

벽안귀가 고개를 끄덕이자, 구음마녀의 입가에 미소가 맺혔다.

"그럼 내 집으로 데려가겠어."

"……음?"

"혈수귀옹이 오면 내 집으로 오라고 해. 와서 데려가라고."

내내 여유롭던 벽안귀의 표정에 처음으로 당혹스러움이 어렸다. 구음마녀의 집은 악인곡에서도 가장 위험한 곳에 있어, 어디에 있는지도 모르는 자들이 태반이었다.

"지금까지 당신 집에 찾아 갔다가 살아서 돌아온 자가 없다고 들었는데……."

"목적이 한결같았거든."

"……."

벽안귀는 잠시 고민하다 고개를 끄덕였다. 그 역시 구음마녀와 정면으로 충돌하는 것은 부담이었다.

"알겠소. 당신이 양보해 줬으니 우리도 이쯤에서 물러나지. 혈수귀옹이 돌아올 때까진 당신이 그 녀석들을 맡아 두는 것으로 합시다. 그런데, 대체 그 녀석들 어디가 그렇게 마음에 들었소?"

"볼일 끝났으면 꺼져. 너희는 날 따라와라."

구음마녀는 싸늘하게 내뱉은 후, 어리둥절한 표정의 절강오마를 데리고 자리를 떠났다.

벽안귀가 그녀의 등 뒤에 대고 소리쳤다.

"옥면음랑을 만나면 그자에게도 전하겠소!"

돌아온 대답은 없었다. 어깨를 으쓱한 벽안귀가 양옆의 동료들에게 말했다.

"우리도 가지."

"이보게, 벽안귀! 그냥 가면 어쩌나! 못 데려가게 막아야지!"

마의가 옆에 와서 벽안귀를 닦달했다. 구음마녀를 저지하라는 것이었다. 하지만 벽안귀는 단칼에 거절했다.

"악인곡에 들어오고 나가는 것 외엔 우리 소관이 아니오. 구음마녀도 우리를 존중해 줬고."

"저게 존중인가? 혈수귀옹이 알면 가만히 있을 것 같아?!"

"곡주 말이오? 솔직히 살아 있기나 하면 다행일 것 같은데."

"뭐, 뭐, 뭐라고?"

경악하는 마의에게, 벽안귀가 피식 웃으며 말했다.

"지금까지 나타나지 않은 걸 보면 뭔가 일이 생긴 건 분명하지 않소. 어쩌면 옥면음랑에게 당했을지도 몰라."

"말도 안 되는 소리!"

"나도 그럴 가능성은 거의 없으리라 보긴 하는데……."

벽안귀는 옥면음랑의 잘생긴 얼굴을 떠올렸다. 그의 청안으로도 제대로 파악할 수 없는 위험한 기운을 품고 있던 자. 뭔가 일을 벌이지 않을까 기대를 하긴 했지만, 설마 악인곡을 이렇게까지 뒤집어 놓을 줄이야.

"큭큭. 대단한 건 아랫도리만이 아닌 모양이야."

벽안귀는 한동안 어깨를 들썩이며 웃더니 다시 몸을 돌려 악인곡 입구로 향했다. 염라부와 낭아도가 그 뒤를 따랐다.

"하! 저런 놈이 무슨 문지기란 말인가! 개만도 못한 놈!"

마의는 그 뒷모습을 바라보며 분통을 터트렸다. 이를 갈던 마의가 품 안을 뒤적였다.

"너희가 돕지 않는다고 그놈들을 못 잡을 것 같으냐? 내게도 방법이 있다. 그 조그마한 놈. 곧 독이 발작을 일으킬 테니 해약으로 협박하면…… 어, 어디 갔지? 내 해약이!"

당황한 마의가 품 안을 다 뒤집어 탈탈 털었다.

하지만 위지천의 해독약은 어디로 사라졌는지 보이지 않았다.

157화
구음마녀(2)

구음마녀의 거처에 도착한 학생들은 눈치를 보며 엉거주춤하게 서 있었다.

'왜 우릴 여기로 데려온 거지?'

'갑자기 돌변해서 죽이지는 않겠지…….'

악인곡 한가운데에 대궐 같은 집을 지어 놓은 혈수귀옹과 달리, 구음마녀의 집은 삭막하기 그지없었다. 그녀는 절벽 한가운데에 동굴을 파서 혼자 지내고 있었는데, 계단도 밧줄도 없어서 오로지 경공으로만 올라와야 했다. 동굴 안은 상당히 넓었지만, 제대로 된 집기 하나 찾아볼 수 없었다.

"계속 서 있을 거냐? 아무 데나 앉아라."

구음마녀의 말에 학생들이 엉거주춤하게 자리에 앉았다. 어째선지 사내들은 구음마녀와 시선을 똑바로 마주치지 못하고 피하는 상황.

여민이 대표로 구음마녀에게 말했다.

"독에 당한 환자가 있어요. 치료를 좀 해도 될까요?"

"마음대로 해."

허락을 구한 학생들은 의식을 잃은 위지천을 바닥에 눕히고, 돌아가면서 기를 불어넣고 몸을 주물렀다.

"위지천! 정신 차려! 겨우 이런 데서 죽을 거야?"

"이 자식. 몸이 불덩이야……."

콰앙! 헌원강이 분한 듯 주먹으로 바닥을 내리쳤다.

"젠장. 해약이 없으면 아무 소용없어."

"맞아요. 그러니까 옆으로 비켜 봐요."

여민이 태연하게 품 안에서 해약을 꺼내는 것을 보고, 헌원강과 야수혁이 입을 쩍 벌렸다.

"그, 그거 어디서 났어?"

"아까 다들 정신없을 때 슬쩍했죠."

여민은 위지천을 일으켜 앉히고, 입을 벌린 후 해약을 흘려 넣었다. 그리고 위지천 등에 대고 내공을 불어넣어 약 기운이 전신에 빠르게 퍼지도록 인도했다. 하지만 남은 내공이 거의 없어서 쉽지 않았다.

여민이 지친 표정으로 말했다.

"독이 너무 많이 퍼졌어요. 내공으로 약 기운이 최대한 빨리 퍼지게 해야 하는데……."

"우리도 남은 내공이 별로……."

"젠장."

내공이 거의 바닥난 것은 헌원강과 야수혁도 마찬가지였다 셋 다 곤란해하고 있을 때, 구음마녀가 다가왔다.

"도와주마."

구음마녀가 위지천의 등에 대고 내공을 불어넣자, 금세 위지천의 혈색이 좋아졌다.

잠시 시간이 지나자, 위지천이 신음과 함께 정신을 차렸다.

"으으……."

"괜찮아? 몸은 좀 어때?"

"추, 추워요……."

으슬으슬 떠는 위지천의 몸 위로 헌원강과 야수혁이 넝마가 된 윗옷을 벗어서 덮어 주었다.

그들의 몸에 생긴 상처를 본 구음마녀가 혀를 찼다.

"하. 누가 누굴……. 너희 상처부터 치료해라."

구음마녀가 손을 휘젓자, 동굴 구석에 있던 궤짝이 열리고 그 안에서 금창약과 붕대 따위가 날아왔다.

'허공섭물!'

허공섭물(虛空攝物)은 기를 사용해 멀리 떨어진 물건을 움직이는 능력이었다. 기에 대한 통제력이 매우 높아야만 사용할 수 있는 기예로, 구음마녀는 그것을 어렵지 않게 해냈다. 구음마녀의 경지가 얼마나 높은지 단적으로 보여 주는 장면이었다. 학생들은 구음마녀가 준 약으로 각자 상처를 치료하기 시작했다.

"그런데…… 저희를 왜 구해 주신 거예요?"

질문을 한 사람은 이번에도 여민이었다. 구음마녀는 대답 대신 여민을 빤히 바라봤다. 꽤 오랫동안. 여민은 그 시선이 무척 부담스러웠다.

"왜 그렇게……."

"언니……."

"예, 예?"

뭔가를 말하고 싶은 듯 입술을 달싹이던 구음마녀가 결국 마음이 바뀌었는지 고개를 저었다.

"됐다. 내가 어린애한테 무슨 말을 하는 건지."

어린애라니. 구음마녀의 진짜 나이가 몇인지는 모르지만, 겉으로만 보면 학생들과 거의 동년배로 보였다. 특히 여민과는 자매라고 해도 믿을 정도로 풍기는 분위기가 비슷했다.

[구음마녀랑 여민 말이야, 묘하게 닮지 않았냐? 얼굴은 다른데 분위기가…….]
[선배도? 나도 그렇게 생각했는데.]

여자들의 대화에 끼지 못한 헌원강과 야수혁이 몰래 전음을 주고받으며 쑥덕거렸다.

[역시 미친년들끼리는 뭔가 통하는 게 있는 모양이야. 아까 봤지? 쟤 벽력탄 가지고 다니는 거.]
[구음마녀는 남자만 보면 다 찢어 죽인다고 들었는데…… 그래도 우리 괜찮겠죠?]
[죽일 거면 구해 주지도 않았겠지.]
[집으로 잡아 와서 남자의 정기를 빨아먹는 마녀일지도 모르잖아요. 아까 벽안귀가 한 말 못 들었어요?]
[새끼가 재수 없는 소릴……. 그럴 거면 위지천한테 내공까지 불어넣었겠냐?]

구음마녀 정도의 고수가 둘이 전음을 나눈다는 사실을 모를 리가 없었다. 그녀가 싸늘한 목소리로 두 사내에게 경고했다.
"한 번만 더 내 앞에서 전음을 주고받으면, 다시는 주둥이를 못 열게 얼려 주마."
"흡!"
헌원강과 야수혁이 동시에 입을 다물며 고개를 숙였다. 여민은 한심한 선후배를 바라보며 혀를 찼다.
"단순한 사내놈들. 무슨 얘기 했을지 뻔하다, 뻔해. 니들 머릿속에는 그런 것밖에 없지?"

"……."

여민의 일침에 헌원강과 야수혁은 민망한 듯 얼굴을 붉혔다. 그만큼 구음마녀에 대한 강호의 소문은 좋지 않았다. 몸 안에 음기가 많아야 익힐 수 있는 빙공을 익힌 데다 아름다운 외모, 신비로운 백발이 더해져서 남자의 양기를 빼앗아 젊음을 유지한다는 소문이 있었다. 하지만 소문이야 어쨌건, 구음마녀는 네 사람을 구해 준 생명의 은인이었다.

"죄송합니다! 생명의 은인에게 무례한 오해를 했습니다."

자신의 잘못을 깨달은 헌원강이 고개를 꾸벅 숙이며 사과했다. 그러곤 옆에 있는 야수혁의 뒤통수를 잡아 함께 숙였다.

"너도 사과드려, 인마."

"……죄송합니다."

두 남자의 빠르고 솔직한 사과에, 구음마녀는 잠시 그들의 뒤통수를 내려 보다가 입을 열었다.

"됐다. 탕녀 취급받는 것이 하루 이틀 일도 아니니까."

"……."

"상처를 치료하면 바로 떠나라. 내가 베푸는 호의는 여기까지다. 다른 놈들은 감히 내 집에 오지 못하겠지만 혈수귀옹은 달라. 그 늙은이가 오면 너희를 그냥 넘겨줄 거다."

구음마녀는 학생들에게 왜 호의를 베푸는지, 그 이유를 설명하지 않았다. 본인이 말하고 싶어 하지 않는 눈치였기에, 학생들도 묻지 않았다.

다만, 여민이 뭉친 근육을 풀며 조심스럽게 질문했다.

"……조금만 더 있어도 되나요? 아직 저희 선생님이 안 오셔서요."

"선생님?"

구음마녀가 미간을 찌푸리며 물었다. 순간 여민은 말실수를 했다는 것을 깨달았으나, 이제 와서 숨길 이유가 없다는 생각에 솔직하게 말했다.

"저희는 청룡학관 학생들이에요."

"청룡학관?"

"사실은……."

여민은 악인곡에 오게 된 사연을 구음마녀에게 처음부터 말해 주었다. 그녀의 표정은 묘하게 평소보다 밝아 보였는데, 마치 부모에게 그날 하루 동안 있었던 일을 재잘재잘 이야기하는 어린아이 같았다.

'이런 사람이 마녀라니…… 정말 말도 안 돼. 아무리 봐도 좋은 사람 같은데.'

십대악인에게 좋은 사람이라니. 누가 들어도 이상하겠지만, 여민은 강호의 지저분한 소문보다 자신의 느낌을 믿었다.

'이런 말 하면 이상하게 생각하겠지만…… 엄마가 생각나.'

여민의 어머니는 십 년도 더 전에 돌아가셨다. 구음마녀와는 백발 외에 닮은 부분이 거의 없었지만, 어쩐지 여민은 젊었을 적의 엄마와 이야기하는 듯한 기분을 느꼈다. 그래서 자기도 모르게 재잘재잘 떠들게 되었다.

"그래. 그랬구나."

구음마녀의 얼음 같은 얼굴에도 옅은 미소가 맺혔다. 하지만 곧 표정을 굳힌 그녀가 자리에서 벌떡 일어났다.

"더 쉬다 가는 것은 상관없다. 하지만 내게 이 이상의 호의를 바라지는 말도록."

"저기……."

조금 더 이야기하고 싶었지만, 여민은 구음마녀를 붙잡지 못했다. 어떤 감정을 간신히 억누르며 참아내는 듯한 그녀의 표정 때문이었다.

"……최대한 빨리 떠나는 게 너희에게도 좋을 거다."

구음마녀는 여민에게 그렇게 말한 후, 동굴 안쪽 길게 이어져 있는 길로 들어갔다. 구음마녀의 기척이 완전히 사라지자 학생들은 작은 목소리로 대화를 나눴다.

여민이 살짝 상기된 목소리로 헌원강에게 말했다.

"구음마녀. 나쁜 사람은 아닌 것 같지 않아요?"

"확실히 소문만큼은……."

"소문만큼 못 믿을 게 없다는 건 선배도 너무 잘 알잖아요. 야수혁도, 너도."

두 사람 다 순순히 고개를 끄덕였다. 편견에 의한 소문이 얼마나 허황되게 만들어지고 퍼지는지, 다들 너무나 잘 알고 있었다.

여민이 분한 듯 입술을 깨물며 말했다.

"저렇게 다정한 분이 무림공적이라니. 죄를 뒤집어쓴 게 분명해!"

"그래. 그럴 수도 있지. 어쨌든 우리도 이제 좀 쉬자. 이 녀석은 벌써 세상 편하게 자고 있네."

헌원강은 어느새 편안한 얼굴로 잠든 위지천의 뺨을 툭툭 쳤다.

구음마녀마저 사라지자 몸의 긴장이 탁 풀렸다. 그리고, 오늘 하루 쌓인 피로가 한 번에 몰려왔다.

"후우……."

"죽을 것 같다."

"눕자마자 바로 잘 수 있을 것 같아."

털썩.

털썩.

털썩.

바닥에 누운 세 사람은 기절하듯 쓰러져 잠들었다.

그들에겐 너무나 긴 하루였다.

흐윽…….

여민은 멀리서 들려오는 울음소리에 잠에서 깼다. 반쯤 눈을 뜬 그녀는 졸린 얼굴로 주위를 두리번거렸다.

"으음······. 무슨 소리야?"

헌원강과 야수혁이 바닥에 대자로 뻗어 있었고, 위지천은 추운지 몸을 새우처럼 웅크린 채 잠들어 있었다.

드르렁 피유우 드르렁 피유우.

두 사내 녀석의 코골이도 우렁찼지만, 여민은 멀리서 들려오는 울음소리에 훨씬 더 신경이 쓰였다.

흑흑, 흐윽······.

귀곡성처럼 들려오는 여인의 울음소리. 여민은 저도 모르게 자리에서 일어나, 소리가 들려오는 곳으로 걷기 시작했다. 그곳은 구음마녀가 들어간 동굴 안쪽이었다. 여민은 불이 완전히 꺼져 있어 손으로 벽을 더듬으며 한참을 걷다가, 동굴 한가운데 주저앉아 울고 있는 구음마녀를 발견했다.

"구음마녀님?"

"······네가 여긴 왜?"

여민을 발견한 구음마녀는 소매로 급히 눈물을 닦았다. 꽤 오래 울었는지 그녀의 눈이 붉게 충혈돼 있었다. 여민이 구음마녀의 반대편에 앉으며 조심스럽게 물었다.

"울고 계셨어요?"

"······."

"왜요?"

"······."

"당신을 마녀로 몰아간 나쁜 사람들 때문이죠?"

여민은 구음마녀의 표정이 무척이나 슬퍼 보인다고 생각했다. 어떤 사연인지 듣고 싶었고, 같이 울어 주고 싶었다. 처음 보는 사람에게 이렇게까지 감정적으로 공감한다는 것이 이상했지만, 동시에 전혀 이상하게 느껴지지 않았다.

'마음이 통한다는 게 이런 걸까?'

여민이 알 수 없는 끌림에 당황해 할 때, 구음마녀가 여민을 보며 천천히 입을 열었다.

"넌, 하연 언니의 딸이니?"

여민이 깜짝 놀라서 되물었다.

"우, 우리 엄마를 아세요?"

은하연. 여민이 어릴 때 돌아가신 어머니의 이름이었고, 아무에게도 말한 적 없는 이름이었다. 아버지의 이름은 모른다. 아주 어려서부터 엄마는 자신을 혼자 키웠다. 그리고 십 년 전에 돌아가셨다.

"우리 엄마를 어떻게······."

"맞구나. 어쩐지 처음 봤을 때부터 눈에 익었어. 언니랑 많이 닮았어."

구음마녀는 손을 뻗어 여민의 얼굴을 쓰다듬었다. 과거를 회상하는 눈동자가 아련하고 고통스러웠다.

"그 하연 언니가 아이를 낳았다니······."

"우리 엄마랑 어떻게 아는 사이세요?"

여민의 재촉에, 구음마녀는 잠시 머뭇거리다 입을 열었다.

"너희 엄마랑 나는 같은 곳에서 자랐단다. 비슷한 처지의 여자아이들이 모인 곳이었어. 다들 고아였고······ 언니랑 나는 그곳에서 함께 무공을 익혔지."

"세상에······."

여민은 처음 듣는 이십 년도 더 된 엄마와 이야기였다. 그녀는 정신없이 구음마녀의 이야기에 빠져들었다.

"그곳에선 제대로 무공을 배우지 못하면 매를 맞고 굶어야 했어. 매주 아이들이 죽어 나갔지. 그때 하연 언니가 나를 많이 도와줬어. 자기도

배가 고플 텐데…… 내게 먹을 것을 나눠 주기도 했지."

"전, 그런 이야기는 한 번도……."

"하지 않았나 보구나. 딸에게 할 만한 이야기는 아니었을 테니."

여민은 갑자기 듣게 된 엄마의 과거사에 대해 무슨 말을 해야 할지 알 수 없었다.

구음마녀가 그녀에게 물었다.

"그런데 하연 언니는?"

"제가 어릴 때 돌아가셨어요. 십 년도 더 전에……."

"그래. 그랬구나."

구음마녀는 이미 예상했다는 듯 슬픈 표정으로 고개를 끄덕였다. 그리고 여민의 뺨을 조심스럽게 쓰다듬었다.

"언니랑 참 많이 닮았구나. 사실 한눈에 널 알아보았단다. 그래서 악인곡에서 내보내려고 했는데, 벽안귀 그자가 훼방을 놓았어."

"제가 정말 엄마를 많이 닮았나요? 전 잘 모르겠는데……."

"닮았단다. 하지만 닮지 않았더라도 난 너를 바로 알아보았을 거야. 왜냐하면."

구음마녀의 손이 여민의 머리카락에 닿자, 순식간에 그녀의 머리카락이 새하얗게 물들었다.

스스슷.

순간 소스라치게 놀란 여민이 뒤로 물러났다. 몸 안에서 느껴진 찬 기운 때문이었다.

"전 빙공을 익히지 않았어요."

"그런 것 같구나. 어째서? 언니가 가르쳐 주지 않았니?"

여민이 고개를 끄덕였다.

"엄마가 절대로 빙공을 익히지 말라고 하셨어요. 익히면 자기처럼 오래 살지 못하고 죽을 거라면서요."

"……."

"하지만 괜찮아요."

여민이 씩씩하게 웃으며 말했다.

"대신 약을 먹고 있거든요. 머리카락이 백발로 변하는 걸 막아 주는 약이요. 몸 안에 한기가 차는 걸 막아 줘요."

"그랬구나. 하긴, 애초에 배우지 않았다면 그런 방법도 있겠어."

빙긋 웃은 구음마녀는 여민의 뺨을 부드럽게 쓸어 주었다.

"네 체질은 나와 같아. 약으로 억눌러도 고통스럽다는 걸 나는 누구보다 잘 안단다. 장해, 정말 장하구나."

"감사합니다…… 흐윽……."

어느새 여민의 눈가에도 눈물이 맺혔다. 어머니가 돌아가신 이후로, 자신의 비밀을 아는 사람을 만난 것은 처음이었다. 구음마녀가 여민을 꼭 끌어안았다.

"울어도 괜찮아. 마음껏 울려무나."

"흐윽…… 으아아앙!"

여민은 구음마녀의 품에 안겨 엉엉 울었다. 구음마녀는 그녀를 딸처럼 꼭 안아 주었다.

그리고 천천히 등을 쓸어내리며, 귓가에 대고 부드럽게 속삭였다.

"그럼 네 안의 음기는 굉장히 깨끗하겠구나. 빙공을 익히지 않고 오랫동안 억눌러온 음기. 아주 깨끗하고…… 맛있겠어."

"네?"

순간 여민은 뭔가 이상한 기분을 느끼고 흠칫했다. 구음마녀는 그녀를 꽉 끌어안은 채 놔주지 않았다.

"겁먹을 것 없단다. 아프게 하지 않을 거야."

"무, 무슨……."

여민은 구음마녀의 품에 안긴 채로, 천천히 주위를 둘러보았다. 어둠에 익숙해진 눈에 동굴 벽에 달라붙어 있는 것들이 보였다. 여민이 비명을 질렀다.

"아……아아악!"

벌레, 새, 짐승, 그리고 사람들. 그 모든 것이 고통스러운 모습으로 벽에 얼어붙어 있었다. 구음마녀가 자신의 품에 안겨 버둥거리는 여민의 귓가에 대고 속삭였다.

"나는 너를 보내 주려고 했어. 악인곡을 떠나라고 했잖아. 언니의 딸을 해치고 싶지 않았어. 하지만 안 떠난 것은 너야. 난 기회를 줬어. 깨어나서 바로 동굴을 떠났어야지, 왜 내게로 왔니. 결국 네가 날 찾아왔으니까……."

할짝. 구음마녀가 여민의 하얀 목덜미를 부드럽게 핥았다.

"더 이상은 못 참겠어."

구음마녀는 군침을 흘렸다. 여전히 눈에서는 슬픔의 눈물이 흘러내렸다. 여민이 바들바들 떨었다.

"제, 제발……."

"내가 널 한 번 살려 줬으니, 죽여도 너무 원망하지는 말렴."

"이, 마녀……!"

몸 안으로 밀려드는 아득한 한기에, 여민은 그대로 의식을 잃었다.

158화
구음마녀(3)

"이, 마녀어……!"

여민의 몸이 서서히 굳으며 피부 위로 새하얀 서리가 내렸다. 구음마녀는 조금씩 얼음으로 변해 가는 여민의 차가운 뺨을 조심스레 쓸어내렸다. 여전히 구음마녀의 눈에선 눈물이 흘러내리고 있었다.

"아프지 않을 거야. 너는 아무것도 느끼지 못하고 끝날 거란다."

"……."

여민의 눈꺼풀이 파르르 떨리더니 이내 움직임을 멈췄다. 구음마녀가 손을 뻗어 그녀의 눈꺼풀을 닫아 주었다.

그때였다.

휘익! 날카로운 도풍이 구음마녀의 손목을 노리고 날아왔다. 도풍을 피한 구음마녀가 뒤를 돌아봤다. 도를 뽑아 든 헌원강이 무시무시한 눈으로 그를 쏘아보고 있었다.

"떨어져."

헌원강이 맹수처럼 낮게 으르렁거렸다. 처음 악인곡에 왔을 때와는 비교할 수 없이 짙은 살기. 악인곡에서 생사를 건 수라장을 거치며 기세가 한층 더 날카로워진 것이다. 하지만 상대는 하필 강호에서 가장 악명이 높은 열 명의 악인 중 한 명이었다. 구음마녀는 아무 영향도 받지 않은 모습으로 헌원강을 바라봤다.

헌원강이 뿌드득 이를 갈며 말했다.

"어쩐지 이상하게 잘해 준다 싶더니……. 처음부터 이럴 속셈으로 데려온 거냐?"

"너희는 가도 좋아. 아니, 제발 그냥 가다오."

구음마녀가 슬픈 표정으로 헌원강에게 부탁했다. 그녀의 눈물을 본 헌원강이 황당한 표정을 지었다.

"이건 또 무슨 개수작이야."

"선배애애!"

헌원강에 이어 야수혁도 도착했다. 온몸에 붕대를 칭칭 감은 야수혁이 붕대가 찢어질 것처럼 전신 근육을 부풀렸다. 성격이 거칠기로는 헌원강보다 한술 더 뜨는 야수혁이었다. 얼어붙은 여민을 본 야수혁의 입에서 육두문자가 쏟아졌다.

"이 더러운 마녀! 여민 선배한테 무슨 짓을 한 거냐! 사지를 찢어 버리겠다!"

"……진정해, 이 자식아."

자신보다 더 성격 급한 후배 때문에 정신을 차린 헌원강이 신중하게 구음마녀에게 도를 겨눴다.

"당장 내 후배 내놔. 그럼 우리도 얌전히 떠날 테니까."

"야 이 개 같은 년아! 선배한테 무슨 짓을 하기만 해 봐! 허리를 반으로 접어 버릴 테니까!"

"새끼야, 진정하라고."

자신 앞에서 전혀 두려워하지 않는 두 사내의 모습에, 구음마녀의 표정이 기묘하게 일그러졌다.

"너희는…… 죽는 게 무섭지도 않은 거니?"

구음마녀의 눈에서 눈물이 뚝뚝 떨어졌다. 야수혁도 그제야 그녀가 울고 있다는 것을 알고 당황했다.

"선배. 왜 저쪽이 울고 지랄이래요?"

"아무래도 진짜 미친년한테 걸린 것 같다."

그때, 구음마녀가 입을 열었다. 그녀의 눈에서는 여전히 눈물이 멈추지 않았다.

"나는……."

하지만 동시에 양손에 새하얀 냉기가 맺혔다.

쩌적, 쩌저적.

"너희를 죽이고 싶지 않아. 하지만 참을 수가 없어. 음기를 섭취하지 못하면 죽을 만큼 괴로우니까. 하지만 죽는 건 싫어. 그러니까, 그러니까……."

한동안 어린애처럼 칭얼대던 구음마녀는 힐긋 여민을 바라봤다. 그리고 다시 고개를 돌려 헌원강과 야수혁을 바라봤다. 그녀가 빙긋 웃었다. 그 미소는 눈처럼 순수했다.

"저 아이가 덜 외롭도록, 옆에 있게 해 줄게."

"미친년!"

구음마녀의 신형이 두 사람을 향해 스르륵 미끄러졌다. 그녀의 양손에서 가공할 냉기가 쏟아졌다.

"순순히 당할 것 같냐!"

헌원강과 야수혁이 양옆으로 흩어졌다. 방금까지 그들이 있던 자리에 빙장이 작렬하며 순식간에 얼어붙었다.

쩌저저적! 헌원강과 야수혁은 약속이라도 한 듯이 구음마녀의 양옆으로 돌아가며 눈빛을 교환했다. 압도적인 한 명의 고수를 상대로 합공하는 것. 악인곡을 탈출하면서 치렀던 다수 대 다수의 싸움보다 이쪽이 훨쎈 자신 있었다.

'왜냐면, 백룡장에서 수없이 해 봤거든!'

이럴 때 쓰는 학생들만의 용어도 있을 정도였다.

"백수룡 조지기 삼 번으로 간다!"

"예!"

헌원강과 야수혁. 항상 티격태격하지만, 의외로 성격은 가장 잘 맞는 둘이었다.

후우웅! 야수혁이 거대한 몸으로 돌진해서 구음마녀의 시야를 가리고, 헌원강이 그 뒤에 숨어 있다가 벼락처럼 도를 휘둘렀다.

"너희들. 그 무공은 어디서……."

둘의 무공을 본 구음마녀는 잠시 굳어 있다가, 급히 손을 휘둘렀다.

퍼어엉!

"커헉!"

구음마녀의 몇 배는 될 법한 야수혁이 장풍에 맞아 날아가고, 냉기를 얼음처럼 두른 구음마녀의 손톱에 헌원강의 도가 튕겨 나갔다.

"아직이다!"

그 순간 헌원강이 허리를 틀어 몸을 회전시키더니, 혼신의 힘에 얼마 남지 않은 내공까지 쥐어짜서 강하게 휘둘렀다.

좌좌좌좌좌! 칼끝에 맺힌 사나운 도기가 구음마녀를 난도질할 기세로 날아왔다. 구음마녀도 그 공격은 경시하지 못하고 두 손을 펼쳐 빙공을 펼쳤다.

퍼어엉!

"커헉!"

충돌의 여파로 벽까지 튕겨 나간 헌원강이 바닥을 굴렀다. 그의 입에서 울컥울컥 피가 쏟아졌다. 반면, 구음마녀는 소맷자락이 아주 조금 베인 것이 전부였다.

"끄으으……."

"비, 빌어먹을……."

빙공에 적중당한 두 사람이 스며드는 오한에 몸을 덜덜 떨었다. 구음마녀를 상대로 둘은 반 각도 버티지 못했다. 애초에 수준 차이가 너무 많이 났다. 하지만 헌원강은 입가에 피를 흘리면서도 히죽 웃었다. 싸움에 지긴 했지만, 최소한의 목표는 달성했으니까.

"반 각이면 시간은 충분히 벌었어. 지금쯤이면 꽤 멀리 갔을 거야."

"설마……."

구음마녀는 한 명의 기척이 느껴지지 않는다는 사실을 깨달았다. 독에 중독당했던 작은 소년. 기감을 확장하자, 빠르게 멀어지고 있는 위지천의 기가 느껴졌다. 하지만 구음마녀는 그 사실에 신경 쓰지 않았다.

"너희가 시간을 끄는 동안 그 아이를 도망치게 했구나. 하지만 그게 무슨 소용이지? 악인곡에는 너희를 도와줄 자들이 없고, 악인곡 밖에는 문지기들이 지키고 있어. 한 명이 도망쳐 봤자 아무것도 할 수 없단 말이다."

구음마녀는 안타깝다는 듯이 그렇게 말했다.

"왜…… 할 수 있는 게 없어?"

쓰러져 있던 야수혁이 상체를 일으켜 세웠다. 헌원강이 공격할 시간을 벌어 주려고 정면에서 빙공을 얻어맞은 탓에, 그의 몸에는 하얗게 서리가 맺혀 있었다. 그럼에도 몸을 일으킬 수 있는 것은 그동안 부단히 수련한 녹림십팔식 덕분이었다.

"그 자식이 선생님을 부르러 갔는데."

"선생님? 백수룡이라는 그자 말하는 거냐?"

구음마녀는 여민이 아까 재잘재잘 떠들던 와중에 들었던 이름을 떠올리며 물었다.

헌원강이 힘겹게 고개를 끄덕였다.

"어. 웬만하면 우리끼리 해결하려고 했는데……. 이건 상대가 너무 안 맞아서 말이야. 어른 싸움엔 어른이 와야지."

손등으로 입가에 흐르는 피를 닦은 헌원강이 이어서 말했다.

"우리 선생님 진짜 강하거든. 난 아직까지도 대련 중에 옷깃 한 번 스쳐 본 적이 없단 말이지."

헌원강은 그렇게 말하면서 구음마녀의 소매를 보았다. 아주 약간이지만 잘려나간 소매. 상대는 무림에서도 손에 꼽히는 고수 중 한 명이었다. 그런 적의 옷을 베어냈다는 생각에, 헌원강의 입가에 뿌듯한 미소가 맺혔다.

"당신 옷깃은 스쳤잖아? 즉, 우리 선생님이 더 강하단 소리지."

"하."

말도 안 되는 논리였다. 구음마녀는 조금 전에 전력으로 싸우지 않았다. 그랬다면 헌원강은 진작 얼음덩어리로 변해 부서졌을 것이다. 그것을 모를 만큼 바보는 아닐 텐데.

"너희는 그 선생을 맹목적으로 신뢰하는구나."

저런 맹목적인 신뢰를 덧없다고 해야 할까, 불쌍하다고 해야 할까. 뭐가 됐든 구음마녀가 평생 느껴 보지 못한 감정이었다.

누군가에게 무공을 배우는 건…… 끔찍하도록 고통스러운 기억일 뿐이었다.

"그래도 좋은 친구들을 둬서 외롭진 않겠구나."

"……."

여민의 뺨을 쓰다듬은 구음마녀는 쓰러져 있는 둘을 향해 손을 뻗었다. 새하얀 냉기가 흘러나와 둘의 몸을 휘감았다.

"으으……."

"끄윽……."

아득한 한기에 정신을 잃어가며, 헌원강은 위지천이 너무 늦지 않기를 바랐다.

'위지천. 서둘러라.'

· ❖ ·

"허억…… 헉…….."

위지천은 숨을 헐떡이며 달렸다 너무 오랫동안 중독되어 있던 터라 체력이 바닥이었다. 그럼에도 전력으로 달려야만 했다. 선배들이 목숨을 걸고 벌어 준 시간이니까.

'원강 선배…….'

위지천은 동굴을 떠나기 전 헌원강과 나눈 대화를 떠올렸다. 곤히 잠들어 있던 위지천을 흔들어 깨운 헌원강이 낮은 목소리로 말했다.

-일어나. 아무래도 일이 터진 것 같다.
-예?

감각이 예민하기로는 백룡장에서도 으뜸인 헌원강이었다. 백수룡도 감각은 위지천보다 낫다고 인정했을 정도였다. 헌원강이 일이 터졌다고 말한다면 틀림이 없었다.

-우린 여민한테 가 볼 테니까. 넌 가서 선생님을 불러와.
-선생님을요? 어디 계신 줄 알고…….

헌원강은 백수룡과 혈수귀옹의 기가 마지막으로 충돌한 장소를 알려 주었다.

―난 다리를 다쳐서 제대로 경공을 펼칠 수 없고, 야수혁은 덩치가 너무 커서 어딜 가든 눈에 띄어. 너밖에 없다.
―죄송해요. 전부 저 때문에…….
―그딴 소리 할 시간 없어. 젠장. 선생님한테 의지 안 하려고 했는데……. 이건 어쩔 수 없는 상황이야. 빨리 가.

상대는 다름 아닌 십대악인이었다. 학생들이 객기를 부릴 수 있는 적이 아니었다. 이를 악문 위지천이 고개를 끄덕였다.

―제가 선생님을 찾아올게요. 조금만 견뎌 주세요.

위지천은 곧장 동굴에서 나와 전력으로 경공을 펼쳤다.
으득. 위지천이 이를 악물며 중얼거렸다.
"나 때문이야."
백발마수에게 납치를 당하고, 독에 당해 선생님과 선배들까지 악인곡에 오게 만들었다.
"나 따위가 뭐라고."
다들 자신을 구하기 위해 목숨을 걸었다. 헌원강은 허벅지에 깊은 상처를 입었고, 야수혁의 등에는 벽력탄의 폭발을 견딘 흔적이 그대로 남았다. 여민은 구음마녀에게 잡혀가 어떻게 됐는지 모른다.
"내가 당하지 않았다면, 내가 조금만 더 강했다면……."
얼마나 이를 세게 악물었는지 잇몸에서 피가 흘렀다. 위지천은 다리에 힘을 줘 바닥을 박찼다.
타닷! 독에 중독돼 있는 동안, 위지천은 꿈과 현실을 수없이 오갔다. 꿈속에서 과거에 자신이 벤 수많은 사람을 만났다. 그들은 끊임없이 말을 걸었다.

'네가 나를 죽였어!'

'저주받을 살귀 놈!'

'언젠가 너도 똑같이 당할 거다!'

그들은 아귀처럼 달려들어 위지천을 넘어뜨리고, 베고, 찌르고, 찢어발겼다. 위지천은 망자들에게 몸을 맡겼다. 바보처럼 죄책감에 눈을 뜨지 못했다. 독이 그의 몸을 갉아 먹었다. 그러는 동안, 현실에서는 그의 친우들이 다치고 있었다. 스스로를 용서할 수 없을 만큼 화가 났다.

"어? 저 녀석 아까 그놈들 중 하나 아니야?"

"맞네. 독에 중독됐던……."

경공을 펼치는 위지천을 발견한 악인들이 접근했다. 몇몇은 좋은 기회라며 소매를 걷고 나섰다.

"혼자인가 본데? 다른 놈들은 안 보여."

"우리가 잡자. 혈수귀옹 어르신한테 잘 보일 기회잖아."

"좋아. 한 놈뿐이라면……."

악인들은 조용히 숨어 있다가 위지천을 기습했다. 앞만 보고 달리는 놈을 기습하는 건 어렵지 않은 일이었다.

"죽어라!"

위지천의 좌우에서 네 명의 악인이 동시에 달려들었고,

촤아아악! 일검에 네 개의 목이 바닥에 떨어졌다.

위지천은 여전히 앞만 보고 달렸다. 기습 따윈 당한 적 없다는 듯, 달리는 속도 또한 변함이 없었다.

"괴, 괴물……."

"……관두자. 괜히 건드렸다간 우리만 피 보겠어."

위지천의 기세에 질린 악인들이 뒤로 물러났다. 잠시 후, 위지천은 혈수귀옹과 백수룡이 충돌한 장소에 도착했다.

"후우…… 후우……. 여기인 것 같은데……."

위지천은 잠시 멈춰 서서 주위를 두리번거렸다. 두 사람의 싸움에 휘말린 공간이 처참하게 부서져 있었다. 하지만 백수룡의 기척은 느껴지지 않았다.

"선생님! 선생니임!"

답답함에 소리쳐 불러봐도 아무런 대답이 없었다. 몇몇 악인들만 배고픈 들개처럼 이쪽을 힐끗거릴 뿐이었다.

"어디 계신 거예요. 지금 선배들이, 수혁이가……."

위지천이 다급한 표정으로 주위를 두리번거릴 때였다.

두근! 심장에 전해지는 어떤 두근거림에, 위지천의 고개가 홱 돌아갔다. 그리고 뭔가에 홀린 사람처럼 한쪽 방향으로 걸어갔다. 마치 누군가와 대화를 하듯 중얼거리면서.

"이쪽? 이쪽이라는 거야?"

잠시 후, 바닥에 난 구멍을 발견한 위지천은 그 안으로 망설임 없이 뛰어들었다. 부서지고 망가진 기관진식이 위지천을 맞이했다.

"이쪽? 이쪽이라고?"

위지천은 무시무시한 싸움의 흔적을 따라 경공을 펼쳤다. 저 안에서 누군가가 자신을 부르고 있었다. 안으로 들어갈수록, 심장의 두근거림은 점점 더 강해졌다.

"넌 누구야? 나를 아니?"

심한 갈증에 목이 말랐다. 자기도 모르게 손바닥을 쥐었다 폈다. 이미 터질 것 같은 허벅지에 힘을 더했다. 잠시 후, 위지천은 거대한 벽 앞에 도착했다.

"여기야. 여기가 맞는데……."

심장이 두근거림으로 터질 것 같았다. 저 너머에 백수룡이 있다고, 그리고 자신을 부른 목소리가 있다고 위지천은 확신할 수 있었다.

"선생님? 선생님!"

대답은 없었다. 위지천은 검을 뽑아 벽을 베었다.

까가가각! 강기로도 쉽게 베어지지 않는 문이 잘릴 리 없었다. 벽으로 달려간 위지천이 주먹으로 두드리며 소리쳤다.

"선생님! 선생님! 선배들이 위험해요! 원강 선배랑 수혁이가 다쳤어요! 여민 선배는 구음마녀한테 잡혀갔어요!"

쾅쾅쾅쾅! 주먹에서 피가 흐르기 시작했지만, 위지천은 고통을 느끼지 못했다.

"빨리 구하러 가야 해요. 도와주세요. 제힘으로는 친구들을 구할 수가 없어요. 제힘으로는……. 제가 너무 약해서……. 저 때문에……."

털썩. 결국 진이 빠진 위지천이 흐느끼며 그대로 자리에 주저앉았다. 여기까지 온 것만 해도 기적 같은 일이었다. 설상가상으로, 다른 악인들이 위지천을 따라왔는지 뒤에서 발걸음 소리가 들려왔다.

"제발……."

위지천이 간절하게 벽을 올려다봤다.

그 순간, 가로막힌 벽 안쪽에서 목소리가 들렸다.

"뒤로 물러나 있어."

"선생님!"

너무나 듣고 싶었던, 백수룡의 목소리였다.

"이 벽. 잘라 버릴 테니까."

159화
선생님!

악인곡 안에서 벌어지는 사건과 상관없이, 문지기 삼인방은 오늘도 세월아 네월아 악인곡의 입구를 지키고 있었다. 다른 점이 있다면 오늘은 내기가 한창이라는 것이었다.

"옥면음랑이 백 초식 안에 뒈졌고, 혈수귀옹은 팔 하나 아니면 다리 하나가 잘렸다에 금전 열 개!"

염라부의 말에 낭아도가 코웃음을 쳤다.

"그 색마를 너무 높게 치는군. 나는 옥면음랑이 오십 초식 안에 죽었고, 혈수귀옹은 내상을 입어서 운기조식 중이다에 건다."

둘은 혈수귀옹과 옥면음랑의 싸움 결과에 대해서 내기하는 중이었고, 둘 사이에 금전이 놓여 있었다.

"악인곡이 저 꼴인데 고작 내상 좀 입었다고 아직도 안 나온다고?"

염라부가 도끼로 악인곡을 가리키며 말했다. 불길은 거의 그쳤지만, 곳곳에서 연기가 피어오르는 악인곡의 모습이 보였다. 그야말로 아비규환이었다. 부상 당한 악인들의 고함과 욕설이 안에서 들려오고, 문지기들의 예민한 기감에는 곳곳에서 느껴지는 기의 충돌이 잡혔다.

"지랄이군. 지랄이야."
"오늘은 좀 심하군."
하지만 문지기 삼인방은 악인곡 내부의 사정에 크게 신경 쓰지 않았다. 애초에 그런 자들이었다. 막말로 악인곡이 망하든 말든, 이곳에서 농담 따먹기나 하며 시간을 때우는 것이 그들의 일과였다.
염라부가 말했다.
"혈수귀옹 늙은이가 혼쭐이 난 게 분명하다니까. 그게 아니고서야 저 꼴을 보고 그냥 내버려 둘 리가 없지."
"그래도 팔 한 짝은 아니야. 내상이 생각보다 깊은 거겠지. 아니면 독이나 암기에 당했을 수도 있고."
"하! 그 여우 같은 늙은이가 그런 수작에 당한다고?"
"자신 있으면 더 거시든가. 서른 개?"
"옳거니! 오늘 네놈 주머니를 거덜 내 주마."
한동안 옥신각신하던 둘의 고개가 동시에 벽안귀를 향했다.
"벽안귀, 네가 보기엔 어때? 그 돼지 놈 뒈진 거 같은데, 그만하고 너도 내기에 끼라고."
한창 인간을 도축 중이던 벽안귀가 뺨에 튄 피를 손등으로 닦으며 몸을 일으켰다.
"후우······."
그의 발아래에는 악인곡에서 몰래 탈출하려다가 걸린, 한때 흑비돈이라 불리던 인간의 시체가 해체돼 있었다.
"나는 혈수귀옹이 옥면음랑에게 죽었다는 쪽에 걸지."
"······뭐?"
"말도 안 되는 소릴."
염라부와 낭아도는 황당하다는 표정을 지었다. 천하의 혈수귀옹이 이름도 알려지지 않은 무명소졸에게 당하다니. 아무리 무림에 기인이사가 많다지만, 불가능에 가까운 일이었다.

염라부가 물었다.

"아까 마의한테는, 옥면음랑이 혈수귀옹을 이길 가능성은 거의 없다며?"

"그랬지. 그랬는데……."

벽안귀가 바닥에 널브러진 흑비돈의 시체를 발로 툭툭 차며 말했다.

"이 녀석이 말이지, 옥면음랑이 적발적안으로 변하는 무공을 익혔다고 하더라고."

"적발적안? 그게 뭔데?"

"특별한 마공 같은 건가?"

염라부와 낭아도는 적발적안의 무공이 무슨 의미인지 모르는 듯했다.

'하긴, 이제는 아는 이들 사이에서도 전설이 되어 떠도는 이야기이긴 하지.'

하지만 그 말이 진짜라면……. 벽안귀의 새파란 눈동자에 요사스러운 빛이 일렁였다.

"아무튼 나는 혈수귀옹이 죽었다는 쪽에 걸겠어."

"나 참……."

"끄응."

악인곡의 왕이 죽었다니. 두 사람에겐 도저히 믿기 어려운 이야기였다. 하지만 믿지 않을 수도 없었다. 다른 누구도 아닌, 벽안귀가 저렇게 확신에 차서 말했으니까.

염라부가 철사처럼 뻣뻣한 수염을 긁적이며 말했다.

"그런데 정말 혈수귀옹이 죽었다면……."

악인곡은 엄청난 혼란에 빠질 것이다. 세상에 저 악인들을 감당할 자가 또 있을까. 혈수귀옹 정도 되는 실력과 명성을 가진 악인이 아니라면…….

"구음마녀가 나설까?"

"그 미친년이? 악인곡을 통째로 얼려 버리지나 않으면 다행이지."

"하긴……."

구음마녀를 떠올린 두 사내는 오한이 드는 듯 몸을 부르르 떨었다. 실력도 실력이지만, 구음마녀가 한 번씩 내비치는 광기는 악인들도 감당하기 어려울 정도였다.

"구음마녀가 데려간 어린것들은 어떻게 됐을까?"

"이미 죽었거나, 아직도 살아 있는 걸 저주하고 있겠지."

"불쌍한 것들. 생명의 은인인 줄 알고 그 미친년을 따라갔을 텐데."

염라부가 혀를 차더니 말을 이었다.

"아무튼 혈수귀옹이 죽었다고 치고, 구음마녀는 곡주가 될 만한 그릇이 아니란 말이지. 그럼 앞으로 악인곡은 누가 관리하지?"

"……."

그 순간, 마치 짜기라도 한 것처럼 염라부와 낭아도가 동시에 벽안귀를 바라봤다.

십 년 넘게 친구처럼 지내고 있는 셋이지만, 암묵적으로 염라부와 낭아도는 벽안귀를 주군처럼 따르고 있었다. 또한 과거에 둘 다 한 번씩 벽안귀에게 목숨을 빚진 적이 있었다.

'이 녀석은 강해. 혈수귀옹이나 구음마녀와 일대일로 붙어도 크게 밀리지 않을 거야.'

'벽안귀라면 악인곡을 장악할 수 있다. 마음만 먹으면 혈수귀옹보다 더 잘할 터.'

십 년을 함께했으니, 벽안귀도 두 사내의 그런 마음을 모를 리가 없었다. 하지만 그는 모르는 척 애매한 미소를 지을 뿐이었다.

"글쎄. 어쩌면 옥면음랑이 악인곡의 새로운 주인이 될 수도 있겠지."

"뭐? 그딴 놈한테……."

"색마는 정말이지 마음에 들지 않아. 여자들을 잡아 오라고 시킬지도 모른다고."

"그럴 놈처럼 보이진 않았지만……. 아무튼 나도 반대다."

못마땅해하는 두 사내의 모습에, 벽안귀는 피식 웃더니 몸을 돌려 먼 곳을 바라봤다.

"누가 오는군. 네 명. 전부 무인이다."

벽안귀는 인간을 초월한 시력을 가지고 있었는데, 그건 그가 익힌 특수한 무공과 연관돼 있었다.

"좋은 뜻으로 온 손님은 아닌 것 같군. 한판 할 기세인데?"

벽안귀의 말에 염라부와 낭아도가 무기를 뽑아 들었다.

"흐흐. 안 그래도 찌뿌둥했는데 잘됐네."

"요즘은 지루하진 않군."

잠시 후, 그들 앞에 네 명의 무인이 도착했다. 그중 서릿발 같은 기세를 풍기는 노인이 선두로 나서며 물었다.

"이곳이 악인곡이 맞느냐?"

그들은 청룡학관에서 출발한 남궁수, 매극렴, 악연호, 그리고 그들을 기다렸다가 함께 온 거상웅이었다.

벽안귀가 앞으로 나서며 피식 웃었다.

"맞는데. 노인장은 무슨 죄를 지었길래 말년에 이런 곳까지 오셨나?"

"말장난 따윈 집어치워라. 안에 볼일이 있으니 비키거라, 아니면."

스스스슷! 매극렴이 일으킨 칼날 같은 기세에 염라부와 낭아도의 표정이 굳었다. 오직 벽안귀만이 그 기세를 마주하면서도 흥미로운 표정을 유지했다.

"그렇게는 안 되겠는데. 여기 들어가려면 자격이 있어야 하거든."

"자격이라. 네놈의 목이면 충분한가?"

"성격도 급한 노인이로군. 안에 손자라도 있어?"

"갈!"

매극렴의 눈에서 불꽃이 튄 순간, 그의 검이 뽑혀 나왔다.

"서두르지 못해! 이 밥만 축내는 놈들아!"

마의는 뒤에 서서 횃불을 든 악인들을 재촉했다. 위지천을 따라 지하로 들어온 그들은, 혹시나 모를 기관진식에 대비해 천천히 전진하고 있었다.

"일곱 살 먹은 계집아이도 너희보다 빠르겠다!"

말은 그렇게 하지만 마의는 절대 선두로 나서지 않았다. 주위를 두리번거리며 탐욕스럽게 눈을 빛낼 뿐이었다.

'이 안에 보물이 있다고 했지.'

그 보물이 혈교의 것이라는 사실은 몰랐다. 혈수귀옹이 철저히 비밀로 했기 때문이었다. 하지만 돌아가는 눈치로, 이 안에 엄청난 보물이 숨겨져 있고 혈수귀옹이 그것을 독식하려 한다는 사실은 알고 있었다.

'정말로 혈수귀옹이 죽었다면…….'

자신이 악인곡을 차지하지 못할 게 뭐란 말인가. 무공은 조금 부족하지만, 독과 약으로 웬만한 무인은 거꾸러뜨릴 자신이 있었다.

'만약 어딘가에 혈수귀옹이 살아 있다고 해도 분명 부상이 심할 터. 그렇다면…….'

마의는 품 안에 넣어 둔 극독을 만지작거리며 음흉한 미소를 지었다.

잠시 후, 횃불을 들고 앞서가던 악인들 중 한 명이 돌아보며 말했다.

"마의 어르신. 저 앞에 그 꼬마가 있습니다."

"다 온 모양이구나. 저리 비켜라."

조금 더 나아가자 위지천이 무릎을 꿇고 있는 모습이 보였다. 독은 해독한 모양이지만, 창백한 얼굴로 볼 때 몸 상태가 무척 좋지 않은 듯 보였다.

'어렵지 않게 제압할 수 있겠구나.'

입가에 회심의 미소를 띤 마의가 악인들에게 명령했다.

"가서 놈을 끌고 와라. 저항하면 팔다리는 끊어도 된다."

위지천을 제압하기 위해 악인 몇이 앞으로 나설 때였다.

"선생님!"

감격한 목소리로 외친 위지천이 무릎걸음으로 뒤로 물러나기 무섭게, 그 앞을 가로막고 있던 벽에 붉은 실선이 그어졌다.

촤아아아아악! 실선은 사람 하나 지나갈 법한 크기의 반원 형태로 그어지더니, 이내 잘린 벽이 위지천 쪽으로 넘어졌다.

콰아아아앙! 쓰러진 벽이 얼마나 두꺼운지 바닥이 크게 진동할 정도였다. 그 안에서 적발적안의 사내가 걸어 나왔다. 사내의 얼굴을 알아본 마의가 눈을 부릅떴다.

"옥면음랑! 그럼 혈수귀옹이 정말 당했단 말이냐?"

마침 마의와 눈이 마주친 백수룡이 씩 웃었다.

"누군가 했더니 의사 양반이었군. 마침 곧 필요했는데 잘됐어."

"너, 너! 그 머리와 눈은 뭐냐!"

눈을 부릅뜬 마의가 손가락으로 백수룡의 붉은 머리와 눈동자를 가리켰다. 그의 손가락이 부들부들 떨리고 있었다.

"아, 이거? 바꾸는 걸 깜빡했군."

스스스슷. 백수룡의 적발적안이 다시 흑발흑안으로 돌아왔다. 하지만 그가 내뿜는 기세는 조금도 줄어들지 않았다. 백수룡은 몸 안에 갈무리한 기운을 가늠하며 생각했다.

'완전하진 않지만…… 7성에 이르렀군.'

5성의 끝자락에 머무르고 있던 역천신공의 경지가, 단숨에 6성을 돌파

해 7성에 닿았다. 아직 완벽하게 다룰 수는 없지만, 그 전과 비교하면 차원이 다른 수준의 힘을 얻은 것은 분명했다. 하지만 마의와 악인들의 눈에는 백수룡의 찢긴 옷과 그 사이로 비치는 상처만 보일 뿐이었다.

"뭣들 하느냐! 놈도 혈수귀옹과 싸우느라 지쳤을 거다! 지금이야말로 죽여야 해!"

열대여섯의 악인들이 무기를 뽑아 들고 짓쳐들었다. 마의가 홀로 뒷걸음질 치며 소리쳤다.

"혹시 모르니 꼬마 놈은 인질로 잡아!"

"가지가지 하는군."

혀를 찬 백수룡은 가볍게 한 걸음을 내디뎠다. 그 순간, 그의 신형은 이미 적들의 한가운데에 있었다.

"!"

뒤늦게 경악한 표정을 지은 악인들이 고개를 돌렸다. 하지만 몸은 의지를 따라 주지 못하고, 눈동자만 간신히 굴려 백수룡을 쫓았다. 백수룡은 그저, 그들의 곁을 스쳐 지나갔다.

푸화아악!

푸화아악!

푸화아악!

사방에서 피보라가 일어나며 악인들이 털썩털썩 바닥에 쓰러졌다. 비명조차 지르지 못하고, 자신이 당했다는 사실도 깨닫지 못한 그들은 죽는 순간까지 놀란 표정이었다.

"아, 아아아……."

살아남은 사람은 마의뿐이었다. 공포에 질린 그가 뒤로 넘어졌다. 기어서라도 도망치려 했지만 소용이 없었다.

"마의. 날 봐라."

어느새 그 앞에 선 백수룡이 혈마안을 발동시켰다.

키이이잉! 시뻘건 눈동자가 마의의 심령을 뒤흔들었다. 이전보다 강화된 혈마안의 권능은 마공을 익힌 마두들, 사악한 마음을 지닌 악인들에게 더 큰 효과를 발휘했다.

"허어억!"

바닥에 납작 엎드린 마의가 백수룡의 바짓가랑이를 붙들고 늘어졌다. 아득한 공포가 그의 정신을 마비시켰다.

"사, 살려만 주십시오. 충성을 바치겠습니다……."

혈마안에 노출된 마의의 영혼에 절대적인 공포가 새겨졌다. 그는 이제 백수룡의 명령을 절대 거역할 수 없었다.

"천아. 괜찮냐?"

순식간에 상황을 정리한 백수룡은 위지천에게 다가갔다. 멍하니 백수룡의 신위를 지켜보고 있던 위지천이 퍼뜩 정신을 차렸다.

"선생님! 선배들과 수혁이가 위험해요! 구음마녀에게……."

"아까 다 들었다."

"제가 안내할게요. 구음마녀의 집으로……."

"넌 그냥 여기 있어라. 어딘지 알고 있으니까."

"네? 어떻게요?"

"기도가 잡히거든."

구음마녀 정도 되는 고수의 강력하고 특별한 기가 흔할 리 없었다. 백수룡은 기감을 확장해 구음마녀의 거대한 기를 포착했다. 그 주변에 있는, 점점 흐릿해져 가는 제자들의 기도 느껴졌다.

표정을 굳힌 백수룡이 말했다.

"금방 다녀올게. 넌 여기서 마의와 함께 기다려."

"하지만……."

"아 참. 이것 받고."

백수룡이 보물창고에서 들고 나온 검혼을 위지천에게 건넸다.

"아까부터 너한테 가겠다고 요동을 치더라."

"아……."

검혼을 받아 든 위지천이 멍한 표정을 지었다. 백수룡은 홀린 듯이 검혼을 바라보는 위지천의 머리를 쓰다듬었다.

"고생했다. 애들은 내가 구해 올 테니 걱정하지 말고."

"선생님……."

터엉!

백수룡이 땅을 박찬 순간, 그의 모습은 더 이상 위지천의 시야에 보이지 않았다.

160화
좀 아플 거다

"미안하구나. 정말 미안해."

구음마녀는 누워 있는 여민의 뺨을 연신 쓰다듬었다. 매우 소중한 것을 만지듯 조심스러운 손길. 구음마녀의 눈에서 흘러내린 눈물이 여민의 뺨에 떨어졌다.

"하지만 네 몸 안의 음기가 너무 탐이 났단다. 도저히, 도저히 참을 수가 없었어."

"……."

의식을 잃은 여민에게선 아무런 대답이 없었다.

구음마녀는 여민의 긴 속눈썹을 손가락으로 조심스레 쓰다듬며 말했다.

"아프진 않을 거야. 푹 자고 일어나면, 하연 언니가 너를 기다리고 있을 거란다."

자장가를 불러주듯 속삭인 구음마녀는 여민의 단전 위에 손바닥을 올렸다.

"이, 미친, 년아……."

"당장, 그만둬……."

헌원강과 야수혁이 이를 갈며 구음마녀를 노려보았다. 그들은 한쪽에 쓰러져 있었는데, 온몸에 새하얀 서리가 내린 상황임에도 어떻게든 정신을 차렸다. 구음마녀가 작게 감탄했다.

"너희의 회복력은 정말 놀랍구나. 벌써 의식을 차릴 줄이야……."

하지만 둘 다 입을 여는 게 전부였다. 온몸이 냉기에 굳어 버려서 꼼짝도 할 수 없었다. 구음마녀는 반달웃음을 지으며 그들을 바라봤다.

"너희에게도 들을 이야기가 많아. 너희가 익힌 그 무공을 누구에게 배웠는지, 그놈들은 어디에 있는지, 그 원수 놈들, 모두, 모두 찾아서 잡아 죽여야 하니까……!"

순간 구음마녀의 두 눈이 광기에 물들었다. 동시에 그녀의 몸에서 무시무시한 한기가 쏟아지기 시작했다.

콰콰콰콰콰! 손바닥에 빙백신공을 집중시킨 구음마녀는 흡성대법(吸星大法)으로 여민의 몸 안에 있는 음기를 빨아들이기 시작했다. 구음마녀가 무슨 짓을 하려는지 눈치챈 헌원강과 야수혁의 표정이 일그러졌다.

"안, 돼……."

"그만, 둬……."

"아하하하!"

고개를 번쩍 치켜든 구음마녀가 광소를 터트렸다. 자신이 미쳐 있다는 사실을, 구음마녀는 누구보다 잘 알고 있었다. 악인곡 가장 깊은 곳에 거처를 만들고 숨어든 것도 이 광증 때문이었다.

―오늘부터 너희는 무공을 익히게 될 것이다.

기억도 나지 않는 어린 시절. 찢어지게 가난했던 부모는 딸을 돈 몇 푼에 팔았고, 몸 안에 음기가 많았던 소녀는 어딘가로 팔려가게 되었다.

나중에서야 알게 되었다. 그곳이 혈교에서 만든 시설이라는 건.

-너희가 익힐 무공은 빙백신공이다. 이곳이 아니었으면 기루에나 팔려갔을 계집들이 이런 신공을 익히게 된 걸 행운으로 생각하도록.

교관의 징그러운 웃음에, 수십 명의 소녀들이 두려움에 떨었다. 그곳에서, 구음마녀는 비슷한 또래의 소녀들과 함께 빙백신공을 익혔다.

-너희의 역할은 이 무공을 완성시키는 것이다. 아직 미완성이기에 너희가 몸으로 직접 익혀 가며 완성해야 한다.

교관들은 잔인했다. 열 살도 되지 않은 아이들을 학대에 가깝게 몰아붙이고, 무공의 성취가 기대했던 수준에 미달하면 가차 없이 죽였다.

-너희는 최대한 다양한 방법으로 빙백신공을 익히게 될 거다. 그래야 자료가 많이 쌓이거든.

누군가는 구결을 거꾸로 외웠고, 누군가는 얼음 속에 들어가 수련을 하고, 또 누군가는 반대로 뜨거운 곳에서 수련했다. 교관들은 소녀들을 실험용 쥐처럼 취급하며 빙백신공의 완성을 위한 자료를 쌓아 나갔다. 빙백신공을 익히던 소녀들은 매 맞아 죽고, 얼어 죽고, 전신혈맥이 파열돼 죽고, 교관들이 준 약의 부작용으로 피를 토하며 죽었다.

-이번엔 하나라도 제대로 된 걸 건졌으면 좋겠군. 그래야 이 지루한 실험이 끝날 텐데 말이야.
-그런데, 신공이 완성되면 나머지는 어쩌나?

─어쩌긴. 싹 폐기해야지.

미치지 않으면 버틸 수 없는 곳. 구음마녀는 그나마 운이 좋은 편에 속했다.

─십육 호. 너는 성취가 꽤 빠르군. 부작용도 적은 것 같고.
─……감사합니다.

빙백신공을 익힌 소녀 중 열다섯이 넘은 자는 구음마녀를 포함해 몇 명 되지 않았다. 혈교도 그녀에게 많은 기대를 걸었다.

─흡성대법을 이용해 혼탁해지는 음기를 정화한다라……. 나쁘지 않은 방법이야.

구음마녀가 빙백신공을 익힌 방법은 흡성대법을 이용하는 것이었다. 미완성된 빙백신공에는 성취가 높아질수록 몸 안의 음기가 탁해지는 부작용이 있었는데, 살아 있는 생명으로부터 음기를 흡수하면 어느 정도는 막을 수 있었다.
새, 식물, 동물, 사람. 살아 있는 것이라면 가리지 않았다. 하지만 구음마녀는 예상치 못한 다른 부작용에 시달렸다.

─아아아악!!!
─한 번씩 광증이 도지는군. 게다가 점점 심해져.
─결국 이 녀석도 실패인가…….
─조금만 더 지켜보다가 폐기할지 결정하자고.

교관들이 그녀를 폐기 처분을 두고 수군거리던 날, 혈교의 다른 실험실에서 사고가 발생했다.

-검동(劍洞)에서 실험체들이 탈출했다!
-놈들이 다른 동굴까지 습격했다!
-막아! 어떻게든…… 커헉!

구음마녀는 그때 처음 알았다. 자신이 있던 동굴은 다른 동굴들과 이어져 있었고, 그곳에서는 검, 도, 외공을 익히는 아이들이 있었다는 사실을. 탈출을 주도한 소년의 입술에는 지렁이가 지나간 듯한 상처가 있었다. 소년은 방금 베어낸 교관의 목을 높이 치켜들며 외쳤다.

-여기서 나가자!
-우와아아아!

구음마녀는 혼란을 틈타 탈출했고, 막아서던 교관 셋을 죽였다. 그게 구음마녀의 첫 살인이었다.
"……너희도 그곳 출신이지?"
다시 현실로 돌아온 구음마녀는 헌원강과 야수혁을 돌아보며 말했다. 어린 시절에 잠시 보았던 소년들이 익힌 무공. 헌원강과 야수혁의 무공에서 그들과 같은 흔적을 보았다.
"뭔, 소리야……."
"미친년이……."
무슨 소리인지 이해하지 못한 헌원강과 야수혁은 구음마녀를 노려볼 뿐이었다.
"모른 척해 봤자 소용없단다. 결국 다 말하게 될 거야."

부드럽게 미소 지은 구음마녀는 여민의 몸에서 계속 음기를 뽑아냈다. 콰콰콰콰콰콰! 여민의 몸 안에 억눌려 있던 막대한 음기가 뽑혀 나오기 시작했다. 구음마녀는 척추를 타고 오르는 짜릿한 희열에 광소를 터트렸다.

"아하하하!"

동시에, 불행하고 고통스러웠던 과거를 떠올리며 눈물을 흘렸다. 어린 시절 생긴 광증이 평생 그녀를 괴롭히고 있었다.

"다 죽여 버릴 거야! 날 미치게 만든 놈들. 그땐 힘이 없어서 도망쳤지만, 빙백신공을 완성하면, 이 저주받을 무공을 완성하는 날이면!"

쩌저저적! 구음마녀의 눈에서 흘러내리던 눈물이 그대로 얼어붙었다. 오래된 광증이 그녀를 과거와 현재를 오가게 만들었다.

―아름다운 소저. 혹 방명을 알 수 있겠소?
―저런! 어쩌다 이런 곳에 있게 된 거요. 고운 몸에 상처까지 입지 않았소!

간신히 동굴에서 탈출했을 때, 구음마녀는 세상 물정을 모르는 순진한 소녀에 불과했다. 그런 그녀에게 친절을 베푼 사내들이 있었다. 반듯한 외모와 헌앙한 풍채의 공자들. 그러나 친절을 베푼 그들을 따라 집으로 갔을 때, 그들은 갑자기 돌변했다.

―너도 좋다고 따라와 놓고 이제 와서 앙탈이냐?
―쯧. 계집이 고분고분한 맛이 있어야지.
―예쁜 얼굴에 상처 나기 싫으면 얌전히…… 끄아악! 내 파아아알!

그런 자들을 비롯해, 구음마녀가 죽인 대부분의 무인은 그녀를 겁탈하려 했거나, 어리고 무공이 강한 그녀를 이용하려 한 자들이었다.

"그중에는 정파의 명숙이란 자들도 몇 명 있었지."

그들을 죽이고, 그들의 복수를 하겠다며 쫓아온 추격대를 몇 번 더 몰살시키자 그녀에게 별호가 붙었다.

―저년은 마녀다!
―구음마녀! 이 요사스러운 계집!

십대악인 구음마녀는 그렇게 탄생했다.

"하지만 나는 한 번도 변명하지 않았어! 왜인 줄 알아?"

누가 자신의 말을 듣거나 말거나 구음마녀는 신경 쓰지 않았다. 그저 오랜 시간 속에 쌓인 응어리를 토해낼 뿐이었다.

"……광증에 시달려 악행을 저지른 것도 사실이니까. 가끔 음기가 혼탁해져서 죽을 만큼 고통스러워지면…… 산으로 내려가서 산 사람의 음기를 빨아먹었어. 그래서 악인곡으로 온 거야. 이곳에선 그래도 죄책감이 덜하니까."

구음마녀는 동굴 벽에 얼음이 된 채로 붙어 있는 악인들을 바라보았다.

"하지만 그것도 이제 끝이야."

구음마녀는 본능적으로 알 수 있었다. 여민의 몸 안에 있는 막대한 음기를 모두 흡수하면, 자신의 빙백신공이 완성되리라는 사실을.

콰콰콰콰콰콰콰! 구음마녀의 손바닥을 통해 여민의 몸 안에 있던 음기가 흘러들어왔다. 전혀 가공되지 않은 순수하고 맑은 음기. 빙공을 익힌 어미에게 태어나서 그런지, 여민이 가진 음기는 순도가 놀라울 정도로 높았다.

"으으, 으으……."

의식을 잃은 여민이 몸을 뒤틀며 고통스러워했다. 빙백신공의 영향으로 그녀의 머리카락이 새하얗게 물들고, 동시에 얼굴이 생기를 잃으며 창백해졌다. 그럴수록 구음마녀가 내뿜는 음기는 강렬해졌다.
 "아하……. 아하하하…… 아아아악!"
 고통과 희열이 뒤범벅된 탓에, 구음마녀는 웃음인지 비명인지 모를 괴이한 소리를 질렀다. 동시에 동굴 안에는 무시무시한 한파가 몰아쳤다.
 "끄윽……."
 "모, 몸이……."
 살을 에는 듯한 칼바람에 헌원강과 야수혁은 눈도 뜨지 못할 정도였다. 상처가 난 피부가 다시 갈라지며 피가 흐르기 시작했다.
 "드디어! 드디어어!"
 구음마녀의 목소리가 동굴을 뒤흔들었다. 새하얀 백발이 허공에 나부끼고, 허공에 일 장가량 떠오른 구음마녀의 몸에서 가공할 냉기가 쏟아졌다.
 번쩍! 구음마녀의 두 눈에서 새하얀 빛이 터져 나왔다. 그녀가 울부짖듯 포효했다.
 "빙백신공을 완성했다! 기다려라, 원수들아! 날 이렇게 만든 자들아! 너희 모두를 얼음으로 만들어 수천수만 조각으로 부숴 줄 테니!"
 그 순간.
 "아니. 그건 빙백신공을 어설프게 뜯어고친 가짜야."
 어디선가 들려온 목소리와 함께, 동굴 바깥에서 날아온 한 줄기 검기가 구음마녀의 심장을 노렸다.
 "감히!"
 구음마녀는 코웃음을 치며 일장을 내질렀다.
 퍼어엉! 날아온 검기는 단숨에 없애 버렸지만, 그것은 눈속임에 불과했다. 그 순간 경공을 펼쳐 동굴 안으로 들어온 백수룡이 전광석화처럼 움직여 여민을 낚아챘다. 동시에 허공섭물을 사용해 헌원강과 야수혁을 동굴 뒤쪽으로 끌어당겼다.

"선생님!"

"선생님!"

덩치는 산만 한 사내 녀석 둘이 울 것 같은 얼굴로 선생님을 불렀다.

"너희는 물러나 있어."

작게 혀를 찬 백수룡은 제자들을 뒤로 보내고 앞으로 나섰다. 구음마녀가 무시무시한 눈으로 그를 쏘아보고 있었다.

"내 빙백신공이 가짜라고?"

"당연히 가짜지."

"헛소리를!"

구음마녀는 지금이라면 천하의 누구라도 이길 자신이 있었다. 빙백신공을 완성했으니까. 하지만 눈앞의 남자는 자신의 무공을 가짜라며 폄하하고 있었다.

"익힐수록 음기가 탁해지고, 시도 때도 없이 광증이 도지는 무공. 그런 걸 누가 신공이라고 불러?"

"어떻게……!"

심지어 그는 빙백신공의 부작용에 대해 정확히 알고 있었다.

백수룡이 한 걸음 다가가며 말했다.

"처음부터 악의를 가지고 만든 무공이야. 흡성대법으로 보완한다고, 남의 음기를 갈취한다고 완성될 리가 없지."

"닥쳐라! 네가 뭘 안다고 지껄이는 거냐!"

"세상 누구보다 잘 알아."

내가 만든 무공이니까.

백수룡은 뒷말은 삼켰다.

그는 구음마녀의 무공을 한눈에 알아보았지만, 크게 놀라지는 않았다.

멀리서 경공을 펼쳐 달려올 때부터 그 특유의 기운을 느꼈으니까.

'빙월신녀의 빙백신공.'

처음 가짜 무극검을 익힌 위지천을 만났을 때와 비슷한 기분이었다. 지난 수십 년 동안, 혈교는 대체 무슨 짓을 해 온 것일까.

"네가 익힌 건 애초에 주화입마에 빠지도록 만든 마공이다. 그딴 걸 익히고도 지금까지 살아 있다니……. 천운이 따랐군."

백수룡의 눈빛에서 동정심을 느낀 구음마녀가 버럭 소리를 질렀다.

"닥쳐라! 감히 그따위 눈으로 날 쳐다보다니!"

구음마녀의 옷자락이 커다랗게 부풀어 오르고, 새하얀 기운이 양손 가득 맺혔다. 구음마녀가 두 손을 뻗어 쌍장을 날렸다.

"통째로 얼려 주마!"

마치 두 마리의 백룡이 날아오는 듯한 가공할 장력. 하지만 백수룡은 구음마녀의 공격을 피하지 않고, 정면으로 달려들어 검을 휘둘렀다.

퍼어어엉!

퍼어어엉!

쌍장이 백수룡과 충돌하며 폭발했다. 끔찍한 한기가 주변을 전부 얼어붙게 만들었다.

"아하하! 멍청한 놈. 그대로 얼어붙어…… 말도 안 돼!"

빙백신장에 적중당했는데도 백수룡은 멀쩡히 움직이고 있었다. 장력에 담긴 힘이야 해소할 수 있다고 해도, 그 냉기를 정면으로 맞고도 저렇게 멀쩡할 수는 없었다.

"어떻게!"

곧 그 이유가 밝혀졌다.

얼어붙은 백수룡의 무복이 부서져 나가고, 그 안에 검은색 묵룡의가 모습을 드러낸 것이다. 백수룡이 씩 웃으며 말했다.

"여기 오기 전에 좋은 걸 얻었거든."

냉기와 열기를 막아 내는 묵룡의의 효능. 백수룡은 그것을 믿고 몸에 내공을 두른 채 돌진했고, 그것으로 구음마녀의 허를 찌를 수 있었다.

휘익!

순식간에 거리를 좁힌 백수룡이 구음마녀에게 달려들었다.

"죽엇!"

구음마녀가 쌍장을 마구 휘둘렀다.

콰앙! 콰콰콰쾅! 동굴 안이 전부 파괴될 정도로 막강한 내력이었지만, 백수룡은 전부 어렵지 않게 막고 피할 수 있었다.

'뻔히 아는 초식에 당할 리 없지.'

구음마녀가 익힌 빙백신공은, 백수룡이 빙월신녀와 함께 다시 정립한 무공이었다. 게다가 백수룡은 동굴에서의 기연으로 혈수귀옹과 싸울 때보다 무공의 경지가 훨씬 높아진 상태. 여기에 묵룡의의 도움까지 받으니, 혈수귀옹과 싸울 때보다 훨씬 수월했다.

퍼엉! 퍼버버벅! 자신의 모든 초식이 간파당하자 당황한 구음마녀의 손발이 어지러워졌다.

"말도 안 돼! 이제야 빙백신공을 완성했는데……!"

"그거 가짜라니까."

휘익! 순식간에 구음마녀의 뒤를 점한 백수룡이, 손을 뻗어 그녀의 백회혈이 있는 정수리를 움켜쥐었다.

"좀 아플 거다."

"무슨 짓을…… 꺄아아아악!"

7성에 이른 역천신공이, 주화입마로 인해 골수까지 뻗친 구음마녀의 탁기를 빨아들이기 시작했다.

161화

빙정(氷精)

"꺄아아아아악!!!"

구음마녀의 찢어질 듯한 비명에 동굴이 무너질 듯 흔들렸다.

"크윽……."

"컥……."

귀를 틀어막으며 고통스러워하는 헌원강과 야수혁의 귀에서 피가 흘러내렸다. 백수룡이 그들을 돌아보며 소리쳤다.

"너희는 여민을 데리고 마의한테 가! 내가 보냈다고 말하고, 목숨을 걸고 그 애를 치료해 놓으라고 전해!"

제자들이 여민을 업고 동굴을 빠져나갔다. 그러는 동안에도, 구음마녀는 비명을 지르며 백수룡을 떼어내기 위해 온몸으로 발악하고 있었다.

"이것 놔! 놓으란 말이다!"

구음마녀는 온몸에서 가공할 냉기를 뿜어냈고, 강기가 맺힌 손톱을 마구 휘두르며 백수룡을 찢어발기려 했다.

"죽어! 죽어! 죽어!"

그러나 그 어떤 공격으로도 백수룡을 떼어내지 못했다. 무시무시한 냉기는 묵룡의에 역천신공의 내공을 둘러 견뎠고, 장법이나 조법은 투로가 눈에 훤히 보였다.

'무공의 성취는 깊은데, 그에 비하면 초식은 많이 어설프군.'

백수룡은 구음마녀가 이룬 무공의 성취가 기이함을 알아보았다. 빙백신공의 성취에 비해 초식은 많이 어설펐던 것이다. 과거 구음마녀에게 무공을 가르친 교관들이 빙백신공의 완성만을 위해 초식은 적당히 가르친 탓이었지만, 백수룡도 그런 뒷사정까진 당장 알지 못했다.

"죽어어어어엇!"

"얌전히 좀 있어라."

백수룡은 구음마녀의 얼굴을 잡아 동굴 바닥에 처박았다.

콰아아앙! 바닥이 박살 나고, 구음마녀의 몸이 그 안에 반쯤 틀어박혔다.

"끄윽, 끄으윽……."

바닥에 처박혀 벌레처럼 꿈틀거리는 구음마녀의 귀로, 백수룡의 스산한 목소리가 들려왔다.

"나도 좋아서 널 살려 두는 게 아니니까."

백수룡은 지금 심경이 무척 복잡했다. 구음마녀는 위지천의 경우와 비슷했다. 자신이 만든 가짜 빙백신공을 익혀 주화입마가 생겼고, 그렇게 생긴 탁기가 골수까지 스며들었다. 정신이 오락가락하는 광증은 그 부작용이었다.

'혈교를 엿 먹이려고 만든 무공이었는데…….'

하지만 혈교는 백수룡이 건넨 가짜 신공들을 포기하지 않았다. 아이들을 데려다가 그것을 익히게 하고, 완성하기 위한 실험의 도구로 삼았다. 그 결과물이 구음마녀와 같은 악인이었다. 자신이 의도한 바는 아니었지만, 백수룡은 이 일에 어느 정도는 책임감을 느꼈다.

"그러니까 제정신 정도는 차리게 해 주마. 혈교에 관한 이야기도 들어야겠고."

"아파! 아파아아! 놔줘, 놔줘 제발⋯⋯!"

바닥에 처박힌 구음마녀가 발작하며 어린아이처럼 펑펑 눈물을 쏟았다. 백수룡은 그녀를 위에서 몸으로 짓누르며, 역천신공으로 구음마녀의 골수에 가득한 탁기를 빨아들였다.

스스스슷⋯⋯. 탁기를 다루는 데 있어서 역천신공은 천하제일, 아니 고금제일의 무공이다.

역천신공의 진기가 구음마녀의 머리, 기경팔맥과 십이경맥으로 뻗어 나가 사지에 스며든 탁기를 모조리 빨아들였다. 하지만, 오래된 탁기를 뽑아내는 과정은 생살을 찢어내는 것보다 수십 배는 고통스러웠다.

"⋯⋯!"

끔찍한 고통에 구음마녀는 비명조차 지르지 못하고 몸을 뒤틀었다. 손가락으로 바닥을 마구 긁어대며 발작을 일으켰다. 백수룡은 그녀의 몸을 다시 꽉 눌렀다. 그의 입에서 새하얀 김이 새어 나왔다.

"하아⋯⋯."

아무리 묵룡의를 입고 있다고 해도, 빙백신공의 한기를 완벽하게 막아 주는 것은 아니었다. 구음마녀의 몸과 거의 맞대고 있는 탓에, 백수룡의 머리카락과 눈썹에도 새하얀 서리가 맺혔다. 끔찍한 냉기가 몸에 스며들었지만, 백수룡은 구음마녀에게서 떨어지지 않았다.

"버텨라. 살고 싶으면."

"끄흑⋯⋯!"

만약 구음마녀가 빙월신녀가 남긴 진짜 빙월신공을 대성했다면, 백수룡은 반 각도 버티지 못했을 것이다.

'지금도 묵룡의가 없었으면 힘들었겠지만.'

다행히, 시간이 지날수록 구음마녀의 몸에서 뿜어지던 냉기가 서서히 줄어들었다.

스스스슷……. 구음마녀의 몸에서 탁기가 빠져나가며 구음마녀가 느끼는 고통이 줄어들었고, 고통이 줄어들면서 발작도 함께 줄어든 영향이었다.

"후우……. 겨우 끝났군."

백수룡은 손을 떼고 일어섰다. 잠시 비틀거린 그가 천천히 호흡을 골랐다.

"……나한테 무슨 짓을 한 거지?"

감았던 눈을 뜬 구음마녀가 멍한 표정으로 백수룡을 올려봤다.

항상 송곳으로 쑤시는 것처럼 머리가 아팠는데, 지금은 그런 통증이 전혀 느껴지지 않았던 것이다.

"잘못된 운기로 몸 안에 쌓여 있던 탁기를 빼냈다. 광증의 원인을 치료했으니, 앞으로 전과 같은 발작은 없을 거야."

백수룡은 다소 지친 목소리로 말했다. 구음마녀와의 싸움보다 탁기를 빼내는 데 더 심력 소모가 컸다. 구음마녀가 눈을 동그랗게 떴다.

"뭐라고? 말도 안 돼……."

"말이 되는지 안 되는지는 스스로가 더 잘 알 텐데."

"그, 그럼 정말로……."

자신의 두 손을 내려 보는 구음마녀의 눈에서 투명한 눈물이 흘러내렸다. 하지만 이번에는 전과 달리, 광기가 아닌 순수한 기쁨의 눈물이었다. 백수룡은 그 모습을 보며 혀를 찼다.

"좋아하긴 일러. 만약 빙백신공을 다시 운기하면 똑같은 일이 반복될 거다."

"아……."

순간, 구음마녀의 표정이 딱딱하게 굳었다. 그녀는 위지천과는 다르다. 위지천은 어린 나이였기에 가짜 무극검을 깊게 익히지 않았고, 몸 안에 쌓인 내공도 많지 않았다. 하지만 구음마녀는 적어도 이십 년 이상 가짜 빙백신공을 익혔고, 스스로 무공을 대성했다고 착각했을 만큼 큰 성취를 이루었다.

이 정도로 깊게 익힌 무공을 교정하는 것은…… 백수룡에게도 거의 불가능한 일이었다.

"다시 미치지 않으려면 빙공을 포기하는 수밖에 없어."

무인에게 십 년 이상 쌓아 온 적공을 포기하라는 것은 죽으라는 말과 다름이 없었다. 백수룡은 구음마녀가 이 말을 쉽게 받아들이지 못할 거라고 생각했다. 하지만 구음마녀의 대답은 그가 생각했던 것과 달랐다.

"……그렇게 할게."

"뭐?"

구음마녀는 순순히 고개를 끄덕였다. 오래된 광증에서 벗어난 그녀는, 백수룡이 생각했던 것 이상으로 맑은 영혼을 가진 사람이었다.

"빙공을 포기할게. 지금처럼 맑은 정신을 유지할 수 있다면……. 대체 왜 그렇게 여기에 연연했는지 모르겠어."

체념하듯 한숨을 내쉰 그녀가 흐릿한 미소를 짓더니, 이내 고개를 푹 떨궜다.

백수룡은 떨떠름한 표정으로 고개를 끄덕였다.

"잘 생각했다. 빙공이 없어도 넌 충분히 강하니까."

"……."

"이제 내가 이야기를 들을 차례군. 가짜 빙백신공은 어떻게 익혔지?"

"어릴 때……."

구음마녀는 순순히 백수룡이 묻는 말에 대답해 주었다. 어린 시절에 팔려가 강제로 무공을 익히게 된 이야기. 혈교의 시설에서 어떤 취급을 당했고, 어떤 고통을 겪었으며, 어떻게 탈출했는지.

그녀는 높낮이가 일정한 목소리로 덤덤하게 이야기했다.

"……."

오히려 구음마녀의 이야기를 듣는 동안 백수룡의 표정이 점점 일그러졌다. 그리고 그녀의 이야기가 모두 끝났을 때, 백수룡은 이를 악물며 간신히 입을 열었다.

"……그랬군."

어느 정도는 예상했지만, 혈교는 그가 상상했던 것보다 더 악랄하고 사악해졌다. 놈들이 뿌린 씨앗이 평범했던 한 소녀를 십대악인으로 만들었다.

'구음마녀 외에도 얼마나 많은 희생자가 있을지…….'

상상도 하고 싶지 않았다. 그 순간, 백수룡의 머릿속에 어떤 계획이 떠올랐다.

"구음마녀. 혈교에 복수하고 싶나?"

"……."

"나한테 계획이 있다. 그러기 위해선, 일단 이곳 악인곡을 네가 장악해야 해."

백수룡은 제정신을 차린 구음마녀에게 악인곡의 관리를 맡기려 했다.

'악인곡은 천혜의 요새다.'

훗날 혈교와 전쟁이 벌어지게 된다면, 악인곡의 지형을 요긴하게 써먹을 수 있을 것이다.

"네가 선별해서 구제 불능의 악인들은 죽이고, 누명을 썼거나 구제가 가능한 놈들은 모아서 훈련시켜. 갱생신공이라고, 무공을 하나 알려 주지. 그걸 수련시키면……."

백수룡의 머릿속에 순식간에 계획이 세워졌다. 악인곡을 장악해 새로운 세력을 만든다. 이곳에 혈교의 심장을 찌를 또 다른 비수를 만들어 둘 생각이었다. 하지만 구음마녀는 백수룡의 제안에 고개를 저었다.

"미안하지만 거절하겠어."

"어째서? 복수하고 싶지 않나?"

마치 한순간에 깨달음을 얻은 고승처럼, 구음마녀의 눈동자에 정광이 가득했다.

"지난 이십 년간, 빙백신공을 대성하면 원수들에게 복수하겠다는 생각만이 내 머릿속에 가득했어. 하지만 이젠 덧없다는 걸 깨달았어."

구음마녀의 눈빛과 목소리는 부드러웠지만 단호했다. 도저히 설득의 여지가 보이지 않을 만큼. 그녀는 혈교에 대한 복수 대신, 마음의 안정을 선택했다.

"그렇게까지 말한다면…… 어쩔 수 없지."

백수룡은 구음마녀가 세상을 등지고 은거라도 할 생각인가 보다, 라고 생각했다. 아쉽지만 본인이 싫다는데 강요할 수는 없는 일 아니겠는가. 하지만 이어진 구음마녀의 선택은 그가 상상했던 것 이상이었다.

"한 가지 부탁이 있어."

"네가 나한테 부탁할 입장은 아닐 텐데."

백수룡이 퉁명스레 대꾸하자, 구음마녀가 빙긋 웃었다.

"여민."

"……."

"그 아이에게 너무 큰 상처를 줬어. 조금이나마 보상해 주고 싶어."

"그걸 왜 나한테 부탁해?"

"나는 다시는 그 아이를 못 볼 테니까."

입가에 웃음을 띤 구음마녀는 가부좌를 틀고 앉았다. 그녀는 두 손을 합장하듯 모으고, 빙백신공을 운공하기 시작했다. 백수룡이 놀라서 소리쳤다.

"운기하지 말라고 했잖아! 또 광증이 도지면……."

"어차피 이게 마지막이야."

구음마녀는 그동안 자신의 몸에 평생 쌓아 온 음기를 손바닥 사이에 집중시키기 시작했다.

"너 뭐 하는…… 설마."

구음마녀가 무슨 짓을 하는지 깨달은 백수룡의 표정이 창백하게 변했다.

콰콰콰콰콰콰! 구음마녀가 한평생 쌓아 온 음기가 그녀의 두 손바닥 사이로 집중되더니, 압축하고 압축해 하나의 결정을 이루기 시작했다.

"빙정을…… 만들려는 거냐."

빙정(氷精). 음기의 정수가 모여 결정을 이룬 것으로, 빙공을 익힌 무인에겐 천하에 다시 없을 보물.

잠시 후, 구음마녀는 비교할 수 없이 창백해진 표정으로 눈을 떴다.

"하아……."

그녀의 손바닥 위에는 눈처럼 새하얀 얼음 결정이 놓여 있었다. 크기는 겨우 손톱보다 조금 더 컸지만, 그 안에는 구음마녀가 평생 쌓은 음기가 담겨 있었다.

"불순물은 모두 제거하고 깨끗한 음기만 모았어. 이걸 여민에게 줘. 나 때문에 몸이 많이 상했을 거야."

구음마녀는 자신의 빙정을 백수룡에게 건넸다. 빙공을 익히는 무인이라면 목숨을 걸어서라도 차지하려 할 보물. 그녀는 그것을 아무렇지도 않게 건넸다.

"나 대신 이걸 그 아이에게 전해 줘."

"……."

"부탁할게."

"……알았다."

한숨을 내쉰 백수룡은 빙정을 받아 들었다. 얼마나 완벽하게 정제되었는지, 그냥 손으로 만져도 조금 차가운 느낌이 드는 게 전부였다. 구음마녀가 백수룡을 바라보며 창백하게 웃었다.

"여민에게 다 주기엔 너무 많을 거야. 필요하면 당신이 나눠서 써. 당신에게 내 무공이 필요할 것 같지는 않지만…….”
"필요해. 사용할 거다."
백수룡은 거짓말을 하지 않았다. 그는 빙월신녀의 무공을 알고 있었다. 지금까지는 빙공을 익힐 여건이 되지 않았기에, 빙월신녀의 신법만을 사용해 왔다. 빙백신공을 익힐 수 있는 조건이 갖춰진다면 배우지 않을 이유가 없었다.
그 대답을 들은 구음마녀가 안도의 한숨을 쉬었다.
"잘됐네. 민폐만 끼쳤는데…… 조금이라도 도움이 돼서."
"마지막으로 남길 말은?"
"……."
"이봐."
"……."
"이봐!"
대답은 없었다. 구음마녀는 가부좌를 튼 모습 그대로 눈을 감았다.
세상 모든 근심을 덜어낸, 편안해 보이는 미소를 띤 채로 그녀는 긴 잠에 들었다.

162화
혈마인가?

 백수룡이 구음마녀의 빙정을 수습하고 돌아왔을 때, 악인곡에는 반가운 손님들이 도착해 있었다.
 "형님!"
 가장 먼저 달려온 이는 악연호였다. 주인을 만난 강아지처럼 헐레벌떡 달려온 악연호는 백수룡의 모습을 보더니 놀라서 입을 떡 벌렸다.
 "세상에, 꼴이 이게 뭐예요? 찢어지고 터지고 그을리고……. 옷에 있는 물기는 또 뭐야?"
 "그럴 일이 좀 있었다."
 백수룡의 몰골은 처참할 정도였다. 기관진식이 가득한 지하에서 혈수귀옹과 목숨을 건 사투를 벌였고, 동굴을 나와서는 곧바로 구음마녀와 싸웠다. 게다가 구음마녀의 탁기를 빼내는 것과 동시에 정면으로 무시무시한 냉기를 감당했으니, 단정했던 청색 무복은 이제 걸레로도 쓰기 힘든 지경이었다.
 "너 혼자 온 건…… 당연히 아니겠지."
 멀지 않은 곳에서, 칼날 같은 기세를 풍기며 성큼성큼 걸어오는 매극렴이 보였다.

"이 녀석……!"

노기가 충천한 얼굴로 다가온 매극렴은, 백수룡의 거지만도 못한 꼴을 보더니 한숨을 푹 내쉬었다.

"많이 다쳤느냐?"

"보기보다 괜찮습니다."

백수룡은 씩 웃으며 대꾸했다. 오히려 매극렴의 옷에 난 베인 흔적들을 보고 놀랐다. 하나같이 요혈을 노린 흔적인 게 예사롭지 않았던 것이다.

'매극렴을 이 정도로 몰아붙였다고? 대체 누가…….'

혈수귀옹과 구음마녀를 제외하면, 악인곡에 그만한 고수는 거의 없을 텐데. 그 의문을 해결이라도 해 주듯 매극렴이 입을 열었다.

"악인곡 입구에서 벽안귀라는 자와 검을 섞었다. 범상치 않은 고수더구나."

"벽안귀라면…….."

푸른 눈동자를 요사스럽게 빛내던 악인곡 문지기의 얼굴이 떠올랐다. 백수룡은 벽안귀라면 충분히 그럴 수 있겠다는 생각이 들었다.

'바빠서 그냥 지나쳐오긴 했지만, 놈의 무공이 내가 예상한 그게 맞다면…….'

백수룡이 매극렴에게 물었다.

"그래서, 놈을 죽이셨습니까?"

"백 합쯤 나누어도 승부가 나지 않자 도망치더구나. 놈뿐만 아니라 함께 있던 두 놈도 마찬가지였다."

매극렴은 놈들을 쫓을까 했으나, 납치된 위지천을 찾는 것이 우선이기에 곧장 악인곡으로 들어왔다고 했다.

"잘하셨습니다. 놈들은 이곳 지리를 잘 알아서 추격이 쉽지 않았을 겁니다."

 하지만 벽안귀는 도망치기 전에 비장의 한 수를 남겨 놓았다. 그것도 매극렴이 아닌 백수룡에게 말이다.

 "헌데, 벽안귀 그자가 내게 네 별호를 알려주더구나."

 "예. 별호요?"

 그 순간, 싸늘한 감각이 백수룡의 등줄기를 훑어 내렸다. 매극렴은 하나뿐인 외손자의 사타구니를 싸늘하게 바라보며 말했다.

 "옥면음랑. 스스로를 방중술과 색공의 대가라고 소개했다던데?"

 그 순간, 백수룡은 자기도 모르게 한 걸음 물러나며 작게 중얼거렸다.

 "……벽안귀 이 개새끼."

 그 모습을 본 매극렴의 두 눈에서 불길이 치솟았다.

 "이놈! 대체 밖에 나가서 행실을 어떻게 하고 다니는 게야! 옥면음랑? 아비 놈 별호는 옥면공자더니, 아들놈은 한술 더 뜨는구나!"

 옥면공자와 옥면음랑.

 하필이면 원수 같은 사위 놈과 비슷한 별호라서 더 열이 뻗치는 매극렴이었다.

 그가 검을 뽑아 들며 성큼 백수룡에게 다가갔다.

 시선은 여전히 백수룡의 사타구니에 고정돼 있었다.

 "진작 저것부터 잘라 버렸어야 했는데……."

 "하, 할아버님. 전부 오해입니다. 제가 다 설명드릴 수 있습니다! 그 별호는 제가 지은 게 아니라 원강이 놈이……."

 "닥쳐라! 내 네놈의 거시기를 잘라 무림의 질서를 바로 세울 것이다!"

 "제 거시기랑 무림의 질서가 무슨 상관인데요!"

 아무리 역천신공이 7성에 이르러도, 외할아버지의 노기를 감당하기란 어려웠다.

 "당장 이리 오지 못해!"

"살려 주십시오!"

두 사람의 짧은 추격전은 마지막으로 남궁수와 거상웅이 도착하면서 끝났다.

"백수룡."

미간을 찌푸리며 다가오는 남궁수의 뒤편으로, 포박된 악인곡의 악인들이 줄줄이 무릎을 꿇고 있었다.

남궁수를 본 백수룡이 혀를 차며 물었다.

"옷 갈아입고 왔냐?"

"……무슨 소리지?"

남궁수의 깔끔한 백의는 핏방울은커녕 먼지 하나 찾아볼 수 없었고, 머리 모양도 단정했다. 청룡학관에서 악인곡까지 전력을 다해 경공을 펼쳤을 텐데, 어떻게 저럴 수 있는지 신기할 지경이었다.

남궁수가 차가운 표정으로 물었다.

"위지천은 어디 있지?"

"지금 만나러 가려던 참이다. 나도 방금까지 싸우다 왔거든."

"……."

"왜? 뭐?"

백수룡이 빤히 쳐다보자, 남궁수가 화를 꾹 참는 표정으로 말했다.

"청룡학관으로 돌아가면 큰 질책과 비난을 받게 될 거다. 특히 학부모회에서는 널 당장 해고하라고 압박할 터."

"그래서, 지금 날 자르겠다고 협박하는 거냐?"

백수룡이 눈살을 찌푸리며 묻자, 남궁수는 코웃음을 쳤다.

"천만에. 누가 널 해고시키려고 하면 내가 막을 생각이다."

"뭐?"

"누구 좋으라고 해고를 하나."

생각지도 못했던 남궁수의 말에, 백수룡은 물론이고 악연호과 매극렴도 놀란 표정을 지었다. 남궁수의 눈빛이 분노로 이글거리고 있었다.
"이런 짓을 저질러 놓고 관둔다? 아니, 몇 배로 일해서 갚게 해 주마. 앞으로 죽을 각오로 학생들을 가르쳐야 할 거다."
"어, 뭐……. 안 그래도 열심히 할 생각이긴 한데."
잘못했으니 일해서 갚으라는 남궁수의 논리에, 백수룡은 떨떠름한 표정으로 고개를 끄덕였다.
'하여튼, 이 자식도 정상은 아니야.'
그때, 선생님들 눈치에 뒷전으로 밀려나 있던 거상웅이 대화에 끼어들었다. 혼자 악인곡 밖에서 대기하고 있었던 탓에, 후배들을 많이 걱정한 듯 보였다.
"선생님. 다른 애들은요?"
"지금 찾으러 가려던 참이다."
백수룡은 강사들, 거상웅과 함께 마의의 거처를 찾아갔다. 문을 열고 들어가기 전, 마의에게 전음을 보내는 것도 잊지 않았다.

[마의. 네가 내게 충성하기로 한 것은 함구하도록.]
[……예. 주군.]

혈마안에 마음이 꺾인 마의는 백수룡에게 무조건적인 충성을 맹세했다. 잠시 후 마의의 집 안으로 들어가자, 침상에 누워 있는 학생들과 그들을 치료 중인 마의가 보였다. 마의는 백수룡을 보자마자 두 손을 번쩍 들었다. 그는 백수룡의 눈을 똑바로 마주치지도 못했다.
"사, 살려 주시오! 무조건 항복하겠소."
혈수귀옹이 부재한 상황에서 마의의 항복은 그 의미가 컸다. 악인곡에 남아 있던 악인들 대부분은 마의를 따라 항복하거나 도망쳤고, 일부 저항한 자들은 강사들에 의해 모조리 제압당했다. 백수룡은 침상에 누워 있는 제자들에게 다가가 물었다.
"다들 부상은?"
"뭐, 이 정도쯤이야."
"침 좀 바르면 나아요."
"저희보단 여민 선배가……."
사내 녀석들의 부상도 결코 작지 않았지만, 다행히 전부 약을 쓰고 잘 쉬면 나을 수 있는 부상이었다.
문제는 여민이었다.
백수룡은 가장 먼 침상에 누워 있는 여민에게 다가갔다.
"……."
안 그래도 하얀 얼굴이 시체처럼 창백했다. 마의가 그의 옆에서 눈치를 보며 말했다.
"생명의 위기는 넘겼지만 선천지기가 많이 상했습니다. 흡성대법에 당한 듯한데…… 깨어나더라도 예전처럼 건강하긴 힘들 겁니다."
"……."
백수룡은 말없이 고개를 끄덕였다. 여민이 지금 어떤 상태인지는 백수룡이 누구보다 잘 알고 있었다.
주위를 슥 둘러본 백수룡이 매극렴에게 말했다.
"할아버님. 잠깐 전부 데리고 나가 주실 수 있겠습니까?"
"나가라고? 네가 이 아이를 치료라도 하겠단 말이냐?"
백수룡이 고개를 끄덕였다.
"예. 하지만 치료 중에 이 아이가 감추고 싶은 비밀이 드러날 수 있어서, 치료 과정을 남에게 보일 수 없습니다."
백수룡의 말은 정중하면서도 단호했다.
무림인들은 온갖 비밀을 가지고 있기 마련이었고, 그것을 서로 캐묻지 않는 게 예의였다. 매극렴이 고개를 끄덕였다.

"알겠다. 보아하니 너도 뭔가 기연을 얻은 듯한데…… 나중에 따로 이야기하자꾸나."

"예."

잠시 후, 모두가 나간 것을 확인한 백수룡은 품에서 빙정을 꺼냈다. 구음마녀가 여민에게 남긴 선물. 하지만 이걸 그대로 여민에게 복용시키면 그건 영약이 아니라 극독으로 작용할 것이다.

꿀꺽.

백수룡은 빙정을 한입에 삼켰다. 빙정은 입에 넣은 즉시 입안에서 녹아내리더니, 온몸이 얼어붙을 듯한 한기가 퍼지기 시작했다.

"큽!"

빙정은 상상했던 것보다 더 강한 기운을 품고 있었다. 백수룡은 곧바로 역천신공의 기운을 끌어올린 후, 오른손바닥을 여민의 장심에 올렸다. 휘몰아치는 북풍한설의 기운과 천하에서 가장 강맹한 역천신공의 기운이 몸 안에서 서로를 제압하기 위해 싸우기 시작했다. 몸 안에서 마치 두 마리의 용이 뒤엉켜 싸우는 것만 같았다. 백수룡의 이마에 식은땀이 맺혔다.

'나 혼자 욕심을 부렸다간 큰일 날 뻔했군.'

백수룡은 역천신공의 진기를 움직여 빙정의 기운을 유인했다. 그 음기를 둘로 나누어 하나는 자신의 단전에, 하나는 여민의 단전에 쌓았다.

"후우우우……."

백수룡의 입에서 새하얀 김이 새어 나왔다. 머리와 눈썹에 서리가 맺히고, 주변 온도가 급격히 낮아졌다.

쩌저저적…….

그렇게 약 반 시진이 흐른 후, 백수룡은 여민의 단전에서 손바닥을 떼고 바닥에 앉아 가부좌를 틀었다.

몸 안에 움튼 빙정의 기운을 추스르기 위해서였다.

'빙백신공은 이론으로만 알았지, 전생에도 익혀 보지 못했는데…….'

애초에 빙공은 익히는 게 무척 까다로운 무공이다. 빙정을 흡수한 것은 백수룡에게나 여민에게나 엄청난 기연이었다. 청룡학관으로 돌아가서 본격적으로 빙공을 수련한다면, 빠른 시간 안에 그 경지를 높일 수 있을 것이다.

"후우."

잠시 후, 백수룡이 자리를 털고 일어났다. 그는 호흡이 한결 편안해진 여민의 머리를 쓰다듬었다.

'잠재력은 다섯 중에 가장 떨어진다고 생각했는데…… 이젠 가장 뛰어날지도 모르겠군.'

물론 그 잠재력을 깨우는 데는 본인의 노력과 재능, 그리고 스승의 가르침이 뒷받침되어야 할 것이다.

백수룡은 씩 웃으며 잠든 여민의 머리를 흐트러뜨렸다.

"각오해라. 앞으로는 경공 수련에 빙공 수련도 추가할 테니."

착각일까?

그 순간 여민이 눈썹을 움찔한 것처럼 보였다.

"짜식."

백수룡은 피식 웃었다. 그의 미소는 어딘가 공허해 보였다. 그는 여민의 얼굴 위로 겹쳐 보이는 구음마녀의 얼굴을 떠올리며 중얼거렸다.

"걱정 말고 편히 쉬도록. 복수는 내가 대신할 테니까."

구음마녀의 평온했던 마지막 미소를 떠올리며, 백수룡은 씁쓸한 미소를 지었다.

"네가 원하든 원하지 않든 말이야."

악인곡을 수습하는 데 며칠이 걸렸다. 가까운 금룡상단 지부에서 사람들이 찾아와 부상자들을 수습하고, 포박한 악인들을 가까운 관아로 이송했다.

"허어! 열 명도 안 되는 숫자로 악인곡을 점령했단 말입니까?"

거상웅의 호출에 달려온 금룡상단의 지부장은, 악인곡에서 있었던 일을 전해 듣고는 놀라서 되물었다. 단일 문파는 아니지만, 악인곡은 현 무림에서 악명을 떨치는 사파 세력 중 하나였다. 십대악인 중 둘이나 악인곡에 살고 있었기에 무림맹도 쉽게 이곳을 건드리지 않았다.

'그런데 열 명도 안 되는 무인들이 악인곡을 박살 냈다고?'

'심지어 저들 중 다섯은 약관도 안 된 후기지수가 아닌가!'

금룡상단에서 온 무사들과 일꾼들은 청룡학관 강사들과 학생들을 힐긋거리며 수군거렸다. 조만간 그들의 입을 통해 조만간 강호에 믿기 힘든 소문이 퍼질 것이 분명했다. 하지만 정작 그만한 일을 이뤄낸 사람들에게선 큰 감흥이 없어 보였다.

"눈치가 빠르고 무공이 강한 놈들은 모두 미리 내뺐소. 쭉정이만 잡은 셈이지."

매극렴은 솔직하게 말했지만, 그마저도 금룡상단 사람들에게는 지나친 겸손으로 비칠 뿐이었다.

모든 정리가 끝난 후, 매극렴은 늘어난 일행을 돌아보며 말했다.

"우리도 이제 가자."

"먼저 가십시오."

걸음을 멈춘 것은 백수룡이었다. 그는 의아한 눈으로 자신을 바라보는 일행에게 멋쩍은 표정으로 말했다.

"놓고 온 물건이 생각나서요. 할아버님. 먼저 가시면 금방 따라가겠습니다."

"……빨리 따라오너라."

매극렴은 뭔가 눈치를 챈 것 같았지만, 모른척하며 고개를 끄덕였다. 백수룡은 제자리에 서서 일행의 뒷모습이 작아지는 모습을 지켜봤다. 잠시 후, 그의 뒤쪽에서 작은 기척이 느껴졌다.

백수룡은 뒤도 돌아보지 않고 말했다.

"나한테 하고 싶은 이야기라도 있는 모양이지?"

"역시 눈치채고 있었군."

"그렇게 노골적으로 쳐다보는데 모를 수가 있어야지."

그제야 몸을 돌린 백수룡은 자신을 부른 상대를 바라봤다.

"벽안귀. 나한테 무슨 용건이지?"

그는 악인곡 문지기들의 수장이었던 벽안귀였다. 며칠 전에 보았던 모습과 달리, 벽안귀의 뺨에는 최근에 생긴 것으로 보이는 검상이 남아 있었다.

"단도직입적으로 묻지."

벽안귀가 새파란 눈동자를 요사스럽게 빛내며 말했다.

"당신. 혈마인가?"

163화

악인곡을 재건해라

"혈마? 뜬금없이 그게 무슨 소리지?"

백수룡이 의아한 표정으로 되묻자, 벽안귀의 입가에 서늘한 미소가 맺혔다.

"시치미 뗄 생각 마. 네가 혈수귀옹과 싸우면서 적발적안으로 변하는 것을 본 놈이 있으니까."

"적발적안?"

백수룡은 생전 처음 들어 보는 이야기인 것처럼 눈을 휘둥그레 떴다. 그가 어깨를 으쓱이며 되물었다.

"대체 무슨 말을 하는 건지 모르겠는데."

"천하에 수많은 무공이 있지만, 적발적안으로 변하는 최상승의 무공은 하나뿐이지."

벽안귀의 청안이 요사스럽게 빛났다.

자신의 몸을 머리부터 발끝까지 샅샅이 훑어 내리는 그 시선과 마주하며 백수룡은 한 가지 사실을 확신했다.

'이 녀석. 청안마공을 익혔군.'

처음 벽안귀를 봤을 때도 '혹시나' 하는 의심을 했었다. 하지만 당시에는 위지천을 구해야 한다는 목적이 있어, 딴생각할 겨를이 없었다.

'지금 다시 보니…….'

역천신공의 경지가 7성에 이르면서, 백수룡은 상대의 기운을 더욱 예민하게 느낄 수 있게 되었다.

특히 그것이 혈교에서 흘러나온 마공이라면, 상대가 아무리 숨기려고 해도 그의 기감을 피해갈 수 없었다.

'이런 곳에서 청안마공의 계승자를 만나다니.'

운명이란 것이 참 짓궂다고 생각하며, 백수룡은 피식 웃었다.

"그래? 무슨 무공인데?"

"역천신공. 혈교의 지존인 혈마만이 익힐 수 있는 절세신공이다."

"……."

"다시 묻겠다. 너는 혈마인가?"

묻고 있었지만, 벽안귀는 이미 백수룡을 혈마라고 거의 확신하는 듯했다. 하지만 백수룡은 단호하게 고개를 저었다.

"난 혈마가 아니다."

"계속 발뺌을 할 셈인가!"

번쩍!

벽안귀의 새파란 눈동자에서 형형한 안광이 쏟아졌다. 확실하다. 청안마공이다. 상대의 무공을 확인한 백수룡의 입가에 맺힌 미소가 진해졌다. 그것을 자신에 대한 조롱이라고 여긴 벽안귀가 사나운 기세를 피워 올렸다.

"혈마여. 다른 놈들은 몰라도 내 눈은 속이지 못한다."

"네가 뭐라고 생각하건, 아닌 건 아닌 거야."

"그럼 이대로 무림맹에 가서 알려도 상관없겠군? 청룡학관 강사 백수룡이 역천신공을 익힌 당대의 혈마라고 말이야."

비릿한 미소를 지은 벽안귀의 협박에, 오히려 백수룡의 입가에 더 큰 웃음이 맺혔다.

"무림맹?"

그는 한 걸음 앞으로 내디뎌 벽안귀를 향해 걸어갔다.

스스스슷……. 보란 듯이 백수룡의 머리카락과 눈동자가 점점 붉게 물들기 시작했다. 그 모습을 본 벽안귀의 얼굴이 대번에 흉신악살처럼 일그러졌다.

"역시 넌!"

누군가에게 역천신공을 들키는 것. 항상 걱정해 온 일이지만, 최소한 이 자리에서는 아니었다. 그래서 일부러 적발적안을 보여 주었다.

"악인곡 출신의 마두가 지껄이는 소리를 무림맹이 믿어줄까? 그 자리에서 죽지나 않으면 다행이지."

"익명으로 밀고하는 방법도 있지. 네가 조사받게 만드는 것쯤은 어렵지 않아. 무림맹이 네 과거를 모두 털면 혈교와 연관된 증거를……."

피식. 백수룡은 같잖다는 듯 웃었다.

"마음대로 해 봐. 난 혈마가 아니라서, 털어서 나올 먼지가 하나도 없으니까."

백수룡의 과거를 캐 봤자 나오는 건, 청룡학관의 원조 망나니였던 아버지와 어머니의 야반도주 정도가 다일 것이다. 그가 전생에 혈교 교관이었다는 사실을 알지 못하는 한, 그와 혈교를 연결할 증거 같은 것은 어디에도 없었다. 물론 벽안귀는 그 말을 믿지 않았다.

"끝까지 거짓말이군!"

그의 청안이 요사스러운 빛으로 일렁였다. 백수룡은 상대의 청안에 비친 자신의 얼굴을 바라보며 물었다.

"나도 궁금한 게 있는데 말이야."

벽안귀와 늘 함께 다니는 염라부, 낭아도의 기척이 상당히 먼 거리에서 느껴졌다. 이 대화 내용을 둘에겐 모르게 하고 싶은 모양이었다.

"무슨 배짱으로 혼자서 나를 찾아온 거지? 이 거리에서 날 도발하고도 도망칠 자신이 있나? 아니면……."

푸화악! 백수룡이 무복이 펄럭이며 막대한 기파가 터져 나왔다. 악인곡에 처음 도착했을 때와는 비교도 되지 않는 기도. 자신의 예상을 아득히 뛰어넘는 기세에 벽안귀의 표정이 굳었다.

'혈수귀옹과 싸우며 부상당한 줄 알았는데…….'

어째서 더 강해져 있단 말인가. 벽안귀의 표정을 읽은 백수룡이 피식 웃으며 말했다.

"제 발로 무덤을 찾아온 건가?"

역천신공은 혈교 무공의 정점. 그 기운은 혈교에서 파생된 모든 무공을 짓누르고, 억압하며, 강제한다. 7성에 이르러 대성의 경지에 진입한 역천신공의 기운이라면, 동급의 고수들조차 식은땀을 흘리게 만들 수 있었다. 하물며 그보다 약한 자는 백수룡과 얼굴을 마주 보는 것조차 쉽지 않았다.

"크윽……."

청안마공 또한 혈교의 무공. 역천신공의 기운을 접한 벽안귀가 창백해진 안색으로 뒷걸음질 쳤다. 그러던 그가 갑자기 우뚝 멈춰섰다.

주르륵. 꾹 다문 벽안귀의 입에서 핏물이 흘러내렸다. 심령을 옥죄는 공포에서 벗어나기 위해, 스스로 혀를 깨문 것이다. 눈에 핏발이 선 벽안귀가 내공을 끌어올렸다.

"혈마여! 오늘에야 원수를 갚을 날이 왔구나!"

"원수?"

벽안귀는 도망칠 수 없다는 사실을 깨달았다. 그렇다고 그냥 죽어줄 생각도 없었다. 원수를 만났으니 최소한 발악이라도 해 보고 죽으리라!

우드득, 우드득. 청안마공을 전력으로 끌어올린 벽안귀의 몸에 핏줄이

불거지더니, 근육이 부풀어 오르고 푸른빛의 강렬한 기가 그의 몸을 휘감았다. 백수룡은 작게 감탄했다.

'이 정도면 혈수귀옹과 싸워도 밀리지 않겠는데.'

벽안귀의 무공은 백수룡의 예상을 훌쩍 뛰어넘었다. 하지만 그를 놀라게 할 정도는 아니었다.

"죽어라!"

고함을 지른 벽안귀가 벼락처럼 짓쳐들었다. 어느새 뽑아 든 검을 위에서 아래로 휘둘렀다.

콰아앙!

검격이 꽂힌 자리에 커다란 구덩이가 생겼다. 백수룡은 보법을 밟아 옆으로 피했다. 이형환위와 같은 움직임이었으나, 벽안귀의 시선은 정확히 그를 쫓았다. 검이 곧바로 따라왔다.

"네놈을 죽여 오랜 친구들의 원수를 갚겠다!"

두 눈으로 푸른 안광을 줄기줄기 뿜어내며 달려드는 벽안귀의 모습에서, 악인곡 정문을 지키던 때의 여유로움은 조금도 찾아볼 수 없었다.

콰앙! 콰앙! 쾅쾅쾅! 두 고수가 맞붙은 일대에서 폭약이라도 터진 듯한 굉음이 연달아 터졌다. 벽안귀의 검에 맺힌 강기는 일대의 지형을 바꿔놓을 정도로 파괴적이었다. 반면 백수룡은 최소한의 강기만을 일으켜서 방어에 집중했다. 그는 벽안귀의 푸른 눈동자를 깊이 들여다보았다.

눈동자 속에 맺힌 거대한 분노와 고통을 느끼며 중얼거렸다.

"……대충 알겠군."

"으아아아아!"

광증에 시달리던 구음마녀의 모습이 떠올랐다. 혈교가 만든 시설에서 강제로 빙백신공을 익히다 생긴 광증. 어딘가에 그와 같은 피해자들이 더 있으리라 예상했다. 하지만 벌써 다른 피해자를 만나게 될 줄이야.

백수룡이 작게 한숨을 쉬며 말했다.

"하긴, 그런 녀석들이 흘러들어오기에 악인곡만큼 좋은 곳도 없겠지. 너도 혈교에서 도망친 건가?"

"닥쳐! 닥치란 말이다!"

벽안귀의 공격이 강해질수록, 반대로 그의 피골은 상접해져 갔다. 청안마공을 지나치게 끌어올린 부작용이었다. 벽안귀의 코에서 피가 줄줄 흐르고 있었다. 이대로 방어만 하고 있어도 스스로 자멸할 것이 뻔했다. 하지만 백수룡은 그렇게 두지 않았다.

"일단."

구음마녀는 스스로 평안을 선택했기에 말리지 않았지만, 벽안귀는 결코 죽으려 드는 얼굴이 아니었으니까.

"진정하자고."

서걱. 벽안귀의 검에 머리카락 몇 올이 베였다. 간격을 일 보 좁힌 대가였다.

채앵! 연이은 공격은 검으로 쳐 냈다. 이를 악문 벽안귀가 두 눈에서 푸른 안광을 쏟아냈다. 안구가 타 버릴 것처럼 뜨거웠다. 특수한 훈련을 받아 만들어진 청안은 상대의 신체 움직임을 읽고 투로를 예측하며, 기의 흐름을 읽고 상대의 강함을 측정한다. 청안마공을 대성하면 예지에 가까운 신안을 얻게 되는데, 기습을 대비하는 데 있어서는 천하에서 최고를 다툴 만한 무공이었다.

"하지만 대성을 이루려면 멀었군. 이루더라도 내겐 소용없고."

백수룡은 벽안귀의 품으로 파고들며 손을 뻗었다. 벽안귀가 곧장 호신강기를 둘렀지만 소용없었다. 역천신공의 기운이 닿자, 벽안귀의 호신강기가 녹아내렸다.

"무슨!"

"상성이란 거지."

백수룡은 경악한 표정의 벽안귀의 얼굴을 손으로 잡아서 그대로 바닥에 처박았다.

콰아앙!

"커헉!"

바닥에 처박힌 벽안귀가 피를 토했다. 단순히 힘으로 때려눕힌 것이 아니었다. 백수룡은 역천신공을 그의 몸 안에 흘려 넣어 청안마공을 흩어놓았다.

"알고 있나? 청안마공은 혈마를 곁에서 호위하는 그림자들에게 가르치던 무공이다. 그래서 몇 가지 제약이 걸려 있지."

백수룡의 두 눈에서 혈마안이 빛을 발하자, 벽안귀의 청안이 빛을 잃기 시작했다.

"으으……"

"너와 나의 무공은 완전한 상하 관계에 있다. 청안마공을 익힌 너는 역천신공을 익힌 나를 이길 수 없다."

"닥쳐, 나는 너를, 죽일 거다……!"

벽안귀는 남은 내공을 모조리 끌어올렸다. 동귀어진도 각오할 생각이었다. 하지만 천적을 만난 청안마공의 기운은 더 이상 꼼짝도 하지 않았다. 백수룡이 차분한 표정으로 그를 내려다보며 말했다.

"나를 혈마라 부르고, 죽이려고 하는 걸 보니 넌 혈교를 무척 증오하는 것 같군. 하지만 다시 말하는데, 나는 혈마가 아니다."

"개소리! 역천신공을 익혀 놓고 혈마가 아니란 말이냐!"

벽안귀가 피를 토하면서 외쳤다. 그의 두 눈에 분노로 이글이글 타올랐다. 반면, 백수룡은 차분하게 그를 내려봤다.

"내가 진짜 혈마였으면, 왜 너를 지금까지 살려 두고 이런 거짓말을 하겠어?"

"끝까지 나를 기만하려는 것이겠지!"

짜악! 뺨을 얻어맞은 벽안귀의 고개가 옆으로 돌아갔다.

"생각을 하고 입을 열어라. 내가 그렇게 할 일이 없어 보이나?"

"……."

백수룡의 서늘한 목소리에 벽안귀가 침묵했다. 잠시 후, 이성이 조금 돌아온 그가 물었다.

"……정말 혈마가 아니라고?"

"나는 혈마가 아니야. 하지만 역천신공은 익혔다."

"어떻게 그럴 수가 있지? 역천신공은……."

"무공이야, 구결만 알면 누구나 익힐 수 있는 거지."

"……."

"어떻게 역천신공을 익혔는지는 말해 줄 수 없다. 하지만 이건 알려줄 수 있어."

백수룡의 입가에 사나운 미소가 맺혔다. 그의 몸에서 가공할 살기가 뿜어졌다.

"나는 혈교에 너만큼이나 큰 원한을 가진 사람이다. 놈들을 만나는 족족 죽여 왔고, 앞으로도 죽일 예정이다. 그리고 언젠가는 놈들의 본거지를 찾아서 싹 불태워 버릴 생각이야."

적발적안의 사내가 혈교를 멸하겠노라 말하고 있었다. 그의 등 뒤로 피처럼 붉은 노을이 지고 있었다. 그 이질적인 광경을, 벽안귀를 멍하니 바라봤다. 백수룡의 스산한 웃음에서는 무림을 불태우고도 남을 분노가 느껴졌다.

"내가 혈마라면 너를 설득하지 않아. 그냥 죽여 버리거나 교로 잡아가서 고문했을 거다. 저기서 달려오는 놈들도 마찬가지고."

멀리서 염라부와 낭아도가 경공을 펼쳐 달려오고 있었다. 그들의 표정은 무척 초조했다.

"벽안귀!"

"놈! 멈춰라!"

싸우기 전에 기막을 펼쳐 소리를 차단하기는 했지만, 두 사람의 싸움이 워낙에 흉험했던 탓에 터져 나온 기파까지 막을 수는 없었다.
 스스스슷……. 백수룡의 적발적안이 다시 흑발흑안으로 돌아왔다. 굳이 다른 녀석들에게까지 보여 줄 필요는 없으니까.
 그가 벽안귀를 지그시 바라보며 말했다.
 "상황 파악이 안 될 정도로 바보는 아니라고 생각하는데."
 "……저 둘에겐 아무 말도 하지 않았소. 죽이지 마시오."
 벽안귀의 말투가 바뀌었다. 고개를 끄덕인 백수룡은 그의 팔을 잡아 일으켜 세웠다. 멀리서 그 모습을 본 염라부와 낭아도도 경공을 멈추고 천천히 걸어왔다. 괜히 백수룡을 자극하지 않기 위해서였다.
 "너희에게 한 가지 제안을 하지."
 백수룡은 벽안귀에게서 시선을 돌려, 염라부와 낭아도를 바라봤다. 오랫동안 악인곡의 문지기로 살아온 사내들이 의문 어린 표정으로 그를 바라봤다.
 "악인곡을 재건해라."
 백수룡의 말에, 세 사내가 눈을 부릅떴다.

164화
악인곡주

"뭐? 악인곡을 재건해?"

염라부가 황당하다는 표정으로 백수룡을 바라봤다. 너무 어이가 없으면 화조차 나지 않을 때가 있는데, 지금이 딱 그런 상황이었다.

"악인곡을 풍비박산 낸 네놈이 우리더러 악인곡을 재건하라?"

낭아도 역시 살기를 뿌리며 백수룡을 노려봤다. 벽안귀가 백수룡의 손에 잡혀 있지만 않았다면, 진작 출수를 하고도 남았을 표정이었다. 하지만 백수룡은 둘의 반응에도 개의치 않고 피식 웃었다.

"풍비박산은 무슨. 알맹이 전부 도망치고 쭉정이들만 잡았는데."

악인곡에 있던 악인들 대부분은, 근처 무림맹 지부에서 파견된 무사들에게 포박되어 끌려갔다. 하지만 백수룡의 말대로, 잡혀간 자들은 쭉정이에 불과했다.

"눈치 빠르고 무공도 쓸 만한 놈들은 진즉에 내뺐지. 꼭 너희들처럼 말이야."

"……."

문지기 삼 인은 별다른 대꾸를 하지 않았다. 백수룡의 말이 사실이었기 때문이었다. 그가 씩 웃으며 말을 이었다.

"그놈들 다시 불러서 악인곡을 재건해. 돈이 필요하면 내가 지원해 주지. 식량이나 시설을 복구할 자재도 상단을 통해 보내 줄 수 있어."

돈이라면 악인곡 지하에 있는 혈교의 비동에 넘치도록 있었다. 최대한 챙기긴 했지만, 애초에 한 번에 들고 갈 수 있는 양이 아니었다.

"이게 어디서 개수작이야?"

"……설마 네가 새로운 곡주가 돼서 우릴 종으로 부리겠다는 말인가?"

염라부와 낭아도는 일단 의심부터 하고 보았다. 세상에 이유 없는 호의란 없는 법. 하물며 그들과 같은 악인들의 세상에선, 무조건적인 호의는 함정이나 다를 바가 없었다.

"물론 나도 원하는 게 있지. 한 가지 조건이 있다."

"흥. 그럼 그렇지."

두 사내의 반응에 백수룡은 고개를 끄덕였다. 그리고 옆에 있는 벽안귀의 어깨에 손을 올렸다.

"여기 있는 벽안귀가 악인곡의 새로운 곡주가 된다는 조건이다."

"뭐, 뭐라고?"

"벽안귀가?"

염라부와 낭아도가 눈을 크게 뜨고 벽안귀를 바라봤다.

당황한 벽안귀가 백수룡에게 전음을 보냈다.

[대체 무슨 생각이지? 나더러 악인곡주가 되라니?]

[복수할 기회를 주려고.]

백수룡은 의미심장한 미소를 짓더니, 전음이 아닌 육성으로 모두에게 말했다.

"머지않아 혈교가 발호할 거다."

"……뭐?"

"혀, 혈교?"

염라부와 낭아도가 충격 받은 표정으로 되물었다. 벽안귀가 역시 눈을 부릅떴다.

'혈교가 발호하다니?'

처음 들어 보는 이야기였다. 악인곡을 지키는 그들은 바깥소식을 접할 기회가 많지 않았다.

백수룡이 차분한 목소리로 말을 이었다.

"그리 큰 비밀도 아니다. 혈교의 흔적은 이미 곳곳에서 발견되고 있어. 무림맹도 이미 경계하고 있지."

과거, 비응객 고주열이 진무관의 일로 백무관에 찾아왔을 때, 그때부터 무림맹은 혈교의 발호를 걱정하고 있었다. 하지만 무림맹의 누구도 백수룡만큼 혈교의 움직임에 대해 자세히, 그리고 깊이 알고 있지는 못했다.

'무림맹의 누군가가 의도적으로 정보를 막고 있을지도 모르지.'

무림맹에도 혈교의 첩자가 있을 터. 누구도 쉽게 믿을 수 없는 상황이기에, 백수룡도 지금껏 무림맹과 접촉하지 않았다. 일단은 자기 방식대로 힘을 쌓을 생각이었다.

"혈교가 발호하면 큰 전쟁이 일어날 거다. 전 무림이 전장이 되겠지."

"……."

백수룡은 어느 때보다 진지한 표정으로 말하고 있었다. 때문에 세 사내도 함부로 그의 말이 헛소리라고 일축할 수 없었다.

"그땐 너희도 선택해야 할 수밖에 없을 거다. 혈교는 사파 세력과 고수들을 휘하에 두려고 할 테니까. 반대로, 정파는 너희가 혈교에 합류하기 전에 척살하려 할 거다."

"하! 누구 마음대로 우리를 전쟁 따위에 끌어들여?"

"우리는 우리 뜻대로 살아왔고, 앞으로 그럴 것이다. 누구도 우릴 강제할 수 없다."

염라부와 낭아도가 울컥해서 그렇게 항변했지만, 불안해 하는 표정까지 감추지는 못했다. 그들을 바라보는 백수룡의 입가에 서늘한 미소가 맺혔다.

"고작 너희의 무공으로는 이 거대한 흐름에 저항할 수 없어. 운이 좋으면 전쟁이 끝날 때까지 숨어다닐 수야 있겠지. 하지만 끝난 후엔 어쩔 테냐?"

"……."

"혈교가 이기면 너희는 함께 피를 흘리지 않았다는 이유로 사파의 척살 대상이 될 것이고, 무림맹이 이기면 전쟁에서 사형제들을 잃은 무림인들의 표적이 될 거다."

세 사내의 표정이 점점 굳었다. 백수룡은 훗날 그들이 처하게 될 비참한 현실을 신랄하게 이야기하고 있었다.

"뭐, 악인곡보다 더 깊은 곳에 들어가서 평생 쥐새끼처럼 숨어 사는 방법도 있겠지. 그게 너희가 원하는 삶인가?"

"닥쳐라!"

"우리에 대해 알지도 못하는 놈이."

염라부와 낭아도가 살기를 끌어올리며 백수룡을 노려봤다.

'이 정도면 충분하겠지.'

백수룡은 더 이상 그들을 자극하지 않았다. 이제는 부드러운 말로 구슬려야 할 때였다.

"내 말이 과했군. 사과하지. 결론은 너희도 선택을 해야 한다는 거다. 악인곡을 재건해야 너희의 선택지도 넓어진다. 아니, 그게 유일한 방법이야."

"……네 말은."

조용히 듣고 있던 벽안귀가 입을 열었다. 백수룡과 싸우며 분노로 들 끓었던 그의 눈에 차가운 이성이 돌아와 있었다.
 "악인곡의 이름으로 전쟁에 참전하라 이건가?"
 "그래. 혈교와 무림맹 중 한쪽과 손을 잡아야 한다."
 "혈교는 죽어도 싫다."
 생각과 동시에 벽안귀가 대답했다. 끔찍했던 과거를 떠올린 그가 까드득 이를 갈았다. 백수룡도 고개를 끄덕였다.
 "내 생각도 벽안귀와 같다. 악인곡은 무림맹과 손을 잡아야 해. 그래야 너희가 살길이 열린다."
 "무림맹이 우리와 동맹을 맺는다고? 그 고고한 정파의 위선자 놈들이?"
 염라부는 그럴 리가 없다며 고개를 절레절레 저었다. 충분히 그렇게 생각할 수 있었다. 무림맹도 처음에는 악인곡의 동맹 제안에 코웃음을 칠 것이다. 혈교와 전력을 부딪쳐 보기 전까지는 말이다.
 "전쟁이 벌어지면 무림맹도 손 하나가 아쉬워질 거다. 그때 적이 될 세력이 아군이 되어 주겠다고 하면 마다할 도리가 없어."
 미래를 내다보는 백수룡의 두 눈이 영명하게 빛나고 있었다.
 "물론, 처음에는 진심으로 너희를 동맹으로 여기진 않을 거다. 하지만 전쟁이 끝났을 때쯤엔 상황이 달라지겠지. 악인곡의 악인들이 많은 공을 세울 테니까. 그럼 너희는……."
 잠시 말을 멈춘 백수룡은 씩 웃었다. 그리고 악인들을 전쟁으로 끌어들일 결정적인 한 방을 날렸다.
 "보상으로 무림공적 명단에서 이름을 지워 달라고 요구할 수 있게 될 거다."
 "무슨……."
 "하!"

허무맹랑한 이야기였다. 혈교가 다시 발호할 거라는 사실도 믿기 어려운데, 무림맹의 편에 서서 공을 세우라니.
 '이 무슨 말도 안 되는…….'
 분명 말이 안 되는데. 신기하게도 전혀 허무맹랑하게 들리진 않았다. 헛소리나 다름없는 말을 거침없이 내뱉은 저 얼굴에 자신감이 가득하기 때문일까? 어느새 세 사내는 무림공적 명단에서 이름이 지워진 자신들의 자유로운 미래를 떠올리고 있었다.
 백수룡이 그들의 표정을 살피며 말했다.
 "염라부. 낭아도. 너희에게 각자 사정이 있는 것으로 안다."
 며칠 전, 백수룡은 마의에게 물어 악인곡의 문지기들에게 얽힌 사연을 들었다.

 ─염라부 그놈은 탐관오리 짓을 일삼던 지현을 죽이고 도망치다 수배가 내려진 놈입니다. 그 지현이 명문대파의 속가제자였다고 하더군요.

 ─낭아도는 손속이 매우 잔인하지만, 무인 외에는 죽이지 않는 놈입니다. 녀석을 음해한 자들이 그 지나친 손속을 과장해 퍼트리고 다녔습니다. 놈은 변명하는 대신 자신을 비난하는 자들과 생사결을 벌였지요.

 ─벽안귀는 알려진 바가 거의 없습니다. 십 몇 년 전쯤인가 피투성이가 된 채로 나타나더니…… 스스로 악인곡의 문지기를 자처했습니다. 괴짜이지요.

 세 사내가 악인이 아니라는 뜻은 아니었다. 하지만 죄의 경중을 따진다면, 그들은 충분히 구제받을 수 있는 자들이었다.

―무공은 강하지만 악인곡에 적응하지 못해 겉도는 놈들입니다. 그래서 입구 근처에 움막을 짓고, 저희끼리 문지기를 자처하며 지내고 있지요.

　필요한 이야기를 모두 들은 후, 백수룡은 임시 뇌옥에 갇혀 있던 마의를 몰래 탈출시켰다. 마의는 며칠 숨어 있다가 다시 악인곡으로 돌아갈 예정이었다.
　'본래는 마의에게 악인곡을 맡길 생각이었지만…….'
　무공으로 보나 그릇으로 보나, 마의보다는 벽안귀가 악인곡주에 훨씬 더 어울렸다.
　"이 모든 것은 벽안귀, 네가 악인곡주가 되어야 진행할 수 있지."
　"……."
　벽안귀는 침묵했다. 염라부와 낭아도는 복잡한 시선으로 그를 바라봤다. 두 사람은 벽안귀가 악인곡의 새로운 주인이 되길 바랐다. 하지만 벽안귀는 여전히 망설였다. 내려다본 손이 덜덜 떨리고 있었다.
　'혈교와 전쟁을 한다고?'
　어렸을 때는 그곳이 혈교인지도 몰랐다. 고아에게 먹을 것을 주기에 따라갔고, 재워 주고 먹여 주고 무공도 가르쳐 준다고 해서 마냥 좋아했다. 뭔가 이상을 느낀 것은, 함께 무공을 익히던 친구들이 하나둘 피를 토하며 죽어 나가면서부터였다.

　―쯧. 오늘도 송장이 셋이나 나왔군.
　―이 녀석은 제법 쓸 만한 그릇인 줄 알았더니…….
　―역천의 그릇이 쉽게 나오겠나. 무리하다가 터진 게야.
　―앞으로 자질이 떨어지는 놈들에겐 처음부터 청안마공을 익히게 해야겠어. 그분을 모실 그림자도 필요하니 말이야.

요즘도 가끔씩, 꿈에서 교관들이 나누던 대화가 뜨문뜨문 떠오른다. 그저 살기 위해 그들이 시키는 대로 했다. 무공을 익히라면 익히고, 영약을 먹으라면 먹고, 사람을 죽이라면 죽였다. '그 사건'이 벌어지기 전까지, 벽안귀는 혈교의 노예나 다름이 없었다.

-여기서 나가자!

입술에 지렁이가 지나간 듯한 상처가 있던 소년. 어느 날 숙소의 문을 부수고 쳐들어온 소년은 온몸에 피 칠갑을 하고 있었다. 그는 놀라 웅크린 아이들을 번득이는 눈으로 둘러보며 외쳤다.

-강요는 하지 않는다. 따라올 놈만 따라와라.

달려들던 교관의 목을 베어 든 소년은, 따라올 녀석만 따라오라고 말하며 길을 열었다. 벽안귀는 무언가에 홀린 듯이 소년을 따라갔다. 하지만 얼마 가지 못해 소년과 헤어져야 했다. 소년은 혈교의 추격자들을 상대하기 위해 뒤에 남았다. 그는 자신을 따라온 소년들과 소녀들에게 말했다.

-도망쳐라. 도망쳐서 어떻게든 살아남아. 언젠가 기회가 되면 다시 만나자고.

씩 웃은 소년은 돌아섰다.

-아, 무림맹에는 가지 마라. 그곳에도 혈교의 첩자들이 있어. 잡히면 모진 고문 끝에 죽게 될 거다.

정신없이 도망친 벽안귀는 소년이 시키는 대로 살았다. 평생을 도망 다녔고, 살기 위해 온갖 죄를 지었다. 그러다 결국 정착한 곳이 악인곡이었다.

악인곡에 온 이후에도 마음이 편할 리 없었다. 혹시나 모를 혈교의 추적이 걱정되어, 매일 입구에 나와 바깥을 지켜봤다. 그렇게 악인곡의 문지기가 되었다.

"혹시 너는……."

"왜 그러지?"

벽안귀는 뚫어져라 백수룡의 얼굴을 보았다. 아주 잠깐, 어린 시절 자신을 구해 준 소년의 얼굴이 겹쳐 보였다.

"왜?"

"아니, 아니다."

벽안귀는 고개를 저었다. 착각이었다. 얼굴도 다를뿐더러, 백수룡의 입술에는 상처가 없었다.

'이 녀석은 그 소년이 아니야.'

다만, 백수룡은 그 소년과 닮았다. 혈교를 증오하는 것도, 놈들을 없애 버리고 싶어 하는 것도 같았다.

'이젠 다 끝났다고 생각했는데…….'

벽안귀가 백수룡을 혈마라고 확신하면서도 덤벼든 건, 최후의 발악 그 이상 그 이하도 아니었다.

그는 오랜 기다림과 초조함에 지쳐 있었다. 아무리 기다려도 소년은 오지 않았으니까.

"결정까지 시간이 더 필요한가?"

하지만 소년을 대신해 백수룡이 왔다. 혈교를 없애 버리겠다고 말하는 역천신공의 계승자.

"아니. 필요 없다."

벽안귀는 주먹을 꽉 쥐었다. 새파란 눈동자로 백수룡을 똑바로 바라봤다. 용기를 내는 것은 생각보다 어렵지 않았다.

"좋다. 내가 악인곡주가 되지. 전쟁이 나면 악인곡이 선두에서 혈교를 쳐부수겠다."

그 순간, 염라부와 낭아도의 입가에도 히죽 미소가 맺혔다.

새로운 악인곡이 탄생하는 순간이었다.

165화
금의환향

"금방 온다더니 왜 이리 늦었단 말이냐. 어디서 싸움이라도 하고 온 게야?"

매극렴은 미간을 찌푸리며 몇 시진 만에 돌아온 백수룡의 몸을 살폈다. 생각보다 많이 늦기에 무슨 일이라도 생긴 건 아닌가 걱정하던 차였다. 다행히 그의 손자는 어딜 다친 것 같지는 않았다.

다치기는커녕, 얼굴에 웃음이 만개해 있었다.

"죄송합니다. 뒷간에 다녀오느라 좀 늦었습니다."

능글맞게 변명을 하는 얼굴이, 오는 길에 공돈이라도 주운 사람처럼 흐뭇했다.

"허. 아주 대단한 쾌변을 본 모양이군."

빈정거리는 남궁수의 말도 얄밉게 들리지 않았다. 오히려 능글맞게 웃으며 남궁수에게 다가갔다.

"어떻게 알았대? 구렁이만 한 녀석이 똬리를 틀고 있는 걸 봐야 했는데 말이야. 십 년 묵은 숙변이 쑥 빠져나간 기분이었다니까. 남궁 선생님도 변비가 심하지? 항상 인상을 쓰고 다니는 걸 보면 확실한데."

"……헛소리를. 더럽다. 저리 가도록."

맞상대하기 싫다는 듯, 남궁수는 질색을 하더니 자리를 빠르게 피했다. 낄낄대는 백수룡을 본 매극렴이 혀를 찼다.

"실없는 놈. 뭐가 좋다고 그리 실실 웃는 게야?"

"사실 그럴 만한 일이 좀 있었습니다."

"악인곡에서 기연을 얻은 것과 관련이 있는 게냐?"

과연 매극렴의 눈은 예리했다. 그는 달라진 손자의 기도를 알아보았고, 악인곡에서 어떤 기연을 얻었으리라 추측했다. 백수룡이 웃으며 고개를 끄덕였다.

"개인적으로 악인곡에서 많은 것을 얻었습니다. 전부 말씀드리기는 어렵지만……."

"굳이 말할 필요 없다."

매극렴이 단호하게 말을 끊었다.

"본래 무공은 부모 자식 간에도 쉬이 전수하는 것이 아니니. 다만, 찾아온 기연에 취해 나태해져선 안 될 것이다. 부단히 단련하고 또 단련하는 것만이 경지에 이르는 길이다."

"명심하겠습니다."

매극렴의 진심 어린 조언에 백수룡은 공손히 대답했다.

'맞는 말이야. 청룡학관으로 돌아가면 얻은 것을 정리해야겠어.'

이번에 악인곡에서 얻은 것이 무척 많았다. 혈교가 남겨 둔 지하 비동에서 찾은 혈옥과 묵룡의.

여기에 구음마녀가 남긴 빙정의 절반을 흡수했다.

'영약과 기물만 얻은 것이 아니지. 훗날 혈교와 함께 싸울 동맹을 만들었다.'

벽안귀는 백수룡의 제안을 받아들여 악인곡을 재건하기로 했다. 비록 지금은 잿더미가 된 악인곡이지만, 곧 갈 곳 없는 악인들이 다시 모여들 것이다. 앞으로 벽안귀가 그들을 통제해 훈련시킨다면…… 훗날 혈교와의 전쟁이 벌어졌을 때 큰 힘이 되어 줄 것이다.

'돌아가면 바로 백룡상단을 통해 물자를 보내야겠어.'

백수룡이 조용히 생각에 잠겨 있는데, 악연호가 슬금슬금 옆으로 다가왔다. 그리고 목소리를 낮추며 말했다.

"형님. 애들 분위기가 좀 이상한데요?"

"애들이 왜?"

일행은 강사들은 말을 타고, 학생들은 마차에 타고 이동하고 있었다. 학생들이 모두 적지 않은 부상을 입은 탓이었다. 조금 전 마차 안을 들여다보고 온 악연호가 아무래도 이상하다며 말했다.

"아니, 애들한테 다쳤으니 쉬라니까 가부좌를 틀고 앉아서는 심상 수련을 하잖아요. 하지 말라고 해도 듣지를 않아요. 기세도 하나같이 날카로워서……."

"그거라면 내버려 둬."

백수룡은 별거 아니라는 듯이 피식 웃었다.

"온실 속 화초들이 무림이 얼마나 무서운지 온몸으로 보고 배웠으니까. 약한 게 얼마나 서러운지 깨달았거든."

학생들은 악인곡에서 여러 번 생사의 갈림길을 오갔다. 몇 번이나 운이 따라 주지 않았다면 그들 중 일부, 혹은 전부 악인곡에서 유명을 달리했을 것이다.

'그만큼 얻은 것도 많았겠지.'

백수룡은 학생들이 탄 마차를 바라봤다. 혈수귀옹과 싸울 때부터 그는 학생들과 떨어져 있었다. 그래서 학생들이 실제로 어떤 싸움을 겪었는지 직접 보지는 못했다. 하지만 녀석들의 몸에 난 상처를 보면 얼마나 험악한 싸움을 거쳤는지 짐작할 수 있었다.

어떤 상처는 치료하는 데 꽤 오래 걸릴 것이고, 어떤 것은 평생의 흉터로 남을 것이다.

"다행히 헌원강의 허벅지는 곧 나을 거라고 하더라고요. 의원들이 하나같이 괴물 같은 회복력이라고 혀를 내둘렀다니까요?"

악연호가 백수룡의 눈치를 보며 말했다.

헌원강이 다리를 절게 되면, 백수룡이 그걸 자기 탓으로 여길까 봐 걱정하고 있었던 것이다. 그 마음 씀씀이를 느낀 백수룡이 피식 웃었다.

"당연하지. 누구 제자인데."

청룡학관으로 돌아가는 길은 올 때처럼 급하게 움직이지 않았다. 학생들의 내상과 부상이 덧나지 않는 것이 최선이었기에 속도를 많이 낼 수 없었다. 때문에, 돌아가는 길은 올 때보다 몇 배는 시간이 더 걸릴 예정이었다. 하지만 일행 중에는 그 시간을 기다릴 수 없는 사람도 있었다.

"학생 주임 선생님. 저는 먼저 돌아가겠습니다. 맡고 있는 수업과 처리할 일들이 산더미라."

"그러시게. 수고했네. 아이들은 내가 안전하게 데려가겠네."

남궁수는 청룡학관으로 먼저 돌아가기로 결정했다. 매극렴과 인사를 나눈 그가 고개를 돌려 백수룡을 바라봤다. 평소처럼 무표정한 얼굴에 작은 한숨이 맺혔다.

"더 이상 문제 일으키지 말고 곧장 학관으로 돌아오도록."

"뭐? 이게 누굴……."

휘익! 남궁수는 곧바로 몸을 돌려 경공을 펼쳤다. 그의 신형이 순식간에 멀어졌다. 졸지에 문제아 취급을 당한 백수룡이 황당하다는 표정을 지었다.

"저 자식이……."

마차 창문 너머로 모습을 본 학생들이 풋, 하고 웃음을 터트렸다.

매극렴이 남은 이들을 돌아보며 말했다.

"올 때는 사나흘이면 충분했지만, 돌아가는 길은 보름은 걸릴 것이다.

무엇보다 내상과 부상이 덧나지 않도록 조심해야 한다."

"남는 시간에는 무공을 좀 봐줘도 되겠군요. 다들 궁금한 게 많은 표정인데요."

학생들의 표정을 본 매극렴이 고개를 끄덕였다.

"그것도 나쁘지 않겠구나. 다들 눈빛이 좋아졌어."

그렇게, 강사 세 사람이 돌아가며 다섯 학생의 무공을 봐주었다.

위지천은 검혼을 껴안은 채 수시로 명상에 잠겼다. 그러다 눈을 뜨면 백수룡이나 매극렴에게 가서 질문을 던졌다. 부상이 제일 심한 헌원강은 입을 굳게 다문 채 악인곡에서의 싸움을 복기했다. 그 표정이 무섭게 굳어 있어, 강사들도 쉽게 말을 걸지 않았다. 종종 백수룡에게 수라혈천도의 구결이나 초식에 대해 전음으로 조언을 구할 뿐이었다.

"흐아압!"

야수혁은 가장 먼저 부상을 털어내고 마차 밖으로 나왔다. 매극렴, 백수룡, 악연호가 번갈아 가며 야수혁과 대련을 해 주었다. 대련을 통해 야수혁은 실전에서 녹림십팔식을 어떻게 사용하는 게 좋을지 끝없이 고민했다.

'하나같이 무공에 있어서 천재들이야. 알아서 잘하는군.'

거상웅마저 그런 후배들의 모습에 자극을 받았다. 그는 유일하게 부상이 없었기에, 마차가 멈추면 웃통을 벗어 던지고 수련에 매진했다.

학생들 모두가 자신의 무공을 돌아보고 갈고닦는 가운데, 여민만이 여전히 침상에 누워 있었다.

'조만간 이야기를 나눠야겠군.'

백수룡은 기회가 오길 기다렸다.

• ❖ •

 다음 날, 일행은 마을에 들러 객잔에서 머물게 되었다. 백수룡은 여민의 방을 찾아가 그녀와 독대했다.
 "몸은 좀 괜찮냐?"
 "……네."
 여민이 창백한 표정으로 고개를 끄덕였다. 기력이라면 이미 몸을 움직일 만큼 되찾았다. 의지를 되찾지 못했을 뿐이다. 구음마녀에게 당한 이후로, 여민은 내내 멍한 모습이었다.
 조용히 차를 한 모금 마신 백수룡이 입을 열었다.
 "네 몸 안에 깃든 음기에 관해서부터 이야기해 주마."
 "……구음마녀가 준 거죠?"
 "알고 있었구나."
 여민은 힘없이 고개를 끄덕였다. 눈을 뜨자마자 단전 안에 어마어마한 음기가 가득 차 있는 것을 느꼈다. 더없이 맑고 깨끗한 냉기. 자신을 보호해 주는 듯한 그 힘이 어디서 왔을까, 추측하는 데는 그리 긴 시간이 걸리지 않았다.
 "구음마녀는 죽었죠?"
 "그래. 마지막엔 제정신을 차렸다. 너한테 미안하다고, 나보고 전해 달라고 하더군."
 "……."
 "여민. 지금부터 하는 이야기는 다른 사람에게는 말하지 마라. 너한테도 좋을 게 없으니까."
 백수룡은 대화가 방 밖으로 새어나가지 않게 기막을 펼쳤다. 그리고 여민에게 구음마녀의 이야기를 들려주었다. 여민의 표정이 시시각각으로 변하더니, 이야기가 끝날 때쯤엔 허탈한 한숨을 길게 쉬었다.

"하아……."

"그래도 마지막 표정은 편안해 보였다."

잠시 말이 없던 그녀가 문득 입을 열었다.

"약값을 벌기 위해서였어요."

"응?"

"죽어라 돈을 벌어야 했던 이유요."

여민은 하얗게 센 자신의 머리카락을 손가락으로 매만졌다. 눈처럼 새하얀 백발로 변해 버렸다. 이제는 되돌릴 수 없었다.

"오랫동안 음기를 억누르는 약을 먹었거든요. 재룟값이 꽤 많이 들었어요."

"이젠 안 먹어도 돼. 아니, 이제는 먹으면 해가 된다."

백수룡은 단호하게 말했다. 여민의 몸 안에 품은 음기는 그 전과 차원이 달랐다. 약으로 억누를 수 없을뿐더러, 그랬다간 몸이 상하기만 할 것이다.

"이제부터는 빙공을 익혀서 몸 안의 음기를 다스려야 한다."

"……돌아가신 엄마가 그랬어요. 빙공을 익히면 자신처럼 단명할 거라고. 그러니 절대 익히지 말라고요."

여민이 겁먹은 표정으로 말하자, 백수룡은 걱정할 것 없다며 부드럽게 웃었다.

"잘못된 걸 익히면 그렇겠지."

백수룡이 손가락을 뻗어 앞에 놓인 찻잔에 갖다 댔다. 그 순간, 그의 손가락에서 새하얀 냉기가 흘러나왔다.

쩌저적…….

찻물에 살얼음이 끼며 가볍게 얼어붙었다. 아직 입문 단계에 불과하지만, 그것은 분명 천하에 존재하는 빙공 중 으뜸인 빙백신공이었다.

"내가 가르쳐 주는 걸 익히면 괜찮아. 네 체질과 빙정의 기운이 어우러지면, 지금과는 비교할 수 없을 만큼의 성취를 빠르게 얻을 수 있을 거다."

"세상에……."

여민이 놀라서 눈을 동그랗게 떴다. 턱이 빠지는 게 아닐까 싶을 정도로 입을 떡 벌렸다.

잠시 후, 겨우 정신을 수습한 여민이 말을 더듬으며 말했다.

"서, 선생님. 앞으로 돈은 안 주셔도 돼요."

"당연하지. 그럼 양심도 없이 계속 받으려고 했냐?"

지금까지 여민은 천무제 경공 대회에 나가는 대가로, 백수룡에게 매달 월봉을 받으며 백룡장에서 숙식을 해결했다. 약값을 벌기 위해 어쩔 수 없는 일이었다지만, 스스로가 다른 제자들과 자신을 다르게 여기는 것은 어쩔 수 없었다. 결국 돈으로 묶인 관계. 하지만, 방금 그 관계가 바뀌었다.

괜히 쑥스러운 마음이 든 여민이 입을 삐죽이며 말했다.

"치. 짠돌이. 귀여운 제자한테 용돈이라고 생각하고 계속 줄 수도 있잖아요."

"요 녀석이."

백수룡이 손을 뻗어 여민의 이마를 가볍게 쥐어박았다.

딱! 여민은 환자를 때리는 게 어디 있냐며 울상을 지었지만, 그 표정은 처음보다 한결 밝아져 있었다.

'이 녀석. 강하구나.'

여민은 어릴 때 어머니를 잃고, 마음을 준 구음마녀에게도 배신당했다. 결과적으로 구음마녀의 빙정을 받으며 큰 기연을 얻었지만, 분명 마음에 큰 충격을 받았을 것이다.

'심마에 빠지지 않을까 걱정했는데…….'

괜한 걱정이었다. 가녀린 체구의 여자아이지만, 여민은 사내 녀석들보다 더 강단이 있었다.

백수룡은 피식 웃으며 작게 중얼거렸다.

"이번엔 내가 제자 복이 좀 있는 모양이야."

"네? 뭐라구요?"

여민이 되물었지만, 백수룡은 웃기만 할 뿐 다시 말해 주지 않았다. 그날은 백수룡이 네 사부의 마지막 후인, 빙백신공의 계승자를 찾은 날이었다.

· ✤ ·

보름 후, 일행은 청룡학관이 있는 남창에 도착했다. 도시로 들어서기 전, 매극렴은 염려스러운 표정으로 백수룡을 돌아봤다.

"각오하거라. 이번 일에 대한 문책이 있을 것이야."

"예."

백수룡은 담담한 표정으로 고개를 끄덕였다. 악인곡에서 얻은 것이 많다고 하지만, 위지천이 백발마수에게 납치당한 것 자체는 명백히 자신의 실책이었다. 백수룡은 자신의 책임을 회피할 생각이 없었다.

'잘리지만 않으면 돼.'

감봉 같은 것은 얼마든지 감수할 수 있었다. 문제는 지금까지 해 온 수업을 못 하게 되는 경우. 그렇게 되면, 천무제 우승을 위한 그림을 그리는 데 큰 문제가 생긴다.

'어떻게든 수업은 지켜낸다. 내가 가진 수단을 총동원해서라도……'

백수룡은 마음 깊이 각오를 다지며 도시로 걸음을 옮겼다. 잠시 후, 일행을 태운 마차와 준마가 도시로 들어섰다.

그 순간.

우와아아아아아아! 마치 기다렸다는 듯이, 일행을 향해 어마어마한 함성이 쏟아졌다.

"저, 적인가?"

"무슨 일이야!"

깜짝 놀란 일행이 각자 무기를 뽑아 들며 싸울 준비를 했다. 하지만 그들을 맞이한 건 적들의 무기가 아니라, 상상치도 못한 환호였다.

"청룡학관의 영웅들이 돌아왔다!"

"악인곡을 쳐부순 후기지수들이다!"

"청룡신협과 그의 제자들이다!"

예상치 못한 엄청난 환영 인파에, 다들 어리둥절한 표정을 지을 뿐이었다.

166화
어쩐지 쉽다 했더니

"처음 소문이 퍼진 건 금룡상단의 상인들을 통해서였습니다."

오랜만에 만난 명일오의 얼굴은 붉게 상기돼 있었다. 최근 도시 전체를 들썩이게 한 소문의 주인공과 만난 탓이었다.

"금룡상단? 대체 무슨 소문을 냈길래 이 난리가 나?"

반면 아직 제대로 된 이야기를 듣지 못한 소문의 주인공, 백수룡은 얼떨떨한 표정이었다. 도시가 떠나갈 듯이 환호해 주던 환영인파를 떠올리자 아직도 귀가 먹먹할 지경이었다. 미리 마중 나와 있던 명일오가 오지 않았다면, 일행은 아직도 도시 한가운데서 온갖 인파에 둘러싸여 있었을 것이다.

명일오가 상기된 표정으로 빠르게 말했다.

"형님이 학생들을 이끌고 악인곡에 쳐들어가서 일검에 혈수귀옹의 목을 베고, 뿔뿔이 흩어지는 악인곡의 마두들을 모조리 처단했다는 소문 말입니다!"

백수룡은 명일오의 초롱초롱 빛나는 시선이 무척이나 부담스러웠다.

"일검은 무슨. 내가 무슨 십대고수도 아니고."

"허! 어쨌든 형님이 죽인 건 맞는 모양이군요. 다들 처음에는 말도 안 되는 헛소리라고 치부했는데……."

백수룡을 바라보는 명일오의 얼굴에는 존경심과 부러움, 그리고 마치 자신의 일인 양 뿌듯한 감정이 어렸다.

"금룡상단이 끝이 아닙니다. 다들 소문이 진짜인가 긴가민가할 때, 하오문을 통해서 소문이 구체적으로 퍼졌습니다."

"하오문까지?"

연이어 나온 이름에 백수룡이 황당하다는 표정을 지었다. 명일오가 고개를 끄덕였다.

"예. 위지천을 납치한 적호방주가 무림공적인 백발마수였고, 놈이 형님과 싸우다가 인질을 잡고 도망쳤다는 것도 전부 하오문을 통해 알려지게 된 겁니다."

"그것도 사실과 조금 다른데……."

백발마수는 백수룡을 피해서 도망친 게 아니었지만, 하오문에서는 그런 식으로 포장한 모양이었다. 백수룡이 돌아왔을 때 여론이 그에게 유리해지도록 말이다.

'금룡상단과 하오문이라니. 생각지도 못했던 도움을 받는군.'

금룡장주, 하오문의 노파와 친분을 쌓아 둔 것이 이런 식으로 도움이 될 줄이야. 그런데 그것으로 끝이 아니었다.

"결정적으로, 먼저 귀환한 남궁수 선생님이 다들 반신반의하던 소문에 쐐기를 박았습니다!"

"남궁수는 또 뭔데?"

"형님이 혈수귀옹을 벤 것이 틀림없다고, 본인의 명예까지 걸고 확인해 주었습니다."

남궁수가 본인의 명예까지 걸었다는 말에 백수룡은 멍하니 입을 벌렸다. 절대 해고당하게 두지 않겠다고 말하던 남궁수의 단호한 표정이 떠올랐다.

"자식이 얼마나 이를 갈고 있으면……."

"예?"

"아니, 아무것도 아니다."

어쨌든 예상과 달리 여론이 긍정적이었다. 도시 초입부터 청룡학관으로 돌아오는 내내, 백수룡은 사람들로부터 의협이니 대협이니 하는 칭송을 들었다.

"그런데 정말 어떻게 된 겁니까? 형님이 강한 줄은 알았지만 십대악인을 이길 줄은 몰랐습니다. 그러고 보니 기도가 달라지신 것 같기도 하고……."

실제로 백수룡의 기도가 크게 달라지긴 했지만, 명일오에겐 그걸 제대로 알아볼 안목이 부족했다.

그저 소문의 후광 탓에 뭔가 대단해 보이는 것에 불과했다. 백수룡이 피식 웃더니 물었다.

"사람들이 나더러 청룡신협이라고 하던데. 내게 별호도 생긴 거냐?"

"예. 마음에 드십니까?"

명일오가 본인이 더 뿌듯하게 웃으며 고개를 끄덕였다. 청룡신협(靑龍神俠)이라. 예전에 하오문에서 들었던 잠룡보다는 그래도 더 마음에 드는 별호였다.

백수룡이 픽 웃으며 말했다.

"나쁘지는 않네."

"저, 그런데……."

명일오가 주위를 살피더니, 백수룡 옆으로 몸을 붙였다. 그리고 목소리를 낮추며 물었다.

"옥면음랑이라는 별호는 또 뭡니까? 그것도 은근히 소문이 퍼졌던데. 형님 설마…… 나가서 이상한 짓 하고 다닌 건 아니죠?"

"……헌원강이랑 같이 죽을래?"

백수룡이 주먹을 들어 올리자, 명일오가 움찔하며 뒤로 물러났다. 백수룡은 한숨을 푹 쉬었다. 아무튼 헌원강 그 망나니 놈이 문제였다.

"어쨌든, 생각보다 여론이 나쁘지 않아서 다행이다. 이만하면 학관에서 잘릴 걱정은 안 해도 되겠어."

"잘리긴요. 아까 무림맹에서 포상까지 준다고 하지 않았습니까."

두 사람은 함께 무림맹 강서지부에 들렀다가, 이제야 청룡학관으로 가는 길이었다.

'잠깐 집에 들러서 짐 풀 틈도 없군.'

백수룡은 도시에 들어오자마자 무림맹의 호출을 받았다. 그래서 중간에 일행이 나뉘었다. 백수룡은 명일오와 함께 무림맹 강서지부로 향하고, 아직 부상이 남아있는 학생들은 매극렴이 바로 청룡학관으로 데려갔다.

―으하하하하! 청룡신협! 청룡신협이라니! 네 애비가 무척이나 자랑스러워할 게다!

무림맹 강서지부에서 백수룡은 오랜만에 비응객 고주열을 만났다. 그는 백수룡을 얼싸안고 자신의 일처럼 기뻐했다.

―네가 십대악인을 때려잡다니! 대체 언제 이렇게 무공이 고강해졌단 말이냐! 우리 수룡이! 정말 장하구나, 장해!

―배, 백부님…….

고주열에게 일각 이상 시달리고 나서야 백수룡은 제대로 된 보고를 할 수 있었다.

겨우 보고가 끝난 후, 고주열은 깜빡할 뻔했다며 서찰 하나를 전해 주었다.

─맞다. 마침 무흔이가 서찰을 보냈는데, 네 앞으로 보낼 것을 착각해서 내게 보낸 모양이더구나.
─아버지가요? 나중에 읽어 보겠습니다.

백수룡은 백무흔이 보낸 편지를 읽지 않고 품 안에 넣었다. 당장 신경 쓸 게 많아서 읽어 볼 여력이 없었다.
'항상 보내던 시답잖은 내용이겠지.'
그렇게 품 안에 편지를 넣어 둔 채, 백수룡은 명일오와 함께 청룡학관으로 향하는 길이었다.
"관주님이 전체 회의를 소집하셨다고?"
"예. 오대학관주 회합에 참여하셨다가 어제 돌아오셨거든요. 지금 가면 회의 시간에 딱 맞출 수 있을 것 같습니다."
명일오가 시간을 확인하고 말했다. 두 사람의 걸음이 조금 빨라졌다.
백수룡이 조금 떨떠름한 표정으로 말했다.
"나 관주님한테 깨지겠지?"
"아마도요."
악인곡에 가서 청룡학관의 명성을 날린 것과 별개로, 백수룡은 학생들을 위험에 처하게 했다. 노군상이 평소 백수룡에게 호의를 품고 있다지만, 그만한 잘못을 어물쩍 넘어갈 사람은 아니었다.
"에이, 공이 이렇게 큰데 별일이야 있겠습니까? 기껏해야 감봉 몇 개월에 시말서 제출이겠죠."
"……네 일 아니라고 쉽게 말하는 거 아니다."
"아 참. 오늘 천무제와 관련된 이야기도 나올 겁니다."

"……헌원강이랑 같이 죽을래?"

백수룡이 주먹을 들어 올리자, 명일오가 움찔하며 뒤로 물러났다. 백수룡은 한숨을 푹 쉬었다. 아무튼 헌원강 그 망나니 놈이 문제였다.

"어쨌든, 생각보다 여론이 나쁘지 않아서 다행이다. 이만하면 학관에서 잘릴 걱정은 안 해도 되겠어."

"잘리긴요. 아까 무림맹에서 포상까지 준다고 하지 않았습니까."

두 사람은 함께 무림맹 강서지부에 들렀다가, 이제야 청룡학관으로 가는 길이었다.

'잠깐 집에 들러서 짐 풀 틈도 없군.'

백수룡은 도시에 들어오자마자 무림맹의 호출을 받았다. 그래서 중간에 일행이 나뉘었다. 백수룡은 명일오와 함께 무림맹 강서지부로 향하고, 아직 부상이 남아있는 학생들은 매극렴이 바로 청룡학관으로 데려갔다.

─으하하하하! 청룡신협! 청룡신협이라니! 네 애비가 무척이나 자랑스러워할 게다!

무림맹 강서지부에서 백수룡은 오랜만에 비응객 고주열을 만났다. 그는 백수룡을 얼싸안고 자신의 일처럼 기뻐했다.

─네가 십대악인을 때려잡다니! 대체 언제 이렇게 무공이 고강해졌단 말이냐! 우리 수룡이! 정말 장하구나, 장해!

─배, 백부님…….

고주열에게 일각 이상 시달리고 나서야 백수룡은 제대로 된 보고를 할 수 있었다.

겨우 보고가 끝난 후, 고주열은 깜빡할 뻔했다며 서찰 하나를 전해 주었다.

―맞다. 마침 무흔이가 서찰을 보냈는데, 네 앞으로 보낼 것을 착각해서 내게 보낸 모양이더구나.
―아버지가요? 나중에 읽어 보겠습니다.

백수룡은 백무흔이 보낸 편지를 읽지 않고 품 안에 넣었다. 당장 신경 쓸 게 많아서 읽어 볼 여력이 없었다.
'항상 보내던 시답잖은 내용이겠지.'
그렇게 품 안에 편지를 넣어 둔 채, 백수룡은 명일오와 함께 청룡학관으로 향하는 길이었다.
"관주님이 전체 회의를 소집하셨다고?"
"예. 오대학관주 회합에 참여하셨다가 어제 돌아오셨거든요. 지금 가면 회의 시간에 딱 맞출 수 있을 것 같습니다."
명일오가 시간을 확인하고 말했다. 두 사람의 걸음이 조금 빨라졌다.
백수룡이 조금 떨떠름한 표정으로 말했다.
"나 관주님한테 깨지겠지?"
"아마도요."
악인곡에 가서 청룡학관의 명성을 날린 것과 별개로, 백수룡은 학생들을 위험에 처하게 했다. 노군상이 평소 백수룡에게 호의를 품고 있다지만, 그만한 잘못을 어물쩍 넘어갈 사람은 아니었다.
"에이, 공이 이렇게 큰데 별일이야 있겠습니까? 기껏해야 감봉 몇 개월에 시말서 제출이겠죠."
"……네 일 아니라고 쉽게 말하는 거 아니다."
"아 참. 오늘 천무제와 관련된 이야기도 나올 겁니다."

"천무제?"

'천무제'라는 말에 백수룡이 멈춰 서서 명일오를 돌아봤다.

"모르셨습니까? 매년 초 오대학관주 회합에서 천무제와 관련된 사항이 결정됩니다. 해마다 규정이 조금씩 달라지기도 하지요."

"흐음……."

고개를 끄덕인 백수룡이 생각에 잠겼다. 천무제와 관련된 이야기라면 반드시 들어야 했다.

"늦지 않게 서두르자."

두 사람이 대회의장에 들어섰을 땐 이미 대부분의 강사들이 모여 있었다. 다들 백수룡에 관한 소문을 들었는지, 힐긋거리는 시선들이 무척이나 뜨거웠다.

"얼굴이 익겠군."

그럴 수밖에 없었다. 학생들과 함께 악인곡으로 쳐들어가 십대악인 중 한 명을 베고 돌아오다니. 최근 십 년 동안, 청룡학관의 이름을 무림에 가장 크게 떨친 일이었다. 백수룡을 보는 강사들의 시선 자체가 달라질 수밖에 없었다.

"흠흠. 백수룡 선생님."

"나중에 차라도 한잔하시면서……."

"그동안 오해가 있었던 듯합니다."

평소 백수룡을 없는 사람 취급하던 강사들조차 여기저기서 말을 걸어올 정도였다.

"예. 시간 될 때 차 한 잔씩들 하시죠."

백수룡이 다가오는 선생들을 대충 상대할 때였다. 묵직한 기파가 느껴지며 회의장에 있던 모두의 시선이 한곳으로 향했다. 청룡학관주 노군상이 그곳에서 모습을 드러냈다.

"허허. 다들 모인 것 같구려."

사람 좋게 웃은 노군상은 회의장 안에 모인 강사들을 죽 둘러봤다. 그의 시선은 마지막으로 백수룡에게서 멈췄다.

순간, 노군상의 눈에 이채가 발했다.

'뭔가 눈치챘나?'

백수룡은 살짝 긴장했다. 역천신공이 7성에 이르며 기도를 감추는 것이 한층 더 능숙해졌지만, 노군상 정도의 고수라면 그의 기도가 변한 것을 느낄 수도 있었다. 아니나 다를까.

"백수룡 선생."

"……예."

백수룡이 공손히 대답하며 자리에서 일어났다. 노군상이 그를 살피더니 작게 감탄했다.

"도시에 떠들썩한 소문을 쉽게 믿지 못했는데, 뭔가 기연이 있었나 보군. 큰 성취를 이룬 것을 축하드리오."

"감사합니다."

과연 전대 백대고수의 안목은 뛰어났다. 노군상은 백수룡은 무공이 전과 비교할 수 없이 성장했다는 사실을 눈치챘다.

"허나 축하는 축하고, 잘못에 대한 징계는 받아야겠지."

노군상의 표정이 엄격하게 변했다. 동시에 기세가 일변했다. 서릿발 같은 기세를 뿜어내며 노군상이 말했다.

"아무리 결과가 좋았다고 하지만 학생을 위험에 빠뜨린 것은 청룡학관의 선생으로 해선 안 될 일이었소. 누가 다치거나 죽기라도 했다면 돌이킬 수 없었을 터."

"인정합니다. 제 실수였습니다."

"감봉 삼 개월. 이 결정에 이의가 있으시오?"

"없습니다."

백수룡이 생각했던 것보다 훨씬 가벼운 징계였다. 함께 갔던 학생들 중 아무도 죽거나 불구가 된 사람이 없었고, 악인곡에서 청룡학관의 명성을 크게 떨친 일이 참작된 결과였다. 백수룡이 정중하게 포권을 취하며 말했다.

"다시는 이런 일이 없도록 하겠습니다."

고개를 끄덕인 노군상의 엄숙했던 표정이 풀렸다. 동시에 기세도 봄바람처럼 부드럽게 변했다.

'마음먹은 것과 동시에 기세를 자유자재로 조절할 수 있는 경지로군.'

역천신공의 경지가 오르자, 원래 알고 있던 고수의 실력도 다시 보인다. 백수룡이 속으로 감탄하는 가운데, 노군상이 부드럽게 웃으며 말을 이었다.

"하지만, 칭찬할 일은 칭찬해야겠지."

"……예?"

노군상은 의아한 표정으로 묻는 백수룡에게서 고개를 돌려, 회의실에 모인 강사들을 쭉 둘러보았다.

내공이 담긴 목소리가 넓은 회의실을 가득 채웠다.

"백수룡 선생은 악인곡에서 십대악인 중 하나를 베어 우리 청룡학관의 명예를 드높였소. 함께 간 학생들의 용기 역시 칭찬받아 마땅하오. 이에 본 관주는 거상웅, 헌원강, 여민, 야수혁. 네 학생에게 보급형 영단을 내리기로 결정했소."

"영단을……."

보급형이라고 불리긴 하지만, 무림맹에서 뛰어난 후기지수들에게 주라며 지급한 영약이었다. 학생들이 섭취하면 적지 않은 공력을 얻을 수 있었다.

'모두 지금의 경지에서는 큰 도움이 되겠지.'

백수룡은 조용히 주먹을 움켜쥐었다. 하지만 노군상의 말은 아직 끝나지 않았다.

"백 선생에게도 영단과 금일봉이 전달될 것이오. 무림맹의 포상은 따로 있을 것이고."

"감사합니다."

백수룡이 생각했던 것보다 징계는 훨씬 약했고, 보상은 많았다. 일부 강사들은 그 사실이 불만인 듯했지만 대놓고 반발하는 이는 없었다. 악인곡 사건에 대한 상벌은 그렇게 마무리되었다.

"백 선생은 회의가 끝난 후에 나와 따로 더 이야기하기로 합시다."

"예."

고개를 끄덕인 노군상이 강사들을 죽 둘러보았다.

"이제 본론으로 들어가지. 오대학관주 회합에서 올해 천무제와 관련된 변동사항이 있소. 결론부터 말하자면, 올해부터 천무제 참가 조건이 조금 바뀌게 되었소."

"예?"

"참가 조건이 바뀌다니……."

"어차피 저희 학관과는 크게 상관이 없을 것 같긴 합니다만……."

갑작스러운 소식에 강사들이 소란스럽게 웅성거릴 때였다.

쿠웅! 발을 굴러 시선을 집중시킨 노군상이 말을 이었다.

"내가 아직 말하는 중이외다."

"……."

노군상이 뿜어내는 막대한 기파에 떠들던 모두가 입을 다물었다. 조용해진 분위기 속에서, 노군상은 오대학관 회합에서 결정된 사항을 통보했다.

"해가 갈수록 천무제가 격렬해지면서, 부상자는 물론 최근에는 사망자까지 나왔소. 이에 오대학관주는 머리를 맞대 이 문제를 해결할 방법을 궁구했소이다. 우선 원인을 파악한 바."

"지금껏 지나치게 무공의 성취와 천무제의 결과만을 강조한 풍조 탓에, 학생들의 교양 및 인성교육이 부족하다고 판단하였소."

"무림오대학관은 정파의 미래를 양성하는 기관이오. 지나치게 무공의 성취만을 강조한다면 그것이 사파의 무리와 다를 게 무엇인가 하는 데 관주들의 의견이 하나로 모였소. 애초에 천무제를 시작한 취지가 흐려졌기 때문이오."

일부는 공감한다는 듯 고개를 끄덕였고, 일부는 이해할 수 없다는 듯 미간을 찌푸렸다.

백수룡은 정파 무림의 거인이 하는 말을 조용히 경청했다.

"하여."

잠시 말을 멈춘 노군상은 주위를 쭉 둘러봤다. 공교롭게도, 이번에도 백수룡과 마지막에 눈이 마주쳤다.

노군상이 힘주어 말했다.

"올해부터는 무공만 강하다고 해서 천무제에 참여할 수 없을 것이오. 지금껏 등한시되었던 교양 평가, 교우 활동 평가, 협의(俠義) 평가를 통과한 학생들 중, 경합을 통해 참가자를 선별할 것이오."

교양 평가. 교우 활동 평가. 협의(俠義) 평가.

그 세 가지가 백수룡의 머릿속에서 어지럽게 돌아다녔다. 청룡학관의 망나니들이 그걸 전부 통과할 수 있을까?

'어쩐지 쉽다 했더니······.'

그와 눈이 마주친 노군상이 단호한 표정으로 말을 맺었다.

"앞으로 여러분의 지도가 더욱 중요해질 것이니, 다가올 천무제를 대비해 각별히 신경 써 주시길 바라겠소이다."

167화
오늘부터 공부한다

 전체 강사 회의가 끝난 후, 백수룡은 곧바로 관주실에 찾아가 노군상을 만났다.
 "백 선생과 이렇게 마주 앉은 것도 오랜만이로군."
 "일이 바빠 그간 격조했습니다."
 "허허. 백 선생이 바쁜 것이 내게도 좋은 일이라네. 얼굴을 자주 보기 힘들어서 아쉽긴 해도 말일세."
 "……."
 백수룡은 부드러운 웃음을 짓는 노군상의 얼굴을 조용히 들여다보았다. 그의 기도가 새삼 다르게 느껴졌다.
 '원래 이 정도로 강했나. 아니면…… 최근에 성취가 있었던 건가.'
 역천신공이 7성의 경지에 이르렀기 때문일까. 가까이 마주 앉은 노군상의 기도가 새삼 강렬하게 다가왔다. 전에는 느끼지 못했던 압박감이 굉장했다.
 '지금 내가 노군상과 싸운다면…….'
 그 순간, 노군상의 입꼬리가 슬며시 올라갔다.

"자네. 이제는 나를 가늠해 보는군?"

"아, 무심코 그만. 죄송합니다."

"괜찮네. 자네의 무공이 이토록 고강해지다니. 실로 청룡학관의 홍복이야."

노군상은 앞에 놓인 찻잔을 들어 한 모금 마신 후 물었다. 그 목소리가 매우 진지했다.

"우선 악인곡에서 있었던 일을 들려주겠나? 온갖 소문을 들었네만, 자네에게 직접 듣고 싶군."

"예. 우선 적호방의 일부터 말씀드리면……."

응당 관주에게 보고해야 할 일이었다. 백수룡은 적호방부터 시작해서 악인곡, 혈수귀옹, 그리고 구음마녀와 싸운 것까지 모두 털어놓았다. 물론, 전부 다 솔직하게 이야기하지는 않았다. 혈교와 관한 이야기는 전부 뺐고, 구음마녀와 관련된 이야기도 빙정에 관련된 부분은 모조리 생략했다. 그럼에도 노군상을 놀라게 하기에는 충분했다.

"허! 구음마녀까지 쓰러뜨렸단 말인가? 그건 떠도는 소문으로도 듣지 못했거늘!"

노군상은 이야기 도중에 몇 번이나 감탄하더니, 이야기가 끝났을 때엔 무릎을 탁 치며 고개를 끄덕였다.

"그 짧은 시간 동안 정말 많은 일이 있었군. 자네 손에 백발마수, 혈수귀옹, 구음마녀. 무림공적 중 셋이 쓰러졌다는 말이 아닌가?"

"음. 그러고 보니 그렇군요."

"아니, 이 사람이 지금!"

그렇게 엄청난 공적을 세워 놓고, 정작 본인은 별 감흥을 느끼지 못하는 모습이라니!

노군상은 시큰둥해하는 백수룡의 모습에 너털웃음을 터트렸다.

"무림 초출이나 다름없는 자네가 악인곡을 무너뜨리고 무림공적 셋을 쓰러뜨렸는데도 이렇게 담담하단 말인가? 이거야 원, 청룡신협이라는 별호가 실로 과하지 않구나."

"과찬이십니다."

오히려 백수룡은 살짝 난감한 표정을 지었다. 노군상의 칭찬에 억지로 웃고는 있었지만, 사실 그렇게 기쁘지만은 않았다.

'명성을 날리는 게 꼭 좋은 것만은 아닌데 말이지.'

무림에서 이름을 떨친다는 건, 다시 말해 적이 많아진다는 말과 같았다. 즉, 앞으로 성가신 일이 많아질 수 있다는 이야기였다.

'슬슬 혈교에서 날 주시할지도 모르겠어.'

백수룡은 앞으로는 눈에 띄는 일은 최대한 자제해야겠다고 다짐했다. 그는 노군상에게도 조심스럽게 부탁했다.

"구음마녀의 관한 이야기는 관주님께만 말씀드린 겁니다. 제 학생들과 관주님 이외에는 아무도 몰랐으면 합니다."

"무림맹에도 보고하지 않았단 말인가? 어째서?"

노군상이 이해할 수 없다는 표정으로 물었다. 백수룡은 미리 생각해 둔 대로 대답했다.

"……여민 학생의 개인사와 관련돼 있기 때문입니다. 무림맹에서 자세히 조사하겠다고 그 아이에게 이것저것 캐묻지 않았으면 합니다. 이미 충분히 마음고생을 심하게 했으니까요."

여기에 더해, 백수룡 본인이 더 이상 유명세를 떨치고 싶지 않다는 이유도 있었지만 굳이 말하지는 않았다.

노군상은 이제 감탄을 넘어 감격한 표정이었다.

"허. 학생을 위해 부풀려도 모자랄 공을 줄이다니……. 내 이번에 자네를 다시 보게 되었네. 실력에 비해서 인성은 좀 부족하다고 늘 생각했었거늘."

"예, 뭐…… 예에?"

방금 뭔가 잘못 들은 것 같은데? 백수룡이 고개를 갸웃거리자 노군상이 급히 고개를 끄덕였다.

"아암! 내 이 비밀은 무덤까지 갖고 가겠네! 목에 칼이 들어와도 말하지 않을 것이야!"

'뭘 또 무덤까지…….'

어쨌든 노군상의 반응이 좋아 다행이었다. 초반에 살짝 긴장감이 흐르던 분위기가 완전히 부드럽게 풀렸다.

"허허. 이제 보니 내 앞에 있는 사내는 청룡학관의 강사가 아니라 무림의 떠오르는 신진고수였군."

"크흠. 자꾸 그렇게 띄워 주시면 민망합니다. 솔직히 운이 많이 좋았습니다."

"지금이라도 강사 일은 때려치우고 무림에 나가 협객이 되는 것이 어떤가?"

노군상의 농담에, 백수룡은 생각만 해도 싫다는 듯 몸을 부르르 떨었다.

"찬바람 맞으면서 자는 건 이제 질색입니다."

"푸헐헐헐! 자네라면 그렇게 대답할 줄 알았지!"

두 사람은 한동안 담소를 나누었다. 하지만 백수룡이 진짜로 듣고 싶은 이야기는 따로 있었다. 그는 분위기가 무르익길 기다리다가 자연스럽게 물었다.

"관주님. 올해 바뀌었다는 천무제 규정 말입니다. 좀 더 자세히 알려 주시겠습니까?"

나중에 정리되어 문서로 공지가 나오겠지만, 백수룡은 조금이라도 빨리 그 내용에 대해서 듣고 싶었다.

알아야 미리 대비할 것이 아닌가.

"처음부터 이게 목적이었군. 어쩐지 바로 관주실로 찾아오더라니."

"하하⋯⋯. 겸사겸사요."

노군상이 피식 웃더니 말을 이었다.

"하나씩 알려 줌세. 우선 교양 평가는 말 그대로 무인이 가져야 할 교양에 대한 평가네."

"교양이라면⋯⋯."

"무공 수련에 밀려 등한시되었던 시서예화(詩書藝畵)를 포함, 무림사와 기초 학문을 점검할 것이네. 매 학기 두 번씩 실기시험을 치러 평균점이 합격점을 넘지 못하면 천무제에 참가하지 못할 게야."

"그렇게까지 해야 할 이유가 있습니까? 무공을 가르치는 학관에서 굳이⋯⋯."

백수룡은 다소 납득하기 힘들다는 표정이었다. 노군상이 단호히 대답했다.

"우리는 단순히 무공만 가르치는 학관이 아닐세. 정파 무림의 동량을 키워 내는 곳이지. 교양은 곧 인성일세. 인성이 제대로 갖춰지지 않은 고수를 키워 낸다면 무림의 화가 될 수 있음이야. 오대학관의 기치는 실력과 인성을 모두 겸비한 고수를 길러내는 것. 우리는 정파가 아닌가."

그 순간, 백수룡은 이렇게 말하고 싶었다.

'죄송한데 저는 사파 출신인데요.'

하지만 절대 그렇게 말할 수는 없는 노릇인지라, 어색하게 웃을 뿐이었다.

"그렇죠. 정파는 무엇보다 인성이 중요하죠. 교양 수업을 통한 인성 함양. 알겠습니다."

"걱정 말게. 최소한의 상식과 약간의 노력만 하면 통과할 수 있는 수준일 테니."

노군상은 교양 평가 시험이 세 가지 평가 항목 중에 가장 쉬울 거라고 말했다. 하지만 백수룡은 전혀 안심할 수 없었다.

"그 녀석들한테 최소한을 기대할 수 있을지……."

"누굴 말하는 건가?"

"아닙니다. 두 번째는 뭡니까?"

노군상은 별 싱거운 사람 다 보겠다는 표정으로 그를 본 후에 말을 이었다.

"둘째, 교우 활동 평가는 평소 수업 태도, 교내 활동, 동아리 활동 등을 반영해 연말에 점수를 매길 것이네. 평소에 인망을 쌓아 두는 것이 중요하겠지. 이 역시 일정 점수 이하는 천무제에 참가할 수 없네."

백수룡은 작게 탄식했다.

'수업 태도?'

물어볼 것도 없었다. 애초에 문제아들만 모아놓은 보충반이었다. 그리고 단 한 번도, 백룡장의 망나니들이 저희 말고 다른 학생들과 어울려 다니는 꼴을 본 적이 없었다. 망나니들답게 교우 관계가 엉망이었다. 누가 그 녀석들과 같이 놀려고 하겠는가 말이다.

'망했구나. 망했어.'

백수룡의 흐린 눈을 본 노군상이 쯧쯧 혀를 찼다.

"자네 표정이 점점 나빠지는군. 어쨌든 마지막 남은 협의 평가에 대해서도 알려 줌세."

"예……."

"이건 실습 수업과 연계가 돼 있네. 학관 밖에서 어떤 협행을 하느냐, 그에 따라 매겨지는 점수일세."

처음으로 백수룡의 표정이 밝아졌다.

"예를 들면…… 악인곡에서 악인들과 싸우고 온 것도 포함이 됩니까?"

"그렇지. 자네의 학생들은 이미 큰 점수를 벌었지. 협의 평가에 반영될 걸세."

적어도 세 가지 평가 중 하나는 걱정할 것 없어 보였다.

'실습은 앞으로도 종종 나갈 테니 말이지. 협의 평가 점수는 넘치도록 벌 수 있다.'

문제는 역시 교양 평가와 교우 활동 평가였다. 어떻게든 그 두 가지 평가에서도 최소 점수는 확보해 놔야 한다.

"올해는 이 세 가지 평가를 종합한 후, 기준을 전부 충족하는 학생들에게만 천무제에 참가할 자격이 생길 걸세."

"……."

백수룡의 잠시 고개를 숙이고 생각에 잠겼다. 오대학관의 모든 학생들에게 같은 조건이다. 청룡학관에만 딱히 불리할 것도 없었다.

'……하지만 다른 학관의 천재들도 다 이렇게 망나니일 리는 없잖아?'

백수룡은 절로 터져 나오려는 한숨을 꾹 눌러 넣었다. 여기서 약한 소리를 해 봐야 바뀌는 것은 아무것도 없다. 그 시간에 바뀐 규칙에 적응하고 빠르게 대응 전략을 짜야 한다.

노군상이 묘한 눈으로 그를 바라보며 물었다.

"더 궁금한 게 있나?"

"없습니다."

고개를 든 백수룡은 자신만만한 얼굴로 대답했다.

"마침 잘됐네요. 안 그래도 다들 정신 수양이 부족하다고 여기고 있었습니다."

"역시! 자네는 항상 자신감이 넘치는군."

"……비상사태다."

백수룡의 표정은 심각했다. 불과 몇 시진 전 노군상과 이야기할 때와는 딴판이었다. 그는 백룡장에 돌아오자마자 바로 제자들을 소집해 천무제의 바뀐 규정에 대해 알려 주었다.

"갑자기 교양 시험이요?"

"교우 활동 평가는 뭐예요? 나 친구 없는데……."

"나도나도."

그다지 심각성을 느끼지 못한 망나니 제자들은 멀뚱히 백수룡을 바라볼 뿐이었다. 유일하게 천무제에 다녀온 경험이 있는 거상웅만 조금 놀란 표정이었다.

"확실히 최근 천무제에서 사고가 많이 나긴 했죠. 무조건 무공이 강한 순으로 뽑다 보니……. 인성이 모난 놈들이 모이기도 했고요."

거상웅은 인성 모나기로는 어디 내놔도 꿀리지 않는 후배들을 둘러보았다.

"선생님. 저희 큰일 난 것 같은데요?"

"……우선 필기시험부터 한번 보자."

백수룡은 준비해 온 시험지를 제자들에게 나눠 줬다. 작년에 치렀다는 학년별 기초 교양 필기시험이었다. 과목은 작문, 무공 이론, 무림사 등이었다.

"이 정도야 뭐."

"쉽다, 쉬워."

"선생님. 저희를 너무 무시하는 거 아니에요?"

다들 코웃음을 치며 시험지를 슥슥 풀기에, 백수룡도 조금은 기대했다. 반 시진도 걸리지 않아 모두가 시험지를 제출했다. 백수룡은 모두의 시험지에 있는 공통 질문 하나를 읽어보았다.

"어디 보자. 고수가 되는 데 가장 중요한 것은 무엇인가……."

무인으로서의 마음가짐을 묻는 간단한 질문이었는데, 답변들이 아주 가관이었다.

"돈, 가문, 근육?"

시험지에서 고개를 든 백수룡이 제자들을 노려보자, 하나같이 그의 시선을 피했다.

"에라이 똥멍청이들아!"

빠바바박! 백수룡은 시험지를 말아 제자들의 뒤통수를 후려쳤다. 그 솜씨가 전광석화 같아 아무도 피하지 못했다.

"커헉!"

"꾸엑!"

백수룡은 개구리처럼 축 늘어진 제자들 앞에서 한숨을 쉬었다. 말아 쥔 시험지에 수많은 빗금이 그어져 있었다.

"너희한테 기대를 했던 내가 바보지."

확실했다. 이 망나니 놈들은 살면서 공부라는 걸 해 본 역사가 없는 것이 틀림없었다. 무공의 천재가 다른 부분에서 천재라는 법은 없었다. 오히려 무공의 천재이기에, 다른 부분은 소홀해도 다들 그동안 넘어가 주었으리라.

'나도 조금 반성해야겠군.'

노군상의 말에 틀린 것은 없었다. 지나치게 무공에만 매몰되면 시야가 좁아지고, 성격이 편협해지고 외골수가 된다. 사파의 무인들이 대체로 안하무인이고 주화입마를 자주 겪은 이유도 어느 정도는 여기에 있었다고 할 수 있다.

"차라리 잘됐다. 어차피 한동안은 부상 치료하느라 무공 수련도 빡세게 못할 테니. 남는 시간을 활용하면 되겠어."

"예?"

"무슨……."

백수룡은 차라리 긍정적으로 생각하기로 했다. 이 녀석들은 이미 튼튼한 그릇을 갖췄다. 여기에 정신 수양까지 갖추게 된다면, 장기적으로 무공 상승에도 도움이 될 것이다.

"그런 이유로, 오늘부터 다 함께 모여서 공부한다."

제자들의 안색이 급격히 나빠졌다. 차라리 무공 수련이 낫겠다는 표정이었다.

168화
오셨습니까

백수룡은 술잔을 탕! 소리나게 내려놓으며 푸념을 늘어놓았다.

"그 자식들은 글러먹었어."

오랜만에 가진 청룡학관 입사 동기들과의 술자리였다. 악연호, 명일오, 제갈소영과 함께 둘러앉아 술을 마셨다. 이야기를 나누다 보니, 이번에 바뀐 천무제 규정과 제자들에 관한 말이 자연스럽게 흘러나왔다.

"애들이 그렇게 공부를 못하나요?"

술자리에서는 누구보다 생기가 도는 제갈소영이 안주를 우물거리며 물었다. 힘든 학관 생활로 한잔 술이 유일한 낙인 탓에, 그녀는 점점 주당이 되어 가고 있었다.

"거상웅과 여민은 그나마 좀 나아. 둘 다 셈에 밝고 공부 머리도 있는 편이거든."

백수룡이 한숨을 쉬며 대답했다. 무공으로는 상대적으로 자질이 떨어지는 두 명이, 공부 머리 쪽으로는 오히려 가장 나았다. 문제는 무공 천재들 쪽이었다. 다시 생각해도 분통이 터지는지, 백수룡이 한숨을 푹푹 내쉬며 말했다.

"특히 헌원강, 야수혁 이 자식들은 뇌가 얼마나 깨끗한지 몰라. 야수혁 개는 장삼봉이 누군지도 모르더라니까?"
"와, 그건 심했다."
"대체 입관 시험은 어떻게 통과했대요?"
"내 말이……."
백수룡이 혈교의 교관이었던 시절에는 생각도 해 보지 못한 문제였다. 그곳에선 교육생의 교양이나 인성 따위는 전혀 중요하지 않았으니까. 오로지 무공의 성취만이 전부였고, 오히려 단순하고 악랄할 성격을 더 선호하기도 했다.

'생각해 보니, 그래서 그때 제자란 녀석들이 다 그 모양이 된 걸 수도 있겠군.'

백수룡은 잠시 씁쓸한 표정을 지었다. 바뀐 천무제 규정의 취지는 충분히 이해하고 있었다. 과열된 경쟁이 무인들을 얼마나 극단적으로 만드는지, 누구보다 잘 알기 때문이었다.

"어휴."

백수룡의 한숨이 깊어졌다. 악연호가 그의 잔에 술을 채우며 물었다.

"그 둘은 그렇다 치고, 위지천은 어때요? 개는 성실해서 공부도 잘할 것 같은데."

"개도 문제야. 위지천은……."

백수룡은 이걸 어떻게 설명해야 하나 잠시 고민했다.

"애가 지나치게 순수하다고 해야 하나."

위지천은 분명 천재였다. 하지만 그건 '검'에 국한된 이야기였다. 검에 관해서는 하나를 가르치면 열을 알 정도로 뛰어나지만, 나머지는 새하얀 백지나 다름이 없었다.

"어려서부터 할아버지랑 단둘이 산속 깊숙한 곳에 살아서 기본적인 상식이 부족해. 선악 개념도 좀 흐릿하고."

심지어 그 할아버지가 혈교 팔대가문의 가주였던 데다, 본인은 얼마 전까지 살검의 목소리를 들었다. 어쩌면 이런 기초 교양 교육이 가장 필요한 학생이 위지천일지도 몰랐다.

"헌원강. 야수혁. 위지천. 머릿속이 백지 같은 녀석들에게 최소한의 교양을 가르쳐야 한다는 건데⋯⋯ 아이고."

백수룡의 한숨에, 동기들이 위로의 말을 건넸다.

"너무 걱정하지 마세요. 아직 시간이 꽤 남았잖아요."

"이번에도 어련히 잘하실 거면서."

동기들의 위로도 백수룡에게 큰 힘이 되지 않았다. 일 학기 중간고사까지 달포가 조금 넘게 남았다. 그때까지 제자들이 교양 평가 시험을 통과할 수준까지 가르쳐야 한다. 하지만 지금 상황만 봐서는 다섯 중 셋은 낙제가 확실했다. 게다가⋯⋯. 백수룡은 술기운을 빌려 동기들을 솔직하게 고백했다.

"다들 놀라겠지만⋯⋯. 나도 잘 못 하는 게 하나쯤은 있어."

"예?"

모두의 어처구니없다는 표정을 무시한 채, 백수룡은 술잔을 응시하며 진지하게 말을 이었다.

"무림의 예절이니, 규범이니. 이런 쪽으로 나도 영 젬병이거든."

백수룡은 가진 무공 지식은 그야말로 방대했다. 혈교의 무공 대부분을 머릿속에 넣고 있다고 해도 과언이 아니니까. 그뿐만 아니라 진법, 독, 혈도, 암기술 등 무인에게 필요한 대부분의 기술을 가르칠 수 있었다. 하지만 사파 출신인 그에게, 인의예지(仁義禮智)를 바탕으로 한 정파의 예절, 교양 수업은 너무나 낯설었다. 적당히 흉내 낼 수야 있지만, 누군가를 가르칠 수준은 결코 아니었다.

백수룡이 씁쓸한 표정을 지으며 말했다.

"⋯⋯다들 놀랐겠지. 나도 놀랐다. 내가 못 가르치는 게 있을 줄이야.

충격이었어. 너흰 나보다 더 충격이겠지. 하지만 거짓말할 수는 없으니까 솔직하게 말하는 거야."

백수룡은 세상 진지한 표정으로 말하며 술잔을 단숨에 비웠다. 슬픈 눈빛과 긴 손가락은 그야말로 한 폭의 그림이었다. 하지만 이 자리에 그 그림에 넘어갈 사람은 없었다.

"와, 진짜 재수 없다……."

"세상에. 술주정이 잘난 척이에요?"

"가만 보면 이 형님이 제일 문제야."

얼굴색 하나 안 바뀌고 겸손인 듯 결국은 잘난 척을 하는 그 모습에, 입사 동기들은 다들 질린다는 표정을 지었다.

"내가 뭐? 솔직한 것도 잘못이냐? 무인이 잘 싸우면 되지, 교양은 개뿔. 교양 있으면 칼이 피해 가냐?"

백수룡이 불만스럽게 투덜거리는 가운데, 명일오가 문득 한 가지 제안을 했다.

"형님. 혼자서 다 가르치려 하지 말고, 이론이나 교양은 다른 사람들에게 맡겨 보는 건 어떻습니까?"

"다른 사람?"

"형님은 학생들 무공 봐주기에도 시간이 부족하지 않습니까?"

"……그야 그렇지."

기존에 있는 수업도 해야 하고, 백룡장 제자들의 무공도 계속 봐줘야 한다. 그러면서 갱생문에도 종종 들러야 하고, 악인곡과도 주기적으로 연락을 주고받아야 한다. 과장을 좀 보태서, 지금 백수룡은 몸이 셋이라도 부족했다.

"하지만 누구한테?"

"그야 잘하는 선생님들에게 맡겨야지요. 예를 들면, 무림사 과목은 여기 있는 제갈 소저가 전문 아닙니까?"

"저, 저요?"

갑자기 지목당하자 제갈소영이 당황한 표정을 지었다. 하지만 이내 비장한 표정으로 고개를 끄덕였다.

"하루에 반 시진 정도라면 시간을 낼 수 있어요. 그 아이들이 천무제에 못 나가는 건 너무 아까우니까."

명일오가 이번에는 악연호의 어깨에 팔을 둘렀다.

"세가의 예법 같은 교양은 여기 있는 연호가 잘 알고요."

"빠삭하죠. 어릴 때부터 회초리 맞아가면서 배웠는데."

"그리고 저는 무림의 지리와 여러 풍문에 관심이 많습니다."

악연호도 명일오도 선선히 돕겠다고 나섰다. 백수룡은 마음이 조금 뭉클해지는 것을 느꼈다. 하지만 아직 한 가지 문제가 남아 있었다.

"그런데 그 자식들. 수업을 시작하면 일각도 집중을 못 해. 무공 수련할 때때는 안 그런데, 이론 수업에선 집중력이 아주 바닥이야."

"어느 정도인데요?"

"아까는 원강이 놈이 하도 졸아서 천장에 거꾸로 매달아 놓고 가르쳐 봤는데, 그래도 졸더라."

"예?"

백수룡의 말에 세 사람이 입을 떡 벌렸다.

"일단은 공부할 의욕을 끌어올리는 것이 급선무네요."

"으음……."

"방법이 없을까……."

네 명의 강사가 머리를 맞대고, 학생들이 공부하도록 만들 방법을 생각했다.

"이렇게 해보는 건 어떨까요?"

의견을 낸 사람은 제갈소영이었다.

"일단 선생님들이 돌아가면서 부족한 부분은 과외를 하고, 저녁에는 공부회를 만들어서 복습하게 하는 거예요."

"공부회?"

가장 최근에 학관을 졸업한 수재답게, 그녀는 학생들의 공부 의욕을 고취시킬 방법 또한 가장 잘 알고 있었다.

"또래들과 함께 공부하는 게 무척이나 도움이 되거든요. 공부 잘하는 친구들의 도움을 받을 수도 있구요."

"호오……"

"주변에 명문 정파의 예절이 평소에도 몸에 배어 있는, 그리고 책임감이 투철한 성격의 학생이 있어서 공부를 도와준다면 좋을 것 같은데……."

마침 머릿속에 떠오르는 이름이 한 명 있었다. 백수룡이 무릎을 탁 치며 말했다.

"그런 학생이라면 내가 알지."

◆ ❖ ◆

"젠장. 뭔 말인지 하나도 모르겠네."

"구시렁거리지 말고 집중해라."

탁! 독고준은 책을 소리 나게 덮으며 앞에 앉은 헌원강을 바라봤다.

"모르는 게 있으면 차라리 물어보든가."

머리를 싸매며 서책을 읽고 있던 헌원강이 고개를 들어 독고준을 바라봤다. 그가 인상을 팍팍 구기며 말했다.

"왜? 뭐? 한판 붙어?"

"……다시 말하지만 나도 좋아서 너랑 같이 공부하는 게 아니다."

고개를 절레절레 저은 독고준은 다시 본인의 공부에 집중하려 했다.

……집중이 될 리 없었다. 옆에서 헌원강이 계속 구시렁거렸기 때문

이다.

작게 한숨을 내쉰 독고준이 말했다.

"헌원강. 너의 천무제 참가는 학생회 입장에서도 매우 반기는 일이다. 그래서 백수룡 선생님이 공부 모임을 함께해 달라고 부탁하셨을 때 승낙했던 거고. 야수혁. 너도 마찬가지다. 1학년 중에서는 네게 큰 기대를 하고 있다."

"……으음? 나 불렀수?"

헌원강 옆에서 꾸벅꾸벅 졸고 있던 야수혁이 눈을 반쯤 떴다. 입가에 침이 줄줄 흐르고 있었다.

"흐아암."

"…….'

공부와 평생 담을 쌓아온 두 망나니의 모습에, 독고준이 작게 한숨을 쉬었다. 헌원강이 코웃음을 치며 말했다.

"당연히 반겨야지. 이 몸이 올해 용봉비무에서 우승할 테니까."

"꿈 깨라고 말해 주고 싶지만, 그럴 필요조차 없을 것 같군."

"뭐?"

"지금 네 정신 상태로는 그 꿈을 꿔 보지도 못할 테니 말이다."

"이 자식이……."

인정사정없는 독설에 울컥한 헌원강이 독고준을 노려봤다. 독고준도 그 시선을 피하지 않았다. 한동안 눈싸움을 벌이던 두 사람. 결국 먼저 시선을 피한 쪽은 헌원강이었다.

"……젠장. 하면 될 거 아냐. 나도 이딴 쪽팔린 이유로 천무제에 못 나가긴 싫다고."

헌원강에겐 반드시 천무제에 나가야 할 이유가 있었다.

충혈된 눈가를 손등으로 비비며 헌원강이 말했다.

"용봉비무에서 팽사혁 그 자식을 반드시 패 줘야 해."

"동기가 불순하다만……. 어쨌든 의지가 없는 건 아니로군."

한숨을 내쉰 독고준은 자신의 공부를 내려놓고 헌원강의 옆자리로 이동했다.

"모르는 게 있으면 물어봐라."

"그럼 이것 좀 알려 줘 봐."

헌원강이 풀고 있던 문제를 독고준에게 스윽 밀었다. 동시에 옆에 있는 야수혁의 뒤통수를 후려쳐 깨웠다.

"일어나서 같이 들어, 이 곰탱아!"

"으으……. 선배님, 저도 가르쳐 주십쇼."

야수혁이 졸린 눈으로 고개를 획획 젓더니, 두 손바닥으로 자신의 뺨을 몇 차례 때려 잠을 쫓아냈다.

'둘 다 나름대로 노력은 하는군.'

그게 어디인가. 독고준은 헌원강은 내민 문제를 확인했다. 그에겐 아주 간단한 문제였다.

"무당의 절기를 음양오행으로 풀이한 이론이로군. 여기서 반드시 짚고 있어야 부분은……."

독고준은 자신이 아는 것을 성심성의껏 두 학생에게 설명해 주었다. 어린아이도 이해할 수 있을 정도로 쉽고 간단하게. 실전도 이론도 우수한 학생회장에겐 어렵지 않은 일이었다. 하지만 헌원강과 야수혁은, 독고준이 한 번도 상대해 본 적 없는 강적이었다.

"……쿠울."

"드르렁…….."

"헌원강! 야수혁! 이 망할 자식들아!"

학생회장의 고함이 방 안을 쩌렁쩌렁하게 울렸다.

• ◈ •

다탁을 사이에 두고, 백발이 성성한 노인과 어린 소년이 마주 앉았다.

"백 선생이 내게 너를 가르쳐 달라고 특별히 부탁하더구나."

"예."

그들은 매극렴과 위지천이었다. 차를 한 모금 마신 매극렴이 말했다.

"매일 이 시간에 나를 찾아오너라. 하루에 이 각씩 너에게 검객의 예절을 가르칠 것이다."

"예."

두 사람 사이에 공통점이라고는 아무것도 없었지만, 그들은 묘하게 분위기가 닮아 있었다. 무릎에 가지런히 놓인 검 때문일까.

위지천이 조심스럽게 입을 열었다.

"저는 할아버지와 산에서 살아서 예의를 잘 모릅니다. 모르는 것이 많아도 부디 용서해 주세요."

"모르는 것은 배우면 된다. 무지는 잘못이 아니다. 알면서도 잘못을 행하는 것이 잘못이지."

"……예."

낯을 많이 가리는 위지천이지만, 매극렴과 함께 있으면 어쩐지 마음이 편안해지는 기분이었다. 마치 한 자루의 잘 벼린 검을 보는 것 같은 기분이랄까. 그건 매극렴도 마찬가지였다.

"네게는 모든 것을 검으로 예를 들어 설명해 주마. 그것이 너도, 나도 편할 것 같구나."

매극렴의 말에 위지천의 표정이 대번에 밝아졌다.

"네! 감사합니다!"

"좋아할 것 없다. 내게 배우는 것은 결코 쉽지 않을 터이니."

"헤헤……."

"실없이 웃지 마라."

"네, 네!"

한평생을 검에 바쳐 온 노인과 검에 마음을 빼앗긴 소년. 두 사람은 천천히 이야기를 나누었다.

"휴. 일단 한숨 돌렸군."

제자들이 공부하는 모습을 몰래 지켜보고 온 백수룡은 안도의 한숨을 쉬었다. 고민 끝에 헌원강과 야수혁은 독고준에게 나머지 공부를 부탁하고, 위지천은 매극렴에게 기초 교양 공부를 맡겼다. 거상웅과 여민은 조금만 공부하면 충분히 통과할 수 있을 것 같아 걱정할 것이 없었다. 둘은 차라리 무공에 더 집중시키기로 했다.

'교양 시험은 이렇게 준비하면 될 것 같고…… 문제는 교우 활동 평가란 말이지.'

교우 활동 평가는 평소 수업 태도, 교내 활동, 동아리 활동 등을 토대로 학생의 인성을 종합적으로 평가하는 부분이었다. 따라서 평가에서 학관 생활 기록부, 줄여서 '생기부'를 본다고 했다. 절로 한숨이 나왔다.

"그 망나니들의 생기부가 제대로 돼 있을 리가 없지."

그래서 이 분야의 전문가를 찾아가는 중이었다. 청룡학관 역사상 가장 많은 학생을 대형 상단과 표국에 취업시킨 전설적인 인물. 백수룡이 문을 열고 들어서자, 그가 자리에서 벌떡 일어났다.

"……오셨습니까."

풍진호가 백수룡의 눈치를 보며 고개를 숙였다. 겁을 잔뜩 먹은 표정이었다.

169화
동아리 활동(1)

 풍진호는 청룡학관에서 매극렴 다음으로 경력이 긴 선생이었다. 강사 경력만 무려 이십 년에 달했다.
 '학관 안팎에 끼치는 영향력은 오히려 매극렴보다 크지.'
 매극렴은 학생들의 생활 지도와 자신의 검을 갈고닦는 것 외에는 관심이 없는 반면, 풍진호는 이십 년간 돈을 여기저기 뿌리며 열심히 인맥 관리를 하고 다녔다. 기본적으로 권력욕과 재물욕이 강한 데다, 언젠가 청룡학관이 망하면 그 자리에 자신의 학관을 차리겠다는 야망도 있었다. 물론 그 야망은 백수룡에 의해 물거품이 된 지 오래였다.
 "어때? 가능성이 좀 보여?"
 "으음······."
 풍진호는 백수룡이 가져온 학생들의 생기부를 꼼꼼히 살피는 중이었다. 거상웅, 헌원강, 여민. 하나같이 망나니로 유명한, 그래서 보충반으로 보내졌던 청룡학관의 문제아들. 백수룡은 그 셋의 생기부를 가져와 천무제에 나갈 수 있겠냐고 물었다. 한동안 셋의 생기부를 살펴보던 풍진호가 고개를 들었다. 표정이 썩 좋지 않았다.

"아무래도 어려울 것 같습니다. 이런 평가로는 천무제는커녕, 졸업 후에 이름 좀 있는 상단이나 표국에도 취업하기 힘듭니다. 점점 더 졸업생들의 인성을 보는 추세라…….'

풍진호가 말을 늘렸다. 그 순간, 백수룡은 그의 눈동자가 교활하게 움직이는 것을 보았다.

'이것 봐라? 잔머리를 굴린다 이거지?'

오랜만에 얼굴을 마주하니, 풍진호가 자신의 처지를 잊은 모양이었다. 백수룡은 친히 다시 알려 주기로 했다. 그가 피식 웃으며 풍진호의 말을 끊었다.

"내가 그런 말이나 듣자고 여기까지 왔겠어? 방법을 들으려고 왔지."

"흐음. 방법이…… 없는 것은 아니지만…….'

"아까부터 말을 끄네?"

피식 웃은 백수룡은 입술을 모아 휘파람을 불었다. 그냥 휘파람이 아니었다. 풍진호의 몸 안에 자리한 고독을 깨우는 혈교의 비술이었다.

"끄허어억!"

몸 안에서 벌레가 기어 다니는 고통에 풍진호가 발작을 일으켰다. 얼굴이 벌겋게 달아오르고, 핏줄이 툭툭 불거졌다.

"난 또 고독을 제거한 줄 알았네. 그렇지 않고서야, 내 앞에서 이렇게 뻣뻣하게 굴 수 없을 텐데."

백수룡은 기막을 쳐서 소리가 밖으로 새어 나가지 않도록 했다. 풍진호가 바닥에 넘어져 버둥거렸다. 그가 뒤늦게 빌었다.

"제, 제발 그만…….'

"아니면, 고독이 발작하면 얼마나 아픈지 잊었나 보지? 이렇게 주기적으로 생각나게 해 주면 되나?"

"아, 아닙니다!"

"일단 좀 앉지?"

겨우 무릎을 꿇고 앉은 풍진호가 절박한 표정으로 백수룡을 올려봤다.
'대체 어떻게 알았지?'
풍진호는 백수룡을 초조하게 만들려고 일부러 시간을 끌었다. 이번 일을 빌미로 당장 고독을 제거해 달라고 할 생각은 아니었다. 하지만 지금부터 조금씩 은혜를 입혀 두면, 언젠가는 노예 신세에서 벗어날 수 있지 않을까 계산이 깔려 있었다. 어림도 없는 계산이었다. 백수룡이 피식 웃으며 풍진호를 내려다봤다.
"내가 밖에서 청룡신협이라고 불리니까 네 눈에도 대협으로 보여?"
'뭐? 청룡신협? 네놈은 악마다!'
최소한 풍진호에게는 백수룡이 십대악인보다 더 무서운 괴물이었다. 풍진호는 그 사실을 잊고 있던 자신을 원망했다.
"한 번만 용서를……."
"……."
백수룡은 바들바들 떨면서 비는 풍진호를 투명한 눈으로 바라봤다. 그가 고갯짓으로 탁자에 놓인 생기부를 가리켰다.
"이제부터는 잘 생각하고 대답해. 얘들. 천무제에 나가게 할 수 있겠어?"
"하, 할 수 있습니다!"
"진작 이랬으면 서로 좋잖아."
백수룡은 다시 휘파람을 불어 고독을 잠들게 했다. 겨우 자리에서 일어난 풍진호가 다시 자리에 앉았다. 다리가 후들거리고 식은땀이 뻘뻘 흘러내렸다.
풍진호가 백수룡의 눈치를 보며 말했다.
"……하지만 매우 어려운 것은 사실입니다. 이, 이건 정말입니다!"
그 정도는 백수룡도 예상하고 있었다. 거의 서류 위조 수준이 되어야 할 테니까.

백수룡이 고개를 끄덕이며 말했다.

"나도 억지는 안 부릴 테니까, 구체적으로 어떻게 해야 하는지를 설명해 봐."

"후우……."

한숨을 내쉰 풍진호가 손을 뻗어 생기부를 가져왔다.

"세 명 다 생기부가 엉망입니다만, 그중에서도 헌원강이 가장 문제입니다."

"어휴. 내가 그럴 줄 알았다."

골치가 아픈지 백수룡이 미간을 좁혔다.

풍진호가 헌원강의 생기부를 넘기며 말을 이었다.

"지금까지 수십 번이 넘는 폭력 사건을 일으켰고, 음주, 난동, 수업 태도 불량은 기본에, 출석률은 아슬아슬하게 유급을 피했습니다. 선생들의 평가가 좋을 수가 없습니다."

"원강이 네가 망나니 중의 망나니로구나……."

충분히 예상은 했지만, 직접 헌원강의 업적을 듣자 한숨이 절로 나오는 백수룡이었다. 그런데 이어진 그의 푸념 어린 혼잣말이, 풍진호의 간담을 서늘하게 만들었다.

"멍청한 자식. 팰 거면 안 보이는 데서 팼어야지. 약점을 잡아서 입도 뻥긋하지 못하게 하든가, 아니면 아예 살인멸구를 했어야지. 그거 하나 처리를 못 해서 일을 복잡하게 만들어? 하여튼 이래서 애송이들은……."

"히익!"

물론 백수룡도 진심으로 하는 소리는 아니었다. 그냥 답답해서, 소싯적(?) 생각이 나서 해 본 말에 불과했다. 하지만 방금까지 백수룡에게 모진 고문을 당한 풍진호는 입장에서는, 도저히 농담으로 듣고 넘길 수 없는 말이었다.

"표정이 왜 그래? 계속해."

"예, 예!"

표정이 창백해진 풍진호가 조심스럽게 말을 이었다. 다시는 백수룡 앞에서 함부로 잔머리를 굴리지 않겠다고 다짐하며.

"그나마 다행인 건, 이 중에 절반은 팽사혁이 엮여 있다는 겁니다."

"팽사혁?"

갑자기 나온 이름에 백수룡이 고개를 갸웃거렸다. 애초에 생기부를 들고 올 때, 빠르게 훑기만 했을 뿐 그렇게 꼼꼼히 읽지는 않았다.

"여기 보시면 헌원강이 사고를 친 항목의 절반 이상에 팽사혁이 언급돼 있습니다."

"……정말이네."

헌원강의 생기부에 팽사혁의 이름이 여러 차례 언급돼 있었다.

"그러고 보니……."

처음 헌원강을 만났을 때도 그랬다. 헌원강이 학생회 선도부 학생들과 충돌하려던 순간, 팽사혁이 나타나서 헌원강을 쫓아냈다. 그때는 그냥 헌원강에게 시비를 걸기 위해 나타난 거라고 생각했는데…….

"몇 가지는 저도 기억하고 있습니다. 사건이 더 커지기 전에 팽사혁이 말린 경우도 있고, 때로는 끼어들어서 판을 더 키우기도 했지요. 어쨌든 대부분은 팽사혁이 주도한 것으로 수정할 수 있겠군요."

"수정한다고?"

백수룡이 찝찝한 표정으로 묻자, 풍진호가 비열하게 웃었다.

"팽사혁은 오대세가의 소가주입니다. 생기부에 뭐라고 적히건 아무도 신경 쓰지 않습니다. 게다가 천무학관으로 편입했으니 금상첨화라 할 수 있지요."

"……."

"운이 좋았습니다. 헌원강은 팽사혁 덕분에 면죄부를 얻을 수 있을 겁니다."

"흐음."

백수룡의 못마땅한 신음에 풍진호가 어깨를 움츠리며 눈치를 봤다.

"저, 혹시 마음이 불편하시면……."

"아니, 그것 때문이 아니라."

헌원강과 팽사혁의 특별한 관계는 백수룡도 알고 있었다. 어려서는 친구였고, 나이가 들어서는 원수처럼 으르렁거린 두 녀석.

'혹시 팽사혁이 개망나니처럼 행동한 것도 헌원강을 보호하기 위해서였나?'

지나친 생각일 수도 있었다. 팽사혁이 성격이 오만하고 안하무인이었던 것은 사실이었으니까.

진실이 어쨌든……. 백수룡은 너무 복잡하게 생각하지 않기로 했다.

그가 피식 웃으며 중얼거렸다.

"그 둘이 천무제에서 붙을 운명이긴 한가 보네."

"예?"

"너는 몰라도 돼. 어쨌든, 원강이가 교우 활동 평가를 통과할 수 있다는 거지?"

"몇 가지 준비가 더 필요하지만, 예. 가능합니다."

풍진호가 고개를 끄덕이더니 자신 있게 말을 이었다.

"우선, 올해 수업 태도 평가는 제가 강사들에게 잘 말해 놓겠습니다."

청룡학관의 강사들 중, 풍진호의 입김이 닿지 않는 강사가 드물었다. 풍진호가 몇 마디만 해 주면, 헌원강의 수업 태도를 나쁘게 평가할 사람은 없었다.

"그리고 필기시험 성적도 중간 이상은 받아야 합니다. 이것도 걱정하지 마십시오. 시험 문제를 미리 빼돌리면 간단히 해결……."

"거기까지."

"예?"

백수룡이 단호하게 풍진호의 말을 끊었다. 그가 팔짱을 끼며 말했다.
"오해를 하고 있나 본데. 선을 정확히 긋자고."
"무슨 말씀인지……."
백수룡의 눈빛이 서늘하게 빛나고 있었다.
"애들이 할 수 있는 건 직접 하게 한다. 시험은 본인들 실력으로 치르게 할 거야. 수업에서도 더 이상 말썽을 일으키지 않을 거다. 강사들은 그 애들한테 가지고 있던 편견을 버리고 평가해 주면 돼. 그렇게만 언질해 놔."
"예? 하지만 성적이 나쁘면 천무제에는……."
"그것도 못 하면 천무제에 나갈 자격이 없는 거겠지."
백수룡은 단호하게 말했다. 반드시 제자들을 천무제에 나가게 만들고 싶었다. 하지만 그렇다고 해서, 선을 넘는 방법까지 사용하고 싶지는 않았다. 그건 스스로에게 떳떳하지 못할뿐더러, 제자들에게도 평생 부끄러움으로 남을 테니까.
"셋 다 사고를 많이 쳤지만, 본성이 나쁜 녀석들은 아니야. 그랬으면 내가 가르치지도 않았어."
"……죄송합니다."
딱히 노리고 한 말이 아니었으나 풍진호의 얼굴이 붉게 달아올랐다.
"그럼 생기부 관리를 철저하게 하는 방식으로 진행하겠습니다."
"거상웅이랑 여민은?"
"둘 다 마찬가지입니다. 헌원강 정도는 아니지만, 앞으로의 성적 관리와 생기부 관리가 필요합니다. 각각 다른 접근이 필요한데……."
부정행위를 저지르는 방법이 아니어도, 풍진호는 충분히 전문가였다. 학생들의 성적과 생기부 관리를 어떻게 해야 하는지 그보다 잘 아는 강사는 없다고 해도 과언이 아니었다. 백수룡은 풍진호에게 많은 조언을 얻었다.

"……마지막으로 셋 다 동아리 활동이 필수입니다. 이건 교우 활동 평가 점수에 큰 영향을 미치는 부분입니다."

"동아리?"

풍진호는 동아리 활동을 거듭 강조했다. 하지만 단순히 가입하는 것만으로는 안 된다고 했다.

"단순히 동아리에 가입하는 것만으로는 안 됩니다. 동아리에서 주도적인 활동을 해야 합니다. 그러려면…… 차라리 새로 만드는 것이 나을 수도 있습니다."

"검법 연구 동아리 같은 거면 돼?"

풍진호는 고개를 저었다.

"기존 동아리와 차별점이 있어야 합니다. 그래야 활동에 의미가 있습니다. 성과가 눈에 보일수록 좋고, 동아리 활동으로 다른 사람들에게 도움을 줄 수 있다면 금상첨화인데……."

풍진호가 몇 가지 동아리를 제안했다. 하지만 본인도 썩 마음에 들지 않는 표정이었다.

"음. 동아리는 제가 조금 더 생각해 보겠습니다."

"기존 동아리와 차별점이 있고, 성과가 눈에 보여야 하면서, 누군가에겐 도움이 되는 활동이라……."

그 순간, 백수룡의 머릿속에 불현듯 어떤 영감이 떠올랐다.

"혹시 이런 동아리는 어때?"

백수룡의 이어진 말에, 풍진호가 멍한 표정으로 입을 열었다.

"……예?"

"불가능해?"

"그게 좀, 아니 많이 이상하긴 한데……."

혼란스러운 표정을 짓던 풍진호가 잠시 수염을 쓰다듬더니 진지하게 고개를 끄덕였다.

"지금까지 없었던 동아리이니만큼, 가산점은 확실히 붙겠군요."

· ◈ ·

그날 밤, 백룡장. 백수룡은 제자들을 한자리에 모아 놓고 풍진호와 나눈 이야기를 간단히 설명했다.

"그런 이유로, 동아리를 새로 만들기로 했다. 너희 셋은 무조건 가입이다."

백수룡은 헌원강, 거상웅, 여민을 지목했다. 교우 활동 평가 점수가 절실히 필요한 세 명. 다들 자신들의 상황을 알기에 순순히 고개를 끄덕였다.

"알겠어요. 그런데 무슨 동아리를 만들 건데요?"

"뭐, 무공 연구 같은 거 아닐까?"

"웬만한 무공 관련 동아리는 이미 다 있어서, 그런 거로는 실적을 내기 어려울 텐데."

다들 자신들이 어떤 동아리에 가입하게 될지 궁금한 모양이었다.

기존의 동아리와 차별점이 있고, 동아리 활동의 성과가 확실하게 눈에 띄며, 사람들에게 도움을 줄 수 있는 동아리여야 한다고 했다. 그런 동아리가 있을까?

"너희가 활동할 동아리는……."

궁금한 표정을 짓는 학생들에게, 백수룡이 씩 웃으며 말했다.

"영약 요리 연구회다."

"예?!"

상상치도 못했던 대답에 제자들이 입을 떡 벌렸다.

170화
동아리 활동(2)

"아니, 갑자기 뭔 요리?"

"……농담이죠?"

"하하하! 저는 적극적으로 찬성입니다."

차례대로 헌원강, 여민, 거상웅의 반응이었다. 원래부터 식탐이 많았던 거상웅을 제외한 둘은 황당하다는 반응이었다.

요리라니. 그것도 영약으로 하는 요리라니!

그런 값비싼 돈 지랄을 생각하는 것만으로도 두 사람은 모골이 송연해졌다.

"우리가 무슨 돈이 있어서 영약을 사요? 그리고 요리는 누가 해요? 살면서 평생 남이 해 준 밥만 먹어 봤는데……."

"자랑이다, 인마."

딱! 흑룡편으로 헌원강의 머리를 쥐어박은 백수룡이 말을 이었다.

"생각을 해 봐라. 너희가 무공 연구 동아리를 만들어 봤자 싸움박질밖에 더하겠냐? 안 그래도 생기부에 폭력 사건만 줄줄이 적혀 있는데, 더 늘릴래?"

"……."

헌원강이 불만스러운 표정으로 입을 꾹 다물었다. 지금까지 쌓아 온 업보가 있는 터라, 차마 아니라고는 할 수 없었던 것이다.

그때, 여민이 손을 들고 질문했다.

"선생님. 진짜 궁금해서 그러는데, 영약 요리 연구회를 만들어서 무슨 활동을 해요? 이거 생기부에 적어야 하는 거 아니에요? 요리 잘한다고 적는 게 도움이 돼요?"

"좋은 질문이다."

백수룡은 진지한 표정으로 영약 요리 연구회의 설립 이유에 대해 설명했다.

"영약은 다루는 것만으로도 내가기공 공부에 큰 도움이 된다. 기에 대한 세밀한 이해 없이는 영약을 다룰 수 없거든. 생기부에도 그런 쪽으로 적을 거다."

단순히 특이하다는 이유만으로 영약 요리 연구회를 만들려는 게 아니었다. 다 그만한 이유가 있었다.

백수룡은 제자들을 쭉 둘러봤다.

'지금 이 녀석들에게 필요한 건 정신 수양, 그리고 기에 대한 깊은 이해다.'

무공의 그릇이 되는 신체는 녹림십팔식을 가르쳐 기초를 다져 놓았다. 물론 아직도 멀었지만, 꾸준히 단련한다면 천무제에 나갈 때쯤엔 최소한 신체만은 오대학관의 누구에게도 꿀리지 않게 완성될 것이다.

하지만 그릇만 완성한다고 무공이 완성되진 않는다. 이제는 그릇 안을 채워야 할 차례. 백수룡의 머릿속에는 이미 장기적인 계획이 세워져 있었다.

"당장 영약을 다룰 생각은 아니다. 처음에는 쉽게 구할 수 있는 삼이나 하수오, 구엽초, 잉어 같은 보양식으로 요리 연습을 해야겠지."

영약이라고 하면 흔히 엄청난 내공을 증가시켜 주는 소림의 대환단이나 만년설삼 등을 떠올리지만, 사실은 몸의 기운을 북돋워 주는 모든 먹을거리가 영약이라고 할 수 있었다.

'여기서 혈교의 비전도 적당히 써먹고.'

문파마다 영약과 음식을 다루는 비전이 있기 마련이다. 혈교도 마찬가지였다.

혈옥 같은 최상급 영단의 제조법은 모르지만, 일반 무사들에게 지급하던 하급 영단 정도는 재료만 있으면 백수룡도 만들 수 있었다. 그걸 조금만 변형하면 영약 요리도 만들 수 있을 것이다.

"그렇게 너희가 만든 요리는 학생들에게 무료로 나눠 줄 거다."

"예?"

"우리가 먹는 게 아니고요?"

"그 아까운 걸 왜……."

다들 이해할 수 없다는 표정으로 고개를 갸웃하는데, 거상웅만이 흥미롭다는 표정으로 말했다.

"흐음. 일종의 투자입니까?"

과연 상인의 아들답게 눈치가 빨랐다. 백수룡이 고개를 끄덕였다.

"맞다. 투자다. 바닥을 친 너희의 평판을 끌어올릴 투자."

백수룡은 다른 망나니 제자들의 얼굴을 둘러봤다. 헌원강과 여민은 아직도 이해가 안 된다는 표정이었다. 더 정확히 말하면, 평판 같은 걸 왜 신경 써야 하는지 이해할 수 없다는 표정이었다. 백수룡이 작게 한숨을 쉬었다.

"알다시피 너희의 평판은 매우 안 좋아. 너희가 길을 걸어가면 웬만한 녀석들은 알아서 옆으로 비켜설 정도지."

"훗. 그거야 우리가 무공이 강하니까 무서워서……."

잘난 척 으스대던 헌원강의 정수리에 흑룡편이 벼락처럼 내리꽂혔다.

따악!

"악! 왜 또 때려요!"

"네가 무슨 마두냐? 무공이 강하다고 왜 무서워서 피해? 앙? 얼마나 주먹질을 하고 다녔으면 애들이 십 장 밖에서부터 헌원강이 나타났다면서 피하냐, 이 말이야!"

참아 왔던 백수룡의 분노가 폭발했다. 기껏 천무제에 내보내려고 방법을 찾아왔더니, 이게 눈치도 없이 사사건건 딴지를 걸고 있지 않은가.

"너 오늘 잘 걸렸다."

백수룡은 작정을 한 듯 소매를 걷어붙이고 사랑의 매를 들었다.

따악! 따악! 따다다닥!

"악! 아악! 왜 나만 때려!"

"너도 맛 좀 봐라, 이 망나니야! 그동안 너에게 얻어맞은 선량한 학생들의 복수다!"

"그 복수를 왜 선생님이 하는데요! 그리고 난 선량한 놈은 팬 적 없다고요!"

"뭐? 옥면음랑? 너 때문에 이상한 별호도 다 퍼졌는데 어쩔 거야!"

"……그거 때문이었냐고!"

헌원강이 먼지 나게 두들겨 맞는 동안, 다른 제자들은 조용히 저희들끼리 속닥거렸다.

"그냥 화풀이였네."

"화풀이였어."

"이제 와서 뒤끝이라니…….""

잠시 후, 겨우 분이 풀린 백수룡이 심호흡을 했다. 그 앞에는 너덜너덜해진 헌원강이 널브러져 있었다.

"후우. 자식이 자꾸 성질을 건드리고 말이야. 말하는데 한 번만 더 끼어들어 봐라."

"끄으으……."

백수룡은 한결 개운해진 표정으로 고개를 돌렸다. 제자들이 흠칫 놀라서 차려 자세를 취했다.

"흠흠. 아무튼, 이대로 가면 너희는 계속 외톨이 신세다. 천무제에 나가서도 좋을 게 하나도 없어. 그러니까 동아리 활동으로 너희의 평판도 함께 끌어올려야겠다."

"공짜로 음식을 나눠 줘서 환심을 사는 거군요."

백수룡이 고개를 끄덕였다. 헌원강이 거상웅의 반만큼만 눈치가 있어도 저렇게 쥐어터지진 않았을 것이다.

"그래. 사람과 사람이 친해지는 가장 빠른 방법에 선물만 한 게 없거든. 공짜로 먹을 걸 나눠 주는데 마다할 리가 없지."

음식을 나눠 준다고, 망나니들을 보는 시선이 당장에 달라지진 않을 것이다. 하지만 그게 한 달이 되고 일 년이 되면 바뀔 수밖에 없다. 그 음식이 내공 증진에 도움이 되는 '영약 요리'이니까.

나중에는 줄 서서 받으려는 사람도 있을 것이다.

'겸사겸사 청룡학관 아이들의 전체적인 내공도 끌어올리고 말이야.'

천무제는 다섯 명으로 우승을 장담할 수 있는 작은 대회가 아니다. 무림 오대학관의 정예가 모두 나서는 정파무림의 큰 축제. 백수룡이 직접 가르치는 제자들 외에도, 청룡학관 학생들의 전체적인 수준이 높아져야 한다.

"재료를 계속 구하는 게 문제가 될 것 같긴 한데…… 그건 내가 알아서 하마."

역천신공이 7성에 도달한 지금, 백수룡에겐 웬만한 영약이나 탁기는 이제 별 의미가 없었다. 혈교의 비동을 털면서 자금도 넉넉해졌으니, 사비를 털어서라도 과감하게 투자할 생각이었다. 하지만 백수룡도 한 가지 잊은 사실이 있었다. 이 자리에 천하십대상단의 후계자가 있다는 것을 말이다.

"선생님. 하급 영약 정도는 제가 아버지한테 말씀드려서 구해 보겠습니다."

"어?"

"싼 건 창고에 재고가 많이 남아 있을 거예요."

거상웅이 별거 아니라는 듯 씩 웃으며 아무렇지 않게 말하는데, 그렇게 멋있어 보일 수가 없었다.

"역시 부자……."

"멋있다……."

"선배, 혼인 생각 있어요?"

이렇게 영약 요리의 재료 수급 문제도 간단히 해결됐다.

"좋아. 그럼 동아리 회장은 헌원강이 맡는다."

"저요? 상웅 선배가 아니라?"

학년으로는 거상웅이 선배지만, 그간 해 온 망나니짓은 헌원강이 한 수 위인 탓이었다.

"불만 있냐?"

"……아니요."

불만이 있을 리 없었다. 매일 쥐어터지기는 해도, 백수룡이 자신을 얼마나 신경 써 주는지는 헌원강이 제일 잘 알고 있었다. 백수룡은 자신의 인생을 바꿔 준 은인이었다.

"내일 동아리 연합회에 가서 설립 신청서 내고 와."

"예?"

하지만 그건 그거고. '동아리 연합회'라는 말에 헌원강의 표정이 똥 씹은 것처럼 변했다.

"동아리 연합회요? 거긴 진짜 가기 싫은데……."

따악! 어김없이 날아온 흑룡편이 헌원강의 정수리를 내리쳤다.

바닥에 주저앉아 끙끙대는 헌원강에게 백수룡이 혀를 차며 말했다.
"매를 벌어요, 아주 그냥. 잔말 말고 갔다 와."
"끄으응……. 가면 될 거 아니야."

· ❖ ·

다음 날. 헌원강은 수업이 끝나자마자 동아리 연합회 건물로 향했다. 그의 표정이 똥 씹은 듯 일그러져 있었기에, 가는 길에 눈이 마주친 학생들이 슬금슬금 옆으로 피했다.

동아리 연합회 회장 입후보 기간 안내

동아리 연합회 건물 앞에 커다란 현수막이 걸려 펄럭이고 있었다. 건물 입구에서 현수막을 올려본 헌원강이 구시렁거렸다.
"팽사혁 그 자식이 없으니 새로 뽑나 보네."
어지간히 안에 들어가기 싫은 모양인지, 헌원강은 한참을 건물 입구 앞에서 망설였다. 그러다 이내 각오를 한 듯, 한숨을 내쉬며 문을 열고 안으로 들어갔다.
"어서 오……."
건물 안에 들어서자마자, 헌원강을 본 동아리 연합회 학생들이 곳곳에서 숨을 들이켰다.
"헌원강?"
"저 자식이 여긴 웬일이야?"
"싸움 걸려고 온 건가?"
벌써 몇몇은 무기에 손을 올리거나 내공을 끌어올리고 있었다. 헌원강은 싸울 의사가 없다는 것을 드러내기 위해 두 손바닥이 보이도록 들어

올렸다.

"싸우러 온 거 아니야. 신규 동아리 설립 신청서 내러 왔다."

"뭐?"

"어디서 되도 않는 개수작이야!"

역시나 이런 반응이군. 작게 중얼거린 헌원강은 천천히 걸었다. 행여나 동아리 연합회 학생들을 자극하지 않기 위해 조심하며 접수처로 향했다. 얼굴이 기억나지 않는 학생이 그를 노려보고 있었다. 머리를 긁적인 헌원강은 품에서 신규 동아리 설립 신청서를 꺼냈다.

"이거 여기다 내면 되냐?"

"……."

접수처의 학생은 대답하지 않았다. 헌원강과 동아리 연합회는 사이가 좋지 않았다. 특히 팽사혁이 회장으로 있었던 기간에는 툭하면 충돌했었다. 과장을 좀 보태면, 이 안에 있는 녀석들 중에 절반 이상은 헌원강에게 얻어맞은 경험이 있었다. 헌원강이 주위를 둘러보며 어색하게 웃었다.

"표정들 좀 풀어라. 오늘은 진짜 싸우러 온 거 아니라니까. 아, 물론 앞으로도 너희랑 안 싸울 거야."

"……."

"끄응."

동아리 신청 담당자는 매서운 눈으로 헌원강을 쏘아볼 뿐이었다. 헌원강은 난감한 듯 한숨을 쉬었다.

"저기, 이제라도 사과하면 되냐? 아무래도 예전에 내가 널 때린 것 같은데……."

"꺼져."

"뭐?"

접수처의 학생이 탁자를 주먹으로 쾅 내리치며 말했다.

"꺼지라고! 너 같은 쓰레기를 동연에 받아 줄 생각 따윈 없으니까."

"뭐? 이 새끼가……."

울컥한 헌원강이 자리에서 일어났다. 이건 명백한 월권이었다. 동아리 연합회가 학관 내 동아리들을 관리하긴 하지만, 신규 동아리 설립 신청을 거부할 권리는 없었다.

헌원강이 화를 억누르며 말했다.

"자격 요건만 갖춰지면 누구나 신규 동아리를 설립할 수 있어. 너희는 거절할 권리가 없다고."

"어쩌라는 거지? 우리가 안 받겠다는데."

"이게 진짜……."

헌원강이 사납게 쏘아보자, 접수처의 학생이 흠칫 놀라면서도 애써 웃었다. 그는 주변에 있는 친구들을 믿었다.

"해보려고? 동연에 팽사혁이 없다고 우리가 만만해 보이냐?"

열 명이 넘는 동아리 연합회 학생들이 헌원강을 넓게 포위하기 시작했다. 헌원강은 헛웃음을 흘렸다.

"여기서 팽사혁이 왜 나와? 난 그냥 동아리 신청서 내러 온 거라니까."

"안 받으니까 꺼져. 억울하면 선생님한테 가서 징징대든가."

"……."

헌원강의 두 눈에서 살기가 흘렀다. 동아리 연합회 회원들이 서서히 포위망을 좁혔다. 언제 싸움이 벌어져도 이상하지 않은 일촉즉발의 상황. 그 순간, 모두가 놀랄 만한 일이 벌어졌다.

"미안하다."

헌원강이 포권을 취하며 허리를 깊이 숙인 것이다.

"……뭐 하는 짓이지?"

"내가 그전에 저지른 잘못은 이 자리를 빌려서 모두에게 사과하겠어. 정말 미안하다."

헌원강은 더 이상 문제를 일으키고 싶지 않았다. 선생님이 자신을 천무제에 나가게 하려고 얼마나 열심히 노력하는지 알고 있었다. 헌원강은 그의 기대를 배신하고 싶지 않았다.

'고개 한번 숙이는 것 정도야.'

동아리 설립에 자신뿐만이 아니라 선후배들의 운명까지 달려 있었다. 그 생각에, 헌원강은 더 깊이 고개를 숙였다. 그의 목소리에 진심 어린 각오가 배어 나왔다.

"사죄를 말로만 끝내지는 않겠다. 저항하지 않을 테니 분이 풀릴 때까지 나를 때려라. 대신, 분이 다 풀리면 그땐 신청서를 받아 줘."

171화
동아리 활동(3)

 헌원강의 고개 숙인 사과에, 오히려 그를 포위한 동아리 연합회 학생들이 크게 당황했다.
 "뭐 하는 짓이야?"
 "이 자식 이거, 갑자기 왜 이래?"
 청룡학관 최고의 망나니로 유명한 헌원강이 고개를 숙였다. 툭하면 싸움을 일으키고, 동아리 연합회의 행사마다 나타나서 난동을 부리던 개망나니가 지난 잘못을 반성한다고 말하고 있었다. 모두가 믿을 수 없다는, 혹은 의심스럽다는 표정으로 헌원강을 바라봤다.
 '갑자기 왜 저러지?'
 '속임수인가?'
 오히려 함정이 아닌가 싶어 다들 경계심을 키웠다. 그 모습을 본 헌원강이 작게 한숨을 쉬었다.
 "너희들 분이 풀릴 때까지 때려. 절대 반격 안 해. 원한다면 점혈을 해도 좋다."
 헌원강은 아예 눈을 감아 버렸다. 예민하게 벼려진 감각은 눈을 감아도 상대의 움직임을 느낄 수 있었지만, 반격하지 않을 거란 말에 믿음을 심어 주기 위해서였다.

'두들겨 맞는 게 하루 이틀 일도 아니고.'

백수룡에게 매일 두들겨 맞으며 무공을 배운 덕분에, 맷집이 어마어마하게 좋아졌다. 날붙이만 아니라면 얼마든지 버틸 자신이 있었다.

"무슨……."

"진짠가?"

상황이 이렇게 되자, 동아리 연합회 학생들은 난감하다는 표정으로 서로를 바라봤다. 막상 헌원강이 때리라고 하니, 어쩐지 나서기가 꺼려졌다. 하지만 그것도 잠시였다.

"그 말. 지킬 수 있겠지?"

헌원강을 죽일 듯이 노려보던 접수처의 학생이 이를 갈며 앞으로 나섰다. 그는 헌원강에게 개인적인 원한이 있었다.

"내 이름은 오진양이다. 예전에 네가 내 팔을 부러뜨렸었지. 그것도 중요한 시험 전날에."

"……미안하다."

헌원강이 고개를 숙였다. 그에게 원한을 가진 사람은 오진양뿐만이 아니었다. 다른 학생들도 앞으로 나서며 헌원강을 비난했다.

"난 너한테 맞아서 코뼈가 부러졌었다."

"사람들 앞에서 날 모욕한 거 기억해?"

"무공 좀 세다고 날 머저리 취급했었지!"

"……."

저쪽에서 먼저 시비를 걸었던 경우도 있었지만, 게다가 일부는 사실과 달랐지만, 헌원강은 변명하지 않았다. 흥분한 학생들이 헌원강을 향해 성큼성큼 다가왔다.

"분명 반격 안 한다고 약속했겠다?"

"나중에 말 바꾸지 마라."

"어차피 그때는 늦겠지만."

휘익! 오진양이 기습적으로 달려들어 헌원강의 마혈을 점했다. 순간 헌원강의 미간이 살짝 찌푸려졌지만 이내 한숨을 쉬었다.

"다시 한번 사과하마. 나도 지난날을 반성하고 있어. 너희 분이 풀릴 때까지 얼마든지 맞아주마. 대신 동아리 신청서는 꼭 받아 줘."

"……이렇게까지 하는 이유가 뭔데?"

오진양이 이해할 수 없다는 표정으로 물었다. 다들 궁금한 표정이었다. 헌원강은 잠시 머뭇거리다가 솔직하게 대답했다.

"천무제에 나가려고."

그 순간 약간의 정적이 흘렀고, 곧 사방에서 폭소가 터져 나왔다.

"뭐? 천무제?"

"푸하하! 헌원강 네가?"

"바뀐 규정을 못 들었나 본데. 너 같은 망종은 거기 절대 못 나가."

"천무제 나가서 망해가는 가문의 영광이라도 되찾으시게?"

"똥칠이나 안 하면 다행이지."

헌원강을 둘러싼 학생들에게서 온갖 조롱이 쏟아졌다. 마혈까지 점했겠다, 그들은 더 이상 헌원강을 무서워할 필요가 없었다.

"일단 꿇어, 이 새끼야."

오진양이 주먹으로 헌원강의 복부를 있는 힘껏 때렸다.

퍼억! 헌원강의 상체가 앞으로 살짝 기울었다. 하지만 그의 표정에는 약간의 변화도 없었다. 오히려 때린 사람이 더 고통스러워했다.

"큭. 무슨 몸이 돌덩이……. 내공 쓰지 마, 이 새끼야!"

"……안 썼는데?"

"닥쳐!"

오진양을 시작으로, 대여섯 명이 동시에 달려들어 헌원강을 무자비하게 폭행하기 시작했다. 헌원강의 무복이 찢어져 엉망이 되고, 머리가 다 풀어 헤쳐졌다. 하지만 생각만큼 아프지는 않았다.

'이 자식들. 주먹이 왜 이렇게 솜방망이야?'

일부러 살살 때리나 의심될 정도였다. 헌원강이 외공을 수련할 때의 상대가 백수룡, 아니면 거상웅이나 야수혁이었으니 당연한 일이었다.

"더 세게 때려도 되는데…… 그, 어깨는 왼쪽을 조금 더…….."

"닥치라고!"

다들 이미 전력으로 때리고 있었다. 하지만 이상하게도 때리는 쪽이 더 지쳐 갈 뿐이었다. 헌원강은 무슨 안마라도 받는 것처럼 평온해 보였다. 결국, 오진양이 무기를 들었다.

"이 새끼가!"

화가 머리끝까지 치솟은 오진양이 칼을 휘둘렀다. 내공을 힘껏 담아 머리를 노린 공격이었다.

휘익! 헌원강은 본능적으로 몸을 틀어 공격을 피했다. 모두의 분이 풀릴 때까지 맞아 줄 생각이긴 했지만, 방금 그 공격은 경우가 달랐다.

헌원강은 낮은 목소리로 경고했다.

"……그런 공격은 맞으면 일이 커져. 나중에 후회할 짓은 하지 마라."

"하! 피해? 아깐 얼마든지 맞아주겠다더니?"

"……."

오진양은 이죽거림과 함께, 조금 전 헌원강이 건넨 신규 동아리 설립 신청서를 손에 들었다.

"네가 먼저 약속을 어긴 거야. 그러니까 불만 없지?"

찌이이익. 헌원강이 보는 앞에서 동아리 신청 서류가 둘로 찢어졌다. 오진양은 그걸 갈기갈기 찢어서 바닥에 뿌리더니 비열하게 웃었다.

"너 같은 새끼는 우리 동연에 들어올 자격이 없어. 너랑 같이하겠다는 놈들도 똑같은 쓰레기겠지. 여긴 쓰레기장이 아니라고."

마지막 말이 선을 넘었다. 헌원강 자신을 욕하는 건 얼마든지 상관없었다. 하지만 백룡장에 있는 선후배들까지 욕하는 건 참을 수 없었다.

"……이 새끼들이 보자 보자 하니까."

그 순간, 헌원강의 몸에서 가공할 살기가 폭발하듯 터져 나왔다.

"허억!"

헌원강을 때리던 학생들이 놀라서 일제히 뒷걸음질 쳤다. 원래부터 타고난 투기와 살기가 짙은 헌원강이다. 악인곡에 다녀오면서 그 기질은 한층 더 사납고 강렬해졌다. 이제는 또래에 비교할 상대가 거의 없을 정도였다.

"뭐? 쓰레기?"

헌원강이 성큼성큼 걸어오자, 오진양이 뒷걸음질 쳤다.

"마, 마혈을 점했는데…….."

"그딴 건 풀린 지 오래다."

"오, 오지 마!"

뒷걸음질 치던 오진양은 발이 꼬인 듯 털썩 넘어졌다. 그가 창백한 얼굴로 발작하듯 소리쳤다.

"너, 너 여기서 날 때리면 천무제에는 절대 못 나가!"

헌원강이 그 앞에 쭈그리고 앉더니 사악하게 웃었다.

"네가 동아리 신청 안 받아준다며? 그럼 어차피 못 나갈 텐데, 너라도 되지게 패야 내 속이 조금이라도 풀리지 않을까?"

"그, 그건……."

헌원강이 손을 뻗어 오진양의 어깨를 움켜쥐었다. 손아귀에 서서히 힘이 들어가자 오진양의 표정이 고통으로 일그러졌다.

"끄으윽……."

"그러니까 좋은 말로 할 때……."

그때였다.

"그만하자."

정순한 내공이 담긴 부드러운 목소리에, 모두의 고개가 같은 방향으로 돌아갔다.

신묘한 보법을 밟아 다가온 청년이, 헌원강의 손을 오진양의 어깨에서 떼어냈다.

"선우진!"

"우진 선배!"

"회장님!"

"사, 살았다……."

여기저기서의 반가움의 외침과 안도의 한숨이 새어 나왔다. 헌원강이 자리에서 일어나 자신을 막아선 상대를 마주 봤다.

"선우진."

"헌원강. 오랜만이다."

선우진이라 불린 청년은 헌원강과 거의 비슷할 정도로 키가 컸다. 체구는 조금 마른 편이었고, 허리춤에는 얇은 도가 걸려 있었다. 남자치고 전체적으로 선이 고와 귀공자 같은 느낌이었다.

선우진이 부드러운 미소를 지으며 말을 이었다.

"악인곡에 다녀왔다는 소식은 들었어. 다쳤다는 이야기도 들었는데…… 오히려 더 강해진 것 같네."

"넌 여전히 느끼하게 생겼구나."

"하하! 가끔 그런 소리를 듣는 편이지."

선우진이 유쾌하게 웃었다. 그는 선우세가의 후계자로, 동아리 연합회에서도 회원 수가 많기로 한 손에 꼽는 '상승 도법 연구회'의 회장이기도 했다.

헌원강이 미간을 찌푸리며 물었다.

"아까 누가 너보고 회장이라던데. 네가 동연의 새로운 회장이야?"

선우진은 고개를 저었다.
"임시직이다. 새 회장이 뽑히기 전까진 팽사혁의 공백을 메울 사람이 필요하니까."

그렇게 말한 선우진은 고개를 돌려 오진양에게 말했다.
"동아리 신청서 받아."
"하지만 회장……."
"개인감정으로 신청을 거부하는 게 월권이라는 건 진양이 네가 가장 잘 알고 있을 텐데?"
"……알겠습니다."

이를 악문 오진양이 고개를 푹 숙였다. 헌원강은 그 모습을 보며 생각했다.

'임시 회장이라면서 하는 짓은 이미 회장이나 마찬가지네.'

아까 선우진이 처음 나타났을 때의 분위기만 봐도, 선우진이 이미 동연을 휘어잡고 있음을 알 수 있었다. 헌원강의 시선을 느꼈는지, 선우진이 멋쩍은 미소를 지었다.

"아직 차기 회장 입후보 기간이다. 그런데 후보가 나 하나뿐이라…… 하하."

"……."

선우진은 '상승 도법 연구회'의 회장이고. 팽가만큼은 아니지만, 선우세가도 쾌도로 이름이 높은 명문이었다. 무공도 뛰어나고 얼굴도 잘생긴 데다 가문도 좋았다. 쉽게 말해, 다음 동아리 연합회 회장으로 확정된 것이나 다름이 없었다. 다른 학생들이 입후보할 생각조차 못 할 정도로 말이다.

"이 친구들이 저지른 실례는 내가 대신 사과하지. 네가 왔다는 소식을 듣고 바로 달려왔는데…… 조금만 늦었으면 큰일이 날 뻔했어."

"됐어. 나는 신청서나 다시 쓰고 가면 돼."

헌원강은 퉁명스럽게 대답하고는 접수처로 향했다. 다행히 동아리 연합회 내부에 신청서가 구비돼 있어, 다시 작성하는 것은 어렵지 않았다. 빠르게 서류를 작성한 헌원강이 오진양에게 그것을 내밀었다.

오진양은 떨떠름한 표정으로 서류를 받으며 물었다.

"동아리 신청 기준은 알고 온 거겠지?"

"최소 신청 인원 다섯 명, 회장은 3학년인 나 헌원강. 동아리 담당 선생님은 백수룡 선생님. 거기 다 적혀 있으니까 읽어 봐. 글도 못 읽을 거면 왜 앉아 있냐?"

"끄응……."

오진양은 못마땅한 표정으로 서류를 접수했다. 모든 조건이 동아리 설립 기준에 부합해서, 마땅히 딴지를 걸 것이 없었다. 그렇게 '영약 요리 연구회'가 탄생했다. 몸을 일으켜 돌아선 헌원강에게, 선우진이 다시 다가왔다.

"아까 일은 거듭 사과할게. 기분이 상했다면 내 얼굴을 봐서라도 풀었으면 좋겠다."

"풀 것도 없어."

헌원강은 귀찮은 티를 내며 고개를 끄덕였다. 그런데도 선우진은 싫은 기색 하나 없이 웃으며 손을 내밀었다.

"동아리 연합회에 들어온 걸 환영한다. 지난 일은 잊고, 앞으로 잘해 보자."

"퍽이나."

헌원강은 선우진이 내민 손을 빤히 바라보다가, 그냥 무시하고 옆을 지나쳐갔다. 그의 등 뒤에서 학생들이 비난하는 소리가 들렸다.

"저, 저 싸가지 없는 새끼!"

"회장한테 감사 인사는 못 할망정!"

"영약 요리 연구회? 그딴 동아리를 만들어서 뭐 하려고."

헌원강이 대놓고 선우진을 무시하는 모습에, 동아리 연합회 학생들이 분통을 터트렸다.

"다들 조용히!"

하지만 정작 선우진은 별로 기분 나빠 하는 기색도 없이, 오히려 헌원강을 비난하는 학생들을 조용히 시켰다.

그는 멀어지는 헌원강의 등을 바라보며 말했다.

"헌원강. 네가 팽사혁과 사이가 좋지 않았다는 건 안다. 널 많이 괴롭히고 무시했었지. 그래서 일어난 싸움도 많고. 당연히 동연에 대한 네 감정도 좋지 않을 거다."

"……."

"하지만 나는 달라."

헌원강은 걸음을 멈추지도, 대답하지도 않았다.

선우진은 그래도 상관없다는 듯 자신이 하고 싶은 말을 했다.

"나는 동아리 연합회에서 팽사혁의 흔적을 모두 지울 생각이다. 너와 화해하는 것도 그중 하나가 되겠지."

"……."

"팽사혁은 더 이상 이곳에 없다. 그러니 너도 나쁜 기억은 털어 버렸으면 좋겠다. 얼굴도 자주 보자고."

선우진이 햇살처럼 환하게 웃으며 헌원강을 배웅했다.

"조심해서 돌아가라. 다음에 볼 땐 서로 웃을 수 있으면 좋겠군."

그 순간, 헌원강이 걸음을 멈췄다. 그의 표정에 무언가를 고민하는 기색이 역력했다.

"흐음……."

짧게 고민을 끝낸 헌원강이 몸을 휙 돌렸다. 애초에 오래 고민하는 건 성질에 안 맞았다. 헌원강은 성큼성큼 걸어가 선우진 앞에 마주 섰다.

"궁금한 게 있는데, 하나만 묻자."

헌원강의 입가에 묘한 미소가 맺혔다. 심상치 않은 기색을 느낀 학생들이 바짝 긴장했다. 하지만 선우진은 여유롭게 웃으며 헌원강에게 되물었다.

"뭐가 궁금한데? 성심성의껏 대답해 줄게."

헌원강은 선우진의 눈빛에서 선의를 가장한 경멸을 느꼈다. 하지만 동아리만 만들 수 있다면 상관없었다. 이제 다 끝났으니 무시하고 가려고 했는데…….

'생각해 보니 그럴 이유가 전혀 없잖아.'

오히려 교우 활동 점수를 더 높게 받을 방법이 떠올랐다. 가능할진 모르겠지만, 헌원강은 일단 지르고 보았다.

"저거."

헌원강이 손가락을 들어 건물 안에 걸린 현수막을 가리켰다.

동아리 연합회 회장 입후보 기간 안내

"나도 해 볼까 하는데. 입후보하려면 어떻게 해야 되냐?"

"……뭐?"

그 순간, 처음으로 선우진의 미소에 금이 갔다.

172화

동아리 활동(4)

"뭐라고……?"

선우진은 표정 관리가 도저히 안 되는 모양이었다. 웃는 것인지 화를 내는 것인지 모를 애매모호한 그의 얼굴을 보며, 헌원강은 속이 뻥 뚫리는 듯한 통쾌함을 느꼈다.

"다시 얘기해 줘? 동아리 연합회 회장 선거에 출마하려면 어떻게 해야 하냐고."

"……."

선우진은 입을 굳게 다물고 헌원강을 바라봤다. 방금 헌원강의 말에서 진의를 파악하려는 것 같았다. 격렬한 반응은 오히려 다른 쪽에서 터져 나왔다.

"개소리도 작작 해야지! 네가 동연 회장 선거에 출마한다고? 네가? 이 주제도 모르는 자식이!"

오진양이 시뻘게진 얼굴로 헌원강에게 삿대질을 했다. 다른 학생들도 소리만 지르지 않을 뿐, 얼굴에 불쾌함이 가득했다.

"왜 질문 좀 한 거 가지고 난리야? 물어보지도 못해?"

헌원강은 귀를 후벼서 후우 하고 불었다. 누런 귀지가 날아가 오진양의 옷에 묻었다.

"으악! 이 빌어먹을 자식이 진짜!"

"덤비게? 동아리 신청도 끝났겠다, 사과도 했겠다. 나도 이제는 그냥 맞아 줄 이유가 없는데?"

"큭……!"

결국 오진양은 덤비지 못하고 혼자서 화를 삭였다. 피식 웃은 헌원강은 고개를 돌려 선우진을 바라봤다.

"이봐. 선우진."

"……."

"내가 기감 하나는 기가 막히게 좋거든? 내가 맞고 있을 때 네가 멀리서 구경만 하고 있었던 것도 진작 알고 있었어."

"뭔가 오해가 있는 모양인데……."

"오해는 지랄."

당황한 기색이 역력한 선우진의 말을 끊으며, 헌원강은 히죽 웃었다.

"나중에 끼어들어서 싸움을 말린 것도, 주인공 놀이를 하고 싶어서라는 거 알아. 너 옛날부터 그런 거 좋아했잖아?"

"……."

헌원강과 선우진, 그리고 팽사혁은 예전부터 알던 사이였다. 하북팽가. 헌원세가. 선우세가. 셋 다 도법으로 이름을 날린 가문이었고, 몇 번이지만 어울려 놀았던 적도 있었다. 때문에 헌원강은 선우진의 성격을 알고 있었다. 결코 남들에게 보이는 것만큼 착한 녀석이 아니라는 것을 말이다.

"팽사혁이 사라졌으니까 동연은 내가 먹겠다, 이거 아니야? 기회주의자 새끼."

"말이 좀 심한데?"

선우진은 애써 미소를 지었다. 하지만 한 번 터진 헌원강의 입을 막을 수는 없었다.

"심하긴 시벌. 적당히 짜증 나게 해야 할 거 아니야. 너 같은 놈이 동연 회장이 되느니, 내가 하는 게 낫겠다. 그래서, 어떻게 하면 되는데? 응? 여기서 또 신청서 쓰면 되나?"

사실, 헌원강도 진심으로 동아리 연합회 회장 선거에 나갈 마음은 없었다. 절반쯤은 선우진의 속을 긁기 위해서였다.

고개를 돌린 헌원강은 자신을 포위한 동아리 연합회 회원들을 둘러보며 말했다.

"니들도 그래. 팽사혁이 쓰레기 짓이나 하고 다닐 때는 옆에서 호가호위하던 새끼들이, 이제 와서 냉큼 선우진한테 붙어? 니들은 자존심 같은 것도 없냐?"

"팽사혁은 폭군이었어."

"우리도 강제로 시켜서 한 짓이었다고!"

울컥해서 따지고 드는 학생들에게, 헌원강은 경멸의 시선을 보냈다.

"어이고, 그러세요? 팽가 놈이 폭군이었으면, 니들은 폭군한테 알랑방귀 뀌면서 떨어지는 콩고물이나 주워 먹는 놈들 아니었어?"

"저 새끼가!"

사방에서 헌원강을 비난하는 욕설이 쏟아졌다. 하지만 헌원강은 기분 나빠하지 않았다. 오히려 어깨를 들썩이며 웃었다.

"내가 동연 회장이 되면 니들부터 싹 갈아 치울 거야. 그렇게들 알고 있으라고."

쌓였던 말을 했더니 속이 다 시원했다.

그때였다. 분노 어린 욕설들 사이에서, 잘 벼린 칼날처럼 선명한 목소리가 들려왔다.

"어디 한번 해 봐."

선우진이었다. 그의 입가에 서늘한 미소가 맺혀 있었다.

"안 그래도 경쟁자가 없어서 심심했는데 잘됐네. 당선된 후에도 뒷말이 나올 것 같았거든."

"뭐?"

"여기, 입후보 신청서 가져와."

부탁이 아닌 명령이었다. 부드러운 미소를 거둔 선우진의 표정은 지극히 차가웠다. 그가 헌원강에게 신청서를 내밀었다.

"자, 신청서다. 이 양식대로 신청하면 보름 뒤 동아리 연합회 회장 선거에 출마할 수 있다. 원래는 간부 회의를 통해 결격 사유가 발견되면 출마할 수 없지만, 너는 특별히 예외로 하지."

사실 헌원강에게 결격 사유를 따지자면 넘치도록 많았다. 그는 청룡학관에서 알아주는 문제아였으니까. 하지만 선우진은 말 한마디로 헌원강이 선거에 출마할 수 있도록 허락했다. 동연 내부에서 그의 권력이 이미 회장이나 마찬가지라는 의미였다.

"자, 어서 작성해. 아까 한 말이 허세가 아니었다면 말이야."

재촉하는 선우진의 입가에 부드러운 웃음이 맺혔다. 하지만 그 웃음은 더 이상 선량해 보이지 않았다.

"허세? 나중에 울고불고 후회나 하지 마라."

헌원강의 입가에도 사나운 미소가 맺혔다. 그 자리에서 바로 신청서를 작성해 선우진에게 내밀었다.

"접수해."

그렇게, 헌원강은 영약 요리 연구회를 설립하자마자 동아리 연합회 회장 후보로 출마하게 되었다.

선우진이 헌원강에게 손을 내밀며 말했다.

"이왕 이렇게 되었으니, 선의의 경쟁을 펼쳐 보자."

짝! 헌원강은 선우진의 손을 매몰차게 쳐 냈다.

그리고 먹이를 노리는 맹수처럼 사납게 으르렁거렸다.
"경쟁은 지랄. 오늘부터 너랑 나랑 전쟁이다, 이 새끼야. 각오해."
"……."
휙 돌아선 헌원강은 그대로 동아리 연합회 건물을 나섰다.

• ◈ •

"으아아악! 젠장! 왜 그런 소리를 해가지고!"
백룡장으로 돌아온 헌원강은 머리를 감싸 쥐고 괴로워했다. 침상을 뒹굴며 애먼 이불을 마구 걷어찼다.
"대체 내가 왜 그랬지? 뭐? 동연 회장? 대체 누가 나를 뽑겠냐고!"
일단 성질대로 질러 놓고 오긴 했는데, 다시 생각해 볼수록 아무래도 이건 아니다 싶었다.
"뭐? 전쟁? 으아아! 이런 미친놈이!"
아무리 생각해도 선우진을 상대로 승산이 없었다. 아니, 그 누가 상대더라도 사람들이 자신을 회장으로 뽑을 것 같지는 않았다. 투표는 동아리 연합회에 소속된 동아리 회원들을 대상으로 이루어진다. 지금까지의 행적으로 보면…… 그들이 선우진이 아닌 자신에게 투표할 이유가 전혀 없었다.
"하여튼 이게 다 팽사혁 그 새끼 때문이야!"
헌원강은 갑자기 그 자리에도 없었던 팽사혁을 욕하다가, 결국 해탈하는 지경에 이르렀다.
털썩. 침상에 드러누운 헌원강이 천장을 보며 중얼거렸다.
"그래. 까짓것 쪽팔림 좀 당하고 말지 뭐……."
드르륵. 방문이 열리고, 다른 제자들이 하나둘 고개를 내밀었다.
"원강아, 무슨 일인데 그래?"

"선배! 조용히 좀 해요!"

"한숨 소리에 바닥 꺼지겠어요."

"원래도 미친 사람이었지만, 동연에 다녀온 뒤로는 조금 더 미친 것 같아······."

어느새 헌원강의 방으로 모두 모여들었다. 헌원강은 그들을 향해 귀찮다는 듯 손을 휘휘 저었다.

"혼자 있고 싶으니까 다들 그냥 나가 줘. 아, 나가라니까 왜 더 들어오는데!"

헌원강은 손에 닥치는 대로 물건을 집어 던졌지만, 이 자리에 그런 어설픈 암기에 맞을 사람은 아무도 없었다. 오히려 헌원강 주변으로 몰려든 제자들이 그를 추궁하기 시작했다.

"말해 봐. 아까 동연에 갔다 오고 나서부터 수련도 제대로 안 하고. 무슨 일인데 그래?"

"말해 봐요, 선배. 동연에서 누가 괴롭히기라도 했어요?"

"아까 무슨 회장? 선거라고 하던데. 그게 뭐예요?"

말을 안 하면 다들 끝까지 안 나갈 기세라, 헌원강은 어쩔 수 없이 입을 열었다.

"내가 쪽팔려서 진짜······. 그게 그러니까······."

헌원강은 동아리 연합회에 가서 있었던 일을 솔직하게 이야기했다.

"······이렇게 됐어."

이야기가 끝나기 무섭게, 다들 참았던 웃음을 터트렸다.

"푸하하하하!"

"선배가 회장? 그럼 우리가 회장단이야?"

"따라가서 내 눈으로 봤어야 하는데······."

위지천만 빼고 모두 낄낄대며 헌원강을 놀리기 바빴다. 헌원강이 벌게진 얼굴을 한 손으로 가리며 한숨을 쉬었다.

"젠장. 내가 이래서 말 안 하려고 했는데…….."

그때, 거대한 손이 헌원강의 머리를 툭 덮었다. 거상웅이 웃으며 후배의 머리를 마구 흐트러뜨렸다.

"그래도 장하다! 아무도 안 패고 잘 참았어."

"징그럽게 뭐 하는 짓이야."

헌원강은 퉁명스럽게 대답하며 거상웅의 손을 쳐 냈다. 거상웅뿐만이 아니었다. 다들 흐뭇하게 웃으며 헌원강을 바라보고 있었다.

괜스레 귓불이 빨개졌다.

"이것들이 징그럽게……. 가서 수련들이나 해!"

"선배는?"

"나도 해야지. 여기서 한숨만 쉰다고 뭐가 달라지는 것도 아니니까."

헌원강이 자리를 떨치고 일어났다. 그 모습을 본 다른 제자들도 고개를 끄덕이고는 자리에서 일어났다.

악인곡에서 생사를 함께한 이후로, 그들 사이에 자연스러운 유대가 형성되었다.

평소의 모습을 되찾은 헌원강이 피식 웃으며 말했다.

"몸도 찌뿌둥한데 나랑 대련할 사람?"

그때, 위지천이 지나가듯 물었다.

"그런데 선생님한테는 어떻게 말하려고요?"

"……절대 말하지 마."

다시 심각한 표정이 된 헌원강이 모두에게 말했다. 상상만 해도 끔찍하다는 듯 몸을 부르르 떨었다.

"그냥 내가 알아서 처리할게. 그 인간이 알면, 분명 일을 더 크게 벌이고도 남을……."

"……죄송한데 이미 늦은 것 같아요."

"뭐?"

안타깝다는 표정을 지은 위지천이 눈짓으로 헌원강의 등 뒤를 가리켰다. 대체 언제 왔는지, 백수룡이 유령처럼 서 있었다.
"회~장~선~거~?"
"히이이익!"
고개를 돌려 눈이 마주친 헌원강이 비명을 질렀다.
"아 진짜! 심장 멎을 뻔했잖아요!"
"네가 정신을 놓고 다니니까 그렇지. 평소라면 알아챘을 텐데."
혀를 찬 백수룡이 팔짱을 꼈다. 그의 입가에 묘한 미소가 맺혀 있었다.
"다 들었다. 원강이 네가 동연 회장 후보로 출마했다고?"
"그게…… 하아."
결국 다 들켜 버렸다. 헌원강이 한숨을 푹 내쉬더니 고개를 끄덕였다.
"맞아요. 이제 개망신당할 일만 남았어요."
"왜 개망신을 당해? 이겨서 당선되면 되지."
"……제가요?"
헌원강은 황당하다는 표정을 지었다. 그러곤 단 한마디로 자신이 선거에서 얼마나 불리한지 설명했다.
"선생님. 저 헌원강인데요."
"자랑이다, 인마."
따악! 어김없이 날아든 흑룡편이 헌원강의 머리통을 후려쳤다. 백수룡은 바닥에 주저앉아 끙끙대는 헌원강 앞에 쪼그려 앉았다.
"잘 들어. 네가 선우진이란 놈한테 선전 포고한 대로, 이건 전쟁이야. 그것도 압도적으로 불리한 전쟁이지."
"저도 알아요……."
헌원강이 어깨를 축 늘어뜨렸다. 백수룡이 그 모습을 바라보며 피식 웃었다.
"그렇다고 기죽을 것도 없어. 다르게 말하면 우린 밑질 게 없는 전쟁이라는 거니까. 이기면 대박이고, 져도 본전이란 소리지."

"그건 그렇지만······."

"애초에 질 생각도 없지만."

백수룡은 눈을 빛냈다. 동아리 연합회는 학생회와 함께 청룡학관의 양대 학생 단체였다. 소속된 인원은 학생회보다 훨씬 더 많았다. 즉, 동연을 장악하면 학생들에게 상당한 영향력을 행사할 수 있다는 의미였다.

'기대도 안 했는데 이게 웬 떡이냐.'

동아리 설립을 생각하면서, 동아리 연합회 회장 선거를 떠올리지 않은 것이 아니었다. 하지만 망나니 제자들은 결격 사유가 너무 많았다. 출마조차 불가능할 거라고 생각해서 내심 포기하고 있었는데······.

"그걸 저쪽에서 통과시켜 줬다 이거지?"

씨익. 백수룡의 입가에 미소가 맺혔다. 그의 제자들을 알 수 없는 오한에 떨게 만드는 미소가.

"우리가 먹자. 동아리 연합회."

백수룡은 자신이 쓸 수 있는 패를 점검하기 시작했다.

173화

저를 뽑아 주신다면

 헌원강이 동아리 연합회 회장 선거에 출마했다는 소문은 하루아침에 청룡학관 전체로 퍼져 나갔다.
 "뭐? 그 망나니가?"
 "듣기로는 요즘엔 수업도 열심히 듣는다고 하던데."
 "하긴, 요즘 잠잠하긴 했지……. 사고 쳤다는 얘기를 들어 본 지도 좀 됐네."
 "근데 사람이 갑자기 너무 바뀐 거 아니야?"
 "백수룡 선생님 집에서 합숙하면서부터 달라졌다고 하더라."
 "역시 청룡신협……."
 학관 어디를 가나 같은 이야기였다. 헌원강은 원래도 (나쁜 의미에서) 유명 인사였지만, 최근 백수룡과 함께 악인곡에 다녀오면서 더욱 유명해졌다. 하지만, 이번에는 조금 다른 의미가 더해졌다.
 "맞다. 너희들 그 이야기 들었어?"
 "또 뭔데?"
 금룡상단을 통해 퍼진 소문 대부분은 혈수귀옹을 벤 청룡신협의 영웅담이었지만, 종종 그의 제자들에 관한 것도 섞여 있었다.
"헌원강이 후배를 구하려다가 대신 칼을 맞았대. 그 부상이 아직도 남아 있다더라."
"뭐? 진짜로?"
"아니, 사람이 그렇게까지 바뀔 수가 있는 거야?"
"솔직히 나는 못 믿겠는데…….."
덕분에 헌원강에 대한 여론이 이전처럼 나쁘기만 하지는 않았다. 하지만 학생들 다수의 여론이 좋아졌다고는 해도, 투표는 동아리 연합회에 소속된 동아리 회원들만이 할 수 있었다.

동아리 연합회 회의실. 그곳에 임시 회장 선우진과 그의 지지자들이 모여 있었다.
"헌원강 그 광대 새끼 때문에 요즘 학관이 시끄럽던데."
"천둥벌거숭이처럼 날뛰다가 개망신이나 당하라지."
상승 도법 연구회를 기반으로 한 선우진의 지지자들은 이 상황에서도 여유만만이었다.
누군가가 피식 웃으며 말했다.
"그 망나니가 선우진과 경쟁한다고? 올해 들었던 이야기 중에 가장 웃긴 이야기로군."
회의실 안에 있던 모두가 웃음을 터트리거나 고개를 끄덕였다.
인망. 가문. 무공. 그 자리에 있는 모두가 헌원강은 선우진의 상대가 되지 못한다고 생각했다.
섬도(孅刀) 선우진. 도법에 한해서는 팽사혁 다음이라는 평가를 받는 후기지수.

"검룡이나 검화가 와도 어림없는데. 뭐? 헌원강?"

"주제도 모르는 놈."

"팽사혁이 다시 돌아와도 늦었어!"

다들 헌원강을 깎아내리고 선우진을 추켜세우기 바빴다. 조만간 동연 회장이 될 선우진에게 미리 잘 보이기 위해서였다.

"자자, 나 띄워 주는 건 그만하고. 회의에 집중하자."

조용히 듣고 있던 선우진이 입을 열었다. 여전히 선이 고와서 귀공자스러운 자태였다.

선우진이 부드럽게 웃으며 말을 이었다.

"다행히 선거 운동이 의미가 없진 않겠어. 경쟁자가 아무도 없어서 당선되고도 찝찝할 것 같았거든."

"상대가 안 되니까 아무도 못 덤빈 거지."

"다들 입후보해 봤자 상대도 안 된다는 걸 아니까 말이야."

그 누구도 헌원강을 선우진의 경쟁 상대로 여기지 않았다. 헌원강이 아니라 그 누가 입후보해도 선우진을 이길 수 없었다. 그만큼 동연 내에서 선우진의 입지는 견고했고, 동연에 속한 동아리 대부분과 친밀한 관계를 유지하고 있었다.

"혹시 알아? 헌원강이 의외로 선전해서 한 열 표 정도는 얻을지?"

선우진도 그것을 알기에 가볍게 웃으며 농담을 할 수 있었다. 선거 준비에 관한 이야기는 그것으로 끝이었다.

"쓸데없는 이야기는 그만하고 올해 예산안에 관한 이야기를 해 보자. 학관 측에 요구해서 예산을 더……."

선우진은 이미 당선된 것처럼 중심이 되어 회의를 주도했다. 동아리 연합회의 일 년 계획을 이야기했고, 다른 학생들도 그것을 당연하게 여겼다. 하지만 그들은 도중에 회의를 멈출 수밖에 없었다.

선우진이 고개를 문 쪽으로 돌리며 말했다.

"밖이 왜 이렇게 시끄럽지?"

방 안에 있는 모두가 감각이 예민한 무인이었다. 건물 밖에서 사람들이 웅성거리는 소리와 함께, 평소보다 훨씬 많은 사람들이 오가는 기척이 느껴졌다.

"누가 좀 알아보고 와."

잠시 후, 밖에 나갔던 1학년이 회의실로 돌아왔다. 선우진이 밖에 무슨 일이 있냐고 묻자, 선배들의 시선을 받은 1학년이 쭈뼛거리며 입을 뗐다.

"그게…… 헌원강 쪽에서 선거 운동을 시작했습니다."

"선거 운동?"

선우진이 피식 웃었다. 그를 따라 간부들이 모두 웃었다.

"의외로 진심인가 보네. 꼴에 뭘 하기도 하고. 그래. 뭘 하고 있는데?"

"그게……."

"괜찮으니 편하게 말해. 사람들 모아서 내 욕이라도 하고 있어?"

선우진이 농담 삼아 웃으며 말했다. 하지만 돌아온 것은 상상도 못 한 대답이었다.

"학생들한테…… 영약을 나눠 주고 있습니다."

"……뭐?"

"그, 비싼 건 아니고 십 년 정도 된 하수오즙을……."

그 순간, 선우진은 보았다. 1학년 후배의 입가에 희미하게 묻어 있는 갈색 액체. 동시에 진하게 풍겨오는 탕약 냄새.

"설마 너도 먹었냐?"

"예? 고, 공짜라길래 한 번…… 죄송합니다!"

1학년이 고개를 푹 숙였다. 잠시 표정이 굳어 있던 선우진은 괜찮다며 환하게 웃었다. 그러나 그 눈빛은 괜찮지 않았다.

"죄송할 건 없지. 네가 투표로 그 녀석을 뽑을 것도 아니잖아?"

"무, 물론입니다!"

"……밖에 나가 봐야겠군. 헌원강이 무슨 짓을 하는지 내 눈으로 직접 봐야겠어."

후배를 툭 밀친 선우진은 간부들과 함께 밖으로 나갔다.

멀리까지 갈 필요도 없었다. 동아리 연합회 건물이 정면으로 보이는 곳에서, 헌원강과 선후배 네 명이 지나가는 학생들에게 하수오즙을 나눠 주고 있었다.

"십 년 묵은 하수오로 만든 즙! 오늘 새벽에 공수해 온 싱싱한 하수오로 만든 영약 요리를 무료로 맛보게 해 드립니다!"

그 앞에 학생들이 구름처럼 모여들었다. 십 년 묵은 하수오가 귀한 영약은 아니었지만, 그렇다고 학생 형편에 쉽게 구할 수 있는 것도 아니었다. 주머니 사정이 좋지 않은 학생들부터 호기심에 몰려든 학생들까지. 동아리 연합회 건물 앞은 순식간에 인산인해를 이뤘다.

"여러분! 잠시만 주목해 주십시오!"

사람들을 충분히 불러모은 헌원강이 내공을 담아 외쳤다. 하수오즙을 쭉쭉 빨아먹던 학생들이 무슨 일인가 하고 그를 바라봤다.

"저 헌원강을 동아리 연합회 회장으로 뽑아 주신다면! 학생 여러분의 건강과 내공 증진을 위해 주기적으로! 저희 연구회에서 영약으로 만든 요리를 무료로 나눠 드리겠습니다!"

터무니없는 공약이었다. 최소한 선우진과 동연 간부들이 보기에는 그랬다. 하지만 모여 있는 학생들의 반응은 뜨거웠다.

"뭐라고?"

"정말이에요?"

"오오오오!"

그건 시작에 불과했다. 헌원강은 얼굴이 조금 붉어진 모습으로 준비해 온 공약을 계속 말했다.

"학관 내 학생들에게 필요한 편의시설을 확충하겠습니다!"

"공정하고 투명한 운영을 위해 회비 사용 내역을 공개하겠습니다!"

"학관 주변의 반점들과 협약을 체결해, 동연 소속 학생들이 저렴하게 식사할 수 있도록 추진하겠습니다!"

헌원강의 입에서 파격적인 공약들이 술술 흘러나왔다. 당연히 당선될 거라는 생각에 안일하게 준비하고 있던 선우진과 달리, 헌원강은 적극적인 공약을 펼쳤다. 단순히 하수오즙을 먹기 위해 모여들었던 학생들의 눈빛이 조금씩 달라졌다. 헌원강은 그들에게 정중하게 포권을 취하며 말을 마무리했다.

"이야기를 들어 주셔서 감사합니다. 여러분의 소중한 한 표 꼭 부탁드립니다."

"소중한 한 표 부탁드립니다!"

헌원강이 선창하자, 뒤에서 하수오즙을 나눠주던 네 사람이 후창했다. 그 기막힌 광경이 동아리 연합회 건물 앞에서 펼쳐졌다.

"저런 뻔뻔한 자식이!"

선우진은 이를 갈며 헌원강을 노려봤다. 때마침 헌원강도 고개를 돌려 선우진을 바라봤다.

두 사람의 눈이 마주치고…….

씨익. 헌원강이 하얀 이를 드러내며 활짝 웃었다. 명백한 도발이자 선전포고. 그 순간, 선우진의 두 눈에서도 불꽃이 튀었다.

"……좋다. 전쟁이라 이거지?"

동아리 연합회 회장직을 건, 선거 유세 전쟁이 촉발되는 순간이었다.

"흐어어…….."

선거 유세를 마치고 온 헌원강은 녹초가 되었다.

털썩.

늦은 밤 집으로 돌아와 쓰러진 그에게 백수룡이 물었다.

"왔냐. 해 보니까 어때?"

"……힘들고 쪽팔려서 죽겠어요."

헌원강은 고개를 절레절레 저었다. 평생 칼이나 휘두르고 싸움이나 하고 다니던 자신이, 그 많은 사람들 앞에 나서서 유세 연설을 하게 될 줄이야. 절로 헛웃음이 나왔다.

"그래도 선우진 그 자식 표정은 볼 만하더라고요."

다른 건 몰라도, 선우진에게 보란 듯이 한 방 먹인 것은 통쾌했다. 백수룡이 그 모습을 보며 피식 웃었다.

'처음엔 절대 못 하겠다고 하더니……. 의외로 소질이 있을지도.'

사실은 아까 멀리서 헌원강을 지켜본 백수룡이었다. 학생들에게 욕이나 안 하면 다행이라고 생각했는데, 헌원강은 그가 생각했던 것보다 훨씬 열정적으로 유세에 임했다. 그 덕분에 다른 제자들도 흥이 나서 열심히 도왔고.

"하지만 아직 멀었다."

전쟁으로 따진다면 고작 국지전에서 한 번 승리했을 뿐. 여전히 상대가 압도적으로 유리했다. 헌원강도 작게 한숨을 쉬며 고개를 끄덕였다.

"저도 알아요."

"그래도 가능성을 봤다는 게 중요하지. 일어나. 나랑 어디 좀 가자."

"예? 이 시간에 어딜 가요?"

"가 보면 알아."

백수룡이 헌원강을 재촉했다. 그는 헌원강을 동아리 연합회 회장으로 만들기 위해, 자신이 할 수 있는 모든 수단과 방법을 동원할 생각이었다. 비록 그게 악마와 손을 잡는 방법일지라도…….

나란히 길을 걸으며 백수룡이 말했다.

"군사를 영입하러 갈 거다. 내가 늘 네 옆에만 붙어 있을 순 없으니까."

"구, 군사요?"

백수룡은 뜨악한 표정을 짓는 헌원강의 뒤통수를 가볍게 툭 쳤다.

"선거 전략을 짜 줄 녀석 말이야."

"그런 녀석이 있어요?"

"이쪽에선 검증된 전문가지."

찾아가는 상대를 떠올린 백수룡의 표정이 어두워졌다. 그가 낮게 한숨을 쉬었다.

"웬만하면 그 녀석은 찾아가고 싶지 않았지만……. 이런 상황이니 어쩔 수 없지."

중얼거리는 백수룡의 표정이 진지하다 못해 비장했다. 옆에서 함께 걷는 헌원강이 놀랄 정도였다.

'뭐지? 혈수귀옹과 싸울 때도 이런 표정은 아니었는데…….'

헌원강이 조심스럽게 물었다.

"대체 누굴 만나러 가는데요?"

"……따라와 보면 알아."

"들고 있는 그 보따리는 뭐예요?"

백수룡은 어깨에 봇짐을 메고 있었는데, 그 부피가 상당히 컸다.

백수룡이 자조하듯 중얼거렸다.

"……악마와 손을 잡는 대가라고 할까."

"예에?"

백수룡은 말없이 앞장섰다. 잠시 후, 두 사람이 도착한 곳은 으슥한 골목에 있는 작은 객잔이었다. 살인 청부를 받는 살수와 접선하면 딱 좋아 보일 곳이었다.

"여기다."

"꿀꺽."

백수룡이 객잔 안으로 들어갔다. 마른침을 삼킨 헌원강이 뒤따라 들어갔다. 객잔 안에는 검은 면사로 얼굴을 가린 여인이 두 사람을 기다리고 있었다.

"결국엔 저를 찾아오실 줄 알았어요."

여인이 면사를 살짝 걷으며 말했다. 그 얼굴을 확인한 헌원강은 황당한 표정으로 중얼거렸다. 군사라길래 누군가 했더니…….

"당소소?"

그녀는 학생회의 부회장이자, 백수룡의 열렬한 추종자인 당소소였다. 백수룡이 주위를 둘러보며 말했다.

"꼭 이렇게 음침한 곳에서 만나야겠냐?"

"동연은 학생회를 별로 좋아하지 않거든요. 회장 후보가 학생회와 접촉하는 걸 누가 보면 괜한 트집이 잡힐 수도 있어요."

당소소가 부채로 입가를 가리며 살포시 웃었다. 여유로운 태도였다. 백수룡은 이해했다며 고개를 끄덕였다.

"과연…… 학생회 최고의 지낭이로군. 방금 대답은 우릴 돕기로 결정했다고 생각해도 되는 거겠지?"

"그 전에, 물건부터."

"끄응."

한숨을 내쉰 백수룡은 들고 온 보따리를 탁자 위에 올렸다. 당소소가 예리한 눈으로 보따리를 살피며 말했다.

"가짜는 아니겠죠? 만약 그렇다면 이야기는 여기서 끝이에요. 함께 대의를 도모하기 위해선, 서로 간의 신의만큼 중요한 게 없으니까."

"네가 그 정도로 허술한 녀석이었으면 여기 오지도 않았어."

"과연."

당소소가 조심스러운 손길로 보따리를 풀기 시작했다.

'저게 대체 뭐길래…….'

두 사람의 진지한 대화에 헌원강은 끼지도 못하고 꿀 먹은 벙어리처럼 앉아 있었다. 하지만 잠시 후 보따리 안에서 나온 것을 본 순간, 헌원강은 황당하다는 표정으로 당소소를 바라봤다.

분위기를 봐서는 무슨 금덩이라도 나오나 했더니…….

"이불?"

"……진품이군요."

당소소는 눈을 감고 이불에서 나는 체취를 음미했다.

"하아. 선생님이 쓰던 이불…… 이 체취……. 약속대로 안 빨고 가져오셨네요."

도대체 얼마나 변태인 걸까. 백수룡은 온몸에 소름이 돋는 걸 느꼈다.

"하아아아……."

"제발 그만해. 너 때문에 주화입마 올 것 같으니까."

면사를 들추고 이불에 코를 박고 킁킁대던 당소소가 뒤늦게 정신을 차렸다.

"이런, 추태를 부렸군요. 나머진 집에 가서 해야겠어요."

대체 뭘? 백수룡은 대답이 두려워서 차마 묻지 못했다. 정신을 차린 당소소의 시선이 비로소 꿔다 놓은 보릿자루처럼 앉아 있던 헌원강을 향했다. 그녀가 눈을 반달로 만들며 어여쁘게 웃었다.

"좋아요. 헌원강 선배가 이번 선거에서 이길 수 있도록 도와드리죠."

"……."

그날 헌원강은 청룡학관 최고의 지낭이자 군사, 변태를 영입했다. 하지만 그 뒤에 스승의 큰 희생이 있었음은 아무에게도 알려지지 않았다.

174화
상검연(1)

은밀한 거래가 이루어진 후, 당소소는 백수룡에게 부탁했다.
"선생님. 죄송하지만 자리를 비켜 주실 수 있을까요? 헌원강 선배와 둘이서 이야기하고 싶어서요."
"둘이서만?"
"비밀 이야기 같은 건 아니에요. 그냥 선생님이 옆에 계시면 솔직한 대화가 힘들 것 같아서요. 나중에 다 말씀드릴게요."
"흐음……."
당소소의 표정이 제법 진지했기에, 백수룡은 당소소를 보며 고개를 끄덕이고 일어났다.
"그래, 알았다. 원강아, 이야기 끝나면 딴 길로 새지 말고 바로 집으로 와라."
"제가 갈 데가 어딨어요."
백수룡은 투덜대는 헌원강의 뒤통수를 습관처럼 툭툭 친 후 돌아섰다.
"그럼 나 먼저 간다."
백수룡의 모습이 객잔 밖으로 사라졌다. 두 사람은 백수룡의 기척이 완전히 사라질 때까지 한마디도 하지 않았다.

"……."

애초에 그들은 친분도 전혀 없었고, 오늘이 아니었으면 따로 만나 이야기할 일도 없었다. 당장 당소소의 태도와 말투만 해도, 백수룡이 있을 때와 달리 사무적으로 변했다.

"제가 뒤에서 돕긴 하겠지만, 냉정하게 말해서 헌원강 선배가 이 선거에서 이길 확률은 거의 없어요."

"뭐? 조금 전하고 말이 다르잖아?"

백수룡이 나가자마자 완전히 바뀐 당소소의 모습에, 헌원강은 어이없다는 표정을 지었다.

"선거 전략을 짜기 전에, 현실을 직시하는 게 우선이니까요."

당소소는 우아한 몸짓으로 찻잔을 들어 입에 가져갔다. 방금까지 이불에 코를 박고 킁킁대던 모습과는 딴판이었다. 이쪽이 원래 당소소의 모습이었다.

"선거까지 남은 기간은 고작해야 열흘 남짓이에요. 그런데 상대는 동연에서 가장 인망이 두터운 섬도(殮刀) 선우진. 팽사혁 선배가 갑자기 천무학관으로 떠나고 혼란에 빠진 동연을 수습한 인물이죠."

당소소의 눈이 총명하게 반짝였다. 총학생회와 동아리 연합회는 청룡학관의 양대 학생단체였지만, 그들의 사이가 좋지만은 않았다. 이해관계에 따라 힘을 합치긴 하되, 끝나면 다시 반목하는 관계.

'게다가 팽사혁이 회장으로 있었을 땐 더더욱 좋지 않았지. 모범생인 우리 회장과 팽사혁은 물과 기름처럼 안 맞았으니까.'

이 때문에 학생회 측에서도 이번 동연 선거에 촉각을 곤두세우고 있었다. 지금까지는 선우진이 회장이 되는 것을 기정사실로 보고, 이후 동연과의 관계를 어떻게 형성해 나갈 것인지 신중히 고민하고 있었는데…….

당소소가 피식 웃으며 말했다.
"그런데, 갑자기 학관 최고의 망나니가 후보로 출마해 버렸죠."
"지금 시비 거는 거냐?"
"아뇨. 상황이 재미있게 흘러간다는 뜻이에요."
누구도 예상치 못한 변수. 동연 소속의 다른 쟁쟁한 동아리 회장들도 아니고, 이제 막 설립된 신생 동아리의 회장이 선우진에게 도전장을 내밀었다.
'전혀 상대가 안 될 것 같은 대결이지만, 만약 결과를 바꿀 수만 있다면······.'
헌원강이 정말 동연 회장으로 당선된다면? 학생회 입장에서도, 천무제라는 큰 목표를 함께 바라볼 수 있는 동반자가 생기는 셈이었다. 당소소의 눈빛이 진지해졌다. 이 자리에 나온 이유가 단순히 백수룡의 이불 때문만은 아니었다.
"현재 대부분의 동아리가 선우진을 다음 회장으로 지지하고 있어요. 성격, 인망, 무공까지 뭐 하나 빠지는 게 없는 사람이니까."
"그래서 어쩌라고?"
퉁명스럽게 대꾸하는 헌원강의 얼굴을, 당소소는 뚫어져라 응시했다.
"헌원강 선배."
"어?"
"그런 검증된 사람이 있는데, 사람들이 왜 선배를 뽑아야 하죠?"
"······뭐?"
현재로서는 이 도박이 성공할 확률은 매우 낮았다. 그래서 당소소는 일부러 헌원강을 자극했다.
그가 어떤 사람인지, 직접 대면하면서 알고 싶었기 때문이다. 지피지기(知彼知己)면 백전불태(百戰不殆)라 했다.
당소소는 선우진에 대해서는 제법 잘 알았지만, 정작 헌원강에 대해서는 자세히 알지 못했다. 특히 지금의 헌원강은 예전과는 많이 다른 느낌이었다.

"단순히 성질을 못 이겨서 덤빈 거라면 지금이라도 포기해요. 앞으로 열흘 동안 선배는 온갖 모욕과 망신을 당하고, 과거에 하지 않은 잘못까지 했다고 누명을 쓰게 될 거예요. 진흙탕을 굴러야 한다고요. 선배 성격에 그걸 견딜 수 있겠어요? 각오가 돼 있는 건가요?"

"너……."

당소소의 입에서 독설이 쏟아졌다. 오대세가 중에서도 가장 성정이 독하기로 유명한 사천당문의 딸. 필요하다면, 당소소는 상대의 약점과 상처를 후벼 파는 데 일말의 주저함도 없었다.

"예전 팽사혁 선배도 개차반이기로 유명했지만, 그 사람에겐 사람들을 아우르는 권위와 지도자로서의 자질이 있었어요. 무공도 압도적이었죠. 하지만 선배가 내세울 수 있는 장점은 뭐가 있죠?"

"또 팽사혁이냐?"

순간, 헌원강의 표정이 무섭게 일그러졌다. 팽사혁과 비교를 당해서 자존심이 상한 것처럼 보였다. 당소소는 조금 긴장했지만, 독설을 멈추지 않았다.

"선배는 툭하면 싸움이나 하는 망나니에, 성격도 나쁘고, 무공도 검증되지 않았어요. 아, 전에 팽사혁 선배에게 얻어터진 건 학생들 사이에서 유명하죠."

"야. 까불지 마."

쾅! 탁자를 내리친 헌원강이 타오를 듯한 눈빛으로 당소소를 사납게 노려봤다.

'무슨 살기가…….'

상상 이상의 살기에 당소소는 흠칫했지만, 그걸 겉으로 티 낼 만큼 그녀의 수련이 얕지는 않았다.

"후우······."

헌원강은 화를 억누르기 위해 깊게 심호흡을 했다. 또래에게 이렇게 말로 얻어맞아 본 적이 얼마 만이던가. 보통 학생들은 그와 눈도 마주치지 못하거나, 무시하거나, 아예 가까이 오려고 하지 않았다. 당소소처럼 대놓고 도발을 해 오는 경우는 없었다. 굳이 꼽자면, 팽사혁 정도.

"네가 날 왜 열받게 하려는지 모르겠는데, 물어보니까 솔직하게 이야기해 주지."

"······."

"입후보한 거? 선우진 그 자식이 열받게 해서 일단 질러 본 게 맞아. 얼떨결에 신청서를 썼고, 돌아와서 선생님한테 말하니까, 다음 날 내가 동연 건물 앞에서 하수오즙을 나눠 주고 있더라고."

헌원강 본인이 생각해도 어이가 없는지 큭큭 웃었다. 하지만 그의 눈은 조금도 웃고 있지 않았다.

"각오가 돼 있냐고? 전혀. 내세운 공약은 선생님이 적어 준 걸 외워서 말한 거고, 난 동연이 정확히 뭘 하는지도 몰라. 그냥 등 떠밀려서 하고 있는 거지."

"······하고 싶은 생각은 있어요?"

"아니. 차라리 피곤해서 곯아떨어질 때까지 칼이나 휘두르는 게 마음 편해. 이딴 건 성미에 안 맞아."

헌원강은 지나칠 정도로 솔직하게 말했다. 당소소가 이해할 수 없다는 표정으로 물었다.

"그럼 왜······."

"필요한 일이라고 하니까. 내가 동연을 장악해서 학생들에게 영향력을 행사할 수 있어야, 일이 수월해진다고 했거든."

"누가요?"

헌원강이 피식 웃더니 말했다.

"누구겠어? 맨날 내 뒤통수나 후려갈기는 인간이 하나밖에 더 있어?"

"백수룡 선생님이요? 그럼 전부 선생님이 시켜서 하는 거예요?"

"단순히 시켜서 하는 건 아니야."

헌원강이 고개를 저었다.

"내 목표는 천무제 용봉비무에서의 우승이야. 거기서 팽사혁을 두들겨 패고 우승할 거다. 하지만 용봉비무에서 우승한다고, 꼭 천무제에서 우승하는 건 아니잖아?"

당소소는 터무니없는 꿈이라고 말해 주고 싶었지만, 그러는 대신 고개를 끄덕였다.

"용봉비무의 점수 배당이 가장 높긴 하지만, 다른 대회의 점수를 합치면 종합 점수가 용봉비무보다 높으니까요."

"그래. 나만 잘하면 안 돼. 다 같이 잘해야 천무제에서 우승할 수 있다고. 그래야 그 인간의 소원도 들어주지."

헌원강은 자신의 용봉비무 우승이 기정사실인 것처럼 말했다. 당소소는 어처구니가 없었지만 따지지는 않았다. 어느새 그녀의 입가에는 옅은 미소가 맺혔다.

"그래서, 선생님을 돕고 싶어서 동연 회장이 되겠다고요?"

헌원강은 조금 민망한 듯 머리를 긁적이며 말했다.

"그 인간이 허구한 날 나를 맨날 쥐어패기는 해도, 나한테는 평생의 은인이거든."

"……."

백수룡과 만나지 못했다면, 자신은 지금도 술독에 절어 하루하루를 의미 없이 낭비하고 있지 않았을까. 헌원강은 종종 그런 생각을 했다.

"아무튼, 동연 회장이 될 각오? 의지? 난 없어 그딴 거. 하지만 대충하겠다는 말은 아니야. 이 악물고 할 거다. 조금이라도 은혜를 갚고 싶으니까."

은혜를 갚고 싶으니까. 그 말이 당소소의 마음에 깊이 박혔다.

"……기특한 제자네요. 선생님께서 아시면 무척이나 자랑스러워하실 거예요."

"쪽팔리니까 절대 말하지 마."

헌원강은 닭살이 돋는지 자신의 팔을 쓸어내렸다. 당소소가 피식 웃으며 그를 바라봤다.

"제법 귀엽기도 하고요."

"……너한테 그런 말 들으면 좀 무서워."

짧은 시간 나눈 대화였지만, 당소소는 헌원강이라는 사람에 대해서 이제 어느 정도 알 것 같았다.

"그거 알아요? 백수룡 선생님만 아니었으면 반했을지도 몰라요."

"세상에. 또 은혜를 입었네."

솔직한 대화로 분위기가 한결 부드러워졌다. 두 사람은 이젠 서로를 마주 보며 농담도 하고, 킥킥 웃기도 했다.

당소소는 생각했다.

'헌원강 선배. 내가 알던 거랑은 확실히 달라. 아니, 달라졌어.'

과거의 헌원강은 그저 거칠고 예민한 사람이었다. 항상 마음에 날을 세우고 있어서, 조금이라도 자신을 건드리면 사방을 할퀴었다. 하지만 백수룡이라는 은사를 만난 후, 헌원강은 변하기 시작했다. 단순히 무공만의 이야기가 아니었다.

"자, 이제 선우진 그 야비한 새끼의 콧대를 박살 낼 방법을 말해 봐."

……저런 말투는 좀 고쳐야겠지만.

작게 중얼거린 당소소가 자세를 바로 하며 말했다.

"아까도 말했지만, 선우진은 동연 내 거의 모든 동아리의 지지를 받고 있어요. 그 지지율은 음식 좀 나눠 준다고 쉽게 흔들리지 않을 거예요. 이길 수 있는 가능성은 일 할 미만."

"끄응……."

하지만 빈틈이 전혀 없냐고 하면, 그건 아니었다.

당소소가 예리하게 눈을 빛내며 말했다.

"하지만 동연 내의 모든 동아리가 선우진을 지지하는 건 아니에요. 소수지만 선우진을 싫어하는 사람들도 있고, 선거 자체에 별 관심이 없는 경우도 있어요. 우선 그들부터 우리 편으로 만들어야 해요."

"어떻게?"

"그 전에 하나 물어볼게요. 선배는 동연에서 가장 큰 동아리가 어딘지 아세요?"

"상도연 아니야?"

헌원강이 고개를 갸웃하며 대답했다. '상도연'은 '상승 도법 연구회'를 줄여서 부르는 호칭이었다. 현 동연의 주축이자, 과거 팽사혁이 회장을 역임했던 동아리이기도 했다. 팽사혁이 상도연 회장일 당시 선우진은 부회장이었다. 그만큼 동연을 꽉 잡고 있는 동아리지만, 사실 상도연은 동연 최대 동아리가 아니었다.

"상도연은 규모로 보면 동연 내에서 두 번째예요. 최대 동아리는 따로 있어요."

"거기가 어딘데?"

"상검연. 상승 검법 연구회요."

무림에는 검과 도를 다루는 무인이 가장 많고, 그건 청룡학관에 다니는 학생들도 마찬가지였다. 자연스럽게 검과 도를 다루는 학생들이 모인 동아리가 학관 내 최대 동아리가 될 수밖에 없었다. 또한 두 동아리는 예전부터 은근히 경쟁의식을 가지고 있었다.

당소소가 묘한 미소를 지으며 말했다.

"이 선거에서 이기려면 상검연 회장을 우리 편으로 끌어들여야 해요."

"상검연 회장이면…… 나도 들어 본 적 있어. 검화(劍花), 맞지?"

검화 유이란. 검룡 독고준과 쌍벽을 이루는 청룡학관 최강의 검수이자, 별호에 꽃이 들어갈 정도로 아름다운 미녀였다.

당소소가 고개를 끄덕이며 말했다.

"네. 유이란 선배를 우리 편으로 끌어들일 수 있다면 승산이 단숨에 사 할까지 올라갈 거예요."

당소소는 일 할도 안 되던 승산이 사 할까지 올라갈 거라고 장담했다. 검화가 동연 내에서 가진 영향력이 얼마나 큰지 보여 주는 대목이었다.

"그런데 그런 녀석이 왜 선거에는 안 나왔는데?"

"유이란 선배는 검 외에는 관심이 없는 사람이거든요."

"아, 내 주변에도 하나 있어. 그런 녀석."

어쩐지 친근한 생각이 든 헌원강이 씩 웃었다. 위지천이 떠올랐던 것이다.

"그럼 지금 바로 검화를 만나러 가면 되는 거야?"

"무턱대고 만나자고 하면 만나 줄 리가 없잖아요. 다행히 유이란 선배는 저랑 개인적인 친분이 있어요. 내일 만남을 주선해 볼게요."

사실 백수룡이 미리 접선해 왔을 때부터, 당소소는 이번 선거에 상검연을 끌어들일 생각이었다.

"다만…… 유이란 선배는 좀 독특한 사람이니까 각오 단단히 하셔야 할 거예요."

헌원강은 알겠다며 고개를 끄덕였다.

"걔는 뭐, 좋아하는 거라도 있어? 선물이라도 갖다 주면 좋아하려나."

"아무것도 안 가져가는 게 나아요. 더구나 남자가 주는 선물이라면 특히…… 아!"

그 순간, 무언가를 떠올린 당소소가 손뼉을 쳤다. 검화가 좋아할 만한 것을 떠올린 것이다.

"내일 검화 선배를 만나러 갈 때 위지천도 데려가세요. 잘하면 호감을 얻을 수 있을지도 몰라요."
"위지천? 걔는 갑자기 왜?"
당소소가 의미심장한 미소를 지으며 말했다.
"그 선배, 검이랑 대화하거든요. 위지천도 그런다면서요?"

175화

상검연(2)

"그럼 또 보자고."

"먼저 들어가세요. 전 조금 더 있다가 갈게요."

자리에서 일어난 헌원강은 허름한 객잔을 나섰다. 당소소는 이후 계획을 조금 더 정리한 다음에 가겠다고 했지만, 헌원강은 그녀가 백수룡에게 받은 보따리를 손가락으로 만지작거리는 것을 보았다. 하지만 눈치껏 모른 척하고 조용히 빠져나왔다.

"흐으으읍! 이 냄새…… 더 이상 못 참아……."

"……당소소. 여러 가지 의미로 무서운 녀석이야."

헌원강은 뒤에서 들려오는 거친 숨소리를 들으며 몸을 부르르 떨었다. 이럴 땐 감각이 예민하게 발달한 것이 원망스러웠다.

어느새 휘영청 달이 뜬 밤이 되었다. 헌원강은 이런저런 생각을 하며 길을 걸었다. 수라혈천도에 대해서 생각하고, 최근에 싸웠던 적들과의 일전을 복기하고, 천무학관으로 떠난 팽사혁을 떠올리고. 과거에 저지른 수많은 잘못들에 대해서 생각했다. 평생을 단순하게 살아와서 그런지, 생각할 것이 많아지자 머릿속이 뒤죽박죽 복잡했다.

"……돌아가서 수련이나 하자."

헌원강은 고개를 저어 잡생각을 털어냈다. 머릿속이 복잡할 땐 역시 몸을 움직이는 것이 최고다.

헌원강이 발걸음을 서두를 때였다. 등 뒤에서 송곳으로 찌르는 듯한 살기가 느껴졌다.

'기습!'

헌원강은 몸을 뒤로 틀며 벼락처럼 도를 뽑았다. 본능적으로 이루어진 발도. 은빛 궤적이 밤공기를 날카롭게 갈랐다. 더할 나위 없이 깔끔한 공격이었다.

까앙! 도가 상대의 검에 부딪혀 튕겨 나왔다. 헌원강은 그 반발력에 저항하지 않고 몸을 팽이처럼 회전시키며 연속해서 베었다.

까가가강! 쇠붙이끼리 부딪치며 불꽃이 튀었다. 찰나에 십 합이 넘는 공방이 이루어졌다. 헌원강은 상대가 만만치 않음을 느끼고 뒤로 훌쩍 물러났다. 그리고 상대의 얼굴을 확인하고는 허탈한 표정을 지었다.

"선생님?"

"제법 늘었네."

송곳 같은 살기가 씻은 듯이 사라졌다. 헌원강의 뒤를 기습한 사람은 바로 백수룡이었다. 안도의 한숨을 내쉰 헌원강이 이내 투덜거렸다.

"갑자기 뭐예요? 진짜 놀랐잖아요."

백수룡이 몰래 나타나서 놀라게 한 적은 여러 번 있었지만, 살기를 품고 기습한 것은 처음이었다.

"네가 정신을 놓고 다니는 것 같아서. 긴장 좀 하라고 그랬다."

옆으로 다가온 백수룡이 헌원강의 어깨를 툭 쳤다.

"그래도 방금 반응은 좋았다."

헌원강의 타고난 감각을 더 예리하게 만들기 위한 훈련. 백수룡이 불쑥불쑥 나타나는 것은 그런 수련의 일종이었다. 반쯤은 놀라게 해 주려는 의도도 있지만.

헌원강이 미간을 찌푸리며 물었다.

"지금까지 절 기다린 거예요?"

"내가 그렇게 시간이 많아 보이냐? 근처에서 볼일 보고 왔다."

헌원강이 당소소와 대화를 나누는 동안 백수룡은 갱생문에 들르고, 하오문에도 다녀왔다.

두 사람은 나란히 걸으며 대화를 나눴다.

"당소소랑 얘기는 잘 끝났냐?"

"예. 뭐."

"무슨 얘기 했는데?"

"그냥 뭐, 이런저런……."

헌원강은 낯간지러운 이야기는 모두 빼고, 당소소와 나눈 대화를 대충 설명했다. 자세한 건 나중에 당소소가 미주알고주알 다 얘기할 것이다.

'솔직히 이해 못 한 것도 많고…….'

내일 상검연 회장과 만나기로 한 것 외에도, 당소소는 헌원강에게 선거 전략을 이것저것 제시했다.

하지만 헌원강이 이해한 건 그중 절반도 안 됐다.

"그래서, 저는 그냥 시키는 대로 하면 된대요."

"짜식."

그런데 어쩐지 백수룡의 기분이 무척 좋아 보였다. 헌원강을 바라보는 흐뭇한 표정에, 손을 뻗어 제자의 머리를 슥슥 쓰다듬기까지 했다. 닭살이 돋은 헌원강이 놀라서 흠칫 뒤로 물러났다.

"갑자기 왜 이래요? 적응 안 되게시리."

"아주 기특하단 말이지. 사부 생각도 다 해 주고 말이야."

"……뭔데?"

헌원강의 뇌리에 불안감이 스멀스멀 차올랐다. 백수룡이 갑자기 히죽

거리며 저럴 만한 이유는 하나밖에 떠오르지 않았다.

"우리 망나니가 이제 사람 다 됐어. 스승에게 은혜도 갚으려고 하고 말이야."

의미심장한 미소. 이쯤 되면 눈치채고 싶지 않아도 그럴 수가 없었다.

헌원강이 창백해진 얼굴로 물었다.

"설마…… 다 들었어요?"

"뭘? 은혜 갚고 싶어 하는 거?"

백수룡이 짓궂게 웃으며 되묻자, 헌원강의 얼굴이 불에 덴 듯 시뻘겋게 달아올랐다.

"아, 쪽팔리게 진짜…… 그런 거 아니거든요?"

"아니긴 뭐가 아니야. 자식이, 안 어울리게 부끄러움은 많아 가지고."

백수룡은 흑룡편으로 헌원강의 어깨를 꾹꾹 찔렀다. 헌원강이 질색을 하며 옆으로 피했다.

"아, 하지 마! 왜 남의 말은 엿듣고 난린데!"

"지나가다가 우연히 들리는 걸 어쩌냐? 안 들리게 하고 싶었으면 기막이라도 펼쳐 놓든가."

"말하면서 기막을 펼치는 게 뭐 쉬운 줄 알아요? 선생님한테나 쉽지!"

"쯧쯧. 그러게 무공 수련을 더 열심히 했어야지."

"아오…… 진짜 선생님만 아니었으면……."

약이 바짝 오른 헌원강이 몸을 바들바들 떨었다. 무공으로도 상대가 안 되고, 말싸움으로는 더 상대가 안 되니 속이 터지는 모양이었다.

백수룡이 피식 웃으며 말했다.

"나한테 한 방 먹이고 싶냐? 그럼 기회를 한 번 줄까?"

"예?"

백수룡은 한 발을 살짝 들어 올렸다. 한 발만으로 중심을 잡은 그가 말했다.

"여기서 백룡장까지 경공 대결 어때? 대신 난 한 발을 들고 갈게. 네가 이기면, 안 피하고 무조건 한 대 맞아 주마."

"……정말요?"

아무리 내공이 많아도, 경공은 결국 다리로 펼치는 것이다. 외발의 경공 고수 같은 건 무협지에서도 보지 못했다. 충분히 해볼 만하다는 생각이 든 헌원강이 냉큼 고개를 끄덕였다.

"좋아요. 합시다!"

"대신에 내가 이기면, 다른 녀석들한테 네가 당소소랑 나눈 얘기를 전부 말할 거야."

"어?"

"네가 나한테 은혜를 갚기 위해서 출마했다고 말이지."

히죽 웃은 백수룡이 뛰어갈 자세를 잡았다.

그제야 속았다는 걸 깨달은 헌원강이 다급하게 외쳤다.

"자, 잠깐만! 다시 생각을……."

"그럼 출발!"

휘익! 백수룡은 헌원강의 말은 듣지도 않고 경공을 펼쳐 달려나갔다. 외발로도 순식간에 멀어졌다. 헌원강이 허겁지겁 뒤따라 전력으로 달리기 시작했다.

"으아아아! 이 양아치 자식! 죽인다!"

헌원강도 이 경공 대결이 수련의 일부라는 사실은 알고 있었지만, 당장은 백수룡을 잡아서 죽이고 싶은 심정이었다.

결국, 그날 경공 대결의 승자는 백수룡이었다.

• ◈ •

다음 날. 헌원강은 녹초가 되도록 선거 유세를 한 뒤에 백룡장으로 돌아왔다. 어찌나 소리를 질러댔는지 목이 살짝 쉴 정도였다.

"여. 은혜 갚은 까치 왔어?"

"닥쳐."

헌원강을 자신을 놀리듯 부르는 거상웅에게 주먹 감자를 먹였다. 전날 경공 대결의 패배로, 헌원강이 동연 회장 선거에 출마한 이유를 백룡장의 모두가 알게 되었다. 즉, 어마어마한 놀림감이 되었단 소리였다.

"선배. 오늘의 은혜는 다 갚고 왔어요?"

"선생님은 야근이라던데. 선배 혼자 오면 어떡해요?"

마루에 드러누운 헌원강은 손을 휘휘 저었다. 하도 놀림을 받다 보니 이젠 아무렇지도 않았다.

"다들 수련이나 해. 난 좀 쉬었다가 상검연에 가야 하니까. 망할. 이놈의 선거 때문에 수련할 시간도 없네."

거상웅이 헌원강 옆으로 오더니 털썩 앉으며 말했다.

"잘 다녀와라. 들기로는 검화가 청룡학관 제일의 미인이라던데."

"선배는 4학년이면서 본 적 없어?"

"넌 같은 학년인데도 본 적 없잖아."

그러고 보면 둘 다 여자한테는 크게 관심이 없었다. 술, 도박에는 환장했었지만.

헌원강이 늘어지게 하품을 하며 말했다.

"하암. 내 것도 아닌데 이쁜 게 나랑 무슨 상관이야. 그런데 위지천은 어딨어?"

"학생주임 선생님한테 예절 교육받으러 가서 아직 안 왔다."

"이미 왔어야 할 시간 아니야?"

"그러게 말이다. 오늘따라 늦네."

"으음……."

헌원강은 시간을 확인했다. 곧 출발하지 않으면 검화와 약속한 시각에 늦을 것 같았다.

'당소소가 위지천을 꼭 데려가라고 했는데.'

그렇다고 위지천을 기다렸다가 함께 늦을 수는 없었다.

잠시 고민하던 헌원강이 거상웅에게 말했다.

"나 먼저 갈 테니까, 위지천 오면 바로 상검연으로 오라고 전해 줘."

"알았다. 다녀와라."

헌원강이 몸을 일으키자, 마당에서 수련 중이던 여민과 야수혁도 한마디씩 보탰다.

"가서 또 사고 치지 말고요."

"오늘도 은혜 많이 갚고 오십쇼."

"망할 놈들……."

헌원강은 고개를 절레절레 저으며 백룡장을 나섰다.

다시 청룡학관에 들어가면서 찌푸렸던 표정을 억지로 폈다.

아직 하교하지 않은 학생들, 동아리로 향하는 학생들을 보며 헌원강은 얼굴 근육이 아플 정도로 환하게 웃었다.

"헌원강입니다! 소중한 한 표 부탁드립니다!"

하얀 건치를 드러내면서 헌원강은 유세를 펼쳤다. 하지만 그는 꿈에도 몰랐다. 그렇게 사나운 인상으로 억지 미소를 지으며 주위를 획획 둘러보면, 마치 사냥감을 물색하는 살인마처럼 보인다는 사실을 말이다.

"……왜 인사하는데 도망가고 지랄이야? 누가 잡아먹어?"

자신을 피하기 바쁜 학생들을 보며 헌원강은 작게 중얼거렸다. 그렇게 눈에 보이는 대로 학생들을 쫓아내며, 헌원강은 목적지에 도착했다.

상승 검법 연구회

대규모를 자랑하는 동아리답게, 상검연은 큰 건물 하나를 통째로 사용하고 있었다. 한쪽에는 따로 연무장이 마련돼 있었다. 검을 든 학생들이 그곳에서 대련을 하거나 전각에 앉아 담소를 나누고 있었다. 헌원강은 상검연 입구를 기웃거리다가 눈이 마주친 학생에게 씨익 웃어 주었다. 1학년으로 보이는 어린 학생이었다.

"회장을 만나러 왔는데. 오늘 만나기로 약속이 돼 있거든."

"자, 잠시만 기다려 주십시오. 안에 보고하고 오겠습니다!"

헌원강의 살기 넘치는 미소에 겁먹은 듯, 1학년으로 보이는 학생은 뒷걸음질 치더니 이내 경공이나 다름없는 속도를 보이며 상검연 건물 안으로 들어갔다.

헌원강은 그를 향해 손을 흔들며 소리쳤다.

"뛰지 말고! 그러다 다쳐! 기다리고 있을 테니까 천천히 와도 돼!"

나름 친절하게 말한 거였는데, 어째선지 1학년의 경공이 훨씬 더 빨라졌다.

잠시 후, 눈매가 날카로운 남학생이 헌원강을 데리러 왔다.

"이쪽으로 오십시오. 제가 회장에게 안내하겠습니다."

"아. 고마워."

"그런데. 아까 저희 1학년을 겁주신 것 같던데……."

"뭐? 내가 언제? 나 그런 사람 아니야."

헌원강이 건치를 드러내며 환하게 웃자, 눈매가 날카로운 남학생이 흠칫 놀라더니 고개를 끄덕였다.

"그, 그렇군요. 여기서 잠시 기다려 주십시오."

남학생은 회의실 앞에 멈춰 서더니, 문을 두드리고 말했다.

"회장. 헌원강 선배가 찾아왔습니다."

"들어오라고 해."

회의실 안에는 이미 상검연의 간부들이 모여서 헌원강을 기다리고 있었다.

검화가 자리에서 일어나며 말했다.

"내가 상검연의 회장 유이란이야."

"와……."

검화를 본 순간, 헌원강은 절로 터져 나오는 감탄사를 막지 못했다. 보는 순간, 어째서 별호에 꽃(花)이 들어가는지 알 것 같았다. 가녀리지만 기품과 도도한 분위기가 느껴지는 꽃. 헌원강이 잠시 넋을 잃고 자신을 바라보자, 유이란이 미간을 살짝 좁혔다.

"초면에 좀 무례하네."

"아, 미안하다."

그 한마디에 헌원강은 빠르게 정신을 차렸다. 유이란의 미모에 잠시 놀랐을 뿐, 헤벌레하지는 않았다.

"영약 요리 연구회의 회장 헌원강이다. 같은 학년이니까 말 편하게 해도 되지? 아, 네가 먼저 말을 놨지?"

"……거기 앉아."

유이란은 무표정한 얼굴로 헌원강에게 자리를 권했다. 하지만 속으로는 내심 놀랐다. 보통 남자들은 그녀를 처음 보면 어쩔 줄 몰라 말을 더듬거나, 안 보는 척하면서 음탕한 시선을 보내기 마련이었다. 하지만 헌원강은 잠시 놀랐을 뿐, 순식간에 평정을 되찾았다. 유이란이 사람을 평가하는 기준에 있어서 헌원강의 첫인상은 합격이었다. 좀 사나워 보이긴 하지만 말이다.

"소소한테 이야기는 들었어. 우리의 도움이 필요하다고?"

"맞아."

헌원강은 전날 당소소가 알려 준 대로 상검연을 설득하기 시작했다. 상검연이 자신을 지지할 경우 그들에게 어떤 이득이 있을지, 동연을 어떤 식으로 운영할 것인지. 밤새 외워 온 대로 설명했다. 그 정성에 유이란과 상검연의 간부들도 놀랄 정도였다.

"생각 이상으로 진심인 모양이네."

"당연하지."

"하지만…… 역시 널 지지하는 건 어려울 것 같아."

"어? 왜?"

당소소의 부탁도 있고 해서 긴 이야기를 들어주었지만, 사실 유이란은 이런 자리 자체가 불편했다.

"널 지지하기엔 우리도 부담이 상당히 커. 상도연과 굳이 척을 지면서까지 널 지지했다가 당선되지 못하면? 우린 적지 않은 피해를 보게 돼."

"잠깐만. 내가 아까도 말했지만……."

"미안."

유이란이 헌원강의 말을 중간에 끊었다.

"우린 동연 내부 정치에 크게 신경 쓰지 않는다는 주의야. 투표는 회원들 각자의 판단에 맡길 생각이야."

협상의 여지가 느껴지지 않을 만큼, 유이란의 표정은 단호했다.

"끄응……."

헌원강이 난감함에 머리를 긁적였다. 생각 이상으로 유이란을 설득하는 게 쉽지 않아 보였다.

무슨 방법이 없을까, 헌원강이 고민하던 그때였다.

똑똑!

문밖에서 아까 그 인상이 날카로운 남학생의 목소리가 들려왔다. 그런데 이번에는 어쩐지 목소리가 떨리고 있었다.

"회, 회장. 사람이 또 찾아왔습니다. 헌원강 선배와 함께 회장을 만나러 왔다고……."

"미안하지만 돌려보내. 방금 이야기 끝났으니까."

"하지만 위지천인데요?"

"뭐?"

'위지천'이라는 말에 유이란은 물론이고, 회의실 안에 간부들 모두가 동요했다. 헌원강이 왔을 때와는 전혀 다른 분위기였다. 상검연 내에서 위지천은 그만큼 유명인사였다.

모두의 간절한 시선을 받은 유이란이 말했다.

"……일단 들어오라고 해."

잠시 후, 문이 열리고 체구가 작은 소년이 들어왔다. 위지천이 포권을 취하며 고개를 꾸벅 숙였다.

"늦어서 죄송합니다! 오는 길에 뵌 선배님들이 자꾸 말을 거셔서 이야기하고 오느라……."

소심한 인상에 눈망울이 큰 소년. 하지만 그 안에서 위지천을 무시하는 사람은 단 한 명도 없었다. 최소한 검을 다루는 자들은 절대로 그럴 수 없었다.

'이 녀석이 위지천!'

'검룡 독고준이랑 쌍벽을 이루는 검의 천재…….'

'가까이서 보니 더 작네.'

'한 번만 대련해 보고 싶다…….'

상검연의 간부들은 누구보다 검을 좋아하는 학생들이었다. 그들이 검의 천재인 위지천을 모를 리 없었다. 입관 시험에서 독고준과 막상막하의 대결을 펼친 신입생! 하지만 위지천은 대부분 청룡학관과 백룡장만 성실하게 오가기 때문에, 실제로 만나거나 이야기를 나눠 본 사람은 거의 없었다.

"……네가 위지천."

검화 유이란의 표정 역시 심상치 않았다. 그녀는 위지천의 머리부터 발끝까지, 그 후에는 허리에 매단 검을 뚫어져라 보았다.

"아, 안녕하세요. 잘 부탁드립니다."

"……."

위지천이 예의 바르게 포권을 취하며 그녀에게 인사를 했다. 유이란은 홀린 듯이 소년을 바라봤다. 헌원강이 그녀를 보고 감탄했을 때보다 더 넋을 놓고, 부담스러우리만치 세세하게 살폈다.

'회장이?'

상검연의 간부들도 놀랐다. 아무리 상대가 검의 천재라고 한들, 유이란이 남자를 저리 노골적으로 쳐다보는 것은 처음이었으니까. 어려서부터 귀찮게 구는 날파리가 너무 많았던 탓에, 평소 남자들과는 거리를 두던 그녀였다. 그랬던 검화가……. 위지천을 향해 한 걸음 다가갔다.

"저기, 제가 무슨 실수라도……."

"너."

그녀의 시선을 느낀 위지천이 어깨를 움츠리는 가운데, 유이란이 떨리는 목소리로 입을 열었다.

"혹시 교제하는 사람은 있니?"

"……네?"

누구도 예상치 못했던 질문에, 방 안에 있던 모두가 입을 틀어막았다.

176화
상검연(3)

"혹시 교제하는 사람은 있니?"
"!"
유이란의 한마디에, 회의실 안은 경악에 찬 침묵이 감돌았다. 모두가 입을 열지 못하는 가운데, 유이란도 갑자기 어색해진 분위기를 느끼고 간부들을 돌아봤다.
"왜들 그러지? 내가 무슨 못할 말이라도 했어?"
"회, 회장!"
"아무리 회장이라도 초면에 고백은 좀……."
"물론 안 넘어올 남자가 없겠지만요."
"고백이야? 방금 그거 진짜 고백이야?"
회의실 안은 충격과 혼란의 도가니였다. 검화(劍花)가 남자에게 고백이나 다름없는 말을 하다니! 그동안 얼마나 많은 남자들이 그녀의 마음을 얻기 위해 온갖 정성을 기울여 왔던가.
'심지어 회장과 한마디 말이라도 섞고 싶어서 검법을 배우기 시작한 사내들까지 있는데!'

상검연 내부에도 유이란에게 연심을 품은 사내들이 수두룩했다. 하지만 그녀는 자신에게 연심을 표현했던 사내들을 모두 매몰차게 거절했다. 검을 수련할 시간도 부족하다는 이유에서였다.

그랬던 검화가, 처음 본 후배에게 곧장 고백부터 하다니…….

"교, 교제요?"

위지천의 얼굴도 새빨갛게 달아올랐다. 열이 나는지, 어쩔 줄 모르는 표정으로 손부채질을 했다. 그 옆에 황당한 표정으로 서 있던 헌원강이 위지천의 옆구리를 쿡쿡 찔렀다.

"이 자식. 맨날 검만 껴안고 있는 줄 알았더니…… 언제 저런 미인을 꼬셨어?"

"제가요? 아니에요!"

위지천이 펄쩍 뛰었다. 헌원강은 놀릴 건수를 잡았다는 듯이 사악하게 웃었다. 서로 놀림거리가 끊이지 않는 백룡장 제자들이었다.

"고백? 그게 무슨 소리지?"

주변의 반응에 유이란은 오히려 어리둥절한 표정이었다. 여기에 설상가상으로, 위지천이 눈을 질끈 감으며 그녀의 고백을 거절했다.

"죄송합니다! 저는 아직 누군가와 사, 사귈 생각이 없어요. 매일 검을 수련하는 것만으로도 시간이 부족해서…… 정말 죄송합니다!"

그 순간, 위지천을 제외한 모든 남자가 비명을 질렀다.

"말도 안 돼!"

"너 미쳤어?!"

"굴러들어온 복을 걷어차다니!"

검화가 누군가에게 고백했다는 것도 놀라운데, 심지어 상대가 그걸 거절하다니! 어쩌면 상검연이 설립된 이래 가장 큰 사건일지도 모를 일이었다. 유이란은 그제야 겨우 상황 파악이 되었다.

"……오해가 있었구나. 그런 뜻이 아니었는데. 내가 너무 흥분해서 의

도가 잘못 전달됐나 봐."

"예, 예?"

얼굴이 새빨개진 위지천에게, 유이란이 해맑게 웃으며 말했다.

"교제는 친우로서의 교제를 말한 거였어. 검을 수련하는 검객으로서, 함께 검론을 나누는 친구가 있냐는 의미였지."

"다행이다……."

전부 오해였다는 걸 알게 된 위지천이 안도의 한숨을 쉬었다. 유이란은 그 모습을 보며 눈을 동그랗게 떴다. 생각해 보니 남자에게 거절당해 본 경험도 처음이라, 기분이 조금 묘했다.

"……나도 지금은 누군가와 사귈 마음이 없어. 검을 수련할 시간도 모자라거든."

"헤헤. 저도 그래요!"

오해를 푼 두 사람이 마주 보며 미소를 지었다. 어떤 의미로는 이미 잘 맞는 한 쌍이었다.

"그런데…… 너희들 머릿속에는 그런 것밖에 없니?"

돌아보는 유이란의 한심하다는 시선에, 상검연 간부들은 억울함 가득한 표정을 지었다.

"와……."

"이건 선배가……."

"방금 '지금은'이라고 하지 않았어요? 얼마 전까지는 절대로 없다고 했었는데."

그들이 차마 회장에게 따지고 들지 못하는 와중에, 현원강이 대신 투덜거렸다.

"참나. 남자를 그렇게 뚫어지게 쳐다보면서 말하는데, 고백이라고 생각하는 게 당연하지. 난 네가 위지천에게 첫눈에 반한 줄 알았다고."

"그건……."

유이란도 쉽게 반박하진 못했다. 가까이에서 위지천을 본 순간, 엄청난 충격을 받은 것은 사실이었으니까. 그녀가 또래의 검객에게 이런 느낌을 받은 것은 독고준 이후로 처음이었다.

'아니, 독고준도 이 정도는…….'

헌원강의 이어진 말이 그녀의 생각을 끊었다.

"아무튼, 우리 지천이와 검을 교류하는 친구가 되고 싶다 이거지?"

헌원강은 손을 뻗어 위지천에게 어깨동무를 했다. 친근감의 표시였는데, 모르는 사람이 보면 헌원강이 위지천의 돈을 빼앗으려는 것처럼 보였다.

유이란이 고개를 갸웃거리며 물었다.

"지천이? 성이 '위지'이고, 이름이 '천' 아니었던가?"

"우리끼리는 친해서 이렇게 불러."

헌원강은 아무 말이나 하며 위지천의 어깨를 바짝 끌어당겼다. 지금 막 그의 머릿속에 한 가지 계획이 떠오르고 있었다.

"아까 그랬지? 너희는 동아리 지원금도, 시설 확충이나 장비 지원도 필요 없다고 말이야. 그래서 날 지지해 봤자 얻는 게 없다고."

유이란은 솔직하게 고개를 끄덕였다.

"우리는 검술을 배울 수 있는 공간만 있으면 충분해. 회비도 여유가 있어."

상검연이 헌원강을 지지할 만한 이유가 없다는 게 이유였다. 즉, 상검연의 지지를 얻으려면 다른 방법으로 접근해야 한다는 의미였다. 그리고 헌원강은 그들이 원하는 것이 이제야 뭔지 알 것 같았다.

"그럼 이건 어때?"

상검연 간부들이 위지천을 대하는 태도를 보면서, 헌원강은 그들을 설득할 방법을 떠올렸다.

"위지천이 사흘에 한 번씩 이곳에 와서, 너희들과 비무를 하는 거야."

"서, 선배님?"

"알다시피 이 녀석 검의 천재거든. 대련할 때마다 나도 배우는 게 많아. 너희는 검객이니까 나보다 더 도움이 될걸?"

지금까지 그 어떤 조건을 제시해도 반응이 없던 상검연의 간부들이 웅성거리기 시작했다.

"나쁘지 않은 것 같은데……."

"너무 건방지지 않아? 우리한테 검술 지도를 해 주겠다는 거랑 뭐가 달라. 그래 봤자 1학년인데."

"그냥 1학년이라고 할 수는 없지. 입관 시험에서 독고준 선배랑 호각으로 싸우는 거 못 봤어?"

"아무리 그래도……."

사방에서 여러 가지 말이 나오는 것만 봐도, 간부들이 이 제안을 진지하게 생각한다는 의미였다.

헌원강은 그 모습을 보며 회심의 미소를 지었다.

'이거, 잘하면 정말 통하겠는데?'

괜히 따라왔다가 얼떨결에 흥정용 상품이 된 위지천만 울상이었다. 위지천이 헌원강에게 전음을 보냈다.

[선배님. 정말 이런 협상을 해도 되는 거예요? 전부 저보다 선배님들이신데, 혹시라도 기분 나빠하시면…….]

[기분 나빠하다니? 눈빛들을 봐라. 너랑 검을 섞고 싶어서 안달이 나 있잖아.]

헌원강은 누구보다 위지천의 가치를 잘 알았다. 또래와 비무하는 건 선생님들에게 지도받는 것과는 전혀 다른 배움이다. 하물며 같은 검객이라면, 이 유혹을 뿌리치기 힘들 것이다.

유이란이 어처구니없다는 표정으로 헌원강을 바라보며 말했다.

"위지천이 우리와 비무해 주는 조건으로 널 지지하라고? 마치 고수가 하수에게 지도 대련을 해 주겠다는 말처럼 들리는데."

"기분 나빠하지 마. 어디까지나 제안이니까. 한번 고려해 볼 수는 있잖아?"

"……."

유이란은 간부들과 전음을 나누는 듯, 한동안 말이 없었다. 헌원강은 팔짱을 낀 채 회의가 끝나길 기다렸다. 위지천은 그 옆에서 안절부절못했다.

잠시 후, 이야기가 끝났는지 유이란이 다시 입을 열었다.

"네 제안. 한 가지 조건을 더 건다면 고려해 보겠어."

"말해 봐."

"위지천과의 비무가 우리한테 과연 과연 어떤 도움이 될 지 먼저 확인해 봐야겠어."

"뭐? 돌리지 말고 그냥 말해."

그 순간, 유이란의 눈이 새 장난감을 받은 어린아이처럼 초롱초롱하게 빛났다.

"위지천이 나와 대련을 해서 이긴다면, 상검연은 너희를 지지하겠어."

"네, 네?"

당황한 위지천이 울상을 지었다. 반면, 헌원강은 활짝 미소를 지었다.

"확실하지? 이거 너희 모두의 의견이지? 나중에 딴말하기 없다?"

헌원강이 상검연 간부들을 돌아보며 묻자, 다들 고개를 끄덕였다.

"이미 우리끼리 합의한 내용이다."

"회장과 위지천의 대결을 볼 수 있다면, 그까짓 투표쯤이야."

"우린 상도연 놈들한테 아쉬울 것도, 밑질 것도 없으니까."

상검연은 검을 좋아하는 학생들이 모인 동아리였다. 여기 모인 학생들은 그중에서도 간부들. 모두가 당장 위지천의 검을 보고 싶어서 안달 난 표정이었다.

'왜 당소소가 위지천을 꼭 데려가라고 했는지 알겠네.'

온갖 대가를 제안해도 꿈쩍도 안 하던 녀석들이, 위지천의 검을 볼 수 있다는 사실 하나만으로 생각을 바꿨다. 결국은 이게 무인의 본성이 아닐까.

헌원강이 활짝 웃으며 모두에게 말했다.

"좋아. 판을 벌여 보자고! 이왕이면 관객도 많고 공증인도 있는 게 좋겠지?"

"공개 비무로 하자고? 좋아."

유이란은 순순히 고개를 끄덕였다. 하지만 그녀도 헌원강이 하자는 대로 다 끌려갈 생각은 없었다.

"대신, 위지천이 지면 지금 동아리는 탈퇴하고 상검연에 들어와야 해. 이래도 하겠어?"

이 조건만은 헌원강도 쉽게 승낙하지 못할 거라고 생각했다. 하지만 헌원강은 고민도 해 보지 않고 고개를 끄덕였다. 오히려 기다렸다는 듯 냉큼 대답했다.

"얼마든지 받아 주지!"

"서, 선배님!"

물론 위지천의 의사는 전혀 중요하지 않았다.

상검연의 연무장. 그 중심에 있는 비무대 위에, 한 쌍의 남녀가 고요히 마주 보고 섰다. 한 명은 감탄이 나올 정도로 아름다운 소녀. 다른 한 명은 소심한 인상의 체구가 작은 소년. 둘 다 무인치고는 가녀린 체형을 가지고 있었지만, 두 사람을 지켜보는 사람들 중 그들을 무시할 수 있는 이는 아무도 없었다.

"누가 이길까?"

"당연히 유이란 회장이지. 그걸 말이라고 해?"

"하지만 위지천도 엄청나잖아? 입관 시험 때 학생회장이랑도 승부를 못 냈다고."

"멍청아. 그때 끝까지 갔으면 독고준 선배가 무조건 이기는 거였어."

연무장 주변은 상검연 회원들을 비롯해, 소문을 듣고 다른 동아리에서 구경 온 학생들로 인산인해를 이루었다. 그중에는 선우진과 그의 추종자들도 섞여 있었다. 선우진은 헌원강을 발견하고 그에게 다가갔다. 그의 입가에는 여전히 여유로운 미소가 머물러 있었다.

"헌원강. 열심이구나."

"깽판이라도 치러 왔냐?"

헌원강의 직설적인 화법에 선우진이 어깨를 가볍게 들썩이며 웃었다.

"그럴 리가. 검화가 비무를 한다고 해서 구경하려고 왔지."

선우진은 고개를 돌려 비무대 위를 바라봤다. 비무대 위에 선 검화를 응시하는 눈빛이 강렬했다. 그녀는 선우진이 가지지 못한 몇 안 되는 꽃이었다. 선우진이 다시 헌원강을 돌아보며 웃었다.

"이것도 유세 전략이야? 친선비무로 상검연과 친분을 쌓으려고?"

"남이사 뭘 하건."

헌원강은 귀를 후비며 대답했다. 위지천이 비무에서 이기면 상검연이 헌원강을 지지하기로 했다는 건 아직 외부에 공표하지 않았다. 선우진이 이 얘기를 들으면 어떤 표정을 지을까? 헌원강은 그 표정이 무척 보고 싶었지만, 꾹 참으며 시치미를 뗐다.

"열심히 하니까 보기 좋네. 이래야 나도 싸우는 맛이 나지."

선우진은 강자의 여유를 내비치며 은근히 헌원강을 무시했다. 물론 그런 소리를 듣고 가만히 듣고 있을 헌원강이 아니었다.

"너도 열심히 해라. 나중에 방심해서 졌다고 징징대지 말고."

"하하…… 그럴 리가."

선우진의 얼굴은 웃고 있었지만, 속은 부글부글 끓었다. 괜히 한마디 했다가 본전도 건지지 못한 것이다.

"헌원강. 내가 한 가지 충고하겠는데……."

그 순간, 갑자기 커진 주변의 소음에 선우진의 말은 묻히고 말았다.

"남궁수 선생님이다!"

학생들의 환호와 함께, 비무대 위에 남궁수가 신묘한 보법으로 내려섰다. 남궁수는 상승 검법 연구회의 담당 선생이기도 했다.

"상검연의 요청으로 이번 진검비무에 참관하겠다. 비무 도중 손속이 과하거나 한쪽이 다칠 것이라 판단되면 즉시 멈춘 후에 내 판단대로 승패를 정하겠다. 두 사람은 여기에 이의가 있나?"

"없습니다."

"없습니다."

두 사람은 이미 남궁수를 보고 있지 않았다. 서로의 기도를 살피느라, 정신이 온통 상대에게 쏠려 있었다. 남궁수의 입가에 아주 희미한 미소가 맺혔다.

"좋군. 준비가 되었으면 시작하도록."

남궁수가 뒤로 물러나고, 두 검수가 거리를 조금 더 벌렸다.

"……."

"……."

두 사람은 입술을 달싹이며 잠시 대화를 나누는 듯했지만, 비무대 주변이 워낙 시끄러워서 거의 들리지 않았다.

휘이이잉— 한 줄기 바람이 불어와 두 사람의 머리카락을 흩날리게 했다. 그게 신호라도 되는 것처럼 두 사람이 동시에 검파에 손을 올렸다.

거짓말처럼 주변이 조용해졌다.

꿀꺽. 곧 비무가 시작될 거라는 걸 직감한 관객들이 일제히 입을 다물었다.

그러나 참을성 없는 관객 중 한 명이 중얼거렸다.

"시작한다……."

그 순간, 두 사람의 검이 동시에 뽑혀 나왔다.

177화
상검연(4)

유이란은 비무대 위에 마주 선 소년을 보며 감탄했다.
'굉장해.'
위지천은 무인, 아니 또래의 보통 남자들과 비교해도 체구가 작았다. 키는 여자인 자신과 비슷했고, 팔다리도 가늘었다. 아마 몸무게도 거의 비슷하지 않을까.
……그런 생각을 하니, 어쩐지 조금 억울했다.
"나 꽤 날씬한 편이야."
"……네?"
"네가 너무 마른 거야."
"죄송합니다……."
유이란의 뾰족한 눈빛에 위지천은 이유도 모르고 사과부터 했다. 말 몇 마디에 쩔쩔매는 위지천의 모습을 보며, 유이란은 "풋." 하고 작게 웃음을 터트렸다. 남이 싫은 소리를 하면 일단 사과부터 하는 성격이라니. 착해도 너무 착했다.
'하지만 그렇게 착해 빠진 녀석이…….'

검파에 손을 올린 순간, 위지천의 기세가 돌변했다. 답답할 정도로 순해 보였던 표정이 차분하게 가라앉았고, 허둥지둥하던 몸짓에서 빈틈이 사라졌다. 마치 한 자루의 잘 벼린 명검이 자신을 겨누고 있는 기분.

꿀꺽. 유이란은 온몸의 솜털이 곤두서는 것을 느꼈다.

'긴장했다고? 내가?'

유이란은 긴장을 풀기 위해 가벼운 농담을 건넸다.

"내가 선배니까 삼 초를 양보해 줄까?"

"아니요. 괜찮습니다."

"……농담이었어."

방금까진 자신과 눈도 제대로 마주치지 못할 정도로 소심했으면서, 검과 관련된 일에는 저토록 단호한 대답이라니. 유이란은 또 웃었다. 수많은 남자들이 그녀에게서 보고 싶어 했지만, 한 번도 보인 적 없는 진심어린 미소.

'역시 굉장해.'

이상하게 위지천 앞에서는 자꾸만 웃게 된다. 그녀가 엷은 미소를 띤 채 물었다.

"시작할까?"

"네."

선공을 취한 것은 유이란이었다. 그녀는 위지천이 후배라고 얕보지 않았다. 신중하게 검을 들었다.

휘익! 순식간에 거리를 좁힌 유이란은 발검과 동시에 위지천의 어깨를 찔렀다. 섬전 같은 찌르기가 공간을 관통했다.

사락. 위지천은 보법을 밟아 공격을 피하며 검혼을 뽑았다. 한때 천하제일검수의 애검이었던 검이 세상에 다시 모습을 드러냈다.

우웅— 검명이 울려 퍼졌다.

"!"

검명에 놀란 유이란이 눈을 동그랗게 떴다. 그러나 이어지는 그녀의 검초에는 일말의 흔들림도 없었다.

챙! 최초로 검과 검이 부딪쳤으나 소리는 크지 않았다. 충돌의 순간 둘 다 검을 빠르게 거두었고, 머릿속에서 이어질 검초를 그렸다. 유이란은 깃털처럼 가벼운 움직임으로 위지천의 공격을 피해 물러났다. 살짝 굽혀졌던 무릎을 펴며 바닥을 힘껏 박찼다. 탓! 폭발적인 도약으로 단숨에 둘 사이의 공간을 없앴다.

그에 맞서 위지천은 대각선으로 반보 이동했다. 눈동자로는 유이란의 움직임을 쫓고, 팔은 시시각각으로 검의 궤도를 수정했다.

채채채챙!

검과 검이 부딪치며 불꽃이 튀었다. 둘 다 힘으로만 승부를 보는 유형은 아니었다. 밀어붙이는 힘보다는 부드러움과 기교, 정해진 초식보다는 임기응변과 상상력이 천하에 드물게 뛰어났다.

세상은 그런 무인들을 천재라 부른다. 두 천재가 보여 주는 아름다운 검무에, 관중들은 순식간에 매료당했다.

"우와……."

"기교는 검룡보다 검화가 한 수 위라더니……."

"그걸 다 따라가는 위지천은 대체 뭐야?"

"눈으로 쫓기도 힘들어. 둘 다 말도 안 되는 괴물이야."

모르고 보면, 마치 미리 합을 맞추고 펼치는 두 사람의 합동 검무 같기도 했다. 한 치의 오차라도 있으면 상대의 몸에 치명적인 상처를 남길 수도 있는 검무. 그렇게 수십 합을 교환하던 두 사람은 약속이라도 한 것처럼 멈춰 서서 거리를 벌렸다.

"……."

"……."

약간의 침묵 후, 유이란이 생긋 웃으며 말했다.

"몸은 충분히 풀었지?"

수많은 학생들이 경악한 표정으로 그녀를 바라보는 가운데, 위지천은 그 어느 때보다 생기 넘치는 표정으로 대답했다.

"네!"

두 사람은 조금 전의 짧은 공방으로 확신했다. 오랜만에 전력을 다해도 되는 또래의 검수를 만났다고. 그 사실이 두 사람을 똑같이 미소 짓게 했다.

유이란은 독문무공인 비류검법(飛流劍法)의 기수식을 취하며 물었다.

"내 별호가 뭔지 아니?"

"검화(劍花)라고 들었어요."

위지천의 대답에 유이란은 고개를 끄덕였다. 하지만 그녀의 입가에는 씁쓸한 미소가 맺혔다.

"난 그 별호를 좋아하지 않아. 왜냐면······."

"선배의 검과 아무 상관도 없는 꽃이 들어가서죠?"

"······어떻게?"

어떻게 알았느냐는 유이란의 물음에, 위지천이 싱긋 웃으며 말했다.

"선배의 검은 꽃처럼 아름다운 게 아니니까요. 빠르고 격렬하고 거친 검이에요. 마치 세찬 격류를 상대하는 기분이에요."

"너······."

그 잠깐 사이에 자신의 검을 파악한 듯한 위지천의 말에, 유이란은 놀란 표정을 지었다가 이내 피식 웃었다.

"맞아. 내 검이 아름다워서 검화라고 불린다면 상관없어. 하지만 순전히 외모 때문에 지어진 별호라서, 그렇게 불리는 건 좋아하지 않아."

"······."

위지천은 무슨 말을 해야 할지 몰라 조용히 있었다. 유이란도 이런 넋두리를 할 생각은 아니었다. 평소 같았으면 이런 이야기, 아무에게도 하지 않았을 것이다. 하지만 위지천에게는 자신이 어떤 사람인지 알려 주고 싶었다.

그녀가 생긋 웃으며 말했다.

"하지만 괜찮아. 졸업 전에 갖고 싶은 걸 빼앗을 거니까."

"……네?"

"별호 말이야."

위지천이 당황한 표정으로 되물었다. 별호를 빼앗는다니?

유이란이 눈을 빛내며 말했다.

"검룡(劍龍). 청룡학관에서 가장 검을 잘 다루는 후기지수에게 붙은 별호가 검룡이야. 몰랐니?"

"아……. 몰랐어요."

위지천은 처음 듣는 이야기였다. 하지만 '검룡'이라는 별호를 누가 가졌는지는 잘 알고 있었다.

검룡(劍龍) 독고준. 명실상부 청룡학관 최강의 후기지수이자, 최고의 검수. 유이란은 지금 독고준에게서 검룡의 별호를 빼앗아 오겠다고 말하고 있었다.

위지천은 독고준의 검을 떠올리며 말했다.

"독고준 선배는 강해요."

입관 시험 때 부딪쳐 본 독고준의 검은 절대로 부러지지 않을 것 같은 단단함, 그리고 압도적인 힘을 지니고 있었다. 그때도 강했는데, 지금은 백수룡 선생님의 지도를 받아 더 강해졌다고 들었다. 물론 유이란도 그 사실을 알고 있었다.

"알아. 지난 삼 년 동안 여러 번 도전해 왔으니까. 내 승률은 삼 할 정도밖에 되지 않아. 지금 실력으로는 검룡을 빼앗을 수 없어."

"……삼 할도 대단해요."

위지천은 진심으로 그렇게 말했다. 다들 입관 시험 당시 위지천이 독고준과 막상막하의 실력을 보였다고 알고 있지만, 끝까지 싸웠으면 분명 자신이 졌을 것이다. 그때 실력으로는, 열 번 싸웠으면 열 번 다 필패였다.

'지금 싸운다면 이길 수 있을까?'

위지천은 자신할 수 없었다. 자신도 그동안 최선을 다해 수련해서 강해졌다지만, 독고준도 그만큼 강해졌을 테니까. 위지천의 심각한 표정을 본 유이란이 빙긋 웃었다.

"딴 이야기가 길었네. 다들 지루해하겠어."

유이란은 검을 들어 위지천의 명치를 겨눴다. 첫 공격에 어깨를 겨눴던 것은 경고의 차원이었지만, 이번에는 달랐다.

츠츠츳……! 그녀의 전신에서 맹렬한 기세가 피어올랐다.

"널 꺾고 독고준에게 다시 도전할 거야. 이번에야말로 검룡의 별호를 빼앗겠어."

널 이기면, 왠지 독고준에게도 닿을 수 있을 것 같거든. 유이란은 뒷말을 삼켰다. 그녀에게 위지천은, 마주 선 것만으로도 검에 대한 온갖 영감을 불어넣는 존재였다. 그러니 웃을 수밖에.

"각오해."

유이란은 활짝 핀 꽃처럼 환하게 웃었다. 그리고 그 순간, 그녀의 신형이 전과 비교도 되지 않는 속도로 쏘아졌다.

까앙-! 묵직한 검격을 막아 내며 위지천은 뒤로 한 걸음 물러났다.

"큭!"

하마터면 이번 일격으로 손바닥이 찢어질 뻔했다. 손을 타고 오르는 검력에 몸의 균형이 흔들렸다.

하지만 이건 시작에 불과했다.

"정신 똑바로 차려!"

유이란은 반격할 틈을 주지 않겠다는 듯 맹렬하게 몰아붙였다.

까가가가강!

그녀가 익힌 비류검법(飛流劍法)은 한번 공격이 시작되면 끊이지 않고 면면부절 이어지는 것이 특징이었다. 쏟아지는 검을 막던 상대는 어느새 수세에 몰려 스스로 패배를 인정하거나, 목을 내놓거나. 둘 중 하나였다.

'단순히 빠르기만 한 검법이 아니야.'

검초 하나하나가 다음 공격을 상정한 궤적으로 날아오고 있었다. 튕겨 내면 튕겨 낸 힘까지 이용해서 더 빠르고, 더 치명적이고, 더 피할 수 없도록 퇴로를 막으며 쳐들어온다.

위지천은 본능적으로 깨달았다.

'막기만 해서는 이길 수 없어.'

반면, 유이란은 검을 휘두르며 커다란 해방감을 느끼고 있었다. 또래 중에 이토록 마음껏 검을 휘두를 수 있는 상대가 있었던가. 물론 독고준이 있었지만, 위지천은 독고준과 전혀 달랐다. 독고준은 몸의 중심을 단단히 보호한 후, 호시탐탐 유이란의 검을 깨뜨릴 기회를 엿보다가 일검에 승부를 냈다. 독고구검은 그게 가능한 강검이었으니까. 그 탓에 유이란도 마음껏 비류검법을 펼칠 수 없었다. 그것은 상성이 좋지 않다는 뜻이기도 했다.

"하지만 넌……."

저도 모르게 감탄사가 새어 나온다. 위지천은 유이란의 검초에 하나하나 반응하며 쳐 내고 있었다. 조금 반응이 느리더라도, 결국은 검과 검이 닿는다. 비류검법의 유일한 계승자였기에, 유이란은 저게 얼마나 어려운 일인지 잘 알고 있었다.

'심지어 반응 속도가 점점 빨라지고 있어.'

유이란은 감탄을 넘어 경악했고, 결국은 인정했다.

'일 년만 지나면 청룡학관에는 더 이상 네 적수가 없을 거야.'

하지만 아직은 아니다. 유이란의 검이 더욱 빠르고 거칠어졌다. 상대가 재능을 측정할 수 없는 천재라도 해도, 검에 있어서만은 절대로 지고 싶지 않았다.

'올해 검룡이 되는 건 나야!'

하지만 소녀는 몰랐다. 위지천이라는 천재를 만나면서, 자신의 검술 또한 진일보하고 있다는 것을.

"크윽!"

위지천은 쏟아지는 유이란의 검을 막는 것도 버거웠다. 하지만 동시에, 소년은 아주 생경한 감정을 느끼고 있었다.

으득. 이를 악문 위지천은 없는 빈틈을 억지로 만들기 위해 유이란의 검초 속으로 비집고 들어갔다.

푸확! 위지천의 어깨에서 핏물이 터졌다. 신중하게 대련을 지켜보던 남궁수가 움찔했다. 급히 다가가려던 그는 이내 걸음을 멈췄다. 소년의 강렬한 눈빛 때문이었다.

'검으로는 절대 지고 싶지 않아.'

위지천은 평소 백룡장의 선배들에게 승부욕이 부족하다는 말을 들었다. 하지만 그것은 착각이었다. 넷 중 한 명만 검수가 있었어도 그런 말을 할 수 없었을 것이다. 위지천은 눈을 부릅뜨며 유이란을 노려봤다.

"절대 안 져!"

그 순간, 한 줄기 빛의 궤적이 격류의 흐름을 베어 버렸다.

촤아아악! 유이란은 검을 거두며 황급히 뒤로 물러났다. 조금만 늦었어도 베였을 것이다.

"후우……. 후우……."

겨우 유이란을 떨쳐낸 위지천이 거칠어진 호흡을 정돈했다. 무복 곳곳이 찢어져 핏물이 배어나고 있었다. 얼굴도 창백했다.

"……."

몰아붙일 기회였지만, 유이란은 위지천이 숨을 다 고르도록 기다렸다. 당장 승부를 내는 것은 중요하지 않았다. 그보다는 이 대련을 통해 얼마나 더 배울 수 있느냐, 더 위로 올라갈 수 있느냐가 중요했다.

잠시 후, 숨을 고른 위지천이 입을 열었다.

"선배님. 저도 참가할게요."

답지 않게 단호한 표정, 유이란이 의아한 표정으로 물었다.

"참가해? 뭘?"

위지천은 대답 대신 무극검의 기수식을 취했다.

우우웅―! 수십 년에 걸쳐 각인된 무공에 검혼이 반응하며, 검명이 더욱 강해졌다.

시대를 풍미한 절대자의 무공이 소년의 몸에서 발현되었다.

"허억!"

"흡!"

칼날 같은 기세가 공간을 장악하며 퍼져 나갔다. 대련을 지켜보던 관객들이 마치 자신이 검에 베인 것처럼 소스라쳤다.

하지만 가장 놀란 사람은 남궁수였다. 대련 내내 차분한 표정을 유지하던 남궁수의 눈이 찢어질 듯 부릅떠져 있었다.

"저 검법은 대체……."

천하제일검가라는 남궁세가에서 검법을 배운 남궁수였다. 검을 보는 눈이라면 누구 못지않다 자부했지만, 위지천의 검은 한 번도 본 적 없는 종류였다. 자신이 모르는 절세의 검법이라니…….

위지천이 씩 웃으며 말했다.

"별호 뺏기요."

178화
내가 졌어

대련을 지켜보고 있던 모든 사람이 위지천이 하는 말을 똑똑히 들었다. 처음에는 다들 소년의 말을 이해하지 못했다.
"방금 뭐라고 한 거야?"
"별호 뺏기?"
"갑자기 무슨 소리를…… 잠깐만. 설마 그 별호 말하는 거야?!"
"뭔데 그래? 나도 알려 줘!"
뒤늦게 위지천의 말을 이해한 관객들 사이에서 술렁거림이 퍼져 나갔다. 검화 유이란이 독고준의 별호인 '검룡'을 노리고 있다는 건 딱히 비밀도 아니었다. 그런데 위지천이 대련 도중 별호 뺏기에 동참하겠다고 밝혔다.
그 말은 즉……. 흥분한 누군가가 소리쳤다.
"검룡 독고준한테 하는 선전포고잖아!"
"!"
아무리 실력이 뛰어나도 위지천은 이제 겨우 1학년이었다. 1학년이 청룡학관 최고의 후기지수이자, 학생회장을 상대로 선전포고를 하다니.

그것도 이렇게 많은 사람이 지켜보고 있는 공식적인 자리에서 말이다.

웅성웅성.

"위지천 저 녀석. 소심한 줄 알았더니……."

"같이 다니는 애들을 보라고. 그냥 소심한 녀석이 걔들이랑 같이 다니겠어?"

"하긴……."

"알고 보면 쟤가 제일 미친 애일지도 몰라."

이 대련을 지켜보고 있는 학생들만 백 명이 넘었다. 위지천의 선전 포고는 오늘이 가기도 전에 독고준의 귀에까지 들어갈 터였다. 관중석이 소란스러워진 와중에, 갑자기 관중들 사이에서 박수가 터져 나왔다.

짝짝짝!

"역시 내 후배!"

헌원강이었다. 단숨에 모두의 시선을 사로잡은 헌원강이 새하얀 건치를 드러내며 말했다.

"여러분! 언제까지 학생회에서 검룡이란 별호를 독식하도록 내버려 두시겠습니까! 제가 검룡의 별호를 동연으로 가져오겠습니다! 저 헌원강에게 소중한 한 표 부탁드립니다!"

"?"

"?"

밑도 끝도 없는 틈새 홍보 전략에, 다들 황당한 표정이었다.

"대체 동연 선거랑 검룡이 무슨 상관이지? 말만 갖다 붙이면 다 되는 줄 알아? 이래서 무식한 녀석들은……."

선우진이 쯧쯧 혀를 차며 고개를 절레절레 저었다. 헌원강이 그를 보며 코웃음 쳤다.

"뭐래. 상도연에서 팽사혁 따까리나 하던 자식이."

"……이 자식이 진짜."

스르릉. 울컥한 선우진이 도를 반쯤 뽑으며 헌원강을 노려봤다. 헌원강도 그 시선을 피하지 않고 씩 웃었다.
"뽑게? 생각 잘해라."
"헌원강. 네가 정말 뭐라도 되는 줄 아는 모양이지?"
내공을 끌어올린 두 사람의 무복이 펄럭이기 시작했다.
일촉즉발의 상황. 하지만 두 사람의 충돌은 남궁수의 제지로 인해 멈췄다.
"아직 대련 중이다. 비무대 위에 있는 두 사람에게 최소한의 예의를 갖추도록."
"……넵."
"죄송합니다."
남궁수의 엄중한 질책에 둘 다 입을 다물었다. 어수선했던 분위기가 빠르게 정리됐다. 남궁수는 다시 시작하라는 듯, 비무대 위의 유이란과 위지천에게 눈짓을 보냈다. 감사의 의미로 포권을 취한 유이란이 다시 위지천에게 고개를 돌렸다.
"검룡을 빼앗겠다고 말한 사람은…… 나를 빼면 네가 처음이야."
"제, 제가 너무 건방졌나요?"
비로소 주변 눈치를 본 위지천이 금세 소심한 표정으로 물었다. 아까는 유이란에게 집중하느라, 수많은 사람들이 지켜보고 있었단 사실을 깜빡했던 것이다.
위지천이 울상을 지으며 말했다.
"선전 포고 같은 게 아닌데……. 독고준 선배님이 화내시면 어쩌죠?"
다시 소심해진 소년의 모습에 유이란이 풋 하고 웃음을 터트렸다.
"아니. 그 녀석이라면 오히려 좋아할 거야."
"정말이요?"
"응. 그리고 나도 점점 더 네가 마음에 들어."

다른 의미로 오해할 수도 있는 말에, 유이란에게 연심을 품은 수많은 남학생들이 움찔했다. 하지만 이어진 서늘한 목소리에는 다들 어깨를 움츠렸다.

"하지만 검룡은 누구에게도 양보할 생각 없어."

다시 위지천에게 검을 겨눈 유이란의 눈이 강렬하게 빛났다.

"그건 저도 마찬가지예요."

위지천도 다시 자세를 잡았다. 무극검의 구결에 따라 내공이 몸 안을 세차게 돌기 시작했다. 사실 위지천은 잠시 고민했었다.

'한동안은 무극검을 펼치지 않으려 했지만…… 언제까지나 피할 수는 없어.'

온몸의 감각이 더욱 날카롭게 벼려지고, 시끄러웠던 주변이 순식간에 고요해진다.

츠츠츠츳…….

츠츠츠츳…….

어느새 두 사람의 검에 검기가 맺혔다. 비무대 위에서 두 자루의 검이 더욱 선명하게 빛났다.

"검기까지!"

"위, 위험하지 않을까?"

"말려야 할 것 같은데…….."

모두의 시선이 남궁수를 향했다.

"……."

남궁수는 잠시 고민하다가 고개를 끄덕였다. 검기의 사용을 허가한다는 의미였다.

"서로 살초는 삼가도록. 모두 뒤로 이 장씩 물러나라."

남궁수는 비무대 주위로 몰려든 학생들에게 뒤로 물러나게 하고, 자신의 기척마저 지웠다. 위지천과 유이란이 서로에게 온전히 집중할 수 있도록 하기 위한 배려였다. 하지만 그런 배려는 의미가 없었다.

"……."

"……."

이미 두 사람에겐, 더 이상 주변의 아무런 소리도 들리지 않았으니까. 그들은 서로에게 온전히 집중했다. 숨소리부터 머리, 발끝의 움직임. 보이지 않는 근육의 미세한 떨림까지, 상대의 모든 것을 느꼈다. 이번에 먼저 움직인 것은 위지천이었다.

타닷!

유이란의 비류검법은 선공을 통해 승기를 가져오고, 쉴 새 없는 공격으로 상대를 쓰러뜨릴 때까지 몰아치는 검이었다. 그래서 위지천은 선공을 선택했다.

'길게 끌면 내가 불리해.'

위지천은 솔직하게 인정했다. 내공도, 체력도, 기술도. 아직 자신은 유이란과 비교하면 부족했다.

그렇다면 더 나은 점은 무엇일까?

'죽여라!'

한동안 듣지 못했던 목소리. 무극검을 사용하기 시작한 순간부터, 살검이 소년을 유혹하기 시작했다.

'죽여라. 힘을 빌려주마.'

살검에 몸을 맡기면 유이란을 이길 자신이 있었다. 아니, 확실하게 죽일 자신이 있었다. 어디를 베어야 고통스러운지, 어떻게 상대를 괴롭혀야 궁지로 몰아갈 수 있는지. 몸이 기억하고 있으니까.

채앵! 위지천의 첫 공격이 막혔다. 곧장 날카로운 반격이 날아왔다. 검기가 허벅지를 아슬아슬하게 스쳤다. 따갑다. 위지천의 표정이 미미하게 일그러졌다.

'죽여라!'

머릿속의 유혹은 더욱 강해졌다. 억누른 살기가 몸 밖으로 흘러나온다. 유이란의 표정이 살짝 굳는 것이 보였다.

'죽여라! 저 여자의 목을 베고 피를 마셔라!'

살검이 머릿속에 대고 윽박질렀다. 머리가 지끈거렸다. 그 사이 유이란이 공세로 전환했다.

채채채채챙! 검격이 쉴 새 없이 쏟아졌다. 하나하나가 모두 매섭다. 전부 막는 것은 불가능. 급소를 틀어막고, 피할 수 있는 것은 피했다. 내어줘도 될 만한 건 그냥 내어줬다.

피잇! 허공에 핏물이 튀었다. 무복이 피로 젖었다. 위지천은 누가 봐도 아슬아슬한 수세에 몰렸다.

"저 녀석. 왜 저렇게 무모한……."

"그래도 1학년치곤 제법이었어."

헌원강의 표정이 굳고, 선우진의 입가에 비릿한 미소가 맺혔다. 조용히 관전하던 남궁수가 팔짱을 풀고 한 걸음 내디뎠다.

'죽여라! 죽여! 죽이란 말이다!'

살검이 위지천의 머릿속에서 고래고래 소리를 질렀다. 거의 발작에 가까웠다.

위지천은 정신없이 난적의 검을 막고 쳐 내고 피하는 와중에, 살검의 목소리까지 들어야 했다.

세상에 조금씩 붉게 변했다.

또다시 심마가 밀려오는 순간.

―천아. 네 경지가 높아질수록 살검의 유혹도 강해질 거다. 특히 무극검을 사용하면, 녀석은 쉴 새 없이 속삭일 거야.

위지천은 악인곡에서 돌아오던 길에 백수룡과 나눈 대화를 떠올렸다.

―완전히 극복하려면 앞으로 몇 년은 더 걸릴 거다.
―몇 년이나……. 그럼 그때까지 무극검은 사용하지 말아야 할까요?

위지천은 반쯤 체념한 표정으로 백수룡에게 물었다. 아무리 검이 좋아도, 주변 사람들까지 위험하게 만드는 검법이라면 펼치고 싶지 않았다.

―그런데 말이야. 살검이 꼭 나쁜 건 아니야.
―네?

축 처진 위지천의 어깨 위에, 백수룡이 손을 얹으며 웃었다.

―생각해 봐라. 세상엔 죽어 마땅한 놈들도 많아. 그럴 땐 살검도 꽤나 유용하지 않겠냐?
―하지만…… 살검에 몸을 맡겼다가 저 자신을 잃으면 어떡해요?
―맡기라는 말이 아니야. 네가 지배하라는 뜻이지.

백수룡의 표정은 한없이 진지했다. 그는 혼란스러워하는 소년의 눈을 똑바로 보며 말했다.

―살검도 결국 네가 깨달은 검이야. 부정하지 말고 인정해. 살검의 주인은 너라는 걸. 그다음 꽉 잡고 휘둘러. 네 손으로 직접 말이다.
―아…….

지금껏 스스로를 기만해 왔음을 깨달은 위지천이 고개를 숙였다. 소년은 자신의 의지와 상관없이 또 사람을 죽이게 될까 봐 두려워했다. 살검을 외면하고, 미워하고, 자신의 것이 아니라고 강하게 부정했다. 그럴수록 머릿속 살검의 목소리는 강해진다는 것도 모르고 말이다.

―선생님. 저는…….

백수룡은 그런 위지천의 머리를 헝클어뜨렸다.

―급하게 마음먹지 마. 서두르지 말고 천천히 시도해도 돼. 너라면 할 수 있을 거다.
―……네.

그리고 눈짓으로, 위지천의 허리춤에 매달려 있는 검혼을 가리켰다.

―천아. 나는 네가 그 검을 물려준 분에게 부끄럽지 않을 무인이 되었으면 좋겠다.

피잇! 위지천은 짧은 상념에서 빠져나왔다. 유이란의 검이 귓불을 스치고 지나갔다.
'죽여! 죽여라! 죽이란 말이다!'
위지천은 머릿속에서 괴성을 질러대는 살검에게 말을 걸었다.
'조용히 해.'
백수룡의 조언대로, 위지천은 더 이상 살검의 존재를 부정하거나 외면하지 않기로 했다.
스스로 익힌 검이다. 주화입마에 빠진 자신을 죽이러 온 무인들을 죽이고, 그 감각을 몸에 새기며 깨달은 검이다.
'더 이상 모른 척하지 않을 테니까. 너도 내 말을 들어. 알았어?'
살검이 처음으로 침묵했다. 위지천은 웃었다. 그리고 검을 쥔 손에 힘을 주었다.
'이제부터 아무나 죽이라고 말하지 마.'
'…….'
'누군가를 꼭 죽여야 한다면, 그건 내가 판단해.'
'…….'
'대답 안 할 거야?'
살검은 끝까지 대답하지 않았다. 하지만 위지천은 느낄 수 있었다. 녀석이 마지못해 고개를 끄덕이고 있다는 걸.
'힘을 빌려줘. 죽이진 않을 거야. 하지만 꼭 이기고 싶어.'
'……이겨라.'
그 순간, 검혼이 길게 울었다.
우우우웅! 맑은 검명이 정신을 맑게 만들었다. 살검의 존재감이 검혼에 깃들었다.
'고마워.'
위지천은 쏟아지는 유이란의 검격 속에서 유일한 활로를 찾았다.
까아앙! 유이란의 검이 튕겨 나갔다. 그녀의 검기가 한순간 흩어질 만큼 강력한 일격이었다.
뒤로 주르륵 밀려난 유이란이 눈을 부릅떴다.
"너…….."
유이란은 위지천의 기도가 변했음을 바로 알아보았다.
'대련 도중에 깨달음을 얻었다고?'
기가 막혔다. 어이가 없어서 화도 나지 않았다. 그냥 헛웃음이 나왔다. 그런데 이상하게 기분이 좋은 것은 왜일까. 유이란은 허탈하게 웃으며 위지천에게 말을 걸었다.
"축하해. 정말 괴물이구나."
"……선배님 덕분이에요."

위지천은 진심을 담아 말했다. 그녀에게 지고 싶지 않다는 감정이 무극검을 꺼내게 했고, 살검을 다스릴 수 있는 원동력이 되었다. 여기에 백수룡의 가르침이 소년을 바른길로 이끌었고, 검혼이 옆에서 함께해 주었다. 유이란은 그런 소년을 부러운 듯이 바라보다가 세차게 고개를 저었다.

"그렇다고 질 생각은 없어."

우우우웅-! 내공이 잔뜩 주입된 유이란의 검이 검명을 울렸다. 대련 중에 위지천만 무언가를 얻은 건 아니었다. 비록 깨달음이라 할 만큼 거창한 건 아니어도, 유이란 또한 자신의 검이 나아갈 방향에 대한 영감을 얻었다.

"이번이 마지막이야."

"……네."

유이란은 남아 있는 모든 내공을 끌어모아 최선의 검법을 펼쳤다. 순간, 그녀의 검 끝이 흔들리며 맹렬한 파도가 눈앞에 나타났다. 그전까지는 없던 변화였다.

'됐어!'

이 순간, 그녀의 비류검법은 그 전보다 확실히 한 단계 높은 경지로 도약했다.

"하아압!"

새로운 경지로 도약한 무인의 환희가, 짧은 기합으로 터져 나왔다. 위지천은 그 세찬 격류를 끝까지 지켜보았다. 소년의 눈에 감탄이 어렸다.

"멋진 검이에요."

검혼이 낮게 울었다. 기분 좋은 듯한 울음이었다. 지천은 상대에게 예의를 다해, 최선을 다한 검으로 보답했다. 두 사람의 신형이 비무대 중간에서 교차했다.

"……."

"……."

위지천의 머리카락 몇 올이 바람에 흩날렸다. 뺨과 이마에 얕은 상처가 남았다.

소년은 천천히 돌아서서 상대를 보았다. 유이란도 동시에 몸을 돌렸다.

털썩. 유이란이 무릎을 꿇었다. 마지막 한 톨까지 쏟아낸 탓에 서 있을 힘도 없었다. 하지만 끝까지, 손에 쥔 검은 놓치지 않았다.

"내가 졌어."

검화가 창백해진 낯빛으로 패배를 인정했다.

하지만 그 표정은 무척 후련해 보였다.

179화
지랄 말고

 유이란이 패배를 인정한 순간, 대련 내내 요란했던 관중석에는 짧은 적막이 흘렀다.
 "……."
 도무지 믿을 수 없는 일이 벌어졌기 때문이었다. 청룡학관에서 가장 강한 후기지수 중 한 명인 유이란이 비무대 위에서 무릎을 꿇었다. 상대는 입학한 지 반년도 안 된 신입생이었다.
 "……검화가 졌다고?"
 "말도 안 돼……."
 유이란의 패배가 장내에 가져온 충격은 상상 이상으로 컸다. 연무장도 하필이면 상검연의 중심에 설치된 비무대였고. 관객들 중에는 유이란을 추종하거나 연모하는 학생들이 상당수 있었다. 그들은 정작 대련에 패배한 당사자보다 더 충격받은 얼굴이었다.
 "서, 선배님이 졌다고?"
 "거짓말……."
 그들에게 이번 비무는, 검화 유이란의 검을 볼 수 있는 드물고 귀한 구경이었다.

유이란의 승리는 당연했다. 이 대련에 변수가 있다면, 천재라고 불린 신입생이 얼마나 오래 버티느냐 정도. 다들 위지천이 오래 버텨 주길 바랐다. 그래야 자신들의 우상이 검을 휘두르는 모습을 조금이라도 더 오래 볼 수 있을 테니까.

……하지만 이런 모습은 상상조차 하지 못했다. 일부는 아예 현실을 부정하기 시작했다.

"……선배님이 봐준 거 아니야?"

"위지천의 몸에 난 상처가 훨씬 많잖아. 봐봐. 검화는 다친 곳이 하나도 없다고."

"이건 이상해. 뭔가 잘못됐어."

유이란의 패배를 용납하지 못하는 그녀의 광적인 추종자들, 유이란을 깊이 연모하는 남학생들이 가장 먼저 분노했다. 검화는 결코 이런 식으로 패배해선 안 될 존재였다. 자신들의 우상이자, 닿을 수 없는 곳에 피어 있어야 할 고고한 꽃이었다. 적대감이 담긴 시선들은 조금씩 위지천에게 향했다.

"저 자식이 뭔가 수작을 부린 거 아니야?"

"분명 일방적으로 밀리고 있었어. 그 상황을 이렇게 간단히 뒤집는다는 건 말도 안 돼."

"……몰래 암기나 독을 썼을지도 몰라."

하나로 뭉친 살기가 위지천을 향했다. 군중 심리라는 것이 이토록 무서웠다. 한번 불붙기 시작한 분노와 의심이 들불처럼 번져 나갔다. 일부는 당장이라도 비무대 위로 올라갈 기세였다.

이 사태에 누구보다 당황한 사람은 유이란이었다.

"다들 무슨 말이야?"

유이란은 한 빈 더 자신이 패했다고 말했지만, 그녀를 우상으로 삼은

군중은 그 말을 믿지 않았다.

군중들 속에서 누군가가 소리쳤다.

"저 자식 끌어내!"

그 순간, 열 명이 넘는 학생들이 비무대 위로 뛰어올랐다.

"검화 님을 보호해! 저 자식이 또 무슨 수작을 벌일지 몰라!"

비무대 위로 올라온 학생들은 두 사람 사이를 갈라 놓더니, 일부는 빠르게 위지천을 포위했다. 순식간에 벌어진 일이었다. 탈진 직전까지 검을 휘두른 유이란에겐 그들을 막을 힘이 없었다. 당황한 상검연 간부들이 뒤늦게 뛰어 올라오며 소리쳤다.

"다들 뭐 하는 짓이야!"

"그만둬! 이건 정당한 비무였다고!"

하지만 위지천을 둘러싼 학생들은 포위를 풀지 않았다. 사실, 대부분의 학생들은 조금 전 대련을 제대로 보지 못했다. 분명 유이란이 시종일관 압도하고 있었다. 그런데 어느 순간 위지천이 그녀의 검을 튕겨내더니, 순식간에 상황을 역전시켰다. 마지막 공방은 더더욱 이해할 수 없었다. 유이란의 검이 맹렬한 파도가 되어 위지천을 뒤덮었건만, 오히려 유이란이 무릎을 꿇고 패배를 인정했다.

"우린 납득할 수 없어!"

"저 자식이 무슨 수작을 부린 게 확실하다고!"

유이란의 광적인 추종자들이 위지천을 둘러싸고 억지를 부렸다.

"비겁한 수작을 썼지? 사실대로 말해!"

"망할 자식. 네깟 게 검화 선배님을 이긴다니, 말이 돼?"

"옷을 뒤져보자고. 분명 독이나 암기가 나올 거야."

분위기가 점점 흉흉해졌다. 당황한 위지천은 이러지도 저러지도 못하고 식은땀만 흘렸다.

"저, 저는 그냥······."

당장 위지천에게 무슨 일이 일어나도 이상하지 않을 상황.

휘익! 그때, 헌원강이 비무대 위로 솟구쳐 올라와 소리쳤다.

"이 새끼들이 단체로 미쳤나!"

헌원강이 터트린 사나운 살기에 학생들은 흠칫 놀라 물러났다. 헌원강은 성큼성큼 그들을 향해 걸어갔다.

"방금 대련을 치른 애한테 우르르 몰려가서 같잖은 겁박이나 하고. 오냐, 이 새끼들아. 싸우고 싶으면 나랑 붙어보자."

헌원강의 무시무시한 살기에, 위지천을 둘러싼 포위망이 반쯤 풀리려던 그때였다.

휘익! 선우진이 비무대 위로 뛰어 올라와 헌원강 앞을 가로막았다.

"멈춰."

"넌 또 뭐야?"

"네가 사고 치기 전에 막으려고."

선우진이 특유의 여유로운 미소를 지으며 말을 이었다.

"확실히, 이 대련은 석연치 않은 부분이 있어. 내가 아는 유이란은 저렇게 허무하게 패할 사람이 아니거든."

"뭐? 아까 그 검을 보고도 그딴 말이 나와? 넌 눈알이 똥구멍에 달렸······."

그 순간, 헌원강은 선우진의 눈이 교활하게 빛나는 것을 보았다.

'설마······ 이 새끼가?'

어쩐지, 처음부터 이상했다. 순식간에 위지천을 몰아간 비난 여론. 헌원강은 위지천을 둘러싼 학생들 중 몇 명이 허리춤에 도를 차고 있다는 것을 깨달았다.

'선우진 이 새끼가 판을 키웠구나.'

헌원강은 유이란의 추종자들이 가진 불만에 불을 지핀 것이 선우진이란 걸 확신했다. 생각해 보니, 아까 위지천을 끌어내라고 외친 목소리도 선우진 근처에서 들려왔다. 헌원강이 이를 악물며 선우진을 노려봤다.
"너 이 새끼……."
"부탁인데, 평소에 조금 더 고운 말을 써 줬으면 좋겠어. 같은 동연 회장 후보로서 수준이 격하되는 기분이거든."
선우진의 빈정거림에 헌원강은 주먹을 꽉 쥐었다. 하지만 섣부르게 행동하지는 않았다. 여기서 싸움이 벌어지면, 이기든 지든 자신에겐 좋을 것이 하나도 없었으니까.
'지금 싸우면 흥분해서 덤벼드는 꼴밖에 안 돼.'
조금 전까지 대련을 구경하던 학생들 모두가 그들을 지켜보고 있었다. 여기서 싸움을 일으키면, 안 그래도 나쁜 헌원강의 평판은 바닥까지 떨어질 게 분명했다. 선우진이 노리는 바도 그것일 것이다.
"얘들아? 우리 지천이한테서 떨어져 줄래?"
억지 미소로 살기를 억누른 헌원강이 위지천을 포위한 학생들에게 말했다. 하지만 그들은 비켜서지 않았다.
"우린 이 결과를 납득할 수 없어."
"상식적으로, 1학년이 검화 선배님을 이기는 게 말이 돼?"
"옷을 뒤져보자. 암기나 독이 나오지 않으면, 그때 풀어주면 되니까."
유이란의 광적인 추종자들은 계속 억지를 부렸다. 그들은 자신들의 행동이 그녀를 더욱 부끄럽게 한다는 사실도 인지하지 못하는 듯했다. 그리고 선우진은 그들을 비호하듯 헌원강을 막아섰다. 마치 헌원강이 학생들을 폭행하려는 것을 막겠다는 듯이.
"하하. 얘들이 진짜 무슨 소리를……. 자꾸 억지 부리면 혼난다?"
헌원강은 이러지도 저러지도 못하고 난감했다. 위지천을 둘러싼 광신도들도 말로만 떠들 뿐이어서, 무력을 사용하기도 애매한 상황.
그때였다.
"가만히 보고 있으려니, 어처구니가 없군."

싸늘한 목소리가 뜨겁게 달아오른 분위기를 순식간에 냉각시켰다.

"너희에겐 비무대 위에 선 무인들을 향한 존중도 없나?"

남궁수가 걸어오고 있었다. 그의 냉엄한 말에 학생들이 몸을 부르르 떨었다. 무공의 고수가 풍기는 기도와는 달랐다. 오직 청룡학관의 일타 강사인 남궁수만 보여 줄 수 있는 존재감이었다.

"하, 하지만 선생님······. 이 결과는 누가 생각해도 이상한······ 조사를 해 봐야······."

유이란의 광신도 중 한 명이 겨우 용기를 내어 말을 꺼냈다. 하지만 남궁수에겐 어림도 없는 저항이었다. 남궁수는 방금 말한 학생의 허리춤에 찬 검을 보고 혀를 찼다.

"또래임에도 이만한 검객들의 대련을 보았는데 느낀 게 고작 그것뿐이라면, 차라리 검을 놓는 게 낫겠군."

"······."

따지고 들려던 학생이 충격받은 표정으로 고개를 푹 숙였다.

남궁수는 비무대 위에 올라온 모든 학생들을 둘러보며 말했다.

"너희 모두 벌점이다. 당장 내려가도록."

모든 학생이 군말 없이 아래로 내려갔다. 순식간에 상황을 정리한 남궁수는 고개를 돌려 위지천과 유이란을 바라봤다. 비로소 그의 눈빛이 부드러워졌다.

"둘 다 멋진 검이었다. 특히······."

남궁수의 시선은 위지천에게 조금 더 오래 머물렀다. 그가 대련이 끝난 후 갑자기 벌어진 사태에 빠르게 대처하지 못한 이유. 위지천이 보여 준 검이 그를 한동안 생각에 잠기게 만들었기 때문이었다.

'아까 그건 대체 무슨 검법이지? 그것도 백수룡이 가르친 건가? 이 아이의 재능은 대체······ 내 손으로 직접 가르쳐 보고 싶다.'

묻고 싶은 것이 많았고, 하고 싶은 말도 많았지만, 보는 눈이 너무 많아 자리가 좋지 않았다.

남궁수는 짧게 말했다.

"계속 정진하도록."

할 말을 마친 남궁수는 휙 몸을 돌려 자리를 떠났다. 어수선했던 분위기는 그렇게 정리가 되는 듯했다. 유이란이 위지천에게 다가갔다. 둘 다 대련의 여파로 지친 모습이었다.

"미안해. 못난 꼴을 보였네."

"아니에요. 만약 제가 구경하는 입장이었어도, 결과를 이상하게 생각했을 거예요."

방금 그런 일을 당했으면서도 위지천은 괜찮다며 웃었다. 유이란은 부끄러움에 고개를 숙였다. 자신의 잘못이 아니었지만, 할 수만 있다면 어디로든 숨고 싶은 심정이었다.

"……이렇게 된 거, 독고준한테 이겨서 검룡을 확 빼앗아 버려. 그럼 더 이상 누구도 의문을 제기하지 못할 거야."

"하하. 노력해 볼게요."

"내가 포기했다는 뜻은 아니야. 네가 빼앗으면, 내가 다시 너한테서 빼앗을 거니까."

"좋아요! 또 대련해요!"

"상처는 괜찮니? 진 건 난데, 왜 네가 잔뜩 다치고 난리야?"

"……이거 전부 선배가 만든 건데요?"

"잘 피했어야지."

전력을 다해 서로 검을 부딪쳤기 때문일까, 두 사람은 어느새 농담도 주고받을 정도로 한결 친해져 있었다.

그때, 유이란이 무언가가 생각났다는 듯 말했다.

"잠시만 기다려. 아무래도 지금 바로 약속을 지켜야겠어."

"네?"

돌아선 유이란이 관중석 쪽을 향해 걸어갔다. 관중들은 이제 서서히 흩어지고 있었다.

"상검연 회원들은 모두 주목!"

내공이 담긴 유이란의 목소리에, 상검연 회원들은 물론이고 흩어지려던 다른 학생들까지 그녀를 주목했다.

"저희 상승 검법 연구회는, 오늘부터 헌원강 학생을 동아리 연합회 회장으로 지지하겠습니다."

상검연의 공식 지지 선언! 갑작스러운 그녀의 발언에, 상검연뿐만 아니라 동연에 소속된 학생들 모두가 눈을 동그랗게 떴다.

"뭐, 뭐?"

"갑자기 왜?"

모두가 당황한 와중에, 내기의 내용을 아는 상검연 간부들은 고개를 끄덕였다. 위지천을 바라보는 그들의 시선에는 선망과 동경이 어려 있었다.

"하하하! 상검연 회장님이 화끈하시군!"

유일하게 헌원강만은 잇몸이 만개한 미소를 지었다. 드디어 상검연의 지지를 얻어 냈다!

당소소의 말이 맞다면, 승률이 단숨에 사 할까지 올라간 셈이었다. 하지만 반대로 승률이 내려간 쪽은 결코 웃을 수 없었다.

"유이란! 그게 지금 무슨 말이야!"

쩌렁쩌렁한 외침이 술렁임을 잠재웠다. 모두의 시선이 그 목소리의 주인공, 선우진을 향했다. 선우진이 분노가 담긴 눈으로 유이란을 노려보고 있었다.

"갑자기 헌원강을 지지하겠다니? 그건 상검연 전체의 의견인가?"

유이란은 덤덤한 표정으로 선우진을 바라봤다.

"대련을 시작하기 전에 내기했어. 내가 이기면 위지천이 상검연에 가입하고, 위지천이 이기면 상검연이 헌원강을 지지하기로."

그녀의 설명에, 선우진은 황당하다는 표정이었다.

"고작 대련 한 번으로 그런 중대사를 결정한다고? 동연의 미래는? 우리 상도연과의 관계는? 생각해야 할 것이 얼마나 많은데. 대체, 제정신이야?"

평소 자신의 평판을 무척 신경 쓰는, 그래서 말을 가려서 하는 편인 선우진이었지만, 지금은 주변 따위 신경도 안 쓴다는 듯 마구 쏘아붙였다. 그만큼 상검연이 동연에서 가지고 있는 무게감은 컸다. 그들이 헌원강을 지지한다면, 선우진의 압도적이었던 우세가 꽤나 기울 정도로.

"유이란! 지금의 경솔한 발언은 취소해. 네가 그래 봤자 혼란만 줄 뿐, 결과에는 아무런……."

"건방 떨지 마. 선우진."

유이란이 선우진의 말을 끊었다. 그녀의 몸에서 싸늘한 기세가 흘러나왔다.

"난 지금 그 어느 때보다 맑은 정신이야. 오히려 내게 이래라저래라 명령하는 네가 더 제정신이 아닌 것 같은데?"

"……뭐?"

"벌써 회장이라도 된 줄 아나 본데, 설령 회장이라 해도 내게 명령을 내릴 권리는 없어."

"……유이란. 오늘 일을 후회하지 않을 자신은 있나?"

하지만, 선우진의 경고는 오히려 상검연의 반감만 샀다.

상검연의 간부들이 앞으로 나서며 말했다.

"회장의 의견이 우리의 의견입니다."

"누구한테 협박을 하고 지랄이야?"

"동연이 니들 거야?"

선우진은 자신의 말실수를 깨달았다. 괜한 협박으로 상검연 전체에 자신에 대한 반감이 커진 것이다. 게다가 지켜보고 있는 다른 학생들의 시선도 신경 쓰였다.

'빌어먹을…….'

이 자리에서 말다툼이 길어지면, 자신만 손해를 볼 터였다. 아까 헌원강을 몰아가려던 상황을 그대로 당한 기분이었다.

"하하하……."

선우진의 뺨이 파르르 떨었다. 좀처럼 표정 관리가 되질 않았다. 하지만 그는 억지로 웃으며 사과했다.

"방금은 내가 너무 흥분했군. 무례한 발언을 사과하지."

"……."

"상검연의 의견은 잘 알았다. 그럼 나는 이만 빠져 주지. 아무래도 불청객으로 온 것 같으니까."

선우진은 가볍게 포권을 취한 후 돌아섰다. 마침 그와 헌원강의 눈이 마주쳤다.

"나보고 최선을 다하라고 했지?"

선우진은 헌원강의 옆을 스쳐 지나가며 속삭였다.

"보여 주지. 내가 최선을 다하면 어떻게 되는지."

서슬 퍼런 경고였지만, 헌원강에게는 씨알도 먹히지 않았다.

헌원강이 히죽 웃으며 말했다.

"지랄 말고 동연에 있는 네 집이나 싸. 조만간 싹 빼야 할 테니까."

"……."

잠시 헌원강을 쏘아본 선우진은 그대로 상검연을 빠져나갔다.

헌원강은 그 뒷모습에 대고 주먹 감자를 먹였다.

180화
털어서 먼지 안 나는 놈 없거든

선우진과 그의 지지자들이 굳은 표정으로 우르르 빠져나갔다.
"후유……."
상황이 겨우 정리되는 분위기에, 잔뜩 긴장해 있던 위지천은 참았던 숨을 길게 토해 냈다. 유이란과의 대련도 힘들었지만, 그 이후에 벌어진 일들이 소심한 소년의 콩알만 한 심장을 콩닥콩닥 뛰게 만들었다.
"짜식. 대련에서 이겨 놓고 왜 어깨를 움츠리고 있어?"
헌원강이 친근하게 다가와, 그런 위지천의 어깨에 팔을 둘렀다.
위지천이 소심하게 대꾸했다.
"저 때문에 큰 싸움이 날 뻔했잖아요."
"그게 왜 너 때문이야? 저기 있는 생선 눈깔 새끼들 때문이지."
헌원강은 코웃음을 치며 유이란 쪽을 바라봤다. 그녀는 아까 위지천을 포위하고 몰아붙인 자신의 광적인 추종자들을 불러모아 단단히 엄포를 놓고 있었다.
"한 번만 더 그런 짓을 하면, 그땐 당신들을 세상에서 없는 존재로 취급하겠어요."

유이란의 서슬 퍼런 경고에, 추종자들의 표정이 하얗게 질렸다.
"죄, 죄송합니다!"
"검화를 무시하려는 의도가 아니었소이다!"
"선배님. 제발 그것만은……."
그녀의 추종자들에게 가장 큰 벌은 유이란의 무관심이었다. 앞으로 자신들을 모른 척하겠다는 유이란의 경고에, 그들은 당장이라도 눈물을 쏟을 분위기였다.
"저한테만 사과하고 끝날 일인가요?"
유이란도 평소 같았으면 이 정도에서 넘어갔을 것이다. 검화라는 별호로 불리는 걸 별로 좋아하진 않았지만, 자신을 좋아해 주는 사람들을 쳐낼 만큼 매몰찬 사람이 아니었으니까. 하지만 오늘은 달랐다.
"당신들은 대련의 정당한 승자를 죄인 취급했어요. 승리를 만끽해야 할 순간에 누명을 씌우고 조롱했죠."
유이란의 두 눈에서 불꽃이 터져 나올 듯했다. 그녀가 손을 들어 위지천을 가리켰다.
"가서 제대로 사과하세요. 다시 저와 말이라도 섞고 싶다면."
잠시 후, 유이란의 추종자들이 우르르 몰려와 위지천에게 고개를 깊이 숙였다.
"미안하다. 아까는 너무 화가 나서……."
"저희가 경솔했습니다."
"부디 용서해 주게나."
그들의 절박한 사과에, 위지천은 어쩔 줄을 몰라 손을 저었다.
"괘, 괜찮아요. 그럴 수도 있죠, 뭐."
"어휴. 착해 빠져서는……."
헌원강은 위지천의 옆에서 고래를 절레절레 젓다가, 팔짱을 낀 채 이쪽을 지켜보는 유이란을 바라봤다.

'저 녀석도 보통이 아니네. 검만 잘 휘두르는 줄 알았더니, 자기 추종자들을 아주 조련까지 하잖아?'

헌원강은 유이란이 왜 상검연이라는 큰 단체의 수장이 되었는지 알 것도 같았다.

잠시 후, 위지천에게 사과하던 유이란의 추종자들까지 모두 물러가고, 비무대 주변에는 헌원강과 위지천, 유이란과 상검연 간부들 몇 명만 남았다.

유이란이 미안한 표정으로 말했다.

"충분히 경고했으니 오늘 같은 일은 다시는 없을 거야."

"전 정말 괜찮아요. 신경 쓰지 마세요."

위지천의 해맑은 표정에 유이란은 작게 한숨을 내쉬었다. 그리고 자기도 모르게 중얼거렸다.

"너무 착해도 탈이야. 뭐, 나는 그것도 괜찮지만……."

"네?"

"아, 아무것도 아니야. 그나저나……."

휙 고개를 돌린 유이란이 헌원강을 바라봤다. 위지천을 볼 때와 비교하면, 표정에서 보이는 온도 차이가 극심했다.

"자리를 옮길까? 이제 한배를 탔으니 선거 이야기도 좀 해야 할 것 같은데."

"좋지. 가자고."

잠시 후, 그들은 상검연의 회의실로 자리를 옮겼다.

상검연의 회의실로 이동한 뒤, 유이란은 맞은편에 헌원강이 앉자마자 본론부터 꺼냈다.

"네가 회장이면, 위지천도 회장단의 간부가 되는 거겠지?"

"물론이지. 이 녀석은 내 오른팔이니까 부회장이야."

팔로 어깨를 감싸오며 툭 던진 헌원강의 말에, 당황한 위지천이 눈을 동그랗게 떴다.

"선배님. 저는 그런 말 처음 듣는데요?"

"당연하지. 지금 정했으니까."

"······너희들, 상상 이상으로 허술하구나."

"애초에 선거에 나가기로 결심한 것도 며칠 안 됐다고. 나한테 너무 많은 걸 바라지 마."

"그게 이렇게 당당한 태도로 할 말이야?!"

유이란은 고개를 절레절레 저었다. 과연 헌원강으로 동연 회장으로 지지하기로 한 결정이 잘한 것일까. 다소 걱정이 되었지만, 이미 공개적으로 지지를 했으니 돌이킬 수도 없었다.

작게 한숨을 내쉰 유이란이 진지한 목소리로 말했다.

"우린 너희를 지지하면서 상도연과 완전히 척을 졌어. 이왕 이렇게 됐으니, 반드시 너희를 당선시킬 거야."

"듣고만 있어도 든든하네."

"······그래서 몇 가지 도움을 주고 싶은데. 혹시라도 오해는 안 했으면 좋겠어."

"오해는 무슨."

유이란의 조심스러운 태도에 헌원강이 씩 웃었다. 안 그래도 당소소에게 미리 전해 들은 이야기가 있었다.

상검연의 지지를 얻게 되면, 가장 먼저 받아야 할 도움.

헌원강이 먼저 말을 꺼냈다.

"회장단을 꾸릴 인원이 부족해. 상검연에서 인원을 지원해 줬으면 싶은데······."

동아리 연합회를 운영하려면 최소한 스무 명에 가까운 인원은 있어야 한다. 전체 회원이 다섯 명에 불과한 영약 요리 연구회로서는 감당할 수 없는 숫자였다.

-반드시 상검연에서 인력 지원을 받아야 해요. 동연을 감당할 수 있는 몇 안 되는 동아리 중에서도, 동연의 권력에 관심이 없는 유일한 곳이니까.

당소소의 당부를 떠올리며, 헌원강은 유이란에게 먼저 도움을 청했다. 유이란도 한결 안심이라는 표정으로 말했다.
"오해가 없다니 다행이네. 확실히 말해 두지만, 우린 동연을 휘두르고 싶은 마음은 없어."
그런 마음이 있었다면 유이란이 직접 선거에 나갔을 것이다. 하지만 유이란과 상검연은 동연 내 권력에는 관심이 없었다. 지금도 그건 마찬가지였다. 다만 헌원강과 한편이 되었으니, 최선을 다하기로 마음먹은 것뿐이었다.
"동연에 검술 관련 동아리만 일곱 개야. 우리가 의견을 전달하면 그들도 널 지지할 거야."
"상검연의 지지를 얻으면 승률이 사 할까지는 오를 거라더니, 괜한 말이 아니네."
헌원강이 감탄하자, 유이란이 피식 웃었다.
"벌써 들뜨지 마. 여전히 선우진에게 이 할이나 밀린다는 소리니까."
그 이 할을 좁히는 건 절대 쉽지 않을 것이다. 유이란은 목이 마른 지 앞에 놓인 찻잔을 들어 차를 조금 마셨다.
"그리고…… 한 가지 부탁이 있는데."
거침없이 의견을 내놓던 그녀가 처음으로 머뭇거렸다. 헌원강은 그녀의 시선이 위지천을 힐긋거리는 것을 보았다.

"내가 아니라 지천이한테 할 부탁인가 보네?"

유이란은 고개를 끄덕였다. 헌원강을 대할 때와 달리, 위지천을 대하는 그녀의 태도는 다소 조심스러웠다.

"……대련에서 진 입장에서 이런 말을 하기 좀 그렇지만, 상검연 명예 회원이 되어 줄 수 있을까?"

"네?"

당황하는 위지천에게, 유이란이 급히 말을 덧붙였다.

"말 그대로 명예 회원이라 강제 사항은 아무것도 없어. 우리 동아리 행사에 일절 참여하지 않아도 돼, 물론 해 주면 좋지만……. 부담 주고 싶은 생각은 없어."

"전 좋아요."

유이란이 걱정했던 것이 무색하게 위지천은 환하게 웃으며 고개를 끄덕였다.

"……정말?"

"네!"

마지못해서 하는 대답이 아니었다. 위지천은 진심으로 상검연에 흥미를 느끼고 있었다. 원래는 동아리 활동 자체에 관심이 없었지만, 유이란과 대련을 하면서 생각이 바뀌었다. 유이란뿐만이 아니었다. 상검연에는 검을 좋아하는 또래의 학생들이 잔뜩 있었다. 그들과 검을 부딪치고, 검에 관한 이야기를 나누는 것을 상상만 해도 위지천의 입가엔 미소가 지어졌다. 혼자 검을 배울 때와는 또 다른 즐거움이었다.

"회장님, 잘 부탁드려요."

"……그냥 선배라고 불러."

그렇게 위지천은 상검연의 명예 회원이 되었다.

"네. 선배님!"

"님도 빼고."

"……선배?"

흡족한 대답에 유이란이 활짝 웃었다. 지금까지 청룡학관의 수많은 남학생들의 마음을 녹아내리게 했던 미소. 여기에 더해, 유이란은 수줍은 표정을 지으며 옆머리를 귀 뒤로 살짝 넘겼다.

"그럼 오늘부터 우리 교제하는 거지?"

"……네?"

당황한 표정으로 되묻는 위지천에게, 유이란이 장난이라며 웃었다.

"검으로 말이야. 검으로."

"아, 네! 그럼요!"

하지만 그 순간, 상검연의 간부들은 묘한 시선으로 자신들의 회장을 바라봤다. 그들이 아는 검화 유이란은 농담으로라도 남자에게 저런 말을 하는 사람이 아니었으니까.

'이거 설마……?'

'회장이?'

섣불리 확신할 수는 없었다. 유이란의 속마음은 본인만이 알 터였다.

한 가지 확실한 건, 그녀가 다른 남자를 대할 때와 위지천을 대할 때는 전혀 다르다는 것이었다.

'어린놈의 자식이…….'

'다 가졌네. 다 가졌어.'

상검연의 간부들은 위지천이 마냥 부러웠다.

헌원강과 위지천이 상검연의 지지를 얻고 돌아온 다음 날. 헌원강은 오랜만에, 백수룡과 함께 청룡학관으로 출근하고 있었다. 백수룡은 제자의 표정을 보더니 피식 웃었다.

"자식. 기분 좋은가 보다? 아침부터 콧노래를 다 부르고."

"후후후. 차기 동연 회장이라고 불러주십쇼."

헌원강은 아침부터 헤벌쭉한 표정이었다. 전날 상검연의 지지를 얻었기 때문이었다. 승산이 아예 없을 것 같았던 선거에 드디어 승산이 보이기 시작했으니, 기분이 좋지 않을 수 없었다.

"동연 회장 후보 헌원강입니다! 소중한 한 표 부탁드립니다!"

헌원강은 개인 수련을 하려고 아침 일찍 등교한 학생들과 눈이 마주칠 때마다 인사를 했다. 그 열정적인 유세에, 함께 걷는 백수룡은 조금 창피할 지경이었다.

"처음엔 하기 싫다더니. 이젠 아주 정치 권력에 맛을 들였구나."

"이 시대의 정직하고 성실한 일꾼 헌! 원! 강! 여러분의 소중한 한 표를 기다립니다!"

"······고생해라, 원강아. 난 먼저 간다."

발걸음을 서두르는 백수룡의 뒤로, 헌원강이 바짝 따라붙었다.

"아 왜 혼자 가요! 잘생긴 얼굴로 같이 손 좀 흔들어 줘요!"

"이 자식아! 내가 학생이냐? 너랑 같이 선거 유세를 하게?"

"당신이 나보고 선거에 나가라며!"

"쉿! 이 멍청아! 여기서 그걸 말하면 어떡해!"

스승과 제자는 평소와 다름없이 티격태격하며 청룡학관으로 향했다. 평소와 다름없는 일상이었다. 청룡학관 정문에 붙은 큼직한 대자보를 보기 전까지는.

청룡학관 3학년 헌원강을 고발합니다.

"이건······."

멈춰선 두 사람은 대자보에 적힌 내용을 빠르게 읽어 내려갔다.

"……."

대자보에는 헌원강이 재학 중에 저지른 온갖 사건, 사고가 나열돼 있었다. 폭행, 음주, 난동, 기물파손.

헌원강의 지난 행실을 문제 삼으며 이제 와서 위선을 떠는 모습이 가증스럽다는 것이 주된 내용이었다. 게다가 헌원강에게 저지르지 않은 비행도 사실처럼 그럴듯하게 꾸며져 쓰여 있었다.

'뭐? 동급생에게 춘약을 써서 겁탈하려고 한 의혹이 있다고?'

헌원강을 실제로 아는 사람이라면 절대로 믿지 않을 이야기. 하지만 헌원강을 잘 모르는 사람들에겐 치명적일 수 있는 악의적인 소문이, 아무런 증거도 없이 적혀 있었다. 누가 이런 대자보를 붙였는지는 뻔했다.

"원강아."

백수룡은 헌원강의 굳은 옆얼굴을 바라봤다.

"……아, 괜찮아요."

하지만 하는 말과 달리, 헌원강의 목소리는 떨리고 있었다. 방금까지 생기가 넘치던 눈빛이 흐릿해지고, 얼굴에서는 표정이 사라졌다.

동아리 연합회 학생들에게 묻겠습니다. 이래도 헌원강을 뽑으시겠습니까?

대자보의 마지막은 이렇게 끝맺었다. 내용을 다 읽은 헌원강은 머리를 벅벅 긁었다.

"선우진 이 새끼. 뼈아프게 때리네."

"사실과는 다른 것도 보인다만. 네가 사람도 패고 술도 좋아하는 놈인 건 맞지만, 여자는 안 밝히는 놈이잖아."

"사람들이 그걸 믿겠어요?"

헌원강은 어쩔 수 없지 않냐며 애써 웃었다.

"이 정도는 감수해야죠. 과거에 제가 저지른 짓이 있는데."

이런 식으로 공격해 오리라고 예상치 못한 것은 아니었다. 설마 이렇게까지 할 줄은 몰랐지만.

꽉 쥔 주먹이 파르르 떨렸다.

"비겁하게 변명은 안 할래요. 사과를 하라면 하고, 머리를 숙이라면 숙일게요."

백수룡은 잠시 그런 제자를 바라보다가 작게 한숨을 쉬었다.

"그래. 당연히 책임져야지."

"네."

"하지만 네가 한 짓만 책임져."

"……네?"

헌원강은 어두운 얼굴로 고개를 끄덕이다가, 옆에서 느껴지는 살기에 백수룡을 돌아봤다. 그리고 깜짝 놀랐다. 백수룡의 두 눈이 분노로 활활 타오르고 있었다.

"책임? 좋지. 하지만 네가 저지르지 않은 잘못까지 책임질 필요는 없어. 왜? 나는 내 제자를 호구 등신으로 가르친 적 없거든."

"서, 선생님?"

큭큭거리며 웃는 백수룡의 표정이 무척이나 사악했다.

과연 이 인간이 정파 무관에서 무공을 가르쳐도 되는 걸까?

헌원강은 그런 본질적인 의문이 들었지만, 백수룡은 그에게 고민할 시간을 주지 않았다.

"원강아. 저쪽에서 먼저 이렇게 나온 거야. 그렇지?"

"그, 그렇긴 하죠."

"은혜는 두 배로, 원수는 백 배로 갚아 주는 것이 강호의 도리 아니겠느냐?"

"은혜 쪽이 너무 짠 것 같은데……. 아무튼 또 무슨 짓을 하려고 그러는데요."

헌원강의 불안한 표정에, 백수룡이 한숨을 길게 내쉬었다.

"나는 가만히 있으려고 했어. 학생들의 아름다운 우정과 경쟁을 멀리서 조용히 지켜만 보려 했다고."

"거짓말하지 마. 당신 당소소한테 맨날 보고 받았잖아."

백수룡은 헌원강의 말을 가볍게 씹었다.

"돈도 없고 뒷배도 없는 우리 원강이의 분투기가 얼마나 아름다웠는지 몰라. 이제 겨우 상대해 볼 만해졌는데……. 치사한 새끼가 과거를 물고 늘어지네? 그것도 거짓말까지 해가면서?"

백수룡이 고개를 돌려 헌원강을 똑바로 바라봤다.

"원강아. 이 상황에서 우리가 어떻게 대처해야 할까?"

"……."

"어떻게 하긴. 똑같이 해 줘야지."

자문자답한 백수룡의 입매가 비틀렸다. 악인곡에서도 본 적 없는 사악한 미소였다.

"뭐, 뭘 똑같이 해요?"

"털어서 먼지 안 나는 놈 없거든."

언젠가 이럴 줄 알고, 하오문에 미리 의뢰를 넣어 둔 백수룡이었다.

그가 비열하게 웃으며 중얼거렸다.

"진흙탕 싸움? 한번 해 보자 이거야."

181화

진흙탕 싸움

"헌원강이 정문에 붙은 대자보를 확인했습니다."
"반응은?"
"별다른 일은 없었습니다. 백수룡 선생님과 함께 멈춰 서서 대자보를 읽더니, 얌전히 학관 안으로 들어갔습니다."
멀리서 헌원강을 염탐하고 온 후배의 보고에, 선우진은 턱을 쓰다듬으며 피식 웃었다.
"의외로군. 대자보를 찢어 버리고 길길이 날뛸 줄 알았는데……. 확실히 예전처럼 물불 안 가리는 망나니는 아닌 모양이야."
"그래 봤자 지가 헌원강이죠."
"그 망나니 놈. 조만간 성질에 못 이겨 대자보를 뜯으러 돌아다닐 겁니다."
"사람 몰리는 곳엔 전부 붙여 놨으니, 다 떼려면 시간 좀 걸릴걸?"
"애초에 그 자식이 회장과 경쟁하는 게 말이나 됩니까?"
"내 말이!"
동아리 연합회 회의실. 한자리에 모인 상도연의 간부들은 하나같이 헌원강을 깎아내리고, 반대로 선우진을 추켜세우기 바빴다.

"흐음……."

선우진은 호랑이 가죽을 덮은 푹신한 의자에 반쯤 몸을 파묻었다. 그는 아첨꾼들의 아부를 한 귀로 흘리며 생각했다.

'팽사혁이 다른 건 몰라도 의자 하나는 잘 남겨 두고 갔단 말이야.'

얼마나 이 의자에 앉고 싶었던가. 팽사혁이 아니었다면 진작 자신의 것이 되었을 자리. 갑자기 팽사혁이 천무학관으로 떠난다고 했을 때, 청룡학관에서 선우진보다 기뻐한 사람은 없었을 것이다. 그 통제 불가능한 맹수만 떠난다면, 동연은 완전히 자신의 왕국이 될 테니까.

……그런 자신의 왕국에, 어느 날 주제도 모르는 망나니가 침범했다.

"헌원강. 그 주워 담지도 못할 더러운 쓰레기가 말이야."

험한 말을 하면서도 선우진은 반듯한 미소를 잃지 않았다. 그 모습이 오히려 더 섬뜩하고 기괴하게 보였다.

"저, 그런데 회장……."

그때, 상도연의 간부 중 한 명이 걱정스러운 표정으로 입을 열었다.

"왜? 무슨 문제라도 있어?"

선우진은 흥미를 느끼고 그 간부를 바라봤다. 마침 다 똑같은 아부를 듣고 있자니 조금 지겨워진 참이었다.

이야기를 꺼낸 간부가 조심스럽게 말했다.

"헌원강이 동급생을 겁탈하려고 했단 이야기는 대자보에서 빼는 게 좋지 않았을까요? 저쪽에서도 우리가 썼다는 걸 알 게 뻔한데, 괜히 일이 커지기라도 하면……."

"일이 왜 커지는데?"

선우진은 이해할 수 없다는 듯 고개를 갸웃하며 물었다. 간부는 당황한 표정으로 대답했다.

"그야…… 증거도 없이 모함한 거니까요. 조금만 조사해 보면 사실이 아니라는 게 드러날 텐데, 그랬다가 우리 쪽으로 역풍이라도 불면……."

"하긴. 그럴 수도 있겠군."

선우진이 진지하게 들어주며 고개를 끄덕이자, 용기를 얻은 간부가 계속 말을 이었다.

"전 솔직히 이해가 잘 안 됩니다. 회장은 이런 짓 안 해도 충분히 당선될 수 있는데, 왜……."

"하아."

선우진은 결국 답답함에 한숨을 쉬었다. 그 한숨에, 말을 하던 간부가 움찔하며 입을 다물었다.

"……제가 무슨 실수라도?"

"차라리 뻔한 아부나 하는 게 낫겠어. 이렇게 쓸모없는 충언은 짜증만 나거든."

"……."

"지금 당선이 중요해? 내가 이기는 건 당연한 일 아닌가?"

선우진의 싸늘한 한마디에, 입을 열었던 간부는 물론이고 다들 침묵에 잠겼다. 평소 대외적인 평판 관리를 위해 부드러운 미소와 반듯한 언행을 항상 유지하는 선우진이지만, 이곳에 모인 간부들 앞에서만은 달랐다. 지난 몇 년간 '여러 가지 일'을 함께해 왔기에, 선우진은 그들 앞에서 본모습을 숨기지 않았다.

"이리 와 봐."

선우진이 손을 까딱이자, 간부가 일어나서 주춤주춤 선우진 앞으로 걸어왔다.

"쫄지 말고."

피식 웃은 선우진은 의자 옆에 놓여 있던 자신의 도를 들어, 도집째로 간부의 어깨를 툭 쳤다.

"생각을 해 봐. 우리가 그 대자보를 썼다는 증거 있어?"

"예? 하지만 누가 봐도 저희가……."

"증거 있냐고."

"어, 없습니다."

"그런데 왜 우리가 곤란해지지? 네가 말하고 다니기라도 할 거야?"

툭, 툭. 선우진은 도집으로 계속 간부의 어깨를 쳤다. 제법 강한 강도로. 무인에게 엄청난 모욕으로 느껴질 행동이었지만, 간부는 아무런 반응도 하지 못했다. 오히려 고개를 숙였다.

"그, 그럴 리가요."

상도연에서 선우진의 권력은 절대적이었다. 그는 도법으로 유명한 선우세가의 후계자이니까. 오대세가만큼은 아니어도, 이 자리에 선우세가보다 좋은 가문이나 문파 출신은 없었다. 게다가 선우진은 가문의 위세만 등에 업고 동연을 장악한 게 아니었다. 지난 삼 년 동안 자신에게 신세를 지거나, 약점을 잡은 학생들로 간부진을 꾸렸다. 동연을 자신만의 왕국으로 만들기 위해서. 팽사혁이 동연에 있을 때부터 꾸준히 해 온 작업이었다.

'차라리 팽사혁이 있을 때가 나았어.'

'뱀 같은 자식…….'

동연의 간부들 중 일부는 선우진에게 불만을 품고 있었지만, 실제로 그것을 드러내는 머저리는 없었다. 그랬다간 학관 생활이 지옥으로 변할 테니까. 선우진의 입가에 맺힌 비열한 미소가 점점 진해졌다.

"헌원강이 겁탈하려고 했다는 여학생? 그거 그냥 소문이라고 적었잖아. 단순한 소문. 소문에 증거가 왜 필요해?"

"……죄송합니다. 제가 생각이 짧았습니다."

죄인이 된 간부는 허리를 숙였다. 서늘한 눈으로 간부를 바라보던 선우진이 갑자기 너털웃음을 터트렸다.

"아니야. 앞으로 잘하면 돼. 나도 최근에 예민했는지, 좀 지나쳤던 것 같네. 미안하게 됐어."

"가, 감사합니다."

겉으로 보기에는 선우진이 간부를 용서해 준 것처럼 보였다. 하지만 속으로는, 만약 대자보 때문에 일이 잘못되면 이 녀석에게 뒤집어씌우겠다고 생각하고 있었다.

'뭐, 그럴 일은 없겠지만.'

동연 회장 선거가 끝난 후엔, 헌원강은 더 이상 청룡학관의 학생이 아닐 테니까.

"다들 잘 들어. 내 계획은 이래."

선우진이 자리에서 일어나며 간부들을 둘러봤다. 이 선거에서 이기는 건 선우진에겐 당연했다.

저쪽에 상검연이 합류했다고 해서 결과가 바뀌지는 않는다. 여전히 자신이 압도적으로 유리한 상황. 중요한 건, 주제도 모르고 자신에게 덤빈 헌원강을 어떻게 응징하느냐였다.

"우선 대자보를 통해 녀석의 평판을 떨어뜨린다. 녀석이 해 온 짓만 열거해도 충분하겠지만, 몇 가지 '소문'이 더 들어간다면 금상첨화겠지."

그럴듯한 '소문'을 대자보에 추가한 건 그래서였다. 헌원강이 아무리 '소문이 거짓이다'라고 해명해도, 꼬리표처럼 따라붙는 망나니라는 낙인 탓에 사람들은 믿지 않을 것이다.

"그렇게 헌원강에 대한 반대 여론을 강화시킨다. 일반 학생들뿐만이 아니라 학생회, 학부모회, 선생들도 이 사실을 그냥 묵과할 수 없도록 만들 생각이야."

선우진은 아예 판을 키울 생각이었다. 아무리 싸움에 관대한 무림의 학관이라고 해도, 그 행실이 지나치게 나쁘면 용납하기 어렵다. 그들은 정파이니까.

선우진이 피식 웃었다.

"학생회, 학부모회, 관주님의 귀에까지 이야기가 들어가게 하는 거야. 모두가 이쪽을 주시하도록 만든다. 자, 그다음이 중요해."

선우진은 활짝 웃으며 자신의 간부들을 둘러봤다. 전부 자신에게 약점이 잡혔거나, 선우세가에 신세를 진 가문의 자제들. 마음대로 써먹기에 이보다 좋은 패도 없었다.

"너희가 예민해진 헌원강을 자극해서 싸움을 일으킨다. 몇 군데 부러지거나 죽지 않을 정도로 베이는 게 좋겠지."

선우진은 간부들이 다치는 게 별거 아니라는 듯이 말했다. 간부들은 아무런 말도 못했다.

"일이 그 정도로 커지면, 헌원강은 징계를 받아 퇴학을 당할 수밖에 없어."

"……."

마른 침을 삼킨 간부들은 아무런 말도 하지 못하고 부르르 몸을 떨었다. 선우진과 눈을 마주치지도 못했다.

'그렇게까지 한다고?'

'지독한 놈. 이 자식은 진짜…….'

'죽지 않을 정도로 베이라고? 그러다 죽으면?'

과거 팽사혁이 강력한 힘으로 위에 군림하는 맹호였다면, 선우진은 이빨을 숨긴 독사였다. 맹호 앞에서는 납작 엎드리면 살아남을 수 있었지만, 독사에게 걸리면 몸에 독에 퍼져 서서히 죽는다.

'헌원강. 그 주제도 모르는 쓰레기가 날 모욕했다 이거지.'

선우진은 헌원강에게 받은 모욕을 잊지 않았다. 처음에는 이렇게까지 할 생각은 없었다. 하지만 놈이 먼저 시작을 했으니, 철저하게 밟은 후 학관에서 쫓아낼 생각이었다.

"질문 있나? 다른 의견은?"

선우진은 질문을 싫어하지만, 회의의 끝에 항상 질문이 있냐고 물었다. 간부들도 그걸 알기에 그저 맞장구만 칠 뿐이었다.
"완벽한 계획입니다."
"그 눈엣가시 같은 놈을 치울 수 있겠군요."
"역시 회장……."
 선우진은 주변의 반응이 만족스러운지 피식피식 웃었다. 회의는 그걸로 끝이었다.
"너희는 계속 소문을 퍼트리고 여론을 형성해. 나는 어딜 좀 다녀와야겠으니까."
"어딜 가십니까?"
 한 간부의 조심스러운 질문에, 선우진은 씩 웃으며 행선지를 밝혔다.
"일단 풍진호를 만날 생각이야."
"풍진호 선생님을요?"
 풍진호가 일타강사는 아니지만, 학관에 상당한 영향력을 가지고 있다는 건 다들 알고 있었다. 특히 강사들에게 끼치는 그의 입김은 남궁수 이상이었다.
"간단한 부탁을 좀 드리려고."
 물론, 헌원강을 파멸시키기 위한 은밀한 부탁이었다.
"본가와 인연이 좀 있거든. 나랑도 성격이 잘 맞고."
 선우세가는 풍진호와 좋은 관계를 유지하고 있었다. 돈과 권력을 좋아하는 부분에서 닮아, 제법 죽이 잘 맞았다. 하지만 풍진호에서 끝이 아니었다.
"풍진호를 만난 다음에는 학생회장을 만나러 간다."
"독고준 말입니까?"
 학생회장인 독고준이 나서서 헌원강을 비난한다면, 헌원강의 입지는 좁아질 수밖에 없었다. 선우진은 독고준을 잘 안다는 듯이 말했다.
"독고준 같은 범생이는 헌원강처럼 제멋대로인 인간을 가장 혐오하지.

나한테 힘을 실어 줄 거다."

선우진은 독고준이 헌원강과 같은 수업을 듣는다는 것도 모르고 있었다. 애초에 헌원강에게 관심이 없었으니까.

"강사, 학생회, 그다음은 학부모회에도 들러야겠군."

회의실을 나서는 선우진의 입가에 자신만만한 미소가 맺혔다.

"사흘, 아니, 오늘 하루면 충분해. 놈을 파멸시킬 준비를 끝내는 건."

"너 미쳤느냐?"

"……예?"

선우진은 당황한 표정을 지었다. 앞에 앉은 풍진호가 무시무시한 표정으로 자신을 노려보고 있었기 때문이었다. 기껏 챙겨 온 선물은 풀어 보지도 않고, 풍진호는 무슨 병균이라도 보듯 선우진을 바라봤다.

"나더러 헌원강을 학관에서 쫓아내는 데 도움을 달라고?"

"하하. 그런 말씀이 아니라……."

선우진은 최대한 돌려서 말했다. 하지만 풍진호가 누구인가. 청룡학관에서 20년이나 강사 일을 한 능구렁이였다. 이런저런 뇌물이나 청탁은 수도 없이 받아 보았다는 소리다. 상대의 의중을 파악하는 건 반 각이면 충분했다.

풍진호는 혹시나 싶어서 물었다.

"너, 헌원강이 누구인지는 알고 하는 소리냐?"

"……학관에서 가장 유명한 망나니 아닙니까?"

"쯧쯧."

풍진호는 혀를 찰 뿐, 말을 아꼈다.

'멍청한 놈. 헌원강이 아니라 그 뒤에 누가 있는지를 봐야지.'

헌원강은 백수룡이 아끼는 제자였다. 얼마 전에는 반드시 천무제에 내보내야 한다며 자신을 찾아오기도 했다. 그때 살짝 간을 봤다가, 백수룡에 의해 몸 안의 고독이 날뛰는 끔찍한 고문을 겪지 않았던가. 당시 느낀 고통은……. 다시 떠올리자 등에서 식은땀이 났다. 풍진호는 손을 휘휘 저어 선우진을 쫓아냈다.

"나가거라. 일각이라도 더 있다가 괜한 오해를 사고 싶진 않으니."

"예? 하지만……."

"나가라고 했다. 끌어내 주랴?"

풍진호는 직접 선우진을 일으키더니, 등을 떠밀어 자신의 사무실 밖으로 쫓아냈다.

"선생님!"

"다신 찾아오지 마라."

콰앙! 닫힌 문 앞에서, 선우진은 모욕감에 몸을 부르르 떨었다.

'감히…… 날 이렇게 푸대접해? 풍진호. 두고 보자!'

풍진호의 태도에서 뭔가 이상함을 느끼긴 했지만, 지금은 분노가 더 컸다. 몸을 돌린 선우진은 곧바로 학생회를 찾아가 독고준을 만났다. 그런데, 독고준의 반응도 예상했던 것과는 달랐다.

"대자보에 붙은 헛소문의 출처가 너였군."

"……뭐?"

헌원강을 경멸하고 있을 거라고 여겼던 독고준은, 오히려 선우진에게 경멸의 시선을 던졌다.

"헌원강은 변했다. 함부로 사람도 패지 않고, 술도 끊었지. 그런데 이제 와서 지난 과거를 들추는 건 비겁하다고 생각되는군."

"……이봐. 독고준."

"네 이야기는 못 들은 거로 하지. 그리고 그 대자보…… 떼길 바란다."

독고준은 진지하게 충고했으나, 선우진은 모르쇠로 일관했다.

"무슨 소리인지 모르겠군. 그 대자보는 우리와 상관없는 일이야."

"……."

독고준은 말없이 선우진을 바라봤다. 마치 불쌍하다는 듯한 눈빛. 불쾌감을 느낀 선우진이 벌떡 일어났다.

"나가라는 거지?"

콰앙! 선우진은 거칠게 문을 닫고 밖으로 나왔다. 그는 성큼성큼 걸어 학생회 건물을 빠져나갔다. 주변에 사람이 없는 것을 확인한 선우진이 벽을 걷어차며 씩씩거렸다.

"헌원강 이 새끼! 어떻게 선생이랑 학생회에 기름칠까지 해 놓은 거지?"

비로소 무언가 이상하다는 것을 느꼈다. 그가 아는 헌원강은 가문의 권세도, 인맥도 없으면서 함부로 날뛰는 천둥벌거숭이였으니까. 인맥이라고 해 봤자 영약 요리 연구회에 소속된 선후배들, 그리고 백수룡이 전부였다.

'설마 백수룡이 돕고 있나? 하지만…… 그래 봤자 신입 강사인데.'

최근 악인곡에서의 활약과 더불어 '청룡신협'이라는 별호로 유명해지긴 했지만, 백수룡은 청룡학관에 들어온 지 일 년도 안 된 신입 강사였다. 상식적으로, 백수룡에게 헌원강을 도울 만한 힘이 있을 리 없었다.

"젠장. 뭐가 뭔지 모르겠군."

선우진은 일단 학부모회에 가 보기로 했다. 아무리 헌원강이라도 학부모회까지는 건드리진 못했을 것이다. 하지만 학부모회 건물에 도착하기 직전, 선우진은 멈춰 설 수밖에 없었다.

청룡학관 3학년 선우진을 고발합니다.

그가 헌원강에게 했던 것과 똑같은 짓. 커다란 대자보가 벽에 붙어 있었다.

"가소로운 짓을 하는군."

선우진은 코웃음을 치고 대자보를 읽어 내려갔다. 하지만 점점 그의 얼굴에서 핏기가 사라졌다.

"어, 어떻게……."

동연 간부로 지낸 지난 삼 년, 선우진이 저지른 온갖 지저분한 일들이 아주 상세하게 적혀 있었던 것이다.

182화
미끼를 물었어

 선우진은 핏기가 가셔 창백해진 얼굴로, 대자보에 적힌 내용을 다시 읽었다.
 '대체 어떻게 이걸 다……?'
 거기에는 지난 삼 년 동안 선우진이 저지른 온갖 지저분한 일이, 심지어 본인도 기억하지 못하는 것들까지 상세하게 적혀 있었다. 은밀하게 이루어진 폭행, 협박, 기루와 도박장 출입 등등.
 '설마 내부에 배신자가 있나?'
 선우진은 순간적으로 상도연 간부들을 의심해 보았지만, 곧 그럴 리 없다는 결론에 도달했다. 대자보에 적혀 있는 일 대부분을 지금의 간부들과 함께했다. 즉, 여기 있는 사실이 외부로 알려지면 피를 보는 사람은 선우진 혼자가 아니라는 소리였다.
 찌이익- 선우진은 자기도 모르게 손을 뻗어 대자보를 찢었다. 그러다 뒤쪽에서 느껴지는 인기척에 흠칫 놀라 돌아봤다. 몇몇 학생들이 이쪽을 보고 있었다. 전부 모르는 얼굴이었다. 선우진의 이마에 식은땀이 맺혔다.

"하하. 워낙 말도 안 되는 헛소문이라. 괜히 읽는 학생들의 심기를 불쾌하게 할 것 같아 찢었습니다."

"……아, 네."

선우진의 변명에, 그와 눈이 마주친 학생들이 어색하게 고개를 끄덕였다. 전부 무공을 익힌 학생들이다. 거리가 좀 있다곤 해도, 마음만 먹으면 충분히 읽을 수 있었을 것이다.

'봤을까? 대체 언제부터 붙어 있던 거지?'

선우진은 초조해지려는 마음을 가식적인 표정으로 감췄다. 그러곤, 오히려 당당하게 웃으며 학생들에게 말을 걸었다.

"선거 시기가 다가오니 별일이 다 생기네요. 굳이 해명해야 할 이유도 없는 말도 안 되는 헛소문이라……."

학생들도 어색하게 웃으며 고개를 끄덕였다. 역시 대자보를 읽은 모양이었다.

"그럼요. 역시 소문은 믿을 게 못 되죠."

"저희는 직접 눈으로 본 것만 믿습니다."

"신경 쓰지 마시길."

다들 적당히 맞장구를 쳐 주며 어색한 분위기를 피하려는데, 눈치 없는 학생 한 명이 불쑥 선우진에게 물었다.

"그럼 헌원강 후보 쪽 이야기도 헛소문인가요? 그쪽도 대자보가 잔뜩 붙었던데."

"야, 야."

같이 있던 학생들이 옆구리를 찌르며 눈치를 줬지만, 옆구리가 찔린 학생은 제 할 말을 다 했다.

"내가 뭘? 서로 비방하려고 붙인 것 같던데, 다 거기서 거기지. 저는 동연 소속은 아니지만 보기 좀 그렇네요."

졸지에 헌원강과 같은 취급을 받은 선우진은 어색한 웃음을 지었다.

"……하하. 그럼 전 이만."

빠른 걸음으로 학생들을 스쳐 지나가는 선우진의 얼굴이 수치심으로 시뻘겋게 물들었다. 선우진은 지금껏 평판 관리에 굉장히 많은 공을 들였다. 동연 회장이 되기 위해서이기도 했지만, 성격 자체가 남의 시선을 굉장히 많이 신경 쓰는 탓이었다.

'빌어먹을!'

평소 자신의 외모, 옷차림, 말투 하나, 옷차림 하나까지 남에게 어떻게 보일까 신경 쓰는 선우진이었다.

그런 성격인지라, 치부가 까발려진 지금은 그야말로 쥐구멍에라도 숨고 싶은 심정이었다.

'아까 그 자식들. 지금쯤 나를 안줏거리로 씹으면서 걸어가고 있겠지?'

한번 그런 생각을 하니 멈출 수가 없었다. 가는 길에 마주치는 모든 학생들이 자신을 조롱하고, 비웃고, 등 뒤에서 손가락질하는 것 같았다.

뿌드득. 절로 이가 갈렸다.

'헌원강. 네가 진짜 죽고 싶은 모양이구나.'

학부모회에는 가지 않기로 했다. 지금은 당장 동연으로 돌아가서 대책을 세워야 할 때였다.

'진정하자. 어떻게 알았는지는 모르지만, 증거 같은 건 없어. 전부 다 은폐하고 없애 버렸으니까.'

하지만 선우진이 간신히 진정하려 할 때마다, 같은 내용의 대자보가 계속 눈에 띄었다.

찌이익. 찌이익. 선우진은 보이는 족족 대자보를 찢었다. 이미 청룡학관 곳곳에 같은 내용의 대자보가 수십 장은 붙어 있으리란 걸 알았지만, 도저히 그냥 보고 지나칠 수는 없었다.

"여기 적힌 모든 일은 제 명예를 걸고 사실이 아닙니다! 대자보를 붙인 자를 반드시 색출해서 그 죄를 묻겠습니다."

대자보 주변에 있던 학생들에게는 열심히 변명을 했다. 하지만 사람이 없는 곳에서 발견하면, 선우진은 대자보를 갈기갈기 찢으며 화풀이했다. 어느 순간부터는 눈에 불을 켜고 대자보를 찾아다녔다.

"개자식……. 죽여 버리겠어."

선우진이 인적이 드문 건물 뒤편에서 발견한 대자보를 갈기갈기 찢고 있을 때였다.

"누굴 죽여? 헌원강?"

"!"

등 뒤에서 들려온 목소리에 놀란 선우진이 휙 돌아섰다. 대체 언제 왔는지, 그곳에는 백수룡이 능글맞은 미소를 지으며 서 있었다.

'이, 이렇게 가까이 올 때까지 몰랐다고?'

선우진은 일그러지려는 표정을 황급히 수습하며 대답했다. 하지만 그의 미소에 가시가 돋아 있었다.

"예? 무슨 말씀이신지……."

"다 들었는데 모르는 척하긴."

"하하. 갑자기 뒤에서 나타나셔서 깜짝 놀랐습니다. 살수인 줄 알고……. 하마터면 그대로 도를 휘두를 뻔했네요."

사실, 함부로 무인의 등 뒤에 서는 것은 무림에선 굉장히 예의 없는 행동이다. 선우진은 그것을 살수로 예를 들어 백수룡을 은근히 비난했다. 백수룡은 어깨를 으쓱이곤 순순히 사과했다.

"미안. 원강이 감각을 수련시키면서 하던 게 버릇이 돼서. 그건 그렇고……."

잠시 말을 멈춘 백수룡은 선우진을 빤히 바라봤다. 눈이 마주친 순간, 선우진은 빨려들 듯한 요사스러운 시선에 흠칫 몸을 떨었다. 착각인지는 모르겠지만, 백수룡의 눈에 약간 붉은 기가 도는 것 같았다.

'젠장…….'

청룡학관에 입사할 때부터 파격적인 언행으로 시선을 잡아끌더니, 가는 곳마다 온갖 사건을 일으킨 사내. 심지어 얼마 전에는 악인곡에서 혈수귀옹을 베어 청룡신협이란 별호를 얻었다고 들었다. 하지만 그것뿐이었다.

'그래 봤자 아직 신입 강사에 불과해.'

선우진은 억지로 얼굴 근육에 힘을 주며 웃었다. 무공이 얼마나 강하든, 청룡학관에서 백수룡의 위치는 별로 높지 않았다.

'내가 꿀릴 게 전혀 없단 말이다.'

백수룡과 공손수의 관계, 풍진호와의 관계는 청룡학관에서도 수뇌부 몇 명 외에는 알지 못했다.

만약 선우진이 그 사실을 알았다면, 절대로 지금처럼 당당하게 굴지 못했을 것이다.

"선생님. 제게 뭔가 하실 말씀이라도 있으신가요?"

백수룡도 시선을 거두고 빙긋 웃었다.

"최근에 원강이가 신세를 많이 지고 있지?"

"동연 회장 자리를 두고 선의의 경쟁을 벌이는 중입니다."

완전히 신색을 회복한 선우진이 반듯하게 웃었다.

백수룡은 미간을 작게 찌푸리며 말했다.

"선의의 경쟁이라……. 그런 것치곤 대자보에 적힌 헛소문이 너무 악의적이던데?"

선우진은 억울하다는 듯 한숨을 쉬었다.

"선생님도 오해하시는군요. 그 대자보는 정말로 저와 아무런 상관도 없습니다."

"그래? 그럼 누가 붙였을까?"

"아마도 제 지지자들 중에서, 절 생각하는 마음이 과한 누군가가 그랬을 수는 있다고 생각합니다. 그래서 저도 찾고 있는 중입니다."

선우진은 만약의 상황을 대비해, 빠져나갈 구멍을 만들었다. 대자보를 붙인 것이 동연의 짓으로 밝혀지더라도, 자신이 지시한 것이 아니라고 미리 밑밥을 던진 것이다.

오히려 선우진은 씁쓸한 표정으로 말했다.

"헌원강 그 친구가 화가 많이 났나요? 제 이야기를 들어 보지도 않고 이렇게 보복을 하다니……."

"너, 무공 말고 학문에 힘을 썼으면 정치가로 대성했겠다."

백수룡이 감탄인지 비꼼인지 모르게 늘어놓는 말에, 선우진도 지지 않고 받아쳤다.

"감사합니다. 그런데 선생님께서는 학생들의 선거에 관심이 많으신 모양이군요. 바쁘신 거로 아는데……."

학생들의 선거이니, 선생은 끼어들지 말라는 의미였다. 선우진은 이 자리가 불편한 기색을 충분히 드러냈다.

"그럼 전 이만 가 보겠습니다."

명분은 충분히 세웠으니, 백수룡도 더 이상 자신을 붙잡지 못할 거라고 생각했다.

하지만 그건 백수룡이라는 인간을 몰라도 너무 모르는 생각이었다.

"잠깐만."

"또 무슨……."

"아는 친구한테 들었는데 말이야."

백수룡이 주변을 휙휙 둘러보더니, 목소리를 낮추며 말했다.

"작년에, 동연이 학관에서 지급한 운영비를 착복했다던데. 사실이야?"

"……갑자기 무슨 소리를 하시는 겁니까?"

순간, 선우진은 심장이 덜컥 내려앉았다. 하지만 어리숙하게 당황한 기색을 내비치지는 않았다. 오히려 그의 얼굴에 노기가 어렸다.

백수룡은 어깨를 으쓱하며 말했다.

"그냥. 그런 이야기를 좀 들어서."

"……저는 전혀 모르는 이야기입니다. 이 시점에서 이런 이야기를 제게 하시는 의도가 궁금하군요."

선우진의 날카로운 눈빛에, 백수룡은 피식 웃었다.

그는 돌리지 않고 솔직하게 말했다.

"똥 묻은 개가 겨 묻은 개 보고 뭐라고 하는 것 아닌가 해서."

"……다시 말씀드리지만 저는 모르는 일입니다. 그리고 똥 묻은 개는 따로 있습니다."

"따로 있다고?"

선우진은 마치 이런 질문을 기다렸다는 듯이 말했다.

"만약 작년에 동연에서 운영비를 착복한 것이 사실이라면, 팽사혁이 주도해서 한 짓일 겁니다. 작년 회장은 그였으니까요."

선우진은 잠깐의 고민도 없이 팽사혁을 팔아먹었다. 이미 천무학관으로 떠난 놈이었다. 게다가 오대세가의 후계자였다. 돈 몇 푼 때문에 함부로 들쑤실 수 있는 존재가 아니었다.

'이미 증거도 다 조작해 두었다. 작년에 있었던 문제 될 만한 일은 전부 팽사혁에게 뒤집어씌웠어.'

선우진은 자신만만했다. 이번 선거를 준비하면서, 누군가가 작년 동연의 문제를 걸고넘어질 수도 있으리라 생각했다. 팽사혁을 제외하면 올해 자신의 동연은 작년과 거의 비슷한 구성이니까. 그래서 무려 하오문의 도움까지 받아 서류를 조작해 두었다. 하지만 바로 그 하오문이 문제가 되었으리라곤, 선우진은 상상도 못 했다.

"그래? 내가 친구한테 들은 건 이야기가 좀 다른데."

"다르다니요?"

백수룡의 입가에 맺힌 미소가 점점 사악하게 번졌다.

"작년 동연 회장은 팽사혁이지만, 실질적으로 돈을 관리한 건 간부 중

한 명이었다더라고. 그 녀석은 앞으로 나서길 싫어해서 뒤에서 돈 관리를 도맡아 했는데, 얼마나 철저한 놈인지 이중장부까지 만들었다던데?"

"……!"

선우진이 숨을 헉! 하고 내뱉었다. 당당했던 표정은 완전히 넋이 나간 사람처럼 변했다.

"무, 무슨, 무슨 말을……."

백수룡이 말하는 간부가 바로 자신이었기 때문이었다. 반듯한 이마에서 식은땀이 한 방울 흘러내렸다.

'대체 어떻게…… 이중장부의 존재를 알고 있다고? 누구한테 들은 거지? 간부 중 하나? 설마 하오문?'

선우진이 엄청난 혼란에 빠져 있자, 백수룡이 나직이 말했다.

"너무 머리 굴리지 마라."

학생치고는 제법이지만, 그래 봤자 백수룡에겐 애송이에 불과했다. 이쪽은 혈교에서 아수라장을 거치며 살아남은 몸. 애초에 상대가 되질 않았다.

"당최 무슨 말씀인지……."

이를 꽉 무는 선우진을 보며, 백수룡은 이쯤에서 한발 물러나야겠다고 생각했다.

'아직 숨통까지 막으면 안 되지.'

궁지에 몰리면 쥐도 고양이를 문다. 하물며 상대가 사람이라면, 궁지에 몰렸을 때 무슨 짓을 저지를지 모른다. 여기서 가장 좋은 방법은 도망갈 길을 하나만 열어 주는 것이다.

'그리고 그 길의 끝에 다다랐을 때, 숨통을 완벽하게 끊도록 덫을 놓는 거란다. 애송아.'

백수룡은 속내를 숨기며, 진지한 표정으로 말했다.

"이걸로 널 협박할 생각은 없다. 그랬으면 진작 이중장부를 들고 관주님을 찾아갔겠지."

"아까부터 대체 무슨 소리를……."

"한 가지만 약속하면 이 사실은 조용히 묻어 주마."

"……."

따지고 들던 선우진이 침묵했다. 자신이 동연의 운영비를 착복한 간부였다는 것을 사실상 인정한 셈이었다.

"학관에 붙은 대자보를 전부 떼. 앞으로는 서로 얼굴에 침 뱉기 그만하고, 정정당당하게 승부해라."

"……그게 전부입니까?"

"더 바랄까?"

선우진은 미심쩍은 표정으로 말없이 백수룡의 표정을 살폈다. 상대의 말이 진심인지 의중을 파악하려는 것 같았다. 물론 그는 백수룡의 표정을 읽을 수 없었다.

백수룡이 한숨을 푹 내쉬며 말했다.

"이 이상 서로 추잡한 과거를 들춰서 뭐가 남겠냐. 이대로는 이긴 쪽도 계속 비난을 감수해야 할 거다."

"……."

심각한 표정으로 듣고 있는 선우진에게, 백수룡은 슬쩍 미끼를 흘렸다.

"원강이가 내상만 다 나았어도 차라리 비무로 승부를 내라고 했을 거야. 그게 가장 무인답으니까. 뭐, 지금 상태로는 어림도 없지만."

"……?"

"아무튼 내 조건은 대자보를 떼고, 더 이상 헌원강의 과거를 들추거나 날조하지 말 것. 그게 전부다."

"……."

"어떻게 할래?"

잠시 침묵한 선우진이 힘겹게 말했다. 사실상 그에게 다른 선택지는 없었다.

"……대자보는 전부 떼겠습니다. 제가 한 일은 아니지만요."

"잘 생각했다. 이쪽도 전부 떼마."

백수룡은 선우진의 어깨를 툭툭 두드렸다.

고개를 푹 숙인 선우진은 작아진 목소리로 말했다.

"……선생님 말씀대로 앞으로는 서로에 대한 비난 없이, 정정당당한 경쟁을 했으면 합니다."

"내가 바라는 것도 그거야."

"……그럼 전 이만."

잠시 후, 백수룡은 점점 작아지는 선우진의 뒷모습을 바라보며 중얼거렸다.

"정정당당은 지랄."

관상만 봐도 안다. 저 자식이 선의의 경쟁 따위 하지 않을 놈이라는 것을. 잘생긴 얼굴 뒤에 독사 같은 마음을 숨긴 놈이었다. 갑자기 왜 귀가 가려운 기분이 드는지 모르겠지만…….

어쨌든.

"미끼를 던졌으니 곧 반응이 오겠지."

백수룡은 선우진이 미끼를 물기까지, 오랜 기간이 걸리진 않을 거라고 확신했다.

선우진은 동연으로 돌아오자마자 회의실 안에 있는 물건을 다 팽개치고 박살 냈다.

"다 나가!"

간부들마저 전부 쫓아낸 선우진은 자리에 앉아 씩씩댔다. 더 이상 아무도 믿을 수 없었다. 백수룡에게 받은 모욕에 아직도 손이 떨렸다. 서로가 평판에 큰 타격을 입은 상황. 하지만 더 치명적인 쪽은 평소 모범생으로 알려졌던 선우진 자신이었다.
'이대로는 위험해.'
어떻게든 자신의 평판을 다시 회복해야 한다. 더불어, 헌원강을 그 새끼를 박살 내야 한다.
'상황을 다시 반전시킬 방법이 필요해.'
그리고 그 순간, 선우진은 아까 백수룡이 했던 말을 떠올리고 있었다.

-원강이가 내상만 다 나았어도 차라리 비무로 승부를 내라고 했을 거야. 그게 가장 무인다우니까. 뭐, 지금 상태로는 어림도 없지만.

'아직 내상이 회복 안 됐다 이거지?'
헌원강이 악인곡에서 크게 다쳤다는 소문은 들었다. 부상과 내상이 커서 수련도 마음대로 할 수 없는 상태라고. 얼마 전에 봤을 때는 멀쩡해 보였지만⋯⋯. 상식적으로 악인곡 같은 곳에 다녀왔는데 벌써 몸이 멀쩡할 리가 없었다.

-뭐, 지금 상태로는 어림도 없지만.

잠시 생각을 정리한 선우진이 간부들을 불렀다.
"헌원강과의 공개 비무를 추진해 보면 어떨까?"
그의 이글거리는 눈빛에, 감히 반대하는 간부는 없었다.

183화
준비됐어?

 사실 선우진으로선, 헌원강과 공개 비무를 해서 좋을 것이 하나도 없었다.
 '이겨 봤자 얻는 것도 거의 없는데…….'
 상도연의 간부들 대부분이 비슷한 생각이었다. 선우진은 여전히 선거에서 압도적으로 유리한 상황. 이런 상황에서 공개 비무를 하고 이겨 봤자, 선우진에게 큰 도움이 되진 않는다. 하지만 그 반대의 경우에는……. 간부들이 쉽사리 입을 열지 못하는 가운데, 선우진이 광기에 찬 눈빛으로 말했다.
 "결국 무인의 본질은 무공이지. 내가 헌원강을 상대로 압도적인 무공을 보여 준다면, 녀석의 잔재주는 더 이상 통하지 않을 거야."
 간부들은 방금 선우진이 한 말을 반대의 경우로 해서 묻고 싶었다.
 '만약에 지면?'
 헌원강은 단숨에 선우진과 대등, 혹은 그 이상의 존재감을 가지게 될 것이다. 청룡학관 학생들의 본질은 결국 무인. 더 강한 무인을 동경하고 끌릴 수밖에 없기 때문이다.

'이기면 약간의 도움이 될지도 모르지만, 졌다간 지지율이 역전될 수도 있다고!'

하지만 상도연의 간부들은 속마음을 솔직하게 말할 수 없었다. 패배의 가능성을 말하는 것 자체가 선우진의 자존심을 건드리는 것이기 때문이었다. 안 그래도 선우진은 오늘 대자보가 붙은 것 때문에 화가 잔뜩 나 있었다. 간부들은 그의 눈치를 볼 수밖에 없었다. 결국, 하나둘 고개를 끄덕이며 동의했다.

"……괜찮은 생각인 것 같습니다."

"지금까지 봐준 건 손을 섞을 가치도 없어서였으니까요."

"회장이 모두가 보는 앞에서 그 자식을 박살 내주시길."

평소의 선우진이었다면, 아무리 이길 자신이 있어도 공개 비무 같은 도박수는 선택하지 않았을 것이다.

상대가 준비한 비장의 한 수에 패할 수도 있는 것이 비무니까. 하지만 지금의 선우진은 평소처럼 냉정한 판단을 할 수 있는 상태가 아니었다.

'헌원강! 많은 사람들 앞에서 철저하게 짓밟아 주마.'

선거 기간 동안 헌원강에게 당한 무시와 대자보에 까발려진 내용들, 여기에 백수룡에게 당한 협박까지. 그 분노와 불안이 쌓이고 쌓여, 어떻게든 토해내지 않고는 견딜 수 없는 지경에 이르렀다.

'비무에서 놈의 팔 하나 정도는 날려 버릴까? 그럼 문제가 너무 커지려나? 사고로 위장하면…….'

적어도 헌원강이 비무대를 멀쩡하게 걸어서 내려가게 할 생각은 추호도 없었다.

선우진이 살기 가득한 눈을 번득이며 말했다.

"반대 의견은 없나? 괜찮으니 솔직하게 말해 봐."

그 말을 믿는 간부는 없었다. 당연히 반대는 단 한 명도 없었다. 사실, 간부들도 선우진이 정말로 질 거라고는 생각하지 않았다.

'이상하게 불안하긴 하지만…… 큰 변수만 없다면 결과야 뻔하지.'
'상대가 팽사혁이라면 모를까. 헌원강은 어림도 없어.'
'그 망나니가 아무리 강해도 선우진한테는 안 돼.'

선우진은 청룡학관에서 가장 강한 열 명의 후기지수를 뽑으라면 그 안에 반드시 들어갈 고수였다. 제 잘난 맛에 사는 팽사혁도 선우진의 도법만은 인정했을 정도였다. 아무리 헌원강이 최근에 정신을 차리고 수련에 열중했다고 해도 역부족이리라.

'게다가 헌원강은 아직 내상도 다 낫지 않았다고 했으니…….'

아무리 생각해 봐도, 선우진이 이 비무에서 질 이유를 찾을 수 없었다. 오히려 헌원강이 비무를 피할까 봐 걱정이었다. 그 망나니가 싸움을 피할 것 같진 않지만……. 선우진의 입가에 음산한 미소가 맺혔다.

"피하고 싶어도 못 피하게 만들면 그만이지."

그날 밤. 선우진은 청룡학관 곳곳에 붙은 대자보를 모두 떼어내라고 지시했다. 그리고 헌원강에게 보내는 공개 비무첩을 청룡학관 정문에 붙였다.

상승 도법 연구회 회장 선우진입니다.
최근 동아리 연합회 회장 선거를 앞둔 저와 헌원강 학생의 감정이 격해지면서, 학우 여러분의 눈살을 찌푸리게 한 일이 있었습니다.
죄송합니다.
검증되지 않은 유언비어가 적힌 대자보는 지난밤 모두 제거하였으며, 양쪽 모두 사실이 아님을 제 명예를 걸고 말씀드립니다. 앞으로는 정정당당한 경쟁을 할 것을 약속드립니다.
또한 헌원강 후보에게 친선 비무를 제안합니다.

우리는 정파의 무인입니다. 보이지 않는 곳에서 서로를 헐뜯는 것이 아니라, 얼굴을 마주 보고 무공을 겨루는 것이 서로의 신념을 상대방에게 관철시키는 데 더 좋은 방식이라고 생각합니다. 이에, 아래 날짜에 공식적인 자리를 마련하고자 합니다.
헌원강 후보의 대답을 기다리겠습니다.
-선우진 배상

청룡학관 정문에 커다란 비무첩이 붙었다. 학관에 등교하던 학생들, 출근한 강사들도 모두 멈춰 서서 그 내용을 읽었다.
웅성웅성.
"선우진이 칼을 제대로 갈았군. 하긴, 말도 안 되는 누명을 뒤집어썼으니……."
"시작은 동연이 먼저 했지. 헌원강이 망나니로 유명하긴 했어도, 대자보에 적힌 정도로 쓰레기는 아니었어."
"이 비무에서 이기는 쪽이 선거 회장이 되는 건가?"
"그럼 선거를 왜 하나? 요약하면, 열 받으니까 일단 한판 붙어 보자 이거지."
"결과가 선거에 영향은 끼치겠지만……."
"헌원강이 거절하진 않겠지?"
"에이. 그 망나니가 싸움 피하는 거 봤어?"
"그나저나 둘이 붙으면 누가 이길까?"
"그야……."
"헌원강?"
"선우진?"
어딜 가나 선우진과 헌원강의 비무 이야기로 시끄러웠다. 동연 회장 자리를 노리는 두 학생의 비무. 그것만으로도 이야깃거리가 넘치는데,

둘 다 무기로 도를 다뤘다. 팽사혁이 천무학관으로 떠난 상황에서, 이 비무의 승자가 청룡학관 최고의 도객이 아니냐는 말까지 나왔다.
"이거, 분위기가 장난이 아니로군."
아침 일찍 함께 등교한 백룡장의 제자들도 후끈해진 학관의 분위기를 느꼈다. 그들도 정문에서 비무첩을 읽었다. 하지만 제자들 사이에 헌원강의 모습은 보이지 않았다. 거상웅이 주위를 둘러보더니 씩 웃었다.
"오늘은 여기에 자리를 잡자. 여기가 대목이다."
거상웅은 대자보 근처에 자리를 잡은 후, 등에 메고 온 커다란 봇짐을 풀었다. 그 안에서 긴 접이식 탁자가 나왔다.
"흐아암. 새벽부터 잠도 못 자고 이게 뭔 지랄인지."
거상웅 못지않게 커다란 봇짐을 메고 온 야수혁이 크게 하품하며 봇짐을 탁자 위로 올렸다.
보따리를 풀자, 그 안에서 커다란 목곽이 모습을 드러냈다. 여민이 목곽을 열면서 위지천에게 물었다.
"그런데, 원강 선배 내상은 괜찮은 거래?"
목곽 안에 열자 수백 개도 넘는 경단이 모습을 드러냈다. 고소하면서도 살짝 알싸한 탕약 냄새가 흘러나왔다.
"이제 많이 나은 것 같긴 해요."
위지천과 여민이 빠른 손놀림으로 경단을 꺼내서 탁자 위에 보기 좋게 정리했다. 그들이 자리를 잡고 갑자기 경단을 꺼내 놓자, 주변에 있던 학생들이 신기한 듯이 구경했다.
"선우진 그 녀석. 비무 날짜도 아주 작정하고 잡았네."
거상웅은 비무첩에 적힌 날짜를 보며 혀를 찼다. 선우진이 친선 비무를 제안한 날짜는 동아리 연합회 회장 선거일 바로 전날이었다.
"우리 망나니한테 개망신을 주고 싶은 모양인데……. 누가 망신당할지는 한번 두고 보자고."

씩 웃은 거상웅이 한 걸음 앞으로 나섰다. 중원 십대상단의 후계자가 수완을 발휘하기 시작했다.

"자! 날이면 날마다 오는 물건이 아닙니다! 영약 요리 연구회에서 개발한 영약 경단을 공짜로 나눠 드립니다! 산속 깊은 곳에서만 자라는 귀한 약초들로 만든 영약 경단! 선착순 백 명! 딱 백 명에게만 영약 경단을 공! 짜! 로! 드립니다!"

선착순, 그리고 공짜라는 말이 흘러나오자, 학생들이 순식간에 모여들기 시작했다.

백룡장 제자들은 우르르 몰려든 학생들에게 경단을 나눠 주며 홍보하는 것도 잊지 않았다.

"공짜 영약 받아 가세요!"

"영약 요리 연구회입니다!"

"헌원강에게 한 표 부탁드립니다!"

헌원강이 부탁한 것도, 백수룡이 시킨 것도 아니었다. 네 사람은 헌원강을 돕기 위해 새벽부터 자원해서 경단을 준비하고, 봇짐을 싸 들고 일찍 나온 것이었다. 선우진의 눈치를 보느라 할 말도 제대로 못 하던 상도연 간부들과는 무척 비교되는 모습.

어느새 경단을 전부 나눠 준 제자들은 다음에 또 오겠다며 다 함께 외쳤다.

"내일 또 오겠습니다! 우리 철든 망나니 헌원강에게 소중한 한 표 부탁드립니다!"

그들의 유쾌한 인사에, 하나씩 경단을 입에 문 학생들의 입가에 미소가 맺혔다.

그 시각, 헌원강은 백수룡과 함께 있었다.

"비무첩 봤냐?"

"봤죠."

헌원강은 헛둘헛둘 몸을 풀며 대답했다. 그 앞에 마주 선 백수룡도 천천히 몸을 풀었다.

오랜만에 텅 빈 백룡장의 연무장에 두 사람이 마주 섰다.

"꼬우니까 한판 붙자는 말을 길게도 써 놨던데요?"

"붙을 거냐?"

"당연하죠."

입은 웃고 있었지만, 헌원강의 눈은 사납게 빛나고 있었다.

"안 그래도 한번 붙고 싶었어요. 도를 다루는 놈 중엔 팽사혁 다음으로 강한 녀석이라고 들어서."

"이길 자신은 있고?"

먼저 몸을 다 푼 백수룡이 팔짱을 끼고 물었다. 헌원강은 자신의 도를 들어 손가락으로 넓은 면을 튕겼다. 티잉. 맑은소리가 울려 퍼졌다.

헌원강이 씩 웃으며 말했다.

"그럭저럭요."

"선우진이라는 녀석, 어제 보니 확실히 기본기는 잘 잡혀 있더라. 쉽진 않을 텐데?"

백수룡의 말투는 묘했다. 제자를 걱정해 주는 것 같기도 하고, 은근히 도발하는 것 같기도 했다. 예전 같으면 저 말에 발끈했겠지만, 헌원강도 이제 그렇게 쉽게 흥분하지 않았다. 눈빛은 용암처럼 뜨거웠지만, 그 속에 차분함이 깃들어 있었다.

"그 자식 무공이 학년 전체에서 열 손가락 안에 꼽힌다고 하더라고요. 도만 보면 청룡학관에서 최고일 거라던데……."

하지만 타고난 그 성정이 어디 가는 것은 아니었다.

히죽. 악동 같은 미소를 지은 헌원강이 도를 들어서 백수룡을 겨눴다.

"조만간 그 최고가 바뀔 거예요."

그 순간, 헌원강의 몸에서 가공할 기운이 폭발했다.

푸화아악! 마주 선 것만으로도 전신이 갈기갈기 난자되는 기분이 드는 맹렬한 기운.

광마가 남긴 절세 무공, 수라혈천도의 기운이었다.

'이 녀석……'

백수룡이 속으로 감탄했다. 생각 이상으로 헌원강의 성취가 뛰어났던 것이다.

"짜식. 많이 컸네."

"내상 때문에 제대로 수련을 못 하는 동안, 수없이 참오했어요. 이 도를 어떤 마음으로 휘둘러야 하는지에 대해서."

헌원강은 눈동자에 정제된 광기가 일렁였다. 광마가 일백 번의 생사결을 통해 완성시킨 도(刀). 그 성취를 따라가기엔 아직도 까마득하지만, 광마가 남긴 의지는 제대로 이어받은 듯 보였다.

"쉬는 동안 무뎌진 칼날은 내가 갈아주마."

백수룡이 무기 진열대로 손을 뻗자, 걸려 있던 도가 날아와 그의 손에 잡혔다. 중요한 비무를 앞둔 제자를 위해 맞춤형 과외를 준비했다.

"쾌도로 간다."

"예! 부탁드립니다!"

헌원강은 비장한 표정으로 고개를 끄덕였다. 그 순간, 백수룡은 벼락처럼 달려들어 도를 휘둘렀다. 빛살 같은 발도였다.

까앙! 간신히 첫 일격을 막아 냈지만, 곧바로 두 번째 공격이 빠르게 이어졌다.

까가가가강! 헌원강은 이를 악물며 사방에서 몰아치는 칼을 막고, 쳐

냈다. 무복이 순식간에 너덜너덜해지고, 피부에 생채기가 생겼다. 하지만 헌원강은 아픈 내색 하나 하지 않고 집중해서 도를 휘둘렀다.

'보인다. 점점 보여.'

처음에는 눈으로 좇기도 힘들었던 칼이 눈에 익숙해지고, 몸으로 반응할 수 있게 되었다.

그렇게 사흘이 지났다. 잠시 수련을 쉬면서 무뎌졌던 헌원강의 칼날이, 백수룡에 의해 예리하게 벼려졌다.

휘익! 처음으로 반격에 성공한 순간, 헌원강은 순식간에 백수룡의 품으로 파고들었다.

'벤다!'

그 어느 때보다 확신에 찬 일도(一刀)였다.

서걱. 푸른 옷자락이 베어 허공에 나풀거렸다. 고작해야 손톱보다 조금 더 큰 정도에 불과했지만, 그것이 헌원강에게 의미하는 바는 컸다.

"지, 진짜 벴다……."

헌원강은 제자리에 멈춰 서서 자신의 도를 내려다봤다. 드디어 해냈다는 성취감에 몸이 부르르 떨렸다.

백수룡은 그런 헌원강을 보며 묘한 미소를 지었다. 다행히 일부러 베여 준 게 안 들킨 모양이다.

그가 제자의 어깨를 두드리며 말했다.

"잘했다."

그리고 빠르게 시간이 흘러, 예정된 공개 비무 날이 되었다.

184화

아버지들

선우진은 비무대 주변으로 몰려든 엄청난 인파를 보고 안색이 창백하게 질렸다.

"헌원강 이 미친놈. 이렇게까지 판을 벌이다니……."

비무 장소는 헌원강 쪽에서 정하겠다고 했을 때 순순히 승낙한 것이, 이렇게까지 일을 크게 만들 줄이야. 아무리 공개 비무라고 해도 그렇지. 헌원강은 비무 장소를 청룡학관이 아닌 도시 한복판, 그것도 사람들이 가장 많이 모여드는 대로변으로 정했다.

'도대체 관주님한테 허락은 어떻게 받은 거야?'

이해가 안 되는 것은 그것뿐만이 아니었다. 한눈에 보아도 값비싼 자재들로 지은 비무대와 대기실, 비무대 주변에 설치된 수백 석의 관객석을 살피며 선우진은 입을 떡 벌릴 수밖에 없었다.

'이 비무대를 짓는 데 필요한 돈은 또 어디서 난 거고?'

오늘 한 번만 쓰이고 말 비무대였다. 그런데 웬만한 진각으로는 흠집도 나지 않을 단단한 바닥은 기본이고, 일부 관객석에는 값비싼 탁자와 의자까지 갖춰 놓았다.

"줄을 서십시오, 줄을! 비무 시작 반 시진 전부터 차례대로 입장하겠습니다!"

"초대권을 받은 분들께서는 이쪽으로 오십시오!"

여기에 관의 포졸들까지 동원돼, 혹시나 있을지 모를 사고를 대비하고 있었다. 눈앞의 광경에, 선우진은 마치 꿈을 꾸는 것 같았다.

"이 무슨 말도 안 되는……."

후기지수의 비무가 아니라, 무림 백대고수 간의 생사결 정도는 되어야 이만한 사람들이 모여들 가치가 있지 않을까? 청룡학관이 매년 가을에 여는 청룡제도, 최근에는 이 정도까지 인파가 모이지는 않았다.

비무의 규모에 당황하기는 헌원강도 마찬가지였다.

"아니, 이게 이렇게까지 할 일이야?!"

선우진의 반대편 대기석에서 나온 헌원강도 비무대 주변을 둘러보고는 황당하다는 표정을 지었다.

그 옆에 있던 거상웅이 뿌듯한 표정으로 웃었다.

"우리 아버지가 네 이야기를 듣더니 돈을 좀 쓰셨다."

"선배. 돈이 그렇게 썩어나면 그냥 나한테 줘."

"그게 내 돈이냐? 다 금룡상단 돈이지."

백룡장 제자들에겐 별것 아닌 대화였지만, 멀리서 그들의 대화를 몰래 엿들은 선우진의 눈은 찢어질 듯 커졌다.

'금룡상단이라고?'

천하십대상단의 이름이 왜 여기서 나온단 말인가! 하지만 놀랄 일은 그것으로 끝이 아니었다.

"음? 청천 포두님. 이건 또 뭐예요?"

인상이 얼음처럼 차가운 포두 차림의 사내가 헌원강에게 다가오더니, 포졸들을 시켜 커다란 화환과 서찰을 전달했다.

"지부대인께서 보내신 선물이다. 그리고 이건 승상께서 보내신 서찰이고…….”

헌원강이 깜짝 놀라서 되물었다.

"어? 공손 할배가 편지를 보냈어요?"

"……조금 더 존경심이 들어간 표현을 쓰는 게 좋을 것 같은데."

"에이. 뭐 우리 사이에. 그런데 할배가 저 오늘 비무하는 건 어떻게 알았대요?"

청천이 한숨을 푹 내쉬며 대답했다.

"백수룡이 서찰로 소식을 알린 모양이다. 도시 한복판에 비무대를 설치할 수 있도록 허락받으려고 말이다."

청천은 '갑자기 승상한테 서찰을 받은 지부대인이 자기 목이 날아가는 줄 알고 오열했다더라.'라는 이야기는 전하지 않았다.

"선생님이요? 진짜 동네방네 소문을 다 냈네."

한숨을 내쉰 헌원강은 그 자리에서 공손수가 보낸 서찰을 읽었다. 짧은 안부 인사와 꼭 이기라는 응원의 말이 적혀 있었다. 아울러, 만약에 지면 자신이 복학해서 복수해 주겠다는 농담까지.

"이 할배도 참……."

헌원강의 입가에 훈훈한 미소가 번졌다. 하지만 그 이야기를 전부 엿들은 선우진으로선 충격과 공포 그 자체였다.

'스, 승상이라고!?'

금룡상단도 모자라서 승상이라니! 중원에서 가장 돈이 많은 사람과 가장 권력이 큰 사람이 헌원강의 인맥이란 말인가? 그게 사실이라면, 선우세가의 인맥을 모두 동원해도 비교조차 안 되는 인맥이었다.

"후우……."

선우진은 거칠어지려는 호흡을 정리했다.

'진정하자. 이건 놈이 노린 고도의 심리전일 거야.'

금룡상단? 승상? 상식적으로, 아무리 생각해 봐도 말도 안 되는 헛소리였다. 비무가 시작되기 전에 자신을 심리적으로 흔들려는 수작이 분명했다.

"……분명 그럴 것이다."

선우세가의 가주와 가솔들이 도착한 것은 그때였다.

"진아!"

"아, 아버님? 여긴 어떻게 아시고?"

선우진은 갑자기 나타난 아버지를 보고 크게 당황했다. 선우 가주의 얼굴에 화색이 만연했다. 인파로 가득한 비무대 주변을 둘러본 그가 아들과 꼭 닮은 미소를 지으며 다가왔다.

"어떻게 알긴. 초대장을 받아서 왔단다. 헌데, 설마 이 정도로 규모가 클 줄은 몰랐구나. 허허!"

"……누가 초대장을 보냈습니까?"

선우진은 불안한 표정으로 물었다. 그는 가문에 초대장을 보낸 적이 없었다. 애초에 그만한 일이 아니었기 때문이다.

'설마…….'

가주의 입에서 나온 대답은 선우진의 예상과 거의 비슷했다.

"백수룡 선생님이라는 분께 받았다. 네가 주인공인 무대이니 꼭 참석해 달라고 하시더구나. 허허. 감사하게도 가장 잘 보이는 곳에 자리를 마련해 주셨어. 내 당장 감사 인사를 드려야겠다. 그 선생님은 어디에 계시느냐?"

"백수룡 그자가…….."

"어허! 어찌 선생님의 함자를 함부로 부르느냐!"

깜짝 놀란 선우 가주가 목소리를 높이며 주위를 둘러봤다. 선우진이 나직한 목소리로 가주를 불렀다.

"아버님."

"응? 왜 그러느냐?"

선우진은 선우세가와 청룡학관의 거리를 가늠했다. 비무가 결정된 날을 기준으로 삼으면, 특급 전서구로 초대장을 보내야 오늘 날짜에 맞춰 가주와 가솔들이 도착할 정도로 거리 차이가 있었다.

그 말은 즉…….

"아무래도, 상대가 저를 아주 만만히 보는 것 같습니다."

"뭐라?"

마냥 사람이 좋게 보이던 선우 가주의 표정에 살짝 금이 갔다. 그 아버지에 그 아들이었다. 선우진의 성격은 아버지의 성격을 그대로 닮은 것이었다.

[전음으로 말씀드리겠습니다.]

선우진은 헌원강과 자신 간에 있었던 사건을 짧게 설명했다.

[감히!]

예상대로 선우 가주의 눈빛이 차갑게 가라앉았다. 그가 힐긋 헌원강을 보며 전음을 보냈다.

[저 녀석의 무공 수위는?]

[제법 강한 편이지만 제 적수는 아닙니다. 팽사혁이 떠나기 전 싸웠을 때, 열 합도 버티지 못하고 패했습니다.]

헌원강이 대연무장 한복판에서 팽사혁에게 무참히 패배한 것은 유명한 이야기였다.

[열 합이라……. 너는 팽사혁을 상대로 얼마나 겨룰 수 있느냐?]

이길 수 있냐고는 묻지 않았다. 애초에 불가능하다는 것을 알기 때문이었다.
선우진이 입술을 살짝 깨물며 대답했다.

[팽사혁과 마지막으로 겨루었을 때, 오십 합 이상을 접전으로 겨루었습니다.]

그 말에 선우 가주는 안심한 듯 고개를 끄덕였다. 열 합과 오십 합. 짧은 시간에 결코 극복할 수 없는 격차였다.

[오히려 잘되었다. 오늘 일을 기회로 삼아 무림에 네 이름과 가문의 명성을 드높이면 될 것이다.]
[예. 저도 그렇게 생각합니다.]

부자가 스산하게 눈을 빛냈다. 독을 숨긴 두 마리 뱀처럼 마주 보며 은밀히 고개를 끄덕였다.

[아버님. 제가 놈을 좀 거칠게 대해도 되겠습니까?]
[아무렴. 팔 하나 정도는 잘라야지.]

선우 가주는 아들의 말을 단번에 이해했다. 그의 입가에 스산한 미소가 맺혔다.

[뒷일은 가문의 힘으로 수습할 터이니 걱정 말거라. 저 주제도 모르는

놈에게 선우가의 도를 새겨 주도록 해라.]

가문의 허락까지 받았겠다, 선우진에겐 더 이상 거리낄 것이 없었다.
"예. 반드시 그렇게 하겠습니다."
헌원강을 노려보는 선우진의 눈에 살기가 가득했다.

웅성웅성.
금룡상단에서 마련한 관객석은 순식간에 가득 찼다. 미처 자리에 앉지 못한 관객들은 비무대 주변으로 빙 둘러서 섰다. 어찌나 사람이 많은지 발 디딜 틈도 없을 정도였다.
"아, 쫌만 더 들어갑시다!"
"밀지 마시오! 나도 안 보인단 말이오!"
"떡 사세요! 비무 보면서 먹기 좋은 달착지근한 떡입니다!"
그것으로도 모자라, 비무대 인근의 건물이란 건물의 지붕에는 무공을 배운 무인들이 올라가 자리를 잡았다. 무인들은 안법을 단련한 덕에 멀리서도 비무를 관람하는 데 큰 무리가 없었다.
"거참. 새파란 후기지수들의 비무가 뭐라고 이렇게 요란인지……."
"그래서 더 궁금한 거 아닌가? 이만큼 꾸며 놨으면 뭔가 있기는 하다는 소리 아니겠어?"
"요즘 청룡학관에서 온갖 이야기가 흘러나오는군."
"올해는 정말 다른 것 같기도 하고."
무인들은 지붕 위에 모여 이런저런 대화를 나눴다. 누가 이길지 승패를 가늠하기도 하고, 최근 청룡학관의 행보가 심상치 않다는 이야기도 나눴다. 간간이 '청룡신협'이란 별호도 언급되었다.

하지만 모두가 가벼운 마음으로 비무를 구경하러 온 것은 아니었다.

"그런데 저쪽은……."

"건드리지 말자고. 분위기 살벌한데."

인상이 사나운 중년 사내가 홀로 앉아 있었다. 모진 풍파를 겪으며 살아온 분위기의 사내였다. 멀리서 달려온 듯 옷은 먼지투성이였고, 거뭇한 수염은 제대로 정리되지 않았다. 사내의 무거운 분위기에, 웬만큼 간이 큰 무인들도 가까이 다가가지 않았다 방금까지는 그랬다.

"옆에 좀 앉아도 되겠소? 근처에 여기 말고 자리가 마땅치 않아서."

옆에서 들려온 소리에 사나운 인상의 중년인이 돌아봤다. 그러곤 상대를 보자마자 생각했다.

'재수 없을 정도로 잘생겼으면서, 상당한 고수로군.'

보자마자 잘생겼다는 말부터 나올 정도의 남자였다. 자세히 보니 자신과 또래의 나이로 보였는데, 나른한 미소와 어딘가 달관한 분위기가 느껴지는 미중년이었다. 눈가의 잔주름마저도 세월이 더해 준 매력처럼 느껴졌다. 인상이 사나운 중년인이 무뚝뚝하게 고개를 끄덕였다.

"앉으시오."

"고맙소이다."

두 중년인은 적당한 거리를 두고 나란히 앉았다. 미중년이 품에서 호리병과 잔을 꺼내더니, 인상이 사나운 중년인에게 물었다.

"한잔하시겠소?"

"괜찮소이다."

"혼자 마시면 적적한데……."

"술 마실 기분이 아니외다."

인상이 사나운 중년인은 비무대 위 빈 공간에 시선을 고정하며 단호하게 말했다.

미중년은 순순히 고개를 끄덕이고 혼자 한 잔을 마셨다. 그리고 다시 사나운 인상의 중년인에게 말을 걸었다.
"아들을 보러 오셨소?"
"그걸 어떻게……."
사나운 얼굴의 중년인이 고개를 홱 돌리며 물었다. 자신이 아들을 보러 온 것은 아무도 모른다. 그런데 어찌 이자가 그 사실을 안단 말인가!
눈이 마주친 미중년이 피식 웃었다.
"나도 아들을 보러 왔거든. 동병상련이랄까. 형장 얼굴에 아들 걱정이 가득한 것 같아서 말이오."
"설마……."
사납게 생긴 중년인의 표정이 심각해지자, 미중년이 고개를 저었다.
"걱정 마시오. 내 아들은 당신 아들의 비무 상대가 아니니까."
"……."
미중년은 긴 손가락을 뻗어 이제 막 비무대 위에 올라온 헌원강을 가리켰다.
"저 아이가 당신 아들 맞소?"
"당신 점쟁이요? 저 아이가 내 아들인 건 어떻게 아셨소?"
"빼다 박았구먼, 뭘. 인상이 험악한 건 집안 내력인가 보오."
"……그러는 댁의 아들은?"
그 질문에 미중년이 기분 좋게 웃으며 말했다.
"청룡학관 강사요. 저어기, 바쁜 척하면서 빈둥대고 있는 녀석이 내 아들이지."
미중년이 손가락으로 비무대 주변을 가리켰다. 새파란 무복을 입은 훤칠한 미청년이 한눈에 들어왔다.
'이쪽은 아들도 잘생겼군.'
사나운 인상의 중년인은 괜히 자기 아들에게 미안해졌다.
"헌데 나는 그렇다고 치고, 형장은 왜 이런 데서 구경하는 거요? 아들한테 가서 응원이나 좀 해 주지."

"……."

미중년은 자연스럽게 술잔을 권했다. 아들 가진 아비라는 동질감 때문일까. 사나운 인상의 중년인은 더 이상 거절하지 않았다. 한입에 술잔을 털어 넣은 그가 한숨을 푹 쉬었다.

"나는 못난 아비이기 때문이오."

"음?"

사나운 인상의 중년인이 씁쓸한 표정으로 한숨을 쉬었다.

"가전무공이 유실되어 아들에게 제대로 된 무공을 가르치지 못했소. 천고의 자질을 타고났으면 뭘 하나? 그래서…… 아들이 삐뚤어진 걸 알면서도 훈계 한번 제대로 못 했소. 학관에 찾아와 보지도 못했고."

"거참. 안 그렇게 생겨서 은근히 아들 자랑이로군."

"해 준 것도 없는 아비가 어찌 가까이 가서 응원을 한단 말이오. 행여나 비무에서 지면 나를 원망할 텐데……."

멀리서 아들을 지켜보는 아버지의 눈에 미안함과 안타까움이 가득했다. 미중년이 혀를 찼다.

"별 시답잖은 걱정을 다 하는군."

"뭣이?"

"나 역시 못난 아비요. 아들 녀석이 어려서부터 몸이 약했거든. 천하를 다 뒤졌지만, 아들의 몸을 고쳐 줄 의원을 찾지 못했소. 그래서 평생 품에 안고 살려 했지."

"……."

"그러다 한 방 먹었지 뭐요? 무림에 나가겠다는 녀석에게 날 이기면 보내 주겠다고 했는데, 세상에나! 녀석이 나를 때려눕히지 뭐요!"

미중년은 술잔을 들이켜며 껄껄 웃었다. 백수룡을 바라보는 그의 눈빛에 신뢰와 애정이 가득했다.

"애들은 무섭게 크더이다. 그 작았던 녀석이, 어느새 품 안에 두기에는 감당이 안 될 만큼 말이오."

"……."

"형장 자식도 그럴 거요. 내 미리 축하주를 드리지."

"고맙소이다."

두 중년인은 그제야 통성명을 나눴다.

"헌원수요."

"백무흔이오."

두 아버지가 대화를 나누는 동안, 비무대 위에서는 두 학생을 소개하고 차례대로 올라왔다. 관중석에서 기대에 찬 함성이 터져 나왔다.

"곧 시작하려는 모양이오."

헌원수가 자세를 바로 했다. 긴장한 기색이 역력했다. 백무흔이 잔을 권하며 물었다.

"한잔 더 하시겠소?"

"그만 마셔야겠소. 비무가 끝날 때까진 목구멍에 뭐가 넘어갈 것 같지 않으니."

헌원수는 마른 침을 꿀꺽 삼켰다.

상대는 선우세가의 후계자라고 했다. 자질이야 자신의 아들이 월등하겠지만, 익힌 무공의 차이가 컸다.

'불완전한 진천도만으로는 한계가 있거늘…….'

헌원강을 바라보는 아버지의 두 눈에 걱정이 가득했다.

잠시 후 비무가 시작되었다.

그리고 얼마 지나지 않아, 헌원수는 비명을 지르며 자리에서 벌떡 일어났다.

185화
네가 자초한 거야

스읔. 비무대 위에 마주 선 두 젊은 도객이 서로에게 칼을 겨눴다. 그 순간, 햇빛이 칼날에 반사되며 찬란하게 부서졌다. 반사된 빛 때문에 일부 관객은 눈살을 찌푸렸지만, 아무도 불만을 표시하지 않았다. 더 자세히 보기 위해 눈 위에 손차양을 만들 뿐이었다.

비무가 시작되었다. 두 젊은 도객은 천천히 시계 방향으로 돌면서 서로의 빈틈을 찾았다. 아슬아슬한 긴장감이 침묵을 강요했다.

"준비를 많이도 했더군."

긴장된 분위기 속에서 선우진이 먼저 입을 열었다. 수많은 시선에 긴장했는지, 그의 입술은 평소보다 조금 말라 있었다.

"지금 생각해 보면, 이 공개 비무도 네 계략에 내가 말려든 것이겠지."

선우진은 자신이 헌원강이 파 놓은 함정에 빠졌음을 눈치챘다. 가만히 기다렸으면 어렵지 않게 선거에서 이겼을 것이다. 하지만 한순간의 분노로 이성적인 판단을 하지 못하고 자청해서, 헌원강에게 선거에서 역전할 기회를 주었다.

'하지만 가장 화가 나는 건……'

헌원강이 이 비무에서 이길 거라는 전제하에 이런 함정을 팠다는 사실이었다. 선우진은 치밀어오르는 살기를 감추며 웃었다.

"그래. 네가 날 이기면 회장에 당선될 거다. 이제는 이 비무 자체가 회장 자리를 걸고 열린 것처럼 돼 버렸으니까."

"잘 아네."

어딘가 초조해 보이는 선우진과 달리, 헌원강은 덤덤한 표정으로 대답했다. 선우진은 그 표정과 대답이 모두 마음에 들지 않았다. 보는 사람만 없다면, 이 자리에서 죽여 버리고 싶을 정도로.

"너, 천무제에 나가서 팽사혁을 쓰러뜨리겠다고 떠들고 다닌다며?"

"그래서?"

헌원강이 처음으로 날카롭게 반응했다. 선우진은 그 기회를 놓치지 않고 이죽거렸다. 본격적인 싸움을 시작하기 전에 심리전을 걸었다.

"꿈이 너무 큰 것 아닌가? 팽사혁에게 열 합도 버티지 못하고 무릎을 꿇은 게 두 달도 되지 않았는데."

"……."

"나는 팽사혁이 떠나기 전에 오십 합 이상 겨뤘다. 접전이었지. 패인은 내공의 부족. 다른 부분에선 전혀 밀리지 않았다고 자부해."

헌원강은 이 자리를 함정이라 생각하고 만들었을지도 모르지만, 결과적으로 자신을 더 빛나게 만드는 자리가 될 것이다. 선우진은 그렇게 확신했다.

헌원강이 미심쩍은 표정으로 물었.

"오십 합이라고?"

"이제 너와 나의 수준 차이를 알겠나?"

"팽사혁 그 새끼가 많이 봐줬네."

"……뭐?"

"봐준 거라고, 병신아. 진심으로 했으면 너 같은 놈한테 오십 합이나

설리겠냐?"

피식 웃은 헌원강은 일부러 빈틈을 드러내며 칼끝을 까딱거렸다. 중요한 비무라서 신중하게 싸우려고 했지만, 곧 그럴 필요 없다는 것을 깨달았다.

아예 어깨에 도를 툭 걸친 헌원강이 걸걸한 입담을 쏟아냈다.

"야 이 한심한 새끼야. 팽사혁이랑 싸워서 진 게 무슨 자랑이냐? 오십 합 버텼으면 칭찬이라도 해 줄 줄 알았어? 사내가 되었으면 진 것을 부끄러워할 줄 알고 다음에는 이기려는 독기를 품어야지. 오대세가의 소가주한테 이만큼이나 버텼다고 자랑거리로 삼는 새끼랑은 더 이상 말도 섞고 싶지 않다. 네 느끼한 면상도 보기 싫고. 그러니까 닥치고 빨리 덤벼. 선공은 양보해 줄게."

헌원강의 거침없는 입담에 관객들이 입을 떡 벌렸다.

이 자리에는 지역의 저명한 인사들과 무인들까지 몰려와 있었다. 사흘이면 비무 결과는 물론이고, 두 후기지수의 평판이 무림에 퍼지게 될 텐데…… 헌원강은 뒤가 없었다.

상석에서 지켜보고 있던 청룡학관주 노군상이 헛기침을 하며 말했다.

"흠흠. 둘 다 감정싸움은 자중하도록."

제대로 싸워 보기도 전에 말로 호되게 얻어맞은 선우진의 얼굴이 시뻘겋게 달아올랐다.

"건방도 적당히 떨어라!"

쿵! 한 번의 진각에 바닥에서 먼지가 크게 일어났다. 동시에 선우진의 신형이 포탄처럼 쏘아졌다. 헌원강은 상대의 움직임을 눈에 담으며 도를 휘둘렀다.

쩌엉! 도와 도가 부딪친 순간, 두 사람의 얼굴에서 표정이 사라졌다. 손목을 찌르르 울리는 통증에 선우진이 눈을 크게 떴다.

'이렇게 쉽게?'

전력을 다한 일격이었다. 단숨에 베어 버릴 생각으로 휘둘렀다. 죽어도 상관없다는 살기를 담아서. 하지만 공격이 끝까지 뻗기도 전에, 헌원강이 궤적을 미리 알아채고 막았다. 두 사람이 칼을 맞댔다. 마주 본 헌원강의 두 눈에서 시퍼런 귀화가 타오르는 듯했다.

"이게 다면 안 될 텐데."

"닥쳐라!"

쩌저저정! 두 줄기 도의 궤적이 어지럽게 얽혔다. 칼날을 뻗어내는 속도가 엄청났다. 서로 한 치도 물러서지 않고 무섭게 공격을 주고받았다.

"허어. 제법이군!"

"둘 다 쾌도가 상당한 경지에 이르렀어."

무인들이 감탄하며 고개를 끄덕이거나 흥에 겨워 박수를 쳤다. 둘 다 엄청난 속도로 도를 휘두르고 있었지만, 자세히 보면 그 성격이 명확하게 달랐다.

선우진의 도는 정교하고 예리했다.

반면, 헌원강의 도는 사납고 맹렬했다.

두 사람은 한 손으로 도를 휘두르고, 남은 손으로는 장법을 부딪치며 싸웠다.

파바바박! 장법은 어느 순간 권법이 되었다가, 손가락을 발톱처럼 구부리며 금나수로 상대의 도를 빼앗으려 들었다. 그러다 다시 손바닥을 펼쳐 장법을 부딪쳤다.

퍼어엉! 장력을 강하게 부딪친 두 사람의 거리가 벌어졌다. 그 상태로, 그들은 잠시 호흡을 골랐다.

"이거 오랜만에 눈이 호강하는군."

"후기지수의 수준이 아닌데?"

"그야말로 용호상박! 막상막하의 대결이 아닌가!"

박진감 넘치는 그들의 대결에, 떠들기 좋아하는 호사가들은 신이 나서 떠들어댔다. 그러나 진짜 고수들은 둘의 실력이 막상막하라는 말에 동의하지 못하는지, 조용히 고개를 저었다.

"저게 막상막하라고? 대체 눈깔이 제대로 달려 있긴 한 것인가!"

유독 흥분한 한 사내가 벌떡 일어나며 비명 같은 소리를 질렀다.

"눈을 크게 뜨고 자세히 보시오! 호흡이며 자세가 누가 더 흐트러져 있는지! 하체가 흔들리지 않고 보법이 더 안정적인 쪽이 누구인지! 자세히 보고 판단하란 말이오!"

인상이 무척 험악한 사내가 눈을 부라리자, 막상막하라고 외쳤던 호사가들은 자라처럼 목을 움츠렸다. 애초에 저들의 무공을 보는 눈이 부족해서 아무렇게나 떠드는 것에 불과하다는 것도 알고 있었다. 하지만 헌원수는, 이렇게 외치지 않고는 참을 수가 없었다.

"잘 봐! 내 아들이 훨씬 강해!"

"……내가 다 부끄러우니까 그만 흥분하고 앉으시오."

보다 못한 백무흔이 헌원수를 잡아끌어 앉혔다.

헌원수가 넋이 나간 얼굴로 그를 보며 중얼거렸다.

"현실이 맞겠지? 백 형의 눈에도 보이시오? 내 아들이 지금…….”

"물론 보이고말고. 나뿐만 아니라 웬만한 고수들은 거의 다 보고 있을 거요.”

백무흔은 껄껄 웃으며 고개를 끄덕였다. 그의 말대로, 고수들의 시선은 전부 한 명에게로 향하고 있었다.

"지금 헌원 형의 아들이 상대를 완전히 압도하고 있소이다. 아니, 이건 지배한다고 보는 게 맞겠지."

"……믿을 수가 없소. 대체 우리 강이가 언제 저토록 고강한 도법을 익혔는지…….”

놀랍게도 헌원강은 상대의 실력에 맞춰 주고 있었다. 속도, 호흡, 간격. 그 모든 것을 헌원강이 지배하고 있었다. 심지어 선우진은 아직 그것을 깨닫지 못하는 상황. 몇 수 위의 고수는 되어야 가능한 일이었다.

비무에 초대된 고수들이 하나둘 웅성거리기 시작했다.

"저 후기지수의 이름이 헌원강이라고?"

"그 헌원세가의 자제였군."

"허어! 강호 일절로 유명했던 헌원세가의 도법을 이렇게 다시 보게 될 줄이야."

"저 아이가 헌원세가를 다시 부흥시킬지도 모르겠소."

주변에서 들려오는 아들의 칭찬을 들으며, 헌원수는 주먹을 꽉 쥐었다. 주책맞게 눈가에 눈물이 맺혔다. 그는 뿌연 시선으로 아들의 모습을 바라봤다.

'강아. 내가 수십 년 동안 못한 일을 너는 하루 만에 해내는구나.'

헌원강이 어떻게 저토록 고절한 도법을 익혔는지는 그리 중요하지 않았다. 중요한 것은, 자신의 아들이 가문의 명예를 다시금 드높이리라는 것이었다.

"음?"

그 순간, 아버지의 기척을 느꼈는지 헌원강이 고개를 돌려 헌원수를 바라봤다.

"허허. 이 녀석아. 날 보지 말고 상대에게 집중해야지."

헌원수가 너털웃음을 터트리며 고개를 저었다. 설마 그 말을 들었을까? 헌원강이 씩 웃자마자 동시에 그의 도가 변화하기 시작했다.

"저건……!"

경탄하며 지켜보던 무림인들의 눈이 경악으로 바뀌기 시작했다.

언제부터였을까. 헌원강은 더 이상 비무 상대인 선우진을 바라보지 않았다.

쩌저저정! 여전히 엄청난 속도로 도를 부딪치고 있었지만, 그뿐이었다. 맹렬하게 도를 휘두르는 쪽은 선우진 혼자였다. 헌원강은 그를 적당히 상대하며, 곤두선 자신의 감각에 집중하고 있었다.

'이상한 기분이야.'

온몸의 감각이 극도로 활성화된 기분. 선우진이 휘두르는 도의 궤적이 전부 읽혔다. 어디로 보법을 밟을지 미리 알았고, 기의 운용, 근육의 미세한 움직임까지 읽을 수 있었다. 상대의 수를 미리 알고 바둑을 두는 기분이 이럴까.

'지금이라면 눈 감고도 이길 수 있을 것 같은데…….'

선우진의 도가 귀 옆을 스쳐도 전혀 위험하게 느껴지지 않았다. 감각이 점점 확장되었다. 그렇게 확장된 감각에, 아주 익숙한 기가 잡혔다.

'아버지?'

고개를 들자, 저 멀리 건물의 지붕 위에서 자신을 지켜보는 아버지의 모습이 보였다. 헌원강이 고개를 갸웃하며 중얼거렸다.

"아버지가 왜 여기에?"

"감히 내 앞에서 한눈을 팔다니!"

선우진이 성난 고함과 함께 도를 휘둘렀다.

휘익! 헌원강은 한 걸음만으로 그 공격을 피한 후, 좌장을 뻗어 선우진을 뒤로 밀어냈다.

퍼어엉! 십여 걸음을 비틀거리며 밀려난 선우진이 겨우 중심을 잡았다. 그는 비로소 뭔가 이상하다는 것을 깨달았다.

"너 이 새끼……."

이미 온몸이 땀으로 범벅된 자신과 달리, 헌원강은 땀을 별로 흘리고 있지 않았다. 게다가 숨도 가빠 보이지 않았다.

선우진이 이를 악물며 물었다.

"날 봐주고 있는 거냐?"

"지금까지는 그랬는데. 이제 그만두려고."

아버지를 향해 씩 웃어 준 헌원강은 고개를 돌려, 비무를 보러 온 관객들을 슥 훑었다.

"이쯤이면 충분히 보여 준 것 같거든."

"뭐라고?"

모두가 헌원강을 놀란 눈으로 바라보고 있었다. 몰락한 가문의 망나니라 불렸던 그가, 명문세가의 후계자를 완전히 압도하고 있는 모습을. 빨리 끝내지 않은 것은 백수룡의 요청 때문이었다.

—너무 빨리 끝낼 생각하지 마라. 관객들도 뭘 보긴 해야 소문을 낼 거 아니냐.

헌원강의 시선은 마지막으로 백수룡에게 닿았다.

'선생님. 이 정도면 됐죠?'

굳이 전음을 보내지 않아도 뜻이 전해졌다. 눈이 마주친 백수룡이 씩 웃으며 고개를 끄덕였다. 헌원강은 비로소 고개를 돌려, 더 이상 안중에도 없는 선우진을 바라봤다.

"이제 아버지한테 세상에서 가장 잘난 아들을 보여 드려야겠어."

"아까부터 개소리를……."

콰콰콰콰! 헌원강의 발밑에서부터 가공할 기가 소용돌이쳤다. 피어오른 먼지가 헌원강의 몸을 휘돌아 하늘로 날아올랐다. 흡사 용 한 마리가 헌원강의 몸을 타고 오르며 승천하는 것처럼 보였다.

쿠웅! 무겁게 진각을 밟았다. 두꺼운 비무대 바닥에 쩌적 금이 갔다. 헌원강의 신형이 일직선으로 쇄도했다.

쩌엉! 충격이 달랐다. 선우진은 하마터면 일격에 도를 놓칠 뻔했다. 간신히 막아 내고 반격을 준비하는데, 곧장 두 번째 도격이 날아왔다.

쩌어어엉!

"크윽!"

반쯤 놓친 도를 허공에서 간신히 다시 잡았다. 손목뼈에 금이 간 것 같았다. 허리와 무릎에도 무리가 갔다. 헌원강의 기세가 바뀌고 단 두 합 만에, 선우진은 궁지에 몰렸다.

'세 번째는 못 막는다.'

억지로 막으려 했다간 어딘가가 잘리거나 죽을지도 모른다.

헌원강도 그 사실을 경고했다.

"항복해. 다치기 싫으면."

그 순간, 선우진은 날아오는 세 번째 도격을 바라보며 뱀처럼 눈을 빛냈다.

그가 아주 작게 중얼거렸다.

"내가 졌다."

그 순간, 헌원강은 도에서 힘을 뺐다. 상대가 항복했으니 당연한 일이었다. 선우진은 그 찰나를 노렸다.

휘익! 방심한 틈새를 파고들었다. 돌아서면서 헌원강의 도 바깥쪽으로 빠져나갔다.

"멍청한 놈!"

방금 한 말은 바람 소리에 묻혀 아무도 듣지 못했을 것이다. 헌원강에게도 간신히 들릴 소리였으니까.

'팔 하나는 반드시 가져간다!'

선우진의 눈이 악독하게 빛났다. 그의 쾌도가 공기를 가르며 헌원강의 오른팔을 노렸다.

"저, 저런!"

"갑자기 왜!"

비무를 지켜보던 많은 무인들이 탄식을 터트렸다. 그들이 보기엔 갑자기 헌원강이 방심한 것으로 보였다.

"안 돼!"

헌원수가 아들을 구하기 위해 비무대로 뛰어들었다. 하지만 이미 선우진의 도가 헌원강의 어깨에 닿았다.

그 순간, 감각이 최고조로 끌어 올려진 헌원강은 그 찰나에 대응했다.

파밧! 몸을 비틀며 팔꿈치로 도를 쳤다. 각도가 살짝 틀어진 선우진의 도가 헌원강의 단단한 팔 근육에 막혀 잠시 멈췄다. 녹림십팔식의 공능이 발휘되었다. 하지만 잠시 시간을 번 것에 불과했다. 곧 선우진의 도가 헌원강의 팔을 통째로 베어 버릴 터였다. 이미 핏물이 배어 나오고 있었다.

멈출 방법은 하나뿐이었다.

"네가 자초한 거다."

헌원강은 오른손의 도를 왼손으로 바꿔 쥐었다. 그 즉시 도를 역수로 쥐고, 몸 안쪽에서 바깥쪽으로 휘둘렀다. 그 궤적 안에 도를 든 선우진의 팔이 있었다.

촤아악! 빛이 번쩍이고, 도를 꽉 움켜쥔 팔과 함께 선우진의 도가 바닥에 떨어졌다.

186화
파천도(破天刀)

 선우진의 팔이 도와 함께 바닥에 떨어진 순간, 관객석 전체에 짧은 정적이 흘렀다.
 "끄아아악!"
 정적을 깬 것은 선우진의 비명이었다. 팔이 워낙 깔끔하게 잘려나간 탓에 뒤늦은 고통이 밀려왔다. 하지만 고통보다는 팔을 잃었다는 충격이 훨씬 더 컸다.
 "내 팔! 내 팔이이이!"
 오른손잡이 도객에게 오른팔은 생명이나 다름없었다. 선우진이 악귀처럼 일그러진 얼굴로 헌원강을 노려봤다. 항상 주위의 평판을 신경 쓰던 청년은 더 이상 없었다.
 "이 개새끼! 감히 내 팔을 잘라!"
 자신이 먼저 헌원강의 팔을 자르려고 했다는 사실은 선우진의 머릿속에 없었다. 오로지 상대를 향한 원망과 저주만이 가득했다.
 "죽여 버리겠다!"
 이성을 잃은 선우진이 막무가내로 헌원강에게 달려들었다. 그 순간,

한 사람이 비무대 위로 올라와 선우진의 앞을 가로막았다.

"아버님!"

"……물러나 있어라."

바로 선우세가의 가주였다. 그는 아들의 팔을 우선 지혈해 뒤로 물러나게 한 후, 헌원강을 향해 성큼성큼 걸어갔다.

"비무치고는 손속이 과했다. 고의로 그랬다고밖에는 달리 생각할 수가 없군."

표정이 굳은 선우 가주는 목소리에 살기가 짙었다. 싸움을 말리러 온 것이 아니라 아들의 복수를 위해 올라온 모습이었다.

헌원강은 물러서지 않고 당당하게 대답했다.

"저 녀석이 먼저 속임수를 썼습니다. 말로는 항복한다고 하면서……."

"갈!"

내공이 담긴 선우가주의 음성이 헌원강의 말을 잘랐다.

"변명 따윈 듣고 싶지 않다. 이 자리에서 똑같이 너의 팔 하나를 잘라야겠다."

"이런 미친! 누가 그렇게 하게 둔대?"

"너의 의사를 묻는 것이 아니다."

선우 가주가 도를 뽑아 들자, 날카로운 기파가 사방으로 휘몰아쳤다.

"큭!"

전신이 짓눌리는 듯한 압박감에 헌원강은 숨이 턱 막혔다. 선우 가주는 아직은 헌원강이 감당할 수 없는 수준의 고수였다. 그 순간, 비무대 위로 또 한 사람이 올라왔다.

"멈추시오!"

익숙한 등을 본 헌원강이 반가운 목소리로 외쳤다.

"아버지!"

"강아. 물러나 있어라."

아들을 등 뒤로 보낸 헌원수가 선우 가주에게 포권을 취했다.

"선우 가주께서는 일단 노기를 가라앉히시오."

"오랜만이오. 헌원 가주. 아들을 잘 키우셨더이다. 덕분에 내 아들의 팔이 잘렸소."

선우 가주가 부드럽게 웃었다. 하지만 그 입가에 맺힌 살기는 점점 짙어졌다. 뽑아 든 도를 다시 넣을 생각이 없는 듯했다. 갑자기 비무대 위로 올라온 두 가주의 대치에, 관객들은 숨도 멈추고 지켜보았다.

헌원수가 이마에 식은땀을 흘리며 말했다.

"방금 전 일은 피치 못할 사고였소. 나보다 무공이 고강한 가주께서 못 알아보실 리가 없지 않소이까?"

헌원수는 자신을 한껏 낮추고 선우 가주를 높였다. 상대를 자극하지 않으려고 무기도 뽑지 않았다. 하지만 선우 가주는 코웃음을 치며 헌원세가의 가주를 비꼬았다.

"당신이 내 무공을 평가한단 말이오? 오호라. 헌원세가가 유실된 가전 무공을 되찾은 모양이군. 감축드리오."

"그런 뜻이 아니라……."

헌원강의 무공은 놀라웠지만, 그 아비인 헌원수의 무공은 기껏해야 일류에서 절정 초입 사이였다. 한때 하북팽가와 어깨를 나란히 했던 가문의 가주치고는 너무나 보잘것없는 실력.

'그래서 더 싹을 잘라야 한다.'

선우 가주의 시선은 헌원수의 어깨너머로 보이는 헌원강을 향했다. 사실 그가 갑자기 앞으로 나선 것은 단순히 아들이 팔을 잃은 분노 때문만이 아니었다.

'저 녀석이 헌원세가의 다음 세대를 이끌게 되면, 우리가 뒤로 밀릴지도 모른다.'

과거 헌원세가는 도의 명문으로, 하북팽가 못지않은 명성을 누렸다.

하지만 광마 혈사로 가전무공을 잃으며 급격히 몰락했고, 그 자리는 선우세가가 차지했다. 물론 하북팽가와 선우세가를 비교하면 격차가 상당히 크지만, 선우 가주는 그 자리를 결코 내주고 싶지 않았다.

'복수를 명분으로, 이 자리에서 놈의 팔 하나는 잘라야 한다.'

헌원세가가 헌원강이라는 천재로 인해 다시 날아오르기 전에, 그 날개를 꺾어 놓아야 한다. 비무대로 올라온 선우 가주의 머릿속에는 그런 계산이 깔려 있었다. 아들의 복수는 명분에 불과했다.

"옆으로 비키시오. 나는 아비로서 아들의 복수를 해야겠으니!"

"선우 가주. 부디 진정하시고······."

"지금 비키면 개인의 일로 끝날 것이오. 하지만 비키지 않으면 가문 대 가문의 일로 번질 수도 있소이다."

가문 간의 전쟁까지 불사하겠다는 은근한 협박에, 헌원수의 표정이 새파랗게 질렸다.

"그, 그런······."

울컥한 헌원강이 앞으로 나서며 외쳤다.

"아버지. 그냥 제가 한 번 더 싸울게요. 까짓거 이기면······."

"제발 넌 가만히 있거라!"

헌원수가 내지른 호통이 앞으로 나서려는 헌원강의 걸음을 묶었다.

"아버지······."

"부탁이다. 내가 알아서 할 테니 가만히 있어다오."

아무리 아들의 무공이 일취월장했다 한들, 선우세가의 가주를 상대로 이긴다는 것은 어불성설이었다.

'내가 무릎이라도 꿇으면 주변의 시선 때문에라도 물러나지 않을까?'

몰락한 가문이나마 지키기 위해, 헌원수는 평생 남들에게 고개를 숙이며 살았다. 이 자리에서 무릎 좀 꿇는다고 하여 더 떨어질 명예도, 무인으로서의 자존심도 없었다.

아들의 팔을 구할 수 있다면 무릎 정도는 얼마든지 꿇을 수 있었다.
그런데…….

-애들은 무섭게 크더이다. 그 작았던 녀석이, 어느새 품 안에 두기에는 감당이 안 될 만큼 말이오.

백무흔과 나눠 마신 술이 없던 용기를 불어넣었을지도 모를 일이었다. 헌원수의 입에서, 스스로도 예상치 못한 말이 흘러나왔다.
"더 이상 부끄러운 아비로 사는 것은 그만두겠소."
"……뭐라고?"
"이렇게 멋지게 성장한 아들 앞에서, 나도 당당히 아비로 보이고 싶단 말이오."
스르릉. 헌원수는 도를 뽑아 선우 가주를 겨눴다. 아들을 해치려 드는 적을 노려보는 두 눈이 맹렬하게 불타올랐다.
"당신은 아들의 복수를 하고 싶겠지만, 나는 죽어도 내 아들의 팔이 잘리는 꼴을 못 보겠소. 그러니 애들은 내버려 두고 아비끼리 결판을 냅시다."
"허……."
헌원수가 도를 뽑아 들자, 오히려 당황한 쪽은 선우 가주였다.
'이자가 정말 헌원수가 맞단 말인가? 조금만 겁을 줘도 물러서던 자가 갑자기…….'
하기야 제 아들의 팔이 걸린 일이니, 쉽게 물러나지 않는 것도 이해는 되었다. 덕분에 일이 성가셔졌지만, 선우 가주는 간단한 해결 방법을 생각해냈다.
'둘 다 외팔이로 만들어 주지.'
먼저 헌원수의 팔을 베면, 헌원강이 곧장 흥분하여 덤벼들 것이다. 그때 헌원강의 팔도 베어 버리면 된다.

"굳이 벌주를 마시겠다면야……."

선우 가주의 무복이 바람에 미친 듯이 펄럭이기 시작했다.

"너무 얕보지 않는 게 좋을 거요."

그와 마주 선 헌원수도 내공을 끌어올리며 진천도의 기수식을 취했다.

"아버지……."

헌원강은 불안한 표정으로 선우 가주와 맞선 아버지의 등을 바라봤다. 자식과 부모, 그리고 가문과 가문이 얽힌 상황이 되어 버렸기에 외부인은 함부로 끼어들기 어려웠다. 하지만 이곳에는 강호의 그런 복잡한 관계 따위 아무렇지 않게 여기는 사람이 있었다.

"거, 적당히 하지."

껄렁대는 말투와 함께, 푸른 무복을 펄럭이는 청년이 두 가주 사이에 내려섰다.

"또 뭐지?"

짜증이 확 치밀어 선우 가주가 끼어든 청년을 노려보며 말했다. 자기도 모르게 반말이 튀어나왔다.

"나? 청룡학관 선생인데."

"뭐라? 이런 무례한……."

"그쪽이 먼저 반말을 해서 나도 반말로 하는 건데."

"허."

너무 황당하면 화도 나지 않는 법이다. 이 건방진 하룻강아지를 어떻게 쫓아낼까 선우 가주가 고민할 때, 관객석에서 환호가 터져 나왔다.

"청룡신협이다!"

"악인곡의 영웅!"

선우 가주는 비로소 백수룡을 다시 보았다.

'이자가 청룡신협 백수룡?'

아까 비무를 기다리면서 백수룡에 대한 이야기를 들었다. 악인곡에서 십대악인 중 하나인 혈수귀옹을 벴다고 들었다. 연배로는 자신보다 한참 아래였으나, 결코 무시할 수 없는 고수였다. 선우 가주의 말투가 바뀌었다.

"선생이 참견한 일이 아니니 비키시오."

"이제야 존댓말을 하시니 저도 존대를 해 드리죠. 그렇게는 못 하겠습니다."

말만 존대지, 빈정거림이 가득한 그 말투에 선우 가주의 눈썹이 꿈틀댔다.

"이건 가문과 가문의 일이오. 외부인이 끼어들 자리가……!"

"죄송한데 저도 이 일에 얽힌 사람이라서요."

"얽혀 있다니?"

그 말에 헌원수도 고개를 돌려 백수룡을 보았다.

백수룡은 태연하게 말했다.

"헌원강에게 도법을 가르친 게 접니다. 제가 원강이를 가르치지 않았으면 선우진의 팔이 잘리지 않았을 테니, 이 사고의 절반은 제 책임이라고 할 수 있습니다."

"그 무슨 억지를……."

"허면, 가주께서 말하는 건 억지가 아닙니까?"

그 순간, 백수룡의 기세가 일변했다.

화아악! 약간의 기운을 드러낸 것만으로도 군중의 이목이 단숨에 그에게 집중됐다.

백수룡이 목소리를 높여 말했다.

"두 학생의 비무는 정당했습니다. 팔이 잘린 것은 어쩔 수 없는 사고였지요. 게다가 사고를 유발한 쪽은 헌원강이 아닙니다. 남궁수 선생님. 어떻게 생각하십니까?"

갑자기 지목당한 남궁수는 작게 한숨을 쉬었다.

'여우 같은 놈.'

남궁수는 백수룡이 자신을 콕 집어서 묻는 이유를 알 것 같았지만, 그냥 넘어가 주기로 했다. 사실 남궁수도 선우 가주의 행동이 마음에 들지 않던 차였다.

"패색이 짙은 상황에서 선우진이 먼저 무리한 공격을 시도했습니다. 팔이 잘린 일은 안타까우나, 스스로 자초했다는 것이 제 생각입니다."

"……."

선우 가주는 말 없이 남궁수를 노려봤다. 하지만, 남궁수는 선우세가 따위의 눈치를 보지 않는 대남궁세가의 직계였다. 게다가 청룡학관을 대표하는 일타강사이기도 했다. 남궁수의 발언에 관객석의 무인들도 술렁이기 시작했다.

"애들 싸움이 어른 싸움 된다더니…… 무림인도 똑같군."

"아들이 크게 다친 것은 안 됐지만, 그렇다고 이렇게 복수를 하려고 하면 되나."

"우우우우!"

단숨에 여론을 자신의 편으로 만든 백수룡이 웃으면서 선우 가주를 압박했다.

"그렇다는군요."

"자식의 팔이 잘렸다! 앞뒤 상황 따져가면서 행동하란 말인가! 나는 그런 냉혈한이 못 된다!"

선우 가주는 되레 화를 내며 소리쳤다. 일부 관객들은 그의 심정도 이해한다며 고개를 끄덕였다.

하지만 다 속여도 백수룡은 속일 수 없었다.

"어라? 이상하군요. 아들이 다쳤는데 정작 아들은 뒷전이고, 원강이 팔부터 자르려고 하시는 것 같은데요."

"뭐, 무슨 소리를……."

"뒤를 돌아보십시오. 가주님의 아들은 지금 뒤에서 식은땀을 뻘뻘 흘리고 있습니다. 의원에 데려가는 게 먼저 아닙니까?"

"그건……."

네 뱃속이 뻔히 보인다는 듯, 백수룡은 선우 가주를 똑바로 보며 씩 웃었다.

"누가 보면 아들의 복수 때문이 아니라, 헌원강의 팔을 꼭 잘라야만 하는 이유가 있어서 비무대로 올라오신 줄 알겠습니다. 예를 들면, 경쟁 가문의 미래가 될 싹을 제거한다든가……."

"닥치시오! 대체 무슨 음해를 하는 것인가!"

선우 가주의 얼굴이 시뻘겋게 달아오르자, 백수룡이 두 손바닥을 펼쳐 들었다.

"너무 흥분하지 마십시오. 사람들이 그런 오해를 할 수도 있다는 말이니까요. 누가 보면 진짜인 줄 알겠네요."

그 모습이 더욱 가증스러웠다. 선우 가주는 도를 휘두르고 싶은 마음을 간신히 억눌렀다.

'뭐 이런 미친놈이…….'

아까 관객들 앞에서 걸걸한 입담을 자랑한 헌원강을 보면서도 미친놈이라고 생각했는데, 이제 보니 스승이 제자보다 수십 배는 더 미친놈이었다.

"아무튼 서둘러 아드님부터 의원에 데려가야 하지 않겠습니까? 저런, 안색이 창백한 것이 곧 과다출혈로 쓰러지겠는데요."

"그건 내가 알아서……."

선우 가주는 자신을 바라보는 군중의 시선이 점점 싸늘해지는 것을 느끼고 입을 다물었다.

'빌어먹을.'

완전히 말렸다. 아들의 복수를 위해 나섰다는 명분은 백수룡과의 말다툼으로 흐려지고 있었다.

그리고 그때.

"이제 그만들 하시게."

내공이 담긴 묵직한 음성이 소란을 잠재웠다. 모두의 시선이 향하는 곳에, 노군상이 굳은 표정으로 비무대를 내려 보고 있었다.

"선우 가주. 눈앞에서 아들이 다친 모습을 본 부모의 마음이 찢어지는 것은 이해하나, 무림의 선배로서 새파란 후배의 팔을 자르는 것은 과한 처사인 것 같소."

결국 노군상까지 나서서 싸움을 중재했다.

그 전에 빠르게 헌원강을 베었어야 했는데…….

선우 가주는 더욱 원망 어린 눈으로 백수룡을 노려봤다.

노군상이 다시 입을 열었다.

"가주께서는 오늘은 내 체면을 봐서라도 물러나 주시오."

"아무리 관주님이라도 제 가문에 일에 참견하실 수는……."

"아는지 모르겠으나, 선우세가의 전대 가주께서 본인에게 작은 빚을 진 적이 있소이다. 돌아가면 안부 좀 잘 전해 주시오."

"……."

전대 백대고수의 몸에서 흘러나오는 기도가 심상치 않았다. 게다가 전대 가주까지 언급했다. 결국 선우 가주는 못 이기는 척 고개를 끄덕일 수밖에 없었다.

"……알겠습니다."

이를 악문 선우 가주는 팔이 잘린 아들을 데리고 쫓겨나듯 비무대를 떠났다. 일부 관중들의 야유가 그 뒤에 따라붙었다.

"별것도 아닌 게 까불고 있어."

백수룡은 멀어지는 선우 가주의 뒷모습을 보며 코웃음을 쳤다.

그리고 고개를 돌려 노군상을 바라봤다.

"관주님. 그럼 정식으로 비무 결과를 발표해 주시겠습니까?"

고개를 끄덕인 노군상이 목소리에 웅혼한 내공을 담아 외쳤다.

"승자는 헌원강 학생이오!"

사방에서 승자를 향한 박수갈채가 쏟아졌다. 비무가 끝난 후 큰 소란이 있었지만, 그 소란도 헌원강의 승리를 빛바래게 하지는 못했다.

"굉장한 비무였소!"

"후기지수 수준이 아니었지."

"헌원강이라……. 차기 도왕의 자리를 넘볼지도 모르겠군."

고수들도 입을 모아 헌원강의 뛰어난 무공을 칭찬했다.

"감사합니다! 감사합니다!"

헌원강은 비무대 중앙에 서서 사방에 포권을 취했다. 아직은 수많은 사람의 칭찬과 축하가 어색하기만 했다. 그 뒤에서는 헌원수가 감격에 겨운 표정으로 그런 아들을 바라보았다.

"강아……."

두 부자의 모습을 흐뭇하게 바라본 노군상이 헌원수에게 물었다.

"과거 헌원세가의 최고수를 따로 칭하던 별호가 있었던 것으로 기억하는데. 가주는 알고 계시오?"

"……예. 알고 있습니다."

어찌 모를 수 있겠는가. 헌원세가가 하북팽가와 천하제일도문의 자리를 놓고 다투던 시절. 헌원세가의 최강의 도객에게 붙은 영광스러운 별호가 있었다. 과거의 광마도 '광마'로 불리기 전까지 불렸던 별호.

"과거, 본가의 최고수는 파천도(破天刀)라고 불렸습니다."

헌원수는 그 별호를 말하면서 자신의 아들을 바라봤다.

파천도는 광마 혈사로 가문이 몰락한 이후, 더 이상 누구도 사용하지 않게 된 별호였다. 하지만…….

노군상이 그가 하고 싶은 말을 대신해 주었다.

"가주의 아들이라면, 훗날 그 별호의 주인이 되기에 부족함이 없을 것이오."

물론 아직은, 헌원강이 그 별호를 감당하기에는 벅찼다. 하지만 강호에서는 종종 실력보다는 상징적인 이유로 별호가 붙는 일도 있었다.

헌원수가 웃으며 말했다.

"아들이 직접 결정할 일인 것 같습니다."

"예? 갑자기 별호라니……."

어른들의 이야기에 헌원강은 당황했다.

가문의 최고수에게 붙는 별호라니! 그 별호가 가진 무게감이 어깨를 무겁게 짓누르는 듯했다.

"어떻게 할래?"

고민하는 헌원강에게, 백수룡이 옆으로 다가와 옆구리를 쿡 찔렀다.

고민은 짧았다.

흐읍 숨을 들이마신 헌원강이 또랑또랑한 목소리로 모두가 들을 수 있도록 선언했다.

"앞으로 가문에 부끄럽지 않게, 또한 청룡학관의 자랑이 될 수 있도록 더욱 정진하겠습니다."

과거 망나니라 불리던 시절의 흐리멍덩한 눈빛은 더 이상 찾아볼 수 없었다. 헌원강의 눈은 한 자루의 보도(寶刀)처럼 예리하게 빛났다.

"파천도라는 별호. 제가 잇겠습니다!"

파천도(破天刀) 헌원강.

훗날 강호를 진동시킬 별호가 처음으로 불린 순간이었다.

187화
그놈, 지금 어디에 있소?

비무 다음 날, 예정대로 동아리 연합회 회장 선거가 진행되었다.

"동아리 연합회 회장 선거가 진행 중입니다. 동연 소속 학생들은 꼭 투표해 주시기 바랍니다!"

동연 건물 앞에 설치된 투표소에 아침부터 많은 학생들이 방문했다. 그런데 후보 중 한 명인 선우진의 모습은 보이지 않았다. 오른팔이 잘리는 중상을 입은 그는 전날 밤 부친과 함께 선우세가로 돌아갔다. 상도연 간부들에게조차 언제 돌아온다는 말도, 그 어떤 지시도 남기지 않았다. 선우진을 지지하던 학생들은 구심점을 잃고 우왕좌왕했고, 남은 표심마저 잃었다.

"개표 결과……."

공정성을 위해 개표는 학생회에서 진행하였다. 학생회장 독고준이 결과를 발표하기 위해 앞으로 나섰다. 선거에 참여한 각 후보의 지지자들, 동연에 소속된 동아리 회장들, 그리고 호기심에 몰려온 학생들이 다 함께 결과를 들었다.

"헌원강 후보가 동아리 연합의 새 회장으로 당선되었습니다."

엄청난 이변이었지만, 아무도 이변이라고 생각하지 않는 결과였다. 차분하게 앉아 있던 헌원강이 주먹을 불끈 쥐었다. 그의 지지자가 된 학생들이 함성을 질렀다.

"우와아아아!"

"헌원강! 헌원강!"

"파천도! 파천도!"

헌원강은 압도적인 지지로 동연 회장으로 당선되었다. 선거 기간 동안 새벽부터 뛰어다니며 유세 운동을 하는 과정에서 보여 준 진심. 특히 전날 비무대 위에서 보여 준 압도적인 무공이 결정적이었다. 반대로 선우진은 비무 중에 보여 준 비열한 모습에다, 그의 부친이 한 행동까지 알려지면서 상당수의 표심을 잃었다.

"감사합니다. 정말 감사합니다."

자리에서 일어난 헌원강이 사방을 향해 포권을 취했다. 신경 써서 차려입은 흑의무복이 무척이나 어울렸다. 백룡장 제자들과 학생회와 상검연 간부들이 흐뭇한 눈으로 그런 헌원강을 바라봤다. 그중에는 말로만 축하를 끝내지 않는 학생들도 있었다.

"원강아!"

"선배!"

거상웅와 야수혁이 동시에 달려들어 헌원강을 가운데 넣고 힘껏 껴안았다. 헌원강도 상당히 큰 체격이지만, 거인 둘 사이에 끼자 머리만 간신히 보였다. 근육 지옥에 낀 헌원강이 버둥거리며 소리쳤다.

"컥! 커헉! 이 근육 돼지들아! 날 죽일 셈이냐!"

"크하하하! 우리가 그동안 너 때문에 얼마나 고생을 했는데! 어디 맛 좀 봐라!"

"이런 날엔 원래 좀 맞는 거죠. 야, 위지천! 너도 와서 때려!"

"……검으로 때려도 돼요?"

"뽑지만 않으면 돼!"

"흠흠. 나도 같이해도 되나?"

"도, 독고준 너까지!"

진지했던 분위기는 한순간에 왁자지껄하게 변했다. 우르르 달려든 학생들이 헌원강을 가둬 놓고 신나게 패기 시작했다.

"이게 다 전생의 업보다, 이 자식아!"

"지금이 기회야! 예전에 원강이한테 맞은 애들은 다 이리 와!"

"더 밟아!"

"망나니야! 당선 축하한다!"

헌원강은 몸을 웅크리고 쏟아지는 매타작을 견뎠다. 청룡학관 학생들의 권각은 매서웠다. 녹림십팔식을 익혀 몸을 단련하지 않았다면 순식간에 온몸이 멍투성이가 되었을 것이다.

"억! 컥! 꾸엑! 이 새끼들이 진짜!"

학생들의 행사였기에, 어른들은 그 자리에 참석하지 않았다. 멀리서 제자의 모습을 지켜본 백수룡이 피식피식 웃었다.

"짜식."

처음 만났을 땐 구제 불능의 망나니였던 녀석이, 이제는 제법 의젓해졌다. 단순히 무공만 강해진 것이 아니었다. 가시를 바짝 세운 고슴도치 같았던 헌원강이, 이제는 주변 사람들과 허물없이 웃고 떠들면서 장난을 친다. 정신적으로도 성숙해졌다는 의미였다. 스승으로서, 그런 제자의 성장이 기쁘지 않을 수 없었다.

"원강아. 앞으로도 잘하자. 천무제에서의 활약도 기대하마."

백수룡은 멀리서 제자를 바라보다가 몸을 돌렸다. 진짜 축하는 퇴근 후에 해 줘도 될 것이다. 그때까지도 헌원강은 친구들에게 얻어터지는 중이었다.

"으아악! 이 새끼들이 진짜! 니들 나중에 다 뒈졌어!"

그렇게 짧지만 길었던 선거가 끝났다.

· ◈ ·

그날 밤. 백룡장에서 헌원강의 동아리 연합회 회장 당선 축하 잔치가 열렸다.
초대받은 손님들이 꽤 많았다. 회장단을 꾸릴 상검연의 간부들, 독고준과 당소소, 검화, 백수룡과 친한 강사들까지 초대했다. 헌원강의 부친인 헌원수도 그 자리에 함께했다.
"허허허! 우리 강이 주변에 친구들이 이토록 많이 생기다니!"
헌원수의 얼굴에 활짝 웃음꽃이 피었다. 제 아들이 선우세가의 아들을 상대로 비무에서 승리한 것도 놀라운데, 오늘은 동아리 연합회의 회장으로 당선됐다는 소식까지 들었다.
못난 아비 때문에 아들이 삐뚤어지는 줄 알고 마음을 졸였건만, 이렇게 잘 커 줘서 너무 고마울 따름이었다.
"아버지! 왜 또 울고 그래요?"
"허허. 울긴 누가 운단 말이야. 눈에 뭐가 들어가서 그런다."
슬쩍 눈물을 닦아 낸 헌원수가 화제를 돌렸다. 아까부터 궁금한 것이 하나 있었다.
"헌데 강아. 왜 친구들이 너를 원강이라고 부르는 게냐? 설마하니 네 성을 모를 리도 없고."
"아, 그게 좀……."
"하하하! 그냥 저희끼리 부르는 애칭 같은 겁니다!"
붙임성 좋은 거상웅이 다가와서 헌원강의 등을 퍽퍽 때렸다. 모르는 사람이 보면 억하심정이 있어서 때리는 게 아닌가 싶을 정도였는데, 정작 헌원강은 아무렇지 않아 보였다.

헌원수가 입을 벌리며 말했다.

"……그 몸은 또 어떻게 된 거냐? 예전과 비교가 안 되는구나."

아들의 몸이 확 커진 것은 아니었지만, 단단하기가 쇳덩이 같았다. 게다가 단단하기만 한 게 아니라 유연성까지 갖추고 있었다.

헌원강이 씩 웃으며 대답했다.

"선생님한테 제대로 된 외공을 배웠거든요."

"백수룡 선생님 말이냐?"

"예. 선생님은……."

"ㅎㅎㅎ."

이번에는 야수혁이 헌원강의 말을 끊고 끼어들었다. 그새 어디서 술을 마시고 왔는지, 몸에서 술 냄새가 진동했다.

"그거 아세요? 사실 선배가 선거에 나간 것도 선생님께 받은 은혜를 갚겠다고……!"

"아 저리 꺼져! 아버지랑 둘이 얘기 좀 하게!"

헌원강은 방해꾼들의 등을 밀어서 멀리 쫓아냈다. 그리고 이야기 끝날 때까지 가까이 오지 말라고 엄포를 놓았다. 그러고 나서야 겨우 부자가 둘만 있게 되었다.

헌원수가 진지한 목소리로 물었다.

"도법도 그분께 배웠다는 게 사실이냐? 어제 비무에서 사용한 도법 말이다."

"아, 그건……."

헌원강이 할 말을 고르고 있는데, 마침 백수룡이 두 사람에게 걸어오고 있었다.

"아버님. 정식으로 인사드리겠습니다. 백수룡입니다."

헌원수가 그 즉시, 자리에서 일어나 정중하게 포권을 취했다.

"못난 아들을 지도해 주셔서 감사합니다. 헌원수입니다."

"못난다니요. 원강이는 천부적인 재능을 타고났습니다."

"아, 예……. 그런데 방금 원강이라고……?"

"아이고. 이게 입버릇이 돼서 그만."

"허허. 괜찮습니다. 입에 착 붙네요. 원강이. 이참에 저도 그렇게 부를까 봅니다."

"아버지!"

"원강아. 어른들 말씀하시는데 목소리가 너무 크구나."

잠시 이런저런 덕담이 오간 후, 헌원수가 목소리를 조금 낮춰 말했다.

"선생님께서 제 아들에게 도법을 가르쳐 주셨다고 들었습니다. 익히고 있던 도법을 봐주신 게 아니라, 새로운 도법을 가르쳐 주셨다고요."

"예. 맞습니다."

백수룡은 당황하지 않고 대답했다. 처음 헌원강에게 수라혈천도를 가르치기로 마음먹은 순간부터, 언제가 이런 날이 올 것이라고 예상했다.

"지금은 고인이 된 전대고수의 도법입니다. 우연히 제가 손에 넣었고, 어울리는 주인을 찾아 주었습니다."

"우연이라……."

헌원수가 묘한 표정으로 말을 끌었다. 단순히 우연이라 하기에는 무언가 걸리는 구석이 있었던 것이다.

"선생님. 조용한 곳에서 따로 이야기를 나눌 수 있겠습니까?"

"물론이지요."

두 사람이 자리에서 일어나자, 갑자기 진지해진 분위기에 당황한 헌원강이 그들을 번갈아 바라봤다.

"아버지. 선생님은……."

"걱정 마라. 아들의 은인께 무례하게 굴지 않을 터이니."

"아버님. 함께 좀 걸으시겠습니까?"

"예. 좋습니다."

백룡장의 마당은 두 사람이 걸으며 대화를 나눌 수 있을 정도로 넓었다. 달빛을 구경하며 걷기를 잠시, 머릿속에 생각을 정리한 헌원수가 먼저 입을 열었다.

"선생님께선 광마 혈사에 대해서 아십니까?"

"……알고 있습니다."

"그렇다면 이야기가 빠르겠군요. 저희 가문은 그날 가전무공을 유실했습니다. 가주무공인 파천도는 물론이고, 헌원가 도법의 뼈대라 할 수 있는 진천도마저 불에 탔지요."

수십 년 만에 가문으로 돌아온 광마 헌원후는, 자신을 환영하기 위해 모인 혈족을 모두 도륙하고, 그것도 모자라 가문의 비급을 불태웠다. 이것이 헌원수가 아는 가문의 혈사였다.

"당시 어린아이였던 생존자들로부터 전해진 것은 진천도의 전반부뿐입니다. 저는 평생 그것 하나만을 익혔지요. 어떻게든 제 대에서 진천도를 복원하려 하였으나, 자질이 미천하여 실패했습니다."

"……."

헌원수는 가문의 치부를 숨김없이 말했다. 조금만 알아보면 누구나 알 수 있는 사실이었으니까. 또한 은인에게 묻고 싶은 말이 있기 때문이기도 했다.

"선생님께서 제 아들에게 가르치신 도법을 보면서, 저희 가문의 도법과 비슷하다는 느낌을 받았습니다. 이것이 단순히 제 착각인지요?"

"……."

"맹세컨대 선생님을 추궁하려는 의도는 아닙니다. 그저 궁금하여 여쭤 보는 것입니다. 제 아들이 사용한 도법이, 제가 상상 속에서 그리던 가문의 절기와 너무나 비슷하여……."

수십 년 전에 유실된 가문의 무공. 그것으로 추측되는 것이 아들의 손에서 펼쳐졌을 때, 헌원수는 기절할 것처럼 놀랐다.

"저는 진실을 알고 싶을 뿐입니다."

어째서 백수룡은 유실된 헌원가의 도법과 비슷한 도법을 알고 있으며, 왜 그것을 자신의 아들에게 익히게 했는가. 추측할 수 있는 것은 하나뿐이었다.

"혹시…… 광마 혈사에 대해 제가 모르는 뭔가를 알고 계신 겁니까?"

잠시 대답이 없었다. 백수룡은 흐린 달을 올려보며 말했다.

"저는 아무것도 모릅니다."

"선생님!"

헌원수는 백수룡의 소맷자락을 붙들며 말했다. 그의 표정은 간절하다 못해 절박했다.

"다시 말씀드리지만 선생님을 추궁하려는 것이 아닙니다. 그저 진실을 알고 싶을 뿐입니다. 부탁드립니다. 수십 년 전의 사건에 대해……."

"모른다고 말씀드렸습니다."

"……."

헌원수는 무언가 더 묻고 싶은 듯 입을 뻐끔거리다가, 백수룡의 단호한 표정을 보고 단념했다.

"그렇군요. 알겠습니다."

하나뿐인 아들의 은인이자 스승이었다. 그가 말하지 않으려는 것을 계속 캐묻는 것은 예의가 아니었다. 헌원수가 어두워진 표정으로 고개를 숙였다.

"죄송합니다."

백수룡은 그런 헌원수를 빤히 쳐다보다가 입을 열었다.

"광마 혈사에 대해서는 모르지만, 오래전에 어떤 분께 은혜를 입은 적은 있습니다."

"……예?"

"도를 기가 막히게 다루는 고수였습니다. 지금은 돌아가셨지요."

"설마……."

"예. 그분은 헌원세가의 은거한 전대 고수셨습니다. 이름은 저에게도 알려 주시지 않았습니다."

백수룡은 사실과 허구를 교묘하게 섞어서 말했다.

오십 년 전에 죽은 광마와 아는 사이라고 한들 믿지 않을 것이고, 그렇다고 아무 말도 하지 않으면 의문만 더 커질 테니까. 헌원수가 한 대 맞은 표정으로 중얼거렸다.

"가문의 전대고수 중에 살아 계신 분이 있었단 말입니까?"

"그분은 가문에 큰 죄를 지어서 돌아갈 면목이 없었다며, 죽을 때까지 괴로워하셨습니다."

"도저히 믿기 힘든 이야기입니다……."

"여기, 그분이 제게 부탁하신 것이 있습니다."

백수룡은 품속에서 책자를 꺼내 헌원수에게 내밀었다. 아직 먹물이 다 마르지도 않은 책자의 겉면에는 '진천도(震天刀)'라고 적혀 있었다.

"이, 이것은!!"

진천도의 비급을 본 헌원수가 거의 경기를 일으켰다. 그 목소리가 상당히 컸으나, 백수룡이 미리 대화가 새어 나가지 않도록 기막을 펼친 뒤였다.

"과거의 진천도와 똑같은 무공은 아닙니다."

더 못하다는 의미가 아니었다. 광마의 무공을 바탕으로 백수룡의 해석이 더해진, 과거보다 더 개량된 진천도법이었다.

"이럴 수가, 이럴 수가……."

한 장 한 장 비급을 넘기는 헌원수의 손이 파르르 떨렸다. 평생을 다 바쳐 복원하려 했던 진천도의 비급. 그에게는 천하에 다시없을 보물이었다. 한번 훑어본 것만으로도 틀림없는 진품이라는 것을 알 수 있었다.

"대체, 대체 이 은혜를 어떻게 갚아야 할지……."

울 것 같은 표정으로 자신을 바라보는 헌원수에게, 백수룡이 부드럽게 웃으며 말했다.

"그분께서 전해 달라고 하신 말씀이 있습니다."

"말씀하십시오. 경청하겠습니다."

헌원수는 무릎이라도 꿇고 들을 기세였다. 백수룡은 그를 제지하며 진지한 목소리로 말했다. 사실 이 말은 광마가 아닌, 자신이 하고 싶은 말이었다.

"광마 혈사의 범인은 광마 헌원후가 아니라고 하셨습니다."

"예?"

"그럴 리가 없다. 무언가 음모가 있는 것이 틀림없다. 그렇게 말씀하셨습니다."

백수룡은 그 이상은 말을 아꼈다. 조작된 광마 혈사의 배후가 혈교인지 아니면 다른 가문이나 문파인지, 아직은 알 수 없었으니까.

"믿기 힘드실 수도 있지만……."

"아닙니다. 믿겠습니다."

믿기 힘든 이야기였지만, 헌원수는 가문에 진천도를 되찾아준 사내의 이야기를 믿기로 했다. 사실 그도 믿고 싶은 이야기였다.

"앞으로 모두에게 그렇게 알리겠습니다. 광마 헌원후는 혈사의 범인이 아니다! 진짜 범인은 따로 있다고 말입니다."

그 대답에 백수룡의 마음도 조금 편해졌다.

'광마 사부. 누명은 벗었으니 이제 좀 편히 눈을 감으셨으면 좋겠소.'

죽는 순간까지 가문을 걱정하던 사내의 지친 표정이 떠올랐다. 이것으로 조금이라도 넋을 위로할 수 있다면, 그것으로 충분했다.

"제가 말씀드렸다는 것은 비밀로 해 주십시오. 그 비급도요."

"알겠습니다. 감사합니다. 정말 감사합니다, 선생님."

"이만 들어가시죠."

백수룡은 주변에 펼쳤던 기막을 해제했다. 두 사내는 각자의 생각에 잠긴 채로 조용히 걸었다.

백수룡은 광마 사부를 생각했고, 헌원수는 가문의 미래를 생각했다.

그렇게 조용히 걷기를 잠시, 헌원수가 갑자기 생각이 났다는 듯 말했다.

"아. 어제 선생님의 부친을 뵈었습니다."

"……예?"

순간, 백수룡의 표정이 기괴하게 일그러졌다. 대화 내내 진지하다가 처음으로 보이는 황당한 표정이었다.

헌원수가 너털웃음을 터트렸다.

"허허. 잘생긴 얼굴이 꼭 닮으셨더군요."

"……진짜 저희 아버지를 보셨다고요?"

"아직 못 만나셨습니까? 부친의 존함이 백씨 성에 무 자 흔 자를 쓰시지 않습니까?"

"세상에. 정말 만나셨나 보네."

아니, 그 양반은 부르지도 않았는데 어떻게 온 거야? 그리고 왔으면 냉큼 아들이나 보러 올 것이지, 어딜 싸돌아다니고 있는 거야?

백수룡이 황당한 표정으로 중얼거릴 때였다.

"방금, 백무흔이라 했소?"

갑자기 북풍한설이 몰아치는 듯한 냉기가 불어왔다. 두 사람은 흠칫 놀라 목소리가 들려온 방향으로 고개를 돌렸다.

그곳에는 한 자루 검, 아니 노인이 서 있었다. 멀리 나가서 한참 돌아오지 않은 손자가 신경 쓰여 나온 노인이 그곳에 서 있었다.

"그놈. 지금 어디에 있소?"

매극렴이 허리춤에 매단 검파를 툭툭 치며 말했다.

188화
숨바꼭질 (1)

"그놈. 지금 어디에 있소?"

매극렴의 목소리에서 냉기가 뚝뚝 떨어졌다. 규칙적으로 검파를 툭툭 치는 손가락은 고된 수련으로 인해 마디마디가 두꺼웠고, 딱딱하기는 돌덩이 같았다. 백수룡은 그 모습을 보며 침을 꼴깍 삼켰다.

'악인곡에서 저 손에 죽어 나간 마두만 두 자릿수가 넘었지.'

어떤 상황에서도 마음이 동하는 순간 원하는 곳에 검을 찔러넣을 수 있는 절정의 검객, 그가 바로 매극렴이었다.

"백. 무. 흔……."

한 자 한 자 씹어뱉는 목소리에는 철천지원수의 이름을 부르는 듯 살기가 넘쳐흘렀다. 그의 검이 적을 향할 때는 천군만마가 따로 없었지만, 가족 간에 칼부림에 사용될 수도 있다는 생각을 하자 백수룡의 모골이 송연해졌다.

"하, 할아버님……."

"너는 가만히 있어라. 다시 묻겠소. 백무흔 그놈. 지금 어디에 있소?"

싸늘한 살기가 매극렴의 몸에서 뿜어져 나왔다.

헌원수가 굳은 표정으로 물었다.
"무슨 일로 찾으시는 겁니까?"
 비록 백무흔과 술 몇 잔 나눠 마신 것이 전부라지만, 헌원수는 백무흔의 몇 마디에 용기를 얻어서 선우 가주 앞에 나설 수 있었다. 때문에 그 이름이 나오자마자 살기를 내비치는 매극렴을 경계할 수밖에 없었다. 하지만 매극렴은 그의 반응에 아랑곳하지 않고 검을 천천히 쓸어내리며 혼잣말을 했다. 마치 곧 피를 먹여 주겠다는 듯 스산한 미소가 함께.
 "그 개잡놈이 이곳에 왔단 말이지. 천하의 개잡놈. 포를 떠서 들개에게 나눠 줘도 모자랄 놈……."
 "이보시오, 어르신! 말이 너무 심하신 것 아닙니까!"
 "심하다고?"
 두 사람의 감정이 격해지기 전에, 백수룡이 다급하게 헌원수에게 전음을 보냈다.

 [이분은 장인어른입니다!]
 [……예? 선생님 혼인하셨습니까?]
 [아니, 제 아버지의 장인어른 말입니다. 그러니까, 제 외조부십니다. 어머니 일로 사위와 사이가 많이 안 좋으십니다.]

 백수룡이 빠르게 말하느라 복잡하게 설명하고 말았지만, 다행히 헌원수는 단번에 상황을 이해했다.
 "아이고……."
 절로 아이고 소리가 새어 나왔다.
 장인과 사위의 관계라니. 매극렴의 사나운 눈빛과 반응이 단숨에 이해되었다.
 헌원수가 태도를 바꿔 공손하게 대답했다.

"백수룡 선생님의 부친과는 어제 함께 비무를 구경하다가 헤어진 이후로 보지 못했습니다. 해서, 저도 마침 선생님께 여쭤보던 참입니다. 서로 초면이었던지라 머무는 장소도, 연락할 방법도 묻지 않았습니다. 정말입니다."

헌원수를 한동안 빤히 보던 매극렴이 한숨을 내쉬며 고개를 끄덕였다.

"……그렇군. 미안하오. 그 개잡놈만 떠올리면 감정이 주체가 안 돼서. 아직도 수양이 부족한 탓이오."

"아닙니다. 그러실 수 있지요. 충분히 그러실 수 있습니다."

헌원수는 매극렴의 심정을 충분히 이해한다는 듯 고개를 끄덕였다. 어느새 백무흔을 부르는 호칭도 바뀌었다.

"백무흔 그자의 얼굴을 떠올리니, 어르신의 심정이 충분히 이해가 됩니다."

"마음은 고마우나 함부로 타인을 이해한다 말하지 마시오. 나는 그 개잡놈에게……."

"제게도 딸이 하나 있습니다."

"호오?"

그렇다면 이야기가 다르지. 매극렴은 저도 모르게 중얼거렸다. 뭔지 모를 유대감이 생긴 두 사람이 서로 눈을 마주 보며 동시에 고개를 끄덕였다.

헌원수가 말했다.

"그런 기생오라비 얼굴을 가진 놈한테는 절대로 딸을 못 주지요. 딸이 그놈과 같이 살면, 마음고생을 얼마나 많이 하겠습니까."

"뭘 좀 아시는 분이로군. 딸이 어느 날 허우대만 멀쩡한 놈을 데려와서 혼인하겠다고 했는데, 글쎄 그때 그놈 별호가 옥면공자였소."

"허어! 저 같았으면 그 자리에서 요절을 냈을 겁니다."

"그러려고 했는데 딸이 막아서 못 했지. 그리고……. 하여튼 그날부터

놈과의 악연이 시작되었소."

"저런……."

"가주께서도 늘 조심하시오. 무림에는 우리 딸들을 노리는 개잡놈이 아주 많소이다. 눈을 부릅뜨고 지켜야 하오."

딸 가진 아비들은 다 저런 것일까. 사내놈들은 다 적이라는 듯 의기투합한 모습에 백수룡은 고개를 절레절레 저었다.

"헌데."

그 와중에 매극렴이 자연스럽게 화제를 전환했다.

"가주의 딸은 나이가 어떻게 되오? 마침 내 손주가 혼기가 찼는데, 마땅한 배필이 없어서 걱정이라오."

"……죄송하지만 아직 열둘밖에 되지 않았습니다."

"내 손자는 무공의 경지가 높아 오 년 후에도 능히 건강과 젊음을 유지할 것이외다. 게다가 청룡학관 강사라서 수입도 안정적이오. 무림에도 큰 뜻이 없으니, 밖에서 객사할 일도 없지."

"할아버님? 이야기가 갑자기 왜 그쪽으로 진행됩니까?"

갑작스러운 전개에 백수룡은 황당한 표정을 지었다.

매극렴이 단호한 표정으로 말했다.

"너는 가만히 있어라. 네놈이 생긴 것과 다르게 여자 보기를 돌같이 하니, 나라도 나서야 죽기 전에 증손을 볼 것 아니냐. 가주께서는 한번 잘 생각해 보시오."

"흐음……."

헌원수는 조금 난감하다는 표정으로 백수룡을 힐긋거렸다.

"선생님께서 훌륭하신 배필감인 것은 잘 알지요. 헌데 백수룡 선생님도 여자깨나 울리게 생긴 얼굴이라 걱정이……."

"내 손자는 외탁을 해서 여자 보기를 돌같이 하는 아이요. 간혹 날파리가 꼬이긴 하지만, 이 녀석 아랫도리 간수는 내가 옆에서 확실하게 시킬 것이오."

"호오. 그렇다면야……."

탐난다는 듯 자신을 훑어보는 헌원수의 시선에, 백수룡은 몸을 부르르 떨었다. 이대로 두면 열두 살 꼬맹이와 맞선을 보게 생겼다.

백수룡은 필사적으로 화제를 돌렸다.

"그만들 하시고요. 아무튼 가주님. 저희 아버지를 만나셨다고요?"

"예. 어제 뵈었습니다."

헌원수는 백무흔을 만났던 상황을 두 사람에게 이야기했다. 짧게 대화를 나눈 것이 전부였기에 전할 것이 많지는 않았다.

"아드님을 매우 자랑스러워하더군요. 바라보는 눈빛에서 애정이 가득 느껴졌습니다."

"흥."

매극렴은 여전히 못마땅한지 코웃음을 쳤다.

헌원수가 그의 눈치를 살피다가 말했다.

"그럼 두 분, 이야기 나누십시오. 저는 먼저 들어가 보겠습니다."

"예."

"선생님. 다시 한번 정말 감사드립니다."

진천도의 비급을 보물처럼 품에 안은 헌원수가 안으로 들어가고, 백수룡과 매극렴은 자리에 남았다.

"후우……."

"……."

백수룡은 한숨을 내쉬는 매극렴의 눈치를 살폈다.

심란한 표정으로 묵묵히 밤하늘을 올려보던 매극렴이 혼잣말처럼 중얼거렸다.

"……네가 양심이 있다면 맨정신으로 나를 만나러 오지는 못할 테지."

백무흔에게 하는 말이리라. 삼십 년 전, 자신의 딸과 함께 야반도주한 천하의 죽일 놈. 딸에게 먼저 의절을 선언한 것은 매극렴 자신이었으나, 설마 그대로 그렇게 떠나 버릴 줄은 몰랐다. 몸이 약했던 딸은 백무흔 그놈과 함께 무림을 떠돌아다니다 결국 객지에서 명을 다했고, 매극렴은 딸의 장례식에도 가지 않았다.

아니, 가지 못했다. 노인의 눈에 짙은 후회, 분노, 슬픔, 고통 등 여러 가지 감정이 뒤섞였다.

"하지만 나는 네놈을 꼭 만나야겠다. 단매에 쳐 죽이든, 아니면……."

한참을 중얼거린 매극렴이 백수룡을 돌아봤다.

"수룡아."

"예. 할아버님."

"내가 이곳에 며칠 머물러야겠다."

"예?"

백수룡은 당황한 표정으로 되물었다. 매극렴은 이미 마음을 굳힌 것처럼 보였다.

"그 개잡놈은 너를 만나러 왔을 것이다. 기회를 봐서 너만 보고 돌아갈 속셈일 터."

백수룡도 그럴 거라고 생각했다. 백무관에서 떠나오기 전, 백무흔은 자신의 장인어른을 무척이나 어려워했으니까.

"너와 함께 있어야 놈을 만날 기회가 생길 것 같구나. 그러니 한동안 출퇴근도 함께해야겠다."

"음. 그게……."

"싫으냐?"

백수룡은 고개를 저었다. 싫은 것이 아니었다. 다만 요즘 백수룡의 퇴근이 매우 늦고 불규칙하기에, 평생 규칙적인 삶을 살아온 매극렴이 불편하진 않을까 걱정이 되어서였다.

"신경 쓰지 말거라. 네 일에 방해되지 않게 할 터이니."

"알겠습니다. 남는 방 많으니 편한 방으로 골라잡으세요."
"……들어가기 전에 잠시 걷자꾸나."

조부와 손자는 담벼락을 따라 함께 걸으며 이런저런 대화를 나눴다.

"그나저나 혼인 생각은 정말 없느냐?"
"……있어도 최소한 열두 살은 아닙니다. 할아버님. 그건 혼인이 아니라 범죄라고요."
"네놈 일하는 꼴을 보면 최소 오 년은 혼인은커녕 여자도 못 만날 것 같아서 그랬다."
"……"
"고얀 놈. 아니라는 말은 못 하는구나. 그 개잡놈 씨에서 어찌 이런 훌륭한 목석같은 놈이 나왔는지……."
"그거 칭찬입니까, 욕입니까?"
"역시 외탁을 한 모양이다."

매극렴은 평소의 그답지 않게 농담을 하며 피식 웃었다. 하지만 백수룡은 그의 웃음이 평소보다 힘이 없고, 허탈하다고 느꼈다.

'생각이 많으신 모양이군.'

백무흔과 매극렴. 실제로 두 사람이 만나게 되면 어떤 일이 벌어질까.

백수룡도 그것만은 쉬이 예상되지 않았다.

며칠 후. 〈사파 무공의 이해와 실전 대비〉 수업 시간.

빠악!

"아악!"

헌원강이 정수리를 감싸며 바닥을 굴렀다. 그 앞에는 흑룡편을 든 백수룡이 혀를 차고 있었다.

"이게 아주 빠져가지고. 파천도? 별호 좀 생겼다고 벌써 천하제일도객이라도 된 것 같냐?"

"아니, 그게 아니라……."

"아니긴 뭐가 아니야. 도법에 허세만 잔뜩 늘어서는. 이걸 콱 그냥."

백수룡이 팔을 들어 올리자, 헌원강이 놀라서 목을 자라처럼 집어넣었다. 백수룡은 고개를 돌려 다른 학생들을 돌아봤다. 그의 표정에 못마땅한 기색이 역력했다.

"너희도 마찬가지야. 최근에 회장 선거다 뭐다 해서 바빴던 건 아는데, 마음이 아직도 콩밭에 가 있으면 어쩌자는 거야?"

"그게……."

"나름대로 열심히 했는데……."

동연 선거는 끝났고, 학생들은 이제 일상으로 돌아왔다. 하지만 아직 들뜬 마음이 남아 있는 모양이다. 천무제 우승을 향해 쉼 없이 나아가야 하는 상황에서, 제자들의 이런 태도는 좋지 않았다.

"아무래도 안 되겠어. 다시 정신 무장을 시켜 주마."

백수룡이 소매를 걷어붙이고 목을 좌우로 우둑우둑 꺾자, 제자들이 불안감에 몸을 떨었다.

"자, 잠깐만……."

"선생님! 저희 말로 해도 충분히 알아듣는다고요!"

"도망쳐!"

"젠장! 문이 닫혔어!"

눈치 빠른 몇 명이 도주를 시도해 보았으나, 강의실 문은 이미 밖에서 닫혀 있었다. 백수룡이 사악하게 웃으며 그들에게 다가갔다.

"흐흐흐. 오늘은 사파 놈들이 얼마나 악독하게 사람을 패는지 경험하는 실습이다!"

"뭐 이딴 실습이 다 있어!"

백수룡은 비호처럼 달려들어 정신이 헤이해진 제자들을 두들겨 패기 시작했다.

빠바바바박!

매타작 소리와 제자들의 비명이 절묘하게 어우러졌다.

"끄아악! 이 악마!"

"사람 살려!"

약 반 시진 후, 백수룡은 한결 개운해진 표정으로 손을 탈탈 털었다.

"오늘 수업은 여기까지. 다음 시간에는 눈에 더 독기를 담아 오도록."

"으으……."

"차라리 죽여……."

"누가 무림맹에 신고 좀 해 줘……."

바닥에 아무렇게나 널브러진 제자들을 뒤로하고, 백수룡은 강의실을 나섰다. 수업을 마친 그는 곧장 생활지도부로 향했다. 백수룡의 공식적인 업무는 〈사파 무공의 이해와 실전 대비〉 수업, 그리고 생활지도부 소속 선생으로서 학생들의 일탈과 비행을 감시하는 역할이었다. 그 외에 이런저런 서류 정리와 비공식적으로 처리해야 할 업무도 많았다. 하지만 요즘, 백수룡은 좀처럼 업무에만 집중하기가 쉽지 않았다.

"이 양반은 대체 어디서 뭘 하고 있는 거야?"

바로 부친인 백무흔 때문이었다. 헌원강이 동연 회장으로 당선되고 벌써 며칠이 지났는데도, 백무흔의 모습은 보이질 않았다. 이쯤이면 그냥 고향으로 돌아간 게 아닌가 싶을 정도였다.

'하기야, 매극렴의 감시가 워낙 철통같기는 하지만.'

요 며칠 동안 매극렴은 백수룡과 출퇴근을 함께했고, 백룡장에서도 뒷간 갈 때 빼고는 백수룡을 시야에 두었다. 백무흔의 입장에서는 다가오기가 쉽지 않을 것이다.

"이건 뭐, 살수를 기다리는 것도 아니고."

백수룡은 고개를 절레절레 저었다.

할 말이 있으면 서찰로 전할 것이지, 번거롭게 직접 찾아올 필요가…….

"……맞다."

서찰이 있었다. 악인곡에서 돌아와 무림맹 지부에 보고하러 갔을 때, 고주열이 아버지에게 온 거라며 전해 준 서찰이 있었다. 당시 백수룡은 나중에 읽어 봐야지 하고 대충 방안 서랍 어딘가에 넣어 두었다.

"퇴근하면 읽어 봐야겠군."

백수룡이 작게 한숨을 내쉬었을 때였다.

쿵쿵. 후각을 자극하는 주향에 백수룡이 미간을 찌푸렸다. 학생 기숙사 쪽이었다.

"어떤 새끼가 신성한 학관에서 술을 처먹어?"

백수룡은 기척을 죽이고 술 냄새를 풍기는 범인을 찾아 움직였다. 그의 확장된 오감은 이제 백 장 밖의 술 냄새도 맡을 수 있었다.

'기숙사 옥상이로군.'

휘익!

백수룡은 단숨에 경공을 펼쳐 기숙사 벽을 밟고 위로 올라갔다. 옥상에 가볍게 내려서자, 앉아서 유유자적하게 술을 마시고 있는 남학생의 뒷모습이 눈에 들어왔다. 길게 묶은 말총머리에 품이 넓은 무복. 옆으로 반쯤 누워서 태평하게 호리병을 홀짝이는 그 뒷모습에 백수룡은 어이가 없었다.

"동작 그만. 대낮에 기숙사 옥상에서 술을 처먹는 그 용기는 칭찬해 주마."

"……"

"도망쳐 봤자 벌점만 늘어나니까 서로 피곤한 짓은 하지 말자. 술병 내려놓고, 셋 셀 때까지 이리 튀어온다. 하나."

"……하하하."

"음?"

백수룡은 그 웃음소리를 듣는 순간, 뭔가 이상하다는 걸 깨달았다. 놀랍도록 익숙한 목소리, 그리고 기파…….

"세상에."

상대가 누군지 깨달은 백수룡은 황당하다는 듯 입을 벌렸다.

"등잔 밑이 어둡다더니. 학관에 숨어 있었어요?"

"집에는 야차 한 마리가 지키고 있으니, 널 만나려면 여기로 오는 수밖에 없지 않겠냐."

남학생인 줄 알았던 사내가 술병을 내려놓고, 천천히 일어서더니 몸을 돌렸다.

"오랜만이다. 아들아."

백무흔이 아들을 바라보며 씩 웃었다.

189화
숨바꼭질(2)

 오랜만에 백무흔을 정면으로 마주한 순간, 백수룡은 알 수 없는 위화감을 느꼈다.
 '뭐지?'
 이 앞에 서 있는 사람은 분명 백무흔, 이 몸을 태어나게 해 준 아버지였다. 하지만 전에 알던 백무흔과는 전혀 다른 분위기를 풍기고 있었다. 백수룡은 곧 그 이유를 알게 되었다. 백무흔의 눈빛과 표정, 분위기가 크게 바뀌어 있었던 것이다.
 '껍데기는 그대로지만, 아예 다른 사람이 되셨네.'
 과거의 백무흔은 일찍 사별한 아내와 허약한 아들에 대한 죄책감으로 평생을 괴로워했다. 겉으로는 밝고 유쾌해 보여도, 아들을 바라보는 눈에는 항상 어두운 그늘이 내려앉아 있었다. 하지만 다시 만난 백무흔은 전보다 훨씬 여유롭고, 자유로워 보였다.
 마치 어디로든 날아갈 수 있는 새처럼.
 '무공도 몰라보게 강해지셨고.'
 백수룡이 백무관을 떠나기 전, 백무흔은 절정의 벽 앞에서 십 년 넘게 정체된 일류고수였다. 하지만 지금은 절정의 벽을 넘어, 이미 완숙한 경지에 이른 것처럼 보였다. 이 정도면 무림을 다 뒤져도 흔치 않은 수준의 고수.

백수룡은 놀란 표정을 숨기지 않으며 물었다.

"뒷산에서 영약이라도 캐 드셨어요?"

"내가 하고 싶은 말이다. 너는 어디 절벽에 올라가서 뛰어내리기라도 했냐?"

"오랜만에 만난 하나뿐인 아들한테 웬 악담이에요?"

"여기까지 오는 길에 청룡신협이니, 악인곡이니, 믿을 수 없는 말을 하도 많이 들어서 말이다. 그런데 막상 가까이서 보니……."

아들을 보고 놀라기는 백무흔도 마찬가지였다. 백무관을 떠나기 전만 해도, 내공도 변변찮던 아들이었다. 그래서 아프지는 않을까, 청룡학관의 다른 강사들에게 무시는 당하지 않을까 걱정도 했다. 그런데 오는 길에 들은 온갖 소문은 백무흔을 당황하게 만들었다. 백무흔은 그 소문을 하나하나 확인해 보았다.

"올해 천무제에서 청룡학관을 우승시키겠다고 호언장담한 신입 강사가 너냐?"

"예."

"일타강사와 내기해서 수업을 하나 빼앗은 것도 너고?"

"맞아요."

"악인곡에서 십대악인 중 하나를 죽이고, 청룡신협이라는 별호를 얻은 것도?"

"거 소문 참 빠르네."

아들의 태연한 인정에, 백무흔이 입을 떡 벌렸다.

"무림에 남아 있는 기연을 쓸어 담기라도 한 거냐? 무슨 짓을 했길래, 오늘내일하던 놈이 몇 달 만에 초절정고수가 돼?"

"아시겠지만, 원래 무공에 관한 이야기는 혈육 간에도 함부로 전하지 않는 법입니다."

대충 퉁치고 넘어가려는 아들의 모습에, 백무흔은 황당하다는 표정을 지었다.

"나 참······. 어쨌든 말도 안 되게 강해졌구나."

"아버지도요."

불과 몇 달 만에 보는 것인데, 부자는 서로의 괄목상대한 모습에 감탄했다.

백무흔이 피식 웃으며 말했다.

"오랜만이다. 이 불효자 녀석아."

"장인어른한테 맞아 죽을까 봐 도망 다니느라 고생하십니다. 아버지."

"한마디도 안 지는 걸 보니 내 아들이 맞구나. 옆에 와서 앉아라."

피식 웃은 백무흔은 자리에 다시 털썩 앉더니, 자신의 옆자리를 가리켰다. 작게 한숨을 내쉰 백수룡이 그 옆에 가서 앉았다. 부자는 기숙사 옥상에 나란히 앉아 흘러가는 구름을 바라봤다.

백수룡이 질문했다.

"학관에는 어떻게 들어왔어요? 외부인은 출입 금지인데."

무림 오대학관은 살수들도 쉽게 접근하지 못하는 곳이었다. 기감이 뛰어난 고수들이 많은 데다가, 그 경계도 결코 소홀히 하지 않았다. 하지만 백무흔은 마치 제집 안방처럼 들어와 여유롭게 술을 마시고 있었다. 백무흔이 호리병을 홀짝이며 웃었다.

"밖에서 며칠 살펴보니 삼십 년 전이랑 크게 달라진 것도 없더구나. 그때나 지금이나 학생들이 이용하는 개구멍이 있기 마련이지. 애들 심리가 다 비슷해."

"에라이······."

청룡학관의 원조 망나니가 이곳에 있었다.

백무흔이 우쭐한 표정을 지으며 소싯적 이야기를 계속했다.

"숨바꼭질이라면 옛날부터 도가 텄다. 그때도 네 외조부는 나를 잡지 못했어. 열 번에 여덟 번은, 야밤에 기숙사를 탈출하는 데 성공했지."

"두 번은요?"

"죽기 직전까지 맞았다. 그래도 안 죽었으니 된 거 아니냐?"

"어휴……."

아들은 아버지를 철없는 학생 보듯 바라보며 혀를 차고, 아버지는 그런 아들을 보며 큭큭 웃었다.

"내 아들이 생활지도부 소속이라니. 세상 오래 살고 볼 일이다."

"외탁을 했나 보죠."

"외탁이라니? 너 약빙이 소싯적에 얼마나 왈가닥이었는지는 외조부에게 못 들었냐?"

"진짜요?"

그러고 보니, 매극렴에게서 어머니 얘기는 거의 듣지 못했다. 백무흔은 오랜 과거를 회상하며 웃었다.

"약빙은, 말 그대로 내일이 없는 여자였다. 몸이 약한데도 기가 아주 셌지. 네 외조부도 하나뿐인 딸에게는 쩔쩔맸다. 다른 남자들? 말할 것도 없었지. 이 옥면공자를 휘어잡았던 걸 보면 말 다 한 것 아니겠냐."

백무흔의 눈동자가 청룡학관 곳곳을 훑었다. 아내와 함께 걸었던 잔디밭, 기숙사 뒷길, 몰래 만나 사랑을 속삭이던 공간들. 그리고 저 멀리 보이는, 아내에게 청혼했던 호수…….

과거를 훑는 백무흔의 눈동자가 아련하게 변했고, 속눈썹이 파르르 떨렸다.

"정말 대단한 여자였다. 그 작고 약한 몸으로 세상과 당당히 맞섰지. 그런 여자를 만난 건 내 인생 최고의 행운이었어."

"……."

백수룡은 말없이 듣고만 있었다. 백무흔은 그런 아들을 돌아보더니 피식 웃었다. 호리병의 술이 점점 줄어들었다.
 "날이 좋아서 그런가, 오늘은 좀 취하는구나."
 "아버지. 딱 보니 새장가 가긴 글렀네요."
 "사실 우리가 첫 입맞춤을 한 장소가 여기다. 그때도 약빙이 먼저……."
 "아, 뭐래. 징그럽게스리."
 백수룡이 질색을 하며 조금 떨어져 앉았다. 그 모습을 본 백무흔은 옥상에 그대로 드러눕더니 푸흐흐 하고 웃었다. 이름 모를 철새 떼가 새파란 하늘을 가로질러 날아갔다.
 두 사람은 잠시 아무 말이 없었다.
 백수룡은 이 질문을 하지 않을 수 없었다.
 "……장인어른은 안 보고 갈 거예요?"
 "지금 고민 중이다."
 백무흔은 팔베개를 하고 늘어져라 하품을 했다. 별로 고민하는 것 같지는 않은 모습이었다.
 "넌 신경 쓰지 마라. 어른들 일은 어른들이 알아서 할 테니."
 "아버지 때문에 외조부랑 출퇴근을 같이하는데, 집에 가서도 종일 감시당하는 아들 생각도 좀 해 주시죠?"
 "되바라진 놈 같으니. 지금 고민 중이라니까."
 백무흔은 아예 눈을 감아 버렸다. 이대로 두면 낮잠까지 잘 기세였기에, 백수룡은 얼른 본론을 꺼냈다. 생각해 보니 아직 이걸 묻지도 않고 있었던 것이다.
 "그런데 갑자기 여긴 왜 오신 거예요?"
 "참 빨리도 물어본다. 너, 내가 전에 보낸 서찰도 안 읽었지?"
 실눈을 뜬 백무흔이 노려보며 묻자, 백수룡은 멋쩍은 듯 뺨을 긁적였다.

"요즘 좀 바빠가지고. 거기 뭐 중요한 이야기라도 적혀 있었어요?"

"중요하지. 중요하고말고. 내가 백무관 문을 닫고 이 먼 곳까지 달려온 이유가 거기에 다 적혀 있지."

"뭔데 그래요?"

백무흔이 몸을 일으켰다. 아들을 돌아보는 그의 표정에 조금 그늘이 졌다.

"그전에 하나만 묻자. 사고를 당하기 전의 기억은 좀 돌아온 게냐?"

순간 백수룡의 표정이 살짝 굳었다.

'사고'라 함은 이 몸의 원래 주인이 마공을 익히다가 쓰러진 날이었다. 그날 원래 몸의 주인이었던 진짜 백수룡은 죽었고, 과거 혈교의 교관이었던 자신의 영혼이 이 몸에서 깨어났다.

"뭐, 드문드문······."

백수룡은 거짓말을 할 수밖에 없었다. 이제 와서 진실을 밝히기엔 너무 늦었으니까.

백무흔이 묘한 눈빛으로 그를 보며 물었다.

"혹시 내일이 무슨 날인지는 기억나느냐?"

백수룡은 솔직하게 고개를 저었다. 그러자 백무흔의 얼굴에 그늘이 조금 더 짙어졌다.

"무슨 날인데요?"

"약빙의 기일이다."

"아······."

매약빙은 이 몸을 낳아 준 어머니였다. 백수룡은 백무흔에게 하듯, 그녀 또한 부모로서 존중할 생각이었다.

"여기서 제사를 지내려고요?"

"······정말 하나도 기억나지 않는 모양이구나."

백무흔이 조금 씁쓸한 표정을 짓더니 말했다.

"약빙의 유언이 자기 제사를 지내지 말라는 거였다. 대신 기일이 다가오면, 너와 함께 천하를 떠돌면서 즐겁게 유람을 하라는 거였지. 자신도 와서 함께할 테니 말이다."

"……."

"그래서 매년 이즈음이면 너와 함께 유람을 다녔다."

"죄송하지만 전혀 기억이……."

그 순간, 백수룡의 머릿속에 있을 리 없는 기억이 밀려들었다.

지금보다 훨씬 젊은 아버지의 얼굴. 아버지의 손을 잡은 자신의 작은 손. 함께 산으로, 강으로, 도시로 유람을 다니던 어린 날의 기억들.

―수룡아. 이 꽃은 네 어머니가 좋아하던 꽃이란다.
―향이 정말 좋아요!

하지만 고개를 들어 올려본 부친의 눈은, 당장이라도 눈물을 쏟을 것처럼 슬퍼 보였다.

'뭐야 이건?'

혼란스러운 기억으로 백수룡의 표정이 굳는 가운데, 백무흔은 그것을 다르게 오해했다.

"억지로 기억할 필요는 없다. 그것 때문에 온 것만은 아니니까. 네게 줄 물건이 있어서 왔다."

"……줄 물건이요?"

"네 방 깊숙이 숨겨져 있던 것인데……."

백무흔이 품 안에 손을 넣으려는 순간, 그의 표정이 굳더니 이내 한숨을 길게 내쉬었다.

"젠장. 망했군."

"……그러게요."

"너, 알면서 말 안 한 게지?"
"저도 방금 알았어요. 잠깐 딴 데 정신이 팔려서."
"그걸 믿으란 거냐."
아들을 한 번 째려본 백무흔은 한숨을 푹 내쉬더니, 자리에서 일어섰다. 그들 뒤편에 새로운 인기척이 느껴졌다.
"이런 곳에 숨어 있었더냐."
스산한 목소리와 함께, 건물 옥상에 매극렴이 사뿐히 내려섰다. 백무흔은 흐트러진 옷가지를 단정하게 하고 돌아섰다. 두 사람의 시선이 허공에서 부딪쳤다.
"장인어른. 오랜만에 뵙습니다."
"……."
백수룡은 매극렴은 입에서 온갖 육두문자가 쏟아질 거라고 예상했으나, 의외로 매극렴은 조용했다.
스르릉. 다만, 검을 뽑아 들었을 뿐.
"여러 말 할 것 없다. 검을 뽑아라."
"꼭 이러셔야 합니까?"
"검객은 검으로 말하는 법. 너 또한 검을 익히지 않았더냐. 그 잘난 검으로 말해 보아라."
"장인어른……."
매극렴은 더 이상 기다려 주지 않았다.
살이 베일 듯한 날카로운 바람이 노인의 전신을 휘감더니, 다음 순간 그는 백무흔의 앞에 있었다.
채앵!
검과 검이 부딪치고, 백무흔의 신형이 뒤로 세 걸음 물러났다.
매극렴의 눈동자가 조금 커졌다.
"세 걸음이라. 그간 놀고 있지만은 않은 모양이구나."

이내 코웃음을 친 매극렴이 다시 검을 휘둘렀다. 그의 검이 허공에 수십 개의 점과 선을 만들었다.

촤촤촤촤촤! 수십 개의 얇은 검기가 기숙사 옥상을 난도질했다. 백무흔의 옷자락이 베이고, 생채기에서 핏물이 배어 나왔다. 백무흔은 수비에 집중하며 이를 악물었다.

"……장인어른. 그만 좀 하십시오."

"살고 싶다면 혀를 놀릴 힘으로 검을 휘둘러야 할 것이다."

"대체 제가 뭘 그렇게 잘못했습니까?"

"뭐라?"

취기가 오른 탓에 백무흔도 평소보다 감정이 격해져 있었다. 그의 몸에서 풍겨 나오는 주향과 뻔뻔한 말투가, 매극렴의 분노를 더욱 부채질했다.

"몰라서 묻는 것이냐!"

매극렴의 검초에 맺힌 살기가 더욱 짙어졌다. 검극이 백무흔의 귓불을 아슬아슬하게 스쳤다.

'이건 위험한데.'

백수룡은 굳은 표정으로 아버지와 외조의 싸움을 바라봤다. 일단은 지켜보고 있지만, 상황이 심각해지면 나서서 말릴 생각이었다. 두 눈에 핏발이 선 매극렴이 외쳤다.

"백무흔! 나는 도저히 네놈을 용서할 수가 없다! 내 딸을 도둑질해간 것도 모자라……."

"빌어먹을! 용서할 수 없기는 저도 마찬가지입니다!"

그 순간, 매극렴의 검이 멈췄다. 하지만 공격이 멈춘 것은 아니었다. 매극렴의 얼굴이 흉신악살처럼 일그러지기 시작했다.

"감히…… 네놈이 나를 용서하지 못해?"

그의 검에 맺힌 검기가 점점 짙어지기 시작했다. 이건 정말 위험하다.

백수룡이 나서야겠다고 생각했을 때.

"약빙의 장례식에는 왜 안 왔습니까?"

"……."

그 한마디에, 검에 넘칠 듯 너울거리던 검기가 크게 휘청였다. 매극렴의 눈동자가 당혹으로 물들었다. 한쪽 입꼬리를 삐뚜름하게 올린 백무흔이 말을 이었다.

"약빙이 아플 때 몇 차례나 서찰을 보냈습니다. 그런데 답장 한 번 안 하셨지요. 대답해 보십시오. 딸보다 그깟 무인의 체면이 더 중요했습니까? 의절했으니 죽든 말든 상관없었던 것 아닙니까?"

"……."

"그랬던 당신이, 이제 와서 나를 비난할 자격이 있습니까?"

기어이 매극렴이 검을 멈췄다. 그는 이가 부러질 듯이 악물며 말했다.

"이놈. 함부로 지껄이지 마라. 나는……."

"제가 지금까지 무서워서 장인어른을 안 찾아왔다고 생각하십니까? 아닙니다. 당신이 미워서였습니다."

"……."

"약빙은 끝까지 아버지를 찾았습니다. 그때 당신은 대체 뭘 하고 있었습니까?"

"나는……."

"저를 죽이려면 죽여 보십시오. 딸이 다닌 학관에 제 피를 뿌려 보시란 말입니다. 당신이라면 하고도 남겠지요."

"……."

백무흔은 매극렴의 오래된 상처를 사정없이 후벼팠다. 일방적으로 공격을 당한 사람은 백무흔이었지만, 더 고통스러워 보이는 사람은 매극렴이었다.

보다 못한 백수룡이 둘 사이에 끼어들었다.

"그만 하세요."

백수룡은 질책하는 눈빛으로 자신의 부친을 바라봤다. 그 눈빛에 백무흔이 한숨을 길게 내쉬었다.

"후우……. 오늘은 제가 술이 과했습니다. 서로 감정이 격해진 듯하니 이만 물러나겠습니다."

매극렴은 붙잡지 않았다. 넋이 나간 표정으로 고개를 숙였다.

"다음에 다시…… 찾아뵙겠습니다."

몸을 돌린 백무흔은 경공을 펼쳐 기숙사 아래로 뛰어내렸다. 그 직전에 아들에게 전음을 남겼다.

[오늘 밤 학관 동쪽에 있는 호수로 오거라. 네게 줄 것이 있다.]

"……."

백수룡은 점점 멀어지는 부친의 뒷모습을 바라봤다.

옆에는, 매극렴이 넋을 잃은 표정으로 자신의 검을 내려다보고 있었다.

190화
누구나 심마를 가지고 있다

"할아버님. 저 밖에 좀 나갔다 오겠습니다."

매극렴은 손자에게 이 밤에 어딜 가느냐고, 누굴 만나러 가느냐고 묻지 않았다.

"……다녀오너라."

외조부의 힘없는 대답에, 백수룡은 그의 안색을 살피곤 낮게 한숨을 쉬었다.

"할아버님."

"……안 가고 왜 계속 서 있는 게냐."

"낮에 아버지가 했던 말은 너무 신경 쓰지 마십시오. 술에 취하셔서 한 말이었습니다."

"……."

매극렴은 말없이 손자의 얼굴을 보았다. 크고 깊은 저 눈은, 어린 시절 자신을 걱정스레 바라보던 딸과 왜 이리 닮았단 말인가.

"너도……."

"예?"

무슨 말인가를 하려고 입을 열었던 매극렴은, 이내 한숨을 내쉬며 고개를 저었다.
"아니다. 네가 신경 쓸 일이 아니다. 가 보거라."
"……알겠습니다."
백수룡은 안색이 시체처럼 창백한 매극렴이 걱정되었으나, 가지 않을 수도 없었다. 이쪽만 신경 쓰이는 것이 아니었기 때문이다.

-오늘 밤 학관 동쪽에 있는 호수로 오거라. 네게 줄 것이 있다.

전음을 보내며 돌아서던 백무흔의 표정도 무척 좋지 않았다. 그리고 조금 전 백무흔으로부터 어머니 이야기를 들었을 때, 자신에게 있을 리 없는 어린 시절의 기억이 떠올랐던 것도 신경이 쓰였다.
'대체 아까 그 기억은 뭐였지? 나한테 준다는 물건은 또 뭐고?'
궁금증을 해결하기 위해선 백무흔을 만나야만 한다. 오늘 만나지 않으면 백무흔이 그대로 돌아가 버릴지도 모른다는 예감이 들었다.
"그럼 금방 다녀오겠습니다."
"……얼른 가래도."
백수룡은 좀처럼 발걸음을 떼지 못하자, 매극렴이 정문까지 등을 떠밀었다. 평소에 비해 절반도 안 되는 힘이었지만, 백수룡은 차마 그 사실을 말할 수 없었다.
그렇게, 백수룡은 대문을 나섰다.
매극렴은 손자의 뒷모습이 완전히 보이지 않을 때까지 바라보다가, 아까 하려다 못한 말을 중얼거렸다.
"너도 나를 원망하느냐?"
대답을 듣기가 두려워 차마 묻지 못했다. 작게 한숨을 내쉬고 돌아선 매극렴은 방으로 들어가지 않고 마루에 걸터앉았다. 그리고 조용히 밤하늘을 올려보았다. 반으로 조각 난 달이 무심하게 노인을 내려다보고 있었다.

―약빙의 장례식에는 왜 안 왔습니까?

말보다 더 아프게 찌르던 것은 원망으로 가득한 백무흔의 눈빛이었다.

―대답해 보십시오. 딸보다 그깟 무인의 체면이 더 중요했습니까? 의절했으니 죽든 말든 상관없었던 것 아닙니까?

아니라고 반박하고 싶었다. 네놈이 대체 뭘 아느냐고 호통을 치고 싶었다.

―약빙은 끝까지 아버지를 찾았습니다. 그때 당신은 대체 뭘 하고 있었습니까?

숨이 턱 막혔다. 일평생 휘둘러 온 검이 천 근 쇳덩이가 된 것처럼 무거웠다. 결국 검을 바닥에 떨어뜨렸다.

―그랬던 당신이, 이제 와서 나를 비난할 자격이 있습니까?

아무 말도 하지 못했다. 하고 싶은 말은 많았으나, 말이 되어서 나오지는 못했다. 전부 변명이고 핑계였다. 그때 자신은 아무것도 하지 않았다. 아무것도 할 수 없었다.

―제가 무서워서 장인어른을 안 찾아왔다고 생각하십니까? 아닙니다.

당신이 미워서였습니다.

"……그럴 거라고 생각했다."

 백무흔 그놈의 성격은 예전부터 잘 알고 있었다. 자신이 지금보다 훨씬 더 호랑이 선생 같던 시절에도, 당당히 찾아와서 약빙과의 혼인을 허락해 달라고 말하던 놈이었다. 그런 그가, 이 늙은이의 검이 무서워 찾아오지 못했겠는가.

 ─저를 죽이려면 죽이십시오. 딸이 다닌 학관에 제 피를 뿌려 보시란 말입니다! 당신이라면 하고도 남겠지요.

 모든 말이 비수가 되어 박혔다. 돌처럼 굳어서, 더 이상 상처 날 것도 남아 있지 않다고 여겼던 가슴에서 피가 철철 흘렀다.
"약빙아……."
 매극렴은 눈을 감았다. 사십 년도 더 된 과거가 바로 어제 일처럼 떠올랐다.

 ─아버지다. 인사드리렴.
 ─아버지?

 어미의 치마 뒤에 숨어, 자신을 경계의 눈으로 바라보던 작은 것. 검의 극의를 추구하겠다며 호기롭게 무림을 떠돌던 시절이었다. 고수들은 만나며 가르침을 청하고, 마음 맞는 친우를 만나 밤새 술잔을 나누면, 그보다 좋은 것이 없다. 집안에서 맺어 준 혼처가 있었으나, 답답함을 느껴 초야를 치르고 몇 달 만에 뛰쳐나왔다. 그때의 매극렴은 지금과 달리 자유분방한 성격이었다. 그리고 삼 년 후에 돌아와 보니, 딸이라고 하는 조막만 한 것이 얼굴을 내밀었다. 그 작은 얼굴을 본 순간 얼마나 놀랐던지.

-아, 아이를 배었었소? 왜 미리 말을 하지 않고…….
-저도 낭군께서 떠나시고 얼마 후에 알았답니다.
-…….

삼 년 동안 자식이 있는지도 모르고 무림을 떠돌았다는 사실에, 매극렴은 큰 충격을 받았다. 그날부터 매극렴은 변했다. 검의 수련을 핑계로 더 이상 밖으로 떠돌지 않았고, 돈을 벌기 위해 이런저런 일을 마다하지 않았다. 하지만 하늘도 무심하시지, 아내는 그로부터 오 년 후에 죽었다. 반위(反胃 : 위암)라고 했다. 하늘은 때때로, 허망할 정도로 쉽게 사람을 데려간다는 것을 그때 알았다.

-아버지…….

아내의 장례식에서, 울다 지친 딸이 매극렴을 돌아보며 말했다. 그 어린 것은 그때부터 몸이 많이 약했다.

-아버지도 절 버리고 떠날 거예요?
-그게 무슨 소리냐. 안 떠난다.

매극렴은 딸을 끌어안았다. 부서질 듯 약한 몸이라 있는 힘껏 끌어안지도 못했다.

-나는 절대 너를 떠나지 않는다. 약빙아. 그러니 너도 날 두고 떠나지

말거라.
 -네. 저도 절대 안 떠날게요.

 그리고 얼마 지나지 않아, 청룡학관에 좋은 일자리가 있다 하여 부녀는 이 도시에 정착했다.

 -아버지! 저도 크면 청룡학관에 다닐 수 있는 거예요? 거긴 무림 고수들만 다닌다면서요?
 -허허. 당연하지. 이 매극렴의 딸이 아니냐. 네가 체질이 약한 것이지, 무재는 타고났지!

 행복했던 시절이었다. 크면서 놀라울 정도로 왈가닥이 되긴 했지만, 약빙은 근본이 착한 아이였다. 매극렴은 그런 딸을 세상에 하나뿐인 보물처럼 아꼈다. 평생 자신의 품에서 떠나지 않으리라 생각했다.
 ……딸이 사내놈을 데려와 혼인하고 싶다고 했을 때, 그래서 더 배신감에 치를 떨었는지도 모른다.

 -아버지. 저는 이 사람과 혼인하고 싶어요.
 -장인어른! 허락해 주십시오!
 -뭐, 뭐라고? 네가 어떻게 나한테……!

 백무흔이 옥면공자라서가 아니었다. 천하제일고수가 와서 딸을 달라고 했어도 똑같이 역정을 냈을 것이다.

 -누가 네놈 장인이냐! 내 너를 단매에 쳐 죽일 것이다!

이성을 잃은 매극렴은 백무흔을 초주검으로 만들었다. 매약빙은 울면서 그런 아버지를 원망했다.

-어떻게 이러실 수가 있어요! 제가 살면 얼마나 더 산다고요! 이 사람이 죽으면 저도 따라 죽을 거예요!
-그놈이 그리도 좋으면, 그놈과 함께 내 눈앞에서 꺼지거라! 더 이상 너를 내 딸이라 여기지 않을 것이다!

의절(義絕)이었다. 매극렴은 그 이후로 딸의 모습을 한 번도 보지 못했다. 처음 서찰이 왔을 땐 갈기갈기 찢어 버렸고, 그 이후부터는 읽지 않고 모아 두었다. 나중에 모아 둔 서찰을 읽었을 때, 딸은 아이를 낳았다고 전했다. 그리고 얼마 살지 못할 거라고 했다.

저와 남편을 반씩 닮았어요. 이 아이가 커서 청룡학관에 입관하면, 아버지께서 잘 가르쳐 주셔야 해요

그 서찰을 본 순간 달려갔다면, 딸의 마지막 모습을 볼 수 있었을까.
"······가고 싶었다. 너무나 가고 싶었어. 하지만 갈 수가 없었단다."
숨이 다하는 순간, 딸은 끝까지 오지 않은 아비를 떠올리며 무슨 생각을 했을까.

-아버지도 절 버리고 떠날 거예요?

어린 것의 목소리가 자꾸만 머릿속을 맴돌았다. 매극렴은 조각난 달을 바라보며 힘없이 중얼거렸다.
"애야. 너를 버린 것이 아니다. 버린 것이 아니야······."

노인의 한숨이 새하얀 김이 되어 밤하늘에 흩어졌다.

그때, 뒤쪽에서 조심스러운 목소리가 들려왔다.

"저, 학생 주임 선생님."

"……무슨 일이냐?"

돌아보니, 위지천이 걱정스러운 눈빛으로 그를 쳐다보고 있었다.

"그러다 고뿔 걸리세요."

"허허."

매극렴처럼 고강한 무인이 고뿔에 걸린다는 건 어불성설이었다. 하지만 무인이라고 항상 건강한 것은 아니었다. 특히 마음의 병은 무인에게 더 취약했다. 몸 안의 기를 세밀하게 다루기 때문이었다. 그 탓에 무인들은 마음의 병이 나면 기가 폭주하거나, 역류하여 큰 병을 얻는 경우가 있었다. 그러한 상태를 보통 심마, 또는 주화입마라고 부른다. 실제로 매극렴 역시 예전에 주화입마를 겪은 적이 있었다.

매극렴이 인자하게 웃으며 말했다.

"나는 괜찮으니 들어가 보거라. 내일도 새벽같이 일어나 수련해야 하지 않느냐."

"하지만……."

"괜찮대도."

그럼에도 위지천이 계속 머뭇거리자, 매극렴이 작게 한숨을 내쉬며 말했다.

"혹시 술이 있으면 좀 갖다 주겠느냐?"

"예? 술이요?"

위지천이 눈을 동그랗게 떴다. 평소 철저한 자기관리로 유명한 매극렴이었다. 술을 아예 못하는 것은 아닌 듯했지만, 웬만해서는 입에도 대지 않는 성격이었다.

"오늘은 술이 좀 필요할 것 같구나."

"아, 잠시만요."

잠시 후, 위지천이 술과 약간의 안주를 소반에 받쳐서 가져왔다.

"저희 할아버지께서 드시는 술인데…… 이거라도 괜찮으세요?"

위지천에겐 매극렴과 비슷한 연배의 할아버지가 있었다. 그래서 더 한숨을 내쉬는 매극렴을 그냥 두고 볼 수가 없었다.

"고맙구나. 이만 들어가 보거라."

"괜찮으시면 제가 말동무라도……."

"허허. 같이 술이라도 마시겠다는 말이냐?"

매극렴이 술병을 가볍게 흔들며 말하자, 위지천의 순진한 얼굴이 붉게 물들었다.

"그, 그건 아니지만……."

"마음만 받을 테니 들어가거라."

결국 고개를 숙인 위지천이 자기 방으로 들어갔다. 늙은 검객은 홀로 술잔을 기울였다.

쪼르륵.

평소 거의 입에도 대지 않는 술이지만, 오늘은 취기에 의존하지 않고는 잠들지 못할 것 같았다.

매극렴은 술을 벗 삼아 혼잣말을 중얼거렸다.

"왜 오지 않았냐고? 가지 않은 것이 아니라 가지 못한 것이다."

매극렴에겐 말하지 못한 사정이 있었다. 차마 말할 수 없는 사정이…….

"노인네가 혼자 청승을 떨고 계시는군."

걸걸한 목소리에 매극렴이 옆을 돌아보자, 거구의 노인이 성큼성큼 다가와 맞은편에 털썩 앉았다.

"위지열이오. 위지천의 할애비지. 손자 녀석이 하도 징징대기에 나와 봤소이다."

"……매극렴이오. 청룡학관의 학생 주임이외다."

"알고 있소. 그간 종종 얼굴은 마주쳤으나 이렇게 말을 섞는 건 처음이구려."

매극렴도 위지열의 존재는 진작부터 알고 있었다. 하지만 이야기를 나눠 본 것은 오늘이 처음이었다. 새벽같이 대장간에 나가서 일을 하고, 밤늦은 시간에야 들어와서 마주칠 일이 거의 없었으니까.

위지열이 두꺼운 손을 내밀며 말했다.

"나도 한 잔 주시구려."

"혼자 마시고 싶은데……."

"그거 내 술이오. 내 술을 내가 마시겠다는데 허락을 받아야 하오?"

"허허."

아주 막무가내였다. 매극렴은 하는 수 없이 그에게 술을 따라 주었다. 두 노인은 말없이 몇 잔의 술을 비웠다.

그러다 위지열이 불쑥 이야기를 시작했다.

"나는 검을 만들고 있소이다. 내가 아는 가장 뛰어난 검을 능가하는 보검을 만들기 위해 불철주야 노력하고 있지. 이제 곧 좋은 소식이 있을 듯하오."

"갑자기 무슨……."

"그 검을 백수룡 선생님에게 드릴 것이오."

손자의 이름이 나오자 매극렴의 눈빛이 변했다. 위지열에 대해서 잘은 모르지만, 풍기는 기도만 보아도 한 분야에 통달한 장인이라는 것은 알 수 있었다. 지금은 술을 마셔서, 기감이 평소 같지는 않았지만 말이다.

"굉장한 보검이겠구려."

"절세보검이지. 강기도 베어내는 보검이 될 거요!"

위지열은 껄껄 웃었다. 매극렴은 그 말이 심한 허풍이라고 생각했지만, 손자에게 보검을 만들어 준다는 사람에게 타박을 할 수는 없었다.

"부디 성공하길 바라오."

"꼭 성공할 것이오. 그래야 선생께 받은 은혜를 조금이라도 갚을 수 있으니."

"……은혜?"

"모르셨소? 백수룡 선생은 내 손주의 생명을 구해 준 은인이라오."

혈교와 관련된 이야기는 할 수 없었으니, 위지열은 그것만 제외하고는 최대한 자세하게 위지천의 일을 이야기했다.

매극렴은 놀란 표정이었다.

"허어. 그런 일이……."

"자, 이제 노야도 말해 보시오. 무슨 사정이 있기에 그토록 처량한 얼굴을 해서, 내 귀한 손자가 이 밤에 날 찾아와 가 보라고 등을 떠밀게 만든 거요?"

"내 이야기는 별로 하고 싶지 않소."

매극렴은 날카로운 표정으로 고개를 저었으나, 위지열은 단박에 코웃음을 쳤다.

"내 이야기만 듣고 내빼려고? 어림도 없지. 말하지 않으면 벌주를 먹여서 인사불성을 만들어 줄 거요."

"……완전히 막무가내로군. 좋소. 듣고 지루해하지나 마시오."

매극렴은 피식 웃더니 긴 이야기를 시작했다. 정말 오랜만에 가진 동년배와의 술자리인 탓일까. 마음속에 담아 두었던 이야기가 술술 흘러나왔다. 그의 이야기를 조용히 듣고 있던 위지열이 물었다.

"장례에는 왜 못 갔소?"

"……딸이 떠난 후에, 나는 몇 년 동안 심마에 시달렸소."

"허어!"

사위와 손자에게는 절대로 말할 수 없었던 이야기.

"내 마음속에 악귀가 자라기 시작했소. 하루에도 수십 번씩 검을 휘둘러 피를 보고 싶었지. 그 살심을 억누르기 위해 다도에 취미를 들이기도 하고, 정신을 수양하기 위한 온갖 짓을 다 했소. 하루하루가 아슬아슬한 날이었소."

매극렴은 바닥에 끌러놓은 자신의 검을 바라봤다. 딸이 떠난 이후, 삶의 목적을 잃은 검객은 자신의 검으로 세상을 다 베어 버리고 싶었다. 불쑥 살심이 치밀 때마다 청룡학관 곳곳에 남아 있는 딸의 흔적을 보지 못했다면, 충분히 그리고도 남았을 것이다.

"딸의 장례에 갔다면, 나는 분명히 그 자리에서 사위를 죽였을 것이오. 어쩌면 수룡이 그 핏덩이를 죽였을지도 모르지. 도저히 갈 수가 없었소. 가서는 안 됐지."

"허어……."

안타까움에 탄식한 위지열이 매극렴의 표정을 살피며 물었다.

"지금은 괜찮은 거요?"

"다행히 세월이 낫게 해 주더이다. 성격이 좀 다혈질이 되긴 했지만……. 이 정도면 그저 꼬장꼬장한 노인네의 신경질 수준이지. 술이 비었군."

매극렴은 술잔을 내려놓더니 밤하늘을 올려다봤다. 하얗게 센 머리카락에 은은한 달빛이 맺혔다. 노인의 주름에 맺힌 음영이 더 깊고 짙게 보였다. 위지열은 이해할 수 없다는 표정으로 말했다.

"이제라도 솔직하게 말하면 되지 않소. 미안하다, 장례에 못 간 이유가 있었다, 하고 말이오. 그렇게 입을 꾹 다물고 있으면 심마가 다시 도질 거요."

"……이제 와서 그런들 뭐가 바뀌겠소. 심마를 겪은 게 무슨 자랑도 아니고."

매극렴의 지친 목소리에 짙은 회한이 묻어났다. 그런데 그때.

"이런 답답한!"

위지열이 대뜸 마룻바닥을 주먹으로 쾅! 소리 나게 내리쳤다. 깜짝 놀란 매극렴이 날카로운 시선으로 그를 노려봤다.

"이게 무슨 짓인가?"

"답답한 소리도 적당히 해야지! 누구나 마음속에 심마를 가지고 있는 법이거늘!"

"무슨……."

"나 역시 지금도 죽은 자식과 며느리의 꿈을 종종 꾸곤 하오. 우리 천이도 악몽을 꾸고, 백룡장에 있는 아이들 모두가 마음에 병이 하나씩은 있소. 백수룡 선생도 마찬가지일 거요."

"……."

"본인만 특별한 줄 아시오? 심마에 걸렸던 사실이 부끄러워서 꽁꽁 싸매고 숨기면 누가 알아준다고 했소?"

"당신이 나에 대해 뭘 안다고……."

"모른다!"

그렇게 소리친 위지열이 자리에서 벌떡 일어났다. 그가 거대한 어깨를 위협적으로 들썩이며 말했다.

"이 답답한 늙은이야! 더 후회하기 전에 빨리 가서 사위와 화해해라. 늙었다는 핑계, 늦었다는 변명은 그만하고, 체면도 버리고 솔직해지란 말이다. 고집이 쇠심줄 같은 빌어먹을 늙은이야!"

"허……."

매극렴은 한 대 얻어맞은 표정으로 위지열을 바라봤다. 누군가에게 이렇게 정신이 번쩍 들도록 혼쭐이 나 본 것이 대체 언제였던가. 나이로도, 무림의 배분으로도 불가능한 이야기였다. 헌데, 이 노인은 자신을 사정없이 질책하고 화를 낸다.

'이자. 정파의 무인이긴 한 건가?'

그 기질이 매우 사나우니 의심이 들 정도였다. 그런데 이상하게, 속 안에 쌓인 응어리가 녹아내리는 기분이었다.
"어허! 어서 가래도! 한 대 얻어맞고 갈 테냐!"
위지열의 성화에 매극렴은 내쫓기듯이 자리에서 일어났다. 어처구니가 없었다. 하지만 이상하게 속이 뻥 뚫린 기분이었다. 지금이라면, 미운 사위 놈을 찾아가 못다 한 말을 할 수 있을 것 같았다.
"허허."
헛웃음을 지은 매극렴이 위지열에게 포권을 취했다.
"고맙소. 다음에는 내가 한잔 사리다."
"흥. 표정이 이제야 좀 산 사람 같군."
매극렴이 자리를 떨치고 일어나자, 위지열이 히죽 웃으며 물었다.
"어디로 가야 하는지는 아시오?"
"대충 알 것 같소."
매극렴은 바닥에 아무렇게나 끌러 두었던 검을 챙겼다. 흐트러진 옷차림을 바로 했다. 흐려졌던 표정이 다시 날카롭게 변했다.
"내일이 딸의 기일이거든."
휘익! 매극렴은 단숨에 경공을 펼쳐 백룡장의 담을 넘었다. 그 모습을 지켜보던 위지열이 낮게 한숨을 쉬었다.
"후우……."
그리고 그 순간, 그의 얼굴이 뒤틀리며 변하기 시작했다. 우둑. 우두둑. 뼈와 근육이 위치를 바꾸었고, 위지열의 얼굴과 체형은 점점 다른 사람으로 변했다.
"다 큰 어른들은 화해 한번 시키기도 어렵네."
그는 먼저 간 줄 알았던 백수룡이었다.

191화
일기장(1)

 매극렴의 기척이 완전히 멀어진 것을 확인한 후, 백수룡은 역용술을 풀었다.
 "들키면 어쩌나 했는데…… 후. 두 번은 못 할 짓이군."
 운이 좋았다. 평소처럼 감각을 날카롭게 벼려 둔 매극렴이었다면, 아무리 백수룡의 역용술이 뛰어나도 정체를 들켰을 확률이 낮지 않았다. 하지만 조금 전의 매극렴은 딸 생각에 마음이 어지럽고, 안 마시던 술까지 마신 탓에 취기가 꽤 오른 상황이었다. 덕분에 백수룡은 그의 무뎌진 감각을 속일 수 있었다.
 '속인 건 미안하지만, 내가 직접 물어봤으면 절대 말해 주지 않았을 테니까.'
 매극렴처럼 자존심이 강한 무인은 주변 사람들, 특히 가족에게는 절대 약한 소리를 하지 않는다. 심마에 시달렸다는 사실도 수십 년이나 숨겨 오지 않았던가.
 '지천이 할아버지한테는 나중에 잘 설명하면 될 테고.'
 갑자기 술친구가 생긴 위지열은 당황하겠지만, 백수룡의 부탁이니 입을 맞춰 줄 것이다.

"나 원 참. 팔자에도 없는 할아버지랑 아버지를 만나서 이게 무슨 고생인지."

헛웃음을 흘린 백수룡은 매극렴이 올려보던 밤하늘을 바라봤다. 새카만 하늘에 별이 쏟아질 듯 가득했다.

잠시 기다리는 중이었다.

매극렴을 먼저 백무흔과 만나게 해, 오랜 세월 못 했던 이야기를 할 시간을 주려고.

지금 백수룡의 경지라면 몰래 쫓아가서 둘이 무슨 대화를 나누는지 엿들을 수도 있었지만, 굳이 그러고 싶진 않았다.

"……슬슬 출발할까."

중얼거린 백수룡의 신형이 순식간에 담장을 넘었다.

휘익! 시원한 밤바람이 귓가를 스쳤다. 백수룡은 적당한 속도로 경공을 펼쳐 백무흔이 말한 호수로 향했다.

오래 걸리지 않아 목적지에 도착했다.

은린호(銀鱗湖). 물에 달빛이 부서지는 모습이, 마치 은빛 비늘이 반짝이는 것 같다고 해서 붙여진 이름이었다. 미추(美醜)에 별로 연연하지 않는 백수룡도 작게 감탄할 만큼, 은린호의 풍경은 인상적이었다. 연인들이 함께 오기에 무척이나 좋을 곳처럼 보였다.

─이 아비는 호수 앞에서 네 어머니에게 청혼했단다. 은린호라고 불리는 무척 아름다운 곳이었지.

─정말요? 자세히 얘기해 주세요!

불쑥 떠오르는 어린 시절의 기억. 따뜻한 표정으로 자신을 바라보는 백무흔과, 그를 올려보는 어린 자신.

"갑자기 또……."

백수룡은 혼란스러운 표정으로 중얼거렸다. 있을 리 없는 기억과 동시에, 머리가 지끈거리는 두통이 느껴졌다.

'대체 왜 이러는 거야?'

다행히 두통은 금방 사라졌지만, 자신의 것이 아닌 기억에 백수룡은 혼란스러웠다.

"후우."

작게 한숨을 내쉰 백수룡은 일단 두 사람의 기척을 찾았다. 당장은 이 혼란스러운 기억을 어떻게 할 방법이 없었으니까.

'저기 있군.'

그리 큰 호수가 아니어서 금방 두 사람을 찾을 수 있었다. 조심스럽게 가까이 접근한 백수룡은 주변에 있는 나무 위로 가볍게 뛰어올랐다.

툭. 기척을 내지 않고 나뭇가지 위에 내려선 백수룡은 호숫가에 서 있는 부친과 외조부에게 시선을 주었다.

삼 장 정도의 어색한 거리를 두고, 그들은 같은 방향을 바라보며 서 있었다.

"……."

"……."

무언가 이야기를 나누는 듯했는데, 기막을 둘러쳤는지 아무런 소리도 들리지 않았다.

'무슨 얘기를 이렇게 오래 해?'

사람 심리라는 게 이상하다. 두 사람의 대화를 엿듣지 않으려고 일부러 늦게 왔는데, 막상 저 모습을 보니 궁금증이 치밀었다.

백수룡은 잠시 고민했다.

'기막을 뚫으려고 했다간 바로 들킬 테고……. 그래. 아무래도 엿듣는 건 예의가 아니지.'

하지만 조금 자세히 보는 건 괜찮지 않을까? 백수룡은 역천신공을 끌어올려서 혈마안을 개안했다.

키이잉-! 그의 두 눈이 붉게 물들며 밤의 어둠을 꿰뚫었다. 그러자, 두 사람의 얼굴과 표정이 대낮처럼 세세하게 보였다.

"……."

주로 말을 하는 쪽은 매극렴이었다. 그는 차분한 표정으로 이야기했다. 반면 듣고 있는 백무흔의 반응은 격정적이었다.

"!"

이야기를 듣다가 한 번씩 매극렴을 돌아보며 큰 소리를 냈는데, 독순술을 익힌 백수룡은 그의 입 모양을 읽을 수 있었다.

'왜 진작 말하지 않았습니까!'

'서찰이라도 보냈어야지요!'

'저는 그렇다 쳐도! 약빙은 끝까지 그것도 모르고……!'

어느새 백무흔의 눈에서 눈물이 흐르고 있었다. 악문 잇새로 피가 흘렀고, 꽉 쥔 주먹은 새하얗게 질렸다.

'미안하구나.'

매극렴의 입 모양은 훨씬 읽기 쉬웠다. 그는 느리고 힘겨운 어조로 같은 말을 반복했다.

'미안하구나. 미안하다. 미안해.'

늙은 검객은 수십 년 만에 용서를 구했다. 정확한 이유도 모르고 지금껏 자신을 증오했을 사위에게, 끝까지 아버지가 자신을 미워했을 거라 오해하고 눈을 감은 딸에게.

주름진 노인의 눈에서도 속죄의 눈물이 하염없이 흘러내렸다.

'쯧…….'

백수룡은 안타까운 시선으로 그들을 지켜봤다. 둘 사이의 오해는 수십 년간 쌓여 해묵은 감정이 되었다. 단숨에 풀어내는 것은 불가능하리라.

'그래도…… 조금씩 사라지겠지.'

두 사람의 눈에서 천천히 눈물이 멈추고, 서로를 향하던 적대적인 시선에 새로운 감정이 깃들었다. 말없이 서로를 바라보며 고개를 끄덕이기도 하고, 작게 한숨을 쉬기도 했다. 잠깐이지만 피식 웃음을 짓는 모습도 보였다.

'다행히 이야기가 잘 풀린 것 같네.'

화해하는 듯한 분위기에 백수룡의 입가에도 훈훈한 미소가 맺혀졌다. 백수룡은 혈마안을 거뒀다. 더 이상 지켜볼 필요가 없었으니까. 그런데 그때, 두 사람 사이의 분위기에 냉기가 흐르기 시작했다.

'음?'

잠깐 언성을 높이며 말다툼을 하는 것 같더니…… 기막이 걷히고 거친 목소리가 터져 나왔다.

"갈! 이런 개잡놈을 보았나!"

매극렴이 먼저 사자후를 내질렀다. 그는 망설이지 않고 검을 뽑았다.

"장인어른이야말로 항상 이런 식입니까!"

백무흔도 얌전히 듣고만 있지 않았다. 그 역시 검을 뽑으며 소리쳤다.

두 사람이 동시에 서로에게 덤벼들었다.

채채채챙! 순식간에 검이 십여 차례 부딪치며 불꽃이 튀었다.

백수룡은 입을 떡 벌렸다.

'아니, 왜 또 싸워?'

도무지 이해할 수 없는 상황이었다. 방금 전까지는 분명 화해하던 분위기였는데, 다시 외나무다리에서 만난 원수처럼 칼을 휘둘러 댄단 말인가. 심지어 싸움은 점점 흉험해졌다. 서로의 칼날이 급소를 스치기를 수차례.

"어휴, 진짜."

보다 못한 백수룡은 끼어들어서 싸움을 말리기로 했다. 한숨을 푹 내쉰 그가 나무에서 뛰어내렸다.

까아앙! 두 사람이 한 차례 검을 크게 부딪친 후, 거리를 벌린 순간을 노렸다.

펄럭! 둘 사이에 푸른 장포를 펄럭이며 내려선 백수룡이 일갈했다.

"그만들 좀 하세요! 어머니 보기에 부끄럽지도 않…… 으허억!"

백수룡이 깜짝 놀라 몸을 피했다. 뒤로 물러난 줄 알았던 두 자루의 검이 동시에 자신을 노린 것이다.

간신히 공격을 피했지만, 자세가 크게 무너지고 말았다.

"무슨 짓……."

그 순간, 백수룡은 보았다. 부친과 외조부가 자신을 향해 비슷한 미소를 짓고 있는 모습을.

"요 녀석. 역시 지켜보고 있었구나."

"애비랑 할애비가 눈물 콧물을 짜는 모습을 구경하니 좋더냐?"

함정이었구나!

"자, 잠깐만! 그런 게 아니라……."

안색이 변한 백수룡의 변명을 하려 했지만, 두 사람은 들을 생각이 없어 보였다.

"문답무용!"

두 절정의 검객은 마치 십 년은 합을 맞춰 온 것처럼 백수룡을 몰아붙였다. 속전속결. 아예 검을 뽑을 시간도 주지 않을 작정인 듯 엄청난 속도였다.

휙휙휙휙! 매극렴의 검초는 수십 마리의 뱀처럼 백수룡의 온갖 요혈을 노렸다.

'이건 진심이잖아!'

당황한 백수룡이 어지럽게 보법을 밟으며 뒤로 물러난 순간, 호시탐탐 기회를 노리던 백무흔이 그 뒤로 몸을 던져 아들을 끌어안았다.

덥석! 마치 동귀어진의 한 수와도 같은 그 수법에는 백수룡도 당할 수밖에 없었다.

"아, 아버지?"

"장인어른! 지금입니다!"

"오냐! 잘 잡았다."

매극렴이 검을 검집에 넣은 채 몽둥이처럼 쥐고 다가왔다. 백수룡의 얼굴이 황당함으로 물들었다.

"이게 뭔……."

다치게 할 작정으로 백무흔을 떨쳐낸다면 할 수야 있었지만, 차마 친부를 상대로 그럴 수는 없었다. 그것까지 계산하고 뒤에서 껴안은 것이다. 아버지가 이런 교활한 작자였다니!

결국 백무흔을 떨쳐내지 못한 상태에서, 백수룡은 다가오는 매극렴에게 희망을 걸어보았다.

"하, 할아버님. 설마 하나뿐인 손자를 그 검으로 개 패듯이 패시려는 건 아니죠?"

조금 전까지 딸을 생각하며 눈물 흘리던 노인은 없었다. 학생 주임 매극렴의 두 눈에서 서슬 퍼런 기운이 흘러나왔다.

"지금까지 네가 내 속을 썩인 게 한두 번이 아니다. 하지 말라는 짓은 골라서 하고, 악인곡도 멋대로 쳐들어가서 다쳤지. 학생이었으면 요절을 내도 여러 번 냈을 것이다."

"하지만……."

"물론 결과적으로 좋았지. 하지만 혈육된 입장에서 얼마나 걱정을 많이 했는지 아느냐? 요놈아. 너 하는 짓이 얄미워서 언젠가 쥐어박아야겠다고 다짐하고 있었다."

"결국 마지막 말이 본심이잖아요!"

백수룡의 반항은 철저히 무시당했다. 백무흔이 뒤에서 맞장구를 쳤다.

"맞습니다, 장인어른. 아들놈이 하루아침에 고수가 되더니, 아주 버릇이 없어졌습니다. 오늘이야말로 참교육이 필요한 시점입니다."

"옳거니. 아비의 허락도 받았으니, 내 거절하지 않으마."

매극렴이 성큼성큼 다가오며 본격적으로 자세를 잡는 가운데, 백수룡이 버둥거리며 비명을 질렀다.

"아니! 두 사람이 언제부터 그렇게 쿵짝이 잘 맞았는데!"

은린호의 반짝이는 수면 위로, 백수룡의 비명이 길게 울려 퍼졌다.

"끄응. 하나뿐인 아들 눈탱이를 밤탱이로 만드니 좋아요?"

백수룡은 계란으로 멍든 눈가를 문지르며 부친을 노려봤다. 그 맞은편에는 백무흔이 똑같이 계란으로 눈을 문지르고 있었다.

"너는 오십 먹은 애비 눈탱이를 밤탱이로 만드니 좋으냐?"

"저야 어쩔 수 없이 저항하다가 이렇게 된 거고요. 아버지는 아들 폭행 현장에 가담하다가 장인이 휘두른 몽둥이에 실수로 맞은 거잖아요?"

"……실수 맞겠지? 지금 생각해 보면 일부러 때리신 것 같은데……."

"일부러 때린 거 맞아요. 때리고 웃는 거 내가 봤어."

"역시! 내 그 양반이 그럴 줄 알았다!"

한참을 마주 보며 투덜대던 부자는 문득 서로의 얼굴을 보고는 "푸흐흡!" 하고 폭소를 터트렸다. 마주 앉아서 계란으로 눈가를 문지르는 꼴이 너무나 우스웠던 것이다.

백수룡이 피식 웃으며 말했다.

"백무관 애들은 많이 컸어요?"

"말도 마라. 포목점 장 씨네 둘째, 장이 그 녀석은 네가 청룡학관 강사가 됐다는 얘길 듣더니……."

매극렴은 돌아오자마자 먼저 자겠다며 방으로 들어갔다. 둘만 남은 부자는 마주 앉아 밀린 이야기를 나눴다. 한참 시답잖은 이야기를 나누던 백수룡은 깜빡했던 것을 떠올리며 물었다.

"맞다. 저한테 줄 게 있다면서요?"

"아, 이거 말이냐."

백무흔이 품에서 무언가를 꺼냈다. 겉면에 아무것도 적혀 있지 않은 두꺼운 서책이었다. 그 서책을 건네는 백무흔의 눈빛이 묘했다.

"꽁꽁 숨겨도 놨더구나. 쥐를 잡으려고 천장을 뜯었다가 찾았다."

"이게 뭔데요?"

"……직접 읽어 보면 안다. 자리를 비켜 줄 테니 혼자 읽거라."

백무흔은 자리에서 일어났다. 그는 아들의 어깨를 가볍게 두드리고는 방에서 나갔다.

"뭔데 저렇게 심각한 얼굴이야?"

고개를 갸웃거린 백수룡은 건네받은 서책을 펼쳤다.

요즘 들어 이상한 꿈을 자주 꾼다.

첫 문장은 그렇게 시작했다. 익숙한 필체였다. 예전에 백수룡이 쓴 글인 듯했다. 백수룡은 대수롭지 않게 다음 내용을 읽어 나갔다.

한 사내가 나오는 꿈인데, 그 사내는 이제는 사라진 혈교의 무공 교관이었다.

백수룡의 표정이 딱딱하게 굳었다. 빠르게 종이를 넘기는 그의 손이 잘게 떨리고 있었다.

192화
일기장(2)

 그것은 일기장이었다. 과거, 백수룡이 마공을 익히던 중 의식을 잃고 쓰러진 '사고'가 발생하기 전에 쓴 일기장.
 '꿈속에 내가 나왔다고?'
 백수룡은 흔들리는 눈동자로 '진짜 백수룡'이 죽기 전에 남긴 일기장을 바라봤다.
 진짜 백수룡은 천음절맥을 극복하기 위해 몰래 마공을 익히다가 죽었다. 그 후, 오십 년 전에 혈교에서 죽은 자신의 영혼이 이 몸에 들어오게 되었다.
 ……지금까지 그렇다고 철석같이 믿었다.
 왜냐면 자신에겐 '백수룡'으로 살아온 과거의 기억이 전혀 없었으니까.
 즉, 이미 죽은 몸에 다른 영혼이 들어온 빙의(憑依)라고 생각했다. 자신의 혼이 이 육체에 들어온 정확한 이유는 알지 못했다. 백수룡이 타고난 천음절맥과, 자신이 익힌 역천신공이 연관돼 있지 않을까 추측해 볼 따름이었다.
 '하지만 이게 사실이라면…….'

머릿속에서 새로운 가정이 떠올랐다. 전생(前生). 과거 혈교의 교관이 시공을 뛰어넘어 백수룡의 몸에 빙의한 게 아니라, 백수룡이 전생의 기억을 떠올린 거라면?

잘못된 마공을 익힌 후유증으로, 그전의 기억을 모두 잃은 거라면?

"내가…… 진짜라면."

목소리가 가늘게 떨려 나왔다. 종이를 넘겼지만, 글자가 하나도 눈에 들어오지 않았다. 그 대신 일기장을 건네던 백무흔의 묘한 눈빛이 떠올랐다.

-……직접 읽어 보면 안다. 자리를 비켜 줄 테니 혼자 읽거라.

백무흔에게는 늘 일말의 죄책감을 느끼고 있었다. 자신이 의도한 것은 아니지만, 그의 아들의 몸을 빼앗았으니까. 일자리를 구한다는 핑계로 청룡학관에 서둘러 올라온 데는 그런 이유도 있었다. 언제까지 아들인 척 연기할 수는 없었으니까. 너무 오래 함께 있으면 필연적으로 들킬 거라는 생각도 했었다.

'아마 예전부터 의심하고 있었겠지.'

맹호악이 남긴 하수오를 캐러 산을 오르던 날, 백무흔이 지나가듯이 물어본 적이 있었다.

-너 정말 내 아들 맞냐?
-갑자기 무슨 소리예요?

돌이켜보면, 이상하게 생각하지 않았을 리 없다. 하루아침에 성격이 바뀐 아들이 사파의 무공을 알아보질 않나, 영약을 캐러 가자고 하질 않나, 청룡학관에 가서 강사를 하겠다고 하질 않나.

―옛날 같았으면 허약하게 태어난 몸을 저주하면서 나를 원망했을 텐데…….
―죽었다가 살아났더니 세상이 다르게 보이더라고요.
―…….

그때는 적당히 둘러대서 넘어갔다고 여겼는데, 백무흔은 그 이후로도 많은 시간을 고민하고 생각한 것 같았다. 이 일기장을 찾아낸 것도 그런 고민을 하다 나온 결과물일 것이다.
"……."
백수룡은 다소 멍한 표정으로 일기장을 바라봤다. 눈으로는 일기장을 보고 있지만, 머릿속에는 복잡한 생각이 뒤엉켜서 내용이 눈에 들어오지 않았다.
'그럼 백무흔이 정말 내 아버지인가? 매극렴이 내 외조부고? 매약빙이 내…… 어머니라는 거야?'
자기도 모르게 혼잣말이 흘러나왔다.
"그 사람들이 내…… 진짜 가족이라고?"
가족. 흔하지만 낯선 단어였다. 혈교의 교관이었던 시절에는 가족을 가져 본 적이 없었다. 기억이 있을 때부터 고아였고, 혈교에 납치당한 이후에는 오로지 살아남기 위해서 처절하게 투쟁했다.
여인을 만나지 않은 것은 아니었으나, 혼인은 하지 않았다. 혼인을 했다가는 곁에 있는 여인의 목숨까지 위험해질 수 있었으니까.
"가족……."
지금까지는 애써 깊게 생각하지 않으려고 했다. 운 좋게 주어진 두 번째 삶이니, 하고 싶은 대로 하면서 살면 그만이라고 여겼다. 자신을 백수룡이라고 믿는 가족들에겐, 두 번째 삶을 얻은 대가로 좋은 아들과 손자를 적당히 연기하면 그만이라고 생각했다.

항상 마음에 적정 거리를 두었다. 어차피 자신은 '진짜'가 아니었으니까. 하지만 그 사람들이 진짜 가족일지도 모른다는 생각이 들자, 그들이 지닌 의미가 새삼 다르게 다가왔다.

"……하. 설레발도 이런 설레발이 없군."

입술을 깨문 백수룡이 허탈하게 웃었다. 아직 전부 추측이고, 상상일 뿐이었다. 확실한 것은 아무것도 없었다.

"일단 마저 읽고 생각하자."

백수룡은 고개를 저어 온갖 잡생각을 털어 버리고, 일기에 적힌 내용에 집중했다.

비로소 글씨가 눈에 들어왔다.

사라진 혈교의 무공 교관이라니. 너무 허무맹랑해서 처음에는 개꿈이라고 생각했다.

"그럴 만도 하지."

백수룡은 피식 웃으며 종이를 넘겼다.

어려서부터 무림의 고수가 되어 천하를 활보하는 꿈을 여러 번 꾸었으니까. 특이하긴 했지만, 이것도 비슷한 거라고 여겼다.

하지만 꿈이 반복되었다.

꿈속 사내는 엄청난 독종이었다. 게다가 무공에 천부적인 자질이 있었다. 단시간에 경쟁자들을 제치고, 교의 고수들의 눈에 들었다.

"……."

타인의 눈으로 자신의 인생을 다시 본다는 것은 이상한 기분이었다.

역대 최연소로 교주의 친위대에 들어갈 만큼 사내는 뛰어났다. 장로의 아들도, 혈교 팔대의 가문 출신도 아니었지만, 그의 앞날은 동년배의 누구보다 탄탄대로였다. 그러나…….

일기를 적은 필체에 안타까움이 묻어났다. 백수룡은 이어질 비극을 이미 알고 있었다.

사내는 단전을 다쳐 내공을 쓸 수 없게 되었다. 무리하게 무공을 익히다가 단전을 다쳤다. 사내를 시기하던 자들이 먹잇감을 발견한 승냥이 떼처럼 달려들었다.

"자세히도 봤군."

백수룡은 씁쓸하게 웃었다. 과거의 자신이 남긴 일기장에는, 혈교 교관의 일생이 놀라울 정도로 자세하게 적혀 있었다. 본인조차 기억이 흐릿한 것들까지 말이다.

이후 사내는 몇 번이나 죽을 뻔했다. 하지만 끝끝내 살아남았다. 독기, 끈기, 그리고 살아남고 말겠다는 생에 대한 집착은 그의 적들을 질리게 만들 정도였다.

사내는 무공 교관이 되었다. 어떤 무공이든 한번 보면 파악할 수 있는 뛰어난 오성, 그리고 한번 시작하면 절대 포기하지 않는 끈기로, 혈교에서 가장 뛰어난 교관이 되는 데까지는 오랜 시간이 걸리지 않았다.

그 외에도 많은 이야기가 적혀 있었다.

백수룡은 빠르게 종이를 넘겼다.

사내는 녹림후왕, 광마, 빙월신녀, 검존. 실종된 전대의 고수들을 만나 그들의 무공을 이어받았다. 혈교는 그들의 무공을 이용해 무림을 정복할 계획을 꾸미고 있었다.

하지만 혈교는 사내를 이용한 후 토사구팽하려고 했다. 어리석은 자들. 정말 이 사내가 그 사실을 눈치채지 못할 거라고 생각한 걸까? 아니면, 알아도 저항하지 못할 거라고 생각한 걸까. 사내는 절대고수들과 함께 탈출을 도모했다. 그리고…….

그 뒷부분은 다 아는 내용이었다. 탈출 직전에 자신이 가르친 제자들을 만나 싸운 이야기, 그리고 나타난 혈마, 결국 탈출은 실패하고 모두 죽으면서 이야기는 끝났다.

하지만 백수룡이 남긴 일기는 아직 끝나지 않았다.

나는 이제 이것이 꿈이 아님을 확신한다. 사내는 실존했던 인물이고, 혈교를 무너뜨리는 데 결정적인 역할을 했다.

백수룡은 허탈하게 웃었다.

"그래 봤자……."

무림의 역사에는 기록되지 않았지만, 나는 그들을 기억한다. 꿈속 사내와 네 명의 절대고수. 그들은 무림을 구한 영웅이다.

"……."

누구에게도 듣지 못하리라 생각했던 찬사를 과거의 자신에게서 듣게 될 줄이야.

백수룡은 피식 웃으며, 이제 얼마 남지 않은 일기장을 넘겼다.

그리고 사내의 꿈을 통해, 내 체질을 고칠 수 있는 실마리를 발견했다.

"……뭐?"

사내의 머릿속에는 혈교의 수많은 무공이 들어 있었다. 그는 매일 수많은 무공서적을 읽고 분석했다. 나는 꿈에서 깰 때마다 그것을 적어 놓았다.

"이런 멍청한 자식이!"

백수룡은 과거의 자신이 무슨 짓을 했는지 깨닫고 표정을 굳혔다. 꿈에서 본 무공을 현실에서 익히려고 하다니!

자살행위나 다름없는 짓이었다. 아무리 놀랍도록 생생한 꿈이라고 해도, 꿈속에서는 온갖 변형이 일어나기 마련이다. 불완전할 수밖에 없었다. 실제로 일기에 적힌 이야기들 중에는 자신의 기억과 다른 것도 일부 있었다.

그리하여, 역천신공을 익히면 내 체질을 극복할 수 있다는 결론에 이르렀다.

하필이면 역천신공이라니! 백수룡이 안타까움에 한숨을 내쉬며 중얼거렸다.

"성공할 리가 없잖아."

다른 상승무공도 그렇지만, 역천신공은 구결만 가지고 함부로 익힐 수 있는 무공이 아니었다. 반드시 뛰어난 스승의 지도가 있어야 한다. 과거 백수룡도 역천신공을 익힐 때, 절세고수인 네 사부의 조언을 얻었다.

이곳에 내가 익힐 역천신공의 구결을 적어 놓는다.

역천신공이 언급된 순간부터, 일기는 혈교에서 사용하는 암어로 적혀 있었다. 백수룡은 그 구결을 꼼꼼히 살폈다. 곧 표정이 어두워진 그가 한숨을 내쉬었다.

'역시 틀렸군.'

잘못된 역천신공의 구결이었다. 틀린 것은 몇 구절에 불과했지만, 그 몇 구절이 바뀐 것만으로도 완전히 다르게 해석되는 것이 무공이었다.

"어?"

백수룡은 뭔가 이상함을 느꼈다. 묘했다. 틀린 역천신공의 구결과 구결이 자연스럽게 이어진다. 이건…… 역천신공이 아니라 아예 다른 무공이었다.

"어떻게 이런 일이…….."

기존의 무공을 재해석해 새로운 무공을 창안하는 것은 아무나 할 수 있는 일이 아니었다. 심지어 그것이 역천신공 수준의 절세신공이라면 더더욱 불가능하다.

단순히 우연이라고 치부해야 할까? 과거의 백수룡도 이 사실을 알았을까? 이걸 정말 그가 만들었을까?

이 방법이 목숨을 건 도박이라는 것을 안다. 앞으로 내게 무슨 일이 일어날지 나도 모른다. 운이 좋아 성공한다면 좋겠지만, 몸이 터져서 죽을 수도 있고, 미쳐 버릴 수도 있겠지. 주변에 민폐를 끼치고 싶진 않다. 실패할 거라면 차라리 죽는 게 나을 텐데. ……솔직히 두렵다.

"무서우면 관뒀어야지. 이 멍청한 자식아."

두서없는 글에 필체가 흔들리고 있었다. 유언을 남기는 심정으로 마지막 일기를 적는 모습이 떠올랐다.

하지만 이대로 아무것도 못 해 보고 죽는 것이 더욱 두렵다. 그래서 내 인생 마지막 도박을 해 보려 한다. 부디…… 이 다음 장을 이어서 쓸 수 있기를.

일기는 그렇게 끝났다.

"……."

백수룡은 말없이 일기를 한 번 더 읽었다. 그리고 마지막에 적힌, 역천신공과 구결이 비슷한 무공의 구결을 다시 확인했다. 머릿속에 온갖 의문이 들었지만, 그 구결을 보고 나니 한 가지 생각밖에 들지 않았다.

"이걸 해 봐야겠어."

중얼거린 백수룡은 곧바로 가부좌를 틀고 앉았다. 그는 마음을 고요히 가라앉혔다.

'이 무공에 뭔가가 있어.'

검증되지 않은 무공을 함부로 익히면 주화입마에 빠질 수도 있었다. 하지만 역천신공이 7성에 이른 지금이라면 충분히 제어할 수 있었다.

"스읍……. 후우……."

숨을 크게 들이마셨다가 내쉬었다. 중간까지는 역천신공과 거의 같기에 운용이 어렵지 않았다. 하지만 중간부터는 그 경로가 급격히 달라졌다. 상단전이 있는 머리로 기가 몰렸다.

우웅-! 머릿속에 종이 울렸다.

의식이 현실에서 멀어지기 시작했지만, 백수룡은 운기를 멈추지 않았다. 그는 이 현상이 이 무공의 효능이라는 것을 직감했다.

'이건…….'

잠시 후, 백수룡은 무의식의 세계로 깊게 가라앉았다.

그가 천천히 눈을 떴다. 달라진 풍경이 그를 맞이했다. 눈을 뜨기도 전에 비릿한 혈향이 코를 자극했다.

"어이, 신입."

눈빛들이 하나같이 사납다. 바늘처럼 압축된 살기에 전신이 찌르르 울릴 정도였다.
"첫날부터 정신 똑바로 안 차리나?"
교주의 친위대, 혈룡대의 혈귀들이 새빨간 눈으로 그를 날카롭게 쏘아보고 있었다.

193화
기연 (1)

'이건…… 과거의 기억이로군.'

눈을 뜬 순간, 백수룡은 이곳이 과거의 혈교임을 깨달았다. 물론 현실은 아니었다. 역천신공의 공능이 전생의 기억을 꿈의 형태로 재현한 것이었다.

'이 정도면, 무공이라기보다는 술법이라고 불러야겠네.'

오감이 완벽하게 느껴질 만큼 생생했다. 감탄하며 익숙한 풍경을 감상하려는 찰나, 건장한 체구의 청년이 앞을 가로막았다.

"왜 대답이 없어? 선배 말이 말 같지가 않아?"

눈이 호랑이처럼 크고 사납게 생긴 청년이었다.

"아니면 귓구멍이 처막혔어? 내가 뚫어 줄까?"

백수룡은 사나운 웃음을 흘리는 청년의 이름을 기억해 냈다.

'초혁.'

혈교를 지탱하는 팔대가문 중 하나인 초(楚)가의 직계 혈손. 교주의 친위대인 혈룡대 소속 선배이기도 했다.

"죄송합니다."

그러려 하지 않았으나, 입에서 저절로 말이 흘러나왔다. 과거에 겪은 일이 그대로 재현되고 있다는 의미였다.

'놀랍도록 생생해. 상대의 표정과 말투, 기세까지 고스란히 모두 느껴지다니.'

백수룡은 관찰자의 눈으로 상황을 지켜보았다.

"죄송한 줄은 아나 보네?"

초혁이 다가와 하인 취급하듯 머리를 툭툭 쳤다. 무인에게는 당장 칼을 휘둘러도 할 말이 없는 행동이었다. 하지만 자신이 고양이 앞의 쥐처럼 얌전히 있자, 초혁의 입가에 맺힌 거만한 웃음이 진해졌다.

"하긴. 남의 자리를 빼앗아서 차지했으면 당연히 미안해야지."

"……."

혈룡대에 들어온 첫날의 기억. 교주의 친위대인 혈룡대에 속한다는 건, 출셋길이 보장된 탄탄대로를 걷게 된다는 이야기였다. 당연히 혈교의 수많은 젊은 고수들이 이 자리를 노렸다. 하지만 자리는 한정되어 있었고, 대부분은 힘과 권력을 가진 팔대가문의 자식들이 차지했다.

"원래 이 자리에 누가 올 예정이었는지 알아?"

"……모릅니다."

"당연히 모르시겠지. 알면 감히 이곳에 올 생각조차 못 했을 테니까."

초혁은 그중에서도 가장 위세가 대단한 가문의 자식이었다. 정식 직위는 아니었지만, 나이로나 무공으로나 부대주나 다름없는 권력을 가지고 있었다. 그리고 자신은 첫날부터 초혁에게 찍혔다.

"내 동생이 내정돼 있었다. 그런데 출신도 비천한 놈이 그걸 가로챈 거야. 너라도 화가 나지 않겠나?"

"……."

초혁뿐만이 아니었다. 혈룡대의 다른 선배들도 자신을 탐탁지 않게 바라보기는 마찬가지였다. 그들도 대부분 팔대 가문 소속이었고, 초혁과

척을 질 이유도 없었다. 백수룡은 자신을 둘러싼 선배들의 시선에서 경멸과 질시를 느꼈다.

'다시 보니 유치하기 짝이 없구나.'

어느 무력대건, 첫인사 자리에서 신입을 길들이는 일은 비일비재했다. 초혁은 그 핑계로 자신을 철저하게 밟아 놓을 속셈이었다.

"네가 역대 최연소로 혈룡대에 들어왔다며? 어떤 무공이든 세 번만 보면 파훼식을 만들 수 있다던데. 그렇게나 대단하면 나 정도는 가볍게 이길 수 있겠군?"

히죽 웃은 초혁이 내공을 끌어올렸다. 그의 붉은 혈포가 미친 듯이 펄럭이기 시작했다.

"한번 보자. 얼마나 강한지."

"……."

대답 없이 차분한 시선으로 초혁의 기도를 살폈다. 몸의 형태와 근육이 발달한 정도, 손발의 위치, 그리고 방금 전 언행을 통한 성격을 가늠했다.

'강하다. 절정 중에서도 상위.'

혈룡대 전원이 절정 이상의 고수라지만, 초혁은 그중에서도 군계일학이었다.

"……선배님. 지금 제 실력으로는 십 초도 감당할 자신이 없습니다."

"호오. 꼭 나중에는 이길 것처럼 말하네?"

"……."

말없이 고개를 숙이자, 초혁의 몸에서 가공할 살기가 후욱! 끼쳤다. 동시에 다른 선배들이 물러나며 원이 만들어졌다. 사실상 도망치지 못하게 가둔 셈이었다.

"그런 뜻이 아니라……."

"닥치고 무기 들어. 그리고 앞으로 내 말에 토 달면……."

초혁이 한 걸음을 보법으로 내디뎠다. 쿵! 육중한 진각이 바닥을 울리고, 막강한 내력이 두 손에 일렁였다.

"죽인다."

퍼엉! 순식간에 짓쳐든 장법이 허공을 격하고 폭발했다. 아슬아슬하게 옆으로 피하자 이어서 발길질이 날아왔다. 칼을 뽑을 시간조차 없었다. 두 손을 교차해 급히 발을 막았다.

빠바바박!

"크윽!"

하나하나가 뼈를 울리는 타격이었다. 단단하기가 무쇠 같고, 빠르기는 벼락과 같았다. 일격 일격에 담긴 내공은 혈교의 무공답지 않게 깊고 정순했다.

'과연 혈룡대는 다르구나. 이렇게 생각했었지.'

백수룡은 느긋한 마음으로 싸움을 관찰했다. 어차피 몸을 움직이는 것은 과거의 자신이었으니까.

오히려 초혁의 무공을 꼼꼼히 살필 수 있었다.

'이렇게 다시 보니 또 다르군. 당시에는 초가의 권각이 폭발적이고 직선적이라고만 생각했는데, 이제 보니 초식이 섬세하기가 이를 데 없어. 초혁 이놈이 어설펐던 거지.'

백수룡은 습관처럼 상대의 무공을 파악하고 분석했다. 이 당시보다 보는 눈이 훨씬 높아졌기에, 보이는 것도 다를 수밖에 없었다.

혈교 팔대 가문 중 하나인 초가의 권각은 신공이라 불러도 모자람이 없는 무공이었기에, 보면서 얻는 것이 많았다.

'몇 가지는 녹림십팔식에 응용해서 익혀도 되겠어. 내가 직접 사용해도 되고, 제자들에게 가르쳐도······.'

그러다 문득, 망치로 머리를 한 대 얻어맞은 듯한 충격을 받았다.

'잠깐만. 이거 어쩌면······!'

이곳은 백수룡의 전생의 기억을 그대로 재현한 꿈속이었다. 그리고 전생에, 백수룡은 혈교의 수많은 고수들을 만났다. 한 번 출진할 때마다 정파무림을 공포에 떨게 한 무력대의 수장들. 한 명 한 명이 구파 장문인에 필적한다던 장로들. 혈교의 기둥인 팔대가문의 가주들. 여기에 혈교의 지존인 혈마까지!

'그리고 아직 시기는 꽤 멀지만…….'

혈교의 지하 뇌옥에는 천하제일을 논했던 네 명의 절대고수들이 갇혀 있다. 그들의 무공을 다시 볼 수 있다.

'상상도 못 했던 기연이다.'

몸을 움직일 수 있었다면 희열로 몸이 부르르 떨렸을 것이다. 하지만 전생의 그는 초혁의 공세를 피하기에 바빴다.

"제법이군!"

좀처럼 유효타가 들어가지 않자, 초혁은 이를 악물더니 공세를 더욱 높였다.

좌아아악! 초혁의 손톱이 공간을 찢는 소리가 매서웠다. 백수룡이 훌쩍 뒤로 물러나자 초혁이 쫓아오며 쌍장을 내밀었다. 공격에 담긴 내력에 주변 공간이 일그러져 보일 정도였다.

퍼어어엉! 여파가 반경 오 장에 이를 정도로 강력한 폭발이었다. 하지만 초혁의 표정은 여전히 못마땅해 보였다. 건방진 신입이 여전히 두 발로 서 있는 탓이었다.

"……제가 졌습니다."

내상을 입은 듯 얼굴이 창백하고 입가에 핏물이 흘러내리고 있었지만, 백수룡은 당당하게 두 발로 서 있었다.

"제가 졌으니 그만하십시오."

혈룡대의 선배들이 질린 표정으로 그를 바라봤다. 무공도 무공이지만, 이 정도로 신입이 기가 셀 줄은 몰랐던 것이다.

초혁이 표정을 일그러뜨리며 말했다.
"그게 진 놈이 지을 표정이야?"
"저보고 어쩌란 겁니까? 무릎이라도 꿇을까요?"
"뭐라고? 건방진……!"
초혁의 몸에서 아지랑이처럼 붉은 기운이 피어오르고, 그 위로 전류가 치직, 치직 하고 튀었다. 혈룡대의 무공인 혈뢰신공을 끌어올린 것이었다. 기세가 한층 강렬해졌다.
"후배가 가져야 할 겸손함을 몸에 새겨 주마."
"저도 더 이상은 못 참습니다."
이 당시에는 상대에게 한 번 얕보이면 끝장이라고 생각했다.
'나도 꽤 날카로운 성격이었네. 지금 같으면 적당히 숙이고 들어간 후에, 음모를 꾸며서 거꾸러뜨릴 텐데.'
사실 교활함을 얻은 것은 단전을 잃고 나서였다. 이 당시의 백수룡은 전형적인 무인에 가까웠다. 그만큼 스스로의 무공과 자질에 자신이 있던 시절이었다.
푸화악! 내공을 전력으로 끌어올렸다. 동작에 살의를 담자 기도가 바뀌었다. 초혁도 경시하지 못하고 표정을 굳혔다. 두 사내의 살기가 서로에게 이빨을 드러낼 때였다.
"그쯤 하도록."
"!"
뒤에서 들려온 목소리에 초혁의 살기가 씻은 듯 사라졌다. 황급히 돌아선 초혁과 혈룡대의 선배들이 동시에 한쪽 무릎을 꿇었다. 백수룡도 그들을 따라 무릎을 꿇었다.
"대주!"
"대주!"
스무 명에 달하는 혈룡대 전원이 동시에 예의를 갖춰 고개를 숙였다.

그들의 얼굴에 압도적인 강자를 맞이하는 공포와 경외가 어렸다. 얼굴에 큼직한 흉터가 있는 거한이 걸어왔다.

"더 이상 하면 둘 중 하나는 죽을 것 같군."

거상웅이나 야수혁을 떠올리게 하는 거한이었다. 하지만 그 기도는 차원이 달랐다.

'혈룡대주.'

백수룡은 복잡한 심경으로 옛 상관을 바라봤다. 교주의 친위대인 혈룡대는 막강한 권한을 가지고 있는데, 그중에서도 대주의 권한은 특별했다. 혈룡대주는 교주와 교주의 친족을 제외한 누구라도 즉참할 수 있는 권한을 가지고 있었다. 타당한 이유만 있다면 장로도, 팔대 가문의 가주도 참한 후에 교주에게 보고할 수 있었다.

'달리 말하면, 그만한 무력이 갖춘 사람이라는 뜻이기도 하지.'

아무것도 하지 않았는데도 혈룡대주의 존재감이 공간을 꽉 채웠다.

과거의 기억인데도 불구하고, 눈을 마주한 순간 전신에 소름이 오소소 돋는 기분이었다.

'천검, 그 이상인가? 남궁제학만큼은 아닌 것 같지만……'

백수룡은 직접 대면해 본 현 십대고수와 혈룡대주를 비교해 보았다. 정확한 수위는 직접 붙어봐야 알 수 있겠지만, 적어도 현재의 십대고수와 싸워도 쉽게 밀리지 않을 강자인 것만은 분명했다.

"신입 환영식은 나중에 하도록."

혈룡대주는 덤덤한 표정으로 무릎을 꿇은 초혁에게 말했다.

"……예."

그 자존심 강한 초혁이 아무런 대꾸도 못 하고 고개를 숙였다. 스스로를 혈룡대의 부대주라고 여기고 있었지만, 대주와 그사이에는 까마득한 격차가 있었다.

혈룡대주의 시선이 백수룡을 향했다.

"신입은 나를 따라오도록. 함께 갈 곳이 있다."

"예."

벌떡 일어난 백수룡은 대주의 뒤를 따라갔다. 등 뒤에서 초혁의 시선이 느껴졌지만 무시했다. 혈룡대주가 옆에 와서 걸으라고 말했다. 그는 보기와 달리 아주 무뚝뚝한 사내는 아니었다.

"전에 혈랑대에 있었다고 들었다."

"혈랑대 십삼조에 반년간 조장으로 있었습니다. 별호는 사갈검(蛇蝎劍)입니다."

사갈은 뱀과 전갈을 아울러 이르는 말로, 그가 그만큼 독종이라는 의미였다.

"이름은?"

"없습니다. 쭉 이십칠호로 불렸습니다."

그 순간, 혈룡대주의 입가에 미소 비슷한 것이 맺혔다.

"숫자로 불리는 녀석은 오랜만에 보는군. 나는 삼십팔호였다."

"예. 알고 있습니다.

혈룡대주는 고아 출신이었다. 고아 출신으로 교주의 친위대인 혈룡대의 대주까지 올라간 입지전적인 인물. 혈교의 수많은 하급 무사들에겐 희망이자 동경의 대상이었다.

'이 사내는 내게도 목표였지.'

고아 출신이라는 공통점에서 약간의 동질감을 느낀 것일까.

혈룡대주가 조금 부드러워진 어조로 물었다.

"어떤 무공이든 세 번만 보면 파훼식을 만들 수 있다고 들었다. 사실인가?"

"사실이 아닙니다."

"흐음."

순간 혈룡대주의 표정에 실망한 기색이 어렸다.

백수룡이 다음 말을 잇기 전까지는.

"웬만한 무공은 한 번이면 족합니다."

"……푸핫!"

한 박자 늦게 웃음이 터져 나왔다. 옆을 돌아보는 혈룡대주의 눈에 흥미가 가득했다.

"자신만만한 녀석은 싫어하지 않는다. 물론 능력이 그만큼 받쳐 줄 때의 이야기다."

"실망시켜 드리지 않겠습니다."

"같은 고아 출신이라고 해서 내게 무언가를 기대하지 마라. 나는 초혁과 네 사이를 중재해 줄 마음이 없다. 그 정도는 스스로 해결하라."

"기대하지 않습니다."

"좋다."

짧게 고개를 끄덕인 혈룡대주는 한동안 말없이 걸었다. 백수룡은 처음 들어와 본 혈교의 본성을 살펴보기 바빴다. 높고 견고한 성벽은 천하를 호령하는 고수들도 함부로 접근하지 못할 위엄이 느껴졌다. 곳곳에서 고수들의 기척이 느껴졌다. 말단 무사들은 평생 이 안으로 들어오지 못하는 경우가 대부분이었다. 백수룡도 본성 안쪽까지 들어온 것은 이때가 처음이었다.

"어디로 가는지 아느냐?"

"모르겠습니다."

혈룡대주의 질문에 고개를 저었다. 갑자기 혈룡대로 소속을 옮기라는 통보를 받았다. 비일비재한 일이었다. 시키는 대로 명령을 따를 뿐, 의문을 품는 것은 의미 없는 일이었다. 놀랄 것도 당황할 것도 없었다.

하지만.

"교주님을 뵈러 갈 것이다."

"!"

이어진 혈룡대주의 말에, 백수룡은 그 자리에서 돌처럼 굳어 버렸다. 그리고 믿을 수 없다는 표정으로 혈룡대주를 똑바로 바라보는 불경을 저질렀다.

"교주님께서 저를 왜……."

"이유는 모른다. 교주님께서 직접 널 보고 싶다고 하셨다."

"……."

혈교의 지존을 만난다는 생각에, 온몸이 떨려오고 가슴이 미친 듯이 뛰었다. 반대로, 과거의 제 모습을 지켜보던 백수룡의 마음은 차갑게 가라앉았다.

'오랜만에 다시 보는군.'

역대 최강이라 불렸던 역천신공의 계승자.

자신을 죽인 혈마와의 첫 만남이 그를 기다리고 있었다.

194화
기연(2)

 백수룡은 혈룡대주와 함께 긴 복도를 걸어 교주전으로 향했다.
 '이 길. 기억나는군.'
 발밑에 깔린 붉은 융단의 무늬가 신비롭고도 화려했다. 구름 위를 걷는 듯 부드러운 감촉. 하지만 이때는 그런 감촉을 느낄 겨를이 없었다. 교주전까지 가는 길이 무척 멀게 느껴졌다. 경공을 펼치면 순식간에 도착할 거리였지만, 이곳에서 감히 그런 불경을 저지르는 자는 없었다.
 '그때는 교주와 눈도 제대로 마주치지 못했지. 작은 실수라도 할까 봐 노심초사해서 무슨 말을 들었는지, 내가 무슨 말을 했는지도 잘 기억이 안 나.'
 혈교에서 교주는 신이나 다름없는 존재였다. 어느 날 신과 갑자기 대면하게 된다면, 천하의 어떤 강심장이라도 긴장할 수밖에 없을 것이다. 그날의 기억이 몽롱한 것도 아마 그 탓일 것이다.
 '이번에는 정신 똑바로 차리고 제대로 살펴야겠어.'
 꿀꺽. 마른 침을 여러 번 삼키자, 옆에서 걷던 혈룡대주가 그를 보고 피식 웃었다.

"뭘 그리 긴장한단 말이냐. 혈룡대에 배속된 이상, 늦든 빠르든 교주님을 가까이에서 보필하게 될 것인데."

혈룡대는 최정예 무인들로 이루어진 교주의 호위 부대인 동시에, 공식적인 자리에서 교주의 위엄을 떨치는 의장대 역할도 겸했다.

평소 교주의 밀접 호위는 청안마공을 익힌 그림자들이 맡고, 교주가 교주전을 나서면 혈룡대가 주변을 호위하는 식이었다. 이 당시에도 알고 있던 사실이지만, 긴장을 푸는 것에는 아무런 도움도 되지 않았다.

"……교주님께서 왜 갑자기 저를 부르셨을까요?"

"모른다. 그저 신입의 얼굴이 궁금하셨을 수도 있고, 다른 이유가 있을 수도 있겠지."

"혹 교주님께선 혈룡대에 신입이 들어올 때마다 부르십니까?"

순간, 혈룡대주의 표정이 불쾌하다는 듯 찌푸려졌다. 교주의 의도를 파악하려는 수하의 행동이 주제넘은 짓이라 여긴 것이다.

"교주님의 뜻을 판단하려 하지 마라. 그분은 우리가 판단할 수 있는 존재가 아니다."

혈룡대주의 엄중한 눈빛에 백수룡은 급히 고개를 숙였다.

"죄송합니다."

"명심하라. 우리는 몸과 마음을 바쳐 교주님을 보필할 뿐이다."

"예."

잠시 불편한 침묵이 흘렀다. 다행히 침묵이 너무 길어지기 전에 복도의 끝에 이르렀다.

"이곳이다."

혈마전(血魔殿). 족히 일 장은 될 법한 거대한 문이 벽처럼 존재했다. 문고리에는 피 흘리는 마귀의 형상이 장식돼 있었다. 예사롭지 않은 기도를 풍기는 무인 둘이 문의 좌우를 지키고 있었는데, 그들은 혈룡대주를 보고도 눈 하나 깜빡하지 않았다. 문지기들의 새파란 눈동자가 요사스럽게 빛났다.

'그림자 호위들이로군.'

자연스레 악인곡에 있는 벽안귀가 생각났다. 저 문지기들은 벽안귀와 같은 청안마공을 익혔다. 특수한 안법을 익힌 저들의 눈을 피해 교주전에 침입하기란 불가능에 가까웠다.

혈룡대주가 앞으로 나서며 말했다.

"혈룡대의 신입 무사를 데려왔다. 교주님께서 명하신 일이다."

"안으로 들라 이르셨습니다."

고개를 끄덕인 혈룡대주가 문으로 다가가자, 수백 근은 되어 보이는 문이 스스로 열리기 시작했다.

쿠구구궁……! 문이 완전히 열린 순간, 눈앞에 별천지가 펼쳐졌다.

번—쩍!

그들은 밤하늘 위에 서 있었다. 하늘이 놀랍도록 가까웠다. 머리 위에서 별빛이 쏟아졌다. 발 아래로 구름이, 그 아래로 작아진 세상이 펼쳐졌다.

'다시 봐도 놀랍군.'

교주전은 상식과 이치를 완전히 벗어난 공간이었다. 온갖 술법과 사술의 총본산인 혈교의 그 어느 곳에서도 보지 못한 이적(異蹟)이 펼쳐진 곳.

"가까이 오라."

하늘 아래 가장 높은 태사의에, 적발의 미남이 홀로 앉아 있었다. 피처럼 붉은 적발과 그에 대비되는 새하얀 피부. 대리석을 깎아 만든 듯 흠잡을 곳 없는 이목구비. 한 번 들으면 잊을 수 없는 매혹적인 음성이 다시 들려왔다.

"이리로."

백수룡의 몸은 무언가에 홀린 듯 교주를 향해 걸어가기 시작했다. 하지만 그 안에서 과거를 응시하는 마음은 차갑게 가라앉았다.

'혈마…….'

잊을 수 없는 얼굴이었다. 단전을 다쳐 지옥으로 떨어지기 전까지 몇 년을 주군으로 모셨고, 훗날 혈교를 탈출하려 한 자신의 가슴에 검을 꽂은 존재. 그날 혈마만 나타나지 않았어도, 네 명의 사부들과 함께 혈교를 탈출하는 데 성공했을지도 모른다.

털썩. 혈룡대주가 먼저 무릎을 꿇었다. 과거의 백수룡도 황급히 그를 따라서 무릎을 꿇었다. 두 사람이 동시에 외쳤다.

"혈마재림! 만마앙복! 미천한 교도가 교주님을 뵈옵……."

"그만."

두 사람의 목소리가 동시에 사라졌다. 스스로 원해서 입을 다문 것이 아니었다. 혈마의 의지가 교주전 안의 소리를 지워 버린 것이다. 단순히 기막을 친 것과는 차원이 다른 고절한 무공이었다.

"!"

백수룡은 불경이란 것도 인식하지 못한 채, 경악한 얼굴로 혈마를 올려다봤다. 그 덕에 혈마의 모습을 자세히 살필 수 있었다. 백수룡은 깜짝 놀랐다.

'아직도 가늠이 되질 않는다니…….'

혈마의 무공이 천하제일조차 발아래에 둘 정도로 높다는 것은 알고 있었지만, 설마 지금도 그 수준이 짐작조차 되지 않을 줄이야.

'아냐, 경지가 높아서 짐작하지 못하는 것과는 달라. 이건…….'

혈마는 무공과 술법에 모두 통달한 대가였다.

기운을 속이고 변화시키는 기환술(奇幻術)에도 능하다는 이야기였다. 무공의 경지가 매우 고절한 것도 사실이지만, 술법으로 자신의 기도를 감추고 있기에 지금으로서는 가늠이 불가능했다.

'실망하지 말자. 한 번 보고 끝날 게 아니니까.'

백수룡은 이 꿈이 한동안 더 이어질 거라고 예상했다. 그렇다면 혈마를 볼 기회는 앞으로 얼마든지 있을 것이다. 그는 이제 막 혈룡대에 배속받은 참이니까.

"흥미롭구나."

혈마가 백수룡의 눈을 빤히 바라보며 나른하게 말했다. 그제야 자신의 불경을 깨달은 백수룡은 이마를 바닥에 찧었다. 허락도 없이 신을 올려다본 것은 죄였다.

콰앙!

"……죽을죄를 지었습니다."

찢어진 이마에서 피가 흘러내렸지만 개의치 않았다. 다시 한번 바닥에 이마를 찧으려는 순간, 부드러운 기운이 그를 제지했다.

"고개를 들라. 내가 직접 너를 보겠다고 불렀느니라."

혈마는 보석처럼 새빨간 눈으로 백수룡을 바라봤다.

"내가 직접 너를 혈룡대에 발탁하였다."

"……."

"그 이유가 궁금하지 않느냐?"

"……궁금합니다."

그전까지, 백수룡은 혈랑대에 소속된 수많은 무사들 중 하나에 불과했다. 혈랑대가 혈교의 대표적인 무력단체이긴 했어도, 교주의 친위대인 혈룡대와는 하늘과 땅만큼의 격차가 있었다. 자신의 존재를 혈마가 알았다는 것도 놀라운 일인데, 직접 혈룡대에 발탁까지 했다고? 궁금하지 않다면 거짓말이었다.

"점을 보았다."

교주의 입에서 전혀 예상치 못한 대답이 나왔다. 하지만 동시에 납득이 되는 설명이었다. 술법의 대가인 교주가 본 점이라면, 그것은 이미 단순한 점이 아니라 예언의 경지였다.

"지금은 듣고 잊도록 하라."

그 순간, 교주의 혈마안이 요사스럽게 빛났다. 백수룡은 몸의 힘이 탁 풀리는 것을 느꼈다.

"아······."

멍한 소리를 내는 자신의 목소리를 들으며, 백수룡은 이날의 기억이 왜 희미했는지 깨달았다.

'혈마안으로 내 의식을 흐리게 했군.'

자리에서 일어난 혈마가 그를 향해 걸어왔다.

저벅.

"너는 아주 기이한 운명을 타고났다."

한 걸음 내디뎠다 싶은 순간, 그의 모습이 눈앞에 있었다. 전설의 축지법이 아닌가 싶은 움직임이었다. 보석 같은 붉은 눈동자가 상대의 영혼마저 꿰뚫어 볼 듯했다.

"너는 훗날 본교가 천하통일의 대업을 이룩하는 데 필요한 반석이 되거나······."

혈마의 입가에 비틀린 미소가 맺혔다. 마치 흥미로운 영물을 관찰하는 듯했다.

"또는, 본교를 불태울 불씨를 키우게 될 운명이다."

"······."

백수룡은 아무런 말도 듣지 못한 것처럼 멍하니 무릎을 꿇고, 혈마를 올려다보고 있었다.

오히려 깜짝 놀란 것은 옆에서 듣고 있던 혈룡대주였다. 그가 심각한 표정으로 물었다.

"교주님. 그게 무슨 말씀이신지······."

"점괘가 그리 나왔을 뿐이다."

"왜 그런 흉한 점괘가······. 하오면, 이 녀석을 어떻게 해야 합니까?"

"어찌한다고 해서 바뀔 운명이 아니다. 너는 혈룡대주로서 본분을 다

하라."

혈룡대주는 입술을 질끈 깨물더니, 고개를 돌려 백수룡을 노려봤다.

"제가 이 녀석을 본교가 이룩할 천하통일의 반석으로 키우겠습니다."

"좋을 대로 하라."

교주는 더 이상 점괘에 대해 언급하지 않았다. 다소 피곤한 얼굴로 말했다.

"사흘 후 장로 회의. 그때부터 저 아이를 내 호위로 동석하게 하라."

"예."

"피곤하다."

이만 나가 보라는 축객령이었다. 혈마가 손을 슬쩍 휘젓자, 과거의 백수룡이 정신을 차렸다. 이내, 혈룡대주를 따라 다소 몽롱한 표정으로 읍을 하고 나왔다. 복잡한 표정으로 바라보는 혈룡대주의 시선을 느끼지 못하고, 비척거리며 숙소로 돌아갔다.

'혈마. 왜 기억도 못 할 내게 그런 말을 한 거지?'

자신의 과거를 지켜보며, 백수룡은 깊은 고민에 빠졌다. 그러다 어떤 가정을 떠올리고는 오싹한 기분을 느꼈다.

'설마…… 내가 이날의 기억을 다시 떠올릴 걸 알고 있었던 건가?'

과거의 혈마도 자신과 같은 역천신공을 익혔다. 게다가 그는 술법에도 통달한 대가였다.

'어쩌면…….'

꿈속에서 과거를 엿보게 만든 역천신공의 공능과, 과거 혈마의 역천신공이 시공을 뛰어넘어 공명한 것일지도 모른다는 생각이 들었다.

꿈속에서의 시간은 유수와 같이 흘렀다. 백수룡은 교주가 공식적인 행사에 나설 때마다 함께하며 혈교의 장로들, 팔대가문의 가주, 많은 고수들을 보았다. 덕분에 종종 그들의 무공을 견식할 기회가 있었다.

'혈교의 신공들을 이렇게 하나하나 다시 보게 되는군.'

그중에는 백수룡이 잘 모르는 무공도 있었고, 기억보다 훨씬 더 강하거나, 혹은 약점이 분명한 무공도 있었다. 얻는 것이 많은 나날이었다. 과거에도 보고 들은 기억이지만, 지금의 시야로 보는 것은 그때와 전혀 달랐다. 무공의 경지가 훨씬 높아진 것은 물론이고, 보다 더 객관적으로 볼 수 있었다. 백수룡은 과거의 기억 속에서 혈교 고수들의 많은 무공을 보고, 분석하고, 낱낱이 파헤쳤다.

'나중에 파훼식을 만들 수도 있겠어.'

훗날 혈교가 다시 발호한다면, 그들과의 싸움에서 큰 이득을 취할 수 있을 것이다.

꿈속의 시간은 똑바로 흐르지 않았다. 어떤 사건은 건너뛰었고, 어떤 사건들은 시간 순서가 바뀌어서 나타나는 경우도 있었다.

'바깥의 시간은 얼마나 지났을까.'

아마 많은 시간이 지나진 않았을 것이다. 짧으면 몇 시진, 길어 봤자 하루 이틀일 것이다. 꿈이라는 것이 원래 그런 거니까.

'이 꿈에서 깨어나기 전까지 기억을 되찾을 단서를 찾을 수 있다면 좋을 텐데……..'

과거의 백수룡이 이곳에 와서 기억을 잃은 게 맞다면, 이곳에 기억을 되찾을 단서도 남아 있을 것이다. 하지만 별다른 성과는 없었다. 그 대신 백수룡은 하루하루 혈교의 무공들을 분석하고, 다듬고, 기억하는 데 집중했다.

"천한 것이 발악을 하는군."

혈룡대에서의 생활은 결코 순탄치 않았다. 첫날 초혁에게 찍힌 이후로, 초혁과 팔대 가문 출신들의 괴롭힘은 계속되었다. 그들은 툭하면 시비를 걸었고, 트집을 잡아서 모함했다.
 특히 초혁의 행동은 도를 넘었다. 그는 혈룡대주가 보지 않을 때, 아주 교활하고 은밀하게 백수룡을 괴롭혔다.
 "대주가 총애하니 세상에 두려울 게 없나 보지?"
 "그렇게 생각한 적 없습니다."
 "정말? 그런데 왜 내 앞에서 머리를 뻣뻣이 들고 있는 거지?"
 "……"
 백수룡은 그 사실을 혈룡대주에게 알리지 않았다. 더 강해지면 해결될 일이라고 생각했다. 이를 악물고 버텼다. 코피를 매일 흘렸고 잠도 제대로 자지 못했지만, 상관없었다. 지독하기로는 누구 못지않았으니까.
 '곧 그날이 오겠군.'
 백수룡은 과거의 그런 자신을 안쓰러운 눈으로 바라봤다. 무리한 연공으로 단전을 잃게 될 날이 머지않았다. 하지만 그 전에, 백수룡은 한 가지를 실험해 볼 생각이었다.
 "대주가 묘하게 널 편애하는 기분이 든단 말이야. 뒷구멍이라도 대 주고 있나?"
 그날도 초혁과 그 일당은 백수룡을 불러내 시비를 걸었다. 첫날 이후로, 대련을 핑계로 먼저 싸움을 거는 일은 거의 없었다.
 우선 그 전에 온갖 모멸과 멸시를 주었다. 참고 참던 백수룡이 울컥해서 반박하면, 그제야 대련을 핑계로 돌아가면서 싸움을 걸었다. 그 시절 백수룡의 옷 안에는 멍이 가실 날이 없었다.
 "이거 봐라? 아니라고 말 못 하는 거 보니 이거 진짜인가 본데?"
 초혁의 저급한 농담에 교주의 친위대라는 놈들이 낄낄댄다.
 "……"
 과거에는 이 모든 것을 참고 견뎠다. 나중에는 대꾸도 하지 않았다. 속으로 조용히 칼을 갈면서 언젠가 복수하겠다는 다짐을 했었다. 하지만 지금은 그럴 필요가 없었다.

"병신들."

백수룡의 입에서 나온 말에, 초혁과 그 일당이 놀라서 눈을 부릅떴다.

"……방금 뭐라고 했냐?"

"병신들이라고 했다."

이곳은 전생의 기억을 '꿈'으로 재현한 공간이다. 그리고 꿈은, 꾸는 사람 마음대로 변화시킬 수 있는 법이다. 백수룡은 과거의 기억 그대로 흘러가던 꿈에 변화를 주었다.

그의 신형이 순간 흐릿해지더니, 초혁의 안면에 주먹이 꽂혔다.

빠악!

"커헉!"

초혁이 피를 뿜으며 날아갔다. 부러진 이빨 몇 개가 허공에 뿌려졌다.

"이게 미쳤나!"

"갑자기 기습을 해!"

깜짝 놀란 혈룡대 선배들이 일제히 무기를 뽑으며 소리쳤다.

백수룡은 느긋하게 목을 좌우로 꺾으며 말했다.

"옛날부터 니들은 꼭 패 주고 싶었거든. 겸사겸사 꿈속에서 무공 수련도 하고 잘됐지. 안 그래?"

히죽 웃은 백수룡이 옛 선배들을 덮쳤다.

195화
기연(3)

그 순간, 뒤로 튕겨 나갔던 초혁이 무서운 속도로 돌아왔다.
"이 새히! 주겨 버리겠다!"
얼굴이 피투성이가 된 초혁이 살기를 내뿜으며 달려들었다. 하지만 이빨 몇 개가 날아간 터라 발음이 줄줄 샜다.
"아무도 끼어드지 마라! 내 소으로 주긴다!"
"말이나 제대로 하면서 덤벼."
피식 웃은 백수룡은 초혁의 공격을 어렵지 않게 피했다. 감정이 앞선 공격이라 궤적이 훤히 읽혔다.
"으아아아!"
퍼버버벙! 초혁이 연이어 휘두른 장법에 두 사람 주변의 공기가 터져 나갔다. 정확성은 떨어졌지만 담긴 내공이 상당해, 폭발의 여파만으로도 몸이 뒤로 죽죽 밀렸다.
"쥐새히처럼 피하기마 하느 거냐!"
눈이 시뻘겋게 변한 초혁은 이성을 거의 잃은 모습이었다. 평소 무시하던 천한 놈에게 기습당해 이빨이 몇 개나 부러졌으니, 명문가의 드높은 자존심 때문에라도 상대를 반드시 죽이려 할 것이다. 물론 이 모든 것은 현실이 아니다.

'이건 내 꿈이야. 내 전생을 바탕으로 만들어진, 놀라울 정도로 아주 정교한 꿈.'

백수룡이 며칠 동안 실험해 본 결과, 전생의 기억과 다른 행동을 하면 꿈속의 인물들도 그들의 성격에 맞는 행동을 취한다는 것을 알아냈다. 그 즉시 생각난 것이 있었다.

'생사결의 경험.'

일정 경지의 수준에 이른 고수들은 심상 수련이라는 것을 한다. 일종의 명상 수련법인데, 머릿속에서 초식을 수련하거나 가상의 상대를 상정해 싸워 보는 것이다. 하지만 고도의 집중력이 필요한 것에 비해, 심상 수련은 효율이 상당히 떨어지는 수련법이었다. 여건만 된다면 실제로 몸을 움직여 훈련하는 것이 몇 배는 나았다.

'하지만 이건 그런 심상 수련과는 차원이 달라.'

이 꿈속에서는 오감은 물론이고, 모든 것이 현실과 같았다. 상대가 내뿜는 살기, 익힌 무공에서 흘러나오는 기도, 사람 자체가 가지고 있는 기백 같은 것들. 전생에 느낀 경험들이 고스란히 되살아난 공간.

"게다가 죽여도 상관없는 마두들, 갈아 마셔도 시원찮을 원수들이 널려 있다 이거지."

무공을 마음껏 수련하기에 이보다 좋은 환경이 어디 있단 말인가. 백수룡이 환하게 웃었다. 올라간 입꼬리에 진득한 살기가 맺혔다.

"그중에서도 제일 먼저 너를 죽이기로 결정했으니, 영광으로 알도록."

"이런 벌레마도 못한 노미!"

도발이 제대로 먹혔다. 내공을 극한까지 끌어올린 초혁의 무복이 터질 듯 부풀어 올랐다. 팔뚝과 손등의 핏줄이 징그럽게 불거졌다.

콰콰콰쾅! 초혁은 쌍장에 묵빛 기파를 휘감고 맹렬하게 휘둘렀다. 바닥이 터져 나가고, 벽이 부서졌다.

"그렇게 나와야지."

백수룡도 내공을 본격적으로 끌어올리며 맞섰다. 허공에서 두 사람의 손발이 어지럽게 얽혔다.

파바바박! 큰 차이는 아니었지만, 이 당시의 백수룡은 분명 초혁보다 약했다.

지저분한 인성과 달리, 초혁은 천재 소리를 듣기에 충분한 자질이 있었고, 여기에 가문의 지원까지 받아 출세 가도를 달렸다. 한 십 년 후에는 젊은 나이에 혈교의 무력대 중 하나를 이끄는 대주가 될 것이다.

"그리고, 다시 만난 나를 벌레 취급했지."

단전을 다친 백수룡은 혈룡대에서 쫓겨난 후, 그야말로 나락으로 떨어졌다.

겨우 무공 교관으로 재기하기는 했지만, 무력대의 대주가 된 초혁과의 신분 차이는 하늘과 땅 차이였다.

-쯧. 그렇게라도 살려고 발버둥 치는 모습이 불쌍하구나.

우연히 다시 만난 초혁은 백수룡을 불쌍하게 여겼다. 언제든지 밟아 죽일 수 있는 벌레는 더 이상 그의 관심의 대상이 아니었다.

"내가 병신이 된 데는 네 몫도 상당했는데, 넌 뒈질 때까지 아무런 죄책감도 없었겠지."

"으아아아! 주겨 버리겠다!"

과거에는 이길 수 없는 상대였다. 하지만, 지금은 다르다.

지금의 백수룡의 머릿속에는 무공 교관이 된 이후에 읽은 수많은 무공 비급, 그리고 네 명의 절대고수가 남긴 절세무공이 있었다.

"진다는 것은 애초에 말이 안 돼."

빠아악! 뺨에 일권을 얻어맞은 초혁의 얼굴이 옆으로 홱 돌아갔다. 순간, 그의 얼굴에 경악이 어렸다. 하지만 그것은 시작에 불과했다.

빠악! 빠바바박! 백수룡이 휘두르는 일권 일권마다 녹림십팔식의 오의가 녹아들어 있었다.

그의 주먹이 초혁의 수비를 뚫고 들어가 꺾고, 부수고, 후려쳤다. 견디다 못한 초혁은 마구잡이로 장력을 내뿜으며 백수룡을 떨쳐 냈다.

"크아아악! 꺼져라!"

백수룡은 무리하지 않고 뒤로 물러났다. 초혁의 손에 맺힌 기운이 달라져 있었다.

"그건……?"

손바닥에 넘실거리는 불길한 기운. 상대의 무공을 눈에 담는 백수룡의 눈이 예리하게 빛났다.

"그래. 너도 절혼마장을 익혔었지."

혈교의 수많은 마공 중에서도, 상대를 끔찍한 고통에 빠뜨리기로는 손에 꼽는 것이 절혼마장이었다.

'그러고 보니 천무학관에 권패 초일이란 놈이 있다고 했었지.'

권패 초일. 거상웅에게 마공의 마기를 심어 폐인으로 만든 후, 금룡상단을 통째로 집어삼키려는 음모를 꾸몄던 놈. 공교롭게도 혈교에서는 그를 '혈룡'이라 부른다고 했다. 여러 정황으로 미루어 보아, 초일이란 놈은 여기 있는 초혁의 후손임이 거의 확실했다.

백수룡의 입가에 미소가 진해졌다.

"이거, 천무제에서 그 녀석을 만날 날이 기다려지는데?"

"크하하하! 죽겨 주마!"

초혁이 기세등등한 모습으로 달려들었다. 절혼마장이라면 백수룡을 반드시 죽일 수 있을 거라고 여기는 모양이었다. 하지만 상대가 꺼낸 비장의 수를 본 백수룡은 오히려 흥이 식었다.

"더 괜찮은 걸 꺼낼 줄 알았는데. 밑천도 다 드러났으면 그만하자고."

코웃음을 친 백수룡은 역천신공을 끌어올렸다. 그의 머리와 눈동자가 순식간에 붉게 물들며, 가공할 기파가 터져 나왔다.

콰콰콰콰콰! 백수룡이 서 있는 바닥을 중심으로 맹렬한 기가 소용돌이치며 퍼져 나갔다.

"허어억!"

살기를 뿌리며 달려들던 초혁이 멈춰 섰다. 그의 눈동자에 경악과 공포가 어렸다.

"무, 무, 무슨······."

혈룡대는 가까이에서 교주 혈마를 호위하는 집단이었다. 때문에 누구보다 역천신공의 기운에 민감했고, 역천신공 앞에서 복종하는 것이 익숙했다.

"왜, 왜, 왜······."

초혁의 무릎을 덜덜덜 떨기 시작하더니, 결국 털썩 무릎을 꿇었다. 이성보다 본능이 앞선 행동이었다.

"어, 어떻게 네가, 역천신공을······? 너같이 천한 놈이 어떻게······."

믿을 수 없다는 얼굴로 자신을 올려보는 초혁에게, 백수룡은 시큰둥한 표정으로 대답해 주었다.

"네 잘난 집안도 미래에는 풍비박산이 날 거야. 그리고 네 손자쯤 되는 녀석도 내 제자한테 박살 날 거다. 죽기 전에 알아둬."

백수룡이 무심한 표정으로 손을 뻗자, 자신의 미래를 예감한 초혁이 공포에 질려서 소리쳤다.

"자, 잠깐만! 살려······."

퍼억! 일장에 머리를 으깨 죽였다. 하지만 별다른 감흥은 없었다. 어차피 꿈일 뿐이었다. 백수룡은 바닥에 널브러진 초혁의 시신을 응시했다.

"꿈에서라도 쳐 죽이니 속이 조금 시원하긴 하네."

죽여 마땅한 놈이었다. 그리고, 이 꿈속에는 죽여 마땅한 다른 놈들이 아직도 많이 남아 있었다.

"무공 수련도 하고, 분풀이도 하고, 꽤 유익한 시간이 되겠어."

주변을 돌아보는 백수룡의 입가에 메마른 미소가 맺혔다.

◆ ◈ ◆

백수룡은 꿈속의 시간을 단전을 다치기 전에서 멈췄다. 그리고 전생에 만났던 고수들을 하나씩 찾아가 싸움을 걸었다.

"어이. 한번 싸워 보자."

"뭐? 이런 미친놈이……."

혈교의 이름난 고수들, 무력대의 수장들, 특이한 무공을 익힌 자들. 싸워서 도움이 될 법한 자들은 모두 찾아가서 싸움을 걸었다.

전부 생사결이었다. 죽고 죽이는 실전을 통해서 감각을 더욱 날카롭게 벼리고, 자신의 무공을 되돌아보는 시간을 가졌다. 어떨 때는 몇 번이고 같은 상대와 싸움을 벌이기도 했다.

그러면서 꿈을 다루는 것도 점점 익숙해지던 중, 백수룡은 문득 한 가지 사실을 깨달았다.

'한 번이라도 죽으면 이 꿈에서 깨어난다.'

누가 알려 준 것이 아니라, 꿈속에 오랜 시간 있으며 저절로 알게 된 사실이었다.

'이 꿈에서 나가면, 다시 들어올 수 있을까?' 가능할지도 모르지만, 다시 해보지 않는 한 정확히 알 수 없었다. 때문에 그 사실을 알게 된 순간부터는 상대를 가려가면서 싸움을 걸었다.

혈마에게는 감히 시비를 걸지 않았다. 장로들도 아직은 승리를 장담하기가 어려웠다.

"마음 같아서는 당장 마뇌 그 늙은이부터 찢어 죽이고 싶지만……."

혈교의 장로들 대부분은 극마라 불리는 초절정의 경지에 올라 있었는데, 역천신공이 팔성에는 이르러야 승리를 확신할 수 있었다.

"흐음. 그렇다고 장로들의 무공을 겪어 보지 못하는 건 아쉬운데……. 잠깐. 장로들의 무공을 그들만 익힌 건 아니잖아?"

그래서 건드리기 시작한 것이 장로들의 제자들이었다. 백수룡은 장로들의 제자들을 찾아가 시비를 걸었다. 전생에, 놈들에게도 무시를 당한 적이 한두 번이 아니었다.

"금수저 물고 태어나서 고생 한 번 안 하고 편하게 무공 익힌 새끼들. 나랑 한판 붙을까?"

반응은 굉장했다.

"이런 건방진 놈이!"

"주둥아리를 당장 찢어 주마!"

당연한 말이지만, 장로의 제자들 수준으로는 백수룡을 당해낼 수 없다. 그는 역천신공을 사용하지 않고도 놈들을 실컷 두들겨 팼다.

"커헉!"

"내, 내가 졌다……."

"그만! 그만 때리시게!"

백수룡은 적당히 강하면서도 만만한 자들을 두들겨 패면서 혈교의 무공도 견식하고, 자신의 무공도 돌아보는 시간을 가졌다. 악인곡에서 급격한 성장을 이룬 무공이었다. 다음 단계로 나아가기 전에, 바닥을 단단히 다지고 나아간다는 기분이었다.

기연(奇緣)이었다. 그렇게, 전생의 꿈속에서 몇 날 며칠을 보냈을까. 백수룡이 더 이상 시간을 헤아리지 않았을 때.

쿠구구궁……!

"……곧 깨어나겠군."

현실과 똑같았던 풍경이 흔들리고, 곳곳에 금이 가며 깨지기 시작했다. 길었던 꿈에서 깨어나고 있다는 징조였다.

'마지막으로 교주를 찾아가서 싸우자고 해 볼까?'

백수룡은 잠시 들었던 생각을 고개를 저어 털어냈다. 지금 당장은 교주와 싸워 봤자 얻을 것이 없었다. 게다가 왠지 교주라면, 지금의 자신과 싸워 주지 않을 것 같다는 예감이 들었다.

'그런데, 내가 혈마를 이기면 어떻게 되는 거지?'

순간, 의문이 들었다. 아마도 이 꿈의 마지막은, 전생의 자신이 혈교를 탈출하지 못하고 혈마와 싸우다 죽는 장면일 것이다. 만약 그 순간에 혈마에게 이긴다면 어떻게 될까?

'……잃어버린 백수룡의 기억이 돌아올지도.'

단지 추측일 뿐이었다. 하지만 지금까지 기억이 전혀 돌아오지 않은 걸 보면, 이 꿈의 끝에 무언가가 있을 확률이 높았다.

"어쨌든 지금은 아니란 거지."

스르륵. 백수룡은 꿈을 조작해 주변 공간을 변화시켰다. 잠시 후, 그는 혈룡대가 사용하는 전용 연무장에 서 있었다. 그리고 그의 앞에는 산처럼 거대한 위압감을 내뿜는 거인이 서 있었다.

"갑자기 대련이라니?"

꿈을 다루는 방법에 익숙해지면서, 중간 과정을 생략하는 것도 가능해졌다. 백수룡이 혈룡대주에게 포권을 취하며 말했다.

"죽이겠다는 각오로 부탁드립니다."

혈룡대주가 두꺼운 눈썹을 꿈틀대더니 피식 웃었다.

"우습구나. 진심으로 하는 말이냐?"

멀리서부터 꿈속 풍경이 무너지고 있었다. 남은 시간이 많지 않은 상황. 백수룡은 상대를 도발할 가장 적절한 말을 골랐다. 그가 혈룡대주의 눈을 똑바로 보며 말했다. 진심을 가득 담아서.

"지금 절 죽이지 않으면, 훗날 제가 혈마를 죽일 겁니다."

혈룡대주의 눈이 한 번 깜빡이더니, 그의 몸에서 가공할 살기가 터져 나왔다.

"네놈이 죽고 싶어 환장을 한 모양이구나!"

푸화아악! 마주 선 혈룡대주의 몸에서 가공할 기운이 뿜어졌다. 그 막강한 기파에 백수룡은 숨이 막힐 것만 같았다.

'내가 제대로 골랐군.'

196화

기연(4)

백수룡은 꿈에서의 마지막 생사결 상대로 혈룡대주를 선택했다. 그에게 악감정이 있어서는 아니었다. 오히려 혈룡대주는 전생에서 그에게 잘해 준 몇 안 되는 인물이었다.

"무릎을 꿇고 스스로 혀를 잘라 바친다면 네 실언을 참작해 주겠다!"

마치 태산처럼 무겁게 내리누르는 기파에 무릎이 후들거렸다.

'무시무시하군.'

혈룡대주는 극마에 이른 초고수였지만, 혈교의 무인이라고 하기에는 너무 올곧은 성정을 지녔다. 정파에서 무공을 배웠다면 분명 협객이 되었을 사내. 혈교 내에서도 장로 못지않은 무공과 권력을 지녔지만, 단 한 번도 자신의 권력을 남용한 적이 없었다. 오직 교주를 보필하기 위해 평생을 바친 우직한 사내. 그래서 결국 끝이 좋지 않았던……

백수룡은 살기충천한 눈으로 자신을 노려보는 혈룡대주를 가만히 응시했다.

'마지막 상대로 마뇌를 선택할 수도 있었지만…….'

마지막 싸움은 잔인하고 통쾌한 복수가 아니라, 한때 존경했던 무인과 제대로 무공을 겨루고 싶었다.

하지만 그 전에, 잠시 이야기를 나누고 싶었다.

"대주. 교주전에서 제 운명에 대해서 들으셨지요?"

"그걸 어떻게……."

혈룡대주의 표정이 흔들렸다. 백수룡은 잔잔한 어조로 말했다.

"교주의 점괘에 의하면, 저는 본교가 천하통일을 이루는 데 큰 역할을 하거나 혹은 본교를 망하게 할 운명이라고 하지 않았습니까."

"……분명 정신이 혼미했을 터인데?"

흔치 않게 당황하는 혈룡대주에게, 백수룡은 피식 웃으며 말했다.

"그래서, 저는 혈교를 망하게 하기로 결정했습니다."

"갈!"

혈룡대주는 기세가 폭발하듯 크게 치솟았다. 방금까지는 전력이 아니었다는 의미였다.

쿵! 한 걸음 내디뎠을 뿐인데, 마치 산이 통째로 움직이는 듯했다. 혈룡대주가 내뿜는 압박감에 몸이 우그러질 것 같았다.

"우선 네놈의 사지를 부러뜨린 후 교주님께 데려가야겠구나."

"……."

백수룡은 마주 내공을 끌어올리며 생각했다.

'이건 어차피 잠시 후면 깰 꿈에 불과해.'

혈룡대주의 저런 반응은 전생의 기억과 상상력이 만들어 낸 가상의 산물에 불과했다. 하지만, 그래서 더 솔직하게 말할 수 있었다.

"대주는 제 생명의 은인입니다."

"……갑자기 무슨 소리냐?"

다가오던 혈룡대주가 미간을 모으며 되물었다. 순간 우스운 생각이 든 백수룡이 큭큭 웃으며 대답했다.

"아, 지금 말고 나중에요. 나중에."

백수룡이 무리한 연공으로 단전을 쓰지 못하게 되었을 때. 혈룡대의 선배들은 모두 싸늘한 시선으로 그를 쓰레기 취급했다.

―병신 같은 놈. 제 몸 하나 제대로 간수를 못 하다니.
―곧 혈룡대에서 쫓겨나겠군.
―쫓겨나기만 하겠어? 사흘도 못 가 뒈질걸.
―일단 내내 벼르고 있던 초혁이 가만둘 리가 없지.

모두가 백수룡이 곧 죽을 거라고 말했다. 원한을 산 누군가에게 죽거나, 아니면 무공을 잃은 것을 비관해 스스로 목숨을 끊거나.
그때 백수룡을 찾아온 사람이 혈룡대주였다. 그는 시체처럼 쓰러져 있는 수하를 보고 한숨을 몇 번 내쉬더니, 조심스럽게 말했다.

―……네가 할 수 있는 다른 일을 찾아보마.
―곧 죽을 놈을 왜 도와주십니까?

멍한 얼굴로 천장을 바라보며 묻는 수하에게, 혈룡대주는 고함을 치는 대신 나직이 말했다.

―너는 운이 없었을 뿐이다.
―…….
―쓸데없는 생각 따윈 하지 말고 몸을 회복하는 데 집중하도록. 명령이다.

혈룡대주는 명령을 내린 후 밖으로 나갔다. 그리고 한동안 백수룡의 숙소에 아무도 들어오지 못하게 했다. 호시탐탐 기회를 엿보던 초혁도,

대주의 서슬 퍼런 경고에 한 발자국도 들어오지 못했다. 며칠간 겨우 몸을 회복한 후, 백수룡은 또다시 혈룡대주의 도움을 받아 조용히 혈룡대에서 빠져나갈 수 있었다.

-대주. 이 은혜는 언젠가 갚겠습니다.
-앞으로는 성질 좀 죽이고 살아라. 굽힐 때 굽히고, 처세에 능하고 교활해야 본교에서 오래 살아남을 수 있다.
-대주께선 전혀 그렇게 안 하시지 않습니까?
-억울하면 나만큼 강해지든가.
-참 나…….
-이제 가거라.
-……예. 가 보겠습니다. 보중하십시오.

그게 전생에서 대주와 나눈 마지막 인사였다. 지금 눈앞에 있는 남자에게는 아직 일어나지 않은 일이지만 말이다.
"그것 말고도, 제가 선배들에게 괴롭힘을 당할 때 조용히 놈들을 불러 꾸지람을 해 주신 것을 압니다."
"……"
"별로 도움은 안 됐지만요."
백수룡이 허탈한 웃음을 지었다. 꿈속에서 만난 과거의 인연에게 하는 넋두리라니. 벽에 대고 혼잣말을 하는 것이나 다름없다는 것도 알고 있었다. 하지만 이 사내와의 다시 만난 짧은 시간들이, 백수룡에겐 적지 않은 위안이 되었다. 생각해 보면, 혈교에서의 기억이 늘 지옥이었던 것은 아니다.
"……다시 만나게 되면 고맙다는 말을 꼭 전하고 싶었습니다. 결국 하지 못했지만요."

화아악-!

백수룡의 발밑에서 시작된 기파가 물결을 일으키며 퍼져 나갔다. 싸움을 시작하기에 앞서 본격적으로 내공을 끌어올린 것이다.

"!"

혈룡대주의 눈에 당혹스러움이 어렸다. 백수룡의 경지가 그가 예상했던 것보다 훨씬 뛰어난 탓이었다.

"대주. 한때 당신을 존경했습니다. 당신처럼 강한 사내가 되고 싶었습니다. 혈룡대에 계속 남아서, 언젠가는 당신의 후임으로 대주가 되고 싶었습니다."

"흥. 이제 와 사탕발림을 한다고 봐줄 성 싶으냐."

혈룡대주의 퉁명스러운 대꾸에 백수룡은 피식 웃었다. 그러나 그의 미소는 조금 슬퍼 보였다.

"그런 당신이 갑자기 죽었다는 얘기를 들었을 땐, 도무지 이해할 수 없었습니다."

"뭐라? 네가 정녕 실성을 한 모양이구나."

"……."

백수룡이 혈룡대에서 쫓겨나고 몇 년 후, 혈룡대주는 교주를 암살하려 했다는 누명을 쓰고 처형당했다.

이유? 혈교는 원래 그런 곳이었다. 그 어떤 권력자나 고수도 하루아침에 죽을 수 있는 곳.

백수룡이 작게 한숨을 내쉬며 말했다.

"멍청하도록 우직한 사내야. 너는 몇 년 후에 혈마 놈의 손에 죽는다."

"……더는 네놈의 헛소리를 들어주지 못하겠구나!"

교주에 대한 연이은 모독을 참지 못하고, 결국 혈룡대주가 먼저 공격을 시작했다.

쿵! 진각 한 번에 땅이 갈라졌다. 지진 같은 진동을 일으킨 혈룡대주가 포탄처럼 쏟아졌다. 어느새 뽑아 든 칼이 공간을 찢어발겼다. 그대로 백수룡을 일도양단할 기세였다.

쩌어어어엉-! 백수룡이 두 발로 딛고 있던 바닥이 움푹 가라앉았다. 그만큼 강맹한 공력이 담겨 있었다. 잇새로 신음이 새어 나왔다.

"큭!"

손아귀가 찢어질 것처럼 아팠다. 첫 일 합부터 손해를 봤다. 백수룡은 뒤로 훌쩍 물러나며 간격을 벌렸다. 혈룡대주는 극마지경에 이른 고수였다. 비교적 젊은 나이에, 그 무위는 이미 일부 장로들과 비슷한 수준이었다.

과거에는 감히 올려다보지도 못했던 초고수.

"하지만…… 지금은 보여."

공간을 가르며 날아오는 칼의 궤적이 보인다. 압도적인 힘이 느껴졌지만, 백수룡은 물러서지 않고 마주 검을 휘둘렀다.

까가가가가강! 연이어 터지는 굉음이 사방에서 벽력탄을 터트린 듯했다. 두 사람의 충돌 지점에서 발생한 충격파가 퍼지며 먼지구름을 일으켰다.

'역시 강해!'

꿈속에서 수십 일, 어쩌면 수개월이 넘는 시간 동안 백수룡은 혈교의 온갖 고수들을 찾아가 생사결을 벌였다. 하지만 단언컨대, 혈룡대주는 그중에서도 가장 강한 상대였다.

"제법이구나! 하아압!"

흥이 난 듯 기합을 넣는 혈룡대주의 몸에서 막대한 붉은 기가 뭉클뭉클 피어올랐다. 아직까지 여력을 남겨 두고 있었다는 뜻이었다.

치직, 치직, 치지지직!! 몸을 뒤덮은 붉은 기운 위로 전류가 튀기 시작했다. 혈룡대를 대표하는 무공, 혈뢰신공을 극성까지 익혔을 때 나타나는 현상이었다.

"더 이상 봐주지 않겠다!"

붉은 벼락을 몸에 두른 혈룡대주가 공기를 불태우며 쇄도했다. 그 모습이 흡사 지옥에서 올라온 야차 같았다.

백수룡도 그에 맞서기 위해 역천신공을 전력으로 끌어올렸다.

콰콰콰콰콰콰—! 천하에서 가장 강맹한 기운이 전신을 휘감았다. 그의 몸에서도 붉은 기운이 줄기줄기 뿜어지기 시작했다.

"크하하하! 역천신공을 익히고 까분 것이었구나!"

역천신공을 보았는데도 혈룡대주는 놀라기는커녕 광소를 터트렸다. 현실이었다면 놀라서 뒤집어졌겠지만, 이곳은 백수룡의 꿈속이었다. 백수룡은 혈룡대주에게 최선을 다해 싸울 것을 요구했다.

"대주. 내가 기억하는 최고의 모습을 보여 주시오. 그래야 꺾는 맛이 있을 테니까."

"날 꺾겠다고? 아직 백 년은 이르다, 이 애송아!"

호탕한 웃음을 터트린 혈룡대주가 칼을 휘둘렀다. 그가 내딛는 걸음마다 바닥이 부서지고, 주변의 공기가 달아오르다 못해 타올랐다.

화르르륵! 타오르는 듯한 붉은 도강이 혈룡대주의 칼끝에서 자라났다. 일 장 가까이 치솟은 도강은 숫제 채찍에 가까웠다.

"완전히 괴물이로군."

허탈한 웃음을 터트린 백수룡도 검강을 피워 올렸다.

우우우웅! 혈룡대주의 것과 비교하면 길이는 절반에 불과하지만, 보다 더 핏빛에 가까운 검강이 솟아났다.

두 사내의 강기가 연무장 중앙에서 맹렬하게 부딪쳤다.

콰콰콰콰쾅!

콰콰콰콰쾅!

두 사람이 충돌할 때마다 땅바닥이 뒤집히고 지형이 바뀌었다. 백수룡은 전신이 짓눌리는 듯한 압력에 이를 악물었다.

'몸이 으스러질 것 같다.'

꿈에 들어온 지 얼마 안 돼 도전했다면, 이미 무참히 패배했을 것이다. 하지만 꿈속에서 수많은 고수들과 생사결을 벌이며 쌓은 경험이, 혈룡대주와의 싸움에서도 쉽게 밀리지 않게 해 주었다.

촤아악! 물론 아슬아슬한 순간도 많았다. 시간이 갈수록 몸에 상처가 늘어났다. 하지만 백수룡의 입가에는 희미한 미소가 맺혔다.

'해볼 만하다.'

그런데 그 순간, 꿈속의 풍경이 멋대로 바뀌었다.

스르륵. 스르르륵. 두 사람이 싸우던 연무장이 그 규모를 넓히더니, 어느새 거대한 비무대가 변했다. 덩달아 관중들도 하나둘씩 나타나기 시작하더니, 이내 자기들끼리 마구 떠들기 시작했다.

"과연 혈룡대주의 도법은 천하일절이로군."

"맞서는 자는 누구인가? 처음 보는 얼굴인데?"

"혈룡대의 사갈검이란 놈입니다! 훗날 교를 배신할 놈입지요!"

"스승님. 저놈입니다. 저놈이 제 목을 베었습니다!"

"감옥에 저자의 스승들이 갇혀 있다! 감옥을 불태워라!"

두서없이 아무렇게나 떠들어대는 인간 군상들. 그중에는 백수룡이 꿈에 들어와 싸웠던 자도 있었고, 아직은 감히 도전하지 못한 고수들도 있었다.

'이젠 진짜 끝나가는구나.'

전생의 꿈이 완전히 통제를 벗어나 멋대로 움직이고 있었다.

쩌적, 쩌저적. 취객의 눈에 보이는 풍경처럼 모든 것이 흔들리고, 금이 가고, 깨지기 시작했다.

아직까지 멀쩡한 것은 비무대와 맹렬하게 칼을 휘둘러오는 혈룡대주뿐이었다.

그리고 그때.

"다음에 또 오너라."

관중석의 가장 높은 곳, 태사의에 앉은 혈마가 비무대를 내려다보며 입을 열었다.

그 시선은 백수룡을 향하고 있었다.

"네가 원하는 것을 다 못 보지 않았더냐?"

나른한 웃음에서 절대자의 여유가 묻어나왔다. 백수룡은 이를 악물며 놈을 노려봤다.

"지금 많이 웃어 둬라. 다음에 오면 널 죽여 줄 테니."

"기대하마."

스르르륵……. 이내 혈마와 관중들의 모습까지 모두 풍경에서 사라졌다. 남은 것은 혈룡대주와 그가 휘두르는 칼뿐이었다.

"감히 내 앞에서 한눈을 파는 것이냐!"

혈룡대주가 버럭 성을 냈다. 그의 공격이 더욱 맹렬해졌다.

"……지금부터 집중할 테니 좀 봐주십시오."

차분하게 대답한 백수룡은 꿈의 마지막 순간에 집중했다. 얼마 남지 않은 시간이 아까웠다. 혈룡대주와 싸울 수 있는 시간이 곧 끝난다.

'이기건 지건, 애매하게 끝내고 싶진 않아!'

까가가가강! 극한의 집중력을 발휘하다 보니, 어느새 무아지경에 빠져 검을 휘두르고 있었다.

꿈에 들어와 얻은 모든 경험과 깨달음이 그 검에 녹아들어 있었다.

'조금만 더, 조금만 더!'

간절한 바람이 통한 것일까. 백수룡이 꿈에서 깨기 직전, 두 사람의 마지막 일격이 서로를 교차했다.

촤아아악! 자리에서 멈춰선 혈룡대주는 믿을 수 없다는 눈으로 자신의 가슴을 바라봤다.

가슴에 커다란 구멍이 뚫려 있었다.

"내가…… 졌군."

힘겹게 고개를 든 혈룡대주는 백수룡을 바라봤다. 씁쓸한 얼굴로 자신을 바라보는 옛 수하에게, 그는 피식 웃어 주었다.

"너였다면…… 내 후임을 맡아도 좋았을 것이다."

털썩.

무릎을 꿇은 혈룡대주가 눈을 감자, 백수룡은 긴 꿈에서 깨어났다.

197화

얼마나 더 강해지려고?

휘영청 밝은 달빛 아래. 백무흔은 홀로 정자에 앉아 술잔을 기울이고 있었다.

쪼르르…….

맑은 술이 잔으로 흘러내리는 소리가 어쩐지 구슬펐다.

"후우……."

깊은 한숨을 내쉬며 술을 마시던 백무흔의 얼굴은, 말 못 할 사연을 품고 있는 것처럼 보였다. 뭇 여인들이 보면 한 폭의 그림과도 같다고 감탄할 모습이었지만, 지금 그 모습을 지켜보는 이는 아무도 없었다. 방금까지는 말이다.

"쯧. 달밤에 웬 청승이란 말이냐."

못마땅함이 가득한 혀 차는 소리와 함께, 정자의 반대편에서 백발의 노인이 나타났다. 백무흔은 의아한 표정으로 장인어른에게 물었다.

"안 주무셨습니까? 피곤하다고 일찍 들어가시더니."

"잠이 오지 않는구나. 너는 여태 안 자고 뭘 하는 게냐?"

"보시다시피 한잔하는 중이었습니다. 저는 원래 이 시간에 잘 안 잡니다."

"그 나이를 먹고도 제멋대로 사는 게냐."

"늦게 잔다고 타박할 마누라도 없지 않습니까."

"……."

"……."

대화가 끊기고, 두 남자 사이에 어색한 기류가 흘렀다. 매극렴은 백무흔은 앞에 놓인 술병을 가져가 빈 잔에 따랐다. 백무흔이 놀란 표정으로 그 모습을 바라봤다.

"……술은 입에도 대지 않으시던 분 아닙니까?"

"요즘은 종종 마신다. 얼마 전에는 술친구도 하나 생겼지."

"장인어른도 많이 변하셨군요."

"……."

"……."

또다시 둘 사이의 대화가 끊기고 어색한 침묵이 흘렀다. 수십 년 동안 쌓인 오해를 풀고 어설픈 화해를 했지만, 수십 년 만에 만난 사이인지라 말 몇 마디를 이어 나가기가 쉽지 않았다.

그래도 두 사내는 공통의 화제를 찾아 가며 드문드문 이야기를 이어 나갔다.

"약빙의 기일에는 무엇을 하느냐?"

"예전에는 아들을 데리고 유람을 다녔습니다. 제사는 지내지 말고 놀러 다녀라, 그게 아내의 유언이었습니다."

"……그 아이답구나. 어릴 적에 내게도 비슷한 말을 했었다."

"장인어른께선 뭘 하십니까?"

"학관을 돌아다닌다. 그 아이가 걷던 길, 밥을 먹던 식당, 공부하던 강의실. 삼십 년이 지났지만 아직도 흔적이 남아 있지."

"……."

"……."

"그, 마침 저도 내일 학관을 돌아다닐 예정이었는데, 장인어른께서 안내 좀 해 주시겠습니까? 이것저것 많이 바뀌었던데요."

"……알았다."

매극렴은 잠시 고민하더니 고개를 끄덕였다. 미우나 고우나 이제 매약빙을 기억하는 사람은 세상에 둘뿐이었다. 잠시 또 대화가 끊겼지만, 이번에는 어렵지 않게 대화 주제를 찾을 수 있었다.

"……하나만 묻자. 수룡이 말이다."

"절 닮아서 여자 문제가 좀 많지요? 어쩌겠습니까. 여인들이 잘생긴 사내를 놔두지 않는 것을요."

매극렴은 취했는지 쓸데없는 말을 해 대는 사위 놈을 한심하다는 듯 바라봤다.

"흰소리하지 말고. 언제부터 무공을 익혔느냐?"

"……."

백수룡은 아직 채 서른이 되지 않았다 무림의 기준에서는 아직 후기지수로도 불릴 수 있는 나이. 헌데 그 나이에 이미 초절정에 이르는 경지에 도달했다.

백무흔이 어색하게 웃으며 대답했다.

"하하. 그 녀석이 절 닮아서 무공에도 재능이 뛰어납니다."

"현 무림의 십대고수, 혹은 그에 근접한 고수들은 대부분 서른 전에 초절정에 이르렀다. 아주 드물지만 불가능한 경지는 아니지. 하지만, 내가 이상하게 생각하는 것은 그것이 아니다."

잠시 말을 멈춘 매극렴의 눈빛이 서늘하게 빛났다.

"처음 청룡학관에 왔을 때만 해도, 그 아이는 일류에도 못 미치는 수준이었다. 몸도 완성되어 있지 않았어."

수십 년간 청룡학관에서 학생들을 보아온 매극렴이었다. 손에 박힌 굳은살만 보아도 무공의 경지를 어림짐작할 수 있었다. 처음 백수룡을 보았을 때, 그 경지는 일류라고 부르기도 모자란 수준이었다.

"헌데, 지금은 절정을 뛰어넘어 초절정에 이르렀다. 불과 몇 달 만에 말이야. 이것은 무림의 역사를 다 뒤져 봐도 찾기 힘든 기사(奇事)다. 너는 이것이 정상이라고 생각하느냐?"

"……."

"말을 못 하는 걸 보니 뭔가 알고 있긴 한 모양이로구나."

"그게……."

잠시 입술을 달싹이던 백무흔은 한숨을 내쉬며 말했다.

"……큰 기연을 얻은 모양입니다."

천장에서 발견한 아들의 일기장을 떠올리며, 백무흔은 씁쓸한 미소를 지었다. 그는 아들이 기억을 잃기 전에 남긴 일기장을 먼저 읽어 보았다. 온통 믿기 힘든 이야기뿐이었다.

'전생에 혈교의 무공교관이었다니, 처음에는 정신에 문제가 생긴 줄 알았지.'

하지만 그 일기를 모두 읽고 나자, 죽었다 살아난 아들이 갑자기 다른 사람처럼 바뀐 이유가 모두 설명되었다.

"혹시……."

심각해진 사위의 얼굴을 본 매극렴이 덩달아 표정을 굳히고 물었다.

"그 기연에 문제는 없는 것이냐? 노력 없이 큰 힘을 얻으려면 대가를 치러야 하는 법이거늘……."

백무흔은 매극렴이 걱정하는 것이 무엇인지 바로 알았다. 그 역시 한때 의심했던 것이니까.

"마공을 익힌 것은 아닙니다."

간혹 백수룡이 내비치는 살기나 투기는, 정파의 것이라고 하기에는 너무 날카롭고 사나울 때가 있었다. 하지만 마공을 익힌 후유증은 아니었다. 아마도 전생의 기억을 떠올리며 성격이 다소(?) 나빠진 것일 테지.

백무흔이 확신을 담아 말하자, 매극렴도 조금은 안심한 것처럼 보였다.

그가 한숨을 내쉬며 말했다.

"문제 될 것이 없다면 되었다. 자세히 말하고 싶지 않은 듯하니, 나도 이 이상은 묻지 않으마."

"……감사합니다."

백무흔은 고개를 들어 달을 올려봤다. 그의 입에서 짙은 한숨이 새어 나왔다. 매극렴이 사위의 어두운 얼굴을 보곤 눈썹을 찌푸렸다.

"아까부터 표정이 어째서 그렇게 죽상인 것이냐? 청승맞게 혼자 술이나 마시고 있는 것도 그렇고, 누가 보면 네놈이 세상 다 산 노인네인 줄 알겠다."

뭔가 고민이 있으면 말해 보라는 이야기를 빙빙 둘러서 하는 매극렴이었다.

턱을 긁적인 백무흔이 조금 멋쩍은 표정으로 말했다.

"아들놈이 혼자서도 너무 잘 지내고 있는 것 같아 조금 분합니다."

"허어?"

"……지금까지 해 준 것도 없는데, 앞으로도 해 줄 것이 없다고 생각하니 그것도 속이 상하고요."

지난 몇 달간 무공이 몰라보게 강해진 백무흔이었다. 하지만 아들을 다시 만나고 보니, 백수룡은 상상 이상으로 강해져 있었다. 천형인 줄 알았던 체질도 완전히 극복한 것처럼 보였다.

'녀석이 작정하고 덤비면…… 서른 합이나 버틸 수 있을지 모르겠군.'

무공뿐만 아니라, 백수룡 주변에는 장인어른을 비롯해 좋은 사람들이 많았다. 백무흔은 그 사실이 대견하면서도, 부모 품을 완전히 떠나 버린 듯한 자식에게 섭섭한 마음에 들었다.

"이제 그 녀석 옆엔 제가 있어야 할 필요가 없을 것 같습니다."

그런 생각을 하니 씁쓸한 감정이 들었다. 다른 사람에겐 이런 말을 할 수가 없었다. 백무흔은 장인어른에게 푸념을 늘어놓았다.

"몸이 약했던 시절엔 성격이 날카롭긴 해도 귀여운 구석이 있었는데……. 요즘엔 능구렁이처럼 변해서 무슨 생각을 하는지도 모르겠습니다. 오랜만에 본 애비를 반기긴 하는 것인지……."

"쯧쯧."

혀를 찬 매극렴은 백무흔의 잔에 가득 술을 채워 주었다. 처음 있는 일이었다.

백무흔이 눈을 동그랗게 뜨며 바라보자, 매극렴이 자신의 잔에도 술을 채우며 말했다.

"부모가 왜 필요가 없단 말이냐. 부모란 오래된 집이다. 자식이 언제든지 와서 쉴 수 있는 안식처 같은 것이지."

"장인어른……."

"무공이 강해져서? 그럼 천하제일인에겐 부모가 필요 없을 것 같으냐? 천하제일인도 사람이다. 감정을 느끼고, 혼자서는 감당하지 못할 일들도 겪는다."

백발이 성성한 노고수의 인생이 담긴 말이, 백무흔의 답답했던 마음에 와닿았다.

"언젠가 그 아이에게도 너에게 기대고 싶은 날이 올 것이다. 그때도 지금처럼 맥아리 없는 표정으로 맞아 줄 것이냐?"

"……제 생각이 짧았습니다."

장인어른의 진심이 담긴 질책과 조언에, 백무흔은 부끄러운 마음이 들어 고개를 숙였다.

"좀 더 일찍 찾아오지 못해서 죄송합니다."

"됐다. 낯간지러운 소리는 그만 하고 술이나 마시거라."

"장인어른. 제가 한 잔 따라드려도 되겠습니까?"

"허. 내가 오래 살긴 했구나. 네놈한테 술도 받아 보고."

"삼십 년 전에 이랬으면 제 주리를 트셨겠지요?"

"지금도 그만한 힘은 있다만?"

퉁명스레 말하고 잔을 입에 가져가는 매극렴이었다.

백무흔은 그런 장인어른을 바라보며 피식 웃다가, 문득 생각난 것이 있어서 진지한 표정으로 물었다.

"장인어른. 저도 한 가지만 여쭙겠습니다."

"무엇이냐?"

매극렴이 자세를 바로 하며 대답했다.

백무흔의 표정이 사뭇 진지했기에, 또 무슨 조언이 필요한 일인가 보다 하고 지레짐작했다.

"여기, 이거 말입니다."

백무흔이 아직 멍이 가시지 않은 한쪽 눈가를 가리키며 말했다. 그 표정이 무척 억울해 보였다.

"이거 일부러 때리신 거죠?"

"……겨우 그까짓 것이 궁금해서 분위기를 잡았단 말이냐?"

"그까짓 것이라니요! 잘생긴 사위 눈탱이를 밤탱이로 만들지 않으셨습니까!"

"……네놈은 역시 안 되겠다. 반대쪽도 똑같이 만들어 주마!"

빈 술병을 거꾸로 쥔 매극렴이 사위 놈의 눈탱이를 노리고 냅다 휘둘렀다.

휘익! 백무흔은 그 공격을 정말 간신히 피하며 소리쳤다.

"그럴 줄 알았다니까!"

한동안 옥신각신하던 두 사내는 서로를 마주 보더니 결국 웃음을 터트렸다.

"푸하하하!"

"푸하하하!"

물론, 백무흔의 반대쪽 눈탱이가 밤탱이가 된 이후였다.

"술이 다 비었구나."

"그럴 줄 알고 미리 더 가져다 놨습니다."

"……하긴, 네놈이 한 병으로 만족할 놈이 아니지. 나는 몇 잔만 더 마시고 들어가야겠다."

몇 잔은 금세 몇 병이 되었다. 두 사내는 술을 주거니 받거니 하며 오랜 대화를 나눴다. 그러면서 조금씩, 둘 사이에 쌓인 오랜 어색함이 녹아내렸다. 쉽게 사이가 좋아지긴 힘들 것이다. 애초에 사이가 좋았던 적이 없었으니. 하지만 분명 변하고 있었다.

"다음에 또 아들놈 보러, 그리고 장인어른과 이렇게 술도 한잔하러 오겠습니다."

"흥. 마음대로 해라."

"예전에 약빙이 그런 말을 한 적이 있습니다."

"뭐가?"

"자기 아버지는 부끄러우면 코웃음을 친다고 말입니다."

"콜록! 이놈이…….."

백무흔이 겁도 없이 장인어른을 놀릴 때였다.

콰콰콰콰콰콰! 돌연 터져 나온 강렬한 기의 파동에 두 사람이 동시에 벌떡 일어나 같은 방향으로 내달렸다.

바로 백수룡의 방이 있는 방향이었다.

"수룡아!"

콰앙!

두 사람이 문을 부술 듯이 열어젖히자, 그 안으로 허공에 한 자쯤 떠 있는 백수룡의 모습이 보였다.

콰콰콰콰콰콰! 고요히 눈을 감고 있는 백수룡의 몸을 중심으로, 막대한 기가 용권풍처럼 소용돌이치고 있었다. 이미 방 안의 물건 중엔 남아난 것이 없을 지경이었다.

"이게 대체 무슨……."

곧 그 기운을 느낀 백룡장 제자들도 잠에서 깨어나 몰려왔다.

"선생님!"

"무슨 일이에요?"

"갑자기 왜……."

매극렴이 불안해하는 학생들을 진정시키며 말했다.

"가까이 다가가지 마라. 중요한 순간인 것 같구나."

"예? 중요한 순간이라니……."

이 순간, 노고수의 연륜이 빛을 발했다. 침착함을 되찾은 매극렴은 손자의 상태를 찬찬히 살피더니, 이내 감탄인지 한숨인지 모를 소리를 냈다.

"허어."

깜짝 놀라서 달려오긴 했지만, 전혀 걱정할 상황이 아니었다. 걱정은커녕…….

매극렴은 발을 동동 구르는 학생들을 돌아보며 말했다.

"너희의 스승이 깨달음을 얻으려는 모양이다."

"예에?"

"또요?"

"아 씨! 언제 때려 봐!"

다들 안심하는 한편 황당하다는 표정으로 백수룡을 바라보는 가운데, 백무흔이 어이가 없다는 듯 중얼거렸다.

"이 녀석. 대체 얼마나 더 강해지려고……."

198화
예, 아버지

콰콰콰콰콰콰! 휘몰아치는 기의 폭풍으로, 방 안의 집기 중엔 남아나는 것이 없었다. 벽에 할퀸 자국이 점점 늘어났고, 천장이 위험하게 흔들리며 곧 무너질 듯했다.

"……."

하지만 폭주하는 기의 중심에 있는 백수룡의 표정은 지극히 평온했다. 과도한 기의 운용으로 안색이 다소 창백하긴 했으나, 걱정할 수준은 아니었다.

"너희는 물러나 있거라."

학생들을 물러나게 한 매극렴과 백무흔은 방 안으로 조심스럽게 들어갔다.

우우우웅! 두 사람은 조심스럽게 기막을 펼쳐 천장과 벽이 무너지지 않도록 보호했다.

이대로 내버려 뒀다가는 필시 천장이 무너질 것이고, 무아지경에 빠진 백수룡이 중요한 깨달음의 순간에 방해를 받을 수도 있었으니까.

"혹시 모르니 우리도 밖에서 호법을 서자."

"예!"

거상웅의 지휘하에, 밖으로 나온 제자들도 마당에 넓게 벌려 서서 주변을 경계했다.

무인에게 깨달음의 순간은 흔치 않다. 특히 그 경지가 높아질수록, 작은 실마리 하나를 잡기가 매우 어려워진다. 그 작은 실마리를 찾기 위해 동굴에서 몇 년간 면벽 수련을 하고, 일부러 절벽에서 몸을 날리는 자들도 있었다.

'선생님은 얼마나 더 강해질까?'

학생들은 부러움과 경탄의 시선으로 백수룡이 있는 방 안쪽을 힐긋거렸다. 하지만 그중에는 소심한 반항을 꿈꾸는 목소리도 있었다.

"지금 못 때리면 평생 못 때리지 않을까?"

"아서라. 지금 한 대 때리고 평생 처맞는 수가 있다."

"그것도 그래……."

"근데 선배는 어차피 매일 처맞잖아요?"

"……."

전부 실없는 농담에 불과했다. 학생들은 백수룡이 깨달음의 순간에 방해받지 않도록, 무기에 손을 올린 채 눈을 부릅뜨고 주변을 경계했다.

그렇게 여섯 무인이 호법을 선 채로 약 일 각의 시간이 지났다.

콰콰콰콰콰……. 거셌던 기의 폭풍이 규모를 줄이더니, 이내 백수룡의 몸 안으로 흡수되기 시작했다. 그리고 기가 완전히 흡수된 순간, 백수룡의 머리 위에는 혈화(血花)가 피어났다.

한 송이. 두 송이. 세 송이. 세 송이 혈화가 꽃봉오리를 반쯤 꽃피우더니, 이내 신기루처럼 푸스스 흩어졌다.

매극렴이 작게 감탄하며 말했다.

"삼화취정(三花聚頂)의 경지에 이르렀구나."

정·기·신이 하나로 합일되어, 상단전에서 뿜어진 기가 꽃의 형상으로 피어나는 경지. 강기의 입문을 넘어, 강기를 자유자재로 다룰 수 있는 경지였다.

'그런데…… 꽃이 완벽하지가 않구나.'

완벽한 삼화취정에 경지에 이르면 세 송이 꽃이 활짝 피어난다고 들었는데, 백수룡의 그것은 반쯤 피어나다가 사라졌다.

이상한 일이었다. 깨달음이 부족하다면 애초에 삼화취정에 이르지 못했을 것인데…… 마치 도중에 무언가에 가로막힌 것 같았다.

그때, 마른침을 삼키며 아들을 지켜보던 백무흔이 말했다.

"이제 깨어나려나 봅니다."

가부좌를 튼 채로 허공에 한 자쯤 떠 있던 백수룡의 몸이 바닥에 천천히 내려오더니, 이내 숨을 길게 내쉬며 눈을 떴다.

"후우……."

백수룡은 몇 번 눈을 깜빡거렸다. 방금 전까지 현실과 구분하기 힘든 꿈속에 있었다. 아직 몽롱한 정신을 일깨우기 위해서 온몸의 감각에 집중했고, 자신이 누구인지를 떠올렸다.

"……괜찮은 것이냐?"

백무흔이 다가오며 말했다. 아들의 멍한 눈동자를 본 그의 표정에 걱정이 가득했다.

"……."

백수룡이 그를 빤히 보다가 천천히 입을 열었다. 다행히도 그의 눈동자에 서서히 정광이 돌아왔다.

"……아버지?"

"그래! 나다!"

"……아버지가 제 방에서 나가고 시간이 얼마나 지났어요?"

"두어 시진? 그리 많은 시간이 지나지 않았다."

"두 시진……."

적어도 며칠, 어쩌면 열흘 이상은 지났을지도 모른다고 생각했는데.

'그 수많은 일들이 고작해야 두 시진짜리였다고?'

백수룡은 허탈하게 웃으며 고개를 절레절레 저었다. 꿈속에서 그는 수백, 수천 번의 생사결을 벌였다. 과거에 알았던 혈교의 여러 신공, 마공을 다시 경험하면서 견문을 넓혔다. 혈마를 만나 이야기를 나누었고, 과거 존경했던 혈룡대주를 만나 끝내 검으로 그를 꺾었다. 그 어떤 보물로도 환산할 수 없는 값진 기연을 얻어 나온 것이다.

'그 꿈속으로 다시 들어갈 수 있을까?'

갈 수 있다고 해도 지금 당장은 아니다. 백수룡은 가부좌를 풀고 자리에서 일어났다.

순간, 어지러움을 느끼며 몸이 휘청거렸다. 머리가 깨질 것 같은 두통과 함께였다.

"수룡아!"

백무흔이 손을 뻗어 아들을 부축했다. 매극렴이 손자의 등을 받치고 따듯한 기운을 몸 안에 불어넣었다.

"기력이 많이 쇠했구나. 쉬면서 안정을 취해야 한다."

"……잠시 찬바람을 좀 쐬고 싶습니다."

"허나……."

"장인어른이 바람 좀 쐬게 해 주십시오. 제가 방을 정리하겠습니다."

"……그리하자꾸나."

어차피 방이 엉망진창이어서 그대로 쉴 수도 없었다. 백수룡은 매극렴의 부축을 받아 방밖으로 나왔다.

"선생니임!"

"괜찮으세요?!"

그가 방 밖으로 나가자, 학생들이 우르르 몰려왔다. 하나같이 걱정이 가득한 얼굴이었다.

"괜찮다."

백수룡은 손을 뻗어 소란스럽게 떠드는 녀석들의 머리를 쓰다듬었다. 겁먹은 강아지 같은 얼굴들이 퍽 우스웠다. 학생들을 안심시켜 방으로 돌려보낸 후, 백수룡은 아버지와 외조부가 마주 앉아 술을 마시던 정자에 앉았다.

"스읍…… 후우……."

맑은 공기를 몇 차례 들이마신 백수룡은, 옆에서 자신을 물끄러미 바라보는 매극렴에게 지나가듯이 말했다.

"꿈을 꾸었습니다."

"……."

백수룡의 말에 매극렴은 말없이 고개를 끄덕였다. 무공의 깨달음은 저마다 다른 형태로 찾아온다. 누군가는 머릿속에 벼락이 쳤다고 표현하고, 무아지경에 빠져 검을 휘두르다가 갑자기 펼칠 수 없었던 초식이 펼쳐지기도 한다. 그 형태가 꿈이라고 해서 이상할 것은 없었다.

……물론 백수룡의 꿈은 매극렴이 생각하는 것과는 많이 다른 종류였지만.

"지랄 맞게 생생한 꿈이었습니다. 그곳에서 온갖 고수들과 싸웠습니다. 결국 다 이기긴 했는데, 저도 꽤 많이 다치고 몇 번은 진짜 죽을 뻔했습니다."

"기연이로구나."

밤의 찬 공기를 들이마시자 두통이 조금 가셨다. 꿈속의 경험이 하나하나 선명하게 떠올랐다.

백수룡은 밤하늘의 수많은 별들을 올려보며 말했다.

"예. 덕분에 제 무공을 돌아볼 수 있었습니다. 가진 것을 잘 활용하고 있다고 생각했는데, 그렇지도 않더라고요."

백수룡은 특히 마지막 혈룡대주와의 싸움을 되새겼다. 얻은 것이 무척 많았다. 그의 심장을 찌른 감각이 아직도 손끝에 선명했다.
'얼마나 구현할 수 있을까?'
현실과 꿈은 다르다. 꿈속에서 아무리 무공이 성장했다 한들, 꿈속에서 펼쳤던 무공을 지금 당장 현실에서 펼칠 수는 없다. 당장 십대고수 수준의 고수를 만난다면 아직은 이길 자신이 없었다.
'하지만 오래 걸리지는 않을 거야.'
필요한 것은 시간뿐이었다. 꿈속에서 얻은 것들은 결국 현실에서도 펼칠 수 있게 될 것이다. 그때가 되면…… 다시 한번 그 꿈속에 들어가고 싶었다.

―다음에 또 오너라.

혈마는 자신더러 다음에 또 오라고 했다. 원하는 것을 다 못 보지 않았느냐며, 다음을 기약했다.
실제로 백수룡이 꾼 꿈은 전생 전체의 삼 분의 일도 진행되지 않았다. 아직 단전을 잃지도 않았고, 교관이 되지도 않았으며, 사부들도 만나지 않았다.
'지금의 경험을 모두 수습하고 전생의 꿈을 끝까지 진행하면, 혈마와 싸워서 이길 수 있을까?'
다시 만나 보아야 알 것이다. 더 높은 경지에 이른 후 마주한 혈마는, 또 다른 모습일 테니까.
꽈악…….
백수룡은 주먹이 새하얘지도록 꽉 쥐었다. 비록 꿈이었지만, 반드시 그 빌어먹을 꿈의 결말을 바꾸고 싶었다. 이를 악문 그가 속으로 중얼거렸다.
'다음엔 반드시 죽인다.'

매극렴이 손자의 살기 가득한 옆얼굴을 살피다가 손을 뻗어 그의 주먹을 감싸쥐었다.

"바람이 차구나."

그 순간, 백수룡은 정신을 차렸다. 하마터면 분노에 휩싸여 심마에 뒤덮일 뻔했다. 무인들은 깨달음 직후에 감정적으로 격렬해지곤 하는데, 경험이 많은 매극렴이 지켜보고 있다가 적절히 대처해 주었다.

"이만 들어가자꾸나."

"……예."

그 사이, 백무흔이 어지러워진 방을 치우고 이불을 펼쳐 놓았다. 하지만 백수룡은 바로 쉬지 않으려고 했다. 그가 진지한 표정으로 두 사람을 바라봤다.

"아버지. 할아버님. 잠시 드릴 말씀이……."

하지만 두 사람은 대화를 거부했다.

"일단 자라."

"누워라."

"예? 아, 아니, 잠깐만요. 제 얘기를 우선……."

휘익! 백무흔은 다짜고짜 다리를 걸어 아들을 쓰러뜨렸다. 탈진 상태인 백수룡은 변변찮은 저항도 하지 못하고 이불에 드러누웠다.

그가 억울한 표정으로 항변했다.

"왜 환자 취급을 하고 그래요. 지치긴 했어도 잠깐 얘기할 시간 정도는……."

"나중에 들으마."

이번에는 매극렴이었다. 그가 손을 뻗어 손자의 수혈을 가볍게 짚었다. 잠이 잘 오게 하기 위한 방편이었다.

"아니이이……."

백수룡의 눈꺼풀이 닫히기 시작했다. 평소 같았으면 이 정도 점혈에

꿈쩍도 하지 않았겠지만, 탈진 상태인 데다가 정신적으로 크게 지쳐 있었다.

"쿠울……."

결국, 백수룡은 이불에 눕자마자 곯아떨어졌다. 다음날까지 아무런 꿈도 꾸지 않고, 중간에 깨지도 않고 오랜만에 단잠을 잤다.

그리고 잠든 백수룡의 머리맡에서는, 두 사내가 오래도록 앉아서 두런두런 대화를 나누었다.

"다 커서 자기 싫다고 떼를 쓰다니. 이럴 때 보면 아직도 애인 것 같습니다."

"봐라. 우리가 할 일이 있지 않느냐."

"그나저나 참 잘생기지 않았습니까? 누구 아들인지 원……."

"외탁이다."

"……."

◆ ◈ ◆

"달마다 서찰 보내라. 안 보내면 다음에는 아예 올라와서 눌러앉아 버릴 거다."

"예예."

백무흔은 백룡장에서 사흘을 더 머물렀다. 그는 아내의 기일을 장인어른, 아들과 함께 청룡학관을 둘러보며 보냈고, 남은 이틀은 추억이 깃든 도시를 자유롭게 돌아다녔다. 그리고 미련 없이 짐을 쌌다. 백무관에서 꼬맹이들이 기다리고 있을 거라고 했다.

"올 때도 멋대로더니, 갈 때도 멋대로구나."

배웅을 나온 매극렴은 뭐가 그리 못마땅한지 퉁명스럽게 말했다. 백무흔이 능글맞게 웃으며 대꾸했다.

"제가 간다고 하니 아쉬우십니까?"

"흥. 하는 일 없이 밥만 축내는 놈이 간다니 속이 다 시원하다."

이제는 둘 사이의 어색했던 분위기가 많이 누그러진 듯했다. 매극렴은 백무흔의 게으르고 뺀질거리는 점이 옛날부터 마음에 안 들었다면서 궁시렁궁시렁 욕을 하다가, 결국 그의 봇짐에 말린 하수오 한 뿌리를 챙겨 주었다.

"먹든가 말든가."

"……잘 먹겠습니다."

감격한 표정으로 돌아선 백무흔이 다시 아들을 바라봤다.

"……."

"……."

작별인사라면 전날 실컷 했다. 하지만 끝내, 백수룡은 일기장에 대한 이야기는 하지 못했다. 몇 번이나 조심스럽게 이야기를 꺼내려고 했지만, 백무흔은 그때마다 먼저 화제를 돌리거나 자리를 피했다.

"간다."

"예."

아들의 어깨를 툭툭 가볍게 친 백무흔은 웃으며 돌아섰다. 백수룡은 매극렴과 함께 그의 뒷모습이 사라질 때까지 지켜봤다.

느긋하고 자유로운 걸음이었다. 장인어른과의 화해로 백무흔의 마음은 더욱 자유로워졌고, 그것은 곧 그의 무공에도 영향을 끼칠 것이다.

'다음에 볼 땐 훨씬 더 강해져 있겠군.'

그때, 이미 꽤 멀어진 백무흔이 뒤돌아서 손을 흔들었다. 그의 전음이 백수룡의 귓가에 파고들었다.

[수룡아. 사고가 나기 전의 기억이 있건 없건, 너는 나와 약빙의 아들이다.]

"……."

[내가 설마 내 아들이 진짜인지 가짜인지도 못 알아볼 것 같았냐?]

장난스럽게 웃은 백무흔은 다시 돌아서더니, 이내 경공을 펼쳐 순식간에 멀어졌다.

[서찰 꼭 보내라.]

백수룡이 미처 대답할 시간도 주지 않고 말이다.
"나 참……."
백수룡은 황당하다는 듯 웃었다. 사흘 내내 대화를 피하더니, 이런 식으로 한 방 먹일 줄이야. 작게 한숨을 내쉰 백수룡은 이미 작은 점이 되어 버린 아버지에게 말했다.
"예."
그동안 백무흔에게 서찰을 보내지 않았던 이유. 바빴다는 것은 핑계였다. 진짜 이유는, 백무흔에게 더 이상 거짓말을 하고 싶지 않아서였다. 자신은 오십 년 전 혈교의 무공 교관이었고, 백무흔과 매약빙의 아들로 살아온 기억은 없었으니까. 하지만 지금은 달랐다.
"서찰 보내겠습니다."
꿈에서 깨어나면서, 머릿속에 어린 시절의 기억 일부 또한 함께 깨어났다. 아직은 완전하지 않고, 전생의 기억을 훨씬 더 많이 가지고 있지만, 이 정도면 충분했다.
"아버지."
자신은 백무흔의 아들이었다.

특별 외전1

특별 외전1
남궁세가의 삼공자

"너도 이제 열 살이다. 진지하게 무학에 뜻을 두고, 남궁세가의 직계로서 웅대한 목표를 가슴에 품어야 할 나이란다."

"예. 어머니."

한 소년이 반듯하게 앉아 어머니의 말씀을 경청했다. 가부좌를 틀고 앉은 모습은 또래의 소년들과 달리 의젓했지만, 젖살이 빠지지 않은 얼굴은 영락없는 어린아이. 그러나 소년의 어머니는 아들을 항상 엄하게 훈육했다. 고작 열 살에 불과한 소년이 나이답지 않게 의젓한 것은 그녀의 영향이었다.

"수(秀)야. 너는 대남궁세가의 가주가 되어야 한다."

"……."

남궁세가. 오대세가의 수좌이자 천하제일세가로 불리는 검가(劍家). 남궁세가의 현 가주 철혈검 남궁천은 아직 한창때의 혈기왕성한 무인이었다. 가주에겐 아들만 셋이 있었는데, 셋 모두 자질이 뛰어나고 총명하다고 소문나 있었다. 그리고 오늘, 그중 셋째 아들이 열 살 생일을 맞이하는 날이었다.
"왜 대답이 없지?"
"……중요한 질문에 깊이 고민하지 않고 대답하는 것은 신의가 없는 행동이라고 배웠습니다."
"이것이 깊게 고민할 것이 있는 질문이라고?"
어머니의 싸늘한 표정과 목소리에, 남궁수는 눈을 살짝 내리깔며 대답했다.
"어머니의 기대에 부응할 수 있도록 항상 최선을 다하겠습니다."
"그래. 그래야지."
비로소 어머니는 부드럽게 웃으며 고개를 끄덕였다.
"걱정하지 말거라. 내가 너를 도울 것이야. 네가 가주가 되어 천하를 호령하도록 만들 것이란다."
"……예."
"수야. 내 아들. 나의 전부야."
"어머니."
가녀린 손가락이 머리를 쓸어내렸다. 그 순간 남궁수는 움찔했으나 이내 가만히 머리를 맡겼다. 이런 따뜻한 손길이 지나간 후엔, 어머니가 항상 무리한 요구를 하신다는 것을 경험으로 알고 있었다. 하지만 거부할 수 없었다. 아무리 어른스러운 척해도, 그 역시 어머니의 애정이 필요한 어린 소년이었으니까.
"천뢰검법을 들어 보았느냐?"
"……자세히 알지는 못합니다."
오늘은 남궁수의 열 살 생일이었다. 그러나 정작 당사자보다 그의 어머니가 더욱 기다려온 날이기도 했다.
"이 어미가 알아보니 조금 아프기는 해도, 창궁무애검법보다 성취가 빠르고, 대성에 이르면 뇌신의 경지에 이른다고 하더구나. 그것만이 네

형제들을 압도할 수 있는 일이다."

긴 역사와 전통을 지닌 남궁세가에는 많은 무공이 있지만, 가문을 대표하는 무공에는 창궁무애검법과 제왕검형 등이 있었다. 반면 천뢰검법은 잘 알려지지 않은 가전무공이었다. 그 이유는 앞서 말한 대로 익히기 까다롭고 과정이 매우 고통스럽다는 것이었는데, 남궁수의 모친은 오히려 그것이 기회라고 판단했다.

"가주께 생일 선물로 천뢰검법을 익히고 싶다고 말씀드리거라."

남궁세가의 직계 자손은 열 살이 되면 가주에게 한 가지 소원을 청하는 전통이 있었다. 평소 같으면 들어주지 않았을 무리한 부탁도 이날만큼은 어지간해서는 들어주었다. 이날 가주의 첫째 아들인 남궁학은 귀한 영약을 받아 복용했고, 둘째 남궁혁은 한철로 만든 검을 받았다.

"어차피 나이가 차면 익힐 수 있는 무공이다. 조금 빠르게 익히게 해 달라고 부탁드리는 것일 뿐이야. 몹시 대견하다고 여기시겠지."

남궁수의 모친은 그 모습을 상상하며 기쁜 표정으로 말했다. 가주의 셋째 아들인 남궁수는 형들보다 무공을 익히는 시기도 늦었고, 두각을 나타낼 기회도 적었다. 가문의 신공절학을 익히기에는 아직 어린 나이이기도 했다. 하지만 생일날에 하는 특별한 부탁이 아니던가?

그녀는 아들이 이복형들보다 빠르게 가문의 신공절학을 익힐 수 있을 것이며, 금세 둘을 제치고 더욱 강해질 거라고 믿었다.

"네 오성과 자질이면 어떤 무공이든 충분히 대성할 수 있을 것이다. 가주께 그것을 보여 드릴 기회야."

"어머니……."

"꼭 천뢰검법을 익히게 해 달라고 말씀드려야 한다. 알겠지?"

"……알겠습니다."

대답은 이미 정해져 있었다. 처음부터 남궁수에게는 선택권이 없었다.

"그래, 착하지 내 아들. 이제 나가 보자. 오늘은 네가 좋아하는 생강떡도 많이 준비했으니 마음껏 먹으려무나."

"……예."

남궁수는 어머니의 손을 잡고 함께 방을 나섰다. 셋째 공자의 생일잔치로 남궁세가는 아침부터 북적였다. 안휘성의 수많은 문파와 가문들, 상인들, 학식 높은 선비와 정계의 인물들도 선물을 보내왔다. 천하제일세가의 드높은 권세를 드러내는 모습이었다.

"허허허! 남궁세가의 삼공자께서 아주 헌앙하십니다 그려!"

"성격이 이토록 차분하시니, 어떠한 무공이든 대성할 자질입니다."

"가주께서는 복도 많으시지. 아들들이 모두 타고난 무골이 아닙니까?"

처음 보는 명숙들이 남궁수에게 다가와 축하를 건넸다. 철혈검 남궁천은 정실과 첩실의 아들을 차별하지 않았다. 그는 세 아들을 동등하게 대했으며, 누구도 특별히 아끼거나 끼고 돌지 않았다.

소가주의 자리 역시 공석인 상황. 따라서 셋 중 누구든 남궁세가의 다음 대 가주가 될 수 있지만…….

'당신들은 내 아들이 가주가 되지 못할 거라고 생각하는 것이지?'

남궁수의 모친은 잔치에 모인 사람들의 시선에 담긴 의미를 모르지 않았다. 누구도 대놓고 차별하지는 않았으나, 분명 차이가 있었다. 첫째나 둘째 공자의 생일 때보다 모여든 손님이 적었으며, 선물의 품질이나 규모 또한 약소했다. 애초에 이곳에 온 손님들 대부분이 남궁세가의 셋째 공자를 보기 위해서 온 것이 아니었다. 그저 철혈검 남궁천에게 얼굴도장을 찍고 알랑방귀를 뀌러 온 것일 뿐.

'두고 보거라. 내 아들이 소가주가 되는 날, 너희 모두 우리 모자 앞에 무릎을 꿇게 될 것이다.'

그녀는 겉으로는 화사하게 웃으면서 아들의 생일잔치에 온 손님들을 맞이했지만, 속으로는 조용히 이를 갈았다. 남궁세가의 역사에서, 정실의 태생이 아닌 자가 가주가 된 경우는 없었다. 때문에 대부분의 사람들은 남궁수가 소가주가 될 확률은 거의 없다고 보았다. 남궁세가의 기둥인 네 당주들과 십육각의 각주들도 이미 첫째나 둘째에게 줄을 댄 자들이 태반이었다.

"첫째 공자님께서 창궁무애검법을 익히신 지 반년 만에 초식을 능숙하게 펼치신다고 들었습니다. 남궁세가의 홍복이 아니겠습니까?"

"둘째 공자님이야말로 대단한 무재지요. 그 기상이 범과 같으며, 남궁세가에서 보기 드문 신력까지 타고 나셨습니다. 훗날의 성취가 어찌나 기대되는지……."

셋째 공자의 생일잔치에서 첫째와 둘째를 칭송하는 자들도 있었다. 그럼에도 누구 하나 나무라는 사람이 없었다. 남궁세가의 가주가 그러한 언행을 묵인하고 있었기 때문이었다. 철혈검 남궁천은 자신의 별호답게 표정 변화가 거의 없는 얼굴로 남궁세가를 찾아온 손님들과 대화를 나누었다.

"셋째야."

"예. 아버님."

생일잔치가 충분히 무르익었을 때, 남궁천은 제법 침착한 표정으로 자신의 옆에 서 있는 아들에게 물었다.

"너는 생일 선물로 무엇을 받고 싶으냐?"

큰 목소리가 아니었음에도 잔치에 참석한 사람들이 하던 것을 멈추고 부자의 대화에 귀를 기울였다.

삼공자가 이 자리에서 무엇을 요구하느냐, 가주가 그것을 얼마나 흔쾌히 들어주느냐에 따라, 그가 셋째 아들을 어떻게 생각하는지 가늠할 수 있으리라.

"소자는……."

첫째 공자와 둘째 공자에게 줄을 댄 자들은 긴장했는지 침을 삼켰다. 남궁수의 모친 역시 떨리는 마음을 억누르며 아들을 바라봤다.

오늘 막 열 살이 된 남궁세가의 삼공자는 부친에게 공손한 태도로 대답했다.

"천뢰검법을 익히고 싶습니다."

"……진심이더냐?"

예상치 못한 싸늘한 반응에 잠시 좌중에 침묵이 감돌았다. 남궁천의 목소리는 분명한 노기를 띠고 있었다. 그런 아버지와 눈이 마주친 남궁수는 숨이 턱 막히고 다리가 후들거렸다. 기세를 드러내지 않는다고 해도, 초절정의 고수는 눈빛만으로 상대를 위압할 수 있는 존재였다.

"저, 저는……."

아들이 떨리는 목소리로 힘겹게 대답하려 하자 남궁천이 손을 저어 말을 끊었다. 그가 기세를 누그러뜨리자 창백해졌던 남궁수의 안색이 천천히 돌아왔다.

"대체 누가 헛바람을 넣었는지 모르겠으나, 천뢰검법은 함부로 익힐 수 있는 무공이 아니다."

남궁천이 단호한 말투로 그렇게 말하자, 지켜보고 있던 많은 사람들이 놀라서 눈을 휘둥그레 떴다.

열 살 생일에 비는 소원은 웬만해서는 거절하지 않고 들어주는 것이 남궁세가의 전통이었다. 그럼에도 가주가 소원을 들어주지 않는다는 것은 자식의 부탁이 지나치게 무리한 것이거나, 혹은 가주가 자식을 그만큼 총애하지 않는다는 의미. 당연히 어느 쪽도 남궁세가의 삼공자와 그의 모친에게는 좋을 것이 없는 일이었다.

"지금이라도 다른 소원을 빈다면……."

가주 이외에는 그 누구도 발언이 허락되지 않는 무거운 분위기. 모두가 숨죽인 채 상황을 지켜보는 가운데, 돌연 낯선 목소리가 남궁세가주의 말을 중간에 끊으며 끼어들었다.

"가주. 아들을 너무 나무라지 마시게. 누구보다 즐거워야 할 생일이 아니오?"

 그 자리에는 수많은 무인이 있었지만, 홀연히 나타난 청년의 존재를 느낀 이들은 남궁천을 비롯해 극소수에 불과했다. 남궁세가주 옆에 자연스럽게 나타난 청년은 약관을 넘긴 지 얼마 되지 않아 보였다. 얼굴은 남궁천과 묘하게 닮아 있었는데, 연배를 짐작해 보면 조카뻘에 가까울 듯했다.

 그러나 조금 전, 청년은 남궁세가의 가주를 아랫사람 대하듯 했다.

 '간이 배 밖으로 나온 자인가? 남궁가주에게 반말을 하다니?'

 '도대체 저 청년이 누구기에…….'

 많은 이들이 혼란에 빠졌으나, 이내 나이가 지긋한 강호의 명숙들 중 몇몇이 청년의 정체를 깨닫고는 탄성을 터트렸다.

 "……창천검왕!"

 "허어. 폐관에 드셨다고 들었는데……."

 "환골탈태를 이루었다고 하더니, 허허! 남궁세가의 천하가 앞으로 백 년은 더 계속되겠구나."

 창천검왕 남궁제학. 전대의 가주이자, 지금의 남궁세가가 천하제일세가로 불릴 수 있게 반석을 닦아 놓은 입지전적인 인물. 지금은 아들에게 가주직을 넘기고 물러났지만, 그가 남궁세가와 전 무림에 끼치는 영향력은 여전히 막강했다. 과거 혈교와의 전쟁에도 참여했던 노강호는 전설적인 경지인 환골탈태를 이루어 청년의 모습을 하고 있었다.

 "……미리 기별이라도 주시지요. 폐관수련 중이라 못 오실 줄 알았습니다."

 남궁천이 당혹스러움을 감추지 못한 표정으로 바라보자, 남궁제학이 앳된 외모에 어울리지 않게 껄껄 웃으며 대답했다.

 "늙은이의 변덕이라오. 그리고 손자가 생일을 맞이했다는데 응당 참석해야지. 첫째와 둘째의 생일에도 참석했었는데, 셋째의 생일에만 참석하지 않으면 섭섭해할 것 아니오?"

그렇게 말한 남궁제학의 시선은 가주의 아들들을 한 명 한 명 훑었다. 가주의 첫째 아들인 남궁학과 둘째 아들인 남궁혁이 급히 예를 취했다.

"할아버님을 뵙습니다."

"할아버님을 뵙습니다!"

흐뭇한 얼굴로 고개를 끄덕인 남궁제학의 시선은 마지막으로 남궁수를 향했다.

"……할아버님을 뵙습니다."

착각일지도 모르만, 남궁수는 자신을 물끄러미 바라보는 조부의 시선이 순간 뱀처럼 차갑고 섬뜩하다고 느꼈다.

"천뢰검법을 익히고 싶다고 하였느냐?"

"……예. 할아버님."

"뇌기를 다루는 무공은 분명 매력적이지. 너도 알다시피, 나 역시 한때 벽력마라는 마두를 쫓은 적이 있었지 않느냐."

할아버지가 손자에게 옛이야기를 해 주듯, 남궁제학은 과거에 자신이 무림공적을 쫓은 이야기를 풀어놓기 시작했다.

"……그렇게 추격전은 열흘이 넘게 이어졌지. 놈은 흡성대법으로 자신을 쫓는 무인들의 정기를 갈취해 기력을 보충했다. 그중에는 본가의 무인들도 있었다. 나 또한 중한 부상을 입었으나, 그들의 복수를 하고자 죽을 각오로 놈을 추격했다."

"허어! 어찌 그러한 일이!"

"천인공노할 마두 놈!"

자리에 있는 무인들 대부분이 흥미진진하게 남궁제학의 이야기를 들었다. 적절하게 추임새를 넣는 자들도 있었다. 이야기는 막다른 절벽에서 벽력마와 남궁제학이 일백 합을 넘게 겨루다가 패색이 짙어진 벽력마가 절벽 아래로 뛰어내린 것으로 막을 내렸다.

"그때 알게 되었단다. 뇌기를 다루는 무공이 그토록 강력하고 까다로우며 위험하다는 것을……."

남궁제학이 잠시 서글프게 웃더니, 천뢰검법에 대해 설명해 주었다.

"사파 마두의 무공도 그럴진대, 하물며 본가의 천뢰검법은 분명 창궁무애검법에 못지않은 신공이다. 아니, 대성을 이룬다면 제왕검형과도 비견할 만하지. 능히 뇌신(雷神)의 경지에 이를 수 있을 것이다."

천하십대고수, 안휘성 인근에서는 천하제일검으로 칭송받는 남궁제학의 확언이었다. 잔치에 참여한 무인들이 웅성거렸다.

"하지만 익히는 과정이 어렵고 큰 고통을 견뎌야 한단다. 각오가 되어 있는 무인만이 익힐 수 있다는 뜻이지."

얼핏 자애로운 듯 보였지만, 그의 눈동자에 일렁이는 것은 묘한 호기심이었다. 가주의 아들이 셋이나 되니, 그중 하나는 천뢰검법을 익히게 하여 새롭게 발전시켜 보는 것도 나쁘지 않은 방법일 터. 창천검왕이 눈을 빛내며 남궁수에게 한 걸음 걸어갔다.

"그래, 네게 그만한 각오가 있다면……."

"아버님."

남궁천이 조손 사이에 끼어들며 남궁수가 남궁제학을 보지 못하도록 가렸다.

"오늘은 제 셋째 아들의 생일입니다."

많은 의미가 담긴 말이었다. 나지막한 목소리에 담긴 경고에 남궁제학은 멋쩍은 듯 웃었다.

"이런. 내가 눈치가 없이 부자간의 일에 끼어들었구려. 그저 손자가 익히고 싶어 하는 무공에 대해 설명해 주고자 했을 따름인데."

남궁제학은 순순히 한 걸음 물러났으나 분위기가 다소 묘하게 흘러갔다. 가주의 셋째 아들인 남궁수가 생일 선물로 천뢰검법을 익히고 싶다고 말했지만, 가주는 그것을 거절하려 했다. 그런데 갑자기 창천검왕이 나타나 천뢰검법은 가문의 어떤 무공과도 견줄 수 있는 신공이라고 설명했다.

마치 남궁수에게 천뢰검법을 익혀 보라고 권유하는 듯한 어조였다.

"생일인데 당연히 저 아이의 선택에 맡겨야지. 안 그렇소, 가주?"

"……그렇지요."

이 자리에서 남궁천이 한 번 더 아들의 소원을 단호하게 거절한다면, 자칫 태상가주인 남궁제학의 체면에 금이 갈 수도 있는 일이었다.

진퇴양난의 상황. 남궁천은 잔뜩 긴장해서 눈동자가 흔들리는 셋째 아들과, 절박한 표정으로 자신을 바라보는 두 번째 부인을 바라봤다.

'혹 누군가가 이들에게 천뢰검법을 익히라고 충동질한 것도…….'

처음부터 아버지께서 계획하신 일은 아닐까? 남궁천은 그러한 생각을 떨쳐 낼 수 없었다. 자신의 부친인 창천검왕은 그만큼 심계가 깊은 인물이었기에. 남궁세가를 위해서라면 능히 손자에게도 무공을 실험할 수 있는 분이었다.

게다가 처음이 아니었다. 창천검왕은 벽력마와 천뢰검법에 대해 그 전부터 종종 이야기하곤 했다. 세가의 혈족들은 대부분 이미 아는 이야기였다. 그때, 남궁수의 모친이 아들의 어깨에 손을 올리며 말했다.

"수야. 다시 한번 아버지께 말씀드리렴."

그녀는 남궁제학이 손자를 어여쁘게 보고 도와준 것이라 생각했다. 제왕검형에 못지않은 천뢰검법을 익힌다면 소가주 경쟁에서 앞설 수 있을 테니까. 아들의 어깨를 누르는 어머니의 손등에 핏줄이 도드라졌다.

"어서. 사내답게 용기를 내서 말씀드리려무나."

귓가에 울리는 어머니의 속삭임. 남궁수는 고개를 들어 흐린 눈으로 아버지를 바라봤다. 남궁천은 호랑이 같은 눈으로 아들을 똑바로 응시하고 있었다.

"진정으로 천뢰검법을 익히고 싶으냐? 온전히 너의 의지로?"

"저는……."

"결정하기 전에, 한 가지만 말해 주겠다."

남궁천은 그 자리에 있는 누구도 예상하지 못한 선언을 했다.

"천뢰검법을 익힌다면 앞으로 창궁무애검법은 익힐 수 없을 것이다."

"……!"

그의 말을 듣고 있던 모두가, 남궁제학조차 예상하지 못했는지 당혹스러운 표정이 되었다.

"가주? 그럴 필요까지는 없소이다."

"필요합니다."

남궁천의 목소리는 단호했다. 남궁세가의 주인으로서 감히 거역하지 못할 위엄을 드러내며 세가의 모두에게 경고하듯 말했다.

"천재가 아닌 한 본가의 신공절학을 동시에 여럿 익히는 것은 독이 될 뿐, 하나에 집중하는 것만 못 할 것이다. 어설픈 마음가짐으로 덤벼 봤자 천뢰검법과 창궁무애검법. 그 어느 쪽도 대성하기 어려울 터."

"꼭 그렇게까지 해야겠소?"

남궁제학은 가주의 결정이 못마땅한 듯 혀를 찼다. 그러나 남궁천의 생각은 확고했다. 그는 아들이 어중간한 무인이 되길 원하지 않았다.

"그러니 지금 이 자리에서 하나를 선택하도록 하라. 다른 사람이 아닌 너의 의지로 말하라!"

남궁천은 아들에게 스스로 선택할 기회를 주었다. 그가 손을 뻗자 무형지기가 흘러나와 남궁수의 모친을 아들에게서 떼어 냈다.

"가, 가주님? 가주님-!"

당황한 그녀가 어떻게든 아들에게 다가가려 했으나, 무형지기에 막혀 목소리만 울려 퍼질 뿐이었다. 남궁천은 기막을 둘러 그녀의 목소리가 아들에게 닿지 않도록 차단했다.

선택권은 다시 남궁수에게 주어졌다.

"소자는……."

남궁수는 아버지의 어깨너머로 얼굴이 희게 질린 모친을 보았다. 남궁세가의 직계는 당연하게 창궁무애검법을 익힌다. 그것을 익히지 못한다는 것은, 앞으로의 소가주 경쟁에서 밀려난다는 것과 다를 바가 없었다.

"쯧쯧. 지나친 욕심이 화를 불렀군."

"어디 삼공자의 잘못인가. 치맛바람이 문제가 된 듯한데……."

강호의 명숙들 중 몇몇은 상황을 파악하고는 고개를 절레절레 저었다. 남궁수의 모친은 두 가지 무공 중 하나를 선택해야 하는 상황은 예상하지 못했을 것이다. 그저 신공절학 하나를 먼저 익혀 소가주 경쟁에서 앞서갈 생각만 했을 뿐.

하지만 남궁천은 괜히 철혈검이라고 불리는 자가 아니었다. 그는 한번 결정을 내린 것에 대해서는 부친인 창천검왕도 쉽사리 설득하지 못하는 완강한 사내였다.

"답하도록 해라. 정녕 천뢰검법을 익히고 싶으냐?"

지금이라도 다른 소원을 빈다면 기꺼이 들어줄 생각이었다. 고통이 두려워 소원을 바꿨다는 뒷말을 들을 수도 있겠지만, 어린 나이에 한 실수 정도는 훗날 만회할 수 있으리라.

'익히지 않겠다고 하거라.'

남궁천의 의도는 누가 보아도 명백했다.

그러나 열 살의 남궁수는 다른 생각을 하고 있었다.

'각오.' 천뢰검법을 익히기 위해서는 큰 각오가 필요하다고 했다.

많은 사람들이 지켜보고 있는 상황에서, 이 결정은 자신에게 각오를 묻는 시험처럼 느껴졌다.

'어머니.'

창백해진 안색의 그녀가 바들바들 떨고 있었다. 어떤 결정을 내리는 것이 옳을지, 스스로도 판단하지 못한 듯했다. 적지 않은 사람들이 비난의 시선으로 그녀를 힐긋거렸다. 치맛바람으로 아들을 궁지에 내몰았다고 생각하는 것일 터. 그런 어머니를 바라보던 남궁수는 결정을 내렸다.

이 선택이 바보 같은 행동일지도 모르고, 그래서 후회할지도 모르지만…….

"소자는 천뢰검법을 익히고 싶습니다."

열 살의 소년은 어머니가 사람들에게 비난받는 것이 싫었다. 때문에 스스로의 의지로 결정했다. 그것이 어머니를 지키는 길이라고 생각했으니까.

"……네가 생각하는 것 이상으로 고통스럽고 힘들 것인데도?"

"무인이 고통을 두려워해선 안 된다고 배웠습니다."

소년의 대답은 담백했다. 무인들 중 적지 않은 이들이 그 기개에 감탄했다.

"천뢰검법을 익히게 허락해 주십시오. 언젠가 반드시 천뢰검법을 대성해, 뇌신의 경지에 이르러 보이겠습니다."

자신감 넘치는 대답을 들은 남궁천의 표정은 묘했다. 치기 어린 선택에 실망한 것 같기도 하고, 앞으로 두고 보겠다는 것 같기도 했다.

"좋다. 내일부터 천뢰검법을 익힐 수 있도록 허락해 주겠다. 뇌기를 다스리는 데 도움이 될 만한 영약 또한 구해 주겠다. 단, 그것뿐임을 명심해라."

내공이 실린 남궁천의 단호한 목소리가 거대한 남궁세가 전체에 울려 퍼졌다.

"천뢰검법이 충분한 성취를 이룰 때까지, 너에게는 창궁무애검법을 익히는 것이 허락되지 않을 것이다."

"……예. 알겠습니다."

남궁세가의 삼공자가 열 살 생일을 맞이하던 날. 그의 모친은 몸이 좋지 않다는 이유로 먼저 방으로 들어갔다. 그리고 잔치에 참석했던 사람들 대부분은 잘못된 선택으로 인해 소년이 소가주가 될 수 없으리라고 수군거렸다.

"실패작이 되고 싶은 거니?"

그 말을 처음 들은 것은 남궁수가 열다섯 살이 되던 해였다. 천뢰검법의 뇌기가 주는 고통에 잠시 수련을 쉬고 있는데, 평소 방 안에만 있던 어머니가 다가와 아들을 야단쳤다.

"실패작이 되지 않으려면 죽어라 무공을 수련해야지! 너는 반드시 가주가 되어야 해!"

그렇게 말하는 어머니는 눈 밑에 그늘이 짙었고, 피부는 병자처럼 창백했다. 어머니는 신경질적으로 아들에게 수련을 더 열심히 하라고 다그쳤다. 뇌기가 주는 고통에 아들의 두 팔이 바들바들 떨리는 것을 못 보았는지, 자꾸만 조급하게 말했다.

"네 자질이라면 충분히 가능하단다. 수야. 이 어미의 소원을 들어줄 거지?"

남궁수의 모친은 상인의 딸로 태어나 큰 야망을 가졌다. 그녀가 남궁세가의 가주와 혼인하였을 때만 해도, 아들을 낳아 언젠가 남궁세가를 휘어잡으리라는 꿈을 꾸었다. 하지만 그것은 남궁수의 열 살 생일 이후로 덧없는 집착이 되었다. 가주는 둘째 부인을 멀리하기 시작했으며, 얼마 없던 삼공자의 세력마저 전부 일공자와 이공자를 지지하기 시작했다.

"세가에서 너를 차별해 창궁무애검법을 못 익히게 하지만, 천뢰검법을 대성하면 된다. 수야. 실패작이 되고 싶지 않지? 너는 반드시······."

"어머니. 날이 춥습니다."

그리고 어머니는 병을 얻었다. 뛰어난 의원들, 내가기공의 고수가 즐비한 남궁세가에서도 고치지 못할 마음의 병, 심마(心魔)였다.

"들어가서 쉬시지요. 소자는 남아서 수련을 계속하겠습니다."

"응? 그래……. 그럴까?"

남궁수는 어머니를 부축해 방으로 모셔다드린 후 수련을 계속했다.

치직, 치지직—! 새파란 뇌기가 맺힌 검이 허공을 매섭게 갈랐다. 분명 또래에서 손에 꼽힐 만한 검기였으나, 형제들을 압도할 정도는 아니었다. 반면 뇌기가 주는 고통은 끊임없이 그의 육신을 괴롭혔다. 그러나 남궁수는 표정 변화 하나 없는 얼굴로 계속해서 검을 수련했다. 고통을 참는 것이라면 이미 이골이 나 있었다.

'어머니. 저는 어머니가 불쌍합니다.'

남궁수가 느끼기에 세가는 두 사람을 차별하지 않았다. 적어도 아버지인 남궁천은 자신을 다른 형들과 똑같이 대했다. 어머니가 느끼는 차별은 그녀의 열등감 속에서 자라난 허상에 가까웠다.

'저는 실패작이 되지 않겠습니다. 어머니가 스스로를 실패작으로 규정한 것처럼 살지 않겠습니다.'

그리 다짐하며 쉴 새 없이 검을 휘두르고 또 휘둘렀다.

남궁수가 열여덟이 되던 해, 결국 어머니가 돌아가셨다. 그가 천무학관에서의 졸업을 앞두고 있던 시기였다. 소식을 듣고 달려와 모친상을 치른 후, 남궁수는 한동안 세가를 떠나 강호를 주유했다. 짧은 시간이었지만 그때 삼절검(三絕劍)이라는 별호를 얻었다. 이제 천뢰검법을 대성하라고 채근하는 어머니는 곁에 없었지만, 마치 유언을 따르는 듯 그는 계속해서 수련에 빠져들었다. 강호를 주유하고 돌아온 후에는 가문의 하급 무사들, 방계의 무인들을 가르쳤다.

그렇게 또 몇 년이 흘렀다.

"가문에서 충분히 가르쳤으니, 오대학관에 가서 실력을 입증하거라."

혈교의 패망 후, 평화를 찾은 무림에서 남궁세가는 학관업의 정점에 올랐다. 누구보다 앞선 신진교육법을 바탕으로 천하제일세가의 위치를 견고히 하고자 했다. 때문에 가주의 아들들에게도 무공강사의 역량이 요구되었다. 이는 소가주 경쟁에도 중요한 요소였다.

"너희는 일타강사가 되어야 한다."

오대학관의 일타강사 정도는 되어야 소가주의 자격을 갖췄다고 볼 수 있었다. 하지만 오대학관도 오대학관 나름이었다.

"청룡학관에는 누가 갈 테냐?"

"제가 가겠습니다."

남궁수의 대답에 형들은 놀라는 눈치였지만, 이내 마땅히 그래야 한다고 생각했는지 고개를 끄덕였다.

"네가 첩의 자식이기에 양보하는 것이냐?"

가주의 실망스러운 눈빛에, 남궁수는 고개를 저으며 덤덤하게 말했다.

"아닙니다. 밑바닥에서부터 하나씩 일궈 보고 싶습니다."

"……알겠다."

가주의 허락이 떨어졌고, 바로 다음 날 행랑을 꾸려 가문을 떠났다. 이후 청룡학관에 도착한 남궁수는 몇 년 지나지 않아 실력을 인정받아 일타강사로 불리게 되었다. 천무제에서 꼴찌를 도맡아 하고, 해가 갈수록 신입생의 수준이 떨어져 가던 청룡학관에게는 가뭄의 단비 같은 경사였다. 그러나 일타강사 남궁수도 청룡학관의 몰락은 막지 못했다. 그저 조금이라도 더디게 가라앉기 위해 발악할 뿐.

'참고 기다리면 기회가 오겠지.'

묵묵히, 남궁수는 청룡학관을 변화시키기 위해 노력했다. 누구보다 이른 시간에 출근해 가장 늦게 퇴근했다. 참고 견디는 것은 누구보다 자신 있었으니까. 그러던 어느 날, 병약해 보이는 얼치기 청년 하나가 나타나 그의 앞에 서서 자신을 소개했다.

"회창에서 온 백수룡입니다. 별호는 없고, 아버지께서 운영하는 무관에서 10년간 아이들에게 무공을 가르쳤습니다."

참으로 뻔뻔한 자로군, 이라고 남궁수는 생각했다. 저 한 명의 사내로 인해 앞으로 벌어지게 될 수많은 일들은 상상조차 하지 못한 채.

그것이 남궁수의 스물아홉 번째 생일이 지나고 두어 달쯤 지났을 때의 일이었다.

특별 외전2

특별 외전 2
백무관의 고집쟁이

백무흔은 거하게 차린 아침상을 사이에 두고 마주 앉은 아들의 표정을 관찰했다.

'요 녀석. 볼에 바람이 잔뜩 들어간 것이 작정하고 고집을 부릴 요량이구나.'

눈에 넣어도 아프지 않은 아들이 오늘 열 번째 생일을 맞았다. 백무흔은 새벽부터 일어나 정성스럽게 생일 음식을 준비했다. 그사이 졸린 눈을 비비고 일어난 아이는 간신히 몸을 가누고 혼자서 옷을 갈아입었다. 평소에는 깨우기 전까진 좀처럼 일어나지 못했는데, 제 생일이라고 정신을 차리려는 모습이 기특하고 안쓰러웠다.

"아부지……."

하지만 아직 잠이 덜 깬 듯 졸린 눈에 발음이 새는 것은 어쩔 수 없었다. 이러면 안 되겠다고 생각했는지 백수룡이 고개를 도리도리 저었다. 그러곤 또렷하게 다시 말을 이었다.

"아버지!"

"그래. 아버지 여기 있다."

"저 생일 소원 빌어도 돼요?"

허리를 세우고 바르게 앉은 백수룡이 눈에 힘을 주며 물었다. 저 나이 때의 약빙도 저런 얼굴로 장인어른의 속을 뒤집어 놓았을까? 그런 생각이 절로 들 만큼 엄마를 빼다 박은 모습이었다. 백무흔은 실실 새어 나오려는 웃음을 참으며 말했다.

"수룡아. 우선 밥부터 먹고 소원을 빌자꾸나."

"하지만 일어나자마자 소원 말하려고 밤새 기다렸단 말이에요!"

"그런 것치고는 새근새근 잘만 자던데?"

"치……."

백수룡이 뚱한 표정으로 아버지를 째려봤다. 그래 봐야 더욱 놀려 주고 싶은 젖살이 통통한 얼굴이었지만. 흐뭇해하는 아버지의 표정을 보며 말로는 이길 수 없다고 생각했는지, 소년은 장난에 반응하지 않고 무작정 제 소원을 말했다.

"아버지, 아니 백 사부님! 저한테 정식으로 무공을 가르쳐 주세요!"

자신이 진지하다는 것을 보여 주고 싶은지, 아이는 짧은 팔로 어설프게 포권을 취하며 소원을 빌었다.

저렇게 고집부릴 때의 표정도 어찌나 약빙을 닮았는지, 백무흔은 당장이라도 아이를 끌어안고 뺨을 비비고 싶었다.

'일곱 살 이후로는 싫어해서 자주 못 하고 있지만…….'

그러나 아들을 사랑하는 무한한 마음과 대답은 별개일 수밖에 없었다. 백무흔은 젓가락으로 아들의 밥 위에 반찬을 듬뿍 올려 주며 말했다.

"그건 안 된다."

"열 살이 되면 무슨 소원이든 다 들어주기로 했잖아요!"

아들이 사기라도 당한 표정으로 항의하자, 백무흔은 그런 말은 금시초문이라는 표정으로 대꾸했다.

"네가 건강하게 열 살 생일을 맞으면 아버지가 소원을 하나 들어준다고 했었지. 하지만 무엇이든 들어준다고 하진 않았는데?"

"그게 그거 아니에요?"

"요 녀석아. 엄연히 다르지. 그리고 어서 밥부터 먹거라. 아버지가 새벽부터 네 생일상 차리느라 얼마나 고생한 줄 아느냐?"

"하지만……."

"어허! 밥 먼저 먹고 다시 얘기하재도!"

"……."

그제야 백수룡은 불만이 가득한 얼굴로 우물우물 아버지가 차려 준 아침밥을 먹었다. 다만 평소보다 훨씬 빠르게, 마치 삐졌다는 걸 보여 주려 시위라도 하듯 빠르게 씹고 꿀꺽꿀꺽 삼켰다.

"그러다 체하겠다. 천천히 먹거라."

백무흔이 손을 뻗어 아들의 머리를 부드럽게 쓰다듬었다. 다른 손은 반찬을 이것저것 옮겨 주기 바빴다.

"아부지, 배불러서 더는 못 먹겠어요……."

하지만 금세 배가 부른 건지, 백수룡은 얼마 먹지 못하고 젓가락을 내려놓았다. 백무흔은 또래에 비해 마른 아들의 몸을 바라보며 씁쓸하게 웃었다.

"그래. 나중에 배고파지면 또 먹자."

아무리 몸에 좋다는 것을 찾아 잘 먹여도 허약하게 태어난 아들의 체질이 받아들이지 못했다. 그것을 알면서도 백무흔은 매번 음식을 넉넉하게 만들었다.

"……아버지. 진짜 무공 가르쳐 주면 안 돼요?"

아버지의 눈치를 보던 백수룡이 손가락을 꼼지락거리며 다시 물었다. 그러나 백무흔은 고민할 가치도 없다는 듯 단호하게 고개를 저었다. 그는 열 살이 된 아들에게 늘 그래 왔듯 같은 말로 선을 그었다.

"수룡아. 너는 무공에 재능이 없다."

그건 새빨간 거짓말이었다. 오히려 정반대였다. 백수룡은 천부적인 무(武)의 재능을 지니고 있었다. 어깨너머로 구경하는 것만으로도 회풍검법의 초식을 따라 할 정도로 오성이 뛰어나고, 근골 또한 어떠한 무공이든 익힐 수 있을 만큼 유연했다.

'지금 목검을 쥐여 준다 해도 당장 몇 살 위의 형들과 대련해도 충분히 이기겠지.'

그러나 백무흔은 그 사실을 말해 주지 않았다. 오히려 아들이 무공에 관심을 가지려고 할 때마다, 너는 재능이 없으니 무인이 되는 것은 포기하라고 이야기했다.

……그렇게 할 수밖에 없었다. 백무흔은 멋쩍게 웃으며 화제를 돌리려고 했다.

"미안하구나. 이 아버지가 재능이 변변찮은 것을 너도 그대로 물려받은 모양이야. 그러니까 괜히 무공에 욕심내지 말고 다른 소원을 빌어 보려무나. 새 옷이나 신발은 어떠냐?"

두 사람이 사는 작은 시골 마을에 제대로 무공을 익힌 사람은 백무흔뿐이었다. 그러니 그의 말이 틀렸다고 반박할 수 있는 사람도 없었다. 순박한 시골 마을 사람들은 백무흔처럼 대단해 보이는 무인도 강호에 나가면 별것 아니구나, 하고 믿었다. 알려지고 싶지 않아 일부러 제 실력을 숨기기도 했고.

"다른 건 아무것도 필요 없어요!"

하지만 하나뿐인 아들은 한 살 한 살 나이가 들수록 어린 시절의 백무흔처럼 고집이 세지고 설득도 통하지 않았다.

"재능이 없어도 무공을 배울래요! 아버지가 안 가르쳐 주면 다른 무관에 가서라도 배울 거예요!"

"……이 녀석아. 아버지가 강호에 나가면 변변찮은 무인이지만, 그래도 이 인근에서는 가장 낫다. 대체 누구한테 가서 무공을 배우겠다는 거냐?"

"그러니까 아버지가 가르쳐 주면 되잖아요!"

백수룡은 씩씩대며 아버지를 노려봤다. 그 큰 눈에 눈물이 그렁그렁 맺혔다. 다른 일이었다면 백무흔은 당장 미안하다고 말하며 아들을 달래 주었을 것이다. 그만큼 그는 동네에서 소문난 팔불출이었으니까. 하지만 무공을 가르치는 것에 대해서만큼은 결코 고집을 꺾을 생각이 없었다.

'이 녀석아. 나라고 일부러 가르치지 않는 줄 아느냐?'

백무흔은 지금까지 아들에게 건강을 위한 운동 이상의 무공을 가르치지 않았다. 그의 독문무공인 회풍검법은 물론이고, 내공을 쌓는 심법도 마찬가지였다. 백무관을 찾아오는 다른 아이들이 배우는 것과 똑같은 기본적인 움직임만을 가르쳤다. 그럴 수밖에 없는 이유는 아들의 허약한 체질과 타고난 천형(天刑) 때문이었다.

―자네 아들은 무공을 멀리해야 하네. 그 몸으로 무공에 입문했다간 결국 큰 화를 입을 게야.

훗날 진실을 알게 되면 더욱 크게 실망하게 될까 두려워, 백무흔은 애초에 아들이 무공에 관심을 가지지 못하도록 노력해 왔다.

'약빙. 그게 나의 잘못된 판단이었나 보오.'

아버지가 관심을 가지지 못하게 할수록 아들은 무공에 대한 동경과 강호에 대한 환상을 키워나갔다.

혼자 목검을 들고 수련하다가 지쳐서 쓰러지기 일쑤였고, 저잣거리에서 삼류 무공만도 못한 것을 비싼 돈을 받으면 알려 주겠다던 사기꾼들 근처를 기웃거리다가 걸려서 혼난 적도 있었다. 그럼에도 백수룡은 무공을 익히는 것을 포기하지 않았다. 마치 그것이 자신의 운명인 것처럼…….

'나도 가르쳐 주고 싶단다. 할 수만 있다면 내 모든 무공을 너에게 전수해 주고 싶단 말이다.'

자식의 꿈을 꺾어야만 하는 아비의 마음이 어떤지 알기나 할까. 큰 눈에 눈물이 그렁그렁한 걸 보고 있자면 차라리 가르쳐 줄까 싶다가도, 약빙의 얼굴과 의원의 말이 떠올라 이를 악물고 고개를 저은 것만 수백 번이었다. 또다시 흔들리는 마음을 다잡은 백무흔은 차분한 어조로 다시 아들을 설득했다.

"……수룡아. 세상에는 무공 말고도 할 수 있는 일이 아주 많단다. 네 머리가 총명하니 공부를 해서 학자가 되어도 좋고, 눈치가 빠르고 강단이 있으니 상인도 잘 어울릴 게다. 무언가를 만드는 장인이 되어도 큰 보람을 느낄 수 있다. 세상은 네가 다녀 본 곳보다 훨씬 넓으니…….."

"전부 다 싫어요! 무공을 배우고 싶다고요!"

오늘만큼은 절대로 양보할 수 없다는 듯, 백수룡은 입을 앙다물고 아버지를 노려보았다. 눈물을 꾹 참는 얼굴이었다.

"아버지는 거짓말쟁이예요. 소원 들어주기로 했잖아요. 내가 오늘을 얼마나 기다렸는지 알면서, 들어줄 것처럼 해 놓고……. 맨날 이렇게 거짓말만 하구……."

"수룡아."

"이제 아버지한테 무공 가르쳐 달라고 안 할 거예요. 그러니까 방해만 하지 마세요. 혼자서라도 할 거니까!"

"……."

자리에서 자신을 매섭게 노려보는 눈빛을 보며, 백무흔은 어쩌면 저 아이는 자신의 운명이 어찌 될지 느끼고 있을지도 모른다는 생각이 들었다.

"……아버지는 네가 걱정돼서 그러는 게다. 네 몸이 약해 일정 강도 이상의 수련을 하면 견디기 힘들기 때문이야. 또 내공을 모으기 어려운 체질이기도 하고…….”

차마 혈맥이 대부분 막혀 불가능하다는 말까지는 하지 못했다. 본격적으로 무공을 익히게 된다면 어차피 금방 알게 될 테지만……. 그러나 백수룡은 그런 건 신경 쓰지 않는다며 고개를 저었다.

“전 상관없어요. 제가 하고 싶어서 하는 거니까!”

“……잘못하면 네 몸을 해칠 만큼 위험할 수 있는데도?”

“평생 하고 싶은 걸 못 하는 것보다는 위험한 게 나아요. 싫은 걸 하면서 오래 살고 싶지도 않다구요!”

“이 녀석이!”

아들의 철부지 같은 소리에 백무흔이 처음으로 화를 냈다.

쾅!

나무로 된 평상에 선명한 손바닥 자국이 남았다. 순간적으로 치미는 화를 주체하지 못한 백무흔이 아들에게 쏘아붙였다.

“어떻게 그런 말을 하느냐! 죽는 것이 뭔지도 모르면서, 네 어머니가 알면 얼마나 슬퍼할지 상상도 못 하면서, 이 아비가 널 어떤 마음으로 하루하루 지켜보는지 짐작도 못 하면서……!”

“아, 아버지…?”

처음 보는 아버지의 무서운 모습에, 어린 소년은 창백해진 얼굴로 바들바들 떨었다.

“위험해도 좋으니 무공을 익히겠다고? 절대 안 된다! 그 꼴을 보느니 평생 내 품에 끼고 살고 말지! 어떻게든 방법을 찾을 때까지…….”

“싫어! 난 하고 싶은 거 하면서 살 거야!”

그러나 아들의 고집도 아버지 못지않았다. 입술을 꽉 깨문 백수룡은 분함에 참았던 눈물을 뚝뚝 흘리며 소리쳤다.

“아버지 미워!”

백무흔은 자리를 박차고 뛰쳐나가는 아들의 뒷모습을 노려보다가 길게 한숨을 쉬었다.

"하여간 누굴 닮아서 고집하고는……."

문득 자신과 약빙의 젊은 시절을 떠올린 백무흔이 이내 고개를 절레절레 저었다. 그가 허탈하게 웃으며 하늘을 올려다봤다.

"누굴 탓하지도 못하겠구려. 우리 둘 다 알아주는 고집불통이었으니까."

백무흔은 다시 아들이 달려간 방향을 물끄러미 바라봤다. 그러나 바로 뒤따라 가지는 않았다. 이 아침에 아들이 어디로 갈지는 뻔했으니까. 두 사람 모두 잠시 머리를 식힐 시간이 필요했다.

백무관 뒤편의 야트막한 둔덕. 그곳에는 작은 봉분과 묘비가 세워져 있었다. 백수룡은 그 앞에 쪼그리고 앉아 미주알고주알 아버지와 있었던 일을 일러바치는 중이었다.

"아버지는 순 거짓말쟁이야! 전부터 열 살 생일이 되면 소원 하나를 들어준다고 해 놓고 무공을 가르쳐 주는 건 안 된대요. 배우면 내가 다칠 거래요. 근데 해 보지W도 않고 어떻게 알아? 그죠? 아빠는 내가 바보인 줄 아나 봐!"

두 팔로 무릎을 감싸고 씩씩대는 소년의 눈은 빨갛게 충혈돼 있었다. 엄마 앞에서 한참을 울고 난 뒤의 흔적이었다. 그렇게 한참을 쏟아 낸 백수룡은 작은 손을 뻗어 묘비를 만지작거렸다.

"엄마……."

아버지 앞에서는 벌써 다 큰 척했지만, 엄마 앞에서는 여전히 어린아이처럼 투정을 부렸다.

"나는 무공을 배우면 안 되는 거예요?"

그 순간 산들바람이 불어와 어린 소년의 머리카락을 흩트려 놓았다. 마치 울지 말라고 쓰다듬어 주는 손길 같았다.

―우리 수룡이. 어쩜 이렇게 엄마랑 눈이 똑 닮았을까?

순간 엄마의 목소리가 들리는 듯했다. 워낙에 어릴 때 돌아가셔서 이제는 아주 흐릿하지만, 분명 따뜻하고 부드러운 목소리였다. 가끔 그 목소리가 그리울 때면, 또는 아버지에게 혼이 나거나 서운한 일이 생길 때면 이곳을 찾아와 한참을 이야기하곤 했다.

"……엄마한테 보여 줄게요!"

갑자기 자리에서 일어난 백수룡은 목검을 들고 어머니의 비석 앞에 섰다. 그러곤 어설프게 포권을 취하더니 곧바로 자세를 잡았다.

"내가 얼마나 잘하는지 봐줘요!"

손때가 잔뜩 탄 목검은 한참을 조른 끝에 아버지가 직접 깎아 준 것이었다. 백수룡은 호흡을 고르고 천천히 검을 휘두르기 시작했다. 눈빛이 한순간에 날카롭게 변했다.

휘이익!

목검이 바람을 가르며 날카로운 소리가 났다. 검술 시범은 한 번으로 끝나지 않았다. 무림의 고수들이 보았어도 넋을 놓고 감탄할 만큼 예리한 검로가 연달아 허공을 수놓았다.

회풍검법(回風劍法). 지금은 잊힌 청풍백가의 가전 무공.

그 마지막 계승자인 백무흔이 보았다 한들 흠을 찾기 어려울 정도로 완벽에 가까운 초식이었다. 백수룡이 고작 열 살의 나이에, 어깨너머로 본 것만으로 해낸 일이었다.

"하아…… 하아…… 어때요?"

하지만 얼마 가지 못해 숨이 차서 헉헉거렸다. 이마에는 식은땀이 송골송골 맺혔다. 백수룡은 칭찬을 바라는 표정으로 묘비를 바라봤다. 당연히 답은 들을 수 없었지만, 소년은 뿌듯한 표정으로 당당히 가슴을 폈다. 역시나 재미있었다. 검을 휘두를 때면 아무런 생각도 들지 않고 한없이 자유로워진 기분이었다. 엄마라면 뭐라고 말해 주었을지 궁금했지만, 그 대답이 어떻더라도 소년의 생각을 바꿀 수는 없을 터였다.

"저 또 결심했어요! 아버지가 아무리 반대해도 무공을 익혀서 무인이 되기로!"

몹시 피곤했는지, 그 말과 동시에 백수룡은 엄마의 묘비 옆에 발라당 드러누웠다.

"꼭…… 될 거야……."

솔솔 불어오는 바람이 기분 좋아서 잠시 눈을 감았는데, 그대로 깜빡 잠이 들었다. 잠시 후, 백무흔이 그 자리에 나타났다. 그는 땀에 젖은 아들의 얼굴을 물끄러미 바라보며 씁쓸하게 웃었다.

"약빙. 수룡이가 오늘도 내 흉을 많이 보았소?"

백무흔은 행여나 아들이 깰까 들릴 듯 말 듯 작은 목소리로 넋두리를 늘어놓았다.

"하지만 어쩔 수 없었다오. 본격적으로 무공을 익히면 더 괴로울 테니……. 이 고집불통을 설득하기가 보통 힘든 일이 아니거든."

곤히 잠든 아들을 두 팔로 조심스럽게 안아 들었다. 창백한 뺨에 열이 오르고 있었다. 허약한 체질로 무리하게 검을 휘두른 탓이었다. 서둘러 집으로 데려가 몸을 따뜻하게 하고, 추궁과혈로 몸을 주물러 주어야 했다. 그러지 않으면 며칠은 끙끙 앓게 될 터였다.

"솔직히 뭐가 옳은 것인지, 이제는 나도 잘 모르겠소. 하고 싶은 걸 하게 내버려 두어야 할지, 어떻게든 반대해야 할지……. 어렵소. 너무 어렵구려."

돌아서서 내려가기 전, 백무흔이 슬픈 표정으로 아내에게 말했다.

"보고 싶구려, 약빙. 항상 그렇지만 오늘은 다른 날보다 조금 더 당신이 보고 싶소."

그 순간, 어디선가 산들바람이 불어와 백무흔의 눈가에 맺힌 물기를 닦아 주었다.

백무흔이 아들의 절맥을 알게 된 것은 아내가 세상을 떠나고 얼마 지나지 않아서였다.

"아부지……."

"수룡아? 왜 그러느냐?"

"저 추워요……."

한여름에 자신의 품으로 파고들면서 한 말이었다. 마냥 귀여워 등을 쓰다듬어 주려던 백무흔은 아이의 모습을 보고 흠칫 놀랐다. 창백한 얼굴로 식은땀을 흘리는 아이의 모습 위로, 사별한 아내의 얼굴이 겹쳐 보였으니까.

"설마, 설마……."

백무흔은 그때부터 미친 사람처럼 천하를 헤매고 다녔다. 잠든 아들을 품에 안고 용하다는 의원들을 만나기 위해 밤새도록 경공을 펼쳤고, 귀하다는 약재를 캐기 위해 손발이 부르트도록 산을 헤집고 절벽을 올랐다. 다행히도 천운이 닿아 아들의 상태가 더 악화되기 전에 명의를 만날 수 있었다.

"이보시오, 소협."

천하를 주유하며 의술을 베푸는 진 의원이라는 노인이었다. 그는 자신의 소문을 듣고 찾아온 청년을 보고 고개를 갸웃거렸다.

"혹시 몇 해 전에 용봉비무에 출전하지 않았소?"

제 품에 안긴 채 끙끙 앓는 아들을 달래며 차례를 기다리던 백무흔이 고개를 들어 진 의원을 바라봤다.

"……저를 아십니까?"

"허어. 틀림없군. 내 생생히 기억하네. 자네 청룡학관 출신이 아닌가?"

희미하게 웃음을 짓던 진 의원은 백무흔의 품에 안긴 아이의 얼굴을 보더니, 이내 눈을 크게 뜨곤 다가와서 맥을 짚었다. 잠시 후, 진 의원이 믿을 수 없다는 표정으로 백무흔에게 물었다.

"이 아이……. 혹시 매약빙의 아들인가?"

"제, 제 처를 아십니까?"

"나는 검치와도 안면이 있다네. 오래전에 그의 딸을 진맥한 적도 있지. 허 참, 어떻게 그 몸으로 아이를……."

"어르신!"

사별한 아내의 이름을 듣는 순간, 백무흔은 참았던 눈물을 흘리며 진 의원의 소매를 붙들었다.

"저희 수룡이 좀 살려 주십시오! 아내가 남기고 떠난 제 전부입니다. 제발 부탁드립니다……."

"내 최선을 다해 볼 터이니 이것 좀 놓아주게나. 그래야 치료를 할 것이 아닌가?"

진 의원은 시간을 들여 아이의 몸을 세심하게 살펴본 후, 나직이 한숨을 쉬었다. 그 모습에 가슴이 철렁한 백무흔이 물었다.

"약빙과 같은 절맥입니까?"

절맥이 있었던 그의 아내, 매약빙은 약관이 조금 넘은 나이에 수명이 다했다. 만약 아이에게도 그와 같은 절맥이 있어 짧은 수명을 지니고 태어났다면, 백무흔은 도저히 남은 날을 혼자서 살아갈 자신이 없었다. 진

의원은 묘한 표정으로 고개를 저었다.

"절맥이지만 같지는 않네. 이것을 다행이라고 해야 할지, 불행이라고 해야 할지······."

잠시 말을 고르던 진 의원이 조심스럽게 입을 열었다.

"절맥 자체는 제 어미의 것보다 심각하네. 혈도가 대부분 막혀 있고 탁기가 가득해. 아직은 어려서 발현이 덜 되었지만, 아마 체질도 훨씬 더 허약해질 게야. 다만······."

그는 절망으로 표정이 일그러진 백무흔에게 작은 위로나마 될 수 있길 바라며 말을 이었다.

"혈도가 대부분 막힌 탓에, 오히려 수명은 자네의 처보다 좀 더 길 걸세. 기가 몸 안에서 멋대로 날뛰지는 않을 테니 말이야."

"그 말씀은······?"

진 의원이 무겁게 고개를 끄덕였다.

"자네 아들은 무공을 멀리해야 하네. 그 몸으로 무공에 입문했다간 결국 큰 화를 입을 게야."

절맥 탓에 애초에 내공을 제대로 쌓을 수도 없겠지만, 천하에는 기상천외한 방식으로 기를 쌓고 다루는 무공 또한 많았다.

"견물생심(見物生心)이라고 하지 않나. 건강을 위해 몸을 움직이는 것은 필요하겠으나, 본격적인 무공에는 입문시키지 말게. 무공에 뜻을 둔다면 결국 사도(邪道)에 빠지기 쉬울 것이고, 그것이 아니더라도 설불리 기를 쌓으려 했다간 자칫 명을 재촉할 수도 있을 테니······."

백무흔은 진 의원의 경고를 새겨들으며 고개를 끄덕였다.

"······예. 알겠습니다."

"내 능력으로는 고작 조언 정도가 전부로군. 부디 자네의 아들에게 천운이 닿길 빌겠네."

진 의원은 몸을 보호하는 데 좋은 약재를 챙겨 주고 처방을 알려 주었다. 백무흔은 몇 번이나 고개 숙여 감사를 표하고 집으로 돌아왔다.

그날 이후, 백무흔의 마음속에는 아이가 하루하루 성장하고 자라는 모습을 보면서 느끼는 기쁨만큼, 불안감도 점점 커졌다.

"아부지! 저 어때요?"

아이가 아버지를 따라 검을 휘두르며 방긋 웃어 보일 때면, 백무흔은 그 찬란한 재능에 눈이 부실 것 같았음에도 거짓말을 할 수밖에 없었다.

"수룡이 너는…… 아무래도 무공과는 잘 안 맞는 체질인 것 같구나."

"별로예요?"

그러나 잠시 시무룩한 표정을 지을 뿐, 백수룡은 좌절하긴커녕 더욱 열의를 불태우며 검을 쥐었다.

"그럼 다시 해 볼래요! 이번엔 더 잘해야지!"

"……."

백무흔에게는 하루하루가 심마와 싸우는 나날이었다.

백수룡의 열 살 생일이 지나고 며칠 후.

"바보 아부지!"

생일 이후로 계속 골이 난 백수룡이 괜히 바닥의 돌을 힘껏 걷어찼다.

퍼억!

돌이 생각보다 바닥에 깊게 박혀 있었는지, 발끝에서 시작된 고통이 몸을 찌르르 울렸다. 백수룡은 비명도 지르지 못하고 주저앉았다.

"씨이……."

백수룡은 눈물이 그렁그렁한 얼굴로 발가락을 열심히 주무르다 문득 고개를 치켜들어 맑은 하늘을 올려봤다. 그냥 아무 이유도 없이, 구름 한 점 없는 맑은 하늘이 무공을 가르쳐 주지 않는 아버지만큼이나 원망스러웠다. 소년은 하늘을 노려보며 중얼거렸다.
"두고 봐. 안 가르쳐 주면 나 혼자서라도 익힐 거야."
아무리 생각해도 무공이 위험해서 안 가르쳐 주는 거라는 아버지의 말을 이해할 수 없었다. 자신은 아무리 힘들고 아파도 참을 자신이 있었으니까.
'차라리 엄청 아프더라도 무공을 익힐 수 있으면 좋겠어.'
전에 저잣거리에서 귀동냥으로 그런 이야기를 들은 적이 있었다. 화기, 냉기, 뇌기를 다루는 무공들 중에는 익힐 때 무척이나 고통스러워서 포기하는 것들도 있다고 말이다.
"……나였으면 절대 포기 안 해. 엄살쟁이 같은 녀석들이나 그만두는 거야."
백수룡은 오히려 부러웠다. 무공을 익힐 기회만 있다면 절대로 포기하지 않을 텐데. 누군가가 버린 기회라도 자신에게 주어진다면 정말로 열심히 할 자신이 있었다.
"난 얼마든지 참을 수 있다구. 진짜로……."
그렇게 구시렁대며 길을 걸어갈 때였다. 등 뒤에서 낯선 목소리가 그를 불렀다.
"야! 백수룡!"
돌아보니 자신보다 머리 하나는 크고 덩치는 세 배쯤 큰 소년이 성큼성큼 걸어오고 있었다. 백수룡이 고개를 갸웃거리며 물었다.
"……누구야?"
"이 자식이! 나 왕춘이다! 너네 아버지 무관에서 무공을 가장 잘했던 왕춘이라고!"
쩌렁쩌렁한 목소리를 들으니 비로소 기억났다. 백무관에서 같이 무공을 배우던 또래들을 괴롭히다가 쫓겨난 못된 녀석이었다.
'무공을 가장 잘했다고?'

왕춘은 남들보다 조금 더 힘이 셀 뿐이었다. 왜냐면 그만큼 뚱뚱했으니까. 상대에게 관심이 사라진 백수룡이 시큰둥한 표정으로 물었다.

"근데 왜 불렀어?"

"꼭 용무가 있어야 부르냐? 쬐끄만 게 건방지게 확!"

위협적으로 으르렁댄 왕춘이 허리춤에서 날이 없는 가검을 뽑아 바닥에 쿵- 하고 찍었다. 백수룡은 두 손으로도 들지 못할 만큼 두껍고 커다란 가검이었다. 왕춘은 상대가 말없이 자신의 가검을 바라보자 겁을 먹었다고 생각했는지, 히죽 웃었다.

"그거 알아? 너네 아버지는 엉터리야. 나처럼 뛰어난 후기지수를 쫓아냈잖아. 내 용력과 타고난 재능도 알아보지 못하면서 무슨 사부님이야?"

왕춘은 멀리 큰 마을에 있는 다른 무관에서 진짜 무공을 배우기 시작했다며 거들먹거렸다. 그곳에서 배우는 무공이 훨씬 뛰어나다면서 백무흔을 무시했다.

"두고 봐. 몇 년만 지나면 내가 직접 네 아버지를 찾아가서……."

"아니거든."

"뭐?"

백수룡은 삐딱한 시선으로 왕춘을 올려보며 또박또박 말했다.

"우리 아버지 엉터리 아니야. 그리고 틀린 말도 한 적 없어. 왜냐면 넌 나보다도 훨씬 재능이 없으니까."

한쪽 입꼬리를 삐뚜름하게 올리며 웃는 얄미운 얼굴. 자기보다 세 살은 어린 소년의 도발에 왕춘은 머리끝까지 화가 치솟았다.

"콩알만 한 게 까불고 있어!"

후웅-!

왕춘이 가검을 휘두르자 백수룡이 잽싸게 뒤로 피했다. 상대가 그대로 도망칠 거라고 생각했는지, 왕춘이 손을 까닥이며 도발했다.

"자신 있으면 덤벼 봐! 후기지수끼리의 정식 비무다!"

"나는……."

"흥! 무서우면 겁쟁이처럼 도망가든가!"

잠시 고민하던 백수룡은 허리춤에서 목검을 빼 들었다. 아버지가 직접 깎아 주었던 손때가 잔뜩 탄 목검은 상대의 가검에 비하면 두께나 길이가 절반도 되지 않았다. 검끼리 정면으로 부딪치면 이쪽이 부러질 게 뻔했다. 그리고 저 검이 몸에 맞으면 뼈가 부러지리란 것도 알았다.

'안 맞으면 돼.'

상대는 자신보다 나이도 몇 살이나 많고 힘도 셌지만 백수룡은 피하고 싶지 않았다. 오히려 검을 쥔 손에 힘을 꾹 주었다.

"……난 진짜 무인이 될 거야. 너 같은 건 하나도 안 무서워."

"하하하! 바보 자식! 정식 비무니까 다쳐도 나중에 따지기 없기다!"

"……."

"넌 오늘 죽었어!"

백수룡은 성난 멧돼지처럼 달려오는 왕춘을 침착하게 바라보다가 검을 휘둘렀다.

"으아아악! 살려 줘! 살려 주세요!"

백무흔은 어디선가 들려온 비명을 듣자마자 재빨리 움직였다. 익숙한 목소리였던 탓이었다.

휘이익!

날듯이 경공을 펼친 그의 시야에 사내아이 둘이 뒤엉켜 싸우는 모습이 보였다.

"아악! 항복! 항복한다고 했잖아!"

한 명은 얼마 전에 백무관의 아이들에게 못되게 굴어서 쫓아낸 왕춘이었고, 다른 한 명은…….

"수룡아?"

자기보다 덩치가 훨씬 큰 소년의 등에 매달려 있는 백수룡이었다. 코피가 터져서 주르륵 흐르고, 입술도 찢어져 피가 나고 있었다. 볼도 퉁퉁 부어 있었다. 그럼에도 백수룡은 왕춘의 등에 거머리처럼 매달려 있었다. 팔다리로 자기보다 덩치가 훨씬 큰 왕춘의 오른팔을 뒤로 꺾고, 이빨로 목을 깨물고 있었다.

"내가 졌어! 내가 졌다고! 제발…….'"

왕춘은 눈물, 콧물을 줄줄 흘리고 있었다. 여기저기 찢어진 옷은 엉망이었고, 팔다리에도 시퍼런 멍이 가득했다. 두 소년은 비무를 시작하고 얼마 되지 않아 둘 다 검을 놓쳤고, 그때부터는 팔다리를 휘두르며 막싸움을 벌였다. 그 결과가 지금의 모습이었다.

"당장 그만두지 못하겠느냐!"

일갈을 터트린 백무흔이 직접 둘을 떼어냈다. 그 와중에도 백수룡은 끝까지 버티다가 왕춘의 머리카락을 한 움큼 뜯어냈다.

"히이이익!"

간신히 풀려난 왕춘은 독기 가득한 백수룡을 돌아보곤 경기를 일으키더니, 네발로 기다시피 해서 도망쳤다.

"수룡이 너…… 대체 왜 싸운 게냐?"

백무흔은 엉망진창이 된 채로 아직도 씩씩거리는 아들을 황당한 표정으로 바라봤다.

"전 잘못 없어요! 정당한 비무였으니까!"

"……비무라고?"

"저 돼지 자식이 먼저 아버지를 욕했단 말이에요!"

잠시 후, 아들로부터 자초지종을 들은 백무흔은 한숨을 쉬며 고개를 절레절레 저었다.

"왕춘이 네게 원한을 품고 나중에 다시 덤비면 어쩌려고 그러느냐?"
"그때 가서 또 혼내 주면 되죠. 무공을 익혀서 꽉 눌러 줄 거예요."
"허, 나 참……."
백무흔은 허탈함에 웃음을 터트렸다. 또래와 싸움박질을 하고 온 백수룡의 모습에서 매약빙의 모습이 그대로 겹쳐 보였기 때문이었다.

-만약 수작을 부리려고 하면, 그때 손모가지를 잘라 버리면 되죠.

과거의 기억에 살짝 소름이 돋는 기분이었다.
"……수룡아."
"혼내려면 혼내세요. 그래도 전 잘못한 거 없어요!"
"아주 잘했다. 이왕 싸웠으면 무조건 이겨야지. 아무렴 내 아들인데."
"……진짜요?"
고개를 끄덕인 백무흔은 엉망이 된 아들의 머리를 쓰다듬어 주었다. 지난 며칠간 그도 수없이 고민했다. 의원의 조언에 따라 끝까지 무공을 가르치지 않아야 할지, 아니면 아들의 소원을 들어주어야 할지. 그리고 결국 부모는 자식을 이기지 못한다는 사실을 깨달았다.
'우리 아들답게 성깔이 이 모양이니, 무공을 가르치지 않으면 더 위험할 것 같구려.'
지켜보고 있을 아내에게 속마음을 고백한 백무흔이 부드럽게 웃으며 말했다.
"내일부터 제대로 된 무공을 가르쳐 주마. 하지만 아주 간단한 것부터 시작할 게다."
백수룡의 눈이 휘둥그레졌다. 믿기 어렵다는 듯 아버지의 바짓단을 붙잡고 몇 번이나 되물었다.
"진짜요? 진짜로? 진짜죠!"

"그래. 네 고집에 이 아버지가 졌다."

"고마워요, 아부지!"

백수룡이 환해진 얼굴로 품에 안기자, 백무흔은 아들을 꽉 끌어안았다.

"……걱정하지 말거라. 네가 무공을 익히다가 아플 때는, 아비가 또 어떻게든 너를 지킬 것이니."

그로부터 이십여 년이 지나 백무관에서 코흘리개들을 가르치던 백수룡이 전생의 기억을 되찾고 청룡학관의 강사가 될 때까지, 백무흔은 스스로 한 약속을 지켰다.

- 5권에 계속

일타강사 백사부 4

1판 1쇄 인쇄 2025년 6월 2일   편집팀   정지은 김지혜 이영애 김경애 박지석
1판 1쇄 발행 2025년 6월 18일 출판마케팅팀   남정한 나은경 한경화
                              영업팀   한충희 장철용 강경남 황성진 김도연
지은이   간짜장   제작팀   이영민 권경민
펴낸이   김영곤   디자인   크리에이티브그룹디헌
펴낸곳   ㈜북이십일 아르테팝

출판등록   2000년 5월 6일 제406-2003-061호
주소   (우 10881) 경기도 파주시 회동길 201(문발동)
대표전화   031-955-2100
팩스   031-955-2151
이메일   book21@book21.co.kr

㈜북이십일 경계를 허무는 콘텐츠 리더
아프테팝 채널에서 도서 정보와 다양한 영상자료, 이벤트를 만나세요!
페이스북   facebook.com/21artepop   트위터   twitter.com/21artepop
인스타그램   instagram.com/21artepop   홈페이지   artepop.book21.com

Naver Series ⓒ2020. 간짜장 All rights reserved.

ISBN 979-11-7357-314-9 04810
     979-11-7357-309-5 04810(세트)

- 책값은 뒤표지에 있습니다.
- 이 책 내용의 일부 또는 전부를 재사용하려면 반드시 (주)북이십일의 동의를 얻어야 합니다.
- 잘못 만든 책은 구입하신 서점에서 교환해 드립니다.